中国古代城市文学史

Zhongguo Gudai
Chengshi Wenxueshi

周晓琳 刘玉平 著

人民出版社

CONTENTS

目　录

绪　　论

第一节　城市文学界说

在人文地理学研究视域中，人类各种形式的居住场所统称为聚落。作为人类活动的中心，聚落分为乡村和城市两大类，区域性是它们的共同特点。其中城市是指有一定人口规模，并以非农业人口为主的居民集居地，是由建筑、空间、时间、意识和价值观构成的文化象征，它在产业构成、居民规模、景观呈现、物质结构、职能作用诸多方面，与乡村存在着本质差别①。作为人类文明的结晶，城市及其建筑体现和确证了人的本质力量。

城市文学属于文学的一个特殊类别，从空间划分，与乡土文学、山水文学相对应而存在。具体是指以城市这一特定空间形态为观照视角、以城市的物质构成、发展状态、文化品质、人文景观以及城市居民的生存方式、性格特征为主要表现对象的文学。其内容围绕凸显城市特点这一中心向不同层面展开，具体包括勾勒城市风貌，书写城市印象，表现异于乡村的都市生活形态，彰显由城市激发的物质欲望，叙述个体都市体验，描写关于城市的想象与记忆，刻画各类市民形象以及以文学的方式对城市进行文化定位与评判等等。在城市文学文本中，城市不仅是一个由密集的建筑、四通八达的街道和熙熙攘攘的人群组成的空间环境，更是承载着创作主体情感倾向与价值诉求的文化符号，城市意象犹如田园意象，具有心灵镜像之功能。

城市文学的创作主体从来不是一个固定群体，他们可以是城市长住居民，

① 参见王恩涌等编著：《人文地理学》，高等教育出版社 2000 年版；许学强等编著：《城市地理学》，高等教育出版社 1997 年版。

也可以是都市匆匆过客；可以是位于九五之尊的帝王，也可以是露宿街头的乞丐；可以是怀着不同目的踏进城门的乡下人，也可以是厌倦都市生活而退居山林的隐士，身份与居所皆呈现变动性特点。他们或基于零距离接触的真实感受，展开对城市的种种艺术表现，或采取远距离观照的姿态，以文学艺术的手法表达个体对城市文化的反思与批判，无论写实抑或虚构，无论歌颂抑或批判，城市始终是其创作视野的聚集点和文本意义的生发点。

第二节　中国古代城市文学的文学史意义

中国古代城市文学的文学史意义体现于多个方面。

首先，古代城市文学作为一种客观的历史存在，是中国古代文学不可或缺的组成部分，只有充分重视并认真研究古代城市文学，才可能建构完整意义上的中国古代文学史。

中国古代作家对于城市这一特殊文化空间的文学观照与艺术书写是否具有“史”的形态与价值，是否随着时间的延续而保持空间视角的一致性，是否具有自身相对独立的发展轨迹，成为中国古代城市文学史写作必须首先讨论和确证的问题。对此，我们的答案是肯定的。自两汉至明清，中国历代文人以城市这一客体或者以自身的城市体验为表现对象，通过不同类型的文学体裁，运用各种写作方法，创作了难以数计的城市文学文本，在题材选择、情感抒发、价值取向等方面体现出稳定的、足以与乡土文学相区别的鲜明特色，在情感生成方式、抒情手法、写作技巧以及价值评判诸方面形成了代代相承的创作传统。古代作家对于城市的审美观照态度随着时代的发展进程经历着由不自觉到有所自觉的历史嬗变，他们的城市文学创作也呈现出由少至多，由较为单一到十分丰富的发展轨迹，时间对于空间观照和表现的重要意义昭然可见。正因如此，中国古代城市文学史写作才具有可能性与必要性。

文学史写作是一项庞大的系统工程，文学发展历史自身的多样性与复杂性决定了文学史写作必然是多样化与系统性的有机统一。自从清末黄摩西撰写《中国文学史》以来，先后有多种同类著作问世，内容由简到繁，容量由少到多。无论单本断代史抑或多卷本通史，无不以历史发展的先后顺序为线索，依次介绍历朝历代重要文学现象、文学思潮、重要作家及其优秀作品。考察时代对文学的影响，作为一个重要的学术理念贯穿于各种文学史写作始终。由于中国古代文学发展历史悠久，覆盖地域广阔，文体繁多，内容丰富，作家队伍浩荡无数，名家名著层出不穷，任何一部文学史都难以将其全部囊括，挂一漏万势所难免。随着文学史研究的不断深入，为了弥补通史写作相对粗疏和过于简括的不足，及时反映最新研究成果，学界同行不断推出各种分体文学史，如诗歌史、赋史、词史、散曲史、散文史，小说史等。此类著作仍以时间为写作线索，只不过是就某一类特定文体的历史演进状况作出较为详细的描绘和评价，由于笔力相对集中，对对象特征的挖掘也因此更加系统和深入。一个多世纪以来，中国古代文学的研究视角之所以没有发生根本性变化，主要原因在于我们民族的时间意识和历史意识高度发达，而空间意识和宇宙意识相对薄弱。将时间作为文学研究的唯一观照角度，便于撰写者们把主要精力或全部精力放在勾勒文学发展的历史进程和把握文学的时代风貌之上，但其弊端也显而易见，即容易忽略文学存在的空间布局及其形态，从而导致诸多研究空白长期得不到填补。

文学的价值及其发展规律既可以在时间的延续中体现，也可以通过空间分布形态去认识。研究中国文学史的任务，是清理并描述中国文学演变的过程，探讨其发展规律。而文学的演变应当包括其空间分布形态的演变，如果通过对文学创作中心空间移位的研究，对作家地域分布规律的把握，对地理环境与作家审美心理对应关系的揭示，同样能够发掘出文学发展的种种规律。上世纪 80 年代以来，地域观照、空间批评的研究视角和方法被带进了中国古代文学研究领域，探讨地域、空间对古代文学创作及其发展的影响，遂成为文学史写作的一个新思路，在这一背景下，各种地方（省市）文学史相继推出。当学者们开始从空间视角去重新认识各种文学现象时，又明显表现出对产生于乡村的田园文学和山水文学的浓厚兴趣，在自觉的研究意识指导下，逐步建立起完整而科学的研究系统，并由此取得丰硕成果，诸如山水诗史、游记文学史之类著作的出现即为标志。相比之下，对文学产生的另一空间背景城市以及城市文学则普遍缺少关注和重视，不仅参与研究者少，而且缺乏明确的研究意识与系统的研究方法。城市文学资源未能得到充分发掘和利用，城市文学特色没有得到总结和提炼，虽然先后也出现了少数水平较高的研究成果①，但是深入研究的空间依然很大，

① 梅新林的《中国文学地理形态与演变》（复旦大学出版社 2006 年版）第三章专论“城市轴心与文学地理”，充分肯定了城市在中国文学版图上的“心脏”地位和作用，在学术界影响较大。葛永海的博士论文《古代小说与城市文化研究》（复旦大学出版社 2004 年版）探讨了城市文化与古代小说的互动与内在关系，也产生了积极的学术影响。

尤其是关于城市文学发展历史的研究至今仍属空白。

古代城市文学是全部古代文学的重要组成部分，如果我们以作家与城市之关系为切入点进入文学史研究领域，势必会发现许多新问题。例如，文学家的生存空间与创作空间的构成形态究竟如何？他们与城市的关系有何共同之处？城市遭际与城市体验以何种途径、何种方式对其创作产生影响？其中的规律性与特殊性体现于何处？文学家的价值取向和审美情趣又如何内化为文学文本中的城市形象？我们能否从古代作家创作的城市文学文本中寻找到古代社会所存在的城乡差异？欲圆满地回答此类问题，不仅需要借助时间线索，而且需要空间观念，如果能够采用时空并置的双重视角，我们对中国古代文学史的建构必将更加完整和系统。

此外，在中国文学发展的历史长河里，城市文学与乡土文学具有相互影响与渗透之关系，二者共同造就了古代文学地图的丰富多彩，欲准确把握中国古代文学史的内部构成体系，同样不能缺少城市文学研究这一重要环节。研究城市文学史，从另一个向度呈现中国古代文学的发展轨迹，将有助于我们深化对乡土文学文化特质的认识，更准确地把握中国文学的地域性和民族性。

其次，城市作为古代社会一个相对独立的重要文化空间，不仅铸就了古代城市文学特殊的精神风貌和文化品格，而且成为许多重要文学样式的策源地及其发展繁荣的催化剂。

城市文学的本质与特色，归根结底决定于城市文化的本质与特色。中国古代城市是在自然经济基础上建立和发展起来的，同时兼备军事防御、政治统治、文化整合、经济推动多重功能，尤以政治功能最为突出和重要，虽然它与西方近现代城市以乡村为对立面，以脱离自然、背离传统为崛起前提完全不同，尽管城乡之间在很多时候并无截然划分的空间界限，但是在漫长的历史发展进程中仍然逐渐具备了区别于乡村的鲜明特质。

第一，以人与人、人与物为主要关系结构。城市居民的异质性构成在相当程度上遮蔽了人际之间的血缘、地缘关系，交换关系占据了较大比例，功利色彩较为明显和浓厚。

第二，城市是人类改造自然、改变自我居住地的创造性产物，其诞生与不断发展充分显示了人的自主意识与创造精神。与此相联系，城市文化不可避免地要彰显创造力量，淡化无为意识，崇尚功利追求，张扬世俗精神。

第三，古代中国最重要的城市作为帝国的行政中心而存在，“政治，而不是商业，决定着中国城市的命运”①。因此，城市极易激发人们对于政治的联想和欲望，而城市居民较之乡民，也更容易遭受政治的辐射和影响，更易于感受皇权的存在和威慑。城市生活浓厚的政治色彩、商业色彩以及世俗化色彩，经由创作主体心灵的感受与投射，赋予城市文学文本相应的文化风貌，功利性（包括政治功利和物质功利）、世俗性、娱乐性构成了古代城市文学最核心的意义要素，以富为美，以俗为美，成为城市文学审美取向最突出的特征。对此，必须准确把握，才可能在与乡土文学的联系、比较中，更加全面深入地认识中国古代文学既二元对立又多元并存的文化风貌。

作为大量财富聚积地和商品集散地的城市，无疑能够为文学发展提供良好的物质基础，因此，它成为许多重要文学样式的策源地及其发展繁荣的催化剂。考察中国古代小说的发展历史，可以发现小说创作与城市的密切关系，早期小说产生和传播的空间背景不可能是以单家独院为主要居住方式、缺少人际交流和信息沟通的广阔乡村，而应是人口相对集中、信息传播比较方便的区域，只有城市哪怕是早期的城镇才可能具备这样的条件。中国古典小说经宋元由文言而白话的转折，至明清进入全盛时期，与此同步的正是古代城市经济的日益繁荣与昌盛，以及市民阶层的不断发展壮大，正是后者为小说发展提供了坚实的经济基础和广阔的市场。戏曲的情况与小说大体相同，古典戏曲的繁荣（包括创作与传播）同样离不开城市经济的繁荣，其中，城市居民的消费水平与欣赏水平直接影响到戏曲的发展与审美趣味。古代小说戏曲研究欲在现有水平的基础上有所创新与提高，强化和扩大城市研究视野，同样很有必要。

最后，建构中国古代城市文学史，可以为现当代城市文学研究提供一个广阔的历史视野和意蕴深厚的历史文本。

近年来，中国现当代城市文学创作和研究取得了引人瞩目的成就。审视既有成果，不难发现这样一个事实，中国现当代尤其是当代城市文学研究的话语体系，主要建构在西方现代城市理论基石之上，而西方城市文学则理所当然地成为中国学者研究的主要甚至唯一的参照物②。与重视横向移植形成鲜明对比的是，纵向比较的环节显得十分薄弱。“历史经验”的缺失，源于古代城市文学

① ［美］乔尔·科特金：《全球城市史》，王旭等译，社会科学文献出版社2006年版，第84页。

② 例如，德国评论家克劳斯·谢尔普将关于城市的表述分为四类模式，其理论直接影响到中国现代城市文学研究。参见张鸿声：《“文学中的城市”与“城市想象”研究》，载《文学评论》2007年第1期，第116—122页。

研究的不足或者不力，当代城市文学研究必然缺少历史的纵向坐标与具有本土特色的理论资源。中国文学史因此出现了某种程度的“断层”现象。

城市文学的研究价值并不与其历史地位和历史评价构成正比关系，事实上，中国古代作家群体因与城市的不解之缘，而成为城市文学创作的主力军。尽管由于农业文化传统所铸就的“乡土情结”的巨大影响，“叶落归根”、“富贵而归故乡”被古代社会绝大多数成员视为理想的人生归宿，城市只不过是个体生命中的“驿站”，然而，这并不妨碍他们对城市的观照和书写。无论匆匆过客抑或成功地进入者，城市总会在留下他们足迹的同时，向其心灵世界投射自身的影像。城市之于文人作家生命的重要性，不仅仅因为标志另一种外部生活环境或另一种生活方式，还在于它参与了个体的人格建构，并成功地转化为艺术创作空间的有机组成部分。研究城市与文学创作之间的关系，不但可以更加全面地认识古代作家的生存状况与历史遭际，更为重要的是，中华民族生长于农业文明的港湾里，社会的个体成员毫无例外地具有“农村”背景，一代又一代知识分子向往和欣赏城市生活，纷纷离开农村，选择新的生活环境与新的生活方式，显然具有“告别”昨天的文化意味。当然，这种“告别”尚未形成解构和颠覆，不过，其中所表现出的对后起的文化方式的认同趋向，正随着历史的发展由隐而显，由弱变强，逐渐汇入了当代人的观念形态之中。人类在进行改变生活空间、建设城市的实践活动的同时，也以渐进的方式不断改变着自身。研究古代城市文学史，发掘内化于文学空间的思想文化价值，无疑可以更加清楚地勾勒出中华民族从传统走向现代的历史足迹，为当代城市文学研究提供广阔的历史视野。古代作家群体在城市观照与评判方面体现出来的某些共同的“先天性”缺陷，也完全可以成为当代城市文学研究的纵向参照系。

进入新世纪以来，学术界不断传出关于强调“打通”文学研究的时代壁垒，提倡建立大文学史/中国文学通史的研究体系的呼声。深入系统研究古代城市文学，为后世中国文学研究提供文学资源与文化资源，无疑是“打通”的一种有益尝试。

第三节　中国古代城市文学史研究视角与基本思路

编写文学史本身是一种历时性的研究工作，城市文学史则是在此基础上，根据研究对象存在的特殊文化空间所进行的具有跨学科性质的研究，集历时性与共时态为一体。空间/城市，是中国古代城市文学史最主要的研究视角，基本思路是以空间为组合材料、提炼内涵的聚焦点，以时间为串联安排史料的基本线索，以作家与城市之关系为中心，以城市文学文本为研究对象，重新发现和还原过去被忽略的文学空间，建构起一个时空并置、纵横交错的文学史研究新体系。

中国古代城市文学史研究视角与思路，归根结底决定于两个因素：一是城市及城市文学的本质与特色；二是史的意识与构架。

较之于乡村，城市属于后起的聚落，代表着人类文明发展的新高度，故其可以纳入历史范畴。然而，城市更是一种空间系统，包含了地貌改变、景观叠加、人口迁移、商品交换、生活消费、物质流通等多种空间现象，这一切必然赋予城市文学异于乡土文学的品质与风貌。因此，我们在书写城市文学史时，没有按照传统意义上的"作家作品论"模式进行叙事，而是在自觉的空间意识指导下进行全部工作，积极寻求和确认城市文学的生成机制，在确定具体研究对象时，在对纷繁复杂的文学现象进行归纳总结时，时时紧扣"城市"展开研究。部分在文学史上影响极大的著名作家，如果其创作无关城市，或者城市文化特色不够鲜明，缺少代表性和典范性，自然就不在研究之列①，而一些过去未曾入文学史的二三流甚至未曾入流的作家，则完全可能因其城市文学创作的成就而进入我们的研究视野，甚至成为介绍重点。

对城市文学发展状况做历时性把握，重写文学史，是我们最主要的研究工作。就本质而言，文学史写作是对历史上产生的各种文学文本、文学现象、文学事件的叙述和阐释，既具还原历史本来面貌的史学价值，又带有明显的阐释学性质。因此，我们一方面需要在搜集大量第一手文献资料的基础上，以"城市"为标准，认真进行甄别和筛选，按照既定标准分门别类之后，以时间先后为序进行纵向排列组合，通过客观准确的描述清晰地凸显古代城市文学的发展历史。另一方面，还需要在认真解读文本、尊重史实的基础上，对每个时代城市文学发展的状况及其趋势，做出具有学理性的阐释，充分揭示研究对象的文化内涵和审美特征，对城市文学的创作成就和历史地位给予科学准确的评价，从而完成意义指认和价值评判任务。

---

① 例如，以前各种版本的文学史"先秦文学"一章"诸子散文"一节，均对荀子散文的艺术成就做有专节介绍，但由于《荀子》文章难以从城市文学的角度进行解读和阐释，故本书略去不论。

在具体写作之前，我们根据对象的构成状况确立了具体的研究方案与写作体例，具体如下：

1. 以对“城市”的观照与书写为选材标准，突出研究对象的城市文化内涵及其特色；

2. 以史为贯穿全部材料的主干线索，按照中国古代城市文学史发展的进程，将全书分为七章；

3. 为了确保内容的完整性以及述史的流畅性，每一章首先以“概述”的方式介绍该历史时期中国城市建设和发展的情况，以及城市文化对城市文学创作的具体影响，并于结尾处集中总结该时期城市文学创作的特点，揭示发展规律以及创新处；在分时段研究的总体框架下，按照文本体裁的不同，分别对散文、辞赋、诗歌、小说、戏曲等几类重要文体的创作情况进行梳理和归纳，突出其内涵特征，其中京都大赋、都市赞歌、市井小说、地方戏曲当是研究重点；

4. 对每一类文体分别进行论析时，又根据题材、内容、主题的不同排列史料，同一主题下，作家出现的顺序大致以生活的年代为准①，如果不同章节论析到同一作家，其仅于首次出现时简介其生平行迹；

5. 针对城市文学文本表现的不同对象以及城市文学发展的阶段性特点，在不同章节里分别对诸如“商贾文学”（如商人形象）、“妓女文学”（如妓女形象）、“仕宦文学”（如早朝诗词）、“城市怀古”（如金陵怀古）、“历史想象”（如明清小说中的长安）等中观层面专题进行相对集中的探讨，着眼于对象的社会身份，探讨不同阶层的市民基本生存状态及其精神世界在文学中的表现及其意义，突出城市文学独特的文化风貌。

在全部城市文学史的书写过程中，我们努力表达“双重”立场：

第一是“文学本体”的立场。进行跨学科研究，不可避免地要从相关学科如中国人文地理学、城市地理学中获取思想理论资源，并且需要借鉴其研究成果。不过，这种获取与借鉴不能改变城市文学史研究的“文学本位”立场，研究过程中必须随时警惕研究“易位”的现象，避免犯用文学材料去证明地理学结论的立场错误。因此，我们在具体研究时不仅按照文体分类，紧扣每一类文体的特征进行阐释，而且十分注意对文本自身的文学艺术成就与创作特点进行揭示，从

① 考虑到内容阐释的需要，加之不少中小作家生卒年不详，为避免在生平行迹考订方面用笔过多，本书有时并未严格按照作家生年或卒年进行精确排序，特此说明。

而突出其“文学”的属性。

第二是“当下”的立场。“古为今用”一直是我们从事古代文学研究的指导方针，如前所述，建构中国古代城市文学史，能够为现当代城市文学研究提供一个广阔的历史视野和意蕴深厚的历史文本。不仅如此，我们还可以从古代文学家对于城市的观照和描写中，发现和总结城市审美规律，认识和提炼城市建设的成功经验与历史教训。所以，我们往往立足“当下”立场去反观古代作家的创作活动，在古今的联系中去凸显他们对于城市书写的当下意义。

第四节　中国古代城市文学发展概况及其历史分期

中国文学史上，占中心和主导地位的是乡土文学（包括田园文学以及部分山水隐逸文学），这不仅仅以作品数量多寡为衡量标准，更因为古代作家群体具有相当自觉的乡土意识，价值取向普遍将自然以及能够体现自然之道的山水田园风物、田园生活作为肯定对象，通过审美表现表达个体的山水之思和田园情趣。在其观照视域中，城市更多地充当着“他者”的角色，以乡村反观城市的视角与方式，既构成了古代城市文学独特的话语表达方式，也赋予了城市文学不再“中心”的历史地位。正因如此，在以往的文学史中，城市通常只作为抒情和叙事的“背景”存在，相关材料比较杂散，城市文学资源未能得到充分发掘和利用，特色缺乏总结提炼。

如果我们将城市从背景转换为聚焦点，始终坚持以城市为主的观照视角，从那些分散的资料中总结出规律，得出坚实可信的结论，那么，古代城市文学创作的成就及价值将会得到深入发掘，进而得到更为集中和突出的体现，其历史发展轨迹也完全有可能被清晰地勾勒出来。

中国古代城市文学经历了一个发展缓慢、优势后显的过程，孕育期十分漫长，迈向成熟的步伐明显滞后于乡土文学。高度发达的农耕文化使古代城市长期处于农村汪洋大海式的包围之中，文人士大夫群体对于乡村有着一种近乎“天然”的亲近感与趋附倾向。由于城市文明的大力推动，他们才将观照的目光逐渐投向了城市这一后起的文化空间，中国城市文学创作才获得产生和发展的必要条件。古代城市文学的发展具有与古代城市发展大致同步的趋势：先秦时期，中国城市的建设尚处于从无到有的起步阶段，中国文学也远未达到“自觉”的程度，人们对于城市的观照与书写可以具有文学意味，但不具有完整的文学形态；秦汉魏晋南北朝时期，中国的都城已经演变为完整意义上的城市，而此时中国古代城市文学开始进入了形成期；从唐宋至元明，中国的城市建设和发展呈现出由高潮而至巅峰的状态，城市文学也因此获得了空前广阔的发展空间，无论创作数量抑或质量，均呈现飞跃之势；中国城市的发展在清代前期和中期缺少质的突破，文学家的城市体验也未见新内涵的增加，因此，依据历史的惯性，中国城市文学进入余势期。

概而言之，先秦是中国古代城市文学的孕育期，该时期尚未产生真正意义上的城市文学作品，不过，在描绘城市建筑、书写都邑体验、表现故都情结以及反映士人与城市的密切关系等方面，已显露出不容忽视的趋势，为后世城市文学创作提供了历史样本。

秦汉魏晋南北朝是中国城市文学的形成期。随着中国古代城市的迅速发展，人们已经具有了比较自觉的城市意识，开始将城市作为异于乡村田野的另一对象加以观照和表现，讴歌京城的辉煌与富有，成为京都大赋的主要内容之一，部分诗歌散文亦有相关描写。描写市民生活的文学作品开始出现。与此同时，在诗歌、散文、辞赋里，屡屡出现“荒城”意象，作家们借此表达对时局的不满、对战争的控诉以及自己的历史兴亡之感。此外，该时期隐逸文学已十分发达，文学创作中批判城市的文化取向日益明显。凡此种种，直接影响到后世城市文学的创作。

唐代是中国城市文学的发展期。大批文学精英汇聚长安，京城作为文学创作中心的重要地位更加巩固和显赫，积淀日益深厚的城市文化土壤为城市文学创作提供了丰富的营养，城市继续催生、孕育新的文学形式，在唐代传奇中出现了比较成熟的都市小说。作家们围绕城市创作了大量的文学作品，其中表达对城市生活的向往之情、赞美都市繁华富足、描写个体都市体验、反映都市生活的诗歌不胜枚举。唐诗里“长安”意象、“金陵”意象、“扬州”意象以及其他城市意象的出现，昭示着作为物质实体的历史文化名城已内化为作家群体的心灵空间，与他们的情感体验形成了对应关系。唐传奇多以城市为创作地和传播地，不少作品较为成功地塑造出性格鲜明的市民形象，这标志着城市文学创作的一大飞跃。与此同时，面对日益发达的古代城市文化的冲击，古代作家的“乡村”出身及文化秉性进一步发挥着“设防”的作用，批判城市文化的文本数量更多，内容也更深刻。

宋元两代进入中国古代城市文学发展的成熟时期。随着词、曲的兴起与繁荣，城市文学的体裁完备、题材多样、内容丰富，创作成就突出。都市赞歌不仅继续在诗词赋文里奏响，而且被描写和赞美的城市数量不断增加。宋金时期趋于成熟的古典戏曲在城市文化背景下获得了空前广阔的发展空间，元代戏曲成为绽放于城市文化土壤的一朵艺术奇葩。戏曲创作繁荣局面的到来，与宋元话本小说叙事中城市背景的由隐而显，均为城市文学创作成熟的标志。宋元话本与戏曲以艺术的形式对城市及其文化做了比较全面的扫描，其中市民的人生百态以及他们的喜怒哀乐成为作家重点表现的对象之一，成功地刻画出形形色色的市民形象，是该时期小说戏曲非常突出的艺术成就。

至明，中国城市文学进入发展的鼎盛时期。城市文学作品大量产生，城市文学地图分布空前广阔，城市商业文化对文学生产机制的渗透进一步扩展。城市在广泛影响文人士大夫日常生活行为的同时，也深刻影响着他们的文化心理结构与审美情趣，对城市进行自觉的文学观照已成为普遍现象。市民文学空前发达，深受市民阶层审美趣味影响的文学艺术家选择大众喜闻乐见的形式，讲述为广大市民所津津乐道的故事。他们采用远离宏大叙事的民间话语，通过表现世俗生活张扬被礼教长期压抑的个人情欲，在抨击金钱罪恶的同时，也反映了商品经济对社会发展的推动作用。塑造出一系列具有新质的市民形象，使长期处于文化边缘地位的商人出现在文学舞台的中心，这是明代文学家对中国城市文学的重大贡献。

清王朝建立至第一次鸦片战争爆发，中国城市文学沿着既定的轨迹前行，继续保持中国城市文学的各种特征，但缺乏质的新变。抒情文学领域内，诗家词人更多地吸取唐宋城市文学的营养，熟练地运用诗词文体抒写进入城市的种种体验，表达了古代文人代代相承的人生诉求。大量涌现的怀古诗词，形象再现了诸多历史文化名城的今昔变迁，既折射出汉族文士对异族入主中原的心灵悸动，也表达了他们对于历史兴亡的价值评判，具有集大成的意义。叙事文学创作中，小说戏曲家一方面继续描绘躁动着世俗欲望的市民世界，另一方面真实地书写文人士大夫在都市里的恣情快意，前代同类作品的文化精神得以发扬光大。

以第一次鸦片战争为界，中国城市发展面临重大转折，逐渐呈现出近代城市的种种特征。随着部分大中城市性质的变化，中国城市文学的文化品质也开始蜕变，故我们将中国古代城市文学史的下限定于 1840 年，当然这是一个具有伸缩弹性的时间概念。

基于以上认识，我们根据先略后详的基本思路，拟定本书的纲目如下：

第一章　先秦文学：中国古代城市文学的孕育期

第二章　秦汉魏晋南北朝文学：中国古代城市文学的形成期

第三章　隋唐五代文学：中国古代城市文学的发展期

第四章　宋代文学：中国古代城市文学的成熟期（一）

第五章　元代文学：中国古代城市文学的成熟期（二）

第六章　明代文学：中国古代城市文学的鼎盛期

第七章　清代初、中期文学（1638—1840）：中国古代城市文学发展的余势期。

余论部分主要论析中国近代城市文学的特质，具体说明本书不将其纳入古代城市文学史的理由。

第一章

先秦：中国古代城市文学的孕育期

第一节 先秦城市概述

与世界其他国家相同，中国城市的起源与形成，经历了漫长的历史发展阶段。关于中国城市起源的时间，《史记 · 五帝本纪》云：黄帝征天下有不顺者时，“邑于涿鹿之阿”。《吕氏春秋 · 君守》篇则云：“夏鲧作城。”《汉书 · 食货志》有“神农之教曰：‘有石城十仞，汤池百步’”之语，虽然各说不一，但都追溯至遥远的上古时期①。对于中国城市的发展轨迹，司马迁在《史记 · 五帝本纪》中作了如下勾勒：“舜耕历山……一年而所居成聚，二年成邑，三年成都。”从聚落到城邑，由城邑再到都城，这是中国古代城市形成与发展的前三部曲。聚落泛指民众集中居住地，而邑与都则是聚落发展至一定阶段所呈现的特殊形态。至于邑与都的区别，《左传 · 庄公二十八年》的解释为：“凡邑有宗庙先君之主曰都，无曰邑。邑曰筑，都曰城。”在传统宗法社会中，都城这一特殊的空间形态凭借祖庙赋予的血缘与宗教的双重功能发挥着国家核心与灵魂的作用。

在中国早期，“城”与“市”最初是彼此分离的两个不同概念。城作为一种

① 2007 年 11 月 29 日，浙江省考古研究所在杭州宣布，位于长江中下游地区的良渚文化核心区域内发现一座总面积达 290 多万平方米的古城遗址——良渚古城。经考古学家测定，良渚文化时期距今约 5300—4000 年，处于新石器时代晚期，尧舜禹时代早期。有关专家指出，良渚古城是目前所发现的同时代中国最大的古城遗址，堪称“中华第一城”。见顾学松《良渚古城：中华五千年文明的实证》，《光明日报》2007 年 12 月 3 日。

大规模防御设施,《说文解字》对其作用给予的解释是“以盛民也”。古城的起源,中西方有着相同的原因,是阶级分化和军事活动的结果,筑城的目的在于防御敌人的侵犯与掠夺。《穀梁传》隐公元年云:“城为保民为之也,民众城小,则益城。”《管子·君道》亦云:“兵不劲,城不固,而求敌之不至,不可得也。”由此可见,所谓“城”是指用以保护居民人身安全和财产安全的堡垒类建筑,军事防御是其主要功能。

市,货物交易之所。《尔雅·释言》云:“贸、贾,市也。”《说文》云:“市者,买卖之所之也。”在中国,先民以物易物的活动起源很早①,最初,人们进行货物交易并无固定场所,《史记·平准书》张守节《正义》注云:“古人未有市及井,若朝聚井汲水,便将货物于井边货卖,故言市井。”至于交易时间,则有“日中为市”之说,《易·系辞下》云:“日中而市,致天下之民,聚天下之货,交易而退,各得其所。”市发展至一定程度,便开始走向规范化,标志便是“市”之管理者的出现,即如《孟子·公孙丑下》所言:“古之为市也,以其所有易其所无者,有司治之耳。”

城与市的结合,源于社会分工进一步广大和明确之后加强城防以及满足城中居民日常生活的需要,为了提高城邑的防御能力和经济功用,城中设市成为历史必然。据《战国策·赵策一》载,冯亭称韩“有城市之邑七十”,“城市之邑”是指邑之有城有市者,当时出现的诸多大邑均为城与市的结合体。当然,完整意义上的城市并不等于城墙与集市的简单相加,它应该具备以下几个基本特征:拥有较为密集的非农业人口和相对发达的手工业和商业经济,在人口规模与产业构成上与乡村存在明显差异;是一个国家或者地区的政治、文化、经济中心,在职能上应区别于乡村;拥有相对密集的建筑设施,在景观上迥异于乡村。

基于如此认识,中国的城市起源可以追溯到夏朝,当代考古发掘与相关研究的成果表明,夏都斟寻已初步具有早期都城的规模与内容,是一个既为国家的政治中枢、又有一定生产规模和商品交易场所的早期城市。夏代都城的兴起,是我国城市发展的重要起点。殷商时期,城市进一步从村落中分化出来,商朝灭夏之后,多次迁都,在不同地点,有选择性地建立过许多都城,其位置分布于今河南、山西一带,均有一定规模,现在已经发现的商代都城遗址有偃师商城遗址、郑州遗址和安阳遗址。随着统治地域的扩展,早期国家一国一城的格局,逐

① 《淮南子·齐俗训》将货物交易的起源时间追溯到“尧之治天下”,其时人民“水处者渔,山处者木,陆处者农……得以所有易所无,以所工易所掘”。《吕氏春秋·勿躬》则云:“祝融作市。”(杨坚点校《吕氏春秋·淮南子》,岳麓书社2006年版)

渐发展至一国多城。

中国历史上关于立城建都的正式记载当始于西周。据《史记·周本纪》载："成王在丰，使召公复营洛邑，如武王意。周公复卜申视，卒营筑，居九鼎焉。曰：'此天下之中，四方入贡道里均。'作《召诰》、《洛诰》……平王立，东迁于洛邑。"[①]洛邑（今河南洛阳）之范围，《汲冢周书·作雒解》的记载是"城方千七百二十丈，郛方七百里"，已具相当规模。两周时期出现了我国城市建设的第一次高潮，具体表现有二：其一，在分封的众多诸侯国内，规划建设了一批中心城邑，当时称之为"国"[②]；其二，周人已经形成了一套比较完整的、对后世影响深远的城市规划思想指导，他们对都城的设计、规划和建筑，充分体现了京都以政治为主兼顾经济的双重功能，整个城市形成以周天子所居宫城为中心、"国中九经九纬，经涂九轨。左祖右社，面朝后市"的格局。

春秋时期，是一个充满大动荡、大变革的历史时期。政治领域内，封建制取代奴隶制，带来了生产力的大解放；生产领域内，铁制农具的出现以及牛耕技术的推广，使农业生产水平迅速提高，为更多的社会人员从事手工业生产与商业活动提供了有利条件；文化领域内，礼崩乐坏，周天子的权威受到挑战，"幽、厉之后，周室微，陪臣执政，史不记时，君不告朔，故畴人子弟分散，或在诸侯，或在夷狄"（《史记·历书》），士阶层失去了"食禄"的特权后呈现出大分化的趋势，其中相当数量的士人进入大小城邑谋求生存与发展。这一切，不仅促进了城与市的进一步紧密结合，导致城市数量的增多和规模的扩大，而且极大密切了士人与城市的关系。至战国，中国城市发展的进程进一步推进，除了早已形成的以王城为中心，由郑、卫、宋等国都组成的城市群之外，以曲阜和临淄为中心的齐鲁城市群，以邯郸为中心的燕赵城市群，以郢都、姑苏为中心的长江城市群，也已逐渐形成并得到进一步发展，城市文化呈现空前繁荣局面。

正是在这样的历史文化背景下，作为后起居住地的城市与社会成员的生活发生越来越直接的关系，早期城市建设引发了诗人的吟唱，城市文化功能开始影响士大夫群体的行为取向、情感律动以及言说方式，中国城市文学进入了自己的孕育期。

---

① （汉）司马迁：《史记》，中华书局 1959 年版。本书所引《史记》皆出于此，下文不再注明。

② 《左传·昭公二十八年》云："昔武王克商，光有天下，其兄弟之国者十有五人，姬姓之国者四十人。"《荀子·儒效》："周公兼制天下，立七十一国，姬姓独居五十三人。"参见邹逸麟主编：《中国历史人文地理》，科学出版社 2001 年版，第 303 页。

第二节 《诗经》：诗人的传唱勾勒早期城邑的轮廓

《诗经》一共收集了产生于周初至春秋中叶长达五百多年间的305首诗歌，在这部堪称中国诗史"第一"的诗歌总集里，有着密集的农业意象（或称之为乡村意象）：田野、农夫、采桑女、牧羊人、桑林桃园，牛马鸡兔，黍稷禾麦，瓜瓠果蓏，庐舍仓廪，山上的树木柴草，水里的游鱼荇菜，妇女采摘的卷耳芣苡，祭祀供奉的羔羊韭菜……浓郁的乡土气息扑面而来，这一切足以使人相信乡村是这部古老诗集产生的文化空间。我们虽然无法在大量田园牧歌式的作品里辨认出明晰的城市形象，但是，凭借诗人的传唱，还是能够观察到我国早期城邑的大致轮廓。

一、乡村里的都邑印象

《诗经》的题材与内容，除了祭祖、农事、燕飨、怨刺、征战、徭役、婚恋之外，歌颂周族发展历史也具有相当重要的分量。当我们凭借诗人深情传唱，在想象世界中还原那早已消失的场景时，能够捕捉到星星点点的城市意象，例如城、邑、庙、辟雍、宫、室等，早期城邑轮廓随之浮出历史地表。《诗・大雅》中的《生民》、《公刘》、《绵》、《皇矣》、《大明》五篇已被公认为是周族史诗，其中《绵》叙述了周文王祖父古公亶父率周部族由豳（今陕西彬县、旬邑一带）迁至岐（今陕西岐县）之周原后[①]建立城邑的事迹，诗云：

> 古公亶父，来朝走马。率西水浒，至于岐下。爰及姜女，聿来胥宇。
> 周原膴膴，堇荼如饴。爰始爰谋，爰契我龟。曰止曰时，筑室于兹。
> 迺慰迺止，迺左迺右。迺疆迺理，迺宣迺亩。自西徂东，周爰执事。
> 乃召司空，乃召司徒。俾立室家，其绳则直。缩版以载，作庙翼翼。
> 捄之陾陾，度之薨薨。筑之登登，削屡冯冯。百堵皆兴，鼛鼓弗胜。
> 迺立皋门，皋门有伉。迺立应门，应门将将。迺立冢土，戎丑攸行。
> ……[②]

古公亶父率部来到岐山之下，开始考察建造城邑宫市的地址，经过占卜，决定定

① 《周礼・考工记下》，中华书局1980年影印本。

② 本节所引《诗经》皆出自朱熹集注：《诗集传》，上海古籍出版社1980年版。

居于周原。随即在规划的左右区域内，修筑疆界，治理土田，开沟起垄。修建宫室时，先拉绳作为取直的标准，然后捆束筑墙夹土的长板，并立上木柱。众人或装土，或捣土，或削石木，或击鼓催工。他们修庙筑墙立门，建起土台以防御敌人。从中国城市发展史看，《绵》的描写至少在两个方面显示了早期城邑的特征：其一，于中心建筑群外围修建了类似于“城”的工事，即诗中所谓“迺立冢土，戎丑攸行”，用以防御外敌的入侵；其二，城中“作庙翼翼”以供奉先王之主，周族的最高统治者将于庙中祭祀祖先，沟通人神。具有浓郁宗教色彩的宗庙是早期城邑的重要标志①，居于建筑群的核心地位。

从中国叙事文学发展的角度审视，《绵》已经具备了叙事文体的基本要素，全诗围绕建城周原这一中心事件，按照其发生的先后顺序展开叙述，各个环节紧紧相扣，连贯性较强。叙事者采用全知视角进行讲述，无所不知，无所不晓，俨然以知情者甚至以当事者（使用第一人称“我”尤其容易给人以“亲身参与者”的印象）自居，历数当年建城的每一个步骤。篇末四句云：“予曰有疏附。予曰有先后。予曰有奔奏。予曰有御侮。”“予”反复出现，无疑具有强调意味。郑玄《毛诗传笺》认为“予，我也，诗人自我也”。他熟知建城全过程，甚至对数十年以后发生的情况也了解得清清楚楚。“予”即使如高亨先生解释为“文王自称”②，也同样表明叙事者全知全能。如此处理，不仅增强了文本叙事的真实性，而且更利于诗人表达自己的崇敬与赞美。

《大雅·灵台》从另一个角度展示了早期城邑内部的某些建造情况，诗云：

经始灵台，经之营之。庶民攻之，不日成之。
经始勿亟，庶民子来。王在灵囿，麀鹿攸伏。
麀鹿濯濯，白鸟翯翯。王在灵沼，於牣鱼跃。
虡业维枞，贲鼓维镛。於论鼓钟，於乐辟雍。
於论鼓钟，於乐辟雍。鼍鼓逢逢，蒙瞍奏公。

此诗具有颂歌性质，歌颂的对象按照《毛诗序》的解释应是周文王，“民始附也。文王受命。而民乐其有灵德。以及鸟兽昆虫焉”。诗中提到了当时都城内的两个重要建筑，一是灵台，观赏之台，《括地志》曰：“灵台高二十丈，周回百二十步。”二是辟雍，周王朝为贵族子弟设立的学校，《三辅皇图》曰：“文王辟雍在长

① 《墨子·明鬼下》云：“昔日虞、夏、商、周四代之圣王，其始建国营都日，必择国之正坛，置以宗庙。（清）孙诒让：《墨子间诂》，新编诸子集成本，中华书局 1986 年版。

② 高亨：《诗经今译》，上海古籍出版社 1980 年版，第 380 页。

安西北四十里，亦曰璧雍。"《毛传》云："水旋丘如璧曰璧雍。"灵台乃王室宫廷建筑的延伸部分，如果说灵囿为中国最早园林的话，那么灵台就是最早的园林建筑。灵囿之中虽可见鸟飞鱼翔，鹿群出没，然而已不再是原生态的自然景观，它是人工修建起来的供帝王游猎的活动场所，本属于君王的私人活动空间，文王却将其变成一个与民共享的公共场所。辟雍属于文教设施的范畴，与灵台一样构成了都市特有的文化景观。诗人以之作为歌唱的对象，除了歌颂"与民同乐"的仁君仁政之外，客观上还具有肯定周族在文化建设方面所做贡献的积极意义。

《大雅·文王有声》亦是一首颂歌，从其内容不难看出，歌颂的是周文王迁都丰京、周武王迁都镐京的事迹，诗云：

文王有声，遹骏有声。遹求厥宁，遹观厥成。文王烝哉！
文王受命，有此武功。既伐于崇，作邑于丰。文王烝哉！
筑城伊淢，作丰伊匹。匪棘其欲，遹追来孝。王后烝哉！
王公伊濯，维丰之垣。四方攸同，王后维翰。王后烝哉！
丰水东注，维禹之绩。四方攸同，皇王维辟。皇王烝哉！
镐京辟雍，自西自东。自南自北，无思不服。皇王烝哉！
考卜维王，宅是镐京。维龟正之，武王成之。武王烝哉！
丰水有芑，武王岂不仕。诒厥孙谋，以燕翼子。武王烝哉！

丰，地名，位于今陕西长安西北澧水以西，原为古崇国所在，文王灭崇，于此建丰城，并由岐迁都于此。镐京，西周都城，故址在今陕西西南澧水东岸。诗歌提及文王"作邑于丰"、"筑城伊淢"（即修护城河）以及武王"考卜维王，宅是镐京"、"镐京辟雍"等史事，诗人之所以为之大唱赞歌，是因为这两次迁都不但彰显了周族日益自觉的环境意识以及正迅速提高的改造环境的能力，而且开辟了更加适合王业发展的新天地，"四方攸同"、"无思不服"，正是迁都所发挥的积极效应。诗中所谓"自西自东，自南自北"，隐含着周人"中国，乃天下之中"的文化自我中心主义的观念，即如《吕氏春秋·慎势》云："古之王者，择天下之中而立国，择国之中而立宫，择宫之中而立庙。"① 较之《绵》，《文王有声》并不具有直线性的叙事特征，各章之间的跳跃性比较明显，该诗在艺术上的最大特点在于每章末句均以咏叹作结，赞美之辞"烝哉"反复出现，不断强化着诗人对于

① 杨坚点校：《吕氏春秋·淮南子》，岳麓书社 2006 年版，第 125 页。

先王追思与感念之情，而且增强了诗歌的韵律之美。

其时，都城在政治、军事、文化诸方面的中心地位和重要作用，已为越来越多的社会成员所认识，故不止一位诗人在追溯部族或地方诸侯国的发展历史时，自觉或不自觉地将都城的建设纳入自己艺术表现的范围①。除了上述作品之外，《商颂·殷武》也以赞美的笔调描述了殷都以及都城里宗庙的修建情况：

> 商邑翼翼，四方之极。赫赫厥声，濯濯厥灵。寿考且宁，以保我后生。
>
> 陟彼景山，松柏丸丸。是断是迁，方斲是虔。松桷有梴，旅楹有闲，寝成孔安。

关于此诗性质，《毛诗序》谓祭祀殷高宗的乐歌，而现代研究者或以为是因宋国伐楚之事而创作的颂歌。即使后者之说成立，由于宋为殷后，宋人回顾历史，缅怀祖先，追溯至早先“设都于禹之绩”的年代，也不足为奇。诗人专辟一章，讴歌京师商邑的形势与气派，根本原因在于它能够为子孙后代的平安提供有效的屏障。同样，接下来他再用一章描写都城里建庙的种种情形，也是由于供奉祖先神灵的寝庙在当时具有血缘凝聚的纽带作用和精神引导的宗教意义，诗人以艺术的方式揭示和认同了都城之于部族或国家发展的重要地位。这种认同在《鄘风·定之方中》一诗里也有所表现。狄人攻破卫国，杀死卫懿公，卫人立戴公于漕邑，不久戴公死而文公立，齐桓公率诸侯攘戎狄而“封卫于楚丘”（《左传·闵公二年》）。卫文公迁都楚丘，始建城市而营宫室，然后大兴农业，繁殖六畜，国家得以巩固，于是，诗人作《定之方中》赞美之。全诗从“定之方中，作于楚宫”咏起，突出了都城的修建对于复国的奠基作用。

二、都邑里的感伤情怀

在中国城市文学史乃至全部中国文学史上，《王风·黍离》都是一首值得重视的作品，因为它堪称第一首抒发都市感伤情怀的优秀诗篇，开启了中国文学

---

① 《小雅·斯干》有不少篇幅运用欢快的笔调歌颂宫室的建筑，诗歌首章点明了修建宫室的地点——南山，以及修建宫室的目的——兄弟和睦，不必分家，宜扩建房屋；二、三、四章描述了修建的具体情况，筑墙、开户、立柱、置庭，一一道来。从文本的具体描写来看，宫室的主人无疑身为贵族，汉儒则认为是周宣王，《毛诗序》云：“宣王考室也。”《汉书·刘向传》载，刘向上疏皇帝称：“周德既衰而奢侈，宣王贤而中兴，更为俭宫室，小寝庙。诗人美之，《斯干》之诗是也。”清代顾炎武《历代宅京记》（中华书局 1984 年版）卷三引长乐刘氏语云：“南山，镐京之阳，终南之山也。”实际上支持了这一说法。

以京城为背景书写“黍离”之悲的传统。

西周末年，幽王无道，犬戎攻破镐京，杀死幽王，平王东迁，是为东周。东周初年，有王朝大夫行役过宗周镐京，目睹旧时宗庙宫室尽为禾黍，因悯周室之颠覆，彷徨不忍去而作是诗也。诗云：

> 彼黍离离，彼稷之苗。行迈靡靡，中心摇摇。知我者，谓我心忧。不知我者，谓我何求。悠悠苍天，此何人哉！
>
> 彼黍离离，彼稷之穗。行迈靡靡，中心如醉。知我者，谓我心忧。不知我者，谓我何求。悠悠苍天，此何人哉！
>
> 彼黍离离，彼稷之实。行迈靡靡，中心如噎。知我者，谓我心忧。不知我者，谓我何求。悠悠苍天，此何人哉！

全诗三章，围绕一个主题反复咏唱。诗人采用虚实结合的手法，表现一个王朝的衰落。诗旨本为悲伤宗庙毁堕，旧都荒凉，诗人却有意隐去了京城的景象，反借乡村意象“黍”、“稷”来抒发繁华不再、今非昔比的历史沧桑之感。三章重叠，仅换六字。黍稷由“苗”而“穗”，由“穗”而“实”，时间在向前推移，诗人却始终驻足不前，由此凸显了他的不忍离去；人心由“摇”而“醉”，由“醉”而“噎”，哀伤之情不断加深，无法排遣。在同一时间同一空间内，城市的兴起必然意味着乡村的消逝，反之，能够生长大片茂盛农作物的地方从理论上讲也不应该为城市，至少不可能是城市的中心。黍稷的生长过程所显示的不仅仅是自然时间的流逝，在隐喻的层面上它象征着空间性质的悄然转变。“禾黍”属于乡村意象，在《诗经》里它一般作为农业文化的表征出现，如《鲁颂·閟宫》：“黍稷重穋。植稚菽麦。奄有下国。俾民稼穑。有稷有黍。有稻有秬。奄有下土。缵禹之绪。”《周颂·丰年》：“丰年多黍多稌。亦有高廪。万亿及秭。为酒为醴。”唯有《王风·黍离》采用了另一种表现视角。诗人的感伤源于周王朝的衰落，而这种衰落由镐京城的荒凉破败之相给予了直接证实。一座毁于战火的城市重新成为农田，无论如何都无法让人领略到回归自然的喜悦；一座原本为时代经济、政治、文化渊薮和焦点的京都完全丧失了应有的功能，意味的只能是文明被破坏，历史在倒退，当然，诗人未必意识到这一点。乡村意象之所以能够用以表现城市文学主题，根本原因就在于它所象征的文化空间可以构成另一个文化空间——城市——的参照与衬托。

在《诗经》产生的年代里，中国城市尚未得到充分发展，农业经济与乡村生活赋予了诗人创作的乡村视野。就本质而言，《诗》三百属于乡村诗歌或田园文学，城市既不是多数诗人生活的现实空间，更不可能成为其艺术观照的对象。人们吟唱节气，吟唱农事，吟唱收获，吟唱动物植物，吟唱田野中的邂逅与山林里的幽会，吟唱劳作者的喜悦与悲伤，凡此种种，共同构成了《诗经》的田园主题。受制于历史条件，诗人们普遍缺乏自觉的城市意识和深刻的城市体验。对于他们而言，城市或者作为叙事的材料使用，或者仅仅具有情感的引发作用，根本没有完全内化为心灵空间的有机组成部分。诗作者对城市的表现和描写普遍不够具体充分，那些史诗性的作品由于缺少主体深情的灌注，艺术感染力明显不足，文本的史料价值远远超过文学价值。

第三节　诸子散文：游士的活动与城市魅力的初步彰显

中国文学史上，诸子散文（先秦诸子散文或周秦诸子散文的简称）作为专用名词，特指春秋战国时期各个学派表达其思想学说的著述。名之“散文”是为确定此类著述的文体归属，冠之“诸子”则表明非一家之说。诸子散文的出现充分体现了学派林立、百家争鸣的时代特色。已经面世的各种文学通史或先秦断代文学史，无一例外地将诸子散文置于春秋战国这一特定的时间链条上进行研究，强调其时代性，为的是在一种时间的连续过程中凸显诸子散文的文学价值与史学价值。在此，我们变换审视视角，从空间纬度即从诸子活动的文化空间与其著述之间的内在关系切入展开讨论，目的在于进一步发掘诸子散文的文学价值和文化价值，丰富和深化既有研究成果。

司马迁《史记・太史公自序》于诸子百家中标举阴阳、儒、墨、名、法、道德六家，刘向、刘歆等编校《别录》、《七略》，在《诸子略》中于六家之外又增加了纵横、杂、农、小说四家。班固《汉书・艺文志》云：“诸子十家，其可观者九家而已。皆起于王道既微，诸侯力政，时君世主，好恶殊方，是以九家之术蜂出并作。各引一端，崇其所善，以此驰说，取合诸侯。其言虽殊，辟犹水火，相灭亦相生也。”① 作为儒、墨、道、法学派代表人物的孔子、老子、墨子、孟子、庄子、荀子、韩非子，其社会身份均属于四民中的“士”。在他们身上，既具有一般士人的共性特征，即冲破宗法羁绊，不再隶属于某一贵族或领主，拥有择善而游的人身自

① （汉）班固：《汉书・艺文志》，中华书局1962年版，第1746页。

由；同时，又体现着不同于那些侠义之士、方术之士以及鸡鸣狗盗之士的精神特质。他们关注现实人生问题，勤于思考，敢于置疑，以自己的知识、思想乃至技能作为生存手段。除了老庄之外，各家均怀着极大的政治热情活跃于社会大舞台，通过参与或批判现实的不同方式推行自己的思想学说和政治主张。中国早期城市与西方城市存在显著不同之处，例如希腊的雅典城邦很早就体现出一个农业、手工业和商业兼具的混合型经济特征，古典时期它已成为工商业经济的中心。中国早期城市则不是经济发展的必然产物，主要是作为政治领域中的一个特殊工具而存在，各诸侯国国君居住的城市或城邑之所以成为诸子“游走”的重要空间区域，正是由于它所具备的政治功能契合了诸子的价值诉求，城市的文化魅力通过诸子的政治活动得以彰显。

从城市文学发展的角度考察，诸子散文的意义主要不体现于以艺术手法描绘城市形象，而在于通过言语记录以及行动描写展示了活跃于城市之中的士人群体形象，诸子散文的相关内容将启迪我们去认识和把握士人（亦即后人所谓知识分子）与城市的不解之缘。

一、出入都邑：《论语》《孟子》中的孔孟形象

孔子乃诸子第一人，《论语》则列于诸子书之首。在这部由孔子弟子及再传弟子纂录、记载孔子及其弟子言行的语录体著作中，对孔子言行的辑录，成为核心与主体。全书512章，其中论时政及措施者57章，占总章数的11%①，孔子的政治情怀由此可见一斑。据《史记·孔子世家》记载，孔子一生辗转奔走于各诸侯国之间，到过不少城市（称之为城邑或许更为合适），出行目的既不为选择居住地，更不在于观光游览，而是为了交通诸侯，推行自己的政治主张，进而获得实现政治理想的机会和权力。对于孔子而言，各诸侯国都邑既是其前行目的地，更是其人生之旅的驿站。他尝为季氏史，料量平，尝为司职吏而畜蕃息。曾为中都宰，再由中都宰为司空，由司空为大司寇，后又由大司寇行摄相事。在鲁，与齐景公讨论秦穆公国称霸的原因。适齐，与齐太师语乐，闻《韶》音，学之，三月不知肉味，齐人称之。其间景公问政于孔子，孔子答之以“君君，臣臣，父父，子子。”自蔡入叶，叶公问政，孔子答之以：“政在来远附迩。”尽管种种记载并未出现具体城市名称，不过，根据孔子所任官职、相关行为、交往对象身份及其对

① 郑杰文：《先秦文学与上古文化》，吉林人民出版社2001年版，第419页。

话内容不难判断，其活动空间当为城邑无疑。

作为散文的《论语》，其文学性首先表现在语言成就方面，所录夫子及其弟子之语，词约义丰，理精语隽，深入浅出，节奏鲜明，耐人寻味。其次，还表现为展现出以孔子为代表的生动饱满、具体可感的人物形象。欲认识完整的、立体的孔子形象，必须深刻了解孔子都邑之行，串联《论语》各章只言片语，能够捕捉到关于孔子城邑活动的点滴信息：

> 子入太庙，每事问。——《八佾篇》第三
>
> 子见南子，子路不悦。——《雍也篇》第六
>
> 其在宗庙朝廷，便便言，唯谨尔。——《乡党篇》第十
>
> 朝，与下大夫言，侃侃如也；与上大夫言，訚訚如也。君在，踧踖如也。与与如也。——《乡党篇》第十
>
> 如公门，鞠躬如也，如不容。——《乡党篇》第十
>
> 齐景公问政于孔子。——《颜渊篇》第十二
>
> 卫灵公问陈（阵）于孔子。——《卫灵公篇》第十五
>
> 子之武城，闻弦歌之声。——《阳货篇》第十七①

我们之所以根据上述材料考察孔子的城邑之行，主要是基于中国早期城市的政治功能以及城中人际关系的特征。孔子的所作所为均与政治文化有关，与之对话者、结交者多为各诸侯国的政治人物，其活动空间为各大城邑。以上各段素描式的文字勾勒，在两个方面给人留下较为深刻印象。其一，孔子在朝廷上宗庙里的不俗表现。他恭敬守礼，谨慎行事，有问必答，显示出儒者风范与政治家意识。其二，孔子在城市中的尴尬遭遇。他因拜见当时把持卫国政治的灵公夫人南子，而引起身边弟子明显不满；有意躲避把持鲁国政治权柄的季氏家臣，却偏偏相遇于途中；未能得到齐景公重用，备受冷落之后被迫离开齐国。前者让人看到孔子恪尽职守的态度以及为维护等级秩序自觉遵“礼”的表率作用，后者则使人感受到一位政治失意者的无奈与悲哀。

《论语》里的孔子未能在城市里获得成功，他虽多次进入，可也多次被迫离去，终其一生，有着数次去鲁，斥乎齐，逐乎宋、卫，困于陈、蔡的遭遇，也许只能算作都市的一名匆匆过客。尽管他曾经明确表示“天下有道则见，无道则隐”，（《论语·泰伯》）“道不行，乘桴浮于海”，（《论语·公冶长》）把大自然作为政治

① 本节所引《论语》皆出自朱熹《四书章句集注》，中华书局 1983 年版。

失意后的栖身之处，并且由衷欣赏学生曾皙"浴乎沂，风乎舞雩，咏而归"（《论语·先进》）的人生设计，然而，直至生命结束他也没有选择"隐"于田野山林的生活方式。孔子之所以频繁出入城邑，始终向往身居朝廷庙堂，正是缘于他对"道"的执着信仰以及对"礼"的身体力行。由此，我们发现了中国古代知识分子与城市之间的一大联接点——入世情怀与济世之志。

入世情怀，也是孟子频繁出入都邑的根本原因。与孔子一样，孟子也曾授徒讲学，并带着弟子周游列国，先后到过宋国、薛国、邹国、鲁国、梁国、齐国，最终遭遇也与孔子相似，"天下方务于合从连衡，以攻伐为贤，而孟轲乃述唐、虞三代之德，是以所如者不合。退而与万章之徒序《诗》、《书》，述仲尼之意，作《孟子》七篇"。（《史记·孟轲列传》）《孟子》[①] 一书录有多段孟子与各诸侯国国君的谈话，其谈话地点一般应为国都，从那些充满激情和气势、富有论辩性的发言中，可以看到他对城市问题的关注。

孟子站在民本主义立场，构建"仁政"理论，他反对当时出现的"争城以战，杀人盈城"（《离娄上》）的兼并战争，主张王之"台池"应与民偕乐（《梁惠王上》），认为小国欲在大国的夹缝里求生存，可行之道唯有"凿斯池也，筑斯城也，与民守之，效死而民弗去，则是可为也"。（《梁惠王下》）孟子曾用排比句式，滔滔不绝地描述理想中的社会蓝图："尊贤使能，俊杰在位，则天下之士皆悦而愿立于其朝矣。市廛而不征，法而不廛，则天下之商皆悦而愿藏于其市矣。关讥而不征，则天下之旅皆悦而愿出于其路矣。耕者助而不税，则天下之农皆悦而愿耕于其野矣。廛无夫里之布，则天下之民皆悦而愿为之氓矣。信能行此五者，则邻国之民仰之若父母矣。"（《公孙丑上》）类似描述还出现在《梁惠王上》里："今王发政施仁，使天下仕者皆欲立于王之朝，耕者皆欲耕于王之野，商贾皆欲藏于王之市，行旅皆欲出于王之涂，天下之欲疾其君者皆欲赴愬于王。其若是，孰能御之？"

孟子的社会理想蓝图建立在农业发展的基石之上，同时并不回避城市问题，城市作为国家的有机组成部分也出现在理想图景之中。在孟子的观念里，只有贤能的君主才能够使四民各归其位，各司其职，而城中之市的繁荣即商业的繁荣同样是国家大治的标志之一。

孟子对梁惠王拒绝言利而大谈仁义，对自己养浩然之气配义与道。他怀着

---

① 本节所引《孟子》皆出自朱熹《四书章句集注》，中华书局 1983 年版。

一腔政治热情和对自己学说的高度自信，义无反顾，前往各诸侯国都邑。正是由于他摒弃了荣华富贵之私心，才可能在高高在上的君主面前，心地坦荡，无所畏惧，高扬道义旗帜，纵横捭阖，滔滔不绝。犹如孔子，孟子同样未能在城市里找到自己的理想位置，未能获得推行政治主张的权力与机会，司马迁以一“退”字来概括他的失败。“退”，既是人生态度的转向，同时也是活动空间的移位。值得注意的是，《孟子》一书并没有让读者感受到“丧家犬”似的狼狈与尴尬，它展现的是一位“穷不失义，达不离道”（《尽心上》）的斗士形象，而这一点在很大程度上得益于孟子的语言艺术与论辩才华。当然，也与《孟子》一书以我为主、为我所用的选材原则有直接关系。

二、守卫城邑：《墨子》中的墨子形象

《墨子》是先秦墨家学派的著作汇编，由墨翟门人或后学记录编纂而成，成书大约在战国后期①。《汉书·艺文志》著录为71篇，现存15卷53篇。由于《墨子》之文“意显而语质”（《文心雕龙·诸子》），文采不足，故不少文学通史“诸子散文”一节都缺少对它的论析。作为先秦诸子散文发展的重要环节，《墨子》一书因其文章层次分明、说理讲究逻辑、语录组接内在联系紧密、叙事或具完整性等特点，而获得文学史意义。墨子及其门人对于城市的关注与重视，从一个独特角度显示出先秦士人另一种都市情怀。

墨子姓墨名翟，墨家学派创始者，其生平行迹，司马迁仅在《史记·孟子荀卿列传》末尾做了极为简单的介绍：“盖墨翟，宋之大夫。善守御，为节用。或曰并孔子时，或曰在其后。”在中国思想史上，墨家学派虽以纠正儒学弊端而著称，但从未颠覆儒家积极入世的人生向度，所谓“孔席不暇暖，墨突不得黔”，形象地揭示了两个学派的相同之点。《墨子》一书记载表明，墨家学派与城市具有非常密切的关系，这一点恰好与墨子独特的出身背景分不开。

墨子的出身与所长，较之孔、孟、庄、荀、韩诸子，有着明显差异。他自称“贱人”，无论思想抑或行为都与列于“四民”第三位的“工肆”、“匠”保持着一种无法割断的联系。《墨子·尚贤上第八》云：“故古者圣王之为政，列德而尚贤，虽在农与工肆之人，有能则举之，高予之爵，重予之禄，任之以事，断予之令。”②

① 谭家健、郑君华：《先秦散文纲要》，山西人民出版社1987年版，第115页。
② 本节所引《墨子》均引自（清）孙诒让《墨子间诂》《新编诸子集成本》，中华书局1986年版。

墨子由此被后人视为“农与工肆”之代表者。至于借工匠之事明理，更是成为墨子阐述自己政治主张的常用手段，如《节用中第二十一》云：“是故古者圣王，制为节用之法曰：‘凡天下群百工，轮车、鞼匏、陶、冶、梓匠，使各从事其所能’，曰：‘凡足以奉给民用，则止。’诸加费不加于民利者，圣王弗为。”又如《天志上第二十六》“子墨子言曰：‘我有天志，譬若轮人之有规，匠人之有矩，轮匠执其规矩，以度天下之方圜。’”墨家弟子众多，因承担工作的差异而分为“从事”、“说书”、“谈辨”三类，其中第一类即指那些从事器械制造、守城保卫诸事的弟子①。如果墨子自身不具备相应技能，自然无法培育和指导学生。由此推之，墨子本人一定具有工匠之特长，《韩非子·外储说》称“墨子为木鸢”，应不是虚言。

考察墨子及其大批弟子集聚情况，我们倾向于城邑是他们长期而重要的活动之地。墨子与孟子一样，反对兼并战争破坏城市，《墨子》卷五“非攻下第十九”载墨子语云：“今王公大人天下之诸侯则不然，将必皆差论其爪牙之士，皆列其舟车之卒伍，于此为坚甲利兵，以往攻伐无罪之国。入其国家边境，芟刈其禾稼，斩其树木，堕其城郭，以湮其沟池，攘杀其牲牷，燔溃其祖庙，劲杀其万民，覆其老弱，迁其重器。”具体展示了一个国家及其都城被战争毁灭的全过程，并给予强烈谴责。但是，墨子与孟子相比又存在很大差异，不仅形成了较为系统的非攻学说，更重要的是，他还善于将理论付诸实践，为阻止战争四处奔走，先后止齐攻鲁，止楚攻宋、说鲁阳文君勿攻郑，表现出比孟子更为主动积极的实干精神。而这一切隐然透露出墨子心中城市情结的存在。

墨子不少观点的提出是以城市为立足点的，例如强调城中设市、城市结合的重要性，《杂守第七十一》载墨子语曰：“凡不守者有五：城大人少，一不守也；城小人众，二不守也；人众食寡，三不守也；市去城远，四不守也；蓄积在外，富人在墟，五不守也。率万家而城方三里。”其中“四不守”便是针对城市分离状况而言的，能够发现守城的诸种弊端，是因为他具有守城者立场。墨子特别重视修建城防工事，尤其擅长守城，这显然不是农业经济发展的直接产物。《墨子》卷十四“备城门第五十二”专讲筑城之法，其中托墨子之言曰：“我城池修，守器具，樵粟足，上下相亲，又得四邻诸侯之救，此所以持也。且守者虽善，而君不用之，则犹若不可以守也。若君用之守者，又必能乎守者，不能而君用之，则犹

① 参见郑杰文：《中国墨学通史》上册第一章，人民出版社 2006 年版。

若不可以守也。然则守者必善而君尊用之，然后可以守也。”强调修城筑城是社稷得以保全、城市得以守卫的必备条件，足以体现墨子的守城思想。《墨子》卷十五“迎敌祠第六十八”和“旗帜第六十九”用了大量篇幅讲守城之法，而墨子本人的守城绝技在《公输》篇里表现得淋漓尽致：

公输般为云梯之械成，将以攻宋。墨子闻之，至于郢，见公输般。墨子解带为城，以牒为械。公输般九设攻城之机变，墨子九拒之。公输般之攻械尽，墨子之守固有余。

墨子生活的时代，城邑最主要的功能仍是军事防御，经济功能尚不完备和发达，具有城邑卫士特征的墨子形象正是在这种背景下产生的。如此炉火纯青的守城技能，如果没有高度自觉的守城意识和长期相关的生活实践经验，是难以具备的。

作为散文的《墨子》，为后世读者勾勒出一位不畏艰辛、勇于实践的思想家兼反战者的墨子形象。他东奔西走，为推行自己的学说，全身心投入，偶见成效，例如止楚攻宋获得成功。就全局观之，他与孔孟一样，仍然是位失败者，不仅无法彻底消除“攻伐无罪之国”的不义之战，就连其本人也亲历了不为人所理解的难堪，如在阻止楚国攻宋之后，归宋遇雨，守门人不纳（《公输》）。墨子的遭遇再一次说明，早期诸子的学说并不适合其游说对象的内心欲求。那些身居城市华丽宫室的君主，物质欲望日益膨胀，强烈渴望获得更多的城邑、民众、财产和权力，而欲实现这一目的，在当时最为有效也最为快捷的途径便是武力征讨、战争掠夺。无论孔子提倡的“礼”、孟子主张的“仁政”，还是墨子宣传的“兼爱”、“非攻”，对他们而言，均不是解决其现实问题的良方，因此，早期诸子在城市中的失败实属不可避免。

在中国古代文学人物系列画廊中，以关注城市守卫著称、在技术层面上与城市发生关系的士人形象十分罕见，正因如此，墨子形象弥足珍贵。

三、远离城市：《庄子》的“理想国”与隐士群像

司马迁对庄子其人的介绍是：“庄子者，蒙人也，名周。周尝为蒙漆园吏，与梁惠王、齐宣王同时。其学无所不窥，然其要本归于老子之言。故其著书十余万言，大抵率寓言也。作《渔父》、《盗跖》、《胠箧》，以诋訾孔子之徒，以明老子之术。《畏累虚》、《亢桑子》之属，皆空语无事实。然善属书离辞，指事类情，用剽剥儒、墨，虽当世宿学不能自解免也。其言洸洋自恣以适己，故自王公大人不

能器之。”① 庄子生活的时间大约与孟子同时或稍后，二人却因背道相驰而未曾谋面。孟子积极推行自己的政治学说，经常奔走于各诸侯国都邑之间，庄子则截然相反。根据《庄子》一书描写，他虽可能到过赵、魏、楚等国，不过绝大多数时间是在远离尘世之处冷眼旁观，寻求逍遥，以终身不仕的选择，表达自己对整个社会不予合作的立场。

由庄子及其门人、后学撰写的《庄子》，高举批判大旗，“以诋訾孔子之徒”为要旨，将批判矛头直指社会历史发展进程中所暴露的诸种弊端，甚至于否定社会发展本身，呈现出比较鲜明的反城市特质。城市之于人类，不仅意味着居住环境的重大改变，作为人类“有意为之”的文化产物，它的兴起和发展凝聚着无数人的智慧与汗水，并在物质和技术层面上具体指示文明进程的历史新高度。城市聚集的不仅仅是相对富足的物质财富，同时还有足以掌控一个地区或一个国家的政治权力，正是这一点吸引了无数士人渴望的眼光与前往的脚步。然而，标举“无为”之道的庄子，却对城市及其代表的文化精神给予了根本性否定。

遍读《庄子》，难以找到作者对城市的直接言说，然而，读者又能够从那汪洋恣肆的行文中感受到反城市倾向的存在，“谬悠之说，荒唐之言，无端崖之辞”内涵着庄子的理性思考，卮言、重言、寓言均受其价值判断影响。

首先，《庄子》运用想象还原的手法，建构以返古为标志的理想世界，正面否定城市这一人类为自己创造的后起的居住空间。在《马蹄》篇中，作者充分调动艺术想象力，形象地勾勒了史前时期人兽混居的原始生活环境：

> 山无蹊隧，泽无舟梁；万物群生，连属其乡；禽兽成群，草木遂长。是故禽兽可系羁而游，鸟鹊之巢可攀援而窥。夫至德之世，同与禽兽居，族与万物并。恶乎知君子小人哉！②

庄子的理想国存在于遥远的上古时期，其怀念往古的心理动因在于对现实的强烈不满，支撑这幅“至德之世”图景的，正是一种去城市化的社会构想。无独有偶，《盗跖》篇里再一次重现了这幅理想国图景。文章写孔子往见盗跖，说之弃恶，诱以“使为将军造大城数百里，立数十万户之邑，尊将军为诸侯”，盗跖先是断然拒绝孔子的诱惑，答之以“今丘告我以大城众民，是欲规我以利而恒民畜我也，安可久长也！”然后慷慨激昂地阐述“城市无用”的道理：“城之大者，莫大乎

① （汉）司马迁撰《史记·老子韩非列传》，中华书局1959年版，第2143页。
② 本节所引《庄子》皆出自（清）郭庆藩《庄子集释》，中华书局1961年版。

天下矣。尧、舜有天下，子孙无置锥之地；汤、武立为天子，而后世绝灭；非以其利大故邪？且吾闻之，古者禽兽多而人少，于是民皆巢居以避之。昼拾橡栗，暮栖木上，故命之曰‘有巢氏之民’。古者民不知衣服，夏多积薪，冬则炀之，故命之曰‘知生之民’。神农之世，卧则居居，起则于于。民知其母，不知其父，与麋鹿共处，耕而食，织而衣，无有相害之心。此至德之隆也。”与原始山林形成鲜明对比，城市成为被唾弃的对象。

与此相适应，《庄子》总是刻意表现对原始自然山林的向往与亲近，不仅高唱“山林与！皋壤与，使我欣欣然而乐与！”（《知北游》）更是通过“贤者伏处大山嵁岩之下，而万乘之君忧栗乎庙堂之上”（《在宥》）的反向对比直接表达价值诉求。

其次，《庄子》通过人物形象描写，侧面渲染和强化一种远离城市的文化氛围。庄子善于运用寓意故事来增加说理的形象性与感染力，虚构的人物之所以成为寓言中心，是因为承载着作者的写作意图，出现在《庄子》寓意中的各类正面人物经常传达相同的信息——至德之人（多数为隐士）总是拒绝与城市结缘。《逍遥游》里的神人，居住地为藐姑射之山；《庚桑楚》里那位偏得老聃之道的庚桑楚，“以北居畏垒之山”；《则阳》里的公阅休奚，以山林江海为家；《让王》中几位拒绝权力的高人都是以自然山水作为自己的理想归宿，如舜以天下让善卷，善卷不受，遂去而“入深山，莫知其处”；《秋水》篇则讲述庄子本人的故事，“庄子钓于濮水。楚王使大夫二人往先焉，曰：‘愿以竟内累矣！’庄子持竿不顾，曰：‘吾闻楚有神龟，死已三千岁矣。王巾笥而藏之庙堂之上。此龟者，宁其死为留骨而贵乎？宁其生而曳尾於涂中乎？’二大夫曰：‘宁生而曳尾涂中。’庄子曰：‘往矣！吾将曳尾於涂中。’”一位拒绝城市诱惑而乐于逍遥山林的隐士形象跃然纸上。

再次，《庄子》描述“逍遥游”理想境界时，植入了“乡村”背景，于有意无意中表明了对理想生存环境的空间定位。庄子向往和提倡逍遥游，以“无待”即绝对自由、无所凭借为本质和特征，直指人之内心，对于这种具有形上意味的精神指向与心灵皈依，他需要借用具象进行阐释说明。于是《逍遥游》曰：“今子有大树，患其无用，何不树之于无何有之乡，广莫之野，彷徨乎无为其侧，逍遥乎寝卧其下。”《让王》云：“余立于宇宙之中，冬日衣皮毛，夏日衣葛絺；春耕种，形足以劳动；秋收敛，身足以休食；日出而作，日入而息，逍遥于天地之间而心意自得。”乡野、田间就是宇宙，就是天地，就是人之逍遥之所。春耕秋收，植树于乡野，本是有为之举，为何反倒成为无为与逍遥的形象解说？正是在此，我们可以找到庄子整个理论大厦的建构基石——以自然为本，以农业为根。他提倡回归自然，要求人保持本真，却又无法抹煞人的一切社会性，取消人的一切社会行为，在庄子的理论逻辑链条上，原始农业劳作及其生活属于符合自然之道的“天”之范畴，由于它只是为了满足人类本能性的物质需求，在最大程度上保留了原始本色，故被排除在被批判的“人为”现象之外。庄子不是农家学派代表，其本意并非提倡农耕，而是要求返璞归真，因此提倡原始乡村生活的相对自由来对抗文明社会对人身心的束缚与限制。

《庄子》批判与农业文化精神背道而驰的各种社会行为与历史现象，反对一切“人为”之举，自然不可能赞同发展城市建设，城市成为其批判的材料或对象不足为怪，《胠箧》一篇最为典型。庄子先描述“将为胠箧探囊发匮之盗而为守备，则必摄缄縢，固扃鐍”之现象，说明人为的防盗措施只能逼迫巨盗产生，其实质乃“为大盗积者也”。紧接着又借齐国发展历史说事，“昔者齐国邻邑相望，鸡狗之音相闻，罔罟之所布，耒耨之所刺，方二千余里。阖四境之内，所以立宗庙社稷，治邑屋州闾乡曲者，曷尝不法圣人哉？然而田成子一旦杀齐君而盗其国，所盗者岂独其国邪？”在他看来，圣人无论为建立国家抑或修筑城邑宗庙付出多少努力，最终不免沦为“为大盗守者”，不仅事与愿违，而且危害性更大。

庄子对于城市的紧张与焦虑，源于一位思想家对社会发展历程中诸多弊端的深刻洞察以及对现实人生苦难的深切体验。孟子和墨子看到了并强烈谴责“争城以战”的不义之举，庄子不仅亦如此，而且在深入追问中发现了问题症结所在。人不断扩张的物质欲望，最终导致各种丑恶现象滋生；人为了追求更多财富和更大权利，正在付出失去自我本性甚至断送性命的代价。庄子的眼光无疑具有前瞻性，他所提出的诸多问题在日后中国社会的发展历史中暴露得更加清晰和突出，他的困惑与痛苦不止一次重现在后世作家的心灵深处。正因如此，庄子远离城市、隐逸山林的人生设计与人格范式才作为历史样板，一直矗立在中国文化思想发展史的源头。

毋庸讳言，庄子的思想和理论具有极大的片面性和消极性。他痛恨文明进程中出现的种种罪恶，进而连文明本身也一起否定，主张社会倒退；他不满人们因追逐名利而尔虞我诈、勾心斗角，进而全面抹煞人的主观能动精神，提倡无为保真。《荀子·解蔽》篇云：“庄子蔽于天而不知人。”这一理论缺陷必然导致反城市倾向的产生。

四、关注城市:《韩非子》的言说视角与特征

生活于战国后期的韩非（约前280～前233），享有“先秦诸子的殿军”[①]之称。

韩非一生的主要活动地是韩国与秦国，这位韩国公子，不善言辞却长于撰述，有《韩非子》一书传世。《汉书·艺文志》著录《韩非子》55篇，今本数量相同，除少数几篇由后人窜入外，大部分出自韩非之手。韩、秦两国都城均是韩非展示政治自我才华之地，这一点影响到《韩非子》的言说视角和言说特征。

就内容而言，《韩非子》之文基本属于说理散文，作者运用多种言说方式如专题论述、驳难体、解说体等较为详尽地阐释了自己的社会政治观，其言说视角始终聚焦于现实。面对霸道盛行的时局，韩非不再高举王道大旗，当攻城夺地已成为秦王统一天下的必要和重要手段之后，他绝不简单地反对攻伐和占有城市。韩非审时度势，适应统治者的政治需要，针对统一历史进程中出现的新问题，提出自己的解决方案，聚集于现实的言说视角赋予《韩非子》强烈的现实意义。如何成功占领城市和有效治理城市，构成韩非治国谋略的重要内容，以城与市为例阐明治国之理，则成为《韩非子》言说的重要特征。较之墨子，韩非的城市视野更为清晰，这既为时代发展潮流所致，亦是其个人生活空间背景影响使然。

《韩非子》已出现“城市”连用的情况，《爱臣》篇云：“故大臣之禄虽大，不得藉威城市。”[②]这是古代中国城与市一体化进程推进卓有成效的客观反映。战国时期许多著名城市如赵都邯郸（河北邯郸）、楚都郢（湖北江陵）、魏都安邑（山西夏县西北）、大梁（河南开封）、燕都蓟（北京宣武区）、韩都平阳（山西临汾西南）以及晋阳、中牟、邺、陶、宛丘、叶、蓝田、阳夏、蒲城、平陆、长平、鄢陵、姑苏等不时出现于韩非笔下，他对城市问题的关注由此可见一斑。

筑城于国之重要性，韩非给予了正面肯定，《存韩》云：“修守备，戒强敌，有蓄积、筑城池以守固。”《亡徵》云：“无地固，城郭恶，无畜积，财物寡，无守战之备而轻攻伐者，可亡也。”《五蠹》亦云：“十仞之城，楼季弗能踰者，峭也。”与墨子相比，韩非在筑城问题上采用了更为灵活、更为务实的策略，《说林下》先后以靖郭君不城薛和晋平王城壶丘为例，阐明筑城与否应因时因事而定的道理。韩非更为重视和强调的是攻城的战略意义，武力征讨是成就霸业的唯一手段，攻

---

① 陈飞主编:《中国古代散文研究》，福建人民出版社2005年版，第117页。

② 本节所引《韩非子》均引自陈秉才译注:《韩非子》，上海人民出版社2007年版。

城掠地是通向成功的必然起点，这种思想贯穿在《韩非子》的数篇文章里。《初见秦》应是韩非给秦王的见面礼，为了证明秦国具有成就霸王之名的机会，他以六国为征讨对象一一分析，其中“袭郢”、“围梁”和“拔邯郸”三段颇显特色：

秦与荆人战，大破荆，袭郢，取洞庭、五湖、江南，荆王君臣亡走，东服於陈。当此时也，随荆以兵则荆可举，荆可举，则民足贪也，地足利也。东以弱齐、燕，中以凌三晋。然则是一举而霸王之名可成也，四邻诸侯可朝也。

天下又比周而军华下，大王以诏破之，兵至梁郭下，围梁数旬则梁可拔，拔梁则魏可举，举魏则荆、赵之意绝，荆、赵之意绝则赵危，赵危而荆狐疑，东以弱齐、燕，中以凌三晋。然则是一举而霸王之名可成也，四邻诸侯可朝也。

拔邯郸，筦山东河间，引军而去，西攻脩武，踰华，绛上党。代四十六县，上党七十县，不用一领甲，不苦一士民，此皆秦有也。

韩非说理喜用排比手法，既能使说理更加透彻，又可增加文章气势，本篇亦不例外。上引三段文字均围绕统一之战展开论述，每一段论述均可得出相同结论，即破敌都城是秦王成就霸业的起点，反复言说，目的在于强调，六国都城的重要战略地位在此已得到充分体现。

韩非说理长于正反对比，层层深入，条理分明，逻辑严密，这一点同样体现在他对城市治理思想的表述中。《十过》言治国者的十种错误，其五曰“贪愎喜利则灭国杀身之本也”，在以“知伯身死军破，国分为三，为天下笑”为反面例证的同时，又以董阏于、赵襄子成功治理晋阳为正面例证，分两层表述了韩非所欣赏的治国理念。“藏于臣不藏于府库，务修其教不治城郭”，此为第一层；“公宫之垣皆以荻蒿楛楚墙之”，“公宫令舍之堂，皆以炼铜为柱、质”，宫室修建与备战相结合，乃第二层。赵襄子三问，张孟谈三答，逐步深入地揭示出晋阳治理成功的原因，进而从正面阐明治国不能“贪愎喜利”之道理。

观市而可知治国之道，亦是《韩非子》反复强调的思想，故其阐述治国之理时常举市情为例。例如，《难二》言齐景公繁于刑，晏子告之以都城之市“踊贵而屦贱”，使景公意识到自己刑多政暴，于是损刑五。又如，《五蠹》认为“明王治国之政”，应该“使其商工游食之民少而名卑”，如果“奸财货贾得用于市则商人不少”，则说明治国者存在严重问题。再如，《六反》为了阐释“奸必知则备，必诛则止；不知则肆，不诛则行”之理，列举正反两方面事例：“夫陈轻货于幽隐，虽曾、史可疑也；悬百金于市，虽大盗不取也。不知则曾、史可疑于幽隐，必知则大盗不取悬金于市。”此处所言“市”已经具有了“闹市”之义。《亡徵》一文结构十分奇特，作者揭示亡国征兆，连用48个“可亡也”构成排比，一气呵成，其中“群臣为学，门子好辩，商贾外积，小民右仗者，可亡也”与“好宫室台榭陂池，事车服器玩好，罢露百姓，煎靡货财者，可亡也”这两个征兆，分别涉及城市布局与城内宫室建筑规模等问题。

“任术”是韩非政治思想的主要内容之一，在具体阐释君主驾驭群臣的权术时，城市也构成其重要视角。最具典型性的是《内储说上》关于“商太宰使少庶子之市”的故事：

> 商太宰使少庶子之市，顾反而问之曰：“何见于市？”对曰：“无见也。”太宰曰：“虽然，何见也？”对曰：“市南门之外甚众牛车，仅可以行耳。”太宰因诫使者：“无敢告人吾所问于汝。”因召市吏而诮之曰：“市门之外何多牛屎？”市吏甚怪太宰知之疾也，乃悚惧其所也。

类似的故事还有“惠嗣公使人伪关市”（见《外储说》）。上层统治者通过显示对市情的掌控，来证明自己信息渠道的畅通，从而达到威慑臣下的目的。

先秦时期，君主拥有的宫室台池构成了独特的城市景观，甚至成为都市的标志性建筑之一。在韩非眼里，它们同样可以作为君主察奸和任术的特殊工具。《八奸》列举“凡人臣之所道成奸者”的八种奸术，其四曰养殃。何谓养殃？韩非曰：“人主乐美宫室台池、好饰子女狗马以娱其心，此人主之殃也。为人臣者尽民力以美宫室台池，重赋敛以饰子女狗马，以娱其主而乱其心、从其所欲，而树私利其间，此谓养殃。”“美宫室台池”既然成为奸臣的惑君之术，君主就必须洞察奸术之所在，方能防奸除奸。《内储说上》则讲述了利用城市宫室建筑任术的一个成功案例：越王接受大夫文种建议，故意焚其宫室，一方面欲借此观察民众在危难事件面前的反应，另一方面则是要借此事件表达“吾赏厚而信，罚严而必”的重法精神，提高民众对法令的信任度，为伐吴之战做准备。由此可见，韩非言说的城市视角并非决定于其自觉的城市意识，而是受制于城市在当时政治、军事斗争中的重要地位。

《韩非子》言说的城市视角与表述特征，在思想意识与理论决策的层面上显示了先秦士人与城市的内在联系，韩非的人生实践则表明对城市的关注与研究有助于士人政治理想的实现。

第四节　历史散文：描写的触角在城市进一步伸展

先秦历史散文包括《尚书》、《春秋》、《国语》、《左传》、《战国策》等著作，其内容或为历史文献汇编，或为历史大事件记录，或为历史人物言行论集粹，中国古代城市发展的历史进程和社会成员对于城市的认识，在上述著作里得到了一定的客观反映。

《尚书·召诰》、《尚书·洛诰》、《尚书·康王之诰》三篇诰词分别提到了周初修建洛邑这一大事件。从"成王在丰。欲宅洛邑。使召公先相宅"到"惟太保先周公相宅……太保朝至于洛。卜宅。厥既得卜。则经营。越三日庚戌。太保乃以庶殷。攻位于洛汭。越五日甲寅。位成"，从周公"朝至于洛师。我卜河朔黎水。我乃卜涧水东。瀍水西。惟洛食。我又卜瀍水东。亦惟洛食。伻来以图。及献卜"，到"惟三月哉生魄，周公初基，作新大邑于东国洛。四方民大和会。"① 清晰地勾勒出洛邑从筹备到落成的基本情况。《国语·齐语》记载了齐桓公与管子关于国都居民分布的一段对话："桓公曰：'定民之居若何？'管子对曰：'制国以为二十一乡。'桓公曰：'善。'管子于是制国以为二十一乡：工商之乡六；士乡十五，公帅五乡焉，国子帅五乡焉，高子帅五乡焉。参国起案，以为三官，臣立三宰，工立三族，市立三乡，泽立三虞，山立三衡。"韦昭注曰："国，国都城郭之域也，唯士、工、商而已，农不在也。"士、工、商、守城军士与国中朝臣是城市居民的主要构成人员。同卷还载有管子的另一段话："处工，就官府；处商，就市井；处农，就田野。"这说明随着社会分工进一步明确，市井的商业功能已经得到国家管理者的认可。《左传》记载了春秋各国之间频繁筑城和攻城的众多历史事件，真实地反映了当时周天子京师政治中心地位正在丧失、各诸侯国城邑日益崛起的社会现实。如果从文学的角度进行审视，《战国策》最具研究价值，该书的描写呈现出向城市的不同方面伸展之趋势，而且不乏文学性。

先秦散文中，《战国策》的"身份"有些特别。其体例类似《国语》，按东周、西周、秦、齐、楚、赵、魏、韩、燕、宋、卫、中山等国分别记述军国大事，时代上接《春秋》，下至秦并六国，算得上一部具有国别体特征的史料汇编。就内容而言，主要记叙战国时代以纵横家为主的谋臣策士的言论及其斗争策略，比较集中地

① 引自（清）阮元校刻：《十三经注疏》上册，中华书局1980年影印本。

表现了纵横家思想，故又具有子书之特点[①]。

战国时代七雄并立，以攻城伐邑为标志的兼并战争日益激烈。以张仪、苏秦为代表的纵横家以及其他谋臣策士，置身于错综复杂的政治、军事斗争之中，为确保自己的成功，游说诸侯时，必须针对现实提出对策，于是，城市问题自然成为重点思考对象。考察纵横家的活动范围，多为各国都城和大邑，特定的时代背景与特殊的空间背景相结合，决定了他们的说辞无法回避"城市"这一时代话题。

《战国策》也出现了"城"、"市"连用的语言现象，《赵策一》云："冯亭守三十日，阴使人请赵王曰：'韩不能守上党，且以与秦，其民皆不欲为秦，而愿为赵。今有城市之邑七十，愿拜内之于王，唯王裁之。'"[②] 所谓"城市之邑"乃言邑之有城有市者，即指规模较大的城邑。仅韩就有城市之邑七十，足见当时中国城市发展的数量与规模均已创历史新高。《战国策》在记述战争事件时，涉及当时诸多城市，除了七国都城咸阳（今陕西咸阳东北）、临淄（今山东淄博临淄），邯郸、安邑、大梁、蓟丘、平阳、郢之外，还有莒、即墨、鄢、晋阳、宜阳、襄陵、桂陵、宁邑、宛、叶等重要城邑，其中最为精彩的描写出现在《齐策一》之中：

> 苏秦为赵合纵，说齐宣王曰："齐南有太山，东有琅邪，西有清河，北有渤海，此所谓四塞之国也。齐地方二千里，带甲数十万，粟如丘山。齐车之良，五家之兵，疾如锥矢，战如雷电，解如风雨。即有军役，未尝倍太山、绝清河、涉渤海也。临淄之中七万户，臣窃度之，下户三男子，三七二十一万，不待发于远县，而临淄之卒，固以二十一万矣。临淄甚富而实，其民无不吹竽、鼓瑟、击筑、弹琴、斗鸡、走犬、六博、蹹踘者；临淄之途，车毂击，人肩摩，连衽成帷，举袂成幕，挥汗成雨；家敦而富，志高而扬。

苏秦为了鼓动齐宣王合纵抗秦，熟练地运用铺陈和夸饰的艺术手法，将齐国地势的险要、军队的精良以及都城临淄人口的众多、市朝的繁荣、民生的富足强调到极致，语言酣畅淋漓，充满激情，气势贯通。这是先秦散文关于城市描写最具有文学性和艺术感染力的一段文字，《战国策》的语言艺术成就于此得到充分体现。

描绘出一系列个性鲜明的人物形象，是《战国策》的另一文学成就。在该书

① 有学者认为《战国策》是地地道道的纵横家作品，应该属于子书。见陈飞主编：《中国古代散文研究》，福建人民出版社 2005 年版，第 143 页。

② 本节所引《战国策》均出自汉·刘向集录：《战国策》，上海古籍出版社 1983 年版。

众多人物形象里，不乏能够给人留下深刻印象的市井人士，其中刺客聂政和商人吕不韦最具有典型意义。《韩策二》记述了严遂寻求刺客刺杀韩相傀的故事，充当刺客的聂政自称“市井之人”，为避仇而客游他乡，隐于屠者之间，“鼓刀以屠”。他身居市井，结交权贵，讲义气，重然诺，仗剑行侠，视死如归，完全可以视为都市游侠的雏形。《秦策五》通过讲述“濮阳人吕不韦贾于邯郸”之事，成功地刻画出中国文学史第一位性格鲜明、富有立体感的商人形象。秦庄襄王之孙、孝文之子异人（即后来的秦昭王）质于赵，贾于邯郸的吕不韦敏锐地发现了其中的无限商机，因而有意取悦于异人，他成功地游说秦、赵两国统治者，使异人安全返回秦国。文中记录了吕不韦行动之前与其父的一段对话：

> 濮阳人吕不韦贾于邯郸，见秦质子异人，归而谓父曰：“耕田之利几倍？”曰：“十倍。”“珠玉之赢几倍？”曰：“百倍。”“立国家之主赢几倍？”曰：“无数。”曰：“今力田疾作，不得暖衣余食；今建国立君，泽可以遗世。愿往事之。”

运用排比句式揭示人物的心理动因。吕不韦之所以甘愿积极主动效力于沦为人质的贵族公子，是因为他预见到了事情成功之后自己能够获得的巨大利润，一番话活画出一个富有经济头脑、善于投机的商人形象。出现在《战国策》里的城市居民除了上文涉及的国君、大臣、商人、屠夫之外，还有占卜者、妓女、工匠（如金匠、木工、裁缝）及其依附诸侯贵族而食的门客。他们大多作为陪衬而出现在叙事之中，其文学价值主要体现在增强叙事的现场感和描写的真实性。

朝秦暮楚、摇唇鼓舌的谋臣策士是活跃在都市中的特殊人群，《战国策》对他们的展示相当成功。由于学术界对此已经给予高度评价，兹不再赘述。

《战国策》的文学成就还表现在善于巧设比喻说明事理，在丰富多样的喻体之中出现以“市”为喻体的情况，绝非偶然。《齐策四》云：

> 孟尝君逐于齐而复反。谭拾子迎之于境，谓孟尝君曰：“君得无有所怨齐士大夫？”孟尝君曰：“有。”“君满意杀之乎？”孟尝君曰：“然。”谭拾子曰：“事有必至，理有固然，君知之乎？”孟尝君曰：“不知。”谭拾子曰：“事之必至者，死也；理之固然者，富贵则就之，贫贱则去之。此事之必至，理之固然者。请以市谕。市，朝则满，夕则虚，非朝爱市而夕憎之也，求存故往，亡故去。愿君勿怨。”孟尝君乃取所怨五百牒削去之，不敢以为言。

“市”之所以成为喻体，前提在于市及市场现象已成为言谈双方所熟悉的对象，而市“朝则满”与《齐策一》“邹忌讽齐王纳谏”中“门庭若市”之比喻相同，均以市的繁荣景象形容众人聚集的热闹场面。《魏策二》以“三人言市有虎”为喻，说明众口铄金、众议惑人的道理。《秦策一》载张仪为鼓动秦惠王攻打韩国，先以“争名者于朝，争利者于市”之言开导，再将三川、周室喻为天下之市朝，以说明攻韩有利可图。《战国策》中许多人物都习惯将与人做交易称为“市”，如“市马”、“市地”、“市其下东国”、“市义”，这种用法源于人们对“市”物物/钱物交易功能的普遍认可。中国文学家对“市”基本定位的两个方面——人多之处与趋利之所，在此已现端倪。

第五节　屈原与楚辞：宫廷逐臣的“郢都情结”

楚辞，是指战国后期以屈原为首的楚国作家所创作的、具有浓郁地方色彩的新体诗歌，屈原的《离骚》、《九章》、《九歌》、《天问》代表了楚辞的最高成就。

屈原之所以出现在中国古代城市文学研究视域里，不仅仅因为在他的艺术想象世界里浮现着城市的光影，《天问》关于“昆仑县圃，其居安在？增城九重，其高几里？四方之门，其谁从焉”[①]的设问，显然存在着对现实场景的借鉴与移植[②]。更为重要的是，作为一位从宫廷走出的诗人，描写宫廷的独特经历，展示被逐出宫廷后的心路历程，已构成屈原文学创作的重大主题。在中国文学史上，他的创作具有开启宫廷文学先河之意义。

宫廷文学是以空间为观照视角，以宫廷生活、宫廷人物、宫廷事件以及宫廷斗争为描写对象的文学，属于城市文学的一个重要分支。宫廷，亦作宫庭，是依附于一定建筑而存在的特殊文化空间，它位于都城之内，集君主居所与政治集会场所于一体[③]。如果依据实际功用进行划分，宫廷可以分为公私两大部分，其中的“后宫”属于君王的私人空间，而由前庭、主殿等构成的“朝廷”则具有公共政治空间的性质，是帝王聚会群臣、接待外宾、处理政务、发布政令的场所，相关建筑通常成为权力的象征。屈原曾任楚怀王左徒，拥有进入宫廷政治空间的身份与机会，据《史记·屈原贾生列传》载，他“入则与王图议国事，出则接遇宾

---

① 本节所引楚辞皆出自朱熹集注：《楚辞集注》，上海古籍出版社1979年版。

② 《荀子·哀公》：“君出鲁之四门，以望鲁四郊，亡国之虚则必有数盖焉。”北京大学《荀子》注释组《荀子新注》，中华书局1979年版，第500页。

③ 宫廷之义最早是指室中，《荀子·儒效》篇云：“是君子之所以骋志意于坛宇、宫廷也。”后则专指帝王居住和处理政务之所，《史记·商君传》云：“筑翼阙宫廷于咸阳，秦自雍徙都之。”

客，应对诸侯，王甚任之”。由此可见，位于楚国郢都内的楚王朝廷一度成为屈原施展政治、外交才能的舞台。由于同朝上官大夫的忌妒和谗言，怀王“怒而疏屈平”，其后又因得罪令尹子兰，子兰“卒使上官大夫短屈原于顷襄王，顷襄王怒而迁之”，屈原最终被彻底逐出宫廷，被迫踏上流放之路。

屈原的政治生涯以悲剧告终，他“疾王听之不聪也，谗谄之蔽明也，邪曲之害公也，方正之不容也，故忧愁幽思而作《离骚》”。在《离骚》这首政治抒情长诗里，已经离开宫廷的屈原或用赋法，或用比兴，对自己“信而见疑，忠而被谤”的不幸遭遇做了痛苦的回顾：“曰黄昏以为期兮，羌中道而改路。初既与余成言兮，后悔遁而有他。”“众皆竞进以贪婪兮，凭不厌乎求索。羌内恕己以量人兮，各兴心而嫉妒。”“众女嫉余之娥眉兮，谣诼谓余以善淫。”这一切均发生在楚王宫廷之内。尽管屈原出身高贵，血统纯正，与楚王同宗同族，然而，一旦置身于公共政治空间之中，他与楚王的关系就从本质上得以改变，君臣取代了宗亲。作为文化空间的城市，与乡村的一个显著区别在于人际关系普遍具有非血缘联系的异质性，人与人之间的交往更多地被涂抹上功利性色彩，发生于其中的矛盾冲突也因此变得更加冷酷无情，宫廷斗争更是由于涉及生杀予夺的最高权力而充满腥风血雨，对此，屈原的宫廷遭遇给予了形象的诠释。屈原所谓“邪曲”与“方正”，在传统的研究视域中，通常被纳入单纯的是非道德评判之中，事实上他所面对的善恶是非之争，就本质而言，属于一种淡化血缘甚至去血缘化后的政治斗争。这种撕去了脉脉温情面纱、面对面展开的争斗，更为集中地发生在城市里宫廷内，对于它的残酷性和复杂性，屈原事先显然缺少足够的心理准备以及相应的有效对策。在中国历史上，屈原的遭遇绝非个别，这从一个特定的角度暴露了古代部分高扬理想主义旗帜、具有强烈“诗人气质”的知识分子城市生存能力的严重不足。

屈原先被疏远，后遭流放，被迫离开郢都，长期漂流在外。然而，诚如司马迁所言，他始终“眷顾楚国，系心怀王，不忘欲反，冀幸君之一悟，俗之一改也。其存君兴国而欲反覆之，一篇之中三致志焉”①。“欲反”之地正是屈原梦绕魂牵的郢都，只有回到都城，重返政治权力中心，才有机会报效君国，实现自己的人生理想。对理想的执着追求，使回望郢都成为逐臣屈原的一种内在生存需要，其“郢都情结”除了《离骚》有所表现外，《哀郢》一诗给予了更为集中和形象的

① （汉）司马迁：《史记·屈原贾生列传》，中华书局1959年版，第2485页。

揭示。

《哀郢》作于屈原流放途中，此时秦将白起已攻破楚国京都，诗人身为逐臣，遥想都城，痛切地回忆起自己当年离别那座城市、流亡江南的种种情景，抒发了日夜不忘故都的凄怆之情。屈原于开篇交代自己行程时，用笔并不简练，"去故乡"、"出国门"、"发郢都"、"去闾"，这种反复述说的手法，絮絮叨叨的形象，无不为了抒发诗人那种步履维艰、徘徊犹豫、不忍离去的依恋与痛苦情怀。"望长楸而太息兮"、"顾龙门而不见兮"、"登大坟以远望兮"、"曼余目以流观兮"，诗人的四次回望贯穿全篇，前后呼应，以漫长的时间和广阔的空间为背景，突出和强化了自己内心深处挥之不去的"郢都情结"。

屈原未在《哀郢》里直接描写自己记忆中的郢都图像，不过，《招魂》一诗却展开了美好的记忆画卷。关于《招魂》的作者以及招谁之魂，历来存不同说法①，我们持屈原招楚怀王亡魂说。诗篇借巫阳之口满怀深情地呼唤"魂兮归来"，"返故居兮"，在具体说明四方上下均不可居的原因后，浓墨重彩地描绘了故居的美好场景：

> 像设君室，静闲安些。高堂邃宇，槛层轩些。层台累榭，临高山些。网户朱缀，刻方连些。冬有突厦，夏室寒些。川谷径复，流潺湲些。光风转蕙，氾崇兰些。经堂入奥，朱尘筵些。砥室翠翘，挂曲琼些。翡翠珠被，烂齐光些。蒻阿拂壁，罗帱张些。纂组绮缟，结琦璜些。室中之观，多珍怪些。兰膏明烛，华容备些。二八侍宿，射递代些。九侯淑女，多迅众些。盛鬋不同制，实满宫些……

此段充满夸张、铺排、修饰的文字，实质上是诗人在"郢都情结"驱动下对郢都景象所进行的艺术复原：楼台巍峨，宫室连缀，建筑精美，珍宝荟萃，花草簇拥，美女云集……由于爱楚怀都情感的作用，屈原在此回避了那些不堪回首的痛苦往事，回避了那里曾经发生和依然存在的种种丑恶现象，凭借臣子的一颗赤诚忠心向楚王在天之亡灵，奉献上一幅天下最美的图画。

屈原是中国历史上第一个以文学的方式，对残酷复杂的宫廷斗争以及逐臣的故都情怀做集中而又深刻表现的诗人。较之乡村，城市对屈原的人生经历和文学创作影响无疑更明显更深刻，诗人笔下有山水之景，却难以找到田园风光，这一点足以构成他与后世诸多逐臣创作的差异。

---

① 参见袁行霈主编：《中国文学史》第一卷第五章"屈原与楚辞"，高等教育出版社 1999 年版。

第六节　先秦城市文学的历史影响

毋庸讳言，先秦时期没有产生严格意义上的城市文学作品。就创作主体而言，由于受客观条件的局限，各类文体的写作者普遍不具备自觉的城市意识，因而无法将城市作为一个区别于乡村的独立对象进行观照和表现；从表现对象看，中国的城市尚未具备吸引人们欣赏的巨大魅力；从现存文献来看，也的确难以找到极具文学价值的城市形象描写以及成功的城市人物形象塑造。

先秦文献关于城市的种种记载和相关描写，其文学价值主要表现在“开源”和“示范”，对后世城市文学产生深远影响。具体言之，初步揭示城市与创作者的不解之缘，为后代作家提供某种情感体验、人生实践的历史样板以及某些创作“范式”的雏形。

首先，《诗经》实开都邑赞歌写作之先河。诗人将修建城邑及其城中建筑，作为赞歌的重要内容，他们的歌唱往往关涉着一个部族或一个国家走向兴盛的历史，使歌唱都邑建设成为歌唱国家繁荣、部族兴盛的重要组成部分，这就从一个特殊角度为后世城市文学写作树立了样本。《王风》抒写的“黍离之悲”，作为一种具有普遍性的悲剧情感体验，不断在后世作家生命里重现。将前朝旧都作为观照和审美对象，通过描写某一城市繁华不再的荒凉景象，抒发诗人的政治兴亡感与历史沧桑感，逐渐演变为中国古代抒情文学的一大传统。

其次，以孔、孟为代表的儒家大师积极入世的人生取向、持久不衰的参与热情以及干预现实的政治实践，开启了中国古代知识分子通向城市之“路”。他们的学说成为中国古代知识分子共同的思想资源，他们的人生实践因其具有的巨大历史感召力，指引着后世一代又一代文人满怀济世之志不辞劳苦地奔向城市这一社会人生大舞台，中国古代文学创作也因此与城市结下不解之缘。

再次，庄子拒绝城市文明的诱惑，追求逍遥自由的生命境界，其人格范式明显具有反城市内涵，中国古代作家在观照和描写城市时，通常自觉或不自觉地表现出批判城市的思想倾向，庄子理论正是其思想渊薮。《庄子》文本中出现的诸多包括“庄子”在内的真人、至人、神人形象，作为城市文化批判者，直接影响到后世作家对山林隐士形象的塑造，促进了隐逸文学的发展与繁荣，对于城市文学则始终作为一种异质因素，发挥着抑制和解构的文化作用。

复次，屈原的“郢都情结”不仅引起了汉代作家的情感共鸣与道德认可，如刘向《九叹》云："思南郢之旧俗兮，肠一夕而九运。"王逸《九思》云："攀天阶兮下视，见鄢郢兮旧宇。意逍遥兮欲归，众秽盛兮沓沓。"而且作为一种超越时空的精神现象，引发了中国古代文学史一道独特景观的诞生，以李白为代表的历代逐臣弃臣创作中所体现出的"长安情结"[①]，正是《哀郢》之悲歌在新的时空背景中的回响与变奏。此外，《离骚》、《九章》等对宫廷斗争的揭露与批判，实开中国古代宫廷文学之先河[②]，而宫廷文学产生的主要空间是城市。屈原以妒女指代妒臣的手法，也因历代作家反复沿用而成为一种固定的修辞格。

最后，《战国策·齐策》所载苏秦说辞，运用铺排、夸张的句式渲染齐都临淄的繁荣与富足，纵横开阖的气势与风格在汉代京都大赋里得到进一步发扬。

---

① "长安情结"是指汉唐以还中国古代作家基于长安与政治的特殊关系而生成的一种心理印象丛，具体表现为长安不仅是他们梦寐以求、心驰神往的理想之所，而且还是其生命永恒的追求，是一面高挂不衰的艳帜。参见周晓琳：《中国古代作家的"长安情结"》，载《西华师范大学学报》2006年第5期。

② 《诗经》中也有批判朝纲紊乱、朝政腐败的诗篇，但远不如《离骚》和《九章》等诗作表现得那样集中和明显。

第二章

秦汉魏晋南北朝：中国古代城市文学的形成期

第一节 秦汉魏晋南北朝城市建设与发展以及城市文学创作概述

“六王毕，四海一”，封建中央集权统一王朝的建立，成为古代城市迅速发展的前提与契机。秦朝统治者在“意得欲纵”情绪的支配下，对其都城咸阳进行扩建，工程十分浩大，渭河两岸宫殿群布，规模空前，阿房宫拔地而起，气势宏伟。《史记·秦始皇本纪》云：“始皇以为咸阳人多，先王之宫廷小，吾闻周文王都丰，武王都镐，丰、镐之间帝王之都也。乃营作朝宫渭南上林苑中。先作前殿阿房，东西五百步，南北五十丈，上可以坐万人，下可以建五丈旗。周驰为阁道，自殿下直抵南山。表南山之颠以为阙。为复道，自阿房渡渭，属之咸阳，以象天极阁道绝汉抵营室也。”充分显示了秦帝国不可一世的雄心与霸气。春秋战国以来已经发展起来的城市，在郡县制的政体下，大都成为秦王朝的郡县治所，加之扩展疆土后又新建了部分城市，“秦代的城市总数估计为千座左右”①。

汉兴，天下重新为一，汉朝统治者为了恢复经济，除了采取劝农桑、省赋役、与民休息的政策之外，还逐渐推行了一系列有利于商业经济发展的措施，如“开关梁，弛山泽之禁”（《史记·货殖列传》），“纵民得铸钱、冶铁、煮盐”（《盐铁论·铸币第四》），为城市的进一步发展提供了有利条件。据《汉书·高帝纪》载，

---

① 周长山：《汉代城市研究》，人民出版社2001年版，第7页。

汉高祖“六年冬十月，令天下县城邑”，由此引发了全国范围内建立城市的高潮。为了彰显天子权威，都城长安的建设继承了秦朝无限扩展的构想与无拘无束的格局。萧何治未央宫，宫阙甚壮，修治理由正在于“天子以四海为家，非壮丽无比无以重威，且无令后世有以加也”。（《史记·高祖本纪》）除了京城之外，涌现出若干个区域经济中心城市，据司马迁《史记·货殖列传》记载，西汉时期包括长安、洛阳、温、轵、阳翟（颍川）、宛、陈、睢阳、邯郸、燕（蓟）、临淄、陶、杨、阳平、寿春、合肥、江陵、吴、番禺（广州）在内，全国性大都会已多近20所，中小城市镇数量更多。汉宣帝时，“燕之涿、蓟，赵之邯郸，魏之温、轵，韩之荥阳，齐之临淄，楚之宛、陈，郑之阳翟，三川之二周，富冠海内，皆为天下名都”。（《盐铁论·通有篇》）一批边塞城市相继兴起，从京师到边境，已经构成了一个大一统的郡县城市体系，诚如《盐铁论·力耕篇》所云：“京师东西南北，历山川，经郡国，诸殷富大都，无非街衢五通，商贾之所凑，万物之所殖者。”“汉代的城市在西汉末年达到了高峰，全国共有城市1587座之多。”①

东汉时期，中国城市发展的整体速度虽有所减缓，但一些城市却由于政治、经济等原因而获得了相对广阔的发展空间。西汉末年，“关中遭王莽变乱，宫室焚烧，民庶涂炭，百不一存。光武受命，更都雒邑（洛阳）”。（《后汉书·杨彪传》）长安逐渐衰落，洛阳却得以继续保持繁荣兴盛的景象，并且有所发展，占据着全国政治中心和经济中心的地位。南阳郡是光武帝刘秀的故乡，郡治宛县被尊为南都，政治经济地位仅次于洛阳。王莽张五均，立五都，设五均司市师，地处西南的成都跻身其中，成为与洛阳、邯郸、临淄、宛等并驾齐驱的全国性大都会。此外，南方城市的发展呈现出后来居上之势头，“在城市发展速率上，江汉以南地区大大超过了黄淮流域，至三国、魏晋时期，这一趋势表现得更为明显，出现了中国历史上人口、城市和经济中心南移的第一次浪潮”。②

魏晋南北朝是我国历史上的第一个大分裂、大动荡和文化大交流的时期，中国的城市格局呈现着北方城市因战争而残破凋敝、南方城市进一步兴起发展的总体趋势。北方尤其是中原地区的城市屡遭战乱兵火，破坏严重，不少城市变成废墟，长安—洛阳一线作为全国城市体系的轴心地位大为削弱，而江淮以南的地区，虽然政权更迭也很频繁，经济却在相对安定的环境中得到长足发

---

① 周长山：《汉代城市研究》，人民出版社2001年版，第8页。

② 周长山：《汉代城市研究》，人民出版社2001年版，第21页。

展。例如刘宋时“三十年间，氓庶番息，”“余粮栖亩”，(《宋书·良吏传·传论》)齐“永明之世，十许年中，百姓无鸡鸣犬吠之警，都邑之盛，士女富逸”。(《南齐书·良政传·叙语》)自汉末以后，北方人口大量南迁，北方先进的农业技术广泛运用于南方，由此加速了江南地区的开发。在《宋书·孔季恭传》中，史臣有这样一段文字：

> 江南之为国盛矣！……自元熙十一年马休之外奔，至于元嘉末，三十有九载，兵车勿用，民不外劳，役宽务简，氓庶繁息，至余粮栖亩，户不夜扃，盖东西之极盛也。既扬部分析，境极江南，考之汉域，惟丹阳会稽而已。自晋氏迁流，迄于太元之世，百许年中，无风尘之警，区域之内晏如也。及孙恩寇乱，歼亡事极，自此以至大明之季，年逾六纪，民户繁育，将曩时一矣。地广野丰，民勤本业，一岁或稔，则数郡忘饥。会土带海傍湖，良畴亦数十万顷，膏腴上地，亩直一金，鄠、杜之间，不能比也。荆城跨南楚之富，扬部有全吴之沃，鱼盐杞梓之利，充仞八方，丝绵布帛之饶，覆衣天下。①

江南经济的快速发展和兴盛，有力地促进了城市的发展。南朝著名诗人何逊《入东经诸暨县下浙》诗云：“乡乡自风俗，处处皆城市”，形象地表明了这一点。位于南方的荆城（荆州）、扬郡（扬州）、建康（南京）、京口（镇江）、广陵（扬州）、山阴（绍兴）、寿春（寿县）、襄阳（襄樊）、江陵、成都、番禺（广州）因此相继成为全国重要城市。②

与先秦时期都城中的手工作坊和集市场所通常设置在外郭城有所不同，秦汉时期已开始在都城内正式规划设置手工作坊和集市，这一举措使城与市紧密结合为不可分割的整体，自此，中国的都城已经演变为完整意义上的城市。

城市的迅速发展深刻地影响着人们的生活与观念，国家人口在一定程度上呈现出由乡村以不同方式向城市流动的倾向，文学创作者的观照视野得到拓展，城市建设的辉煌成就为他们提供了新的摹写对象，城市文化生态环境与经济发展水平为新的文学样式的产生提供了文化土壤，促进了中国古代城市文学的形成。

首先，京城成为文学精英的荟萃之地和文学创作的中心。

随着城市数量的增加和规模的扩大，越来越多的社会成员逐步改变过去单

---

① （梁）沈约：《宋书·孔季恭传》，中华书局1974年版，第1540页。

② 参见邹逸麟主编：《中国历史人文地理》，科学出版社2001年版。

一的农村生活结构，入城求学、求官、经商，甚至离开土地，告别农民身份而成为城镇居民的一员，城市的繁荣富足如同一块巨大的磁石吸引着人们匆匆前往的脚步，它所象征的政治权力更是使无数士人趋之若鹜。历朝统治者不断面向社会征召各类人才，于是各级政权的所在地尤其是京城，成为精英荟萃之所，越来越多的作家拥有了城市经历。仅以两汉为例：贾谊，洛阳人，受汉文帝征召入京师为博士，一岁中官至太中大夫。“武帝初即位，征天下举方正贤良文学材力之士，待以不次之位。四方士多上书言得失，自炫鬻者以千数。”（《汉书・东方朔传》）东方朔曾经待诏金马门。汉武帝读司马相如《子虚赋》而善之，乃召问相如。汉宣帝时召高才刘向等人待诏金马门，蜀人王褒因有轶才而受诏进京。汉成帝召扬雄待诏承明之庭。东汉王充“后到京师，受业太学，师事扶风班彪。好博览而不守章句。家贫无书，常游洛阳市肆，阅所卖书，一见辄能诵忆，遂博通众流百家之言”。（《后汉书・王充传》）汉章帝建初中博召文学之士，以傅毅为兰台令，拜郎中。王逸先后在朝中任校书郎、侍中等职。献帝建安初，“许都新建，贤士大夫四方来集”。（《后汉书・文苑传下》）相沿以下，曹魏时期的邺城，西晋的洛阳，东晋、南朝的建康，北魏的洛阳，北齐的邺都，也都是文化精英聚集之地，因此自然成为文学创作的中心。

其次，城市既为古代作家实现人生理想与自我价值提供了无比广阔的文化平台，也为其创作活动提供了一个常新常变的观照对象与审美空间。秦汉以还，以描写城市景观、城市生活以及个体都市体验为主要内容的文学文本不断涌现，其中不乏传世佳作。系列都邑赋相继问世，标志着中国历史上具有独立意义的城市文学已经形成。

再次，城市为一些新兴文学样式的产生提供了适宜的文化环境。

城市的文化生态环境有利于小说的创作与传播。《汉书・艺文志》：“小说家者流，盖出于稗官，街谈巷语，道听途说者之所造也。”这是从文体的角度最早对“小说”这一概念做出的界定。

“街谈巷语”，提示早期小说产生的空间背景不可能是以单家独院为主要居住方式、缺少人际交流和信息沟通的广阔乡村，而应是人口相对集中、信息传播比较方便的地区，只有城市、哪怕是早期的城镇才充分具备这样的优势。考察中国古代小说的发展历史，可以发现小说创作与城市的密切关系。唐前各种小说基本上不是作家个人独立创作的产物，资料汇编的特点非常明显，要将大量的神话传说、历史故事、殊方异物、人物轶事之类材料记录下来，并汇集编撰成书，作者至少需要具备两个基本条件：一是处于信息搜集的有利位置，二是有机会接触大量的文献资料，显然城市比乡村更容易满足上述条件。

刘向是西汉著名的经学家和文学家，现在著作权归于他名下的小说有《列仙传》①、《新序》、《说苑》等，如果没有久居京城，历仕宣、元、成、哀四朝的经历，没有以光禄大夫身份从事校经传诸子诗赋的工作，恐怕很难有如此丰硕的著述。《列异传》三卷，《隋书·经籍志》杂传类著录，作者魏文帝曹丕。《旧唐书·经籍志》则记为张华撰。曹丕本身乃博学多才之士，身居高位，广交方士，喜谈鬼神事，而张华长期担任朝官，酷爱图书，广收秘籍，二人都有撰写《列异传》的条件。后者所撰《博物志》，异闻杂说部分具有较强的故事性。干宝是一位有“良史”之称的史学家，入东晋，受荐为史官，领国史，著《搜神记》，“撰记古今怪异非常之事”，或直录他书，或加工重述，或记叙本人的所见所闻。上述诸位代表作家都具有较长时间的都市生活经历，这无疑有利于他们撰写小说。

魏晋时期，社会谈风盛行，市井之徒聚谈，“丑辞嘲弄”，“嘲戏之谈，或上及祖考，或下逮妇女”（葛洪《抱朴子·外篇·疾谬篇》），于是便有了邯郸淳《笑林》一类的笑话集；文人士大夫喜好聚会清谈，于是便有了裴启《语林》、刘义庆《世说新语》一类的琐语小说（或称之为志人小说）。这两类小说与城市居民休闲生活的关系更为明显。至于《西京杂记》一书，主要记叙西汉自高祖刘邦以来的宫廷传闻、名人轶事、典章制度、风俗民情等，根据其内容判断，该书不可能出自乡土作家之手②。

都市政治风谣和都市流行歌曲直接诞生于城市文化的土壤之中。两汉魏晋南北朝的都市风谣的作者通常是城市居民，较之乡村居民，他们的政治热情更高，信息渠道也更为畅通，所以能够敏锐地发现社会问题，迅速进行预测与讽谏。城市尤其是京城人口集中，拥有众多的公共场所，有利于风谣的口耳相传。东晋南朝时期，江南地区流行的新曲，其中包含了部分都市“新声”，例如吴歌中的《欢闻变歌》，西曲中的《石城乐》、《莫愁乐》、《襄阳乐》等，无论描写内容与审美情趣，都显示出浓郁的城市风味，成为都市文化的有机组成因素。

---

① 《隋书·经籍志二》杂传类称：“刘向典校经籍，始作《列仙》、《列士》、《列女》之传，皆因其志尚，率尔而作，不在正史。”因《汉书·艺文志》未正式著录《列仙传》，故宋以来便有学者怀疑非刘向之作，认为是东汉方士的托名。笔者姑且从《隋志》之说。

② 该书作者素有争议，有刘歆、葛洪、吴均诸说。

最后，城市文化的陶冶与冲击，从正反两个方面催生出社会成员的城市意识。汉魏六朝时期，人们已经初步具有城乡二元对立的文化观念，开始将“城市”用以指示迥异于田园乡村或自然山水的人类另一生活空间。《后汉书 · 廖扶传》谓廖扶“常居先人冢侧，未曾入城市”。谢灵运诗《吴会行》曰：“范蠡出江湖，梅福入城市。”刘孝标《始居山营室诗》曰：“自昔厌喧嚣，执志好栖息。啸歌弃城市，归来事耕织。”江淹《去故乡赋》云：“宁归骨于松柏，不买名于城市。”魏收《枕中篇》云：“不养望于丘壑，不待价于城市。”均系显例。与此相联系，不止一位作家有意识运用文学艺术的方式对城市生活的文化意蕴做出自己的价值判断，这同样可以视为城市文学已经形成的标志。

第二节　都邑赋：城市文学典范之作的问世

辞赋是一种介于诗歌与散文之间的特殊文体，它脱胎于楚辞，转型于汉初，主要功能为“体物”，汉朝作家最早运用赋体描写城市①，都邑赋的问世在中国古代城市文学史上具有里程碑意义，它标志着城市文学创作已具有自身独立的价值。从宏观角度审视，都邑赋作者感受着时代跳动的脉搏，从美都邑与哀荒城两个方面展开了创新性的艺术表现。

一、壮美富丽的都市景观

城市是人类文化的重要载体，文化是城市的灵魂，自古以来，城市的设计与建造总是要表现特定社会的思想、艺术和美学观念。“天人合一”观念是中国古代城市建设思想的基础与核心，秦汉两代它一方面凝聚成“相天法地”的建筑理念，城市设计从形制到方位都追求与天象一致②，只不过汉代完成了由“再现”到“表现”的转型，开始采取象征性对应手法；另一方面又因帝王成就霸业的雄心与时代向上奋进的氛围的激发，具化为呈包举宇内、无限扩张之势的建筑规

① 许结认为，“我国城市文学的展开缘自赋体的描写，汉代京殿都邑类大赋的出现，为其代表”。《体物浏亮——赋的形成拓展和研究》，辽海出版社 2001 年版，第 45 页。余恕诚认为，“都邑赋作为文学艺术中的一枝奇葩，可算出现最早的具有代表性的都市文学”。《都邑赋的历史贡献与生命力》，《光明日报》2007 年 11 月 30 日第 11 版。

② 《三辅黄图 · 咸阳故城》载，秦始皇“筑咸阳宫，因北陵营殿，端门四达，以则紫宫象帝居。引渭水灌都以象天汉，横桥南渡以法牵牛。”“更命南信宫为极庙，象天极。”

模①。对此，第一位给予艺术表现的是著名文学家司马相如。

司马相如（前 179—前 117），字长卿，蜀郡成都（今四川成都）人②。《史记·司马相如列传》载，相如著《子虚赋》，天子读而善之，曰："朕独不得与此人同时哉！"经宫中狗监杨得意推荐，相如乃得面见天子，当即"请为天子游猎赋"。上许，令尚书给笔札。相如乃作赋，虚构"亡是公"者，以明天子之义。赋文采用铺排夸张之手法，盛推天子上林苑吞吐八川、涵容万物的规模与气象，其中一段极言皇家宫室的壮美富丽：

于是乎离宫别馆，弥山跨谷。高廊四注，重坐曲阁。华榱璧珰，辇道缅属。步櫩周流，长途中宿。夷嵕筑堂，累台增成。岩突洞房。俯杳眇而无见，仰攀橑而扪天。奔星更于闺闼，宛虹拖于楯轩。青龙蚴蟉于东葙，象舆婉僤于西清。灵圄燕于闲馆，偓佺之伦，暴于南荣。醴泉涌于清室，通川过于中庭……③

我们必须充分注意到都邑经历对司马相如辞赋创作的潜在影响。入长安之前，相如尝游梁。梁国是当时的诸侯大国，都睢阳，"居天下膏腴地，地北界泰山，西至高阳，四十余城，皆多大县"。由于窦太后偏爱梁孝王刘武，赏赐无数，梁国经济实力之富足堪与中央政府国库的积储相比。《史记·梁孝王世家》载："孝王筑东苑，方三百余里。广睢阳城七十里。大治宫室，为复道，自宫连属于平台三十余里。得赐天子旌旗，出从千乘万骑。东西驰猎，拟于天子。"《西京杂记》卷二载："梁孝王好营宫室苑囿之乐，作曜华之宫，筑兔园。园中有百灵山，山有肤寸石，落猿岩，栖龙岫，又有雁池，池间有鹤洲凫渚。其诸宫观相连延亘数十里，奇果异树瑰禽怪兽毕备。"凡此种种，无不传达和强化着这样的信息：都邑的宫苑建筑乃政治、经济实力的物化形态，追求建筑规模的巨大与装饰的富丽是主人自我肯定、自我欣赏的特殊方式。司马相如游梁时，不可能不感受到四周环

① 西汉长安城规模四倍于罗马城，城门十二，城内九市八街，宫殿矗立，长乐宫周围二十里，未央宫更为壮观，周围二十八里，"千门万户。其东则凤阁，北有太掖池。南有壁门三层，中殿十二间，阶陛以玉为之"。（《水经·河水注》）长安近郊还修建有为数众多、规模可观的行宫别墅、苑囿庭园，据《三辅黄图·苑囿》载，汉武帝时修建的甘泉苑，"至云阳三百八十一里，西入扶风，凡周围五百四十里，苑中起宫殿百余所"。

② 今有部分巴蜀文学研究者认为司马相如应为今四川蓬安县人。参见邓郁章、赵正铭编：《司马相如故里在蓬安》，四川人民出版社 2007 年版。

③ 本节所引汉赋均出自龚克昌等评注：《全汉赋评注》，花山文艺出版社 2003 年版。下文不再注明。

境所传达的种种信息，当他进入京城后，面对的是更加宏伟壮观的都市景观，“梁国印象”得以与“京城印象”重叠，其中蕴含的文化信息开始在更为广阔的空间内急剧放大。

时代的思想与精神在融进都市建筑格局与风貌的同时，也铸就了“苞括宇宙，总览人物”的“赋家之心”。《西京杂记》卷二称，司马相如“为《上林》、《子虚》赋，意思萧散，不复与外事相关，控引天地，错综古今，忽然如睡，焕然而兴，几百日而后成”。这是一种肆意挥洒、无拘无束的思维状态，激活作家创作灵感和艺术才情的，正是大汉盛世气象，其中长安城那恢宏壮丽的建筑景观，经过心灵感应演变为宏大的艺术图景。司马相如将天子苑囿置于无限扩展的空间之中，挥动如椽之笔，勾勒出一个“弥山跨谷”、楼阁重叠幽深、回廊蜿蜒无边的汉宫建筑群剪影。汉武帝之所以读之而大悦，根本原因绝非其卒章归于节俭，而在于整部作品所渲染的那种无与伦比的气势与辉煌，折射出乐观向上、昂扬自信的大汉气象，契合了最高统治者彰显欲望、张大皇权的内在需求。

司马相如因其文才而得以走进京城，走近最高统治者，“赋奏，天子以为郎”（《史记·司马相如列传》），又因其文才而得以留在京城成为统治集团的一员。他在京城所获得的成功，为后世文人作家树立起一个历史的样板，“汉庭无得意，谁拟荐相如”（唐·张籍《赠任懒》），“多惭不是相如笔，虚直金銮接侍臣”（唐·刘邺《翰林作》），唐代诗人的此类吟诵，从正反两方面表达了他们对于司马相如遭际的渴求。

就内容而言，《上林赋》算不上典型的“都邑赋”，但它在宫廷建筑描写中所表现出来的崇尚宏大、富丽和奇异的审美倾向，却在后人创作的都邑赋中得到发扬光大。

扬雄（公元前53—公元18），字子云，蜀郡成都（今四川成都）人，继司马相如之后汉赋的又一位杰出代表作家。《汉书·艺文志》著录“扬雄赋十二篇”，所作《蜀都赋》①，历史影响虽不及《甘泉》、《长杨》、《河东》、《羽猎》四大赋，却是中国文学史上第一篇以城市为观照对象的专题赋文，其描写以善于体现城市个性见长。蜀都即成都，历史文化名城，早在公元前400年左右，蜀王开明九世就在此筑城建都。文本首先描绘了蜀都所处地理环境，“夹江缘山，寻卒而起”，

① 今人或疑其非扬雄之作，龚克昌等先生则认为证据不够充分，仍将著作权划归扬雄，其说详见《全汉赋评注·前汉》，花山文艺出版社2003年版，第284页。

“两江珥其市，九桥带其流”，这完全符合汉时成都依托自然、山水环绕、适宜居住的建筑风貌。关于两江，《史记·河渠书》有蜀守李冰“凿离碓，辟沫水之害，穿二江成都之中”之记载。接下来，赋文揭示了蜀都市民爱好烹饪、讲究口腹享乐的文化性格，所谓“上乃使有伊之徒，调夫五味，甘甜之和，勺药之羹，江东鲐鲍，陇西牛羊，五肉七菜，朦厌腥臊，若其吉日嘉会，期于倍春之阴，迎夏之阳，置酒于荣川之间宅，设坐于华都之高堂，延帷扬幕，接帐连冈”，这与西蜀地区饮食文化发展较早的历史现状也十分吻合。《汉书·地理志下》云：“巴、蜀、广汉本南夷，秦并以为郡，土地肥美，有江水沃野，山林竹木，疏食果实之饶。”“民食稻鱼，亡凶年忧，俗不愁苦，而轻易淫泆，柔弱褊阸。”由此可见，扬雄的描写有着坚实的现实基础。

扬雄的城市遭际与司马相如有相似之处，他因文似相如而被举荐进京，又因所奏《甘泉赋》而使“天子异焉”，得以扈驾出游，从而有机会再作《河东》等赋进行讽谏。在后世文人的心目中，扬雄凭借创作才华而进入宫庭，获得干预朝政的机会，同样是都市的成功进入者。李白诗云：“因学扬子云，献赋甘泉宫”(《东武吟》)，“子云叨侍从，献赋有光辉”(《温泉侍从归逢故人》)。“扬子云”已演变成寄托人生梦想的文化符号。

作为帝都的京城具有多重功能，其中政治统治功能始终处于首位和核心，文人士大夫与京城的关系很难真正摆脱各种政治因素的干预，他们的创作也因之难免与政治结缘。东汉初年的文人士大夫纷纷选择作赋的方式参与当时的都城定址之争，充分体现了政治与文学的互动关系。自东汉光武帝建武二十二年(公元46年)杜笃上奏《论都赋》①，表达“关中表里山河，先帝旧京，不宜改营雒邑”的一己之见后，东汉作家掀起了一个都邑赋写作的热潮。先后有傅毅的《洛都赋》、《反都赋》，崔骃的《反都赋》，班固的《两都赋》，张衡的《两京赋》、《南都赋》等作品问世，其中班、张之作乃传世名篇，刘勰《文心雕龙·诠赋》有评曰：“孟坚《两都》，明绚以雅赡；张衡《二京》，迅拔以宏富。”②

班固(公元32—92)，字孟坚，扶风安陵(今陕西咸阳市东北)人，著名的史学家、经学家和文学家。《两都赋》的创作直接缘于东汉初期关于定都洛阳与返都长安的重大论争，《后汉书·班固传》云：“自为郎后，遂见亲近。时京师修起

---

① 详见陆侃如：《中古文学系年》上册，人民文学出版社1985年版，第69页。

② (梁)刘勰著，周振甫注：《文心雕龙注释》，人民文学出版社1983年版，第81页。

宫室，浚缮城隍，而关中耆老犹望朝廷西顾。固感前世相如、寿王、东方之徒，造构文辞，终以讽劝，乃上《两都赋》，盛称洛邑制度之美，以折西宾淫侈之论。”由此可见，班固作赋有最为直接的政治功利动机，最终态度也与其朝臣身份和“遂见亲近”的君臣关系有因果关系。耐人寻味的是，虽然班固借“东都主人”之口夸耀光武建都洛阳修文德、来远人的盛况，颂扬光武帝中兴汉室的功绩，其最终结论为应建都洛阳，但这并不妨碍他对西都长安的险要关山、丰富物产、壮丽宫苑以及繁华市貌的盛赞：

> 建金城而万雉，呀周池而成渊。披三条之广路，立十二之通门。内则街衢洞达，闾阎且千。九市开场，货别隧分。人不得顾，车不得旋。阗城溢郭，旁流百廛。红尘四合，烟云相连。于是既庶且富，娱乐无疆。都人士女，殊异乎五方。游士拟于公侯，列肆侈于姬姜。乡曲豪举，游侠之雄。节慕原尝，名亚春陵。连交合众，骋骛乎其中……

铺张扬厉，滔滔不绝，如此写来，不仅仅是出于为后文正说做铺垫、使文本结构前后对称的艺术需要，还蕴含着作者更深层次的政治思考。班固在赋前序文中说道：“臣窃见海内清平，朝廷无事，京师修宫室，浚城隍，起苑囿，以备制度。”在其创作视野中，长安城已演变为一个象征太平盛世的文化符号，一部阐释皇权威严的制度档案。赞同今日定都洛阳，是政治的需要；赞美长安昔日的盛况，同样也是政治需要。身为赋家的班固，模仿司马相如作《子虚赋》、《上林赋》的手法，对西都必然采取先扬后抑的艺术处理，然而，作为史学家的班固，绝不可能真正抹去过去不久的一段辉煌历史。他既明确地表达了顺应当局选择的政治立场，又巧妙地利用汉大赋的文体特征，充分肯定了长安在中国历史上的重要地位。

出现在《西都赋》中的种种长安盛况，并非完全出于作家的艺术想象和虚构，其中不少场景实为班固亲眼所见，乃眼中之景的艺术升华，唯其如此，描写才显得比较具体和精彩①，才能够在形似上做足文章。由此可见，作家的城市经历对于城市文学创作具有不可忽视的积极影响。

《两都赋》以宏大的体制，对京都题材做了开拓，其描写对象已由帝王贵族的宫苑、游猎扩展为整个帝都的形势、布局以及气象，开了“京都大赋”一体，构思与手法直接影响了张衡《二京赋》和左思《三都赋》的创作。

张衡（公元 78—139），字子平，南阳西鄂（今河南南阳）人。《后汉书·张

① 参见曹道衡:《汉魏六朝辞赋》，上海古籍出版社 1989 年版，第 80 页。

衡传》云:“衡少善属文,游于三辅,因入京师,观太学,遂通《五经》,贯六艺。虽才高于世,而无骄尚之情。常从容淡静,不好交接俗人。永元中,举孝廉不行,连辟公府不就。时天下承平日久,自王侯以下,莫不逾侈。衡乃拟班固《两都》,作《二京赋》,因以讽谏。精思傅会,十年乃成,文多故不载。”据此可知,京师求学的经历对张衡的成才有着不可低估的积极作用,他模拟班固作《二京赋》,是为讽谏当时奢靡的风气,与定都之事已无直接关系。

《二京赋》堪称汉代都邑赋创作的集大成者,虽然在结构安排、手法运用、创作主旨等方面与《两都赋》极为相似,但是对于京都的表现,内容无疑更加完备,描摹也更加详尽,尤其是在表现市井风貌方面更显示出一种超越前人的特色[①]:

尔乃商贾百族,裨贩夫妇。鬻良杂苦,蚩眩边鄙。何必昏于作劳,邪赢优而足恃。彼肆人之男女,丽美奢乎许史。若夫翁伯浊质,张里之家。击钟鼎食,连骑相过。东京公侯,壮何能加?

都邑游侠,张赵之伦。齐志无忌,拟迹田文。轻死重气,结党连群。寔蕃有徒,其从如云。茂陵之原,阳陵之朱。趫悍虓豁,如虎如貙。睚眦虿芥,尸僵路隅。丞相欲以赎子罪,阳石污而公孙诛。若其五县游丽辩论之士。街谈巷议,弹射臧否。剖析毫厘,擘肌分理……

商贾小贩的精明善鬻,富贵人家的奢华气派,都邑游侠的意气彪悍,辩论之士的街谈巷议……长安市井的芸芸众生相得到了前所未有的展示,这表明作家的创作视点开始呈现下移趋势,对于京都图景的描绘更为全面。

《南都赋》作于张衡任南阳主簿时,该赋无论内容抑或风格,均与《二京赋》有显著差别。南阳郡治宛,“陪京之南”,故曰南都。其城建规模以及富足程度都无法与京城相比,或许正因如此,张衡跳出京都大赋的写作模式,不再以繁复之笔铺排城市整体风貌的宏伟壮观和殿堂楼阁的巨丽堂皇,而是津津乐道于南阳的地形之便利、物产之丰饶、膳食之甘美、民风之淳乐,从不同角度表现了该城的秀美、富足与休闲:

于是暮春之禊,元巳之辰,方轨齐轸,祓于阳濒。朱帷连网,曜野映云。男女姣服,骆驿缤纷。致饰程蛊,偠绍便娟。微眺流睇,蛾眉连卷。于是齐僮唱兮列赵女。坐南歌兮起郑舞。白鹤飞兮茧曳绪。袖缭绕而满庭,罗袜

① 陈庆元在《赋:时代投影与体制演变》中指出,“班固的《两都赋》,由宫廷而扩大到京都。张衡的《二京赋》则又由京都的上层生活转而关注市井文化生活的层面”。广西师范大学出版社2001年版。

蹑蹀而容与。翩绵绵其若绝，眩将坠而复举。

仍用赋家笔法描写南都民间节俗的热闹景象，夸张罗列，却一改大赋板滞凝重之面貌，轻松愉悦地吟唱着市井小调，欣赏之意弥漫于字里行间。

建安三国时期，继续奏响都市赞歌的，先后有徐榦的《齐都赋》（都邑为临淄）、刘桢的《鲁都赋》（都邑为曲阜）、刘邵《赵都赋》（都邑为邯郸）、《许都赋》（都邑为许昌）、吴质的《魏都赋》（都邑为临漳）、何桢的《许都赋》等。诸作今或为残篇，或仅存断句，根据其文义推定，均有歌功颂德之辞，其中诸如"尔乃都城万雉，百里周回，九衢交错，三门旁开，层楼疏阁，连栋结阶。峙华爵以表甍，若翔凤之将飞，正殿俨其造天，朱橘赫以舒光，盘虬螭之蜿蜒，承雄虹之飞梁。结云阁于南宇，立丛台于少阳"（刘邵《赵都赋》）之类描写，仍然延续着汉代京都大赋的遗风，有所不同的是，表现对象变成了京城之外的一个个藩国都城，这既是作家创作视野有所拓展的结果，也与当时天下一统局面被打破有关。

两晋时期，以颂扬为主题的都邑赋主要有王廙的《洛都赋》（所存佚文内容为铺写洛阳的丰富物产），傅玄的《正都赋》（因仅存残文，歌颂都邑不详），左思的《蜀都赋》（都邑为成都）、《吴都赋》（都邑为南京）、《魏都赋》（都邑为临漳），曹毗的《魏都赋》（今存断句多为描写果木的繁盛），庾阐的《扬都赋》（残篇均为铺写扬都即南京城的"巨伟"），王彪之的《闽中赋》（今存断句均为铺写福州的物产）①。著名文学家、齐国临淄（今山东淄博）人左思（252？—？）构思十年，殚精竭虑创作的《三都赋》堪称同类作品中最有影响者。《三都赋》虽为模拟汉大赋之作，但突破了汉人两城对举的蝉联结构，采用三都并举、各有侧重的写法，体制更为宏大，内容十分丰富。在艺术手法运用上，堆砌中间有清新之语，铺排夸饰而有度，文风具有征实色彩，多为学者肯定②。

左思在《三都赋序》里批评"相如赋上林而引'卢橘夏熟'，扬雄赋甘泉而陈'玉树青葱'，班固赋西都而叹以出比目，张衡赋西京而述以游海若。假称珍怪，以为润色，若斯之类，匪啻于兹。考之果木，则生非其壤；校之神物，则出非

① 此期还有傅玄的《蜀都赋》、左思的《齐都赋》、曹毗的《冶城赋》和《扬都赋》、庾阐的《吴都赋》等，均仅存断句。参见程灿章：《魏晋南北朝赋史 · 先唐赋辑补》，江苏古籍出版社 2001 年版。

② 刘师培：《中国中古文学史讲义》云："东汉以来，词赋虽逞丽词，左思《三都》矫之，悉以征实为主。"上海古籍出版社 2000 年版，第 62 页。另见于浴贤：《六朝赋述论》第二章第五节，河北大学出版社 1999 年版，第 55—60 页。

其所。于辞则易为藻饰，于义则虚而无徵。”明确表示“余既思摹二京而赋三都，其山川城邑则稽之地图，其鸟兽草木则验之方志。风谣歌舞，各附其俗；魁梧长者，莫非其旧”。左思的创作态度尤其值得关注。现存史料表明，《三都赋》是在一个相当封闭的空间环境中完成的，左思缺少相应的都市生活经历，至少他没有到过成都。如果说“见闻”构成了司马相如、班固、张衡作品内容的有机组成部分，那么，洋洋洒洒上万字的《三都赋》的描述则不是建立在作者亲历都市的基础之上，文本的主要内容及其基调决定于作者的“都城想象”。这种想象不应当简单理解为艺术虚构，它在本质上是指经由汉代京都大赋渲染而日益明晰的作家群体关于京城的公共认知，内涵着创作主体高度一致的政治态度和审美取向。左思根据“历史文本”的指引，在公共认知的平台上按照早已定位的京都形象展开自己的文学描述，他力图超越前人的并非个人体验的独特表达，而只是内容的扩展和细节的真实。不啻《三都赋》，《两都》、《二京》诸赋缺少个性色彩的根本原因正在于作家群体“京都想象”的影响。

在都邑赋发展演变过程中，政治地理与经济地理诸因素对文学的影响表现得非常明显。魏晋时期，长安、洛阳两大历史文化名城，由于在战乱中屡遭破坏，经济萧条，政治影响力急剧下降，失去了昔日的威严和辉煌之后，也自然失去了被文学家讴歌的直接现实意义，因此，歌咏东、西两都的辞赋明显减少。与此相反，北方的魏都、许都与南方的诸多城市则因政治地位的崛起或经济实力的提升，频繁进入作家的创作视野，《三都赋》中有两都位于南方，这固然决定于魏、蜀、吴三国的地理分布，同时也是南方城市逐渐崛起之形势使然，南京、福州初次成为赋家的描写对象，也与此有关。

在魏晋南北朝城市文学发展史上，诞生了一篇比较特殊的作品，它歌颂的对象是位于边塞、由少数民族政权统治者指挥建造的统万城，作者为十六国时夏国秘书监胡义周①。统万城是夏国（407—431）都城，始建于东晋义熙九年（413），故址在今陕西省靖边县境内。匈奴后裔铁弗首领赫连勃勃建立“大夏”国后，以叱干阿利领将作大匠，发岭北夷夏十万人，于朔方水北、黑水之南营起都城，自言：“朕方统一天下，君临万邦，可以统万为名。”（事见《晋书·赫连勃勃记》）统万城建造共耗时六年，待城内宫殿大成，刻石都南，颂其功德。《统万城铭》的基本写法与汉代京都大赋相类，主要采用夸张、对偶的手法，对统万城

① 李延寿所著《北史·胡方回传》（中华书局 1974 年版）认为此赋乃胡义周之子胡方回所作。

的建造缘由、山川形胜、建筑布局、楼台亭阁依次进行铺写，呈现出以大、富、奇为美的审美趣味，故暂归于辞赋一体论述。兹录若干文字如下：

乃远惟周文，启经始之基；近详山川，究形胜之地，遂营起都城，开建京邑。背名山而面洪流，左河津而右重塞。高隅隐日，崇墉际云，石郭天池，周绵千里。其为独守之形，险绝之状，固以远迈于咸阳，超美于周洛。

营离宫于露寝之南，起别殿于永安之北。高构千寻，崇基万仞。玄栋镂榥，若腾虹之扬眉；飞檐舒咢，似翔鹏之矫翼。

崇台霄峙，秀阙云亭。千榭连隅，万阁接屏。晃若晨曦，昭若列星。离宫既作，别宇云施。爰构崇明，仰准乾仪。悬甍风阅，飞轩云垂。温室嵯峨，层城参差。楹雕虬兽，节镂龙螭。莹以宝璞，饰以珍奇。①

《北史·文苑传序》云："胡义周之颂国都，足称宏丽"，由此观之，绝非虚言。胡义周紧扣"硕美"二字运笔，在写实的基础上进一步虚构想象，突出了边塞都城的宏伟壮丽，行文中既不遗余力地进行夸饰，又努力避免堆砌辞藻的弊端，颇显艺术功力。奉旨写作的胡义周刻意回避了统万城建造过程中的血腥杀戮，借颂都城而为"我皇"武力征伐侵掠的战绩大唱赞歌，这必然影响到作品的历史影响和评价。然而，《统万城铭》毕竟第一次以艺术的形式具体展现了矗立于北方边塞雄城的伟姿，具有填补中国文学地图空白的意义。即使在边塞文学兴盛的唐代，诗人给我们描绘的也只是统万城的剪影："茫茫沙漠广，渐远赫连城。堡迥烽相见，河移浪旋生。"（唐·许棠《夏州道中》）因此，《统万城铭》的文学史价值不应该被忽略。

上述作品大都从宏观的角度对都邑进行全方位表现，可称之为名城颂。除此之外，秦汉魏晋南北朝时期还涌现出大批以某一城市建筑景观如宫、阙、台、殿、城、楼、馆、堂等为描写对象的辞赋，属于都邑赋的分支。例如：西汉刘歆的《甘泉宫赋》，东汉李尤的《德阳殿赋》、《平乐观赋》、《东观赋》，东汉王延寿的《鲁灵光殿赋》，魏文帝曹丕、陈思王曹植兄弟所作《登台赋》（所登之台为邺城之铜雀台），何晏、韦诞、夏侯惠等人所作的《景福殿赋》，繁钦的《建章凤阙赋》，卞兰、杨修的《许昌宫赋》，晋孙楚的《登楼赋》（赋云："有都城之百雉，加曾楼之五寻，从明王之登游，聊暇日以娱心"），张协的《玄武馆赋》，潘尼的《东武馆赋》，宋孝武帝、江夏王刘义恭、何尚之所作的《华林清暑殿赋》（殿在洛阳华林

① （清）严可均辑：《全晋文》，商务印书馆 1999 年版，第 1711 页。

园内），陈朝江总的《云堂赋》等。诸篇延续着汉京都大赋的美颂主旨，将巍峨富丽的楼台殿堂作为天子业绩的显现物和天子威严的象征物，多用铺排夸张手法，继续追求着宏大、富丽、奇异的审美效果，兹以江总的《云堂赋》为例：

览黄图之栋宇，规紫宸于太清。何面势之胶葛，信不日之经营。仰一时之壮丽，跨万古之威灵。吐触石之奇色，混高堂之旧名。若乃三阶八户，百栱千楹。莹以玉琇，饰以金英。绿芰悬插，红蕖倒生。于时木叶声寒，壶人唱静，承露擎虚，相风照迥。天子乃下辇开宴，出豫娱神。文悬日月，思革风尘。是附凤之多幸，愧屠龙之不真。①

在山水诗已经勃然兴起的南朝，仍然出现了如此镶金嵌玉、繁复雕琢的文字，足以说明城市文学具有自身特定的发展机制与相对独立的发展轨迹。尽管城市文学的表现对象、表现手法、价值取向和审美情趣与山水文学截然不同，然而，它不仅能够发挥“城市万花筒”的再现功能，而且同样可以作为心灵镜像折射出创作主体的另一类精神活动，帮助人们更清楚地认识作家们对于物质文明的礼赞以及对皇权的崇拜。城市文学的不可替代性，源于人们与城市在物质和精神方面千丝万缕的联系。

二、残破衰败的荒城景象

自东汉末年起，我国北方广大地区开始处于长期的战乱之中，城市成为军事攻击的主要目标，尤其是大城市更是屡遭战火破坏。先是张角率领的黄巾军在今河北、河南、北京、安徽一带攻城夺郡，“所在燔烧官府，劫略聚邑，州郡失据，长吏多逃亡”。（《后汉书・皇甫嵩传》）随即“长安遭赤眉之乱，宫室营寺焚灭无余”。（《后汉书・董卓传》）紧接着董卓挟持汉献帝迁都长安，行前“尽徙洛阳人数百万口于长安，步骑驱蹙，更相蹈藉，饥饿寇掠，积尸盈路”。

董卓被杀之后，其旧部郭汜、李傕混战关中，攻入长安，肆意所为。“时长安中盗贼不禁，白日虏掠，傕、汜、稠乃参分城内，各备其界，犹不能制，而其子弟纵横，侵暴百姓。是时谷一斛五十万，豆麦二十万，人相食啖，白骨委积，臭秽满路。”连年战乱，使北方黄河、渭水、淮水等流域地区的经济遭受重创，两京沦为荒芜之城，“初，帝入关，三辅户口尚数十万，自傕汜相攻，天子东归后，长安城空四十余日，强者四散，羸者相食，二三年间，关中无复人迹”。（《后汉

① （唐）欧阳询等编：《艺文类聚》卷六十三“居处部三”，上海古籍出版社 1965 年版。

书·董卓传》）由于“洛阳残破”，袁绍便以此为由，建议迁都甄城（《后汉书·袁绍传》）。“名都空而不居，百里绝而无民者，不可胜数。”（《后汉书·仲长统传》）对此，建安文人迅速在文学领域做出了反应。

曹植（192—232），字子建，作为曹操之子，生于军中，长于乱世，亲眼目睹了战乱带给城市的巨大灾难，一度成为自己“平常居”的洛阳被毁，尤使他痛心疾首，相继写下《送应氏》和《洛阳赋》表达自己内心无比的沉痛。《洛阳赋》今仅存四句，且缺一字：

狐貉穴于紫闼兮，茅莠生于禁闱。本至尊之攸居，□于今之可悲。

残文描绘了洛阳宫廷野兽出没、荒草丛生的残破景象，在强烈的对比中抒发了今非昔比的黍离之悲。在中国辞赋史上，这是第一篇以荒城为表现对象的作品，具有很强的写实性。作者一改辞赋传统的颂扬主题，将眼中之景转化为艺术场景，从中寄寓无限感伤情怀。

鲍照（414？—466），字明远，南朝著名文学家，所作《芜城赋》是继曹植《洛阳赋》之后又一篇以感伤为基调的都邑赋。芜城乃广陵（位于今扬州北），此赋为鲍照登广陵故城所作。《汉书·地理志》载：“广陵国，高帝六年属荆州，十一年更属吴，景帝四年更名江都，武帝元狩三年更名广陵。莽曰江平。属徐州。户三万六千七百七十三，口十四万七百二十二。有铁官。县四：广陵，江都，易王非、广陵厉王胥皆都此。”西汉前期，广陵所属吴国十分富有，“吴有豫章郡铜山，即招致天下亡命者盗铸钱，东煮海水为盐，以故无赋，国用饶足”。（《汉书·吴王濞列传》）“汉兴，高祖王兄子濞于吴，招致天下之娱游子弟，枚乘、邹阳、严夫子之徒，兴于文、景之际。”（《汉书·地理志下》）呈现出一派繁荣昌盛的局面。至东汉后期，广陵一带数遭战火侵扰，顺帝永和三年（138）“夏四月，九江贼蔡伯流寇郡界及广陵，杀江都长”。顺帝汉安元年（142）“九月庚寅，广陵盗贼张婴等寇郡县”。质帝本初元年（146）“二月庚辰，诏曰：‘九江、广陵二郡数离寇害，残夷最甚。生者失其资业，死者委尸原野’”。（《后汉书·帝纪第六》）“广陵贼张婴等众数万人，杀刺史、二千石，寇乱扬、徐间，积十余年，朝廷不能讨”。（《后汉书·张皓传》）两晋时期，广陵郡属于多事之地，晋安帝隆安四年（400）六月孙恩“将卢循陷广陵，死者三千余人”。（《晋书·安帝纪》）“桓玄篡位，（刘）毅与刘裕、何无忌、魏咏之等起义兵，密谋讨玄，毅讨徐州刺史桓修于京口、青州刺史桓弘于广陵。”（《晋书·刘毅传》）广陵城就这样一步步走向衰落。鲍照面对广陵故城的破败之景，抚今追昔，写下千古不朽之作。《芜城赋》采取先抑后扬的手法，开篇即以工丽之语极写当年此地的繁华与富庶：

> 当昔全盛之时，车挂轊，人驾肩。廛闬扑地，歌吹沸天。孳货盐田，铲利铜山。才力雄富，士马精妍……

在对历史场景进行一番艺术还原之后，又以浓重晦暗的色调描绘眼前的荒芜之景：

> 泽葵依井，荒葛罥涂。坛罗虺蜮，阶斗麏鼯。木魅山鬼，野鼠城狐。风嗥雨啸，昏见晨趋。饥鹰厉吻，寒鸱吓雏。伏虣藏虎，乳血飧肤。崩榛塞路，峥嵘古馗。白杨早落，塞草前衰。棱棱霜气，蔌蔌风威。孤蓬自振，惊沙坐飞。灌莽杳而无际，丛薄纷其相依。通池既已夷，峻隅又已颓。直视千里外，唯见起黄埃。凝思寂听，心伤已摧。①

野草丛生、鼠狐出没的画面中，弥漫着浓郁的死亡气息，荒城废池处处令人触目惊心。鲍照置身于广陵故城之上，思绪飞扬，贯通古今，今昔对比使他看到了历代统治者共同的宿命：宏伟富丽的都城，享乐奢靡的生活，最终将“薰歇烬灭，光沉响绝”，广陵城的“埋魂幽石，委骨穷尘”见证着一代又一代的历史悲剧和人生悲剧。

吴均（460—520），字叔庠，吴兴故鄣（今浙江安吉西北）人，梁朝著名作家。作《吴城赋》，将艺术的笔触伸向了更为遥远的历史空间：

> 古树荒烟，几百千年，云是吴王所筑，越王所迁，东有铸剑残水，西有舞鹤故廛，萦具区之广泽，带姑苏之远山，仆本蓄怨，千悲亿恨，况复荆棘萧森，丛萝弥蔓，亭梧百尺，皆历地而生枝，阶筠万丈，或至杪而无叶，不见春荷夏槿，唯闻秋蝉冬蝶，木魅晨走，山鬼夜惊，不知九州四海，乃复有此吴城。②

所咏之“吴城”乃今日之苏州。公元前 514 年，吴王阖闾命伍子胥建吴国都城，子胥遂发卒十余万，象天法地，造筑大城，城周四十七里，陆门八，以象天八风，水门八，以法地八聪。擘划宏伟，为一时之最。吴灭之后，吴城亦毁。秦始皇统一中国，将全国划为三十六郡，其中会稽郡郡治即吴县（今苏州）。东汉时由会稽郡分拆出吴郡，郡治仍在吴县，后易名为吴州，隋开皇九年（公元 589）改吴州为苏州。长期以来，吴县保持着江南地区的中心城市地位，西晋诗人陆机《吴趋

① （清）许琏选，曹明纲译注：《六朝文絜译注》，上海古籍出版社 1999 年版，第 2 页。
② （清）严可均辑：《全梁文》，商务印书馆 1999 年版，第 658 页。

行》有“阊门何峨峨，飞阁跨通波。重栾承游极，回轩启曲阿。……山泽多藏育，土风清且嘉。泰伯导仁风，仲雍扬其波。穆穆延陵子，灼灼光诸华。王迹隤阳九，帝功兴四遐。大皇自富春，矫手顿世罗。邦彦应运兴，粲若春林葩。属城咸有士。吴邑最为多。八族未足侈，四姓实名家。文德熙淳懿。武功侔山河”[①]之颂词，足见此地人杰地灵、繁荣富庶的时代景象。吴均所咏吴城应是春秋古吴城，而非当时吴郡新吴县城。由于史料缺失，《吴城赋》的写作背景与写作动机不得详知，唯有“仆本蓄怨，千悲亿恨”八字为我们提供了解读文本的钥匙。面对古城遗址，抚今追昔，吴均内心涌起的悲恨之情既属于历史，亦属于个人，还原历史场景，放大个体悲剧体验，“木魅晨走，山鬼夜惊”，与其说是现实场景，毋宁说是心灵折光。与其另一传世名篇《与朱元思书》极具清淡自然之韵致相比，《吴城赋》色彩浓烈，画面晦暗，人文意蕴厚重，风格迥异，呈现着另一种文学风貌。

从《洛阳赋》到《芜城赋》，再到《吴城赋》，中国文学抒写“黍离之悲”的传统得以延续，“黍离”意象却已被置换，野草野兽乃至鬼魅幽灵取代农作物成为荒城的标志，彻底排除了人的生命气息，将城市的残破与衰落渲染到无以复加的地步，更有利于表现主体的感伤情怀。

第三节　都市诗歌：城市合奏曲的初步奏响

两汉是文人诗歌创作相对沉寂的时期，诗坛上除了“古诗十九首”的少数作品外，涉及城市题材的诗歌文本十分罕见。不过，汉乐府民歌中出现的为数不多的表现城市居民生活的诗篇，则具有开创性意义，成为中国古代城市文学史上刻画市民形象的第一章。至建安时期“五言腾诵”之后，越来越多的文人使用五言诗体叙事抒情言志，伴随着五言诗走向成熟，一批比较典范的都市诗歌相继诞生。所谓都市诗歌是指以都市生活、都市人物、都市文化风貌以及个体都市体验为主要表现对象的诗歌，诗人对于城市的表述，既有“历史记忆”的再现，也有现实场面的描写；既谱写都市赞歌，也批判城市文化；既展现公共文化空间，亦传达个人生活经验。无论表现内容的丰富性抑或城市形象的清晰度，都远远超过先秦诗歌以及同时代的辞赋。

---

① （晋）陆机撰，金声涛点校：《陆机集》，中华书局1982年版，第72页。

一、勾勒居民形象，拓展文学资源

汉代的城市居民由常住人口和流动人口两大部分构成。由于各级城市均为行政枢纽，故常住人口中，官僚集团队伍及其服务人员（如男女家奴、宫廷艺人等）、驻城部队构成了一支庞大的队伍，所占比重极大，手工匠人与商贾虽也为重要成员，但人数远远不及前者。此外，还有部分由破产农民转化而成的城市贫民，《汉书·平帝纪》载，元始二年夏"起五里于长安城中，宅二百区，以居贫民"。流动人口则包括游士、游侠、游商、流民等。市民队伍中非生产性阶层所占比重相当大。魏晋南北朝城市居民的构成成分亦大致相同。

京都大赋的作者长于采用鸟瞰式姿态拍摄都市全景，在他们展示的都市风貌长卷之上，可以发现若干市民的身影，但由于观照距离太远，读者难以感知人物的呼吸与脉搏，更不能深入体验到他们的喜怒哀乐，因此，只能呈现类型化的市民形象。相比之下，诗人对辞赋提供的城市写作模式有所突破，他们努力拓展文学资源，开始贴近市民生活，市民形象刻画显示出细化趋势，生动性、具体性明显增强，其中汉乐府民歌里少数诗作的描写已接近原生态的市民生活。

汉乐府民歌是汉代文学的瑰宝，因生活气息浓厚、描写社会下层民众日常生活的艰难痛苦具体而又生动、感情真挚、长于叙事等优长，受到历代文学史研究者的高度肯定。其中同属"相和歌辞"的《妇病行》、《东门行》[①] 两首因具体描写城市贫民的生存境况，从而弥补了辞赋缺少底层叙事的不足。

> 妇病连年累岁，传呼丈人前。一言当言，未及得言，不知泪下一何翩翩。"属累君两三孤子，莫我儿饥且寒！有过慎莫笪笞。行当折摇，思复念之！"
>
> 乱曰：抱时无衣，襦复无里。闭门塞牖，舍孤儿到市。道逢亲交，泣坐不能起。从乞求与孤买饵，对交啼泣，泪不可止。"我欲不伤悲，不能已！"探怀中钱持授交。入门见孤儿，啼索其母抱。徘徊空舍中，"行复尔耳！弃置勿复道"。
>
> ——《妇病行》

从丈人"舍孤儿到市"，又很快"入门见孤儿"之类描写不难看出，病妇之家离"市"不远，而丈人持钱授亲交之举又非农民的典型行为，由此推知，诗中的男女主人公应为城市（城镇）下层居民。诗歌作者秉承"感于哀乐，缘事而发"的创作精神，采用叙事手法，集中笔力展示了他们生活中最为悲惨的一幕：病妇临终

① （宋）郭茂倩编：《乐府诗集》第三十八、三十七卷，中华书局1979年版，第566、550页。

托孤，家中无衣无食，丈夫悲痛不已，孤儿啼哭索母。通过这些催人泪下的描写，不难感受到诗人底层关怀的存在。

出东门，不顾归。来入门，怅欲悲。盎中无斗米储，还视架上无悬衣。拔剑东门去，舍中儿母牵衣啼。“他家但愿富贵。贱妾与君共铺糜。上用仓浪天故。下当用此黄口儿。今非！”“咄！行！吾去为迟。白发时下难久居！”——《东门行》

所谓“东门”应是某一城市的东向（或东出）之门。诗中描写的家庭已陷入严重的生存危机，既无维持生计所需的粮食衣物，亦无可以耕种的土地，丈夫除了采取“拔剑东门去”的自救之举外，似无其他有效对策，这基本符合城市贫民的生存窘况。诗歌作者通过人物行为描写和对话描写，刻画出性格鲜明对比的男女主人公形象。如果说《妇病行》里的丈人仅仅是一位苦难的被动承受者的话，那么《东门行》中的男主人公则是被苦难逼迫而铤而走险的另类人物。二人尽管性格迥异，反应不同，但作为被城市遗忘的底层民众，相似的遭遇已使当时城市普遍存在的社会问题暴露无遗。西晋张骏、刘宋鲍照和唐代柳宗元有同题诗作传世，他们用乐府旧题而未演绎古诗故事，底层关怀随着主题的改变而不复存在，乐府古辞因此显得弥足珍贵。

对于城市居民上层人物的基本生活状态，汉乐府古诗也给予了艺术表现，“相和歌辞”中的《相逢行》与《长安有狭斜行》[①]二首，分别描绘出城市贵族的生活图画：

相逢狭路间，道隘不容车。不知何年少，夹毂问君家。
君家诚易知，易知复难忘。黄金为君门，白玉为君堂。
堂上置樽酒，作使邯郸倡。中庭生桂树，华灯何煌煌。
兄弟两三人，中子为侍郎。五日一来归，道上自生光。
黄金络马头，观者盈道傍。入门时左顾，但见双鸳鸯。
鸳鸯七十二，罗列自成行。音声何噰噰，鹤鸣东西厢。
大妇织绮罗，中妇织流黄。小妇无所为，挟瑟上高堂：
“丈人且安坐，调丝方未央。”

——《相逢行》

《长安有狭斜行》的内容与此基本相同，只不过将“作使邯郸倡”改为“衣冠仕洛

① （宋）郭茂倩编：《乐府诗集》第三十四、三十五卷，中华书局 1979 年版，第 508、514 页。

阳”。诗歌的描写对象是都市里一个官僚贵族家庭：儿子官位显赫，宅第富丽堂皇，妇人衣食无忧，悠闲自得，女工已成为生活的点缀。梁代张率《相逢行》、萧统《相逢狭路间》、沈约《相逢狭路间》、庾肩吾《长安有狭斜行》等诗纷纷沿袭乐府古辞的创作模式，以铺叙夸饰之手法刻画高门大户的日常生活场景，欣赏之情溢于言表。此类诗作与《妇病行》、《东门行》形成鲜明对比，两极张力之间凸显的不仅是市民中所存在的贫富悬殊现象，还有诗人价值取向的分殊。

在中国古代城市文学史上，东汉诗人辛延年的《羽林郎》值得一提。该诗讲述一位酒家女子不畏强暴、拒绝豪门家奴调笑的故事，由于题材和主题基本袭用乐府民歌《陌上桑》，创新性似乎不够强，故一直未能获得与《陌上桑》同样高度的历史评价。不过，在《羽林郎》文本中，内涵着较为丰富的都市文化因素。首先，辛延年不仅将故事发生的地点由城南隅改为酒家内，将采桑女置换为当垆胡姬，巧妙地割断了人物与农业生产的直接联系，而且通过“霍家奴”（西汉昭帝大司马大将军霍光之家奴）、“金吾子”（金吾即执金吾，保卫京都的武官）等称呼，渲染出浓郁的京都氛围。如此一来，整个故事的解读视角随之发生了变化，矛盾双方的城市居民身份可以得到确定。作为一个复杂的群体，市民由不同的阶层甚至不同的阶级组成，“冯子都”与“酒家胡”分属其中的不同层次，社会地位相差悬殊，前者欲倚仗自己所占有的政治资源（“依倚将军势”）调戏后者，而后者只能凭借个人的智慧和勇气与之周旋。他们之间发生的冲突，已经超越了纯粹的道德范畴，具有更广泛的社会意义。因此，文本在客观上揭示了城市居民人际关系的紧张以及导致紧张的原因，并通过矛盾冲突成功地塑造了一位都市下层女性的形象。其次，诗人用过半篇幅去描写胡姬的穿着打扮以及冯子都的财富，使文本较之《陌上桑》，叙事性、戏剧性有所减弱，过度的夸张铺排则表明了他对于物质财富的关注和欣赏程度，以富为美的情趣与城市文化崇尚财富的精神取向高度一致。

侠客是活跃在城市中的特殊群体，他们仗剑行侠，以武犯禁，崇尚道义，快意恩仇，广交朋友，居无定所，故有游侠之称。侠客生存方式的叛逆性与人生遭遇的传奇性，使他们备受世人关注，只是关注的焦点因人而异。政治家们高度警惕侠客行为的破坏性后果，而诗人则常常聚焦于其行为本身，尤其欣赏他们潇洒的身影与随心所欲的自由，现选录其中代表作如下：

冉冉高陵苹，习习随风翰。人生当几时，譬彼浊水澜。

戚戚多滞念，置酒宴所欢。方驾振飞辔，远游入长安。

名都一何绮，城阙郁盘桓。飞阁缨虹带，层台冒云冠。
高门罗北阙，甲第椒与兰。侠客控绝景，都人骖玉轩。
遨游放情愿，慷慨为谁叹。

——晋·陆机《拟青青陵上柏》

剑骑何翩翩，长安五陵间。秦地天下枢，八方凑才贤。
荆魏多壮士，宛洛富少年。意气深自负，肯事郡邑权。
藉藉关外来，车徒倾国鄽。五侯竞书币，群公亟为言。
义分明于霜，信行直如弦。交欢池阳下，留宴汾阴西。
一朝许人诺，何能坐相捐。影节去函谷，投佩出甘泉。
嗟此务远图，心为四海悬。但营身意遂，岂校耳目前。
侠烈良有闻，古来共知然。

——宋·袁淑《效曹子建〈白马篇〉》

任侠有刘生，然诺重西京。扶风好惊坐，长安恒借名。
榴花聊夜饮，竹叶解朝酲。结交李都尉，遨游佳丽城。

——梁·萧绎《刘生诗》

长安好少年，骢马铁连钱。陈王装脑勒，晋后铸金鞭。
步摇如飞燕，宝剑似舒莲。去来新市侧，遨游大道边。

——陈·沈蝻《长安少年诗》

上林春色满，咸阳游侠多。城斗疑连汉，桥星像跨河。
影里看飞毂，尘前听远珂。还家何意晚，无处不经过。

——陈·阴铿《西游咸阳中诗》①

游侠的活动空间非常广阔，都市是他们经常出入的地方。战国时期，列国公子皆凭借王公之势竞为游侠，“闾巷之侠，修行砥名，声施于天下”。（《史记·游侠列传》）西汉时“代相陈豨从车千乘，而吴濞、淮南皆招宾客以千数。外戚大臣魏其、武安之属竞逐于京师，布衣游侠剧孟、郭解之徒驰骛于闾阎，权行州域，力折公侯”。（《汉书·游侠传》）对此，司马迁、班固相继在历史学领域给予了反映和评判。魏晋以还，游侠逐渐成为诗人的热门话题，以之为题材的作品不断推出，至南朝，游侠诗创作已蔚为大观。与史学家遵循求实原则有所不同，诗人

① 以上诗歌均引自逯钦立辑校：《先秦汉魏晋南北朝诗》，中华书局 1983 年版。下引此书不再注明。

笔下的游侠更多地出自想象世界，上述诗歌的题目已从不同角度揭示了文本的写意特征。他们凭借充满浪漫色彩的想象遮蔽“杀人都市旁”式的暴力场景，纷纷采用理想化手法，按照自己对游侠的理解去塑造心目中的英雄形象。上文所引诗歌的共同之处在于，讴歌对象均为京都游侠，雄伟壮丽的京城建筑与充满物质诱惑的都市生活共同构成人物活动的空间背景，京城聚集的大量财富能够满足侠客的物质欲望，而侠客的京城之行则为都市带来生命活力与别样风景。城市与游侠，构成文本内容的两大板块，诗人们津津乐道于游侠骑剑走天下、都市控绝影的快意与享乐。上引诗歌，除了袁淑《效曹子建〈白马篇〉》以外，其余诸作均未将侠客重然诺、讲义气、解人危难、勇于牺牲的精神品质作为表现重点，取而代之的是游侠结交王侯、尽享富贵、无拘无束、潇洒自由的生命状态，将其与同时期产生的边塞游侠诗（如曹植的《白马篇》、北周王褒的《从军行》之二）相比，不难发现二者的价值取向存在巨大差异。边塞游侠诗属于社会宏大叙事范畴，多书写诗人驰骋疆场、建功立业的宏伟志向，与国家伦理保持高度一致，都市游侠诗则偏重于表达个人的伦理诉求。梁朝诗人戴暠《煌煌京洛篇》所谓“由来称侠窟，争利复争名”，揭示的正是部分都市游侠行为的一己动机。个人的物质欲望与群体的“京都印象”共同影响和控制着游侠诗创作艺术想象力的伸展方向，都市游侠诗里的翩翩少年形象一方面折射出诗人对于自由与富贵人生的向往，另一方面则关联着作家群体对于都市生活的公共认知。

西晋前期著名作家傅玄（217—278），字休奕，北地泥阳（今陕西耀县东南）人，所作《秦女休行》诗刻画了一位为父报仇手刃仇人的烈女形象，此诗本事见载于《三国志・庞淯传》，人物原型乃庞淯之母赵娥亲，事发地点为梁州酒泉郡福禄县。傅玄并未直接赋予烈女以市民身份，只有诗中“白日入都市”，“烈女直造县门”等句，表明事件的确发生在城市之内，如此一来，烈女的行为就具有了“游”与“侠”的特征。

妓女是城市居民中的另一个特殊群体，她们以出卖肉体为生，城市是其集中居住与主要活动的场所。“中国娼妓制度，肇始于殷，立于汉而盛于唐，经宋元明清以至民国，始终维系不替。”① 妓女制度的发展与昌盛离不开城市经济的发展与繁荣。据《战国策》和《韩非子》记载，早在春秋时期，齐国都城就出现了商业性妓女，齐桓公于宫中置女市，设女闾数百，征其夜合之资，以佐军需。

① 陈锋、刘经华：《中国病态社会史论》，河南人民出版社 1991 年版，第 380 页。

西汉政府从官奴婢中挑选年轻美貌的女奴，组成“营妓”、“官妓”和“女乐”，后二者的主要服务对象诸如官僚贵族、巨商富贾、军人游士等，无一不是城市的常住人口或流动人口。至魏晋南朝，城市经济的进一步发展为娼妓业的畸形发展提供了适宜的土壤，其时妓女种类日趋齐备，除了专供皇室成员玩乐的宫妓和充军受辱的营妓之外，还产生了大批出入坊曲酒肆茶楼、笑卖声色的市妓（即商妓）以及隶属于某一权贵的家妓。生活在城市中的皇室贵族、文人士大夫与妓女的关系十分密切，仅从《夜听妓诗二首》（宋·鲍照）、《夜听妓诗》（宋·荀昶）、《夜听妓诗二首》（齐·谢朓）、《林下妓诗》（梁·萧统）、《和林下妓应令诗》（梁·萧纲）、《同萧长史看妓》（梁·萧纪）、《夕出通波阁下观妓诗》（梁·萧绎）、《待夜出妓诗》（梁·沈君攸）、《夜听妓赋得乌夜啼》（梁·刘孝绰）等诗歌的题目便可窥一斑。妓女不仅满足着男性作家的肉体欲望，而且成为其文学创作的共同资源。

本时期诗人创作的咏妓诗主要出现于南朝，尤其集中于梁陈两代，此乃江南大都市经济繁荣与文坛艳风炽盛共同作用的结果。其中有咏宫妓的，如梁代著名文学家江淹的《铜爵妓》，何逊的《铜雀妓》，陈朝张正见的《铜雀台》（一名《铜雀妓》），徐陵的《杂曲》（诗有“碧玉宫妓自翩妍”句）；有咏家妓的，如梁代庾肩吾的《石崇金谷妓诗》，陈朝刘删的《侯司空宅咏妓诗》；有咏市妓的，如齐代丘巨源的《听邻妓诗》（诗有“贵里临倡馆，东邻歌吹台”之句）。“宫体诗”的倡导者梁简文帝萧纲《乌栖曲》所谓“青牛丹毂七香车，可怜今夜宿倡家。倡家高树乌欲栖，罗帏翠帐向君低”，描写的则是市妓夜晚接客的场景。就整体而言，此类诗作与当时诗坛盛行的宫体诗有不少相通之处，如以善于描写女性的服饰、舞姿和技艺见长，且多对偶工稳之句，艺术上或有可圈可点之处，同时也存在不可忽视的严重缺陷。由于诗作者多为上层贵族及其依附者，与描写对象之间存在一道不可逾越的鸿沟，高高在上的社会地位决定了居高临下的写作态势，心灵的隔膜造成了对妓女真实生存状况的遮蔽，而极度扩张的男性欲望又使他们将身边的妓女视为纯粹的玩赏对象。因此，除了以历史人物“铜雀妓”为题材的诗作在感叹历史兴亡的同时，或多或少地表示了诗人对不幸女性的同情之外，但凡针对现实人物进行的描写，均缺乏创作主体深厚而真挚情感的贯注，缺少对描写对象情感世界的揭示。主体外在于对象，是此类诗歌未能塑造出能够打动人心的艺术形象的根源所在。

如果说遮蔽与误读是妓女形象塑造中存在的主要问题的话，那么商人则成为被诗人忽略的群体。商贾作为城市居民的重要成员，是发展城市经济不可缺少的中坚力量。秦汉魏晋南北朝时期，中国城市的商业经济较之先秦，已呈迅速发展之势，国内通商网络四通八达，就连远在岭南的番禺（今广州）亦成为商业繁荣的大都会，“中国往商贾者，多取富焉”。（《汉书·地理志下》）面对这一重要社会现象，诗人始终保持沉默，综观此期诗坛，罕有以商人为表现对象的作品。文人诗歌仅辛延年《羽林郎》因塑造了一个较为鲜活的沽酒女子形象而值得一提，然诗人关注的焦点是女性的美丽、聪明与忠贞，而非商贩的勤劳与智慧。鲍照有诗题为《卖玉器者》，内容却是嘲笑一位珉玉不分的购买者，对商贾卖玉行为本身未作任何描写与评论。此外，梁朝刘孝绰《还渡浙江诗》中的“商人泣纨扇，客子梦罗襦”两句，以商人作为陪衬突出游子思亲的痛苦。由南入北的庾信《对酒歌》云：“何处觅钱刀，求为洛阳贾”，道出了洛阳多富商巨贾的事实。只有南朝乐府《三洲歌》三曲，属于商人离别之歌，其三云：“湘东醽醁酒，广州龙头铛。玉樽金镂椀，与郎双杯行。”寥寥二十字，写出了因商人四方奔波、商妇不得不举杯送别的苦涩人生。

导致本期诗歌商人形象缺失的直接原因，在于封建国家重农抑商政策的确立和商人低下的社会地位。据《史记·平准书》载，汉初，“高祖乃令贾人不得衣丝乘车，重租税以困辱之。孝惠、高后时，为天下初定，复弛商贾之律，然市井之子孙亦不得仕宦为吏”。《汉书·哀帝纪》载，皇帝诏曰：“贾人皆不得名田、为吏，犯者以律论。”此后，历朝统治者均奉行重本抑末的治国方略。商业的繁荣尚未根本改变商人列于“四民”之末的低下地位，商贾队伍的发展受到严重限制，奸猾贪婪，唯利是图，乃是社会成员对商人的普遍评价。在这样的背景下，作为市民的商人很难进入诗人的创作视野，自然也就无法成为他们艺术观照和描写的对象。

二、描绘名城图景，表达个体诉求

中国在汉代掀起的第二次城市建设高潮，不但促进了城市经济的有效发展，而且对作家群体“城市印象”的形成发挥了重要作用。秦汉两代城市尤其是京城建设取得的巨大成就，经过史学家的记录和辞赋家的渲染，为越来越多的社会成员认识。诗人结合自身的都市经历，将文本信息转换为头脑中的城市图景：建筑林立，宫室辉煌，道路四通八达，街头车水马龙，人头攒动，佳丽如云。“京都印象”一旦形成，便成为诗人创作的隐性范本，引导和规范他们的艺术构思与文学表现。由于城市所聚集的财富、所象征的权力，对社会成员尤其是知识群体所产生的吸引力难以抗拒，因而，自汉末起，作家选用五言诗体谱写名都赞歌，逐渐成为文学传统，诗人普遍在吟颂名都的名义下，书写无关于国家兴亡、民族利益、民生疾苦的一己情愫。

曹植是建安文学最杰出的代表作家。以公元220年曹操去世、曹丕继位为界，曹植的生活与创作分为前后两期。前期作品多抒写个人的政治抱负与生活情趣，除了传世佳作《白马篇》之外，《名都篇》亦堪称代表作品：

名都多妖女，京洛出少年。宝剑直千金，被服丽且鲜。
斗鸡东郊道，走马长楸间。驰骋未能半，双兔过我前。
揽弓捷鸣镝，长驱上南山。左挽因右发，一纵两禽连。
余功未及展，仰手接飞鸢。观者咸称善，众工归我妍。
我归宴平乐，美酒斗十千。脍鲤臇胎鰕，寒鳖炙熊蹯。
鸣俦啸匹侣，列坐竟长筵。连翩击鞠壤，巧捷惟万端。
白日西南驰，光景不可攀。云散还城邑，清晨复来还。①

“京洛”、“平乐”（观名，位于洛阳西门外），均显示诗歌人物活动的空间背景为东汉都城洛阳，此乃曹植生活过的城市。诗人采用虚实结合的手法，根据自己的生活经历与人生理想，塑造了一位意气风发的都市贵族少年。出生于帝王之家的曹植非常熟悉都市上层贵族公子的生活情况，也曾与他们一样，衣着华美，宝剑相随，斗鸡、走马、射箭、鞠球，饮美酒，品佳肴，生活奢侈享乐。不过，曹植绝非醉生梦死的等闲之辈，他胸怀远大志向，强烈渴望为统一天下建功立业，“英雄情怀”借渲染人物的超群射技而得到释放。“驰骋未能半”六句，可与《白马篇》“控弦破左的，右发摧月支”等六句互参。京洛少年形象所具有的贵族气质与英雄本色，折射出贵族诗人曹植的精神特质。

曹植的《白马篇》无疑可纳入社会宏大叙事的范围，而《名都篇》则与宏大叙事无关。由此，我们注意到这样一个现象，诗人对于城市生活图景的描绘，常常脱离宏大叙事，其中表达的多是个人的物质欲望与生命诉求，这在后世诗人的作品中不断得到印证。

陆机（261—303），字士衡，西晋太康（晋武帝年号，280—289）、元康（晋惠帝年号，291—299）诗坛的代表作家，被后人誉为“太康之英”。钟嵘《诗品》

① （魏）曹植撰，赵幼文校注：《曹植集校注》，人民文学出版社1984年版，第484页。

称陆机诗“源出于陈思”，陆机诗歌的确有多处显示出步追子建的风貌，他不仅沿着曹植开拓的方向，在推动诗歌创作文人化和贵族化的道路上身体力行，诗歌语言华美，讲究雕琢，而且也通过城市生活图景的描绘来表达自己的人生追求。《君子有所思行》曰：

命驾登北山，延伫望城郭。廓里一何盛，街巷纷漠漠。
甲第崇高闼，洞房结阿阁。曲池何湛湛，清川带华薄。
邃宇列绮窗，兰室接罗幕。淑貌色斯升，哀音承颜作。
人生诚行迈，容华随年落。善哉膏粱士，营生奥且博。
宴安消灵根，酖毒不可恪。无以肉食资，取笑葵与藿。①

诗当作于陆机入洛之后。陆机出生于江东贵族之家，祖父、父亲均为东吴名将，地位显赫，受家庭影响，他具有强烈的功名之心。陆机于太康十年（289）应召入洛，时年29岁②，按照其人生设计，30岁时应该“行成名立有令闻。力可扛鼎志干云，食如漏卮气如熏。辞家观国综典文，高冠素带焕翩纷”。（《百年歌》）然而入洛后的陆机虽得张华等北方名士赏识，仕途上却未能达到预期的理想目标，巨大的失落感使他常常发出“但恨功名薄，竹帛无所宣”（《长歌行》）、“人生固已短，出处鲜为谐”（《折杨柳行》）之类的感伤。《君子有所思行》采用乐府古题，抒发诗人由繁华富贵的城市景象引发的人生哀叹，对富贵生活的向往溢于言表，诗歌语言雕琢，文辞繁缛，无论思想内涵抑或艺术特色，都打上了鲜明的“陆机”烙印。

在同时代诗人的创作中，张载《登成都白菟楼诗》略显不同。张载（生卒年不详），字孟阳，安平观津（今河北武邑县境）人，与兄弟张协、张亢俱有才藻，时人称为“三张”。张载早年随任蜀郡太守的父亲入蜀，留下了两篇传世名作，一为《剑阁铭》，一为《登成都白菟楼诗》，诗云：

重城结曲阿，飞宇起层楼。累栋出云表，峣嶫临太虚。
高轩启朱扉，回望畅八隅。西瞻岷山领，嵯峨似荆巫。
蹲鸱蔽地生，原隰殖嘉蔬。虽遇尧汤世，民食恒有余。
郁郁小城中，岌岌百族居。街术纷绮错，高甍夹长衢。

---

① （晋）陆机撰，金声涛点校：《陆机集》，中华书局1982年版，第67页。

② 陆机入洛时间，文献有不同记载，笔者赞同陆侃如、徐公持等先生的观点。参见陆侃如：《中古文学系年》，人民文学出版社1998年版，第728页；徐公持：《魏晋文学史》，人民文学出版社1999年版，第358页。

借问杨子宅，想见长卿庐。程卓累千金，骄侈拟五侯。
门有连骑客，翠带腰吴钩。鼎食随时进，百和妙且殊。
披林采秋橘，临江钓春鱼。黑子过龙醢，果馔逾蟹蝑。
芳茶冠六清，溢味播九区。人生苟安乐，兹土聊可娱。

既不同于张华《轻薄篇》在极力铺陈都市官僚贵族的富贵享乐生活之后，转而发出人生如寄、岁月蹉跎、富贵难以持久的沉重哀叹，情感之潮大起大落；也与陆机《君子有所思行》以乐景衬托哀情，诗中内涵不平之气有所区别。张载从城市建筑、地理环境、市井风貌、历史人物、饮食习俗等多方面，形象地勾勒出成都全景，特色比较鲜明，平和心态一以贯之，末尾两句真切地表达了一位异乡客对成都这个休闲娱乐城市舒适安乐、和平富足生活的向往之情。

至南朝，诗人咏名都蔚然成风，写作模式已经形成。其时，一个引人注目的现象是，身处南方的作家纷纷以位于北方的汉朝都城长安、洛阳为描写对象，从中寄寓自己的社会理想与生活情趣，如刘宋鲍照的《代白纻曲》（其一云："朱唇动。素腕举，洛阳少童邯郸女"），梁朝沈约的《登高望春诗》（诗云："登高眺京洛，街巷何纷纷。回首望长安，城阙郁盘桓"），梁简文帝萧纲的《京洛篇》，梁元帝的《洛阳道》，陈朝张正见的《帝王所居篇》（诗云："崤函惟帝宅，宛雒壮皇居"），孔奂的《名都一何绮》（诗曰"京洛信名都，佳丽拟蓬壶"），徐陵的《洛阳道》、《长安道》，陈暄、王瑳的《洛阳道》等。上述诗歌呈现的画面主要由心理印象合成，因为绝大多数诗人并无长安、洛阳的实地生活经历，加之当时两汉旧都早已盛况不再，他们书写的只能是一种群体的"历史记忆"，一种关于京都的公共认知。所谓"夜长酒多乐未央"（鲍照），"谁知两京盛，欢宴遂无穷"（萧纲），"薄暮归平乐，歌钟满玉除"（张正见），从心理蕴含的层面上看，这种盛世渴望的表达不失为防止群体"失忆"的有效途径，同时，对于那些无缘感受天下一统喜悦的文人士大夫而言，也是抚慰心灵、寄托理想的方式之一。从文学创作的角度审视，两京意象经过由实而虚的演变，已经转化为具有特定象征意义的艺术符号，空间位置被隐去，城市的文化特质被放大，成为几代诗人共同拥有的、书写个人情怀的想象空间。历仕梁陈隋三朝的著名作家江总（519—594），侯景之乱时，从会稽前往广州依附其外氏，会江陵陷，"自此流寓岭南积岁"（《陈书·江总传》）。其间所作《秋日登广州城南楼诗》，先描绘登楼所见岭南秋景，接着抒发漂泊之感和思归之情："塞外离群客，颜鬓早如蓬。徒怀建邺水，复想洛阳宫。不及孤飞雁，独在上林中。"已经失陷的梁朝都城建业与汉朝都城长安、洛阳一并建构起诗人精神的家园。

江总诗中提到的建业（先后名建康、金陵，即今南京）为中国历史文化名城之一。建业本处于富庶的江南地区，自东吴孙权建都于此后，经济文化发展速度明显加快，晋室东渡所注入的人力物力财力，进一步激活了它的发展潜能，使之迅速迈入江南乃至全国大都市的行列，直至隋统一天下，始终是江南政治文化的中心。与此相适应，金陵意象开始出现于诗歌之中，沈约（441—513，字休文）《长安有狭斜行》云："青槐金陵陌，丹毂贵游士。方骖万乘巨，炫服千金子。咸阳不足称，临淄孰能拟。"用文学的图式肯定了金陵的财富与繁华对北方历史名城的超越。南齐著名诗人谢朓（464—499，字玄晖）在谱写名都赞歌时，更是突破以长安、洛阳泛指帝京的传统创作模式，直接选取金陵意象入诗。《鼓吹曲》十首之《入朝曲》云：

江南佳丽地，金陵帝王州。逶迤带绿水，迢递起朱楼。
飞甍夹驰道，垂杨荫御沟。凝笳翼高盖，叠鼓送行辀。
献纳云台表，功名良可收。

谢朓祖籍为陈郡阳夏（今河南太康），本人则是生长于江南，先后在朝中担任中书郎、尚书吏部郎等职，对当朝都城金陵不仅熟悉，而且感情深厚。他在山水名篇《晚登三山还望京邑》不仅用"白日丽飞甍，参差皆可见"十个字描绘出眺望中的京城美景，而且于篇末称自己还望京邑之举为"有情知望乡"。"飞甍"意象也出现在《入朝曲》中。谢朓笔下的金陵城既是皇权象征，亦为人生乐园。它风景秀美，歌吹遍地，完全能够满足文人士大夫的多层次需求，正因如此，他才怀着"功名良可收"的企盼与自信步入朝廷。其实，诗末二句所揭示的，正是古代作家普遍具有的入朝（亦即入城）的真实动机。对此，另一位诗人王融在《望城行》里也作了艺术的表达，诗云：

金城十二重，云气出表里。万户如不殊，千门反相似。
车马若飞龙，长衢无极已。箫鼓相逢迎，信哉佳城市。

诗人对城市的肯定直接关联着对于物质财富的欲求。

谢朓等人有不少诗歌出现城市意象和山水意象（或自然风物意象）并置的情况，除了前文所举《入朝曲》、《晚登三山还望京邑》之外，另如《出藩曲》开篇描绘"云枝紫微内，分组承明阿"的宫庭景色，中间描写"眇眇苍山色，沈沈寒水波"的途中山水景色，《直中书省诗》既写"紫殿肃阴阴，彤庭赫弘敞"，又咏"风动万年枝，日华承露掌"，《永明乐十首》之三先乐"朱台郁相望，青槐纷驰道"，后乐“秋云湛甘露，春风散芝草”。这样的诗歌意象组合凸显了谢朓诗歌区别于谢灵运创作的个性特征，同时也表明城市与山水在谢朓心目中同样占据着重要地位。中国古代城市建设一直讲究依山傍水的建筑格局，春秋时期齐国宰相管仲就明确指出“凡立国度，非于大山之下，必于广川之上”。魏晋南北朝时期涌现出大量的山水城市，例如六朝古都金陵据龙盘虎踞之雄，依负山带江之胜。又如东晋著名学者郭璞居豫章期间，曾帮助整理南昌城的山水格局①。因此，就客观条件而言，城市常住居民获得欣赏自然山水景物的机会远多于现代人，进入城市并不意味着完全放弃亲近自然的机会。谢朓既留恋城市，又向往山水，他为官于城市，徜徉于山水，即如《始之宣城郡诗》所云：“解剑北宫朝，息驾南川涘”。《和徐都曹出新亭渚》亦云：“宛洛佳遨游，春色满皇州。结轸青郊游，回瞰苍江流。”城市与山水之于谢朓，既同是生活与创作的空间背景，也同为审美对象。

三、书写都市体验，展示人生困境

城市聚集的大量财富以及拥有的丰富政治资源，对于中国古代知识分子而言，具有无比巨大的吸引力。城市是他们人生搏杀的战场，展示才华的舞台，为了实现人生理想，获取功名利禄，一代又一代读书人络绎不绝地奔赴城市。然而，欲成功进入城市，将梦想变为现实，绝非轻而易举之事。历史证明，绝大多数士子的城市经历都伴随着不同程度的失落感与挫折感，他们或因远离家乡而备受相思之苦的折磨，或在城市规则的束缚下感受到不自由的痛苦，或在被城市拒绝之后生发出不平之感慨。从汉末开始，中国古代诗歌就不断展示城市文化影响下的作家心路历程。

萧统《文选》卷二十九载录的佚名《古诗十九首》，关于其作者，学术界比较一致的看法是汉末的一群下层知识分子，其中大多数为漂泊在外、为仕而游的士人②。《古诗十九首》中的不少描写或隐或显地揭示出城市正是游子漂泊地之一。《今日良宴会》写一群宦游者在宴会上欣赏新曲的情况，所谓“何不策高足，先据要路津”，乃是听曲者的共同心声，形象地表达了他们对高官要职的渴望。由此推之，宴会地点应在各级政权所在地——大小城市，改变坎坷苦辛的生存

① 参见傅礼铭：《山水城市研究》，湖北科学技术出版社2004年版，第70页。

② 参见袁行霈主编：《中国文学史》第一卷，高等教育出版社1999年版，第272页。

现状，是听曲者离家入城的直接动机。此外，《东城高且长》以“东城”作为起兴之物，隐约地指示着城市背景的存在。《青青陵上柏》一诗更是直接以历史文化名城作为诗人活动的空间背景：

青青陵上柏，磊磊涧中石。人生天地间，忽如远行客。
斗酒相娱乐，聊厚不为薄。驱车策驽马，游戏宛与洛。
洛中何郁郁，冠带自相索。长衢罗夹巷，王侯多第宅。
两宫遥相望，双阙百余尺。极宴娱心意，戚戚何所迫。

人生苦短、及时行乐的思想支配诗人驱车策马、游戏宛洛等名城，洛阳城建筑所显示的豪华气派以及所象征的权力财富，深深地契合着诗人对于功名富贵的心理渴求。由于所策为驽马，故难以在洛城中获得立身之地，饮酒的快感与宴会的欢乐，都难以排遣生命的紧迫感与咫尺天涯的无奈感。“戚戚何所迫”五字道出的是一种十分复杂的城市体验。

如果说《青青陵上柏》突出了立足城市的紧迫感的话，那么西晋前期著名文学家张华则通过诗歌创作表现了入城之后的人生体验。张华（232—300），子茂先，范阳方城（今河北涿州附近）人。他出身寒素，未知名时就已显示出“学业优博，辞藻温丽，朗赡多通”之优长，所作《鹪鹩赋》让阮籍叹为“王佐之才”。进入仕途之后虽步步升迁，颇受赏识，但始终没能脱离政治争斗的漩涡，先是受到士族官僚的谤议排斥，后又因“儒雅有筹略，进无逼上之嫌，退为众望所依”（《晋书·张华传》）而为权臣贾谧等看重，终因与赵王伦结怨而被害灭族。“少孤贫，自牧羊”的张华显然具有农村出身背景，走上仕途便开始都市之行。为官多年，一方面耳闻目睹城市生活的享乐与奢华（见其《轻薄篇》），并由此产生人生苦短的感叹，另一方面则深感身心的不自由，晚年所作《答何劭诗三首》，真实袒露了自己复杂的内心世界，其一云：

吏道何其迫，窘然坐自拘。缨绥为徽缧，文宪焉可逾。
恬旷苦不足，烦促每有余。良朋贻新诗，示我以游娱。
穆如洒清风，焕若春华敷。自昔同寮寀，于今比园庐。
衰疾近辱殆，庶几并悬舆。散发重阴下，抱杖临清渠。
属耳听莺禽，流目玩儵鱼。从容养余日，取乐于桑榆。

开篇便道出因吏道所迫而产生的苦闷烦恼，将冠带喻为绳索，旨在突出被拘束的不自由感。诗中所言窘坐自拘、文宪必遵、恬旷不足等，批判矛头直指官场繁文缛节。如果做进一步分析，诗人的牢骚还暴露了农业文化培育的性格与城市文化强调的秩序之间的尖锐矛盾。城市文化系统具有多层次性，京都赋集中描写的建筑和物质所展现的只是城市文化最基础的层面，价值观念、行为方式、制度管理则是构成该系统的几个更为高级的层面。因此，城市文化作为一个由内向外的文化价值系统，很大程度上体现为一种规范化的行为方式和有序性的生活方式。封建统治者为了维护正常的权力秩序，确保各种权力的顺利实施，制定了一整套严密的规章礼仪制度，在朝拜、迎送、抑让、称谓、服饰诸多方面有着明确的规定，尽管显得相当繁琐、累赘，但仍然因为在一定程度上体现出城市文化注重管理的有效性原则而与乡村文化相区别。官府衙门作为管理机构理所当然要贯彻执行既定的法令法规，以此来约束为官者的行动，使其规范化、制度化。然而，在农业文化背景下，中国古代知识分子在自身培养的过程中早已形成的随意性、散漫性，使他们对这种约束管理的反感带有一种"先天"性质。在张华之前有嵇康作《与山巨源绝交书》，声称不堪官场的种种约束，张华之后有陶渊明作《归园田居》，将官场比喻为牢笼，惊人相似的态度背后是高度一致的文化认同。张华本人显然不可能意识到这一点，他所产生的焦虑与痛苦，实际上已经超越了个人的生命体验而具有时代普遍性，他在批判礼教束缚人性的同时，也暴露了文人士大夫文化秉性的弱点。诗歌后半部分所描绘的田园生活图景，表达了一种回归乡村田园的人生选择。

南北朝诗歌集大成者庾信在《和张侍中述怀诗》中描写自己当时的生存窘况，一连使用了四个典故，即"张翰不归吴，陆机犹在洛。汉阳钱遂尽，长安米空索"。其中西晋著名文学家陆机从江东入西晋都城洛阳后的经历，被庾信视为人生悲剧。陆机具有非常强烈的功名之心，被征入洛本是成就功名的良好时机，然而由于亡国之痛未消，他不愿为西晋统治者效力，无奈身不由己，最终被迫走上赴洛之途。进入洛阳城之初，陆机的故乡之思异常强烈，日夜萦绕，难以排遣，庾信所谓"陆机犹在洛"即当指此。陆机集中有一首《东宫作诗》(《文选》题作《赴洛二首之二》)，无论诗歌题目抑或内容，均表明该诗作于洛阳城中无疑：

羁旅远游宦，托身承华侧。抚剑遵铜辇，振缨尽只肃。
岁月一何易，寒暑忽已革。载离多悲心，感物情凄恻。
慷慨遗安豫，永叹废寝食。思乐乐难诱，曰归归未克。
忧苦欲何为，缠绵胸与臆。仰瞻凌霄鸟，羡尔归飞翼。

诗人真实地展现了自己入洛城之后的痛苦心境。身居华屋而心系故土，此情此景，在稍后他人的文学作品中亦能看到，如鲍照《还都至三山望石头城诗》、《还都口号诗》等。如果暂时排除诗人“故国情结”的作用，诗以朝廷/城市为背景所抒发的思乡之情，是中国古代作家普遍具有的悲剧性情感体验。在中国古代历史上，数不胜数的士子怀着人生的梦想，走出乡村奔赴各级城市。他们一方面亲身感受到城市文明的巨大魅力，另一方面对身后的故土又始终难以忘怀。寝食难安，悲苦忧愁，固然出于对家庭的牵挂和亲情的向往，与此同时，面临城市给予的无形挤压难以适应或无所举措，也是一个不容忽视的重要原因。陆机诗中所谓“曰归”，除了理解为空间意义上的回归之外，还可以阐释为乡村式生活方式与行为方式的回归。

左思诗歌流传下来的不多，但影响很大，《咏史诗》八首为其代表。此组诗非一时之作，抒发的情感比较复杂，既有早期强烈的自信心与渴望建功立业的豪情，也有理想受挫后的矛盾与不甘。其四以京城为背景抒写自己的人生遭遇与企盼：

济济京城内，赫赫王侯居。冠盖荫四术，朱轮竟长衢。
朝集金张馆，暮宿许史庐。南邻击钟磬，北里吹笙竽。
寂寂杨子宅，门无卿相舆。寥寥空宇中，所讲在玄虚。
言论准宣尼，辞赋拟相如。悠悠百世后，英名擅八区。

文本中的京城不是西晋首都洛阳，而是西汉京城长安。左思借咏史而咏怀，他采取空间置换、人物置换的手法，通过“赫赫王侯居”与“寂寂杨子宅”所形成的鲜明对比，表现自己入洛后的遭遇，批判当时盛行的世袭门阀制度。“悠悠百世后，英名擅八区”，是英才自许，更是不平之鸣。

从古代多数作家的人生轨迹来看，城市经历往往同时意味着仕宦经历，反之亦然。官场险恶，知音难觅，城市难留，是他们的共同感受。于是，以城市为背景，书写生命的痛苦与孤独，遂成为一道引人注目的文学景观。谢灵运的《晚出西射堂诗》属于较早出现的一首。诗云：

步出西城门，遥望城西岑。连障叠巘崿，青翠杳深沈。
晓霜枫叶丹，夕曛岚气阴。节往戚不浅，感来念已深。
羁雌恋旧侣，迷鸟怀故林。含情尚劳爱，如何离赏心。
抚镜华缁鬓，揽带缓促衿。安排徒空言，幽独赖鸣琴。①

① （东晋）谢灵运撰，李运富编注：《谢灵运集》，岳麓书社1999年版，第37页。

谢灵运（385—433），南朝著名文学家，中国文学史上第一位大量写作山水诗的诗人。此诗作于谢灵运任永嘉（今温州）太守时，“西城门”即永嘉城西门，西射堂（一作西社堂）位于永嘉西南约二里处。该诗结构显示出谢灵运山水诗三段式的一般特征，即首先交代行踪，其次描绘自然景物，然后抒发人生感悟，因此，后世读者很容易将其纳入山水诗的范畴进行研究，而忽略了它所内涵的城市文化因素。诗人心事重重步出永嘉城，将目光投向城外的自然山水风物，自然节序的变迁（即“节往”）引发其孤独与感伤的情怀。高贵的门第和出众的文学才华使谢灵运一向自视甚高，始终以重现祖父谢玄“振迹鼎朝，翰飞云龙”（《答中书》）式的辉煌为己任。出任永嘉太守，为官地方，对他而言无疑标志着政治上的重大挫折，因为在中国古代，城市的政治等级决定于城市所拥有权力的大小，而身居朝廷、掌握国家最高权力才是谢灵运追求的最高目标。由京城外放，无疑意味着政治贬谪和人生失败，所以永嘉城根本不可能成为他的理想生活场所。诗中“羁雌恋旧侣”两句用比喻手法形象地表达了诗人渴望重返京城的意愿，而“抚镜华缁鬓”两句写出的则是谪居永嘉时内心的焦虑与不安。城市既是谢灵运实现人生梦想的政治舞台，也是其人生痛苦的滋生之地，当他发现自己在一座又一座城市中收获的仅仅是失望与痛苦时，只好投身于自然山水，去寻找另一片能够排遣痛苦、释放郁闷、确证自我、抚慰心灵的生存空间。

与谢灵运相似，人称“小谢”的谢朓在为功名而奔走于京城、宣城等城市之间的同时，也倍感城市之行的艰难与危险，所作《暂使下都夜发新林至京邑赠西府同僚》一诗更加清楚地披露了内心的矛盾。诗云：

大江流日夜，客心悲未央。徒念关山近，终知返路长。
秋河曙耿耿，寒渚夜苍苍。引领见京室，宫雉正相望。
金波丽鳷鹊，玉绳低建章。驱车鼎门外，思见昭丘阳。
驰晖不可接，何况隔两乡。风云有鸟路，江汉限无梁。
常恐鹰隼击，时菊委严霜。寄言罻罗者，寥廓已高翔。

诗作于从西府荆州回京城途中。谢朓在荆州为随王萧子隆的文学侍从，“以文才，尤被赏爱”（《南齐书·谢朓传》），荆州长史王秀之忌其与子隆亲密，暗告齐武帝将其调回都城。踏上回京之路的谢朓心情颇为复杂，他既充满恋旧之情，故有“徒念关山近，终知返路长”之语，同时又盼望早日返回京城，所以才有“引领见京室”之举。吴淇《六朝选诗定论》评诗题曰：“自发新林到京邑说起，题却着‘暂使下都’。‘下都’，盖荆州随王之国。曰‘下都’，乃谗人之薮。曰‘使下都’，乃见遭谗之由。既受命而为随王文学，却曰‘暂使’，见今已诏还京，且以幸其不再返也。”荆州西府固然不是安身之处，京城又何曾是久留之地呢？联系谢朓人生经历，“寄言罻罗者，寥廓已高翔”，只算是暂时的欣慰，而他在《酬王晋安德元诗》中发出的“谁能久京洛，缁尘染素衣”的感慨，则表明京城同样无法成为精神的家园。

魏晋以还，士大夫阶层隐逸之风盛行，逸世高蹈者以寄情山水、隐居田园的行为方式，实实在在地表现自己对城市的疏离和远遁。陶渊明《归园田居》诗题中的一个“归”字，明确昭示着诗人以乡村为本位的文化立场与价值取向。田园山水诗的相继勃兴，除了中国古典诗歌自身演进的规律之外，一个重要的原因就在于农耕文化赋予文人士大夫的文化秉性与城市文化之间的矛盾冲突日益明显，那些拥有城市经历的诗人向往和讴歌田园和山林，无疑具有精神突围的性质。在中国山水诗形成时期，谢灵运是伟大的开拓者，谢朓则是随之其后的耕耘者。促使他们遗情丘壑林野，激赏山光水色的内在动因，一是山水审美意识的高度自觉，二是心灵世界在“城市氛围”的挤压下不堪重负。诗人一旦清楚地认识到城市文化的种种弊端，深感城市生存的艰辛与危险，在诗歌创作中开始将城市作为批判对象，也就不足为奇。

沈约（441—513），字休文，吴兴武康（今浙江吴兴）人，历仕宋齐梁三朝，为齐梁间文坛领袖，永明体代表人物。南齐隆昌元年（494），沈约被贬为东阳郡太守，于东阳城（今浙江金华市）筑玄畅楼，楼成后登临远眺，感慨万千，而作《登玄畅楼》题于楼上，时号绝唱。东阳城外的山川形胜以一种异乡景色强化着诗人“客”之意识，“信美非吾土，何事不抽簪”，篇末的慨叹既源于“客有慕归心”的心理现实，同时也植根于宦海无常、身不由己的人生困境。楼作为中国古代城市的一大景观，按其位置与功用不同，可分为城门之楼和城中之楼两大类。较之乡村，中国古代的城市建筑更为密集但高层较少，楼便成为入城之人登临远望的好去处。自从王粲登当阳城楼，咏《登楼赋》抒发思乡情怀之后，登楼抒怀作为中国古代作家的创作传统，代代相承，名城名楼也因此成为文学创作的热点。沈约赋《登玄畅楼》后，意犹未尽，复吟“八咏”，一时广为传颂，唐人因更玄畅楼名为八咏楼。

梁朝文人刘峻（462—522），字孝标，博览群书，为文甚美，“高祖招文学之士，有高才，多被引进，擢以不次。峻率性而动，不能随众沉浮，高祖颇嫌之，故不任用”。（《梁书·文学传下》）自幼唯好读书，日常生活中肆意而为的刘峻，缺乏处理复杂人际关系、适应城市生活节奏的能力，率性而为的处事方式无疑是蔑视官场规则，挑战权力秩序，因此，被弃用自在情理之中。在中国封建社会，士人一旦被统治者弃用也就意味着被城市拒绝，其人生出路只剩下归隐山林返回乡村，《始居山营室诗》正是在这种背景下创作的。诗云："自昔厌喧嚣，执志好栖息，啸歌弃城市，归来事耕织"，明确地表达了"弃城市"的人生选择。诗人居山的原因在于厌倦城市的"喧嚣"①，问题在于"喧嚣"实为城市区别于乡村的文化景观与形态标志，他激赏"激水檐前溜，修竹堂阴植。香风鸣紫鸐，高梧巢绿翼"的自然风光，向往"夜诵神仙记，旦吸云霞色。将驭六龙舆，行从三鸟食"的自在逍遥，从本质上看，无疑已构成了对城市生活环境与生活方式的否定。

如果说"厌喧嚣"还只是一种笼统否定的话，那么由梁入陈的张正见的相关描写，则将批判矛头指向了城市中大量存在的名利之争现象。张正见（532？—569？），字见赜，能文善诗，在梁时因年十三而献赋，深得梁简文帝萧纲的赞赏。入陈之后，先为陈朝征北大将军、桂阳郡侯侯安都门下宾客，后"除镇东鄱阳王府墨曹行参军，兼衡阳王府长史。历宜都王限外记室、撰史著士，带寻阳郡丞"（《陈书·张正见传》），长期与皇室成员、权贵等交往。与此相联系，其诗歌多应制奉和之作，不乏歌功颂德之语，《从籍田应衡阳王教作诗》五章便是其中代表作，城市无可置疑地成为他的创作视角，"帝京惟赤县"、"洛城钟漏息"两章就是借赞美帝京来讴歌皇权的威严与神圣。与此同时，张正见对城市繁华景象掩盖下的名利之争也有所察觉，所作《赋得日中市朝满诗》言：

云阁绮霞生，旗亭丽日明。尘飞三市路，盖入九重城。
竹叶当炉满，桃花带绶轻。唯见争名利，安知大隐情。

诗的前六句描写都市酒楼的盛景，色彩艳丽，对偶工整，颇见艺术功力。末二句笔锋一转，生发出意味深长的感慨，情感由热烈变得深沉，淡淡的忧愁溢于言表。"大隐情"的滋生源于"唯见争名利"的失望与痛苦，向往大隐即意味着身居闹市而渴求拥有一方生存净土，张正见固然算不上"大隐"，但他所认同的却是中国古代作家批判城市文化的一种特殊方式。

受制于北方生活环境与城市经济发展水平，北朝诗人对于城市的描写，无论数量抑或质量都不及南朝诗人，只有少数较有特色的诗篇，值得一书。

① 至南朝，厌倦城市喧嚣已经不是某一位作家的个人感受，稍后隋朝诗人卢思道《上巳禊饮诗》亦表达了相同的体验，诗曰："山泉好风景，城市厌嚣尘，聊持一樽酒，共寻千里春，余光下幽桂，夕吹舞青蘋，何言出关后，重有入林人。"

温子昇，字鹏举，济阴冤句（今山东省菏泽地区）人，北魏著名文学家。他“博览百家，文章清婉”，（《魏书·温子昇传》）与北齐邢邵、魏收齐名，“世号三才”。温子昇诗歌现存10首，所作《从驾幸金墉城诗》在同类作品里显得别具一格。诗云：

兹城实佳丽，飞甍自相并。胶葛拥行风，岧峣闲流景。
御沟属清洛，驰道通丹屏。湛淡水成文，参差树交影。
长门久已闭，离宫一何静。细草缘玉阶，高枝荫桐井。
微微夕渚暗，肃肃暮风冷。神行扬翠旗，天临肃清警。
伊臣从下列，逢恩信多幸。康衢虽已泰，弱力将安骋？

金墉城位于洛阳城西北，曹魏时期所筑，实为洛阳附城，西晋末年毁于战火。北魏孝文帝于太和十七年（493）自平城迁都洛阳，同年十月，命手下大臣在魏晋洛阳废墟上重建洛阳城，同时，修复魏晋金墉城和华林园为临时宫殿。根据诗歌的描写，金墉城修复得十分成功，宫檐高耸，驰道交通，绿水贯穿，树影参差，景色集壮美与优美于一体，诗人“实佳丽”的赞叹正源于此。文本令人玩味之处在于，随列从驾的温子昇并未将作品写成单一的城市颂歌，而是抒发了较为丰富的内心情感。有晋一代，金墉城曾经是废帝、废后、废太子的幽居之所，据《晋书》记载，先后有齐王曹芳、晋惠帝、愍怀太子、羊后、贾后等囚居于此城内，“长门久已闭，离宫一何静”两句明为眼前实景，实则感慨历史，一“久”字便揭示出其中寄寓的绵长哀思。历史悲剧虽不再重演，可是个人的前途忧虑又涌上心来，暮色冷风中，不由发出“弱力将安骋”的感叹。联系温子昇日后见疑于齐文襄，“乃饿诸晋阳狱，食弊襦而死，弃尸路隅，没其家口”（《魏书·温子昇传》）的悲惨结局，不难看出诗人的忧虑确有现实依据。“弱力”自然难以“安骋”，金墉城的康泰大道，显然不是文弱书生的用武之地。

四、谱写荒城哀歌，抒发黍离之悲

尽管古代中国是一个传统的农业大国，但是城市尤其是中心城市在社会政治、经济生活中发挥着广大农村无法取代的重要作用，因此，每当改朝换代或社会动乱之际，城市作为兵家必争之地，难免在兵火中遭受劫难。汉末社会大动乱重创了以长安—洛阳为轴心的北方城市体系，也引发了诗人以残破荒城为抒情对象的文学创作活动。曹植除了创作《洛阳赋》之外，《送应氏诗》二首之一也针对洛阳城被战火破坏抒发了悲愤之情，诗云：

步登北邙阪，遥望洛阳山。洛阳何寂寞，宫室尽烧焚。
垣墙皆顿擗，荆棘上参天。不见旧耆老，但睹新少年。
侧足无行径，荒畴不复田。游子久不归，不识陌与阡。
中野何萧条，千里无人烟。念我平常居，气结不能言。

北邙山位于洛阳城之北，又名北芒，登临此山可俯瞰洛阳城。“陟彼北芒兮，噫！顾览帝京兮，噫！宫室崔嵬兮，噫！人之劬劳兮，噫！辽辽未央兮，噫！”自东汉著名文士梁鸿作《五噫歌》，确立了居高临下、倚仗山势观照城市的视角之后，北邙山与洛阳城就以一种特殊的固定联系出现在文人士大夫的创作视野中。曹植通过描写登北邙山之所见，重点展现了无情的战火给东汉都城洛阳造成的巨大灾难。从“宫室尽烧焚”到“荒畴不复田”，再到“千里无人烟”，以洛阳为中心层层扩展，诗人描绘了一幅空前破败荒凉的历史画卷，给人以强烈的视觉冲击力。由于洛阳乃诗人“平常居”之所在，因而他难免在意念中进行着今昔对比，而“不见”、“不识”的主体感觉强化了洛阳一带今非昔比的历史面貌。

面对在军阀混战中变得残破不堪的汉代两京，痛心疾首的不仅仅是曹植。“西京乱无向，豺虎方构患”，（王粲《七哀诗》之一）“汉季失权柄，董卓乱天常。志欲图篡弑，先害诸贤良。逼迫迁旧邦，拥主以自强”（蔡琰《悲愤诗》），“静夜不能寐。耳听众禽鸣。大城育狐兔。高墉多鸟声。坏琮何寥廓。宿屋邪草生。中心感时物。抚剑下前庭”。（曹睿《长歌行》）与之同时代的其他诗人也从不同的角度，在诗歌中控诉了战争破坏城市正常秩序、摧毁城市建筑的种种罪恶，抒发了自己的感伤情怀。

张载的《七哀诗二首》之一同样属于悲怨凄怆的荒城哀歌。诗云：

北邙何垒垒，高陵有四五。借问谁家坟，皆云汉世主。
恭文遥相望，原陵郁膴膴。季世丧乱起，贼盗如豺虎。
毁壤过一抔，便房启幽户。珠柙离玉体，珍宝见剽虏。
园寝化为墟，周墉无遗堵。蒙茏荆棘生，蹊迳登童竖。
狐兔窟其中，芜秽不复扫。颓陇并垦发，萌隶营农圃。
昔为万乘君，今为丘中土。感彼雍门言，凄怆哀今古。

由于东汉时王公贵族死后多归葬于北邙山①，赫然标示着个体生命的终结，因此，自中古时期起“北邙山”便具有了死亡原型的意义。从城外高山上的坟墓到

① 例如东汉光武帝郭皇后、城阳恭王刘祉、桓帝邓皇后等死后均葬于北邙山。

城中的废墟，再由荒城荆棘到北邙丘土，回环往复，诗人运笔的线路已将“战争”与“死亡”的主题，勾勒得清清楚楚。在这里，满目疮痍的洛阳城充满死亡气息。与《送应氏诗》有所不同的是，张载采用了立足城中遥望北邙的写作态势，北邙山上的陵墓黄土与洛阳城中的废墟荆棘，一远一近，共同构成了声讨盗贼与动乱的檄文。

西晋末年永嘉之乱，五马南奔，晋室衰微，剧烈动荡的政治局势再度给中原地区的城市带来毁灭性灾难。在此背景下，对城市的关注与描写又一次成为诗人控诉动乱的特殊方式。西晋后期著名诗人刘琨（271—318），字越石，中山魏昌（今河北无极附近）人，青少年时代主要活动在洛阳一带。永嘉元年（307）出任并州刺史①，加振威将军，领匈奴中郎将，在离开洛阳奔赴晋阳（今太原）的途中，写下千古流传的名篇《扶风歌》。诗从离开洛阳北门广莫门下笔，中间写到“顾瞻望宫阙，俯仰御飞轩。据鞍长叹息，泪下如流泉”的情景。诗人之所以回望都城而叹息泪下，一是出于对京城的依恋难舍，二则是痛感历经战乱的洛阳城已完全丧失了大国之都的地位与作用，故文本不可能出现都城颂歌。在并州期间，刘琨作有四言体《答卢谌》诗，在第一章里，他以高度概括之笔描述了晋末祸乱发生时的状况以及自己的沉痛心情：

> 厄运初遘，阳爻在六。乾象栋倾，坤仪舟覆。横厉纠纷，群妖竞逐。
> 火燎神州，洪流华域。彼黍离离，彼稷育育。哀我皇晋，痛心在目。

诗中并没有直接展示中原地区的城市在战火中坍塌坠毁的可怕景象，不过“火燎神州，洪流华域。彼黍离离，彼稷育育”诸句，已经勾勒出一幅遍地战火、满目疮痍的荒城图画，诗人抒发黍离之悲的背景，自当是荒城废墟，荆棘蒿草。

东晋诗坛鲜见荒城哀歌，仅孙绰（字兴公）《与庾冰诗》隐约可见荒城景象：“德之不逮，痛矣悲夫。蛮夷交迹，封豕充衢。芒芒华夏，鞠为戎墟。哀兼黍离，痛过茹荼。”从先秦到魏晋，在历史创作样板《诗经·王风》的指引下，“黍离”意象早已超越一般农作物的范畴，而由特定之意与象凝聚成一个具有特定内涵的艺术符号，借都城的衰败景象表现一个王朝的衰落，抒发主体沉重的感伤情怀，也已成为创作传统和创作模式，《与庾冰诗》亦不例外。作为玄言诗的代表，钟嵘《诗品·序》谓其诗“平典似《道德论》”，而此作则展示了孙绰诗歌的另一

① 刘琨离开洛阳出任并州刺史的时间，有关史籍说法不一，今从徐公持先生之说。参见徐公持编著：《魏晋文学史》，人民文学出版社 1999 年版，第 438 页。

面貌。

刘宋颜延之（384—456），字延年，琅琊临沂人，元嘉三大家之一。所作《还至梁城作诗》，堪称同类诗篇中的佳作。诗云：

眇默轨路长，憔悴征戍勤。昔迈先徂师，今来后归军。
振策睠或路，倾侧不及群。息徒顾将夕，极望梁陈分。
故国多乔木，空城凝寒云。丘垄填郛郭，铭志灭无文。
木石扃幽闼，黍苗延高坟。惟彼雍门子，吁嗟孟尝君。
愚贱同堙灭，尊贵谁独闻？曷为久游客？忧念坐自殷。

诗题所谓梁城当是汉时梁国故城，即古睢阳城，故诗人才有“极望陈梁分”[①]之说。该诗结构呈现出三段式特征，开篇叙行程，中间绘景物，结尾发感慨，与山水诗的主要差别在于中间所描绘的乃是荒城景象。汉时的梁国都城睢阳巨丽富庶，如今却是丘垄纵横，杂木丛生，荒坟高耸，对此，诗人不禁悲从中来，历史沧桑之感与富贵无常之叹油然而生。诗人触景生情，借景抒情，实现了情与景的有机结合。

北朝诗坛上，北魏才子祖莹的《悲彭城》堪称一绝。该诗的创作背景与缘由颇为特殊，据《北史·祖莹传》载：“尚书令王肃曾于省中咏《悲平城诗》云：‘悲平城，驱马入云中，阴山常晦雪，荒松无罢风。’彭城王勰甚嗟其美，欲使肃更咏，乃失语云：‘公可更为诵《悲彭城诗》。’肃因戏勰云：‘何意呼《悲平城》为《悲彭城》也？’勰有惭色。莹在座，即云：‘《悲彭城》，王公自未见。’肃云：‘可为诵之。’莹应声云：‘悲彭城，楚歌四面起，尸积石梁亭，血流睢水里。’肃甚嗟赏之。勰亦大悦，退谓莹曰：‘卿定是神口，今日若不得卿，几为吴子所屈。’”彭城即今徐州，春秋时为宋国辖地，称彭城邑，秦始建县，三国曹魏始有徐州之称。彭城地处苏、鲁、豫、皖交界处，为重要交通枢纽城市，古来兵家必争之地。楚汉相争之时，项羽、刘邦多次在此交战，汉之二年春，迫于楚军追杀，“汉卒十余万人皆入睢水，睢水为之不流”（《史记·项羽本纪》），祖莹即兴所咏者即为这一重大历史事件。短短十八字，描绘出一幅悲壮惨烈的战争画卷，既切合题目要求，又紧扣彭城历史。史称祖莹“以文学见重”，由此可见一斑。

---

① 陆机《吴王郎中时从梁陈作诗》云：“夙驾寻清轨，远游越梁陈。”《文选》吕向注曰：“言早驾寻古人轨迹过梁陈之国。”江淹《杂体诗·效陆机〈羁宦〉》亦云：“驰马遵淮泗，旦夕见梁陈。”

五、传达民间情绪，折射时代风云

都市歌谣（包括童谣）作为城市文学的特殊分支，在传统的文学史写作中往往被忽略。

流传于都市街头巷尾的歌谣，如果根据其形态特征、作者构成以及传播方式等进行定位，应该属于民间文学范畴。它们形式短小活泼，不拘一格，语言通俗形象，经由市民口耳传唱，传达着来自民间的种种情绪与诉求。正因如此，历代统治者将其作为考察政治得失，了解民情民意的重要窗口。汉武帝立乐府而采歌谣，目的之一就是观民情。《后汉书·郅寿传》载，侍御史何敞上疏言道："臣闻圣王辟四门，开四聪，延直言之路，下不讳之诏，立敢谏之旗，听歌谣于路，争臣七人，以自鉴，考知政理，违失人心，辄改更之，故天人并应，传福无穷。"阐述了民间自由表达对于为政的重要性。

作为一个国家、一个地区政治文化中心的城市，人口密度大，非血缘性的人际交流非常频繁，具有歌谣集中产生的文化土壤以及快速传播的渠道。

汉魏晋南北朝的都市歌谣，依据内容和功能划分，主要有两大类。第一类是批判性歌谣，歌者借以讽刺抨击统治者，表达对政局以及社会风气的不满。兹选数例以窥一斑：

欲得不能，光禄茂才。

——东汉京师歌谣

两句一首，形式比较简单。《后汉书·黄琼传附黄琬传》载，"时权富子弟多以人事得举，而贫约守志者以穷退见遗，京师为之谣曰：……"由此可见，谣辞是在讽刺当时的用人选拔制度。短短八字，语言简洁，表意明确。

直如弦，死道边；曲如钩，反封侯。

——东汉顺帝末年京都童谣

尖锐地讽刺了当时朝纲混乱，执政者是非颠倒，良莠不辨。形式为整齐的三言，结构完整，采用了比喻和对比的修辞手法，两句一韵，句句押韵，文学因素比较丰富。

承乐世，董逃，游四郭，董逃，蒙天恩，董逃，带金紫，董逃，行谢恩，董逃，整车骑，董逃，垂欲发，董逃，与中辞，董逃，出西门，董逃，瞻宫殿，董逃，望京城，董逃，日夜绝，董逃，心摧伤，董逃。

——汉灵帝中平中京都歌谣

辞载《后汉书·五行志一》，内容言董卓跋扈，纵其残暴，终归逃窜，至于灭族。晋崔豹《古今注·音乐》曰："《董逃歌》，后汉游童所作也。终有董卓作乱，卒以逃亡。后人习之为歌章，乐府奏之以为儆诫焉。”这首经过加工整理的歌谣已经脱离了原生态面貌，以齐言形式传世。主体部分为整齐的三言，句子结构大致相同（多动宾或动补结构），叙事中笔挟情感，“董逃”二字反复咏叹，既不断强化讽刺意味，又增加了唱辞的节奏感和音乐性。

宁饮建业水，不食武昌鱼；宁还建业死，不止武昌居。

辞载《三国志·吴书·陆凯传》。吴主孙皓迁都武昌，丞相陆凯上疏反对，先言“武昌土地，实危险而塉确，非王都安国养民之处。船泊则沉漂，陵居则峻危”。再引童谣以示民怨。从内容上讲，这是民间怨愤情绪的表达；从形式上看，整齐的五言，重叠的章法，对比的手法，足以在听觉上给人留下深刻印象。

第二类是谶示性歌谣。作为谶纬与民谣的结合体，谶谣在表达民情民意方面，与前一类歌谣有相同之处，而在表意的神秘性、预言性方面又自成一体[①]。它的产生和流传情况比前一类更为复杂，其中既有来自民间的集体无意识创作，也不乏某些政治家或政治集团假借民谣形式表达自己的政治诉求，即如《汉书·王莽传》所载，王莽篡位时“风俗使者八人还，言天下风俗齐同，诈为郡国造歌谣，颂功德，凡三万言”。谶谣的流行与谶纬神学的形成和兴盛有直接关系，而且与时代政治的关系异常密切，两汉以及后来产生的谶谣涉及了当时许多政治事件[②]。兹举数首有代表性的作品：

城上乌，尾毕逋。公为吏，子为徒。一徒死，百乘车。车班班，入河间。河间姹女工数钱，以钱为室金为堂。石上慊慊舂黄粱。

梁下有悬鼓，我欲击之丞卿怒。——东汉桓帝之初京都童谣

这是一首杂言童谣，篇幅较一般歌谣要长。“车班班，入河间”句即属预示性语言，其中表达的意思，《后汉书·五行志一》进行了具体说明：

“城上乌，尾毕逋”者，处高利独食，不与下共，谓人主多聚敛也。“公为吏，子为徒”者，言蛮夷将畔逆，父既为军吏，其子又为卒徒往击之也。“一徒死，百乘车”者，言前一人往讨胡既死矣，后又遣百乘车往。“车班班，入河间”者，言上将崩，乘舆班班入河间迎灵帝也。“河间姹女工数钱，以钱为室金为堂”者，灵帝既立，其母永乐太后好聚金以为堂也。“石上

---

① 谢贵安先生认为，“谶谣是把谶的神秘性、预言性与谣的通俗流行性结合起来的一种具有预言性的神秘歌谣，是以通俗形式表达神秘内容并预言未来人事祸福、政治凶吉成败的一种符号，或假借预言铺陈的政治手段”。《中国谶谣文化研究》，海南出版社 1998 年版，第 5 页。

② 参见吕肖奂：《中国古代民谣研究》第二章《谶谣析论》，巴蜀书社 2006 年版。

慊慊舂黄梁”者，言永乐虽积金钱，慊慊常苦不足，使人舂黄梁而食之也。“梁下有悬鼓，我欲击之丞卿怒”者，言永乐教灵帝，使卖官受钱，所禄非其人，天下忠笃之士怨望，欲击悬鼓以求见，丞卿主鼓者，亦复谄顺，怒而止我也。①

内容涉及人主敛财、蛮夷叛乱、帝位易人、外戚专权、太后贪婪等社会生活中一系列敏感话题，十分丰富。由于语句之间的跳跃性很强，因而增加了理解难度。形式上除了使用民谣常见的隐喻手法之外，更多地采用现象描述的方式揭露现实问题，怨愤之意溢于言表。

侯非侯，王非王，千乘万骑上北芒。

——汉灵帝末年京都童谣

预言日后皇帝将大权旁落，惨遭迫害。《后汉书·五行志一》云：“到中平六年，史侯登蹑至尊，献帝未有爵号，为中常侍段珪等数十人所执，公卿百官皆随其后，到河上，乃得来还。此为非侯非王上北芒者也。”它采用的三三七句式，汉魏六朝时期较为常见。

千里草，何青青。十日卜，不得生。

——献帝践祚之初京都童谣

辞载《后汉书·五行志一》。最明显的特点是采用拆字法，从下至上将董字拆为千里草，卓字拆成十日卜，借此表示对董卓以臣陵君暴行的谴责，“不得生”言董卓破亡下场，既为预言，也是诅咒。

南风起，吹白沙，遥望鲁国何嵯峨，千岁髑髅生齿牙。

——晋惠帝元康中，京、洛童谣

《宋书·五行志》云：“南风，贾后字也；白，晋行也；沙门，太子小名也；鲁，贾谧国也。言贾后将与谧为乱，以危太子……”首二句巧妙地利用自然现象构成隐喻，影射贾后专权，危害太子。歌者将人名与封国名嵌入辞中，使隐晦的描述又透露出某些明确的信息。

汉魏晋六朝歌谣固然还涉及其他方面的内容，如东汉长安歌谣：“城中好高髻，四方高一尺；城中好广眉，四方且半额；城中好大袖，四方全匹帛”（《后汉书·马援传附马廖传》），是提倡节俭反对奢侈的。又如东汉桓帝之初京都童谣：“游平卖印自有平，不辟豪贤及大姓”（《后汉书·五行志一》），是对人物的品评，

① （宋）范晔：《后汉书》，中华书局1965年版，第3282页。

不过，以上述两类歌谣数量最多，影响最大。听都市歌谣，一方面可以了解底层民众的喜怒哀乐，另一方面有助于观察时代政治风云的起伏变化，这是城市文化氛围赋予都市歌谣两大最为显著的功能。

第四节　各体散文：城市文学资源的多元补充

较之先秦散文，秦汉魏晋南北朝散文有了长足发展，这主要表现在作家数量多、文体名目多、名著名篇多这三个方面。本时期散文创作取得的成就主要集中在政论、史传、地理三大类之中，由于写作目的以及文章内容的特殊规定性，作者无意对城市进行具有独立意义的艺术表现，故散文的城市文学价值不是特别突出。不过，自李斯《谏逐客疏》采用铺排手法罗列秦王宫中各类物质用品，客观上揭示出城市聚集了大量物质财富这一事实后，不少散文作者将富有艺术色彩的笔触从不同角度，伸进了城市文化空间，提供了足以引起后人关注的城市文学资源。其中最值得称道的大约有三类：面对现实，抨击城市的社会问题；贯通古今，勾勒城市居民的历史身影；时空并置，记录古代城市的地理分布情况以及历史变迁。

一、政论散文中的城市观照视角

两汉政论散文因其强烈的现实批判精神和骈俪化的行文风格，深受当今文学史研究者的重视与肯定。如果说京都颂歌构成了汉大赋的主旋律的话，那么，揭露和批判社会现实问题则是汉代政论散文的重要主题。由于两汉时期中国城市在迅速发展的同时，也暴露出不少问题，因此，城市不可避免地构成了政论家的独特视角。

汉王朝统治者为确保天下的长治久安，制定了重农抑商的治国方针并大力推行。“天下已平，高祖乃令贾人不得衣丝乘车，重租税以困辱之。孝惠、高后时，为天下初定，复弛商贾之律，然市井之子孙亦不得仕宦为吏。”（《史记·平准书》）但是，为了适应城市快速发展的需要，他们又不得不采取一系列促进商品经济发展的重要措施。市民生活的需求，朝廷政策的松动，成为城市商业发展的契机，而市场的繁荣，商品的流通，一方面为都市奢侈享乐之风的盛行提供了物质基础，另一方面又造就了商人社会地位的实际提高。对此，那些密切关注社会现实的文人士大夫忧心忡忡，他们或上疏进言，或著书立说，毫不隐讳地表达自己的批判态度。

晁错（？—前154），颍川（今河南禹县）人，文景帝时期著名的政治家，官至御史大夫，吴楚之乱时被杀。晁错“锐于为国远虑”（《史记·袁盎晁错列传》），先后向朝廷上《言兵事疏》、《守边劝农疏》、《论贵粟疏》等文章，就守边备塞、劝农力本等重大国事提出自己的见解，先受文帝欣赏，后得景帝宠幸。有感农民的破产和商人势力的膨胀，晁错在《论贵粟疏》里将批判的笔锋指向了都市中的商贾：

> 商贾大者积贮倍息，小者坐列贩卖，操其奇赢，日游都市，乘上之急，所卖必倍。故其男不耕耘，女不蚕织，衣必文采，食必粱肉；亡农夫之苦，有仟伯之得。因其富厚，交通王侯，力过吏势，以利相倾；千里游敖，冠盖相望，乘坚策肥，履丝曳缟。此商人所以兼并农人，农人所以流亡者也。①

现代学者一般认为晁错之文缺少文采，不过这段文字却极具文学意味。语言精炼，笔势流畅，句式整齐，兼用对偶、顶真修辞手法，读之朗朗上口，属于晁错政论文中的艺术妙笔。

西汉中期，出现了一部著名的政论性散文集《盐铁论》，由汝南郡（今河南上蔡西南）人桓宽（生卒年不详），根据昭帝始元六年（前81）召开的盐铁会议的文件写成。《盐铁论》共60篇，采用对话体的形式，比较生动地记述了御史大夫桑弘羊和从全国各地召集来的“贤良”、“大夫”、“文学”之间的辩论，保存了许多西汉中叶的经济思想史料和风俗习惯，揭露了当时社会所存在的一些问题。辩论双方谈古论今，旁征博引，相互驳难，各逞辩才。赞成发展商品经济的一方，将城市发展的成就作为自己的论据：

> 大夫曰：“自京师东西南北，历山川，经郡国，诸殷富大都，无非街衢五通，商贾之所凑，万物之所殖者。故圣人因天时，智者因地财，上士取诸人，中士劳其形。长沮、桀溺，无百金之积，跖跻之徒，无猗顿之富，宛、周、齐、鲁，商遍天下。故乃商贾之富，或累万金，追利乘羡之所致也。富国何必用本农，足民何必井田也？”
>
> ——《力耕篇》
>
> 大夫曰：“燕之涿、蓟，赵之邯郸，魏之温、轵，韩之荥阳，齐之临淄，楚之宛、陈，郑之阳翟，三川之二周，富冠海内，皆为天下名都，非有助之耕其

① （清）严可均编：《全上古三代秦汉三国六朝文·全汉文》卷十八，中华书局1958年版。

野而田其地者也，居五诸之冲，跨街衢之路也。故物丰者民衍，宅近市者家富。富在术数，不在劳身；利在势居，不在力耕也。

——《通有篇》[①]

以从古至今城市发展的事实为据，侃侃而谈。句式多用对偶，兼用排比，整齐而富有变化。以陈述句起，以反问、判断句作结，语言力度逐渐增强，成竹在胸的谈话者形象得以展现。《盐铁论》一书的论辩艺术由此可见一斑。

王充（27—约97），字仲任，会稽上虞（今属浙江）人，东汉前期杰出的思想家和文论家。王充的人生与城市有密切关系，他出生于商贾家庭，祖父、父亲于钱塘“以贾贩为事”。王充自幼聪明好学，青年时期曾到京师洛阳入太学，拜班彪为师。“家贫无书，常游洛阳市肆，阅所卖书，一见辄能诵忆，遂博通众流百家之言。”（《后汉书·王充传》）曾做过短时期的郡县属吏，一生主要精力用于著书立说，居贫贱而不倦。传世名著为《论衡》85篇。

《论衡》内容丰富，涉及自然科学、哲学、伦理学、宗教和社会国家生活等诸多方面，批判矛头直指鬼神迷信、圣人崇拜以及厚今薄古的历史观等，在中国思想史上独树一帜。王充具有崇尚自然美的美学趣味，认为“大羹必有淡味”，“大简必有大好”（《论衡·自纪篇》），故其行文既不刻意讲究章法，也不追求辞藻的华美。《论衡》[②]一书的城市文学史价值主要体现在论证方法上，王充擅长采用多重论据阐释自己的观点，因十分熟悉都市生活，故常以城市生活现象构成比喻，使言说显得更加充分和通俗，因而也更有说服力。这一点与先秦韩非有相似之处。

在《论衡·量知篇》里，王充围绕道学之于人的重要意义进行阐释，他先分别列举士、匠、吏、医各行所需要具备的相应学问和技术，层层论述，最后又借入市买货的常见现象做进一步说明：“手中无钱，之市使货主问曰‘钱何在’，对曰：‘无钱’，货主必不与也。夫胸中不学，犹手中无钱也。欲人君任使之，百姓信向之，奈何也？”“胸中不学，犹手中无钱”，这一比喻浅显通俗，富有哲理，耐人寻味，利于读者接受。

论证人之阅历与见识深浅的关系，是《论衡·别通篇》的一个重要内容。为使论证真实而充分，无懈可击，王充同样广泛列举各种生活现象，“都市之游”便

① 王利器校注：《盐铁论校注》，中华书局1992年版。
② （东汉）王充撰，张宗祥校注，郑绍昌标点：《论衡校注》，上海古籍出版社2008年版。

是其中一例：

人之游也，必欲入都，都多奇观也。入都必欲见市，市多异货也。百家之言，古今行事，其为奇异，非徒都邑大市也。游于都邑者心厌，观于大市者意饱，况游于道艺之际哉？

在一环紧扣一环的论述中，突出了观百家之言的必要性。又如，《寒温篇》批驳世俗关于寒温产生原因的种种误说，都市现象又一次成为王充的论据："帝都之市，屠杀牛羊，日以百数，刑人杀牲，皆有贼心，帝都之市，气不能寒。"由此说明气候寒温与用刑杀戮无关。由于采用的论据非常典型，其结论自当令人信服。

王符（？ 85—？ 163），字节信，安定临泾（今甘肃镇原）人，东汉著名政论家。少好学，有志操，独耿介不同于俗，以此遂不得升进。志意蕴愤，乃隐居著书三十余篇，以讥当时失得，不欲彰显其名，故号曰《潜夫论》[①]。《后汉书》有传。讥讽时政弊端，是《潜夫论》的主题，王符虽身居一隅，却视野开阔，其《浮侈篇》针对以洛阳为代表的广大都市所出现的舍本趋末现象，进行了猛烈抨击：

王者以四海为家，兆人为子。一夫不耕，天下受其饥；一妇不织，天下受其寒。今举俗舍本农，趋商贾，牛马车舆，填塞道路，游手为巧，充盈都邑，务本者少，浮食者众。"商邑翼翼，四方是极。"今察洛阳，资末业者什于农夫，虚伪游手什于末业。是则一夫耕，百人食之；一妇桑，百人衣之。以一奉百，孰能供之！天下百郡千县，市邑万数，类皆如此。

上述文字极具艺术感染力。作者将商贾游乐都市的景象作为批判对象，综合运用夸张、对比、引用、反问等多种修辞手法，以突出强调舍本趋末带来的巨大危害。文中议论中多用对偶句式，呈现出骈俪化倾向。

骈俪化倾向同样体现在仲长统《昌言》中。仲长统（180—220），字公理，山阳高平（今山东邹县西南）人，自幼好学，博涉书记，赡于文辞，"每论说古今及时俗行事，恒发愤叹息。因著论，名曰《昌言》，凡三十四篇，十余万言"。（《后汉书》本传）《后汉书》之所以将他与王充、王符合为一传，实因三人皆具愤世嫉俗的批判现实精神。《昌言》全书已佚，部分篇章赖《后汉书》本传收录得以流传。其中《理乱篇》描绘了一幅当时豪门的奢侈生活场景：

豪人之室，连栋数百，膏田满野，奴婢千群，徒附万计。船车贾贩，周于四方；废居积贮，满于都城。琦赂宝货，巨室不能容；马牛羊豕，山谷不

① （东汉）王符撰，张觉校注：《潜夫论校注》，岳麓书社 2008 年版。

能受。妖童美妾，填乎绮室；倡讴妓乐，列乎深堂。宾客待见而不敢去，车骑交错而不敢进。

作者运用骈俪的句式、夸张的手法，从农村和城市两个方面同时展开描写，形象地揭露出城乡财富聚集于豪门大族这一社会弊端，给人留下了鲜明的印象。

两汉以后，社会的剧烈动荡以及频繁发生的战争，在很大程度上改变了人们的基本生活状况，进而影响到作家的写作行为。政论散文创作一度呈现衰落局面，具体表现为鲜有鸿篇巨制问世，思想性文学性兼备的佳作很少。不过，文人士大夫关心现实、勇于批判的传统并没有中断，魏晋南北朝时期，仍然产生了一些较有价值的政论文章，其中北朝文人韩麒麟的奏表值得一读。

韩麒麟（433—488），昌黎棘城人，历仕北魏太武帝拓跋焘、文成帝拓跋濬、孝文帝元宏三朝，《魏书》有传。韩麒麟幼而好学，长而能文。孝文帝太和十一年（487），上表陈时务，针对京城大饥的现实状况，着力陈述重本劝农的重要性，揭示饥寒产生的原因：

> 今京师民庶，不田者多，游食之口，三分居二。盖一夫不耕，或受其饥，况于今者，动以万计。故顷年山东遭水，而民有馁终，今秋京都遇旱，谷价踊贵。实由农人不劝，素无储积故也。
>
> 自承平日久，丰穰积年，竞相矜夸，遂成侈俗。车服第宅，奢僭无限；丧葬婚娶，为费实多；贵富之家，童妾袨服；工商之族，玉食锦衣。农夫餔糟糠，蚕妇乏短褐。故令耕者日少，田有荒芜。谷帛罄于府库，宝货盈于市里；衣食匮于室，丽服溢于路。饥寒之本，实在于斯。①

文章所言涉及城市发展历程中两个具有普遍性的问题：一是城市人口的急剧增加，超越了经济发展的实际水平，动摇了国家统治的根基；二是城市奢侈之风盛行，城乡贫富悬殊，影响了农业的发展，文中所体现的关注民生、批判时弊的精神与汉代政论文一脉相承。奏表以劝农为立论点，主要采用对比论证手法，通过城市与农村、商人与农民的比较，有效突出了现行政策的弊端。行文多用对偶句式，汉代政论文骈俪化倾向的影响，由此可见一斑。

二、史传散文中的城市文学价值

在中国史传文学发展史上，司马迁的《史记》是一部具有里程碑意义的

① （北齐）魏收：《魏书・韩麒麟传》，中华书局1974年版，第1333页。

巨著。

司马迁（前145—约前87），字子长，左冯翊夏阳（今陕西韩城）人，伟大的历史学家。为了完成父亲遗愿，更为了实现自己“究天人之际，通古今之变，成一家之言”（《报任安书》）的宏伟目标，他忍辱负重，发愤著书，挥动如椽之笔，在自创的纪传体通史体例中，绘制出上下三千年中国历史发展的宏伟画卷，描写了不同时期的各色历史人物，同时在历史学和文学领域做出了杰出贡献。“史家之绝唱，无韵之离骚”，鲁迅对《史记》的评价已成不刊之论。

作为一部杰出的历史巨著，《史记》具有我国古代早期城市“百科全书”的性质。一百三十篇里提供了上古时期我国城市诞生与形成的许多宝贵史料（见《五帝本纪》、《殷本纪》、《周本纪》、《秦始皇本纪》、《高祖本纪》等），记载了秦汉两朝都城建设的盛况，绘制了西汉盛世全国商业经济发达城市的地理分布图（见《货殖列传》）。不少篇章还从不同角度点染出城市生活的独特风貌，如闾里市民的“斗鸡走狗”（《袁盎列传》），城市门上的悬赏，以及各色人物以不同方式活动于市中的情形（散见各人物传记）。

位于二十四史之首的《史记》，之所以能够跻身文学名著之林，首先在于它运用多种文学手法，成功地刻画了一大批具有鲜活生命力的历史人物形象。司马迁基于自己对人类历史和社会现实的独特理解，在选择剪裁史料、确定描写对象以及描写内容时，不以身份定成败，不以成败论英雄，只要在历史发展进程中产生过影响、发挥过作用的人物，都可能成为他的描写对象。由是上至王侯将相、各级官吏，下至都市游侠、市井屠者、市中卜者、城门监者甚至市井无赖等各种活跃在城市的人物，纷纷进入了司马迁的历史文化视野。

京都是中国封建王朝最高统治机构所在地，朝堂为其中特殊所在，聚集于京城的各级官吏属于市民阶层中的特殊群体①。来自四面八方的士子共居一朝，性格、地位固然有别，但均需按部就班，照章办事。虽然各司其职，明争暗斗，却又共同推动国家机器的运转，其行为方式充分体现了城市文化的有序性、整

① 在中国古代，皇帝及宗室、各类贵族、各级官员和驻守城市的军人，不但是城市常住人口的重要构成部分，而且是城市消费市场的主力军，研究城市问题和城市文学根本无法避开他们。例如历代帝王多有诗作传世，又如明代宁献王朱权既是戏曲创作者，也是戏曲研究者。龙登高先生在《江南市场史——十一至十九世纪的变迁》一书中指出，“严格而言，独立发展、自主管理的市民社会在传统中国不曾存在”，虽然皇室、贵族、高官、军队等在经济上主要不仰赖城市市场，但是“他们与城市娱乐市场仍有所相关”。（清华大学出版社2003年版，第122页）

合性以及人际关系异质性、复杂性等特点。以描写宫廷生活与宫廷斗争为主要内容的文学作品无论产生的空间背景，抑或显示的文化意义，都与城市紧密相关，因而应当视为城市文学的分支。如果说屈原的《离骚》、《九章》已开中国古代宫廷文学之先河的话，那么，《史记》则凭借自身的文体优势将宫廷里激烈而残酷的斗争表现得淋漓尽致，促进了宫廷文学的长足发展。

司马迁善于在尖锐的矛盾冲突中表现历史人物的精神与性格，而发挥城市政治文化灵魂作用的朝廷正是政治斗争最为集中并且异常尖锐激烈的地方，自然成为太史公高度关注和重点描写的对象。《史记》多篇人物传记成功地再现了宫廷斗争的历史场面，《魏其武安侯列传》堪称其中典范之作。司马迁将西汉时的魏其侯窦婴、武安侯田蚡、将军灌夫这三位在当时政治舞台上发生了尖锐矛盾冲突的著名人物合为一传，置于朝廷各种矛盾相互纠缠相互推演的过程中进行刻画。“东朝廷辩”一节写得尤其精彩。在太后居住的东宫朝堂上，窦婴为救灌夫而与田蚡唇枪舌剑，前者仗义执言，后者巧舌如簧。其他大臣或首鼠两端，或不敢坚对，或一言不发，汉武帝大为恼怒。政治斗争的激烈，人际关系的复杂，不同人物的性格特点，都得到充分体现。这场斗争以灌夫灭族、窦婴弃市渭城而告终。秦汉时期，朝廷多选择闹市作为行刑之处，《史记》对此多有反映，例如，李斯具五刑，“论腰斩咸阳市”（《李斯列传》），“上令晁错衣朝衣斩东市”（《袁盎晁错列传》），使人看到政治斗争的腥风血雨笼罩在都市上空。

善于在矛盾冲突中刻画人物的艺术优长同样体现在下层市民故事的叙述中。在《魏公子列传》里，魏国大梁夷门监者的侯嬴仅仅作为魏公子无忌的陪衬而出现，然而司马迁仍然将其置于秦军兵围邯郸、魏国救兵止步观望的复杂背景下进行描写。为了报答魏公子的厚遇之恩，在信陵君仅率领“车骑百余乘，欲以客往赴秦军，与赵俱死”的危急时刻，侯嬴不仅及时献上了“窃符救赵”之妙计，而且在公子到达晋鄙军之日，如约“北乡自刭”，以绝公子后顾之忧。通过事件的叙述，一位充满政治智慧、讲义气重然诺的都市隐者形象跃然纸上。在文章结尾处，太史公曰：“吾过大梁之墟，求问其所谓夷门。夷门者，城之东门也。”敬仰之情溢于言表。

通过言行突出人物性格的特点，为《史记》另一文学成就所在。《淮阴侯列传》是《史记》优秀人物传记之一，主人公韩信为淮阴人，《史记正义》谓其地“楚州淮阴县也”。根据司马迁的相关记载，韩信早年的生活环境应当为城市。对于韩信从军前的遭遇和品行，司马迁有一段精彩的描述：

淮阴屠中少年有侮信者，曰："若虽长大，好带刀剑，中情怯耳。"众辱之曰："信能死，刺我；不能死，出我袴下。"于是信孰视之，俛出袴下，蒲伏。一市人皆笑信，以为怯。

屠中少年及众旁观者的侮辱之言和市人皆耻笑的表情反应，足以烘托出浓郁的市井氛围，韩信"俯出袴下，匍匐"的举动也透露出几分市井无赖的气息。然而，"孰视之"这一细节则传达出韩信包羞忍辱的非凡品格，从而将其与一般的市井不良少年区别开来，并为下文韩信为楚王后"召辱己之少年令出胯下者以为楚中尉"的情节埋下伏笔，颇具艺术匠心。

班固是继司马迁之后又一位杰出的史学家，他在《史记》和父亲班彪的《史记后传》基础上编撰而成的总计100篇、120卷的《汉书》，是我国第一部断代史。《汉书》的文学成就学界已有共识，兹不赘述。在城市文学研究视域里，它同样值得一提。西汉中后期至东汉初年，中国城市发展所呈现的新趋势，在《汉书》中有所反映。例如王莽摄政时期，"以洛阳为新室东都，常安为新室西都。邦畿连体，各有采任"。(《王莽传》)"于长安及五都立五均官，更名长安东西市令及洛阳、邯郸、临淄、宛、成都市长皆为五均司市称师。"(《食货志下》)对于都市存在的社会问题也多有揭露，如《酷吏列传》所载：永始、元延间，"长安中奸猾浸多，闾里少年群辈杀吏，受赇报仇，相与探丸为弹，得赤丸者斫武吏，得黑者斫文吏，白者主治丧。城中薄暮尘起，剽劫行者，死伤横道，枹鼓不绝"。

《汉书》的城市文学价值主要体现在两个方面。第一，保存了不少汉代作家的文章，其中不乏围绕城市展开描写的精彩文字，例如《贾山传》所载《至言》一文云：

(秦)起咸阳而西至雍，离宫三百，钟鼓帷帐，不移而具。又为阿房之殿，殿高数十仞，东西五里，南北千步，从车罗骑，四马骛驰，旌旗不桡。为宫室之丽至于此，使其后世曾不得聚庐而托处焉。为驰道于天下，东穷燕齐，南极吴楚，江湖之上，濒海之观毕至。道广五十步，三丈而树，厚筑其外，隐以金椎，树以青松。为驰道之丽至于此，使其后世曾不得邪径而托足焉……

描绘秦时咸阳城扩建的情形完全可以与《史记·秦始皇本纪》所载相互印证。文章语言简洁而具有文采，语言夸张却不失真实，语句整齐中见变化，颇具赋家之风范。

第二，在选择剪裁史料时，注意到城市经历在人物一生中的重要作用，并且能够适当地借助城市遭际来显示人物的性格、精神与特长。《张禹传》是《汉书》较为成功的人物传记，文章开篇记载了张禹儿时的一段经历：

禹为儿，数随家至市，喜观于卜相者前。久之，颇晓其别蓍布卦意，时从旁言。卜者爱之，又奇其面貌，谓禹父："是儿多知，可令学经。"

选择与众不同的切入点，将市中观卜之事置于全文之首，既能够起到引人入胜的叙事效果，又成功地揭示了人物学术生涯的起点，张禹成年后赴长安"从沛郡施雠受《易》"，显然与此有直接关系。《朱买臣传》也是《汉书》名篇。针对朱买臣经历的特殊性，作者选取具有代表性的事件，展示其不同时期的城市遭遇：

买臣随上计吏为卒，将重车至长安，诣阙上书，书久不报。待诏公车，粮用乏，上计吏卒更乞丐之。

有顷，长安厩吏乘驷马车来迎，买臣遂乘传去。会稽闻太守且至，发民除道，县长吏并送迎，车百余乘。

及买臣为长史，汤数行丞相事，知买臣素贵，故陵折之。买臣见汤，坐床上弗为礼。买臣深怨，常欲死之。后遂告汤阴事，汤自杀，上亦诛买臣。

第一段以长安为背景描写朱买臣早年的穷愁潦倒之状，第二段展现朱买臣拜会稽太守后、在郡县城中的风光与荣耀，第三段介绍为官长安的朱买臣与张汤相互争斗，最后两败俱伤的悲剧结局。人物经历前后形成强烈反差和鲜明对比，极具戏剧性，充分体现了《汉书》行文平稳静止而又绵密纤巧的特点。朱买臣的遭遇形象地表明，城市既是广大士子实现人生理想的"天堂"，也可能成为其葬身之地。

三、地理著作中的城市描写成就

南北朝时期，我国出现了两部著名的地理著作，一部是郦道元的《水经注》，另一部是杨衒之的《洛阳伽蓝记》。前者对江河流域内的城市多有描述，后者则以历史文化名城洛阳的佛教建筑为描写中心，其中诸多描写不乏文学色彩。

郦道元（？—527），字善长，范阳涿鹿（今河北涿州）人，我国著名的地理学家。仕北魏，袭父爵为永宁伯，历任尚书郎、治书侍御史、太守、刺史、御史中尉等职。以刚直著称，执法甚严。孝昌三年（527），任关右大使，被反叛的雍州刺史萧宝夤所杀。《北史》卷二十七称"道元好学，历览奇书，撰注《水经》40卷，《本志》13篇。又为《七聘》及诸文皆行于世"。正是一部《水经注》成就了郦道元在中国文学史上的地位。

《水经》系三国时一部地理著作，全书万余字，记述全国主要河流凡137条，文字比较粗疏简略。郦道元为之作注，所记河流水道多达1252条，而且突破《水经》只记河流的局限，对河流流经地区的地理情况如山脉、土地、物产、城市地理位置、历史沿革、名胜古迹等也做了相应介绍，全书40卷，30万字。已经问世的多部《中国文学史》言及《水经注》，无不称道其山水景物描写的艺术成就，其实，该书对于城市的记述也多有可圈可点之处，其文学价值不应被忽视。

《水经注》记述城市并无固定模式，用墨多寡，运笔轻重，皆因城之特色而异。或交代城名来历，或介绍城内古迹，或描绘城市建筑，或叙述城市沿革。叙事写景，语言简洁，由于特征突出，故时常能够给人留下难忘的印象。例如：

> 龙城，故姜赖之虚，胡之大国也。蒲昌海溢，荡覆其国，城基尚存而至大，晨发西门，暮达东门，浍其崖岸，余溜风吹，稍成龙形，西面向海，因名龙城。
>
> ——卷二《河水注》

> 白渠水又西南迳云中，故城南赵地。《虞氏记》云：赵武侯自五原筑长城，东至阴山。又于河曲造大城，一箱崩不就，乃改卜阴山河曲而祷焉。昼见群鹄游于云中，徘徊经日，见大光在其下，武侯曰："此为我乎？"乃即于其处筑城，今云中城是也。
>
> ——卷三《河水注》①

同为介绍城名来历，写法却不尽相同。前篇多用描写之笔，寥寥数语，勾勒出古城海水荡覆、龙形风铸的外貌特征；后者则主要运用记叙之法，通过一个动人的传说，在特定的空间内完成了历史与现实的对接，使古老的城邑平添了几分传奇色彩。

《水经注》对于城市自身的记述也呈现出多样化特点，视角多变，详略有致。卷六《晋水注》言及晋阳城，刻意点出城中古迹："晋阳城南旧有介子推祠，祠前有碑，庙宇倾颓，惟单碑独存矣。今文字剥落，无可寻也。"描写由城而祠，由祠而碑，再由碑而字，井然有序，客观介绍中隐约透露出一种今非昔比的历史沧桑之感。卷十《漳水注》写邺城，则是另一番风貌。郦道元先是采用"特写"的手法，对城中诸多著名建筑如铜雀、金虎、冰井三台、齐斗楼、城门等一一做近距离观照，然后再采用"鸟瞰"的角度，描绘出一幅美好灿烂的图画：

> 其城东西七里，南北五里，饰表以砖，百步一楼。凡诸宫殿门台隅雉，

① 本节所引《水经注》均出自段仲熙点校，陈桥驿整理：《水经注疏》，江苏古籍出版社1989年版。

皆加以观榭，层甍反宇，飞檐拂云，图以丹青，色以轻素。当其全盛之时，去邺六七十里，远望苕亭，巍若仙居。

绘形以突出其多姿，绘色以强调其多彩。这既是对一座城市的赞美，也是对一段历史的回顾。郦道元在欣赏自然山水的雄奇与清丽，讴歌天工造化的伟大与神异的同时，并没有忘记礼赞人类自身的创造力量。

在中国城市文学史上，北魏杨衒之的《洛阳伽蓝记》也应该占有一席之地。

杨衒之，生平仕历等皆不详。所著《洛阳伽蓝记》，以寺庙（“伽蓝”乃梵语寺庙的音译）为写作聚焦点，采用借寺庙写城市的手法，从一个独特的视角反映了文化名城洛阳的历史变迁。书前序文介绍了创作缘由、目的以及编次特点：

逮皇魏受图，光宅嵩洛，笃信弥繁，法教逾盛。王侯贵臣，弃象马如脱屣，庶士豪家，舍资财若遗迹。于是昭提栉比，宝塔骈罗，争写天上之姿，竞摹山中之影。金刹与灵台比高，广殿共阿房等壮。岂直木衣绨绣，土被朱紫而已哉！暨永熙多难，皇舆迁邺，诸寺僧尼，亦与时徙。至武定五年，岁在丁卯，余因行役，重览洛阳。城郭崩毁，宫室倾覆，寺观灰烬，庙塔丘墟，墙被蒿艾，巷罗荆棘。野兽穴于荒阶，山鸟巢于庭树。游儿牧竖，踯躅于九逵；农夫耕老，蓺黍于双阙。麦秀之感，非独殷墟，黍离之悲，信哉周室。京城表里凡有一千余寺，今日寮廓，钟声罕闻。恐后世无传，故撰斯记。然寺数最多，不可遍写，今之所录，上大伽蓝。其中小者，取其详异，世谛俗事，因而出之。先以城内为始，次及城外，表列门名，以记远近，凡为五篇。余才非著述，多有遗漏。后之君子，详其阙焉。①

这本身就是一篇富于艺术感染力的优秀文章，语言精练，对偶工稳，骈散兼用，笔倾感情。由于杨衒之的写作动机在于用文字记载下洛阳城当年“昭提栉比，宝塔骈罗”的佛教建筑盛景，以避免“后世无传”的文化悲剧，故运笔时明显具有详昔日盛况而略今日衰景的特点。内心深处的“麦秀之感”、“黍离之悲”，通常在今昔对比中含蓄地表达出来。

卷四“城西”介绍冲觉寺，在首先点明“太传清河王怿舍宅所立也，在西明门外一里御道北”这一地域位置以及宅主怿亲王特殊的政治地位之后，详细描绘了冲觉寺当年的景象：

第宅丰大，踰于高阳。西北有楼，出凌云台，俯临朝市，目极京师，古

---

① （北魏）杨衒之著，周振甫译注：《洛阳伽蓝记译注》，江苏教育出版社 2006 年版。

> 诗所谓“西北有高楼，上与浮云齐”者也。楼下有儒林馆、延宾堂，形制并如清暑殿，土山钓池，冠于当世。斜峰入牖，曲沼环堂。树响飞嘤，阶丛花药。怿爱宾客，重文藻，海内才子，莫不辐辏。府僚臣佐，并选隽民。至于清晨明景，骋望南台，珍羞具设，琴笙并奏，芳醴盈罍，嘉宾满席，使梁王愧兔园之游，陈思惭雀台之燕。

哪里有丝毫寺庙的气息，分明是王公贵族的豪宅广苑，其高大气派以及富贵喧嚣的场面，足以构成洛阳的一道绚烂风景。然而怿亲王一旦去世，这里曾经拥有的荣华富贵也随之化为烟消云散，第宅改建为寺庙，纵然“图怿像于建始殿”，“建五层浮图一所”，也难以消除人们的沧桑之感。

杨衒之笔下的寺庙并非孤立的佛教建筑，它们常常与洛阳城内其他建筑融汇在一起，作为人生和历史的见证物，一曲曲生命悲歌回旋于其中。例如卷四在介绍法云寺之后，特意点出寺北有侍中尚书令临淮王彧宅，并对其作了详细描写：

> 彧博通典籍，辨慧清悟，风仪详审，容止可观。至三元肇庆，万国齐臻，金蝉曜首，宝玉鸣腰，负荷执笏，逶迤复道。观者忘疲，莫不叹服。彧性爱林泉，又重宾客。至于春风扇扬，花树如锦，晨食南馆，夜游后园。僚寀成群，俊民满席，丝桐发响，羽觞流行，诗赋并陈，清言乍起。莫不领其玄奥，忘其褊郄焉。是以入彧室者谓登仙也。荆州秀才张裴裳为五言，有清拔之句云：“异林花共色，别树鸟同声。”彧以蛟龙锦赐之，亦有得绯绸紫绫者。唯河东裴子明为诗不工，罚酒一石。子明八斗而醉眠，时人譬之山涛。及尔朱兆入京师，彧为乱兵所害，朝野痛惜焉。

今昔对比，人亡宅存，无限追忆之中寄寓着无限感慨，令人唏嘘不已，文章的艺术感染力正源于此。

《洛阳伽蓝记》全书的基本构架具有以寺庙为中心、分别向全城辐射的特点，洛阳的城市布局、标志性建筑、历史遗迹、都市风情以及山水园林景象时常出现在书中。例如卷二“城东”云：“魏昌尼寺，阉官瀛州刺史李次寿所立也。在里东南角，即中朝牛马市处也，刑嵇康之所。”卷三“城南”云：“报德寺，高祖孝文皇帝所立也，为冯太后追福，在开阳门外三里。开阳门御道东有汉国子学堂。堂前有三种字石经二十五碑，表里刻之。写春秋、尚书二部，作篆、科斗、隶三种字，汉右中郎将吴瑄本、汉魏本、真意堂本无将字。蔡邕笔之遗迹也。”此类叙述语言简洁，内容却十分厚重，充分显示了洛阳城所具有的深厚历史文化底蕴。卷四中对周回八里的洛阳大市，按照东西南北四个方位，分别介绍各里居民不同的谋生手段以及各种奇人奇闻，市井气息扑面而来。至于言及富人集中居住的准财、金肆二里，更是极力渲染此地当年的繁华景象，“凡此十里，多诸工商货殖之民，千金比屋，层楼对出，重门启扇，阁道交通，迭相临望。金银锦绣，奴婢缇衣，五味八珍，仆隶毕口”，连用九个整齐的四字句描绘出昔日洛阳城工商货殖之民生活的富裕奢侈，给人留下深刻印象。

此外，《洛阳伽蓝记》收录了不少城市歌谣，具有珍贵的文学史价值。

第五节　秦汉魏晋南北朝城市文学的时代特色及其历史影响

较之先秦城市文学，秦汉魏晋南北朝时期的城市文学有了长足发展，甚至出现了质的飞跃。具体而言，主要表现在以下几个方面。

第一，城市的文学审美价值开始呈现。

城市能否成为文学审美对象，城市文学是否具有审美价值，这是我们必须首先解决的问题。长期以来，山水文学和乡村文学的审美价值在既往文学史研究中被反复强调，并且得到充分肯定，而城市文学的审美问题则鲜有人提及。在关于城市的话语体系中，对其物质形态与功利色彩的强调，几乎完全遮蔽了它所具有的审美价值。

人类的审美活动具有广泛性和丰富性，这一特征既源于审美客体的多样化，也决定于主体审美需求的多层次性。就时间纬度而言，在长期的社会实践活动中，随着人类审美思维品质的逐渐形成和审美意识的日趋自觉，升华为审美对象的客体数量便不断增多，形式自然也日益多样化；从空间纬度来看，凡是人类足迹所到之处，凡是进入人的生存领域的各种各样的事物，均有可能跃入人的审美视野之中①。审美对象的丰富性是审美感受丰富性的必要前提。作为观照客体的城市，自身经历了从无到有、从规模初具到繁荣昌盛的历史发展过程，具备了丰富多彩的外在形式，例如密集的建筑、巍峨的宫殿、通达的街衢、繁华的闹市和别具一格的市井风俗。凡此种种完全可以使人产生美感，因为它凝聚着人类的智慧，确证着人的本质力量，城市的物质形态及其文化风貌从不同角度显示着生命创造力的伟大，作为人自己创造的环境而给人以满足。仰视都市雄

① 参见朱立元主编:《美学》，高等教育出版社 2001 年版，第 89 页。

伟建筑与俯视大海汹涌波涛，固然对象有别，但同样能够引发观赏者发自内心的惊叹；置身通衢大道与面对纵横阡陌，感觉肯定截然不同，而目随心动的愉悦却自有相通之处。人类的能动性创造活动，在产生城市对于自身的物质价值的同时，也提供了产生包括审美价值在内的精神价值的可能性。

城市审美价值的最终实现，必须依赖主体的审美观照。魏晋时期，中国文学的面貌发生了重大变化。随着思想的解放、人性的觉醒，文学趋于独立，魏晋人的观念世界不再是政治伦理的一统天下，审美正逐渐成为一种思维品质和观照视点，正因如此，他们“向外发现了大自然，向内发现了自己的深情”①。自我发现直接导致了对自我生命的珍惜与自我需求的肯定，于是，迫切希望增加生命的长度、努力提高生命的质量，便成为文人士大夫的一种基本生活姿态。魏晋南北朝作家一方面倾心于大自然，尽情欣赏着山水之美，另一方面又从整体上保持着对世俗生活旺盛的热情。后者由于内涵肯定人性本能、反对名教束缚的历史合理性，从而在一定程度上超越了肉欲享受的物质层面，具有了满足心灵需求的精神价值。正是在这一意义上，城市与山水、乡村一样，因其精神魅力而与作家的审美活动产生了难以割断的联系。

在秦汉魏晋南北朝文学中，城市已不只是作为作家的写作背景或言说方式而存在，它开始成为创作主体审美观照的对象。不断发展的城市经济与日益繁荣的都市文化，深刻影响到作家的创作心态与审美情趣。汉代京都大赋以空前恢宏壮观的艺术形式，描写京都的壮美景色与风土人情，再现了中华民族物质文化建设的辉煌成就，字里行间洋溢着作家的兴奋与愉悦之情。

毋庸讳言，赋家创作多带有道德功利目的，或润色宏业，或讽喻劝谏。然而在具体写作过程中，他们往往又被一种历史成就感与民族自豪感所驱动，因而不遗余力地对皇都进行铺排夸张的艺术描写，追求着“大”、“富”、“奇”的审美效果。汉赋“劝百讽一”的内容特点多为人所诟病，而“劝百”的原因绝不仅仅为了竞相逞才，在一定程度上属于都市壮丽之美征服作家心灵的艺术效应。文本形象大于创作指导思想的现象，在此可以视为审美对于道德和政治在一定程度上的超越。张衡摹拟班固《两都赋》作《二京赋》，本为讽谏帝王奢侈之风，可是作品的主体部分却回荡着一种令人振奋的波澜壮阔的气势。张衡之所以在已经具有明确讽谏意识的前提下，仍然选择运用虚构夸张的手法对京都面貌进行

① 宗白华：《艺境》，北京大学出版社1999年版，第122页。

全方位铺写，除了要充分展示个人创作才华之外，内心深处存在对壮丽之美的肯定与欣赏，也是不可忽视的重要原因。

如果说京都赋仅仅具备某种审美因素的话，那么诗歌创作领域内，诗人观照城市的态度就更清晰地呈现出审美倾向。魏晋以还，不少诗人突破了儒家道德伦理的束缚，热情地讴歌都市的壮美建筑与富庶生活，他们的描写固然关联着物欲的张扬，同时也具备了审美开拓的意义。在众多的都市赞歌里，“长安”、“洛阳”的地理方位标示意义，逐渐为作为人类文明代表的象征意义所取代。“试出金华殿，聊登铜雀台。九路平如掌，千门洞已开。轩车映日过，箫管逐风来。若非邯郸美，便是洛阳才。”（梁·王僧儒《登高台》）“辇道乘双阙，豪雄被五都。横桥象天汉，法驾应坤图。韩康卖良药，董偃鬻明珠。喧喧拥车骑，非但执金吾。”（陈·徐陵《长安道》）在这里，有关历史文化名城的种种特征或细节，经过选择后被放大，艺术化为人生的另一理想居所。在艺术想象的空间里，“长安”、“洛阳”代表着城市建设最高成就，个人的物质欲望已不是刻意书写的主要内容，诗人内心丰富的体验显然包括精神的愉悦和心灵的满足，由此，他们的精神活动获得了审美的内涵和价值。

第二，文学家对城市文化的艺术观照，进一步扩大了文学的表现对象，丰富了创作题材。

城市文化作为一个多层次的价值系统，以思想观念体系为内核，同时外化为社会结构、人际关系、生活方式、社会习俗等不同形式，对文学家的生活与创作产生了广泛而深刻的影响。自两汉起，人们开始具备城乡二元区分或二元对立的文化观念，无论歌颂都市建设成就，抑或批判城市文化弊端，都意味着对城市的自觉关注。正是在这一背景下，纷繁复杂的城市文化现象进入了作家群体的创作视野，诸如京城建设、都市风情、宫廷斗争、商品交换、市民生活以及作家自身的都市体验均成为文学创作的重要资源。与先秦文学相比，秦汉魏晋南北朝文学的内涵更为丰富多彩，创作题材多样化趋势日益明显。

第三，城市文学地图有所扩展。

随着社会成员城市意识的日益自觉，越来越多的城市成为作家的直接描写对象。除了先秦时期发展较早的历史文化名城以及两汉京城长安、洛阳之外，先后有成都、南阳、许昌、临漳、广陵、吴城、金陵、广州、睢阳、彭城等著名城市进入文学版图，充分体现了城市与作家创作活动日益密切的关系。尤其值得一提的是，边塞地区新出现的城市也进入了文学表现领域，除了第一节有所论述的《统万城铭》之外，北朝著名诗人温子昇《凉州乐歌二首》之一也堪称代表作，诗云："远游武威郡，遥望姑臧城。车马相交错，歌吹日纵横。"姑臧（故址在今甘肃武威市），汉武帝置县，隶武威郡，东汉时为武威郡治所。三国曹魏时置凉州，以姑臧为治所。由于此城地处中西交通要道，为汉、羌、匈奴多种民族杂居，很快便成为河西富邑。《后汉书·孔奋传》云："姑臧称为富邑，通货羌胡，市日四合。每居县者，不盈数月辄致丰积。"十六国时期，姑臧为北方割据政权的中心城市，社会相对稳定，温子昇的描写无疑具有历史真实性。此外，在《水经注》里，边塞地区的不少城邑也得到了富有文学意味的描述。

第四，文学创作中讴歌城市与批判城市的悖反现象已经出现。

由于城市数量不断增多，城市经济空前发展，城市功能得到进一步加强和完善，其辐射力和影响力随之增大，关注城市并给予正面表现的作家也相应不断增多，以美颂为主要内容的京都大赋以及大批都市颂歌，正是在这一背景下产生的文化艺术品。与此同时，又由于城市的发展尚不充分，城市生活环境远不够完美，加之根深蒂固的传统农业文化观念制约着文人士大夫观照城市的眼光，所以，不少作家面对纷繁复杂的城市生活现象和已经暴露的城市文化弊端，表现出困惑与不适的复杂心态。他们或针砭时弊以予批判，或远遁山林以示逃避，或书写田园牧歌以表期盼，而这一切并不意味着彻底告别城市。甚至有人歌唱隐逸时，依然保持着与城市的某种联系，例如晋代作家庾阐作《闲居赋》，本为书写遗世高蹈的情怀，却将闲居环境定于"宅邻京郊，宇接华郭"之处，无意间暴露了自己对于城市的矛盾心态。正是这种悖反现象，造就了城市文学复杂的表现形态和多元的审美择向。

第五，典型形态的城市文学作品尚不多见。

典型形态的城市文学必须具备两个起码的要素：一是城市成为创作主体唯一切入点，文本空间具有单质性；二是以城市中的人和事为直接描写对象，事件和场景具有典型性。秦汉魏晋南北朝文学史上，此类作品尚未构成文坛主流。政论散文、史传散文本来就不属于纯粹意义上的文学创作，故其中涉及城市的相关描写难以成为城市文学的经典文本。被视为城市文学形成标志的都邑大赋，所显示的空间却缺乏纯粹性，班固《两都赋》、张衡《南都赋》和左思《三都赋》均出现大段描写自然山水景物以及农副产品的文字，明显存在城市空间和自然空间（乡村空间）并置的情形。在一部分书写城市体验的诗歌里，城市空间和自然空间并置或含混不清的现象也非常突出。这正是城市文学尚未成熟的表现。

欲创作出典型形态的城市文学，作家必须具备自觉的空间意识，同时还要有丰富深刻的城市体验。由于时代局限，从整体上讲，秦汉魏晋南北朝作家尚不具备这样的条件。

第六，都邑赋创作在一定程度上暴露了早期城市文学创作普遍存在的弊端。

从《两都赋》到《二京赋》，汉代京都赋创作已攀上艺术最高峰，上述代表作品在最为充分体现作家广阔视野、开放胸襟、渊博学识和出众才华的同时，也在一定程度上暴露出主体心灵与观照对象之间存在的隔膜与分离，而这正是中国早期城市文学普遍存在的问题。

城市是人类利用自然、改造自然的创造物，作为人本质力量的物化形态，充当着人类物质财富和精神财富生产、积聚和传播中心的角色。赞美城市，就本质而言，是歌唱人自身的创造行为与创造成果，对于汉代京都大赋亦应作如是观。作家们围绕京都，对山川形胜、物产种类、宫室建筑、都市风情等方方面面，不厌其烦地铺排叙写，描绘了一个琳琅满目、巨丽辉煌的物质世界场景。即使是市井人物，也因被纳入"体物"的范围进行书写，过滤了鲜活的个体生命体征，遂成为都市中的一类特殊物种。在文本内涵容量的安排上，"劝百"与"讽一"的悬殊对比，无可辩驳地表明作家对于时代所创造的物质文明持高度肯定的态度。毋庸讳言，艺术感染力不强，是汉代京都大赋普遍具有的缺陷，导致这种缺陷产生的重要原因，除了存在夸张铺排程式化、生僻字词堆砌过多等外在形式弊端之外，作家的"在场"感不足以及个性化生存体验的缺失，也是不可忽视的弱点。

首先，在京都大赋的创作过程中，主体外在于对象、物我分离的现象十分明显，"苞括宇宙，总览人物"的赋家，显然没有将自身置于观照对象之列，从而导致现场感的不足。他们的写作行为，主要不是受制于个人都市体验的内在驱动力量，而是决定于各种外部因素。例如司马相如作《上林赋》，为的是"明天子之义"，迎合心态不言而喻；班固《两都赋》序云："臣窃见海内清平，朝廷无事，京师脩宫室，浚城隍，起苑囿，以备制度。西土耆老，咸怀怨思，冀上之眷顾，而盛称长安旧制，有陋雒邑之议。故臣作两都赋，以极众人之所眩曜，折以今之法度。"他通过京都赋创作直接参与当时的定都之争，政治功利目的更是显而易见，赋文写作同样不具有独立的文学意义；张衡花费十年工夫精雕细琢《二京赋》，除了针对"天下承平日久，自王侯以下，莫不逾侈"（《后汉书·张衡传》）的社会现象进行讽谏之外，很大程度还在于逞己之才气，与班固一争高下。如此一来，他们创作的兴奋点就不可能是书写自我独特的城市体验，缺少了个体情感的贯注，文本很难具有生动活泼的气韵以及动人心魄的魅力，由形形色色的物质产品人为构建起来的皇都只能属于天子和他的臣民，而无法真正成为作家自己理想的精神栖息地和诗意的生存空间。

其次，秦汉时期，我国出现了继西周之后城市发展的第二次高潮，作家们虽然已经明显感受到时代脉搏的跳动，但是由于缺乏相应的城市文化思想资源与城市文学资源的支持，加之自身城市经验积累不足，故难以在短期内做出最圆满的文学回应。传统农业文化的长期陶冶，作家的文化心理存在着根深蒂固的“乡土情结”，与城市的隔膜使他们难以将其作为心灵的栖息之地。张衡的表现最为典型。在其关于长安、洛阳的巨幅画卷中，我们难以找到一块属于作家个人的适意生存空间，根本原因在于这位“常从容淡静，不好交接俗人”，“不慕当世”（《后汉书·张衡传》）的才子，身上始终保留着一种与城市文化格格不入的“天性”。《归田赋》所谓“游都邑以永久，无明略以佐时”，正是这种文化天性作用的结果。唯其如此，他不仅能够抗拒京城荣华富贵的诱惑，毅然做出“与世事乎长辞”的人生选择，就连南阳郡治所也被明确定位于“皇祖止焉，光武起焉”的真人旧里，同样排除在个人理想居所之外。张衡最终选择了乡村田园作为生命的归宿之地，《归田赋》以轻松愉悦之情串联大量的田园意象，建构起一个远离都市、充满自然气息的文化乐园，并且运用清新的语言塑造了优游其中的自我形象。短小的《归田赋》所具有的艺术魅力无疑超过了鸿篇巨制的《二京赋》，这恰好从一个侧面揭示了中国古代城市文学发展滞后的重要原因。由于农业文化传统思想的根深蒂固，古代作家群体在相当漫长的历史时期内未能完全融入城市生活之中，在他们没有真正完成对城市文化及其生活方式的价值认同之前，主体的生命激情便不可能完全投射到作为客体的城市场景之中，因此，京都赋里存在物大于我、景余于情的现象就非常自然。

秦汉魏晋南北朝城市文学的历史影响，集中体现在赋和诗歌两类文体的创作中。

汉代都邑赋作为最早的具有代表性的城市文学作品，为后世作家树立了以歌颂为主题的都邑赋写作样板，清人所编《御定历代赋汇》收录历代都邑赋近50篇，足以说明都邑赋写作已成传统。事实上，不少作品已不再采用主客问答的结构形式，不过，其铺张扬厉的手法，围绕京都或地方名城层层展开铺写的特点，莫不发轫于汉大赋。此外，汉魏六朝都邑赋在内容选材、谋篇布局、辞藻音韵等方面所取得的艺术成就，对其他文体的写作也产生了积极影响，其中最典型的例子便是初唐歌行。“唐代写京都的长篇歌行，从一定意义上讲，是对汉赋的继承与移植，因而有‘赋体歌行’之称。骆宾王的《帝京篇》、卢照邻的《长安古意》便是其中代表。”①

班固作《两都赋》，以东西对举、前后呼应的方式对汉代两京（即长安、洛阳）进行艺术描写，首开中国古代两京文学之先河，为后世城市文学创作树立了一个范本。隋唐、宋、明等朝代的作家，常常采用对比烘托的手法，将长安／洛阳、汴梁／杭州、南京／北京联系起来进行表现，这固然可以视为政治领域两京制度或两京现象的直接影响，但汉代都邑赋提供的创作范式，作为经验与成就的文学意义，其影响显然不容忽视。

从魏晋至南北朝，诗人多运用五言古体形式，从都市建筑、物产风俗、市民生活以及自身的都市体验等不同的角度展开艺术描写，有效地拓展了诗歌的表现范围，尤其在渲染都市的繁华与富贵、描写都市风情方面，初步确立了都市诗歌写作的一大范式，为后世诗人创作提供了临摹和借鉴的样本。唐人的都市颂歌，多用古体，长短不一，诸如沈佺期《长安道》、《洛阳道》，王勃《临高台》，崔颢《渭城少年行》，李廓《长安少年行十首》，韦应物《长安道》、《相逢行》，韦庄《少年行》一类作品，或直接模仿，或有所变化，均不同程度地显示出“都市镜像”的艺术效果，体现了对魏晋南北朝都市颂歌模式的袭用与发展。

南北朝诗歌中的“长安”、“金陵”意象，并不都对应着物理空间的地理位置，很多时候它们基本失去了现实写实性而充当意义和情感的显现物，在诗人情感涂抹和观念渗透的作用下，逐渐由地理空间内化为心灵空间，初步成为一种由实而虚、虚实结合的艺术符号。城市深刻地影响了诗人的艺术想象力和艺术表现形式。“家住金陵县前。嫁得长安少年。回头望乡泪落。不知何处天边。胡尘几日应尽。汉月何时更圆。为君能歌此曲。不觉心随断弦。”这首题为《怨歌行》的六言诗，是由南入北的著名文学家庾信所作，诗中的“金陵”代表诗人魂牵梦绕的故国家园，与之相对的“长安”则指代现实生活环境，一南一北的两座都城，在中国历史文化地图上具有同样辉煌的标志，然而在诗人情感的天平上，却显得轻重分明。经过情感之网的选择与过滤，城市意象具备了心灵镜像的功能。类似作品给唐人提供了成功的创作范例，经过唐代诗人的不懈努力，虚实相生、寓意于象最终成为城市意象显著的艺术特征。

① 余恕诚：《都邑赋的历史贡献与生命力》，《光明日报》2007年11月30日第11版。

第三章

隋唐五代：中国古代城市文学的发展期

第一节　隋唐五代城市建设与发展以及城市文学创作概述

隋文帝开皇九年（589），隋灭陈，数百年南北对峙的政治分裂局面得以结束，天下重归一统，自此，中国历史上的城市进入了全面重建和一个新的大发展时期。较之魏晋南北朝，隋唐两朝均为统一的封建王朝，政治秩序在相当长的历史时期保持着稳定局面，经济建设速度加快，并且在唐朝出现了高度繁荣的形势，国家综合实力得到空前提高。这一切为城市的全面重建和发展提供了必要而又充分的条件。

概而言之，隋唐五代城市建设与发展体现出以下几个特点：

第一，作为王朝的“西京”长安与“东京”洛阳，经过隋唐两代的重建后依然构成我国城市体系的核心。

隋唐两朝以长安（隋称“大兴”）为都城。汉长安城（渭水北）在战乱中遭到严重破坏，对此，唐代诗人李峤《奉和幸长安故城未央宫应制》诗有具体描写：“运改城隍变，年深栋宇摧。后池无复水，前殿久成灰。”隋另辟城址，重新进行规划设计，建造起一座崭新的长安城。新城在旧城东南（渭水南）龙首原，城西北角压汉明堂、辟雍遗址。它规模宏大，瑰丽绝伦，规划整齐，城内街道纵横，里坊罗列，准确言之是“南北十二街，东西十一街”和“一百零八坊”[①]，全城周

① 史念海：《中国古都和文化》，中华书局1998年版，第490页。

长 36.7 公里①，常住人口最多时达百万左右②，是当时世界上规模最大的城市。

隋炀帝即位，迁都洛阳，以宇文恺为营东都副监，寻迁将作大匠。《隋书·宇文恺传》载："恺揣帝心在宏侈，于是东京制度穷极壮丽。""曾雉逾芒，浮桥跨洛，金门象阙，咸竦飞观，颓岩塞川，构成云绮，移岭树以为林薮。包芒山以为苑囿。"隋炀帝又"徙洛州郭内人及天下诸州富商大贾数万家，以实之"。（《隋书·食货志》）于是，继南朝都城建康首次跨入百万特大城市的行列之后，洛阳成为中国历史上"第二座百万人口的大城市"③。洛阳规模与长安相似而略小，同样占据着政治文化和经济中心的重要地位，隋唐两朝形成了洛阳、长安东西两京并重的局面。

第二，形成了以水运为基础的城市网络。

隋唐时期水运事业取得了举世瞩目的伟大成就，闻名四海的南北大运河就形成于此时期。总长 2000 余公里的大运河西抵长安，北达涿郡，南至余杭，沟通河、海、江、淮、钱塘江五大流域，"形成以政治中心长安、洛阳为轴心，向东北、东南扇形辐射的水运网"。④大运河沿线的港口城市交通繁忙，商业繁荣，"自扬、益、湘南至交、广、闽中等州，公家运漕，私兴商旅，舳舻相继"⑤，"天下诸津，舟航所聚，旁通巴、汉，前指闽、越，七泽十薮，三江五湖，控引河洛，兼包淮海。弘舸巨舰，千舳万艘，交贸往还，昧旦永日"。（《旧唐书·崔融传》）京口、扬州、汴州（开封）、楚州（淮安）、苏州、杭州等城市由此获得快速发展的大好时机。

唐朝国力强盛，在确保南北大运河畅通无阻的同时，还成功地开通了海上交通之路。在海上交通和对外贸易的推动下，沿海地区的一批港口城市如北方的登州（蓬莱）、莱州（掖县），南方的楚州、扬州、明州（宁波）、温州、福州、泉州、潮州、广州等，纷纷注入了发展的新动力。

第三，城市职能组合呈现多样化结构。

经过长期的探索实践，隋唐两朝不少城市自身已经具备利用环境、优化组

① 叶骁军：《中国都城发展史》，陕西人民出版社 1988 年版，第 155 页。

② 顾朝林认为武则天天授二年徙关内七州数十万人以实"神都"，"估计当时人口至少也在百万左右"。《中国城镇体系——历史·现状·展望》，商务印书馆 1992 年版，第 67 页。安作璋主编的《中国运河文化史》指出："在规划整齐的长安城内，常住人口约有百万左右。"山东教育出版社 2001 年版，上册，第 409 页。

③ 彭子尹：《古都洛阳的发展与变迁》，《城市规划》1982 年第 3 期。

④ 邵逸麟主编：《中国历史人文地理》，科学出版社 2001 年版，第 325 页。

⑤ （唐）李吉甫撰，贺次君点校：《元和郡县图志·河南道一》，中华书局 1983 年版，第 137 页。

合的经济建设能力。不同地区的城市因自然条件与经济环境的差异，其经济职能也随之有所不同。河港城市以商品流通为主，海港城市以对外贸易为特色，而位于内陆的农耕地区则因商品性农业的发展而兴起大量手工业城市。当时定州（河北定县）、宋州（河南商丘）、益州（成都）为纺织生产中心，越州（绍兴一带）、邢州（河北内丘）、洪州昌南镇（景德镇）等为陶瓷生产中心，安徽祁门、四川剑南为制茶中心，其他还有盛产宣纸的宣州，盛产墨的徽州等①，充分显示了农业对城市发展的积极促进作用以及城市对农村的依赖性。

第四，传统的坊市制度呈现出由盛转衰的过渡期特色。

坊市制是中国古代官府对城区规划与市场管理的制度，亦称市坊制。自西周至唐，中国城市建置的格局一直是市（商业区）与坊（汉代称里，即住宅区）分设，市内不住家，坊内不设店肆。市的四周以垣墙围圈，称为“阛”，四面设门，称为“阓”。市门朝开夕闭，交易聚散有时，一切均在朝廷掌控之中。据《唐六典》卷二《太府寺·两京诸市署》载，唐朝关市令规定“凡市，以日午击鼓三百声而众以会，日入前七刻击钲而众以散。”唐代城市工商业较前代又有明显发展，市区规划整齐，被看作是市坊制最成熟的典型。

随着社会经济的发展，尤其是商品交换的兴盛，坊市制已经无法适应经济新形势和市民生活的需要，至唐代中后期，坊市制开始走向衰落，最明显的标志就是传统坊市的时空限制在局部有所松动。坊市街衢出现了豪门权贵侵街打墙、接檐造屋的现象，直接改变了传统坊市的封闭性结构，夜不闭市的场景在一些大城市里也可以看到。例如位于长安城朱雀门街东第三街的崇仁坊既与尚书省选院相近，又与东市相连，“一街辐辏，遂倾两市，昼夜喧呼，灯火不绝，京中诸坊。莫与之比”。② 又如扬州，因“夜市千灯照碧云，高楼红袖客纷纷”（王建《夜看扬州市》）的景色而引发了诗人的由衷赞叹。此外，还出现了更为灵活方便的桥市，“水门向晚茶商闹，桥市通宵酒客行”（王建《寄汴州令狐相公》），无论时间抑或空间均显示出对传统坊市的突破。

第五，金字塔式的城市体系已在全国形成。

隋唐两代，一个比较完整的、金字塔式的城市体系已经初步形成。长安、洛阳两京位于塔尖顶级位置，塔底是全国各地的县治所以及市集，中间部分从高

① 参见顾朝林《中国城镇体系——历史·现状·展望》，商务印书馆 1992 年版，第 60 页。

② 见宋敏求《长安志》卷八《唐京城二》，不过，这条记载未提及具体年代，史念海先生认为“估计可能是唐代盛时的景象”。《中国古都和文化》，中华书局 1998 年版，第 518 页。

到低依次为全国性大城市和地区性城市，前者如汴州、扬州、苏州、杭州、成都、江陵、广州等，后者如宋州（河南商丘）、贝州（河北清河）、魏州（河北大名）、太原、相州（河南安阳）、徐州、洪州（江西南昌）等①。这种城市结构对后世影响巨大而又深远。

第六，南方城市的建设卓有成效，有唐一代，南方城市的发展非常迅速，"扬一益二"之说足以表明南方城市的经济发展水平。唐末社会动荡不已，战乱频仍，中国又陷入了大分裂状态，封建割据政权纷纷登场，此消彼长，五代十国时期分裂局面维系了七十余年。国都长安在战乱中遭到毁灭性破坏，这被视为"中国城市史上的标志性事件，自此，长达千年的以关中地区渭水流域为全国城市重心的格局彻底解体"。② 中国古代城市体系的中心彻底转移。这一时期南方的一些城市得到了开发与发展。

就整体趋势而言，隋唐两代的城市充分发挥了"集中"的文化功能，除了政治权力高度集中于大城市尤其是京城之外，社会经济活动、文化活动以及人口也不断地向城市聚集。城市这种巨大的聚集作用，直接影响到文学艺术创作。

在中国文学史上，唐代文学家写下了无比辉煌的篇章；在中国城市文学史上，唐代文学创作虽然尚未步入繁荣阶段，但较之前代，也获得飞速发展。

首先，大批文学精英汇聚长安，京城作为文学创作中心的重要地位更加巩固和显赫。

隋唐都城长安是一个极具文化整合力与辐射力的城市。自从统治者推行分科考试、铨选取士制度后，京城给天下才学之士尤其是下层士子所展示的除了巨大的物质财富之外，还有改变个人命运的向上之路。以诗赋取士的进士科和以诗赋选官的博学宏词科以无比强大的魅力，吸引了众多富有文学才华的学子竞相参考，前往长安城游学、赴选的才子难以数计。"此地无驻马，夜中犹走轮。所以路傍草，少于衣上尘。"晚唐著名诗人聂夷中这首《长安道》描写的正是天下之士共赴长安的热闹景象。《旧唐书·文苑传上》描述唐代前期文学繁荣盛况时云："爰及我朝，挺生贤俊，文皇帝解戎衣而开学校，饰贲帛而礼儒生，门罗吐凤之才，人擅握蛇之价。靡不发言为论，下笔成文，足以纬俗经邦，岂止雕章缛句。韵谐金奏，词炳丹青，故贞观之风，同乎三代。高宗、天后，尤重详延，天

① 参见陈代光：《中国历史地理》，广东高等教育出版社 2004 年版，第 396 页。
② 邵逸麟主编：《中国历史人文地理》，科学出版社 2001 年版，第 327 页。

子赋横汾之诗，臣下继柏梁之奏，巍巍济济，辉烁古今。"史臣强调的是文学繁荣的时间背景，隐去的空间背景便是京城长安。李唐一代，文学家群体中拥有长安经历者众多，其中有王勃、杨炯、骆宾王、沈佺期、宋之问、李峤、崔融、苏味道、杜审言、陈子昂、张说、张九龄、王维、孟浩然、储光羲、贺知章、高适、岑参、王昌龄、王之涣、崔颢、李白、杜甫、元结、顾况、刘长卿、韦应物、卢纶、李益、李嘉祐、钱起、郎士元、皇甫冉、韩翃、李端、张继、韩愈、孟郊、贾岛、李贺、姚合、白居易、元稹、张籍、李绅、刘禹锡、柳宗元、杜牧、许浑、赵嘏、李商隐、温庭筠、杜荀鹤、皮日休、韦庄、司空图、韩偓这些在文学史上享有盛名的大家或名家，他们的人生轨迹先后交汇于长安。君臣游宴之际、才士相聚之时，诗酒唱和赠答，遂成为长安城中亮丽的风景线①。

在唐代，文学人才的空间流向呈现出四面八方向京城汇集，又由京城向全国各地辐射的特点。一批又一批才学之士相继聚会京城，开阔眼界，丰富阅历，寻找相互交流切磋技艺的机会。长安城中的所见所闻所感，纷纷进入他们的创作视野，转化为重要的文学资源，即使日后由于各种原因离开了京城，长安经历和长安印象仍然在其文学活动中发挥着不可替代的作用。唐代诗人描写长安景象、长安体验和长安记忆的作品不胜枚举，长安当之无愧地成为文学的主要原产地。

其次，积淀日益深厚的城市文化土壤为城市文学创作提供了丰富的营养。

"天波忽开拆，郡邑千万家。行复见城市，宛然有桑麻。"（王维《渡河到清河作》）"沿溜入阊门，千灯夜市喧。"（卢纶《送吉中孚校书归楚州旧山》）"路溢新城市，农开旧废田。"（元稹《代杭民答乐天》）"原野间城邑，山河分里闾。"

① 《旧唐书》卷五一《后妃传上》云：中宗时"（上官）婉儿常劝广置昭文学士，盛引当朝词学之臣，数赐游宴，赋诗唱和。婉儿每代帝及后、长宁、安乐二公主，数首并作，辞甚绮丽，时人咸讽诵之。"《旧唐书》卷九二《韦陟传》云："陟始十岁，拜温王府东阁祭酒，加朝散大夫，累迁秘书太常丞，有文彩，善隶书，辞人、秀士已游其门矣。开元初，丁父忧，居丧过礼。自此杜门不出八年，与弟斌相劝励，探讨典坟，不舍昼夜，文华当代，俱有盛名。于时才名之士王维、崔颢、卢象等，常与陟唱和游处。广平宋公见陟叹曰：'盛德遗范，尽在是矣。'"《旧唐书》卷一百九十卷《宋之问传》云："预修《三教珠英》，常扈从游宴。则天幸洛阳龙门，令从官赋诗，左史东方虬诗先成，则天以锦袍赐之。及之问诗成，则天称其词愈高，夺虬锦袍以赏之。"《旧唐书》卷一六三《李虞仲传》云：李虞仲"父端，登进士第，工诗。大历中，与韩翃、钱起、卢纶等文咏唱和，驰名都下，号'大历十才子'"。今人戴伟华对唐诗创作地点分布情况的研究成果表明"京都为创作最集中的地点"。《地域文化与唐代诗歌》，中华书局2006年版，第59页。

（吴筠《游仙诗》）随着城市数量的增多和全国城市体系的完善，对于城市这一后起的文化空间，人们已不再陌生，在田野乡村和自然山林汪洋大海式的包围之中，城市景观并不难看到。文人士大夫与城市的空间距离日益拉近，不少人甚至长期生活在城市里，成为市民，更多地获得了近距离观察与身临其境体验的际遇。因此，在其观念意识中，城市形象尽管仍然远不如乡村形象那样清晰、亲切和真实，但是朦胧的面纱已经逐层揭开，不断输入的各种城市文化信息丰富了他们有关城市的知识和想象，由此影响到审美情趣和艺术表现。隋唐五代，城市文学题材空前扩大，在内容的丰富性和描写的多样性方面，远远超过以前任何一个时代的同类作品。白居易等作家对入城农民形象的描绘，具有开创性意义。

再次，城市继续催生、孕育新的文学形式，在唐代传奇中出现了比较成熟的都市小说。

在中国古典小说发展史上，唐代传奇（文言短篇小说）具有里程碑意义，因为它掀开了人们“始有意为小说”（鲁迅《中国小说史略》语）的历史新篇章。在中国城市文学史上，它也因较为成熟的都市小说的出现而占据着无可替代的重要地位。

衡量都市小说成熟的标准主要有三条：其一，必须以都市生活或市民阶层为主要观照对象；其二，必须具有相对完整的故事情节，塑造出比较鲜明的人物形象；其三，文本应该表现出比较纯粹的都市审美情趣，作者的艺术观照采用全方位的城市视角。以此观之，唐传奇已有基本达标者。关于第二条，当代学者的研究成果已非常丰富，这里重点分析第一和第三条。

都市生活事件是唐代传奇故事的热门题材之一。唐传奇的内容体现着由搜神记怪向世俗世情回归的倾向，不少作品完全可以划归于世情小说。其中部分文本以城市为叙事背景，讲述着帝王后妃、才子佳人的悲欢离合（如陈鸿《长恨歌传》、许尧佐《柳氏传》等），士子妓女的情感纠葛（如蒋防《霍小玉传》、白行简《李娃传》等），痴情女子负心郎之间的悲剧故事（如元稹《莺莺传》），堪称典型的城市题材。另如《东城老父传》，描写唐玄宗时代长安城内的斗鸡风气以及一个特殊市民即驯鸡人贾昌的今昔遭遇，无疑也属于都市小说的题材。

唐代传奇小说的盛行与作者丰富的城市经历有密切关系。根据不少传奇小说的记载，城市乃传奇故事的采集地和重要流传地。元稹《莺莺传》云：“贞元岁九月，执事李公垂宿于予靖安里第，语及于是，公垂卓然称异，遂为《莺莺歌》

以传之。”元稹所言靖安里就是京师长安著名之居所。陈鸿《东城老父传》云:“元和中,颍川陈鸿祖携友人出春明门,见竹柏森然,香烟闻于道,下马觐(贾)昌于塔下。听其言,忘之日暮。”春明门是长安城东三门之东门。白行简《李娃传》云:“汧国夫人李娃,长安之倡女也。节行瑰奇,有足称者。故监察御史白行简为传述。”同样表明故事最初的发生地与流传地是长安。戴孚《广异记》中关于王法智的故事采集地在桐庐县城内县令郑锋住宅,李复言《续玄怪录》中收录的“辛公平上仙”的传奇故事是在彭城“得以详闻”①的。在最初传播和最后敷衍写定传奇故事的文人群体中,具有科考赴选背景的不在少数②,他们熟悉城市环境和生活,与市民阶层中的特殊群体妓女交往密切,有些传奇故事本身就是根据士子的风流韵事敷衍而成的,例如《霍小玉传》云:“大历中,陇西李生名益,年二十,以进士擢第。其明年,拔萃,俟试于天官。夏六月,至长安,舍于新昌里。”新昌里也是长安城内著名的住宅区,唐代不少士子寓居于此,诗人钱起、姚合分别写有《新昌里言怀》、《新昌里》诗。小说的描写与著名诗人李益的仕履“颇相符合”③。科考经历和冶游生活不仅为传奇小说作者提供了创作素材和描写基础,更为重要的是完全有可能在其审美意识中渗透进都市文化的影响因子。事实上,传奇作家普遍具有的搜奇猎艳的审美情趣的确浸染着浓郁的都市风味。

最后需要指出的是,词是诞生于唐代的一种新文体,它来自民间,最初出现是为了适应人们娱乐的需要,因此,城市的歌楼伎馆很快就成为词的重要传播之地。中唐以后,城市经济的进一步发展,促使词迅速兴起,城市文化土壤为词的发展提供了丰富的养料。

第二节　都市小说:城市文学创作中的文体拓展

从文体的角度审视,唐人开始有意识创作小说,标志着中国文言小说发展

① 本章所引传奇小说文本见李时人编校,何满子审定:《全唐五代小说》,陕西人民出版社1998年版。

② 李时人认为,“在唐代文言短篇小说的作者中,科举上榜和参加过科举考试的人占了相当大的比例,其中尤以进士及第和参加过进士考试的人为最多。”“唐代文言小说作者的中坚力量,应该就是这批科举士子。”俞钢:《唐代文言小说与科举制度·序言》,上海古籍出版社2004年版,第9页。

③ 王勋成:《唐代铨选与文学》,中华书局2001年版,第331页。

到一个成熟阶段；从空间的角度审视，唐五代部分小说因其空间意义的纯粹性而成为比较典型的城市文学作品。属于叙事文体的都市小说诞生，在中国古代城市文学发展史上具有里程碑意义，它标志着中国古代城市文学进入了全面发展的新阶段。

一、还原城市生活场景

文学文本的空间意义可以从文本描写的人物活动环境、作家创作的文化环境、文本所呈现的价值取向、审美情趣及其文化功能等不同层面体现出来。

唐五代小说呈现的城市空间意义首先可以从文本叙事的层面上把握。部分小说（多为名篇）的主要人物，其活动空间场景具有明显的城市特征，主人公的人生遭际、悲欢离合或者与城市有着千丝万缕的联系，或者故事完全发生在城市之中，这种能够较为充分地显示人物活动发生范围的场景被当代学者命名为"前景"①。"前景"的空间意义一是有利于增强故事的现场感，二是便于揭示人物命运与外部环境之间的内在关系。其时，小说家普遍具有自觉的历史意识，有些人本身就是史学家，例如沈既济。史家写作崇尚真实，"实录"的评判标准既在时间的纵向坐标上显示，也体现于空间的横向纬度。在史家求实观念的影响下，为了增加内容的真实性，小说写作者于叙述中十分注意提示故事的发生地点，兹以几部著名小说为例：

> 大历中，陇西李生名益，年二十，以进士擢第。其明年，拔萃，俟试于天官。夏六月，至长安，舍于新昌里。……（霍小玉）住在胜业坊古寺曲。
>
> ——蒋防《霍小玉传》（文中下横线为本书著者所划，下同）
>
> 明年，文战不胜，张（生）遂止于京，因赠书于崔（莺莺），以广其意。
>
> ——元稹《莺莺传》
>
> （荥阳生）自毗陵发，月余抵长安，居于布政里。尝游东市还，自平康东门入，将访友于西南。至鸣珂曲，见一宅，门庭不甚广，而室宇严邃，阖一扉。有娃方凭一双鬟青衣立，妖姿要妙，绝代未有。
>
> ——白行简《李娃传》

---

① "前景"是相对于"背景"而言的一个概念，当代城市文学研究学者提出了"前景位置论"，认为"一般而言，人物直接活动于其中，眼之所及、目之所触的空间场景便是前景。而与之有密切关系，对其有着重大影响的更大范围的空间则是背景"。蒋述卓等：《城市的想象与呈现》，中国社会科学出版社 2003 年版，第 247 页。

人物行迹交代得清清楚楚，城市构成了叙事的独特视角。沈既济的《任氏传》表现得更为典型，该小说将城市名或城中坊曲名作为叙事的重要线索，以此贯穿人物的行动。

沈既济，德清（今属浙江）人，德宗时担任过史馆修撰，《任氏传》讲述贫士郑六与狐女任氏相恋的故事。这个看似荒唐的人狐爱情传说，在“博通群籍，史笔尤工”（《旧唐书》本传）的沈既济笔下，却传达出一种强烈的真实感和现场感，他以长安城为人物活动的主要场所，随着人物空间位置的转移逐步铺陈故事情节：

1. “郑六与韦崟偕行于长安陌中，将会饮于新昌里，至宣平之南，郑子辞有故，请间去。”获得单独行动的机会；

2. “郑子乘驴西南，入升平之北门”，偶遇丽人，遂随之至东游原，入其住宅，得以与任氏相识相交；

3. 郑子与任氏约后期而去。“既行，及里门，门扃未发。门旁有胡人鬻饼之舍，方张灯炽炉。郑子憩其帘下，坐以候鼓，因与主人言。”由此得知任氏为异类；

4. “经十许日，郑子游，入西市衣肆，瞥然见之，曩女奴从。”遂与任氏重逢，两人的爱情故事全面展开。

引文中下划横线者即为人物活动的场所，无一不在长安范围之内。沈既济的描写对于都市空间进行了真实的场景还原，文本中提及的“西市”是唐代长安城内与“东市”彼此对称的两大商业贸易集市之一，为当时坊市制度的重要标志。里门旁胡人卖饼张灯炽炉的细节，更是传递出浓郁的城市气息。小说家采用移步换景的手法，推动故事情节向前发展。

《南柯太守传》为唐代另一传奇名篇，作者李公佐，字颛蒙，陇西人。以幻写真，亦真亦幻，是该篇最为出彩之处，为了突出批判现实的创作意图，李公佐通过多种方式将现实生活中的城市场景移植到梦境之中。其一，通过人物的眼光，具体描写种种城市景观，如“前行数十里，有郛郭城堞，车舆人物，不绝于路。……又入大城，朱门重楼，楼上有金书，题曰‘大槐安国’”。“累夕达郡。郡有官吏、僧道、耆小、音乐、车舆、武卫、銮铃，争来迎奉。人物阗咽，钟鼓喧哗，不绝十数里，见雉堞台观，佳气郁郁。入大城门。门亦有大榜，题以金字，曰‘南柯郡城’。见朱轩棨户，森然深邃。”其二，借人物日常生活行为突出都市特征，如“自罢郡还国，出入无恒，交游宾从，威福日盛”。其三，将批判矛头直指城市权贵，“贵极禄位，权倾国都。达人视此，蚁聚何殊”。梦幻场景与现实场景别无二致[①]。

唐代小说的场景还原充分显示了当时社会人口流动的一大趋势——众多的读书人纷纷向城市、特别是向京城流动汇集。长安作为李唐王朝的都城，是国家行政运作、权力辐射以及社会凝聚力的中心，对于全国各方人士具有强大的吸引力，人们怀着各自的梦想奔赴长安，谋求生存与发展的一席之地。城市影响和改变着他们的命运，长安甚至成为其人生轨迹的拐点，种种奇特的城市遭际引起了文学家的浓厚兴趣，经过艺术加工，演变为一出出悲欢离合的传奇故事。

唐代小说的城市空间意义还可以从作家创作的文化环境去认识。沈既济、白行简、元稹、蒋防、温庭筠等人都曾入城为官，具有丰富的城市经历，这种经历以“背景”的方式影响着他们的观照视野和创作构思。他们熟悉城市环境，对城市居民的生存状态给予了自觉或不自觉地关注，对发生在城市中各种故事保持着浓厚的兴趣。上述小说文本中的环境描写，实为他们心目中城市印象的艺术折射。至于晚唐武强（今河北武强）人孙棨，于中和四年（884）所编撰的笔记小说《北里志》一卷，更是直接将现实生活中自己亲眼所见的城市景象转化为文本场景，使小说具有集历史性与文学性于一体的特征。《北里志》记叙了居住于长安城北平康里中十多位妓女的生活以及她们与进士举子交往的故事，孙棨在《海论三曲中事》一则里首先介绍了不同等级的妓女生活的具体环境：“平康里入北门，东回三曲，即诸妓所居之聚也。妓中有铮铮者，多在南曲、中曲。其循墙一曲，卑屑妓所居，颇为二曲轻斥之。其南曲中曲，门前通十字街，初登馆阁者，多于此窃游焉。二曲中居者，皆堂宇宽静，各有三数厅事。前后植花卉，或有怪石盆池，左右对设，小堂垂帘，茵榻帷幌之类称是。诸妓皆私有所指占，厅事皆彩版以记诸帝后忌日。”如果作者不是“久寓京华，时亦偷游其中”[②]，多次亲临其境，恐怕很难描写得如地图般的准确。

唐五代小说的城市文学史价值并不仅仅局限于讲述发生在城市里的故事，更为重要的是，它所取得的成就昭示着城市文化对于文学发展的重大意义。

城市尤其京城一类的大都市，文化结构呈现出异质性、多样性、开放性特点，

① 程国斌指出《南柯太守传》是以扬州（又称维扬、广陵）作为创作背景的。《唐五代小说的文化阐释》，人民文学出版社 2002 年版，第 208 页。

② 孙棨自谓编次《北里志》的目的云：“久寓京华，时亦偷游其中，固非兴致。每思物极必反，疑不能久，常欲记述其事，以为他时谈薮。”由此可知所录具有较强的写实性。《宋史·艺文志》、《郡斋读书志》、《直斋书录解题》均著录于小说家类。

为文学表现提供了广阔的意义空间，许多不在乡土文学表现范围之内的社会生活现象与主体心理流程，在城市文学视域中，却被提炼成重要的抒情或叙事元素，以另一种表达方式实现其文学价值，而这正是文学发展的重要标志之一。自唐代起，围绕在京城进行的科举考试派生出一系列引人注目的社会现象，作为一种重要题材而与城市文学结下不解之缘，中国文学的表现领域由此得到进一步拓展，表现内容也更加丰富多彩，同时，中国文学的表现功能也因此得到提高。较之乡村，城市的人际关系更为复杂，人与人之间更容易产生矛盾冲突，决定个人命运的偶然性、突发性因素也随之增加，凡此种种，如果转化为文学创作题材，自然包孕着富有趣味性和传奇性的叙事因子。不过，欲将原生态的生活素材升华为具有审美感染力的文学形式，还要求作家必须具备城市审美的能力，以及驾驭新型题材的创作能力，善于在精心组织的叙事结构中，以更大的艺术容量去表现矛盾冲突和刻画人物形象。中国古代作家的艺术表现能力从来不是与生俱有的，它的获得固然与个人天赋有关，但更为主要的是后天创作实践的培养。他们一旦将丰富复杂的城市生活和曲折多变的人物命运作为文学观照和表现对象，便意味着投身于一项充满挑战性、超越性的创作实践活动之中。为了巧妙地设置矛盾冲突，成功地刻画人物性格，形象揭示影响人物命运的各种原因，他们必须充分发挥自己的聪明才智，甚至殚精竭虑，呕心沥血。讲述城市故事，实际上是一个完善自我、自我提升的创造过程，观照客体与创作主体的互动作用，推动古典小说向前发展，中国的文言小说在唐代走向成熟，城市文化的“酵素”作用不容忽视。

“长安”是唐五代小说频繁出现的一个空间概念，以它为中心，衍生出若干关于士子进京赶考的传奇故事，为文人士大夫所津津乐道。唐五代小说家对入城士子形象的塑造，可圈可点之作不少，其中白行简的《李娃传》塑造的荥阳生堪称经典人物。

白行简（776—826），字退之，著名诗人白居易之弟，元和二年（807）进士及第。《李娃传》大约创作于贞元十一年（795）。小说讲述进京应试的荥阳生与长安名妓李娃悲欢离合的相爱故事，长期以来，研究者的目光大多聚焦于女主人公李娃形象的塑造上，对于荥阳生这一形象蕴含的文化内涵则揭示不够。《李娃传》通过富有传奇色彩的故事，形象地揭示了农业文化社会中城市作为一个“陌生”的环境对人物命运的改变所产生的重大影响。在白行简笔下，荥阳生自进京之日起便置身于一个完全“陌生化”的环境之中，他的曲折经历无不打上

"陌生化"的烙印，最初上当受骗从本质上看缘于缺少城市体验，无法看清色相诱惑后面的巨大陷阱。"道里辽阔，城内又无亲戚"，这是最为直观的陌生感受；"日会倡优侪类，狎戏游宴。囊中尽空"，被鸨母设计逐出，却"不知其计"，这是最为典型的陌生经历；先流落街头，成为丧葬店的挽歌手，后"持一破瓯巡于闾里，以乞食为事。自秋徂冬，夜入于粪壤窟室，昼则周游廛肆"，这是最为严重的陌生经历与困境。荥阳生从一个贵公子沦落为长安街头的乞丐，固然与鸨母唯利是图的贪婪、荥阳公维护门第的冷酷有着直接关系，然而，他自身对于城市人际关系的复杂性以及人际交往的功利性缺少清醒认识，无疑也是不可忽视的重要原因。在现实生活中，城市环境的复杂性极易造成人物经历的重大变故；从文学创作的角度审视，复杂的环境为小说家设置矛盾冲突、刻画人物性格、营造传奇效果提供了有利条件，白行简充分利用了城市环境的复杂性，成功地描写出富家公子都市落魄的传奇经历。

二、刻画城市人物形象

讲述发生在城市里的故事，离不开描写生活在城市中的各色人物，通过人物身份的确证及其行为特征的把握，我们可以进一步感受到城市文化空间存在的重要意义。就唐五代小说而言，城市的空间意义除了以"前景"的具象而显现，具体标示人物活动的空间范围之外，还在于作为民族生存的文化大"背景"深刻地影响着作家对人生经历的描写以及人物性格的刻画。

较之都市诗歌，出现于唐代小说的城市居民形象数量更多，身份亦更复杂，其中有皇帝、官僚、军士、妓女、倡优、乞丐、赴选者、斗鸡者、卖卜者、鬻饼者、剔粪者、小手工业者……可谓形形色色，不拘一格。他们或凭借自身的职业、谋生手段；或因为生活方式、消费形式显示着自身的"城市人"身份，其中不少人物的性格特点与行为方式已经比较鲜明地体现出城市文化的潜在影响。

在唐五代小说的人物形象中，入京参加科考的士子十分引人注目。从严格意义上讲，此类人物本不是长安城中的常住居民，只能算作暂住者，然而，他们在城市这个大舞台上却显得异常活跃。拜谒权贵，出入坊曲，结交各方人士，深深地介入到都城的政治生活与世俗生活之中，加之有些士子在京居住的时间较长①，

① 程千帆:《唐代进士行卷与文学》指出：一些落第士子"为了争取时间，准备下一次应考，便往往在京城里留下来"。上海古籍出版社1980年版，第15页。

对城市布局、文化设施、生活习俗都十分熟悉，因此，不妨视为特殊市民。小说家对他们在京城的所作所为给予了较为广泛的艺术描写，不少形象给读者留下了比较深刻的印象，除了上文论及的荥阳生之外，还有弃胡琴而献文轴，"一日之内，声华溢都"的陈子昂（《太平广记》卷一七九引《独异志·陈子昂》），为与张九皋争解元而假扮乐工替公主弹曲助兴的王维（《集异记》卷二《王维》）[1]，"作婢仆诗五十首，于公卿间行之"，从而获得名声的李昌符（《北梦琐言》卷十）等人，他们的言行从不同侧面折射出科考文化对士子人格及其行为的巨大影响。

唐五代小说描写的妓女形象亦不少，白行简《李娃传》中的李娃是最为出色的一个。身为长安城中的妓女，通过出卖色相以换取资财，是李娃最基本的生存方式，对此，小说文本给予了相当真实的描写，在此基础上，白行简揭示了人物性格的多样性和复杂性。在小说的前半部分，他如实地写出了李娃身上浓厚的风尘气息，例如以妖冶姿色吸引荥阳生，大胆让其留宿，"诙谐调笑，无所不至"，当荥阳生荡尽钱财之后，又主动参与鸨母骗逐他的行动，撒谎行骗不动声色。凡此种种显示秦楼柳巷这一特殊环境对妓女心灵的毒害，暴露城市肮脏污浊的一面。白行简后来写李娃良心发现，毅然与鸨母决裂，倾情尽力照顾、支持荥阳生，还原了妓女性善的一面。

陈鸿的《东城老父传》是一篇极富思想感染力的作品。陈鸿，字大量，贞元二十一年（805）登太常第，所作《长恨歌传》亦为传世名篇。《东城老父传》的构思与众不同之处在于以小见大，借一位特殊市民人生的升沉来反映时代政治风云的巨变以及国运的盛衰。小说主人公贾昌"长安宣阳里人"，自幼"趫捷过人，能抟柱乘梁。善应对，解鸟语音"。由于唐玄宗乐民间清明节斗鸡戏，于是民风斗鸡尤甚，"诸王世家，外戚家，贵主家，侯家，倾帑破产市鸡，以偿鸡直。都中男女，以弄鸡为事，贫者弄假鸡"。贾昌因善驯鸡而得玄宗宠爱，为五百小儿长，"金帛之赐，日至其家"。贾昌"妻潘氏以歌舞重幸于杨贵妃，夫妇席宠四十年，恩泽不渝"。"安史之乱"爆发后，玄宗西幸成都，"北胡与京师杂处"，贾昌去国失宠，"肃宗受命于别殿，昌还旧里。居室为兵掠，家无遗物，布衣憔悴，不复得入禁门矣。明日，复出长安南门，道见妻儿于招国里，菜色黯焉。儿荷薪，妻负故絮。昌聚哭，诀于道。"

---

① 傅璇琮认为王维与张九皋争夺解元之事并不符合历史事实，应为小说作者虚构的故事。《唐代科举与文学》，陕西人民出版社1986年版，第65—66页。

中国古代京城里存在着一类特殊市民，他们从业于娱乐游戏行当，凭借一技之专长服务、取悦于帝王后妃王公贵族，以谋求养家糊口之资财，贾昌夫妇即属此类。贾昌的职业类似优伶，社会地位虽十分低贱，却能与最高统治者近距离接触，个人技艺越精湛也就越能得到主上宠幸。小说中有一段文字具体描写了贾昌驯鸡的场面：

> 昌冠雕翠金华冠，锦袖绣襦袴，执铎拂道，群鸡叙立于广场，顾眄如神，指挥风生。树毛振翼，砺吻磨距，抑怒待胜，进退有期，随鞭指低昂，不失昌度。胜负既决，强者前，弱者后，随昌雁行，归于鸡坊。

描写可谓生动传神。贾昌驯鸡已达到出神入化的水平，他将谋生手段从一种技艺提高到足以赏心悦目的艺术境界，因此受到皇帝的欣赏与嘉奖，从而极大地改变了自己及家人的生存状况。贾昌充满绚烂色彩的前半生与凄苦暗淡的晚景所形成的鲜明对比，最为典型地反映了国运盛衰对于市民个人命运的巨大影响，同时，也在客观上揭示出驯鸡一类职业的特殊性，从业者必须紧紧依附于上层统治者以及有闲阶层，才可能获得足够的生存与发展空间。唯其如此，当安禄山以千金购贾昌于长安洛阳市时，他拒绝金钱诱惑，改变姓名，依于佛舍，更显出民族气节的难能可贵。

晚唐郑处诲所撰《明皇杂录》在唐代笔记小说中特色比较鲜明。郑处诲，字延美，一作廷美，荥阳（今属河南郑州）人，德宗时宰相郑馀庆之孙，大和八年（834）进士。文辞秀拔，仕历刑部侍郎、浙东观察、宣武节度使。关于《明皇杂录》的撰写动机，《新唐书·郑馀庆传》有载："先是，李德裕《次柳氏旧闻》，处诲谓未详，更撰《明皇杂录》，为时盛传。"《次柳氏旧闻》系经高力士与史臣柳芳等辗转口述相传，后由李德裕整理成书①，实录与传奇同为特色。《明皇杂录》既为补《次柳氏旧闻》之不详处，必然同样集写实性与传奇性于一体。全书今本共四十则，以唐明皇为中心，记叙开元、天宝年间轶事。以宫廷为中心，勾勒各色人物形象，其中有帝王后妃、朝中大臣、宫廷乐师、民间艺人等。由于作者善于运用文学手法叙事写人，不少人物给读者留下较为深刻的印象。例如：

> 唐天后尝召诸皇孙，坐于殿上，观其嬉戏，因出西国所贡玉环钏杯盘，列于前后，纵令争取，以观其志。莫不奔竞，厚有所获。独玄宗端坐，略不为动。后大奇之，抚其背曰："此儿当为太平天子。"因命取玉龙子以赐。

---

① 参见苗壮：《笔记小说史》，浙江古籍出版社1998年版，第226页。

运用对比手法，突出玄宗儿时的不凡气质与志向，在众人“奔竞”财宝，“厚有所获”的衬托下，玄宗“端坐”，不为所动，显得难能可贵。郑处诲描写人物，善于抓住其最具代表性的事件或行为，用墨不多，却能传神写照。例如，写宫廷乐工雷海清不屈安禄山的淫威，凝碧池中面对群逆利刃，奋力“投乐器于地，西向恸哭”，一个大义凛然的硬汉形象便跃然纸上。又如，写卫尉少卿王准“出入宫中，以斗鸡侍帝左右”，飞扬跋扈，盛气凌人。一日，“尽率其徒过驸马王瑶私第，瑶望尘趋拜，准挟弹，命中于瑶巾冠之上，因折其玉簪，以为簪笑乐”。活画出一幅小人得志的丑恶嘴脸。再如，描写“安史之乱”平定后唐明皇重返长安的情形，颇具艺术感染力：

> 车驾复幸华清宫，从官嫔御，多非旧人。上于望京楼下命野狐（梨园子弟、善吹觱篥者张野狐，笔者注）奏《雨霖铃》，曲未半，上四顾凄凉，不觉流涕，左右感动，与之歔欷。

华清宫见证了李杨二人昔日的欢爱，唐明皇故地重游，物是人非，触景生情，凄凉呜咽的《雨霖铃》更使他悲从中来，不由老泪纵横。

商贾是城市居民的重要组成部分，唐五代小说的人物画廊中出现了形形色色的商人形象，其中既有居住在各大城市的巨商，例如“其家巨富，金宝不可胜计，常与朝贵游”的长安巨商邹凤炽（《西京记·邹凤炽》），“家资殷实，乃楚城富民之首”的江陵富商郭七郎（《南楚新闻·郭使君》），也有不同类型的小商小贩。此类形象的历史认识价值明显大于文学审美价值，晚唐著名文学家温庭筠塑造的因经商获得巨大成功的窦乂，可谓中国文学史上出现较早的一位受到作家肯定的商人形象①。

温庭筠（约801—约870），本名岐，字飞卿，太原祁（今山西祁县）人。他苦心砚席，才情敏捷。然恃才傲物，放浪不羁，且好讥讽权贵，故屡举进士不第。温庭筠长于诗赋，也撰有小说，《新唐书·艺文志》著录《乾𦠆子》三卷。温庭筠按照“货殖有端木之远志”的基调，通过众多具体事件正面描写了窦乂的勤奋敬业，精明能干，乐善好施，仗义疏财。温庭筠在长安生活的时间较长，对京城了解甚多，他将窦乂商业活动的主要空间范围设置为长安，与此有很大关系。小说中，窦乂扫聚五月长安飞落的榆荚，种植于嘉会坊庙院内，经过五年的精心培

① 关于窦乂形象的文学价值，拙作《中国文学的伦理精神》（四川人民出版社2001年出版）上编第三章《重义与尚利》有所论及。

育，取其大者作屋椽，鬻之，获利甚丰，得三四万余钱。又雇用长安诸坊小儿及金吾家小儿等，拾槐子，拾破麻鞋，捣烂后进行加工，制成“法烛”，于六月京城大雨时，当作燃料卖出，“与薪功倍，又获无穷之利”。就作家主观意图而言，描写此类情节旨在突出人物良好的商业素质以及生财的取之有道，但在客观上却揭示了城市对于商人的重要意义。城市是一个巨大的商业舞台，潜藏着无限商机，只有善于发现和利用它，才有可能打开通往成功的大门，窦乂的成功无疑证明了这一点。

值得一提的是，本时期小说出现了一类新的商人形象——胡商，他们虽然面孔模糊，性格也不够鲜明，但数量不少，出现频率较高，这表明他们已经进入小说家的写作视野，成为故事传奇性新的增长点。李唐帝国长期稳定的政治局面、日益发达的商业经济和对外贸易，吸引了大批胡商来华经商淘宝，那些来自波斯、大食、西域、南越、回鹘等地的商人主要集中在经济文化发达的大都市，如长安、洛阳、广州、扬州、泉州、洪州等，从事珠宝买卖、药材经营、开店借贷等商业性活动。由于当时的文人士大夫对于胡商的了解十分有限，加之胡商的文化地位低下，从而导致创作主体与表现对象之间存在距离与隔膜，因此，小说作者笔涉胡商故事时，往往停留于一般性的介绍和粗线条勾勒，未能刻画出丰满鲜明的人物形象。

就整体而言，唐五代小说对市民形象的描写丰富了文学人物画廊，有助于提升唐代城市文学的整体价值。

三、凸显城市审美取向

透过唐五代小说关于城市叙事所呈现的都市镜像，我们可以进一步认识和把握它所具有的城市空间意义。在唐人的文学世界中，城市不仅作为观照对象，给当时的小说作者提供了丰富多样的创作题材，更为重要的是，它所营造的特殊文化氛围，通过不同方式与途径影响着作家的审美心理结构，培养了他们羡艳慕富、尚奇好异、充满浓郁世俗色彩的审美趣味。

在中国古代，城市是国家或某一地区的政治、经济、军事、文化的中心，是人们赖以实现各种欲望和需求（包括精神与物质两个方面）、满足各种消费娱乐的集体场所。城市尤其是京城所聚集的大量物质财富，在向社会成员最为充分地展示物质文明发展水平的同时，也最大限度地激发起他们对物质财富的占有欲望以及物质生活的享受欲望，置身于歌吹遍地、楼阁林立的都市，耳濡目染，作家的审美心理结构中难免渗透进城市文化的诸多因子，其精神审美形态必然折射出城市文化的五颜六色。有唐一代，社会经济发展水平提高很快，城市商业空前繁荣，市民队伍随之发展壮大，这一切在客观上向文学发展提出了新的时代要求。事实上，至中唐时期已产生了一些适应市民阶层娱乐消费需求的文学样式，传奇便是其中一种。此外，还有俗讲和词。逐渐扩张的市民意识具有很强的渗透功能，受其影响发生改变的不只是高雅文学一统天下的城市文学格局，还有文人士大夫的审美情趣与创作观念。元稹《酬翰林白学士代书一百韵》诗回顾两人当年在长安的生活，于“翰墨题名尽，光阴听话移”句下自注云：“乐天每与予游从，无不书名屋壁。又尝于新昌宅，说《一枝花》话，自寅至巳，犹未毕词也。”从元白等人听说话时间之长以及兴趣之浓不难看出，“听话”已成为当时文人士大夫的一种娱乐时尚[①]。“著文章之美，传要妙之情”（沈既济《任氏传》）也作为一种新的创作理念支配着小说家的创作。从两汉京都大赋开始形成的“以富为美”的城市文学传统，与受市民意识影响而日益突出的“以俗为美”、“以奇为美”的城市文学时尚，均在唐五代小说中有不同程度的表现。

《朝野佥载》是唐初出现的一部笔记小说[②]，较为典型地反映了小说家价值取向中批判奢侈与崇尚富丽之间的矛盾。《朝野佥载》的作者张鷟（约658—730），字文成，号浮休子，深州陆泽（今河北深县）人。《新唐书·艺文志》杂传记类载录《朝野佥载》二十卷。此书多记叙隋末至唐开元初朝野遗事轶闻，属于时人记时事，且内容比较广泛，具有一定的历史价值，其中一些材料被《资治通鉴》所采用。然而，文本中也有不少记载失之荒怪、琐杂，缺乏准确性和真实性，故又为后人所诟病[③]，这恰恰暴露了张鷟所具有的“小说家”写作视野以及尚奇异、好诙噱的审美情趣。例如卷五“邹骆驼”条云：

邹骆驼，长安人，先贫，尝以小车推蒸饼卖之。每胜业坊角有伏砖，车

① 袁行霈、罗宗强主编的《中国文学史》第二卷第四编第九章“唐传奇与俗讲变文”指出：“这种好尚反映了一种新的审美要求，一种与传统心理迥然不同的期待视野，正是为了满足这种审美要求和期待视野，以重叙事、重情节为特征的传奇才会在中唐时代如雨后春笋般地涌现出来。”高等教育出版社1999年版，第389页。

② 当代学者将此书归于笔记小说中的轶事小说或志人小说，参见苗壮：《笔记小说史》，浙江古籍出版社1998年版，第204页。

③ 如（宋）洪迈《容斋随笔·容斋续笔》卷十二曰：“《佥载》纪事，皆琐尾擿裂，且多媟语。”见孔凡礼点校：《容斋随笔》，中华书局2005年版，第364页。

触之即翻，尘土涴其饼，驼苦之。乃将镬斫去十余砖，下有瓷瓮，容五斛许。开看，有金数斗，于是巨富。其子昉，与萧佺交厚。时人语曰："萧佺附马子，邹昉骆驼儿。非关道德合，只为钱相知。"

这一记载的史学价值难以确认，不过，它所具有的趣味性和传奇色彩倒是十分符合小说素材的基本条件。在故事的各个环节中，真正引发作者讲述兴趣的无疑是长安市民因意外获金而巨富的好运，文末引用的时人传语，既不是张鷟写作的兴奋点，也不完全代表他本人的价值判断。在唐人的志人小说中，《朝野佥载》首开议论朝政之风，其中包括对皇室成员或达官贵人淫靡奢侈生活风气的讽刺批评。即便如此，张鷟也无意掩盖自己对"富丽"之美的向往与欣赏，试以第三卷为例：

唐中宗令扬州造方丈镜，铸铜为桂树，金花银叶。帝每常骑马自照，人马并在镜中。

唐睿宗先天二年正月十五、十六夜，于京师安福门外作灯轮，高二十丈，衣以锦绮，饰以金玉，燃五万盏灯，簇之如花树。宫女千数，衣罗绮，曳锦绣，耀珠翠，施香粉，一花冠、一巾帔皆万钱，装束一妓女皆至三百贯。妙简长安、万年少女妇千余人，衣服、花钗、媚子亦称是。于灯轮下踏歌三日夜。观乐之极，未始有之。

安乐公主改为悖逆庶人，夺百姓庄田，造定昆池四十九里，直抵南山，拟昆明池。累石为山，以象华岳。引水为涧，以象天津。飞阁步檐，斜桥磴道，衣以锦绣，画以丹青，饰以金银，莹以珠玉。又为九曲流杯池，作石莲花台，泉于台中流出。穷天下之壮丽。悖逆之败，配入司农，每日士女游观，车马填咽。奉敕，辄到者官人解见任，凡人决一顿，乃止。

第二则描绘的是灯会盛况，长安城上元灯会是一个集财富盛宴与市民狂欢于一体的盛大节日，"观乐之极，未始有之"，市民因观而乐，观的内容成为乐的重要原因，这一状况揭示了都市繁华景象与市民观赏心态之间的内在关系。第三则提到安乐公主被废黜之后，宅第由原先的私人生活空间一变而为景观奇特的公众活动空间，一度出现"士女游观，车马填咽"的热闹景象。对于普通市民而言，公主豪宅为他们提供的除了一个游赏娱乐的生活空间之外，更是一个鲜活的生活样板，眼前景物在引起他们的惊叹感慨、满足其好奇心的同时，也极易激发他们关于物质财富的想象和欲望。张鷟作为"观赏"队伍的一员，一旦进入这个充满物欲和诱惑的特定场景之中，难免被对象所感染和影响。诸如“夺百姓庄田”一类的贬斥语，明白无误地表达出他的批判态度，与此同时，又津津乐道于京城的锦绣繁华以及皇族生活的富贵奢侈，具体详尽的描写，不厌其烦的铺排，赋予文本“劝百讽一”的内涵特征，“以富为美”的情趣与好尚也隐约可见。

类似的描写在晚唐产生的《明皇杂录》里也出现过：

> 唐玄宗在东洛，大酺于五凤楼下，命三百里内县令刺史，率其声乐来赴阙者，或谓令较其胜负而赏罚焉。时河内郡守令乐工数百人于车上，皆衣以锦绣，伏厢之牛，蒙以虎皮，及为犀象形状，观者骇目……
>
> 上将幸华清宫，贵妃姊妹竞饰车服。为一犊车，饰以金翠，间以珠玉。一车之费，不啻数十万贯。既而重甚，牛不能引。因复上闻，请各乘马。于是竞购名马，以黄金为衔蹶，组绣为障泥，共会于国忠宅，将同入禁中。炳炳照烛，观者如堵……

上述文字重点描写了唐玄宗晚年的享乐生活以及杨氏姐妹的“骄奢僭侈”，此外，还反映了当时京城崇尚富贵的社会风气。“观者如堵”的轰动效应，充分显示了贵族阶层在引领都市时尚方面发挥的重要作用。郑处诲的创作心态是复杂的，一方面他对于玄宗和贵妃兄妹的享乐奢侈颇不以为然，故行文中自然流露出讽刺之意；另一方面，面对江河日下的国运时局，回忆开元天宝盛世不失为一种精神寄托的有效方式。经过时代风雨的洗礼，盛唐时的京都景象已作为一种盛世的表征，定格在晚唐人的历史记忆里，因此，在表达讽刺批判的同时，不可能全盘否定昔日的繁华与昌盛。郑处诲并未掩饰自己对描写对象的浓厚兴趣，否则，他不会如此津津乐道于东都洛阳的盛会，将华清宫中各种雕饰描绘得栩栩如生，甚至连楫橹上的装饰也都了解得清清楚楚。

魏晋时期文人士大夫之间盛行的清谈之风曾经有力地推动了志人小说的发展，至唐五代，士大夫阶层成员之间不减的谈异之风同样刺激了传奇小说的发展。由于朝廷推行的科考铨选制度的影响，唐传奇的创作过程出现了异于前代的地方。不少小说产生于文人举子聚会之后，作品署名者往往不是文本故事的讲述者，已露集体创作之端倪。例如：

> 元和六年夏五月，江淮从事李公佐，使至京师，回次汉南，与渤海高钺、天水赵儹、河南宇文鼎会于传舍，宵话征异，各尽见闻。钺具道其事，公佐因为之传。（李公佐《庐江冯媪传》）

渤海高钺是故事的讲述者，李公佐则将故事加工为一篇传奇小说。沈既济《任氏传》、王建《崔少玄传》、沈亚之《异梦录》等文言小说中都有类似记载[①]。要造就这种众人参与的创作局面，一是需要有众人聚会的机遇，二是共同拥有征异话奇的审美趣味。唐代官宦文士相聚，常“征异话奇”（李公佐《古岳渎经》），“昼宴夜话，各征其异说”（沈既济《任氏传》）。奇异性是彼此谈话内容的重要或唯一标准，诸如“国朝丈人剧谈，卿相新语，异常梦话，若谐谑、卜祝、童谣、佳句”[②]之类不登大雅之堂的“残丛小语”均可以成为文人的谈资话柄。尚奇是城市文学非常突出的审美特征，随着城市经济的不断发展，文人士大夫的城市文化视野逐渐拓展，发生在城市里的奇闻异事，例如丑夫不爱美妻而悦洛中殖业坊西门酒家丑婢（张鷟《朝野佥载》）；东都天津桥乞儿，无两手，以右足夹笔，写经乞钱（段成式《酉阳杂俎》）；王昌龄、高适、王之涣饮酒旗亭，以伶人歌其所作诗多寡定优劣（薛用弱《集异记》）；长安尉薛矜于东市前结交一“手如白雪”的妇人，误入殡宫，险丧性命（戴孚《广异记·薛矜》）等，纷纷进入小说家的写作视野之中，并且产生了《霍小玉传》、《李娃传》、《任氏传》这样脍炙人口的传世名篇。

唐五代小说部分地承载了都市文化的休闲娱乐功能，那些千奇百怪、匪夷所思、甚至偏离主流话语系统的城市传奇满足着城市居民的猎奇心理。城市复杂的生活环境，较快的生活节奏以及充满竞争的生存方式，往往导致人们心灵的紧张感、恐惧感的产生，于是，缓解与宣泄便成为城市人的一种生存需要。数人聚会，讲述并整理写作传奇故事，不失为一种宣泄情感、调适心理、愉悦心灵，甚至打发时光的休闲方式，聆听者或阅读者，也可以获得同样的娱乐休闲效果。

第三节 都市诗歌：城市文化景观的全面呈现

唐代诗歌不仅代表唐代文学的最高成就，而且堪称中国古典诗歌的艺术典范。唐代诗人凭借时代赋予的博大胸襟和开放视野以及自身所具有的杰出文学才华，对色彩斑斓的城市文化景观既进行宏观意义上的全方位扫描，也在中观

---

① 俞钢认为，“从《异梦录》完成的情况来看，首先是文学‘沙龙’聚会话异，然后推选文高者把引起大家共鸣的奇谈敷衍为文字读本，最后作者再将写成的作品出示给大家阅读，这也许是唐代文言小说通常创作的程序。”《唐代文言小说与科举制度》，上海古籍出版社2004年版，第299页。

② （唐）韦绚：《刘宾客嘉话录·序》，（清）文渊阁《四库全书》子部十二卷·小说家类·杂事之属。

和微观层面上展开具体生动的局部刻画，为后人留下了一幅幅万花筒式的城市艺术画卷，尤其是初盛唐的都市赞歌形象地展示了那个时代城市建设的辉煌成就，以及士人乐观积极的文化心态。较之前一时期的同类作品，都市诗歌在唐代的发展主要体现在以下方面：成为诗人艺术表现对象的城市数量明显增加，除京城之外，越来越多的南方城市进入城市画廊，文学版图进一步扩大；诗人的观照视野更加开阔，诗歌意蕴更加丰厚，特别是诗人对于长安城内多种文化景观的具体描绘，标志都市诗歌表现范围的拓展；随着诗人城市审美能力不断提高，城市所具备的多种形态之美得到较为全面的艺术呈现，富有个性色彩的城市形象远远超过前代，出现了一批具有原创性魅力的经典作品。

一、眺望与俯瞰：色彩斑斓的城市风貌

在难以数计的唐代都市诗歌中，勾勒城市全景的作品数量最多。

作为人类后起的居住环境，城市较之乡村具有建筑更密集、人口更集中、景观更丰富等特点，更容易给人带来强烈的视觉冲击力。由于农业文化的高度发达，在漫长的历史时期内，中国人缺少自觉而明确的城市意识，对城市的本质更是了解甚少，“乡下人”对城市知识的获得首先源于视觉感受，城市的布局、建筑的外观以及街道上来来往往的人群，构成他们对城市的第一印象。创作都市赞歌的文人士大夫毕竟有别于普通乡下人，他们采用俯瞰与远望的基本姿态，历史知识与现实经验同时影响视觉感受，各种粗略、感性而零碎的印象经过整合与提炼，升华为艺术的元素，获得了内在的统一性。隋唐诗歌继汉魏六朝的都邑大赋和都市赞歌之后，更加鲜明地体现出这一点。从大处落笔，勾勒城市轮廓，描写整体印象，突出对象特征，是这一类诗歌的共同之处。

隋朝国祚短暂，传世名篇极少，尽管城市建设取得显著成果，但由于缺少应有的历史条件，故未能产生质量较高的都市赞歌，不过，隋炀帝杨广的两首诗不应该被忽视。

杨广（569—618），一名英，隋文帝第二子。在中国历史上，隋炀帝是一位千夫所指的昏君暴君。与此同时，他又是一位“好学，善属文”（《隋书·炀帝纪上》）的才子，《隋书·经籍志四》载录“《炀帝集》五十五卷”。逯钦立辑校的《先秦汉魏晋南北朝诗》[①] 共收录杨广诗歌 43 首，其中有《冬至乾阳殿受朝诗》，

① 逯钦立辑校：《先秦汉魏晋南北朝诗》下册，中华书局 1983 年版。

诗云：

北陆玄冬盛，南至晷漏长。端拱朝万国，守文继百王。
至德惭日用，治道愧时康。新邑建嵩岳，双阙临洛阳。
圭景正八表，道路均四方。碧空霜华净，朱庭皎日光。
缨佩既济济，钟鼓何锽锽。文戟翊高殿，采眊分修廊。
元首乏明哲，股肱贵惟良。舟楫行有寄，庶此王化昌。

乾阳殿位于东都洛阳城内，属宫中正殿。隋炀帝即位后，迁都洛阳，命宇文恺重建洛阳城，大业二年春建成。《隋书·天文志上》载："大业初，耿询作古欹器，以漏水注之，献于炀帝。帝善之，因令与宇文恺，依后魏道士李兰所修道家上法称漏，制造称水漏器，以充行从。又作候影分箭上水方器，置于东都乾阳殿前鼓下司辰。"据"北陆玄冬盛"、"新邑建嵩岳"诸句描写判断，诗最早作于大业二年冬。此诗艺术描写并无特色，其中值得称道之处仅在于作者大笔勾勒所营造的"帝王气象"，既传递着一种"天下全盛"（《隋书·东夷列传》）的时代气息，也袒露了作者当时"威加八荒"（《隋书·蛮夷列传》）的扩张心态，非常典型地反映了时代氛围与文学创作、作者气质与文本风格之间的关系。

《还京师诗》是隋炀帝另一首较有影响的诗作，诗云：

东都礼仪举，西京冠盖归。是月春之季，花柳相依依。
云跸清驰道，雕辇御晨晖。嘹亮铙笳奏，葳蕤旌旆飞。
后乘趋文雅，前驱厉武威。

诗的创作背景，《隋书·王胄传》有所介绍："帝常自东都还京师，赐天下大酺，因言诗，诏胄和之。"从严格意义上讲，这不是一首真正意义上的都市赞歌，隋炀帝重点描写的是由洛阳回长安路上的景色与场面，极力渲染的是帝王的排场与威仪。值得注意的是开篇二句，两都并举，形象地展现了当时"皇居盛两都"的城市格局以及诗人目极东西的广阔视野，而两都并盛正是国力强盛、皇权大张的表征。此前，南朝诗人谢朓也曾借"西京蔼蔼，东都济济"（《侍宴华光殿曲水奉敕为皇太子作诗》第四章）的两都胜景来讴歌承平之世，但因缺少现实生活基础而显得空泛平淡。隋炀帝此作不仅写得真实和较为生动，而且对偶工整，语言精炼，艺术上不乏可圈点之处。此诗一出，礼部侍郎许善心、著作佐郎王胄分别作有《奉和还京师诗》与《奉和赐酺诗》，二诗内容多歌功颂德，语言典雅板滞，艺术感染力远不如杨广之作。

隋恭帝二年（618）二月，杨侑逊位于旧邸，李渊即皇帝位于太极殿长安，改年号为唐武德元年，正式拉开了唐王朝统治中国的大幕。

唐王朝建立，仍以长安为都城，对于这座曾经是秦汉首都的历史文化名城，唐朝人从一开始就怀着特殊的感情，讴歌长安是初盛唐诗歌的重要主题。

在唐代都市赞歌里，帝王的声音首先来自唐太宗李世民（599—649）。李世民是中国历史上一位杰出的政治家、军事家，同时也是一位具有远见卓识的文化建设者。早在武德四年，见海内渐平，“乃锐意经籍，开文学馆以待四方之士”，（《旧唐书·太宗本纪上》）即位后又组织人力修史定乐。他本人酷爱书法，也常挥笔作诗，其诗今存近百首。从总体上看，李世民的诗歌风貌多承六朝遗绪，重藻饰，讲对偶，与初唐诗坛风气基本保持一致。不过，由于他在思想上已经对宫体弊端有所警惕，加之个人性格气质的影响，故于局部有所突破，这在组诗《帝京篇》① 第一首中有所体现。诗云：

秦川雄帝宅，函谷壮皇居。绮殿千寻起，离宫百雉余。
连甍遥接汉，飞观迥凌虚。云日隐层阙，风烟出绮疏。

组诗共十首，集中描写作者的帝王生活与帝王志向，当作于李世民即帝位之后。本诗位列第一，起着领起组诗的统摄作用。长安城中的帝宅皇居，既是作者奠定帝业基础的见证，也是其大展宏图的舞台，故成为首先吟诵的对象。此前，陈朝诗人张正见写有《帝王所居篇》②，诗云：

崤函惟帝宅，宛雒壮皇居。紫微临复道，丹水亘通渠。
沈沈飞雨殿，蔼蔼承明卢。两宫分概日，双阙并凌虚。
休气充青琐，荣光入绮疏。霞明仁寿镜，日照陵云书。
鸣鸾背鳷鹊，诏跸幸储胥。长杨飞玉辇，御宿徙金舆。
柳叶飘缇骑，槐花影属车。薄暮归平乐，歌钟满玉除。

李诗虽有模拟痕迹，但主题更为集中，文笔也更显遒劲。全诗紧扣“雄”、“壮”二字展开，先总后分，极力渲染宫殿的宏伟高大，突出长安城无比恢宏的气势，体现出作者居高临下、掌控帝都的雄风。“秦川雄帝宅”较之“崤函惟帝宅”，句式结构相同，气势则自有强弱之分；“飞观迥凌虚”较之“双阙并凌虚”，表意大致不差，艺术效果却略有差异。将二十句缩短为律体八句型，清人李因培《唐诗

① 本节所引唐代诗歌除另有出处注明者均引自（清）康熙敕编：《全唐诗》，上海古籍出版社1986年版。

② 逯钦立辑校：《先秦汉魏晋南北朝诗》下册，中华书局1983年版，第2475页。

观澜集》评李诗“绮殿”二句下“已开律径”[①]，正是对其艺术成就的肯定。李世民讴歌帝京，本质上讲是在讴歌自己的帝业成就，故字里行间透露着一种帝王的霸气[②]。

李世民身边有一批以文学见重的臣子，政治上的依附性使他们的诗歌写作具有明显的御用性和功利性，在他们围绕宫廷生活创作的诗歌里，不乏为点缀太平而对京城景物进行描写与赞美，例如：

万瓦宵光曙，重檐夕雾收。……日晖青琐殿，霞生结绮楼。

——虞世南《凌晨早朝》

舒桃临远骑，垂柳映京营。惠化宣千里，威风动百城。

——褚亮《奉和禁苑饯别应令》

辇路夹垂杨，离宫通建章。日落横峰影，云归起夕凉。

——杨师道《奉和夏日晚景应诏》

旭日临重壁，天眷极中京。春晖发芳甸，佳气满层城。

——许敬宗《奉和初春登楼即目应诏》

上苑通平乐，神池迩建章。楼台相掩映，城阙互相望。

——上官仪《奉和秋日即目应制》

此类诗歌大致都存在先行的主题，它制约创作主体的构思，压抑诗人真情实感的抒写，泛泛而咏便成为必然。诗人将城市景观与自然景物结合起来描写，层次分明，讲究对偶，风格柔媚，旋律单一，是对典型的六朝模式的袭用。由于诗人运笔平稳而无内在激情的贯注，诗歌的画面往往显得呆板而缺少韵致，加之构图的特色不够鲜明，故给人留下的都市印象零碎而不深刻。

初唐“四杰”的崛起，在当时的诗坛上吹起了一股革新之风[③]。王勃、卢照邻、骆宾王采用古体长篇制式，描写自己眼中和心中的长安，突破都市赞歌中存在的六朝模式，将赞美与感伤、感受与思考结合起来，文本内涵更为丰富，多部合奏的特点初步形成，给人以全新的艺术感受。

---

① 陈伯海主编:《唐诗汇评》上册，浙江教育出版社 1995 年版，第 2 页。

② 以帝王的视野观照长安，在后来唐中宗李显《登骊山高顶寓目》一诗中也有体现，诗云：“四郊秦汉国，八水帝王都。阊阖雄里闬，城阙壮规模。贯渭称天邑，含岐实奥区。金门披玉馆，因此识皇图。”末句五字为典型的帝王之语。

③ 杨世明认为，“(高宗)咸亨是‘四杰’形成一个诗歌革新群体并产生影响的时期，唐初诗风至此可以看成是第一次发生大转折”。《唐诗史》，重庆出版社 1996 年版，第 49 页。

王勃（650—676），字子安，绛州龙门（今山西河津）人。早慧，六岁善文词，才华横溢。著《滕王阁序》，语惊四座，有“天才”之誉。与杨炯、卢照邻、骆宾王齐名，并称“四杰”，其诗格调高华，富有激情，诗歌风格迥异于齐梁。《临高台》是他借乐府旧题创作的一篇都市新歌，诗云：

> 临高台，高台迢递绝浮埃。瑶轩绮构何崔嵬，鸾歌凤吹清且哀。俯瞰长安道，萋萋御沟草。斜对甘泉路，苍苍茂陵树。　高台四望同，帝乡佳气郁葱葱。紫阁丹楼纷照曜，壁房锦殿相玲珑。　东弥长乐观，西指未央宫。赤城映朝日，绿树摇春风。　旗亭百隧开新市，甲第千甍分戚里。朱轮翠盖不胜春，叠树层楹相对起。　复有青楼大道中，绣户文窗雕绮栊。锦衾夜不襞，罗帏昼未空。　歌屏朝掩翠，妆镜晚窥红。为君安宝髻，蛾眉罢花丛。　尘间狭路黯将暮，云间月色明如素。鸳鸯池上两两飞，凤凰楼下双双度。　物色正如此，佳期那不顾。银鞍绣毂盛繁华，可怜今夜宿娼家。　娼家少妇不须颦，东园桃李片时春。君看旧日高台处，柏梁铜雀生黄尘。

诗以“临高台”咏起，展示作者“俯瞰”的写作姿态，长安大道，帝乡佳气，都市建筑，人文风情，一并尽收眼底。通篇集中笔力铺写长安的繁华与富贵的气象，气势贯通，至篇末则挽回一笔，又回到“高台”，结之以人生富贵无常的深沉感慨。“柏梁”乃汉代宫廷台阁名，“铜雀”为三国时期魏国著名的三台之一，旧日高台生黄尘的艺术画面渗透了诗人对历史人生的思考，讽谏之意也隐约可见。“劝百讽一”的结构体现了向汉代都市大赋借鉴的痕迹。

卢照邻（630？—约68？），字昇之，自号幽忧子，幽州范阳（今河北涿州）人。初唐“四杰”之一，博学善属文，尤其长于七言歌行，辞采富艳，眼界开阔，所作《长安古意》集中表现了他的艺术特点：

> 长安大道连狭斜，青牛白马七香车。玉辇纵横过主第，金鞭络绎向侯家。
> 龙衔宝盖承朝日，凤吐流苏带晚霞。百丈游丝争绕树，一群娇鸟共啼花。
> 啼花戏蝶千门侧，碧树银台万种色。复道交窗作合欢，双阙连甍垂凤翼。
> 梁家画阁天中起，汉帝金茎云外直。楼前相望不相知，陌上相逢讵相识。
> 借问吹箫向紫烟，曾经学舞度芳年。得成比目何辞死，愿作鸳鸯不羡仙。
> 比目鸳鸯真可羡，双去双来君不见。生憎帐额绣孤鸾，好取门帘帖双燕。
> 双燕双飞绕画梁，罗纬翠被郁金香。片片行云著蝉鬓，纤纤初月上鸦黄。
> 鸦黄粉白车中出，含娇含态情非一。妖童宝马铁连钱，娼妇盘龙金屈膝。

御史府中乌夜啼，廷尉门前雀欲栖。隐隐朱城临玉道，遥遥翠幰没金堤。
挟弹飞鹰杜陵北，探丸借客渭桥西。俱邀侠客芙蓉剑，共宿娼家桃李蹊。
娼家日暮紫罗裙，清歌一啭口氛氲。北堂夜夜人如月，南陌朝朝骑似云。
南陌北堂连北里，五剧三条控三市。弱柳青槐拂地垂，佳气红尘暗天起。
汉代金吾千骑来，翡翠屠苏鹦鹉杯。罗襦宝带为君解，燕歌赵舞为君开。
别有豪华称将相，转日回天不相让。意气由来排灌夫，专权判不容萧相。
专权意气本豪雄，青虬紫燕坐春风。自言歌舞长千载，自谓骄奢凌五公。
节物风光不相待，桑田碧海须臾改。昔时金阶白玉堂，即今唯见青松在。
寂寂寥寥扬子居，年年岁岁一床书。独有南山桂花发，飞来飞去袭人裾。

诗人采用能够容纳丰富内涵的七言古体的形式，以赋法为主，极力铺叙长安大道之热闹，帝都宫室之华美，来往人物之众多，贵族生活之奢侈，将相权力之争斗，洋洋洒洒，任意驰骋。结尾笔锋一转，感叹汉代才子扬雄的都市遭遇，颇具兴义。诗中抒写的情感具有多层次性，其中不乏对都市建设的赞美和对都市生活的向往之情（这在文本的前半部分表现得尤为明显），同时也包含对骄奢放纵、相互倾轧的城市文化现象的讽刺批判，此外，还借历史人物的命运展示个人的落寞情怀。长达476字的巨制，始终围绕诗人的都市印象展开描写，大笔勾勒，语涉古今，一气呵成，足以构成对齐梁诗风的超越。

骆宾王（638？—685？），字观光，婺州义乌（今属浙江）人。初唐“四杰”之一，少善属文，尤妙于五言诗。如果说《春日离长安客中言怀》中“城阙千门晓，山河四望春。御沟通太液，戚里对平津”四句尚显平庸的话，那么，时人以为绝唱的《帝京篇》，可谓独步一时。较之卢照邻的《长安古意》，《帝京篇》内容与手法多有相似之处，但篇幅更为宏巨，共98句，618字，运笔更显变化，七言为主，五言次之，杂以三言。诗云：

山河千里国，城阙九重门。不睹皇居壮，安知天子尊。
皇居帝里崤函谷，鹑野龙山侯甸服。五纬连影集星躔，八水分流横地轴。
秦塞重关一百二，汉家离宫三十六。桂殿嵚岑对玉楼，椒房窈窕连金屋。
三条九陌丽城隈，万户千门平旦开。复道斜通鳷鹊观，交衢直指凤皇台。
……
平台戚里带崇墉。炊金馔玉待鸣钟。小堂绮帐三千户，大道青楼十二重。
宝盖雕鞍金络马，兰窗绣柱玉盘龙。绣柱璇题粉壁映，锵金鸣玉王侯盛。
王侯贵人多近臣，朝游北里暮南邻。陆贾分金将宴喜，陈遵投辖正留宾。

赵李经过密，萧朱交结亲。丹凤朱城白日暮，青牛绀幰红尘度。
侠客珠弹垂杨道，倡妇银钩采桑路。倡家桃李自芳菲，京华游侠盛轻肥。
延年女弟双凤入，罗敷使君千骑归。同心结缕带，连理织成衣。
春朝桂尊尊百味，秋夜兰灯灯九微。翠幌珠帘不独映，清歌宝瑟自相依。
……
桂枝芳气已销亡，柏梁高宴今何在。春去春来苦自驰，争名争利徒尔为。
久留郎署终难遇，空扫相门谁见知。当时一旦擅豪华，自言千载长骄奢。
倏忽抟风生羽翼，须臾失浪委泥沙。黄雀徒巢桂，青门遂种瓜。
黄金销铄素丝变，一贵一贱交情见。红颜宿昔白头新，脱粟布衣轻故人。
故人有湮沦，新知无意气。灰死韩安国，罗伤翟廷尉。
已矣哉，归去来。马卿辞蜀多文藻，扬雄仕汉乏良媒。
三冬自矜诚足用，十年不调几邅回。汲黯薪逾积，孙弘阁未开。
谁惜长沙傅，独负洛阳才。

诗人仍然采用“鸟瞰”的观照视角，将长安的山川形胜、城阙宫殿、王侯府邸、衣冠文物、车马饮馔、游侠倡妇，尽收眼中，以铺叙之赋法，描写殆尽。桂殿、椒房、玉楼、金屋、朱邸、黄扉、绮帐、青楼、宝盖、兰窗、雕鞍、绣柱……如缀锦贯珠，绵绵不断，令人目不暇接。诗的后半部分针对都市出现的种种社会现象，感叹人生祸福倚伏、贵贱交情变迁以及良才无人能赏，情感格调前后形成鲜明的对比，从而造成诗歌旋律的低昂起伏。

上述三首诗歌，无论表现内容抑或艺术手法都具有相通之处，透过认识种种共性特征，我们能够进一步认识与把握诗歌创作与时代精神、诗人取向与城市文化之间的内在联系。

都市赞歌多声部合奏的特征，取决于创作主体对城市赞美与批判共存的观照态度。毋庸置疑，王勃等人针对多种城市文化弊端例如奢侈之风盛行、贫富苦乐不均等，在不同程度上表达了自己的批判讽谏之意，与此同时，他们也毫不掩饰自己对城市的肯定与歌颂态度。三首诗歌前半部分对长安城的雄伟壮丽、繁华富贵景象所进行的铺写与夸饰，绝不仅仅是为后文的讽谏做陪衬或铺垫，细读文本，不难感受到诗人津津乐道的肯定性评判。长安城所象征的最高政治权力以及聚集的大批社会财富，吸引着天下无数读书人前往的脚步，“四杰”亦在其中。他们描绘的长安图景，至少有一部分与自己人生理想的蓝图相重叠。

诗人对长安的观照姿态，必然折射出时代精神与个人胸怀。“四杰”生活的时代，唐王朝正走向繁荣昌盛，国家的统一，国力的提升，孕育出一种奋发向上的时代精神。得益于外部环境的刺激与影响，王、卢、骆三人不约而同地采用居高临下观照京城的写作态势，显得视野开阔，气势宏大。“四杰”皆以早慧得名，自视不凡，具有强烈的功名心。在时代精神感召下，他们以积极进取的态度投身社会，以一种比较开放的眼光审视世界。唯其如此，才能够描绘出一幅幅雄伟壮丽、色彩斑斓、充满生命活力的长安画卷。

《临高台》、《长安古意》、《帝京篇》在艺术上均具有铺排夸饰、藻丽繁缛的特色，这不仅仅是外在形式的问题，还与主题的表达密切相关。以骆宾王《帝京篇》为例，该诗之所以能够给人造成强烈的视觉冲击力，最为直接的原因就在于铺陈藻饰手法的运用，而诗人极力渲染的帝都宫室之壮美、景象之繁华、风气之奢侈、人物之纷杂，正是长安城作为大唐盛世国都所具有的历史风貌。文本的后半部分将历史与现实交织起来进行描写，历数古今各种人物在都市的表现与遭遇，异常鲜明地显示了城市居民构成的异质性以及他们与政治风云的密切关系。可以说，铺陈的手法非常适用于揭示城市文化的种种特征，对于诗人思想情感的表达也具有积极作用。

三首诗均以高亢之调起笔，以低沉旋律结束，前后形成明显的反差，这样的艺术处理源于诗人自身并不成功的城市际遇。在卢照邻和骆宾王诗篇的结尾处都采用了借古喻今的艺术手法，以贾谊、扬雄等人的历史遭际抒写个人的落寞情怀，寂寥的扬雄、被负的贾谊完全可以视为诗人的自我写照。由此看来，在他们心中，自己并没有被长安真正接受。既然主客体之间存在距离与隔阂，诗人也就不可能创造出情景交融的诗歌意境。

初唐诗人讴歌的帝都除了西京长安之外，还有东都洛阳，写作模式大致可分为三类：第一类是采用《洛阳道》这一乐府古题，老调重弹，如沈佺期的《洛阳道》（“九门开洛邑，双阙对河桥”），内容与形式均未跳出六朝诗歌的窠臼。第二类是在应制奉和之作中将赞美洛阳作为歌功颂德的有机组成部分，如张九龄《奉和圣制途次陕州作》云：“后殿函关尽，前旌阙塞通。行看洛阳陌，光景丽天中。”张说《奉和圣制途次陕州应制》云：“郡带洪河侧，宫临大道边。洛城将日近，佳气满山川。”第三类是即事名篇，由眼前之景引发创作行为，故诗人描写的景象现场感较强，郑世翼的《登北邙还望京洛》可以视为这一类作品的代表。

郑世翼，郑州荥阳（今属河南）人，生卒年不详。弱冠有盛名。武德中，历万年丞、扬州录事参军，数以言辞忤物。贞观中，坐怨谤，流巂州卒。事见《旧唐书·文苑传》。集多遗失，今存诗五首。《登北邙还望京洛》云：

步登北邙坂，踟蹰聊写望。宛洛盛皇居，规模穷大壮。
三河分设险，两崤资巨防。飞观紫烟中，层台碧云上。
青槐夹驰道，迢迢修且旷。左右多第宅，参差居将相。
清晨谒帝返，车马相追访。胥徒各异流，文物纷殊状。
嚣尘暗天起，箫管从风扬。伊余孤且直，生平独沦丧。
山幽有桂丛，何为坐惆怅。

如果说王勃等人“俯瞰”中的长安更多地带有心理印象痕迹的话，那么，郑世翼对洛阳所作的鸟瞰式描写，则因眼前景物的触动而体现出细节的真实性。唐代洛阳城内多种植槐树①，驰道直通于崤谷，故“青槐”两句具有较强的写实性。诗采用交代行踪——描写景物——抒发情感的三段式结构，结尾四句的低沉感慨尤其值得注意，它同样表明创作主体未能与观照对象融为一体，外在于客体的写作视角昭示着诗人与洛阳之间存在的心理距离，对此，郑世翼比王、卢、骆三人表现得更为直接。

从高宗、中宗朝起直至玄宗开元年间，以皇室宫廷为中心，诗坛产生了大批奉和应制之作。《新唐书·文艺传上》历数唐代文风的变迁，其中所谓“若侍从酬奉则李峤、宋之问、沈佺期、王维”之语，揭示的正是这一历史时期诗歌创作的一大特点。应制诗作者往往通过吟咏帝都某一特定景观，再现天下升平气象，为帝王大唱赞歌。此类作品多内容空泛，情感浮浅，语言雕琢，手法雷同，能够给人留下深刻印象的佳句不多，佳篇更少。王维的《奉和圣制从蓬莱向兴庆阁道中留春雨中春望之作应制》可谓其中较为成功的一首，为都市赞歌创作领域吹进了一股清新的气息。

王维（701—761），字摩诘，太原祁（今山西祁县）人，唐代著名文学家，盛唐山水诗派的代表作家。《奉和圣制从蓬莱向兴庆阁道中留春雨中春望之作应制》作于开元九年（721）至开元二十五年（738）间王维为官京城时期，诗云：

渭水自萦秦塞曲，黄山旧绕汉宫斜。銮舆迥出千门柳，阁道回看上苑花。
云里帝城双凤阙，雨中春树万人家。为乘阳气行时令，不是宸游玩物华。

诗题中的“蓬莱”，乃皇城内的著名宫殿，唐高宗时所建，后改名含元殿。唐长

① 《旧唐书·僖宗本纪》载：广明元年“四月甲申朔，大雨雹，……东都长夏门内古槐十拔七八。”《新唐书·五行志三》也有相同记载。

安有三内：皇城在西北隅，谓之西内；东内曰大明宫，在西内之东；南内曰兴庆宫，在东内之南。提及王维诗歌，人们自然首先想到他在中国文学史上享有盛名的山水诗，应制诗没有进入一般研究者的视线。其实，这首七言律诗同样表现出诗人善于取景的艺术优长，除了尾联交代圣驾出行的目的之外，前三联均围绕“望”字运笔，一联一景，景色各异。首先大笔勾勒长安城的地理形胜，展示远望之开阔视野；随即描写銮舆出行的场面，顺笔带出沿途所望之京华风物，“千门柳”与“上苑花”相对，将自然景色与都市景观巧妙地融入了同一艺术画面之中；颔联分别从帝王宫殿与居民住家两个方面概括雨中所望之帝都景观，既具点题之妙，又含蓄地表达了诗人的愉悦之情，实为写景佳句。

王维此诗的独特之处在于，虽为应制而作，却较少歌功颂德的陈腐气息，赞美帝都已突破雕金琢玉、铺排夸饰的传统写法，取景精致，富有代表性，画面层次分明，语言简洁洗练，诗风体现出诗人鲜明的艺术个性。这一切标志着都市赞歌创作的转折性变化。王维写都市之景犹如绘山水之景，虽有开阔之画面，却少见恢宏之气势，诗歌风格与诗人的内在气质高度一致，成为“文如其人”的最好诠释。王维另作有《登楼歌》，也以居高临下之势对帝都展开描写与赞美：“聊上君兮高楼，飞甍鳞次兮在下。俯十二兮通衢，绿槐参差兮车马。却瞻兮龙首，前眺兮宜春。王畿郁兮千里，山河壮兮咸秦。”无论景物描写抑或气氛渲染，同样打上了鲜明的王维烙印。

诗入盛唐，迎来了自身繁荣发展的春天。盛唐诗歌众体皆备，题材丰富，既多兴象，复备风骨，大家辈出，风格多样，这一切在都市赞歌创作领域或多或少有所表现。其时，描写整体风貌者有之，截取侧面者亦有之；古体有之，律绝亦有之；通篇铺写讴歌者有之，仅以对偶句赞美者亦有之。诗人采用自由的抒写方式，不拘一格地描绘都市印象。上引王维之诗的个性化特色已初现盛唐风貌，王维挚友孟浩然也从个人的审美趣味出发，欣赏和表现了中国古代城市的另一种美。

孟浩然（689—740），襄州襄阳（今湖北襄阳县）人，生平事迹《新唐书·文艺传》有简略介绍。他擅长山水田园诗写作，长期的漫游和栖隐生活，使他的审美趣味贯注进山水的清韵，当他以观赏山水的眼光去观赏城市时，山水城市的形象便清晰可见。所作《登安阳城楼》云：

县城南面汉江流，江涨开成南雍州。才子乘春来骋望，群公暇日坐销忧。

楼台晚映青山郭，罗绮晴骄绿水洲。向夕波摇明月动，更疑神女弄珠游。

安阳，唐时属相州，位于今河南省北部，西依太行，北临漳河，诗歌文本所描写的地理环境与安阳城完全不相符合。据《旧唐书·地理志二》载："襄阳汉县，属南郡。建安十三年，置襄阳郡。晋入为荆州治所。梁置南雍州，西魏改为襄州，隋为襄阳郡，皆以此县为治所。"故诗题中的"安阳"疑为"襄阳"之误①。诗人置身城楼放眼远望，城外的青山绿水和城内的楼台罗绮并收眼中，看似寻常的景物描写由此获得代表性和典型性。在中国古代文明发展史上，山水作为一种客观物质存在，始终与人类的社会实践活动保持着密切关系，崇尚自然、追求天人合一的哲学思想深刻地影响着城市的规划和修建，"因天材，就地利"（《管子·乘马》），因地制宜的基本原则催生出大量富有个性的山水城市。古襄阳城居汉水中游，秦岭大巴山余脉，汉水穿城而过，青山矗立城外，属于比较典型的山水城市。初唐著名诗人杜审言《登襄阳城》诗云："楚山横地出，汉水接天回"，初步勾勒出襄阳城依山傍水的构建态势，而孟浩然的描写则更为形象地展现了城市与自然和谐共存的历史风貌。

盛唐诗歌风貌还体现在"劝百讽一"的模式被彻底摒弃，彰显个人欲望与观赏都市景观合二为一，著名诗人崔颢的《渭城少年行》就从这一角度诠释着时代气息的感召。崔颢（704？—754），汴州（今河南开封）人。开元十一年（723）登进士第。曾南游吴越、武昌等地，开元后期入河东军幕。天宝初，为太仆寺丞，终司勋员外郎。崔颢长于诗，开元、天宝间与王昌龄、孟浩然皆位不振而以文知名，一首《黄鹤楼》奠定了他在中国文学史上的不朽地位。史称崔颢"有俊才，无士行，好蒲博饮酒。及游京师，娶妻择有貌者，稍不惬意，即去之，前后数四"。（《旧唐书·文苑传下》）他的生活旨趣与人生追求通过《渭城少年行》给予了形象描述：

洛阳三月梨花飞，秦地行人春忆归。扬鞭走马城南陌，朝逢驿使秦川客。
驿使前日发章台，传道长安春早来。棠梨宫中燕初至，葡萄馆里花正开。
念此使人归更早，三月便达长安道。长安道上春可怜，摇风荡日曲江边。
万户楼台临渭水，五陵花柳满秦川。秦川寒食盛繁华，游子春来不见家。
斗鸡下社尘初合，走马章台日半斜。章台帝城称贵里，青楼日晚歌钟起。
贵里豪家白马骄，五陵年少不相饶。双双挟弹来金市，两两鸣鞭上渭桥。

① 佟培基认为孟诗题中的"安阳"当为襄州安养县，在襄阳县正北。详考见《孟浩然诗集笺注》，上海古籍出版社2000年版，第409页。

渭城桥头酒新熟，金鞍白马谁家宿？可怜锦瑟与琵琶，玉壶清酒就倡家。
小妇春来不解羞，娇歌一曲《杨柳花》。

作为都市赞歌，它仍然采用俯瞰的视角，乍看与初唐同类作品十分相似，实则具有明显差异。“名位不振”（语见《旧唐书·文苑传下》）、无缘宦达荣耀的崔颢，有幸获得了时代赋予的创作自由。他学前人却不泥古，不再一味铺排帝都雄伟壮丽的建筑风貌，重点渲染春日长安道上的美丽景色与繁华景象；更为重要的是，他摆脱歌功颂德的政治功利目的与讥讽劝谏的道德功利目的，纯粹从个人立场描绘丰富多彩的都市生活画面，传达出一种浓郁的世俗气息。前人所谓“此诗写尽当年渭城豪奢冶游情景，以致讥意，末句正引以刺杨贵妃、杨国忠也”。①此实属脱离文本的误读，因为从作者提供的语言文字中，我们很难读出他对二杨的讥讽之意，事实上这首诗始终洋溢着欣赏与赞美之意，诗中所描绘的生活，实际上正是崔颢所向往的。联系崔颢创作的《相逢行》、《上巳》、《卢姬篇》等诗的内容与情趣，不难感受到他对都市世俗生活的浓厚兴趣与正面肯定。

盛唐都市赞歌的时代特征在李白的创作中的表现，可用“不拘一格”四字形容。李白（701—762），字太白，号青莲居士，一位天才的伟大诗人，在中国诗歌史上享有崇高地位，他的诗歌堪称唐代诗歌乃至中国古代诗歌最高成就的代表。受时代风气的影响，李白一生好游，从游的地点看可分为名山大川和通都大邑；从游的目的看可分为山水赏会、寻仙访道与干谒仕宦；游的性质则可分为身游和神游。游历异常丰富，游踪遍及大江南北。游，成为李白生活的一种基本方式，他因此开阔了心胸与眼界，提高了捕捉来自四面八方纷繁复杂信息的能力，源源不断地获得创作激情和灵感。李白到过不少城市，当时的名城如成都、金陵、扬州、会稽、长安、洛阳、宣城等，都留下了他的足迹。当他将自己的环境感知与城市印象转化为艺术形象后，城市的万千气象变得异常清晰和富有个性。

《登锦城散花楼》是李白现存最早一首赞美城市的诗歌，作于诗人出蜀之前。诗云：

日照锦城头，朝光散花楼。金窗夹绣户，珠箔悬银钩。
飞梯绿云中，极目散我忧。暮雨向三峡，春江绕双流。

---

① 陆时雍：《唐诗选脉会通评林》，载陈伯海主编：《唐诗汇评》上册，浙江教育出版社1995年版，第366页。

今来一登望，如上九天游。

诗中所咏锦城即今四川成都，当时为西南地区著名都会。年轻的李白初次来到成都，置身散花楼上，极目远望，随兴而咏，赞美眼前景色，表达惊喜之情。手法比较简单，描写比较概括，能够写出成都秀美富丽的城市特色，乃该诗一大亮点。

李白25岁辞亲远游，出三峡，游洞庭、衡山、襄汉、庐山、金陵、扬州，沿途创作了大量诗篇，其间所作《登瓦官阁》以历史文化名城金陵为讴歌对象，紧扣其山川形胜与人文景观展开艺术描写：

晨登瓦官阁，极眺金陵城。钟山对北户，淮水入南荣。
漫漫雨花落，嘈嘈天乐鸣。两廊振法鼓，四角吟风筝。
杳出霄汉上，仰攀日月行。山空霸气灭，地古寒阴生。
寥廓云海晚，苍茫宫观平。门余阊阖字，楼识凤凰名。
雷作百山动，神扶万栱倾。灵光何足贵，长此镇吴京。

诗人的空间观照交织着时间回溯，登临眺望时精神活动的复杂性造成了眼前景色与历史场景的重叠。李白将金陵城外的钟山淮水、城内的宫观楼阁尽收眼底，一种厚重的历史文化氛围扑面而来，于是，在景物描写中不断点染出历史留下的种种痕迹，视野贯通古今，正可谓“极眺”。特定的现场感制约着李白的艺术构思，直接影响诗歌取景角度与情感基调，一个霸气虽灭壮丽依旧的吴京重镇、一个既让人感伤又令人向往的金陵城形象由此产生。

李白集中另有一首《入朝曲》，也以金陵为讴歌对象，据此，我们又可以看到诗人心目中金陵城的别样风貌：

金陵控海浦，渌水带吴京。铙歌列骑吹，飒沓引公卿。
槌钟速严妆，伐鼓启重城。天子凭玉几，剑履若云行。
日出照万户，簪裾烂明星。朝罢沐浴闲，遨游阆风亭。
济济双阙下，欢娱乐恩荣。

此诗创作年代不详，从内容与格调判断，亦当属于李白青壮年时期的作品。唐代的金陵已不再是帝国都城，它曾经拥有的权力与财富却成为诗人记忆里抹不掉的一页。李白一生“长忆谢玄晖”，南朝著名诗人谢朓的《入朝曲》成为他的创作样板。李白袭用乐府古题，翻唱“金陵帝王州”的赞歌，诗以“入朝”为聚焦点，描写只有封建王朝都城才可能出现的人文景观，从中寄寓自己渴望进入帝都、进入最高政治权力中心的政治诉求。

李白一生两入长安，《君子有所思行》当是他在长安所作[①]。这一次诗人虽用乐府古题却未沿袭古意，他寓目而咏，有感而发，真实地描述了自己“凭崖望咸阳”时的所见所感：

紫阁连终南，青冥天倪色。凭崖望咸阳，宫阙罗北极。
万井惊画出，九衢如弦直。渭水银河清，横天流不息。
朝野盛文物，衣冠何翕赩。厩马散连山，军容威绝域。
伊皋运元化，卫霍输筋力。歌钟乐未休，荣去老还逼。
圆光过满缺，太阳移中昃。不散东海金，何争西辉匿。
无作牛山悲，恻怆泪沾臆。

“卫霍输筋力”五字表明李白所望实为汉唐都城长安，他将长安带给自己的心灵震撼以及自己对于长安的种种诉求转化为声声赞歌。长安的地理形胜、城市的规格布局、城内的文物衣冠首先成为赞美对象，随即又由实而虚，展开联想，国力的强盛、军威的壮大以及文武将帅的出众才能也一并纳入赞美的范围。李白由衷赞美长安的根本原因，在于这座世界文化名城所具有的不可抗拒的诱惑力。为了成功进入长安，实现“直挂云帆济沧海”的远大理想，长期以来，李白不懈地努力着，即使历史变迁的兴衰感与个人生命的紧迫感也都无法化解走近长安时的兴奋与热情，“无作牛山悲”，正是他积极乐观人生态度的形象写照。

在李白创作的都市赞歌里，《南都行》最具有世俗生活气息。东汉南阳郡是光武帝旧里，刘秀即位后建都洛阳，以南阳为别都，因在京之南，故称南都，郡治宛城。南阳郡位于洛阳南七百里，由此推之，此诗当作于李白被玄宗“赐金还放”、离开长安再次漫游期间。诗云：

南都信佳丽，武阙横西关。白水真人居，万商罗鄽阛。
高楼对紫陌，甲第连青山。此地多英豪，邈然不可攀。
陶朱与五羖，名播天壤间。丽华秀玉色，汉女娇朱颜。
清歌遏流云，艳舞有余闲。遨游盛宛洛，冠盖随风还。
走马红阳城，呼鹰白河湾。谁识卧龙客，长吟愁鬓斑。

诗人虽无登高之举，但仍然采用“鸟瞰”式的观照姿态，南都的地理环境、历史人物、城市特点、商业信息、民俗风情，一一被纳入创作视野之中，共同构成了

① 今人詹瑛根据诗中“紫阁连终南，凭崖望咸阳”、“渭水银河清”等句判断，此诗当是李白在长安作。见瞿蜕园、朱金城校注：《李白集校注》，上海古籍出版社 1980 年版，第 351 页。

一幅“佳丽都会”的艺术画卷。“高楼对紫陌，甲第连青山”十字，准确地揭示出宛城这一地方性城市与田野山林连为一体的建造特色，具体而又形象，不身临其境，实难以道出。全诗的情感旋律由高转低，篇末两句借卧龙自喻，抒发世无知音的惆怅，非常符合李白当时的心境。

安史之乱爆发后，长安、洛阳地区饱受战乱祸害，国运不济，李白的个人命运也随之发生巨大变化，然而始终不变的是他的忧国之心与报国之志。《上皇西巡南京歌十首》是他在新的历史背景下创作的都市赞歌，其格调为之一变。天宝十五年(756)六月，安禄山攻陷京师。八月，皇太子李亨即皇帝位于灵武，是为肃宗。十二月，明皇李隆基至自蜀郡，至德二年(757)以蜀郡为南京。改成都为南京，本是李唐王朝最高统治者应付时局变化的权宜之计，李白却兴奋不已，大声高歌，一连十首，极言成都之美。兹录其二、四、五、六、八共五首如下：

> 九天开出一成都，万户千门入画图。草树云山如锦绣，秦川得及此间无。
> 谁道君王行路难，六龙西幸万人欢。地转锦江成渭水，天回玉垒作长安。
> 万国同风共一时，锦江何谢曲江池。石镜更明天上月，后宫亲得照娥眉。
> 濯锦清江万里流，云帆龙舸下扬州。北地虽夸上林苑，南京还有散花楼。
> 秦开蜀道置金牛，汉水元通星汉流。天子一行遗圣迹，锦城长作帝王州。

诗人之所以极力强调锦江渭水一脉贯通，上林苑散花楼同样美丽，蜀道不再难，新都若旧宫，显然不能简单地归于根深蒂固的家乡情结，更深层次的原因还在于他盼望朝廷重振雄风的美好愿望。李白由衷地希望建立起“锦城长作帝王州”的政治地理新格局，从而将实现“万国同风共一时”的历史使命赋予地处西南的成都。尽管“天回玉垒作长安”纯属一相情愿的企盼，根本不可能实现，然而，李白维护国家统一、渴望盛世重现的济世情怀以及独特的浪漫气质，却在此得到淋漓尽致的发挥。一位年过五旬的老人，在已被统治者无情弃用的情况下，依然忠心不改，保持着如此高涨的政治热情，不由令人感慨万千。

边游边唱，移步换形，是李白都市赞歌写作的一大特点。除了上述城市，李白还从不同的角度对洛阳、扬州给予了赞美。在同时代的诗人中，李白创作的都市赞歌在数量上名列前茅，涉及的城市也较多，歌颂的内容随主体心境和客体特点而变化，不拘一格，这既是盛唐气象的艺术折射，也是诗人精神气质的形象写照。在艺术表现上，李白彻底脱离了六朝都市赞歌的书写模式，任意驱笔，较少铺排，通常能够根据对象的某一特点进行构图，并于城市景观描写中寄寓个人独特的生命感受，从而使笔下的城市形象互不雷同，“个性”色彩相当鲜明。

在中国古代，政治功能居于城市尤其是都城诸文化功能之首，城市与政治的关系直接影响文人士大夫的生存状况、文化心态以及文学创作，对此，杜甫感受十分深刻。杜甫（712—770），字子美，自称杜陵布衣、少陵野老。中国古代诗歌史上的集大成者，享有“诗圣”之誉，与李白并称“李杜”，对后世影响巨大而深远。安史之乱给唐代都市赞歌带来的变化，在杜甫的诗歌创作中表现得尤其明显。

杜甫具有丰富的城市经历，青壮年时期经常活动于洛阳一带，南游吴越到过姑苏、会稽，应试东都而落第，就选京师亦失败，困顿长安前后达十年之久。安史之乱中四处漂泊，先后到过大大小小不少城市，如成都、阆州、梓州、忠州、江陵、岳阳、公安等。无论主动前往抑或被动到达，杜甫的城市之行整体上不可谓成功，尤其是长安经历不仅带给他个人太多的失败感与屈辱感，而且让他为国家民族的命运忧虑和痛苦（《丽人行》、《春望》等诗有所反映）。从心理分析的层面看，一个人之所以赞美他者，或因本质力量的对象化，或受个人功利目的的驱使，或为满足自我的审美需求，换言之，个人的种种内在需求将构成赞美行为的直接动机。杜甫之所以很少对自己到过的城市进行集中描写和热情洋溢的赞美，最根本的原因在于赞美动机已被个人政治上的失意以及朝廷初显端倪的政治危机无情消解。开元盛世的城市形象，只是在日后感时伤乱的岁月中，作为回忆的历史场景而出现，例如《忆昔》诗云：“忆昔开元全盛日，小邑犹藏万家室。稻米流脂粟米白，公私仓廪俱丰实。”又如《遣怀》诗云：“昔我游宋中，惟梁孝王都。……邑中九万家，高栋照通衢。舟车半天下，主客多欢娱。”回忆过去是为了抚慰被现实重创的痛苦心灵，回忆式的赞美只能视为特定历史条件下都市赞歌的变奏曲。杜甫诗集里有一首比较特殊的作品，题为《江陵望幸》，诗云：

雄都元壮丽，望幸歘威神。地利西通蜀，天文北照秦。
风烟含越鸟，舟楫控吴人。未枉周王驾，终期汉武巡。
甲兵分圣旨，居守付宗臣。早发云台仗，恩波起涸鳞。

诗中所谓“雄都”即江陵城。《旧唐书·地理志》载：“上元元年九月，置南都，以荆州为江陵府。”《新唐书·肃宗本纪》记载相同。广德二年（764），皇帝乘舆幸陕，身处巴蜀的杜甫传闻代宗皇帝欲巡幸江陵，故有此作。诗先赞美江陵之形势，后表示望幸之心情。宋人张戒《岁寒堂诗话·卷下》云：“此非诗，乃望幸表也。‘通蜀照秦’，‘含越控吴’，则指陈江陵建都大略也。‘甲兵分圣旨，居守付宗臣'，则祈请语也。气象廓然，可与《两都》、《三京》齐驱并驾矣。"[1] 然而，就在不久之前，杜甫曾作《建都十二韵》诗，对朝廷"建都分魏阙"之举痛心疾首，结尾两句云："愿枉长安日，光辉照北原"，言中原失陷，天子当重以阳光照之，何必汲汲建都之举，故前人有"是诗沉痛切挚，可作一篇谏止南都疏读"之言[2]。两诗创作时间相隔不长，诗人的态度却前后截然相反，个中缘由需从变化的国家政治局势中寻找。广德元年（763）初，持续八年的安史之乱终于平息，长安日的光辉已重照北原，此时天子巡幸南都，既能远避蕃寇之祸患，又可彰显皇恩之浩荡，所以杜甫才会产生美江陵的创作冲动，前后不同的态度均系之于诗人忠君爱民之心。

国运的兴衰决定着杜甫对城市的观照态度与情感基调，这一点于《往在》诗里也有充分体现。该诗作于大历年中，诗人仍流离巴蜀，此时京城长安已经收复，尽管盛世风貌已难寻觅，但较之沦陷时的残破景象，诗人仍然有理由歌颂长安：

往在西京日，胡来满彤宫。中宵焚九庙，云汉为之红。
解瓦飞十里，繐帷纷曾空……车驾既云还，楹桷欻穹崇。
故老复涕泗，祠官树椅桐。宏壮不如初，已见帝力雄。
前春礼郊庙，祀事亲圣躬。微驱忝近臣，景从陪群公。
登阶捧玉册，峨冕耿金钟。侍祠恧先露，掖垣迩濯龙……

诗先叙天宝年间安禄山陷京之事，再言至德初肃宗收京之事，今昔对比，杜甫情不自禁地将有限的赞美之词献给"宏壮不如初"的长安，因为"已见帝力雄"的局面毕竟能够让诗人感到欣慰，看到希望。

杜甫生活在唐王朝由盛转衰的历史时期，作为一位直面现实、以创作"诗史"著称的感伤诗人，盛与衰的历史面貌反映在他的都市描写中，明显具有前轻后重的不对称格局，乱世场景几乎遮蔽了盛唐气象。这既为时局变化使然，也与杜甫个人经历和性格直接相关。

与杜甫相比，同时代诗人韦应物的相关创作就略显差别，年龄的差异导致了二人盛世感受的不同。韦应物（约 737—792？），京兆万年（今陕西西安）人。安史之乱爆发时，韦应物年不满二十，有幸赶上盛世末班车，不过很快就亲历了

---

① 丁福保辑：《历代诗话续编》下册，中华书局 1983 年版，第 472 页。
② （清）杨伦笺注：《杜诗镜铨》，上海古籍出版社 1962 年版，第 338 页。

时局的动乱，前后不同的经历和感受，均折射在他所创作的都市赞歌里。《长安道》为歌行体诗，篇幅较长，主要描写长安城建筑的富丽堂皇与权贵生活的奢侈享乐，无论构思立意，抑或描写角度，都给人似曾相识的感觉，总体成就显然没有超越王勃、卢照邻、骆宾王等人的同类作品。其中值得注意之处，一是结尾两句“欢荣若此何所苦，但苦白日西南驰”所表达的及时行乐之思，完全符合诗人少年时代的人生旨趣；二是透过诗中所描绘的长安繁华与兴盛的景象，人们很容易感受到盛世的光彩。二者结合起来考察，基本可以认定此诗作于安史之乱爆发前。其时，少年诗人尚不具备杜甫那样丰富的人生阅历和敏感的政治嗅觉，因此，长安的繁荣景象（哪怕只是表面现象）激发了他对富贵荣华生活的极大兴趣，因而不可避免地为诗歌定下了赞美的基调。不久，由于安史之乱发生，加之玄宗去世后“憔悴被人欺”（《逢杨开府》），韦应物的基本生活状态及其人生态度发生了巨大转折，诗歌创作基本格调也随之变得低沉。此时，都市赞歌创作的直接动因由表达个人欲望一变而为怀恋太平盛世景象，《登高望洛城作》堪称显例，诗云：

高台造云端，遐瞰周四垠。雄都定鼎地，势据万国尊。
河岳出云雨，土圭酌乾坤。舟通南越贡，城背北邙原。
帝宅夹清洛，丹霞捧朝暾。葱茏瑶台榭，窈窕双阙门。
十载构屯难，兵戈若云屯。膏腴满榛芜，比屋空毁垣。
圣主乃东眷，俾贤拯元元。熙熙居守化，泛泛太府恩。
至损当受益，苦寒必生温。平明四城开，稍见市井喧。
坐感理乱迹，永怀经济言。吾生自不达，空鸟何翩翻。
天高水流远，日晏城郭昏。裴回讫旦夕，聊和写忧烦。

这不是一首完整意义的都市赞歌，仅开篇十二句具有赞美的性质。不过，诗人描写的只是自己关于东都洛阳的历史记忆，再现的是洛阳城昔日的壮丽形象，作为铺垫和衬托，它反衬出洛阳城今日的荒凉衰败，强化了诗人的忧国之思与失意情怀。于此，我们不难发现韦应物与杜甫创作心态的相通之处。

开元天宝全盛之日的京城风貌，在物理空间的层面上已被安史之乱的腥风血雨浸蚀得面目全非，它所象征的辉煌与成就作为一种民族的集体经验，转化为作家群体的历史记忆，刻骨铭心，难以抹去。在杜甫、韦应物相继谱写出都市赞歌的变奏曲之后，不止一位作家自觉地运用回忆的手法，深情地描绘着昔日的两都盛景。唐德宗贞元年间（785—805），襄阳人鲍防、河中人吕渭、苏州人丘丹、越州人严维与杜奕、郑概、范灯、陈元初、樊珣、刘蕃、谢良辅等人，以《忆长安》为题作长短句，共十二咏。他们选取长安城一年十二个月中最具代表性的景象进行描写，着力渲染帝京的庄严与繁华，例如："忆长安，三月时，上苑遍是花枝。青门几场送客，曲水竟日题诗。骏马金鞭无数，良辰美景追随。"（杜奕）"忆长安，十月时，华清士马相驰。万国来朝汉阙，五陵共猎秦祠。昼夜歌钟不歇，山河四塞京师。"（樊珣）对于记忆中的长安，诗人毫不吝惜赞美之语。唐文宗太和年间（827—835）曾任太学博士的洛阳人李涉，在《寄河阳从事杨潜》诗里，借一位面对"干戈南北常纵横"的洛滨八十老翁之口，描述当年的情景："自言生长开元中，武皇恩化亲沾及。当时天下无甲兵，虽闻赋敛毫毛轻。红车翠盖满衢路，洛中欢笑争逢迎。"用墨不多，也足以揭示诗人自身的情感归宿。众多诗人在文学想象的世界里，以回望的方式完成时间的对接与空间的置换，赋予历史地理以心灵镜像的文化功能，通过书写历史记忆表达自己关于和平与昌盛的政治诉求。

自中唐起，都市赞歌创作出现了一种新的趋势，其特点表现为描写对象由先前集中于两京逐步向地方性城市扩展，描写重心由北方城市开始转向南方城市，诗人对城市经济功能的关注热情日益浓厚。越来越多的诗人将欣赏的目光投向南方尤其是江南地区的城市，其中歌颂扬州、杭州、苏州等城市的诗歌多有名篇传世。兹录数首代表作如下：

扬州：

广陵实佳丽，隋季此为京。八方称辐辏，五达如砥平。
大旆映空色，笳箫发连营。层台出重霄，金碧摩颢清。
交驰流水毂，迥接浮云甍。青楼旭日映，绿野春风晴。
喷玉光照地，颦蛾价倾城。灯前互巧笑，陌上相逢迎。
飘飘翠羽薄，掩映红襦明。兰麝远不散，管弦闲自清
……

——权德舆《广陵诗》

夜市千灯照碧云，高楼红袖客纷纷。如今不似时平日，犹自笙歌彻晓闻。

——王建《夜看扬州市》

江横渡阔烟波晚，潮过金陵落叶秋。嘹唳塞鸿经楚泽，浅深红树见扬州。
夜桥灯火连星汉，水郭帆樯近斗牛。今日市朝风俗变，不须开口问迷楼。

——李绅《宿扬州》

江北烟光里，淮南胜事多。市廓持烛入，邻里漾船过。
有地惟栽竹，无家不养鹅。春风荡城郭，满耳是笙歌。

——姚合《扬州春词三首》之三

街垂千步柳，霞映两重城。天碧台阁丽，风凉歌管清。
纤腰间长袖，玉珮杂繁缨。柂轴诚为壮，豪华不可名。
自是荒淫罪，何妨作帝京。

——杜牧《扬州三首》之三

杭州：

余杭形胜四方无，州傍青山县枕湖。绕郭荷花三十里，拂城松树一千株。
梦儿亭古传名谢，教妓楼新道姓苏。独有使君年太老，风光不称白髭须。

——白居易《余杭形胜》

岁熟人心乐，朝游复夜游。春风来海上，明月在江头。
灯火家家市，笙歌处处楼。无妨思帝里，不合厌杭州。

——白居易《正月十五日夜月》

苏州：

烟水吴都郭，阊门架碧流。绿杨深浅巷，青翰往来舟。
朱户千家室，丹楹百处楼。水光摇极浦，草色辨长洲。
……

——李绅《过吴门二十四韵》

阊门四望郁苍苍，始知州雄土俗强。十万夫家供课税，五千子弟守封疆。
阊闾城碧铺秋草，乌鹊桥红带夕阳。处处楼前飘管吹，家家门外泊舟航。
云埋虎寺山藏色，月耀娃宫水放光。曾赏钱唐嫌茂苑，今来未敢苦夸张。

——白居易《登阊门闲望》

权德舆（761—818）、王建（约 766—？）、李绅（772—846）、白居易（772—846）、姚合（约 779—846？）、杜牧（803—852）等人均有江南城市的生活经历或为官经历，在热爱与欣赏之情的驱动下，他们将真切的现实感受转化为全景式的艺术描写。上述诗作彻底摆脱了汉大赋的影响，不再一味铺陈夸饰宫廷建筑的雄伟壮丽，不再肆意渲染帝都规模的宏大与气派，江南城市的湖光水色以及红袖翻飞、歌吹处处的世俗风情成为诗人审美观照的新对象，夜市的繁华，西湖的秀美，水巷的别致，市井的笙歌，甚至江村的日市，江岸的倡楼（见张籍《江南曲》）经过审美情感的点染，转化为一幅幅清新秀丽、浓淡相宜的艺术图画。

帝王、权贵的身影纷纷从画面中心消失，普通人家平常百姓更多地走进了诗人的视野，庄严激越的京城赞歌一时间似乎有被娇媚清婉的江南小曲取而代之的趋势。

都市颂歌审美趣味的嬗变，源于江南城市经济的迅速发展与江南文化独特魅力的感染。

中国古代文学中的“江南”是一个具有特殊内涵的艺术符号，一个依附于江南自然地理环境而存在的文化空间。在中国古代诗歌史上，“江南”（江南城市意象群为其艺术载体之一）在一定程度上发挥了解构社会宏大叙事话语的作用，具有提供诗意栖息之地的功能。

与北方黄河流域文化中心伦理氛围浓郁、理性旗帜高扬有所不同，长江流域文明带因其历史上曾经具有的边缘地位而更多地保留了个人感性的存在空间，南朝作家正是凭借于此而获得了一种相对自由的创作环境。他们可以直接赞美金陵象征的权力以及拥有的富贵而无需掩饰，并且以歌咏《长安道》、《洛阳道》的名义书写个人关于享受生活、愉悦情感的城市想象。在中国古代以政治、伦理为中心的社会宏大叙事话语体系中，个人的生命感觉长期遭到贬抑与放逐。东晋南朝时期，书写“不关风化体”的个人感觉逐渐成为诗坛乃至于文坛的主导风气，作为艺术符号的“江南”发挥着解构宏大叙事话语、承载个体感性生命的文化功能，隋炀帝《江都宫乐歌》云：“扬州旧处可淹留，台榭高明复好游”，表达的正是个人欲望的满足。李唐王朝建立之初，君臣上下以史为镜，总结六朝灭亡之历史教训，认为“不崇教义之本，偏尚淫丽之文，徒长浇伪之风，无救乱亡之祸矣”。（《陈书·后主本纪》）靡靡之音亡国成为人们的共识，于是，产生于江南地域的南朝文风，成为初唐人高度警惕和自觉抵制的对象。然而，人的感性需求终究无法泯灭，人的审美活动离不开感性欲望的参与，那些长期生活在北方，自觉以长安、洛阳为政治文化中心的君臣无法真正抗拒来自江南的巨大诱惑，就在初唐诗坛高奏两都颂歌的同时，宛转柔和的江南小曲也不时响起。例如，“高台临茂苑，飞阁跨澄流。江涛如素盖，海气似朱楼。吴趋自有乐，还似镜中游。”（虞世南《赋得吴都》）“暮春三月晴，维扬吴楚城。城临大江汜，回映洞浦清。晴云曲金阁，珠楼碧烟里。”（刘希夷《江南曲》）“夕烟杨柳岸，春水木兰桡。城邑南楼近，星辰北斗遥。”（李乂《次苏州》）诗人通过赞美江南城市的自然景观与人文景观形象地表达了自己对生活的另一种解读。

六朝以来，江南地区的经济获得了迅速发展的历史际遇，城市的经济功能不断增强①。至唐五代时期，江南不少城市的经济色彩已经非常浓郁，“个别城市中唐以后经济色彩甚至盖过了政治色彩，城市的经济意义超过了政治意义”。②“当今赋出于天下，江南居十九”（韩愈《送陆歙州诗序》），“杭土丽且康，苏民富而庶”。（白居易《和三月三十日四十韵》）至唐后期，扬州成为全国最繁华的工商业城市，经济地位超过了长安、洛阳，故有“天下之盛，扬为首”的说法。在历史与现实构成的交汇处，以扬州为首的江南名城彰显出商业繁荣、风俗轻扬、物欲彰显的独特风貌，较之作为政治、文化中心的长安、洛阳，它们向文学家提供了另一类审美对象。

创作主体人生价值取向的变化，是城市颂歌审美趣味嬗变由可能成为现实的关键要素。那些成功为江南城市谱写赞歌的诗人，无论其是否具有江南城市的生活经历，总是带着无限向往之情，以一种轻柔的笔调绘制江南城市的风景图画，从中灌注自己对理想生活的憧憬。酒旗、青楼、珠帘、香车、红袖、笙歌……凡此种种，无不关联着物质的、世俗的欲求，放眼望去，人们丝毫不会产生类似面对京城銮驾与边城烽火时所产生的那种内心紧张感与焦虑感。丰富多彩的物质生活，加上弥漫于市井之中轻松、祥和的地域氛围，使江南城市成为文人士大夫尤其是政治失意者心中的诗意栖息之所。李绅《宿扬州》自认为“不须开口问迷楼”，张祜《纵游淮南》明确表示“人生只合扬州死”，艺术表达的本质正是对江南城市文化品质的肯定与认同。“官历二十政，宦游三十秋”的白居易之所以在出任杭、苏二州刺史期间写下为数众多的赞美诗篇，之所以反复强调“江山与风月，最忆是杭州”（《寄题余杭郡楼，兼呈裴使君》），“江南忆，最忆是杭州”，“江南忆，其次忆吴宫”，不仅仅因为天堂般自然美景魅力的吸引，更为重要的原因还在于“吴酒一杯春竹叶，吴娃双舞醉芙蓉。早晚复相逢”（《忆江南》）的享乐生活，以其愉悦感官、放松心理的特质契合了他既向往独善、又不甘清贫的生存需求，恰好满足了他放弃兼济情怀之后重新确立的价值定位。

中唐以还，地处西南地区的成都也频频进入诗人的创作视域，吸引他们关注目光的，除了秀美的城市风貌之外，还有处处飘溢的酒香。成都享乐与休闲

---

① 《隋书·地理志下》载：“丹阳旧京所在，人物本盛，小人率多商贩，君子资于官禄，市廛列肆，埒于二京，人杂五方，故俗颇相类。京口东通吴、会，南接江、湖，西连都邑，亦一都会也。……宣城、毗陵、吴郡、会稽、余杭、东阳，其俗亦同。然数郡川泽沃衍，有海陆之饶，珍异所聚，故商贾并凑。”

② 张剑光：《唐五代江南工商业布局研究》，江苏古籍出版社 2003 年版，第 340 页。

的市井生活特征，在诗人笔下得到了形象的表现：

锦江近西烟水绿，新雨山头荔枝熟。万里桥边多酒家，游人爱向谁家宿。

——张籍《成都曲》

未栉凭栏眺锦城，烟笼万井二江明。香风满阁花满树，树树树梢啼晓莺。

——刘驾《晓登迎春阁》

（一本标题“迎春阁”前有“成都”二字）

蜀江波影碧悠悠，四望烟花匝郡楼。不会人家多少锦，春来尽挂树梢头。

——高骈《锦城写望》

何劳问我成都事，亦报君知便纳降。蜀柳笼堤烟矗矗，海棠当户燕双双。
富春不并穷师子，濯锦全胜旱曲江。高卷绛纱扬氏宅，半垂红袖薛涛窗。
浣花泛鷁诗千首，静众寻梅酒百缸。若说弦歌与风景，主人兼是碧油幢。

——裴廷裕《蜀中登第答李搏六韵》

和风装点锦城春，细雨如丝压玉尘。漫把诗情访奇景，艳花浓酒属闲人。

——卓英英《锦城春望》

树梢挂锦，海棠当户，泛舟赏花，桥边饮酒……成都给诗人印象最为深刻的是它那秀美撩人的城市风景和富足悠闲的市井生活。成都为古蜀国故地，大约距今2500多年前，古蜀国开明王将都城从樊乡（今彭州、新都交界处）迁到此处，取周太王迁岐“一年成邑，二年成聚，三年成都”之意，定名为成都。秦灭蜀，改称蜀郡。成都地区沃野千里，物产富饶，陈子昂上书武则天云：“臣窃观蜀为西南一都会，国家之宝库，天下珍货聚出其中”，不为虚言。成都手工业和商业比较发达，西汉时成都织锦业发达，朝廷在此设置“锦官”进行管理，诗人称之为“锦官城”或“锦城”，便由此而来。唐朝时它与扬州一西一东，分别成为长江流域商业城市的中心，故唐谚有“扬一益二”之誉。较之扬州，成都因其地处西南，地理位置较偏，蜀山四塞，对外交通多有不便，故长期以来较少受到外来干扰，社会局面相对安定，无论安史之乱，抑或五代十国的军阀混战，均未对成都构成直接破坏。于是，盆地内物质财富得以不断聚集①，城市经济得以持续发展，市民也因此获得安居乐业的物质条件。当北方许多重要城市因战乱而变得凋敝，成都的自足与祥和就显得弥足珍贵，这正是诸多诗人歌颂赞美成都的重要原因。

① （宋）张唐英《蜀梼杌》卷下称后蜀时，“蜀中久安，赋役俱省，斗米三钱。城中之人子弟，不识稻麦之苗，以笋、芋俱生于林木之上，盖未尝出至郊外也。屯落闾巷之间，弦管歌诵，合筵社会，昼夜相接。府库之积，无一丝一粒入于中原，所以财币充实”。

也许就某些作家个体而言，为成都唱赞歌，旨在表达对自己现实处境或一种具体生活方式的肯定，但作为一个群体共同的艺术行为，赞美成都无疑具有更为积极的精神价值，它是诗人渴望征服蜀道、超越自然环境的另类表达。“自古皆传蜀道难”（唐·冯涓《蜀驮行》），在古代中国的文化版图上，巴蜀地区一直不是国家政治统治的中心，相当长的历史时期内，它被视为险隘、闭塞、蛮荒之地，直至唐代，仍是流人之所。由于各种原因，大批的外地人士先后进入巴蜀，此乃不争事实。为了克服“蜀道难”的畏惧心理，人们必须充分发掘和认识蜀道与蜀地的异域之美，有效提升入蜀之行的正面价值，正是出于这样的精神需求，文学家们发现了成都，纷纷赋予它改变“蜀道难”历史印象的审美内涵。李白《送友人入蜀》一诗，在极言蜀道之难后，推出“芳树笼秦栈，春水绕蜀城”两句，又言风景可乐，以慰征夫，蜀道上的美景以及目的地成都的宜人春色成为消除朋友畏惧之感的精神良药。无独有偶，中唐诗人马戴《送人游蜀》构思也大致相同，先以感伤之笔描绘蜀道上“虹霓侵栈道，雨雪杂江声”的愁人景色，然后笔调一转，为朋友展示美好的前景：“过尽愁人处，烟花是锦城。”陆时雍曰：“结语足慰。”[①] 在诗人的想象世界里，成都的美丽和富饶足以抚慰游子之心。上文所引《晓登迎春阁》的作者刘驾，本江东人士，当他登阁俯瞰锦城时，无边春色荡涤了心中的愁云，故其诗不再重弹登高望远思乡的老调，成都之于游子的精神价值由此可见一斑。

综观唐代的城市赞歌，每当诗人采用俯瞰与远观的基本态势观照城市时，无论奏响气势磅礴的京都大曲，抑或谱写婉转柔美的南方小调，总能折射出时代风云或个人遭际。因此，城市赞歌的内涵具有多样性和丰富性，情感旋律不可能纯粹与单一。激昂与感伤的转换，企盼与失落的交织，自豪与苦痛的对比，愉悦与满足的同步，凡此种种，构成了多部合奏交响曲特点。

二、近观与特写：可触可感的都市生活

如果说诗人的俯瞰与远观更多地展现了城市的整体风貌与外部特征的话，那么，他们采用近观与特写手法则更利于表现城市文化的丰富性、独特性以及城市文化所孕育的创造活力。

---

① 陆时雍《唐诗选脉会通评林》，见陈伯海主编：《唐诗汇评》下册，浙江教育出版社 1995 年版，第 2541 页。

城市建筑既具有职能、技术的特质，也具有审美特质。人们在设计、修建城市时，除了充分考虑内在性实用功能之外，还十分注意它的外在化形式，二者的相互交融，有机统一，便构成了城市的技术之美。就一般人的视觉感官而言，城市之美首先来源于它的技术美。在城市建造整个过程中，从地址的选择、材料的使用，到市区的布局、建筑的造型，每一个环节都离不开技术手段的使用。城市的技术表现一方面决定于当时社会的科技发展水平，另一方面又不可避免地要受制于建造者的审美情趣，技术美是外显性与内隐性的有机统一，社会的审美心理、审美观念通过工程技术、工艺手段而得以体现。密集、巍峨的建筑群以其宏伟不凡的气势观照人的本质力量，四通八达的大道强化向外延伸的视觉效果，四立的城门、棋盘似的街巷符合对称与呼应的艺术法则，而依山傍水的修建格局则成功地利用了人与自然生命律动的同构关系，总而言之，充满动势、活力的直观形态处处有美的呈现。当诗人采取俯瞰与远观的视角勾勒城市风貌时，观赏的目光很容易集中于技术美的层面，通过城市的技术表现领略城市之美，因此，相关文本往往偏重于描写对城市总体结构与外部特征的视觉感受。

然而，技术美绝非城市美的全部，城市文化的整体复合性、丰富多样性、流动变化性以及区域地方性，同样是城市之美的重要构成要素，如果仅仅采用俯瞰与远观的视角，根本无法完成对城市全方位的艺术观照。与城市保持着密切关系的唐代诗人，充分利用自己的城市生活经验，远望近观相结合，时而置身于楼阁亭台，时而驻足于街头闹市。近观城市的切身感受与理性认识，同样成为文学表现的重要内容，特写则是他们一种经常使用的手法。

特写作为电影拍摄术语，本指电影画面中视距最近的镜头。因其取景范围小，画面内容相对单一，因而以使表现对象从周围环境中凸显出来，造成更为清晰的视觉效果。作为一种文学表现手法，特写是指抓住人物或事件富有特征的部分，进行集中描绘，甚至可以就某一细节做放大性的艺术处理，以期收到突出与强化的审美效果。本节所谓特写专指围绕某一具体事件或场面展开艺术描写。在唐代诗人近距离的观照视野中，城市是一幅五色斑斓的画卷，城市空间具化为各种可以感知的社会现象，各种可以参与的具体生活事件以及各类富有生命活力的城市居民等，经过心灵的选择，那些深深触动诗人心弦的场景与事件，最终成为专题描写的对象。

（一）京城早朝

早朝是中国古代京城里一道独特的文化景观，它源于历史悠久的君主早朝制度[①]。在主流文化的话语系统中，君主早朝乃勤政之代名词，而臣子按时上朝则是忠君敬业的表现[②]。古代诗人的官僚身份成为政治与诗歌的纽结，“都城献赋者，不得共趋朝”（包佶《元日观百僚朝会》），只有成功进入仕途、而且为官京城才有可能获得早朝或者观早朝的资格，因此，那些有幸跻身朝会之列的文人，常常在自豪与感激之心的支配下，以专题的形式描绘京城早朝的景观。早在陈朝，诗人江总《答王筠早朝守建阳门开诗》就对早朝的情景有所涉及，不过描写非常简略。李唐一代，诗人歌咏早朝蔚然成风，遂为创作传统，虞世南、张文琮、沈佺期、王维、韦应物、岑参、杜甫、贾至、钱起、耿湋、窦叔向、戴叔伦、卢纶、王建、权德舆、杨巨源、欧阳詹、张籍、姚合、司空图、冯延巳等著名文人均写有早朝诗。

唐人咏早朝一般采用三部曲的形式：首先扣题言上朝时间之早，即所谓“鸡鸣朝谒满”（沈佺期）、“鸡鸣紫陌曙光寒”（岑参）；至于具体时辰，杜甫诗云：“五夜漏声催晓箭”，权德舆诗亦云：“五更钟漏歇，千门扃钥开”。其次描绘早朝的壮观场面，这几乎是每一首早朝诗必须具备的内容，故有“通晨禁门启，冠盖趋朝谒”（张文琮），“旌旗映阊阖，歌吹满昭阳”（王维），“九天阊阖开宫殿，万国衣冠拜冕旒”（王维），“金阙晓钟开万户，玉阶仙杖拥千官”（岑参），“九陌朝臣满，三朝候鼓赊。远珂时接韵，攒炬偶成花。紫贝为高阙，黄龙建大牙。参差万戟合，左右八貂斜”（耿湋）之类的描写，群臣高冠华簪，曳群鸣玉，沐浴浩荡皇恩，一派富贵尊严典雅温厚之气象。结尾部分多为诗人的早朝感怀，他们或抒感恩之情，如“鳞翰空为忝，长怀圣主恩”（阎朝隐），“愿将迟日意，同与圣恩长”（王维）；或显自得之意，如“共沐恩波凤池上，朝朝染翰侍君王”（贾至），“六龙扶御日，只许近臣看”（戴叔伦）；或表积极用事之心，如“小臣无事谏，空愧伴鸣环”（卢纶），“盛明多在位，谁得守蓬麻”（耿湋），从不同角度勾画出创作主体积极参与的姿态。

唐人咏早朝诗属于典型的城市文学，城市不仅仅在叙事的层面上成为景观

① 《吕氏春秋·制乐》云：“故成汤之时，有谷生于庭，昏而生，比旦而大拱，其吏请卜其故。汤退卜者曰：‘吾闻祥者福之先者也，见祥而为不善则福不至；妖者祸之先者也，见妖而为善则祸不至。’于是早朝晏退，问疾吊丧，务镇抚百姓，三日而谷亡。”杨坚点校：《吕氏春秋》，岳麓书社2006年版，第36页。

② 《左传·宣公二年》：“（赵）宣子骤谏，（晋灵）公患之，使鉏麑贼之。晨往，寝门辟矣，盛服将朝，尚早，坐而假寐。麑退，叹而言曰：‘不忘恭敬，民之主也。贼民之主，不忠。弃君之命，不信。有一于此，不如死也。’触槐而死。”（清）阮元校刻：《十三经注疏》，中华书局1980年影印本。

存在的唯一空间即上文所谓“前景”，更为重要的是，它还具有指示作家人生取向的文化空间的意义，文本的价值取向决定于诗人对古代城市政治功能的自觉认同。如前所述，在中国古代城市诸多功能中，政治功能无疑是最突出和最重要的，全国大大小小各级城市分别驻扎着国家各级行政机构，京城则是国家最高统治机构所在地，它们以政治权力的魅力召唤着天下读书人。一批又一批士子离开乡村进入城市，绝不为单纯寻求一个生活的宜居之所，根本目的还在于利用仕进打通人生的向上之路。金榜题名者，一旦为官京城，早朝便成其为政治生活中不可或缺的重要组成部分。由于早朝资格的获取标示事业初步成功，所以对绝大多数人而言，朔望早起并无怨言，年老体衰也不告假，姚合《春日早朝寄刘起居》诗云：“莫笑冯唐老，还来谒圣君。”早朝诗里普遍洋溢的兴奋之情和不胜枚举的赞美之词，折射出诗人积极参与的入世精神以及不同程度的事业成就感，他们前行的脚步自觉地踏着城市政治文化运动的节拍。

为了更清楚地认识这一点，不妨以白居易早朝态度的变化为例做进一步分析。贞元十六年（800），二十九岁的白居易中进士第，三十二岁以书判拔萃及第，授校书郎。此时，他热心仕进，直节为官，恪尽职守，其间创作的诗歌充满积极向上的进取精神。元和二年（807）作《初授拾遗》① 诗，白居易对自己“受命已旬月，饱食随班次”的现象深感惭愧；元和三年（808）冬作《贺雨》诗，更是明确表示：“小臣诚愚陋，职忝金銮宫。稽首再三拜，一言献天聪，君以明为圣，臣以直为忠。敢贺有其始，亦愿有其终。”与之相对应，在他前期诗歌里找不到对早朝的否定性描写。白居易对早朝态度的改变始于丁母忧后回朝授左赞善大夫：“远坊早起常侵鼓，瘦马行迟苦费鞭。一种共君官职冷，不如犹得日高眠。”（《初授赞善大夫早朝，寄李二十助教》）由于老母、幼女相继去世，连续丧失亲人的巨大痛苦使他开始接受道家思想的影响，为官热情逐渐减退。以后，随着一系列政治打击的降临，白居易政治热情大减，不愿早朝的表达频繁出现：“自问寒灯夜半起，何如暖被日高眠”（《早朝思退居》），“二三月里饶春睡，七八年来不早朝”（《喜杨六侍御同宿》），“放君快活知恩否，不早朝来十一年”（《自戏三绝句・心问身》）。其间虽然也一度产生“汉庭方尚少，惭叹鬓如霜”（《早朝》）的愧疚，但终究没有改变总体上的消极态度。于是，白居易自觉选择了远离朝廷的文化立场，他在《早送举人入试》诗中写道：“可怜早朝者，相看意气生。日出

① 本节所引白居易诗均出自顾学颉校点：《白居易集》，中华书局1979年版。

尘埃飞，群动互营营。营营各何求，无非利与名。而我常晏起，虚住长安城。春深官又满，日有归山情。”身在长安却向往山林，在白居易的心灵世界里，理想居所的空间背景发生了根本性置换，乡村构成了对城市的取代与遮蔽。

（二）节日风情

中国古代不少节俗都具有普泛性和超地域性，内容与形式各地大同小异，节日景观并非城市所独有，然而，城市却是观赏节日风俗变迁、感知社会物质发展水平、认识城乡差异的重要窗口。城市人口密集，较之乡村，人与人之间交往更加频繁，信息传播渠道更为畅通，居住于城市中的帝王将相、达官贵人具有操纵民意、影响民俗的超强能力，因此更利于营造节日氛围，激发居民参与热情。据《隋书·音乐志》记载：

> （隋炀帝时）每岁正月，万国来朝，留至十五日，于端门外，建国门内，绵亘八里，列为戏场。百官起棚夹路，从昏达旦，以纵观之。至晦而罢。伎人皆衣锦绣缯采。其歌舞者，多为妇人服，鸣环佩饰，以花联者，殆三万人。①

帝王对城市节日习俗的巨大影响由此可见一斑。同时，城市中发达的手工业和繁荣的商业，能够为居民提供多种时尚的节日消费品，在物质的层面上满足市民节日期间娱乐与享受的需求。尽管古代许多重要的节日习俗同时流行于城乡，然而，节日气息经过城市诸多文化因素的渗透与发酵之后，变得更为浓郁和强烈，节日形式也更趋于世俗化和物质化，城市尤其是都城的节日景观犹如欢乐与奢侈的盛宴。唐玄宗李隆基《初入秦川路逢寒食》云：“可怜寒食与清明，光辉并在长安道。”诗人郑谷《次韵酬张补阙因寒食见寄之什》云：“朝稀且莫轻春赏，胜事由来在帝乡。”所言不虚。

魏晋南北朝诗歌对城市节俗已有所表现，但无论作品的艺术成就抑或描写的代表性，远不及唐诗。唐代诗人歌咏城市节日风情的作品数量极多，涉及面也相当广泛，其中以元夕、上元、上巳、寒食、清明、端午、七夕、重阳最为常见。多数诗人亲眼目睹或者亲身经历了城市的节日盛会，具有“在场”的生活经历，因此，当他们进行艺术还原时，能够抓住特点，描绘节日盛况，渲染现场气氛，体现出“近观”的优势。综观唐代诗人的相关描写，大致在以下四个方面凸显了节日风情的城市特征：

其一，人数众多，场面壮观

① （唐）魏征等：《隋书·音乐志下》，中华书局1974年版，第381页。

暮春嘉月，上巳芳辰。群公禊饮，于洛之滨。奕奕车骑，粲粲都人。连帷竞野，袨服缛津。

——陈子昂《三月三日宴王明府山亭》

著处繁花务是日，长沙千人万人出。渡头翠柳艳明眉，争道朱蹄骄啮勒。

——杜甫《清明》

玉烛降寒露，我皇歌古风。重阳德泽展，万国欢娱同。绮陌拥行骑，香尘凝晓空。神都自蔼蔼，佳气助葱葱。律吕阴阳畅，景光天地通。徒然被鸿霈，无以报玄功。

——武元衡《奉和圣制重阳日即事》

明时帝里遇清明，还逐游人出禁城。九陌芳菲莺自啭，万家车马雨初晴。

——顾非熊《长安清明言怀》

千门开锁万灯明，正月中旬动帝京。三百内人连袖舞，一时天上著词声。

——张祜《正月十五夜灯》

上引五诗依次分别描写了洛阳、长沙、长安三座城市上巳、清明、重阳、上元四节的盛况，给人的第一印象便是参与者人数众多，上至帝王后妃，下至百姓小民，纷纷加入节日的人流，大有倾城出动之势①。城市越大，人口越多，出游场面也就越壮观，诸如“巳日帝城春，倾都祓禊晨”（崔颢《上巳》）、“灯火家家市，笙歌处处楼”（白居易《正月十五日夜月》）、“宵游二万七千人”（徐凝《正月十五夜呈幕中诸公》）的情景和规模，在乡村显然无法看到。正因如此，晚唐著名诗人李商隐才在《正月十五夜闻京有灯，恨不得观》里如此表示：“月色灯光满帝都，香车宝辇隘通衢。身闲不睹中兴盛，羞逐乡人赛紫姑。”②

其二，节俗的原始意义已被淡化，娱乐功能日益加强。

火树银花合，星桥铁锁开。暗尘随马去，明月逐人来。
游妓皆秾李，行歌尽落梅。金吾不禁夜，玉漏莫相催。

——苏味道《正月十五夜》

① 《旧唐书·中宗本纪》载，唐中宗景龙四年，“丙寅上元夜，帝与皇后微行观灯，因幸中书令萧至忠之第。是夜，放宫女千人看灯，因此多有亡逸者”。《旧唐书·音乐志》载：“每初年望夜，又御勤政楼，观灯作乐，贵臣戚里，借看楼观望。”

② （梁）宗懔《荆楚岁时记》（一三）云：正月十五“其夕迎紫姑，以卜将来蚕桑，并占众事”。在我国民间，紫姑最初为厕神，经过不断演变，逐渐与蚕神形象相融合，故正月十五祭紫姑的活动多在农村举行。

寒食春过半，花秾鸟复娇。从来禁火日，会接清明朝。
斗敌鸡殊胜，争球马绝调。晴空数云点，香树百风摇。
改木迎新燧，封田表旧烧。皇情爱嘉节，传曲与箫韶。

——张说《奉和圣制寒食作应制》

千门万户掩斜晖，绣幰金衔晚未归。击鞠王孙如锦地，斗鸡公子似花衣。
嵩云静对行台起，洛鸟闲穿上苑飞。唯有路傍无意者，献书未纳问淮肥。

——皮日休《洛中寒食二首》之一

满街杨柳绿丝烟，画出清明二月天。好是隔帘花树动，女郎撩乱送秋千。

——韦庄《丙辰年鄜州遇寒食　城外醉吟五首》之一

上引诸诗，分别描写了城市居民上元观灯和寒食游乐的热闹场面。我国元宵节燃灯的习俗起源于道教的“三元说”，道教以每年农历正月十五日为上元节，七月十五日为中元节，十月十五日为下元节。主管上、中、下三元者分别为“天”、“地”、“人”三官，天官喜乐，故上元节要燃灯。南宋吴自牧《梦粱录》云：“正月十五日元夕节，乃上元天官赐福之辰。”元宵节燃灯放火，初始于汉朝，唐时已成习俗，燃灯时间延长为三天，“每载依旧取正月十四日、十五日、十六日开坊市门燃灯，永以为常式。”（《旧唐书·玄宗本纪》）从苏味道等人的诗歌里不难看出，当时节日之夜挂灯燃灯纯为观赏，与取悦上元天官以祈福已无直接关系，城中通宵灯火辉煌，市民彻夜游玩欢乐，宗教色彩完全褪去。寒食在清明前一日或两日，节俗起源于纪念春秋晋国介子推，唐代诗人卢象《寒食》诗对此有具体表现，禁火冷食、拜扫祖墓为该节的特殊景观。然张说、皮日休、韦庄的描写丝毫未涉及缅怀先贤的纪念活动，相反，津津乐道于斗鸡、鞠球、荡秋千等时尚游戏。

其三，争丽斗奢的物质盛宴，彰显“以富为美”的都市时尚。

城乡节日景观的另一大区别在于物质消费水平的高低。无论火树银花、星桥铁锁的城市夜景，抑或九陌芳菲、万家车马的出城盛况，无疑建立在消耗大量物质财富的基础上，灯火映天、锦绣铺地的节日景观是由金钱与物质堆砌而成的。城市在节日里集中展示社会的物质发展水平，市民则在不同层面上争相展现个人的富丽形象，即如中唐诗人殷尧藩（苏州嘉兴人，元和年间进士）《上巳日赠都上人》所云：“鞍马皆争丽，笙歌尽斗奢。”市民争丽斗奢，成为时尚，诗人的观赏态度与审美趣味则为时尚所引领。中唐另一位诗人张萧远的《观灯》诗的描绘颇具典型性：

十万人家火烛光，门门开处见红妆。歌钟喧夜更漏暗，罗绮满街尘土香。

星宿别从天畔出，莲花不向水中芳。宝钗骤马多遗落，依旧明朝在路傍。

张萧远，元和进士登第，著名诗人张籍之弟。《全唐诗》收录其诗三首。受上元夜节日风情的感染，诗人挥动五色彩笔，刻意选取烛光、红妆、歌钟、罗绮、宝钗、骤马等散发着喜庆和富贵气息的意象进行艺术组合，构成一幅壮观而又富丽的节日图画，其中“罗绮满街尘土香”的场面，“宝钗骤马多遗落”的细节，显然不可能出现在乡村。中唐著名文人柳公权作有《阊门即事》一诗，描写城外的清明景色：

耕夫占募逐楼船，春草青青万顷田。试上吴门看郡郭，清明几处有新烟。

而大历九年进士王濯的《清明日赐百僚新火》则描写长安城内的情形：“御火传香殿，华光及侍臣。星流中使马，烛耀九衢人。转影连金屋，分辉丽锦茵。”两相对照，不难发现，城乡节日景观的构成因素存在明显差异，作者的审美注意力也完全不同。

其四，皇室在城市节日风情的形成与变迁中发挥着主导作用。

封建皇室对城市空间的影响十分巨大，帝王贵族依靠实施政治权力来控制社会经济和社会关系，从而成为节日的真正主宰者。一方面，皇帝可以任意调动聚集大量的社会财富，以满足自己节日享用的种种需求，最终提高了整个城市的节日消费水平。据张鷟《朝野佥载》卷三所载，唐睿宗先天二年上元节，京师安福门外矗立起高达二十丈的灯轮，饰之以金玉锦绮，簇之以数万明灯，“宫女千数，衣罗绮，曳锦绣，耀珠翠，施香粉，一花冠、一披帔皆万钱，装束一妓女皆至三百贯”。另一方面，帝王贵族的审美趣味和生活方式，引导着下属与民众消费和娱乐，从而形成都市潮流。中唐诗人杨凝《上巳》诗对此有形象的描述：“帝京元巳足繁华，细管清弦七贵家。此日风光谁不共，纷纷皆是掖垣花。”在众多城市的节日景观中，有些场面独属于京城，例如“帝里重阳节，香园万乘来”（上官婉儿《九月九日上幸慈恩寺，登浮图，群臣上菊花寿酒》），“元巳秦中节，吾君灞上游。鸣銮通禁苑，别馆绕芳洲”（崔国辅《奉和圣制上巳祓禊应制》），“朱骑传红烛，天厨赐近臣”（韩浚《清明日赐百僚新火》），“每年宫里穿针夜，敕赐诸亲乞巧楼”（王建《宫词》）。普通市民作为节日参与数量上的主体，他们的内在需求固然是影响城市节日规模大小、发展方向的重要因素。但是，在帝王贵族所形成的政治垄断与文化霸权面前，他们对节日的话语权缺少原发性和主动性，因而只能扮演模拟时尚、追赶潮流的角色。

关注唐代诗人的审美心态，对于总结中国古代作家的城市审美经验具有重要意义。

变动不居，是城市区别于乡村的一个显著标志，也是作为审美对象的城市区别于山水田园的突出特征。就历时性而言，城市是一个常变常新的审美对象，人类创造物质文明的进程和成果，迅速而集中地反映在城市建设与发展之中。与“年年岁岁花相似”、“春风又绿江南岸”的山水审美感受有所不同，面对日新月异的城市风貌，人们更容易产生“今日市朝风俗变，不须开口问迷楼”（唐·李绅《宿扬州》）的惊异与兴奋。作为客体而存在的自然山水，外部形态有规律的重复变化对主体心理构成一种重复性刺激，主体反复出现的、节奏鲜明的心理反应最终导致相对稳定的审美心理结构的形成。随时而变作为城市发展的一般规律，具体是指每一个具体历史阶段中城市外部形态的新奇变异之处不可能复制前代，不同的主体感官所受刺激的强烈程度，心理反应的变化曲线，也不可能简单重复。对此，难以用传统的自然山水审美经验加以解读和诠释。在共时态的层面上，城市处处以动态示人：歌吹遍地，鼓乐震天，这是听觉上的动感；车水马龙，人来人往，此为视觉上的动感；白日人声鼎沸，夜晚灯红酒绿。中唐以后随着夜市逐渐普及，繁华的大都市成为真正意义上的不夜城。如果遇上元夕观灯、春闱放榜等重要节日和重大事件，京都内人人争相观赏，个个争丽斗奢，大有倾城而动之势，“月下多游骑，灯前饶看人。欢乐无穷已，歌舞达明晨”（崔知贤《上元夜效小庾体》），“歌钟喧夜更漏暗，罗绮满街尘土香”（张萧远《观灯》），市民充分享受着物质文明的成果，在追求时尚中“狂欢”。“狂欢”是城市特有的文化现象，对此，深受传统农业文化思想影响的文人士大夫群体表现出严重的不适应，其中喜欢幽静者厌恶闹市的喧嚣，习惯孤独者排斥频繁的交往，痛恨奢侈者批判世俗的享乐。然而，他们始终未能成功抗拒城市文明的诱惑，情感节律随城市运动节奏起伏，乃普遍现象，许多人甚至成为“狂欢”队伍中的一员。初唐诗人苏味道《正月十五夜》所描写的正是他自己的亲身经历。从数量众多的描写都市风情的古代文学作品来看，作者的观照态度已经超越了原发性自然需求和现实功利目的，主体瞬间迸发的喜悦与激情源于精神的满足和心灵的震荡，而无关于当下个人的政治得失、经济利益。城市动态之美以人类社会日益发展的物质文明为基础，经济实力的增强、物质材料的丰富以及技术手段的提高，既是城市外在形态美历史演进的直接动因，也是社会成员城市审美意识由萌生到自觉的催化剂。城市居民的集体性参与是城市动态美构成的另一要件，来自不同阶层的市民通过各自富有身份特征的文化行为，共同造就了多样化的城市景观，以不同方式满足人们物质和精神的双重需求。那些欢乐与沸腾的场面无异于巨大的审美场，吸引和感染了四面八方的来者，并且影响着他们的审美心态。

（三）春闱放榜

从隋王朝开始推行的开科取士制度，不仅造就了一个不同以往的士人群体，同时也造就了京城的一道独特文化景观——春闱放榜。唐代科举大致分为常科和制举两类：前者亦称常举或贡举，是面向社会、常年定期举行的分科考试，通过考试则获得入仕身份；后者亦称制科，由天子临时下诏分科考试，具有举选合一的性质。唐代的常举大多在京城长安举行，若因政治或自然灾害的原因，也会在东都洛阳设考场①。考试结果最终以放榜唱第的形式向考生和社会公布，放榜时间通常在春二月，故称为春榜。放榜后及第举子还须参加一系列庆贺活动，如谢恩、期集、曲江亭宴和慈恩塔题名等，对此，王定保《唐摭言》有比较具体的叙述。

春闱放榜，无论对朝廷抑或中举者本人都是值得庆贺的大事，围绕放榜展开的一系列富有喜庆色彩的活动吸引了成千上万市民前往观赏，于是，放榜观榜又构成京城的一道独特景观。不少诗人对此给予了艺术表现：

礼闱新榜动长安，九陌人人走马看。一日声名遍天下，满城桃李属春官。
自吟白雪诠词赋，指示青云借羽翰。借问至公谁印可，支郎天眼定中观。
——刘禹锡《宣上人远寄和礼部王侍郎放榜后诗，因而继和》

及第新春选胜游，杏园初宴曲江头。紫毫粉壁题仙籍，柳色箫声拂御楼。
霁景露光明远岸，晚空山翠坠芳洲。归时不省花间醉，绮陌香车似水流。
——刘沧《及第后宴曲江》

吾唐取士最堪夸，仙榜标名出曙霞。白马嘶风三十辔，朱门秉烛一千家。
郄诜联臂升天路，宣圣飞章奏日华。岁岁人人来不得，曲江烟水杏园花。
——黄滔《放榜日》

喧喧车马欲朝天，人探东堂榜已悬。万里便随金鹙鹭，三台仍借玉连钱。
花浮酒影彤霞烂，日照衫光瑞色鲜。十二街前楼阁上，卷帘谁不看神仙。
——徐夤《放榜日》

① 详见俞钢：《唐代文言小说与科举制度》，上海古籍出版社2004年版，第77页。

街鼓动，禁城开，天上探人回。凤衔金榜出云来，平地一声雷。
莺已迁，龙已化，一夜满城车马。家家楼上簇神仙，争看鹤冲天。
——韦庄《喜迁莺》

刘禹锡（772—842），贞元九年（793）登进士第，又登吏部取士科。刘沧（生卒年不详），初，屡应进士举不第，大中八年（854）登进士第，授华原尉。黄滔（生卒年不详），咸通末即应试，久不第，昭宗乾宁二年（895），擢进士第，授校书。徐夤（生卒年不详），乾宁元年（894）登进士第。韦庄（836—910），乾宁元年（894），登进士第，任校书郎。他们最终都成为科举考试的幸运儿，放榜日的经历对他们而言可谓刻骨铭心，终生难忘。上述诗歌取景选自不同角度，描绘的无不是创作主体印象最为深刻的一幕，置身其中的近距离观照，使每一首诗展现的场景不但传递着强烈的现场气氛，而且呈现出难以抹去的心理痕迹。从“街鼓动，禁城开”到“凤衔金榜出云来”，从“骅骝一百三十蹄，踏破蓬莱五云地”到“及第新春选胜游，杏园初宴曲江头”，放榜日的重要环节被一一摄下。其时，倾城出动的热闹场景更为诗人所津津乐道：“礼闱新榜动长安，九陌人人走马看”，“白马嘶风三十辔，朱门秉烛一千家”，“十二街前楼阁上，卷帘谁不看神仙”，“家家楼上簇神仙，争看鹤冲天”，由此观之，春闱放榜已成为全城市民共同的盛典，而不仅仅属于登第举子。根据这些描写，读者可以比较完整地还原那个倾动京城的历史场面。

尤其值得一提的是，韦庄《喜迁莺》属于长短句，这表明自晚唐五代起作家开始选用词体来表现都市生活。

（四）都市百戏

百戏是古代各种艺伎的总称①，可分为歌舞、杂技两大类。百戏是中华民族所喜闻乐见的娱乐活动，它起源于民间，城市为其存在和发展提供了广阔空间。城市尤其是大都市能够吸纳和培养大批不同类型的、以卖艺为生的特殊人才，城市居民的娱乐消费则为演艺人员提供了比较稳定的经济来源。百戏表演者赖以谋生的各种演艺活动极大地丰富了市民的业余生活，他们令人赏心悦目的高超演技不可避免地引起了文学家的浓厚兴趣。早在南北朝时期，都市百戏就已经进入文学创作领域，著名诗人徐陵乐府诗《洛阳道》描写都市景色云：“绿

① （唐）魏征等：《隋书·音乐志下》云：“始齐武平中，有鱼龙烂漫、俳优、朱儒、山车、巨象、拔井、种瓜、杀马、剥驴等，奇怪异端，百有余物，名为百戏。”中华书局1974年版。

柳三春暗，红尘百戏多”，赞赏之意溢于言表。隋炀帝时京都出现过百戏汇演的空前盛况，著名诗人薛道衡《和许给事善心戏场转韵诗》描绘当时的场面是：“万方皆集会，百戏尽来前。临衢车不绝，夹道阁相连。”有唐一代，百戏表演艺术水平达到了一个新的历史高度，出现了一批技艺高超的演员和惊险刺激的节目，成为市民追捧与诗人津津乐道的对象。

观赏百戏是李唐皇室和上层官僚娱乐生活的重要内容之一，逢年过节常集体观看，故奉和应制、游宴节庆等题材的诗歌多涉及这方面的描写，兹举不同时代数首作品如下：

瑶台凉景荐，银阙秋阴遍。百戏骋鱼龙，千门壮宫殿。

——杨炯《奉和上元酺宴应诏》

乐游光地选，酺饮庆天从。座密千官盛，场开百戏容。

——苏颋《奉和恩赐乐游园宴应制》

皇舆久西幸，留镇在东京。合宴千官入，分曹百戏呈。

——张说《东都酺宴》

鸣銮通禁苑，别馆绕芳洲。鹓鹭千官列，鱼龙百戏浮。

——崔国辅《奉和圣制上巳祓禊应制》

鸳鸯楼下万花新，翡翠宫前百戏陈。夭矫翔龙衔火树，飞来瑞凤散芳春。

——陈去疾《踏歌行》

三月金明柳絮飞，岸花堤草弄春时。楼船百戏催宣赐，御辇今年不上池。

——花蕊夫人《宫词》

不难看出，宫廷里的百戏演出规模相当可观，观看人数众多，现场气氛热烈。诗人身临其境，感受真切，简洁的描述中洋溢着喜悦与兴奋。此类诗歌较有特色的当属刘晏的《咏王大娘戴竿》，诗云：

楼前百戏竞争新，唯有长竿妙入神。谁谓绮罗番有力，犹自嫌轻更著人。

刘晏（715—780），字士安，曹州南华（今山东东明县）人。年七岁，举神童。玄宗封泰山，晏始八岁，献颂行在，帝奇其幼，命宰相张说试之，张说赞曰：“国瑞也。”即授太子正字。生平行迹详见新、旧《唐书》本传①。关于此诗写作背景，据《明皇杂录》载：上御勤政楼，大张乐，罗列百技。时教坊有王大娘者，戴百尺竿，竿上施木山，状瀛洲方丈，令小儿持绛节出入于其间，歌舞不辍。时晏以神

① 关于刘晏享年，《旧唐书》本传为六十六岁，《新唐书》本传为六十五岁，今从《新唐书》所载。

童为秘书正字，方十岁。帝召之，贵妃置之膝上，为施粉黛，与之巾栉，令咏王大娘戴竿。晏应声而作。因命牙笏及黄纹袍赐之。刘晏与众不同之处在于始终围绕表演本身吟咏，层层推进，重点突出王大娘举重若轻的神奇技艺，而无歌功颂德之语，由此可见少年的纯真与神童的才能。

中唐诗人王建的《寻橦歌》描写都市女艺人的精彩表演，尤其值得称道，近观写照对于现场还原的特殊效果，在这首诗里得到了非常充分的体现：

> 人间百戏皆可学，寻橦不比诸余乐。重梳短髻下金钿，红帽青巾各一边。
> 身轻足捷胜男子，绕竿四面争先缘。习多倚附欹竿滑，上下蹁跹皆著袜。
> 翻身垂颈欲落地，却住把腰初似歇。大竿百夫擎不起，袅袅半在青云里。
> 纤腰女儿不动容，戴行直舞一曲终。回头但觉人眼见，矜难恐畏天无风。
> 险中更险何曾失，山鼠悬头猿挂膝。小垂一手当舞盘，斜惨双蛾看落日。
> 斯须改变曲解新，贵欲欢他平地人。散时满面生颜色，行步依前无气力。

寻橦，杂伎名。橦，竿木，缘竿演技，为寻橦。寻橦起源很早，东汉张衡《西京赋》铺写长安城的繁华，有“临迥望之广场，程角抵之妙戏。乌获扛鼎，都卢寻橦”之句，20世纪在河南新野出土的汉画砖“戏车”上，也有表演寻橦杂伎的画面。根据王建的描写推测，寻橦与戴竿属于同一类节目，艺人们围绕高耸入云的大竿上下攀飞，难度极大，惊险刺激。王建通过描写演员的穿着打扮以说明其性别，进而运用夸张、比喻等修辞手法突出大竿之高、动作之险。从攀竿、下滑、翻身、垂颈，到悬头、挂膝、垂手、看日，可谓精彩纷呈，表演的全过程在诗人笔下得到了生动形象的展现，对于演员目光、面色的描写，使现场感更加强烈。

在唐代诗人近距离观照的视野中，城市生活成为文学表现的重要题材，这正是城市文学区别于乡村文学的另一个显著特征。丰富多彩的城市生活是构成城市文化的最活跃的元素，城市经济的发展水平，城市居民的生存状态，世俗风尚的制导机制，共同决定了市民生活的外部形态和内在意蕴。受制于当时中国城市发展水平以及思想文化传统，进入城市的唐代诗人尚未与城市真正融为一体，不过，这并不妨碍他们切身感受市井生活的喧嚣与繁杂，不影响他们直接参与其中的消费与娱乐。市井氛围与都市时尚在迅速有效地改变个体作家生活方式的同时，也深刻地影响着其审美情趣和创作取向。诗人以个人生活为中心，根据自己的熟悉程度和参与程度，选择性展开对城市生活的艺术观照。艺术效果与远望和俯瞰时的大笔勾勒有所不同，近观城市，对象暂时从整体中剥离出来，场面更具体，细节被放大，现场感比较强烈。

(五)城中人物

唐代诗人呈现的都市生活画面上,形形色色人物的身影占据了十分重要的位置,有了他们的存在,都市生活变得更加丰富多彩,耐人寻味。以城市为空间背景,唐代诗人描绘了自己所熟悉或感兴趣的各类人物,包括常住居民和匆匆过客,入城农民的形象第一次出现在中国文学的人物画廊之中,这是他们对中国文学发展做出的重要贡献。

唐诗里的“城市人”五方杂处,身份各异,分属不同阶层,来自不同地方。其中既有皇帝王侯、贵族公子、富商巨贾、皇宫禁卫、各级官吏,也有普通百姓平民人家,如酒肆招待、梨园弟子、杂耍艺人、青楼妓女、卖药僧人、占卜术士、市井酒徒等;以汉族人为多,也时见少数民族成员,例如当垆沽酒的胡姬、善于旋舞的胡女;长住人员之外,还有城市过客,王维《少年行》中那位“系马高楼垂柳边”的豪情男儿,以及薛逢《侠少年》中“绿眼胡鹰踏锦鞲,五花骢马白貂裘。往来三市无人识,倒把金鞭上酒楼”的翩翩少年均是都市游侠。元稹《酬乐天登乐游园见忆》云:“长安隘朝市,百道走埃尘。轩车随对列,骨肉非本亲。”形象地揭示出城市居民的异质性构成。

对于出现在城市中的各类人物,唐代诗人往往能够抓住其具有代表性的行为特征进行刻画,用笔不多,却能传神写照,杜甫的写作颇具代表性。《饮中八仙歌》以长安城为空间背景,歌咏八位饮中高人,使用特写手法突出人物的气质风貌,汝阳王“道逢麹车口流涎”,李白“天子呼来不上船”,张旭“脱帽露顶王公前”,这些描写与表现对象的都市生活环境十分吻合,同时又准确、形象地表现出人物的性格特点。杜甫的另一名篇《丽人行》,讽刺批判丞相杨国忠兄妹的骄奢淫逸,全诗以长安上巳节为时空背景展开艺术描写,主要围绕“丽人”取景,她们出游时的豪华服饰、用餐时的精美器皿、珍贵菜肴,盛大排场,被一一摄入画面之中,构成一幅权贵挥霍享乐图,十分典型地揭示出聚集在京城内的贵族阶层奢侈腐朽的生活状况,批判之意溢于言表。《观公孙大娘弟子舞剑器行》开篇八句,赞美著名教坊艺人公孙大娘的高超舞技,“㸌如羿射九日落,矫如群帝骖龙翔。来如雷霆收震怒,罢如江海凝清光”,一连四个比喻从不同角度形容公孙大娘绝妙的舞姿和不凡的身手,令人过目难忘。

生活在京城一隅——皇宫大内之中的嫔妃宫女是一个特殊群体,她们是京城的常住人口,却极少在公共场所露面。在中国古代,不合理的社会制度使男权统治者的个人欲望无限膨胀,大批年轻美貌的女性因此被圈进与世隔绝的深宫，沦为他们的奴隶，在失去人身自由以及女性应该拥有的性爱权力的同时，无奈地卷入性嫉妒的残酷争斗之中。这种现象自古有之，隋唐两朝愈演愈烈，隋炀帝广建行宫，"九区之内，鸾和岁动，从行宫掖，常十万人"（《隋书·食货志》），行宫内留置大量宫女。唐玄宗"开元、天宝中，宫嫔大率至四万"。（《新唐书·宦者传上》）无数年轻女性的青春被荒废，幸福被毁灭。后宫问题的严重性使那些目光敏锐的官僚士大夫产生强烈的道德焦虑，他们纷纷通过文学创作的方式表达自己对现实问题的关注和干预。表现后宫女性的不幸生活与痛苦心理，不仅为唐诗常见题材，也是唐代宫廷文学的重要组成部分。仅《全唐诗》录入的以"长门怨"、"长信怨"、"婕妤怨"、"宫怨"、"玉阶怨"为题的作品就多达数十首，其中既有模仿之作，也不乏内容深刻、情感真挚、描写独到、形象鲜明、现实针对性强的优秀诗篇。例如王昌龄的《长信秋词》其三（奉扫平明金殿开），通过"玉颜不及寒鸦色"的对比结果，形象地揭示了宫女命运的可悲；李白的《玉阶怨》通篇无一"怨"字，望幸宫女的无限哀怨之情已从独立空庭、却帘望月的举止中自然流露出来；白居易新乐府诗《上阳白发人》描写一位终身被禁锢的老宫女的悲惨晚景，诗人刻意描绘人物过时的装扮，构成反讽的艺术效果，使人物形象十分丰满。元稹的五绝《行宫》，运用平常语言，表达沉重主题，满头白发的老宫女"闲坐说玄宗"，看似客观的叙述中蕴含着震撼人心的酸楚与悲哀。元、白二人之诗直接针对现实问题展开艺术描写，社会批判性尤其强烈。

较之魏晋南北朝诗歌，出现于唐诗中的都市妓女形象数量明显增多。毋庸讳言，其中有相当数量的观妓、赠妓诗，继续沿袭宫体模式，内容与形式均缺少创新性，诗人以居高临下之势，津津乐道于妓女的容貌装束与歌声舞姿，如宋之问《广州朱长史座观妓》、刘长卿《扬州雨中张十宅观妓》（《全唐诗》卷一百九十七入张谓诗）、徐铉《月真歌》（"扬州胜地多丽人，其间丽者名月真"）、王勃的《益州城西张超亭观妓》等。此时，看客的身份妨碍诗人进行深度观察和体验，即使与观赏对象实现了物理空间的近距离接触，也绝无情感碰撞的可能，走进对方心灵世界更无从谈起。当然，尚有部分诗人能够在近距离观察中，部分了解到妓女的真实生活状况以及痛苦的内心世界，在此基础上，塑造出具有一定鲜活生命体征的人物形象，实现了对前朝同类人物形象的突破。兹举两首不同体裁的作品简析之：

愁脸无红衣满尘，万家门户不容身。曾将一笑君前去，误杀几多回顾人。

——长孙佐辅《伤故人歌妓》

长孙佐辅，德宗时人。此诗题目足以表明文本内容的现实性。面对一位失去主人、落魄窘困、走投无路的家妓，诗人不由得回忆起她当年的妩媚迷人、风光得宠。对比手法的成功运用，突出了妓女社会地位的低下和以色事人的悲哀。

著名诗人刘禹锡的《泰娘歌》堪称一首描写妓女悲剧人生的优秀作品。据诗前小序（即“引”）所述，泰娘本韦尚书家歌姬，能歌善舞，颇得主人欢心，名字往往见称于贵游之间。元和初，尚书薨于洛阳，泰娘出居民间。后为蕲州刺史张愻所得，张愻坐事谪居武陵郡，泰娘随之。愻卒，泰娘无所归，地荒且远，无有能知其容与艺者，故日抱乐器而哭，其音焦杀以悲。诗人的创作激情源于现实生活事件的刺激，他遵循写实的原则，按照时间先后顺序叙述泰娘的悲剧故事。刘禹锡选取了人物亲身经历过的四个重要场景，即“泰娘家本阊门西，门前绿水环金堤”、“从郎西入帝城中，贵游簪组香帘栊”、“洛阳旧宅生草莱，杜陵萧萧松柏哀”以及“山城少人江水碧，断雁哀猿风雨夕”，通过空间背景的不断移动和变化，清晰而完整地再现了泰娘这位寄身于城市的歌妓大喜大悲、充满变故的一生。

缺席于魏晋南北朝诗歌中的商人形象，开始现身于唐诗人物画廊。随着城市商业经济不断发展，唐代文人与商人的接触和交往日益频繁，对商人的印象亦日渐明晰，开放的时代文化氛围赋予文人作家开放的文化视野，他们开始将身边的各类商贾纳入观照视野，根据个人的现实感受与价值标准，采用不同视角表现商人形象。有人投去了欣赏的目光，例如李白《金陵酒肆留别》开篇云：“风吹柳花满店香，吴姬压酒唤客尝”，寥寥数语，一位勤劳、热情的酒肆女主人形象便跃然纸上。又如陆龟蒙《奉和袭美酒中十咏·酒垆》以成都为背景，描写卖酒女的经营行为：“锦里多佳人，当垆自沽酒。高低过反坫，大小随圆瓿。数钱红烛下，涤器春江口。若得奉君欢，十千求一斗。”与李白有所不同，陆龟蒙镜头锁定的不是某一位特定对象，而是一类人物的代表。酒垆的女主人公脱胎于卓文君，又区别于卓文君，她勤快且具有经济头脑，一位女性小商贩的外在风貌被粗线条勾勒出来。诗人的欣赏态度决定了文本轻松的基调。

不过，受“商贾末业”、“贾雄伤农”、“重义轻利”等传统思想的影响，也因中国早期商人唯利是图的现实表现，更多的诗人对商人表现出鲜明的批判态度，诸如“商人重利轻别离”（白居易《琵琶行》）、“贾客无定游，所游惟利并”（刘禹锡《贾客词》）之类表达，完全可以视为他们的共识。其中，有两首以长安为背景刻画商人形象的作品，作者态度的差异值得关注。

豪家沽酒长安陌，一旦起楼高百尺。碧疏玲珑含春风，银题彩帜邀上客。
回瞻丹凤阙，直视乐游苑。四方称赏名已高，五陵车马无近远。
晴景悠扬三月天，桃花飘俎柳垂筵。繁丝急管一时合，他垆邻肆何寂然。
主人无厌且专利，百斛须臾一壶费。初醲后薄为大偷，饮者知名不知味。
深门潜酝客来稀，终岁醇醲味不移。长安酒徒空扰扰，路傍过去那得知。

——韦应物《酒肆行》

经游天下遍，却到长安城。城中东西市，闻客次第迎。
迎客兼说客，多财为势倾。客心本明黠，闻语心已惊。
先问十常侍，次求百公卿。侯家与主第，点缀无不精。
归来始安坐，富与王者勍。市卒酒肉臭，县胥家舍成。
岂唯绝言语，奔走极使令。
……

——元稹《估客乐》

韦应物旗帜鲜明地将批判矛头直指为富不仁的商人。诗中酒肆既得长安城郊地利之便，又因建筑宏大，装饰豪华，名声远播，而拥有无限商机，却因富豪主人贪得无厌，牟取暴利，最终导致“深门潜酝客来稀”的可悲结局。酒肆由盛而衰的历史构成了对商人见利忘义品行的无情讽刺。相比之下，元稹的态度则显得较为复杂。诗中在谴责商人为谋利而欺骗村妇的行为之后，又如实描写了他们经游天下、四处奔波的辛苦，还对其长安经历也给予了耐人寻味的艺术表现。追逐商业利润的估客在长安城里东拜西求，殷勤奔走，实乃“多财为势倾”的形象诠释，为了最大限度地实现自己的经济利益，他们必须结交京城内大大小小的权贵。中国早期商人经营环境的恶劣，以及政治权力对商业经济的控制与挤压，由此可窥一斑。

进城农夫不属于城市居民，后者的各种物资生活需求，使他们的身影出现在城中各个市场之内。李唐一代，尤其中唐以后，农民的生存困境引起了众多文人士大夫良心的不安，伤农诗、悯农诗不断涌现，在他们关注的视线中不仅有耕作于田间的农夫，也包括进城农民。通过描写农民入城以后的切身感受与不幸遭遇，从而揭示出客观存在的城乡冲突，此为唐代诗人超越前人之处，白居易堪称个中杰出代表。

一向关心民生疾苦的白居易，所作讽喻诗一百七十余首，以针砭时弊、揭露罪恶为主旨，其中《新乐府》组诗中有《买花》一首，通过描写京城富贵人家选购牡丹花的场景，揭露和讽刺了奢侈享乐、贫富不均的社会现象，诗云：

帝城春欲暮，喧喧车马度。共道牡丹时，相随买花去。
贵贱无常价，酬直看花数。灼灼百朵红，戋戋五束素。
上张幄幕庇，旁织笆篱护。水洒复泥封，移来色如故。
家家习为俗，人人迷不悟。有一田舍翁，偶来买花处。
低头独长叹，此叹无人喻：一丛深色花，十户中人赋！

白居易的过人之处，在于他能够关注一位被其他“城市人”完全忽视的“田舍翁”，不失时机地推出“低头独长叹”这一特写镜头，借老农之感叹引入城乡对比，抒发自己的愤懑与不平。花市之行，白居易尚未与老农实现零距离接触，不过，认真倾听的姿态已使他初步走进对方的心灵世界。《卖炭翁》是白居易的另一首传世名篇，为《新乐府》组诗第三十二首，关于创作主旨，诗人自注云：“苦宫市也。”《旧唐书·外戚传》云：“宫中选内官买物于市，倚势强买，物不充价，人畏而避之，呼为‘宫市’。”白居易特意点明故事发生的地点为市南门外，耐人寻味。卖炭翁在南山中辛苦劳作一年，希望在长安城里实现劳动价值，不料所获劳动成果于入城不久即被掠夺，全部希望顷刻间化为泡影。这样的艺术处理，直接暴露和鞭挞了统治者掠夺劳动者的罪行，客观上则显示了农民在城市中所处的被剥削地位。

三、沉潜与体验：五味杂陈的个体生命

古代城市象征的政治权力与拥有的物资财富，吸引大批文人士子蜂拥而至。当城市为他们开启通往另一世界的大门后，给予其强烈刺激的，除了高楼甲宅、通衢大道、美女贵妇、珠玉金银、花天酒地之外，还有复杂的人际关系、残酷的官场斗争以及相对快速的生活节奏。在这里，他们可以播种希望，释放激情，享受天堂般的快乐，也可能历尽艰辛，品尝痛苦，走向绝望的深渊。多元结构的城市文化有助于多样化城市文学主题的形成，复杂的生命体验孕育出多彩的艺术写照。如果说诗人置身山水田园时心态更多地趋于平和与宁静的话，那么他们走进城市之后则必须面对五味俱全的悲喜人生，城市犹如一面镜子，以独特的方式映照出唐代诗人的心路历程。由于诗人书写的多是切身体验，故其笔下的形象和场景带有鲜活的生命体征。

（一）长安看花的快意

长安作为李唐王朝的京城，政治权力的中心，是无数文人梦寐以求、心驰神

往的地方，一批又一批士子满怀希望，不辞辛劳地奔向此地。“何当遂荣擢，归及柳条新”（孟浩然《长安早春》），“二十解书剑，西游长安城。举头望君门，屈指取公卿”（高适《别韦参军》），他们所表达的诗正是初入长安者的共同志向。中国古代文人深受儒家文化影响，大多把建功立业作为人生首要选择，在官本位思想支配下，普遍将读书—做官作为实现人生理想、证明自我价值的第一或者唯一的途径。对每一个体成员而言，欲实现由士而仕的转换，前提是必须得到最高统治集团的承认与任用。换言之，只有被长安接纳，才拥有了实现理想的基本条件。他们十年寒窗、呕心沥血、勤学苦吟、不远千里、赴京赶考，为的就是金榜题名，官袍加身。有朝一日，苦尽甘来，梦想成真，“十年辛苦一枝桂，二月艳阳千树花”（伊璠《及第后寄梁烛处士》）。“金榜高悬当玉阙，锦衣即著到家林”（李旭《及第后呈朝中知己》）。多年的不懈努力终于获得回报，于是，长安看花，高歌痛饮，成为新及第者最常见的庆贺方式，综观《全唐诗》所录数十首内容涉及及第、登科的诗篇，“世间得意是春风”（许浑《及第后春情》）的快意与自得是诗人们集中抒写的情感。

中唐著名诗人孟郊（751—814），字东野，湖州武康（今浙江清德）人。早年屡举进士不第，先后客游河南、邠宁等地。贞元十四年（798），终于知天命之年及进士第，遂作《登科后》：“昔日龌龊不足夸，今朝放荡思无涯。春风得意马蹄疾，一日看尽长安花。”① 毫不掩饰自己的得意之情。此后，“长安看花”便成为士子科举成功、人生得意的形象写照②。

在崇尚中和、讲究节制、欣赏含蓄蕴藉的传统诗学背景下，《登科后》的内容以及表达方式招致后人不少非议，宋人葛立方所谓“放荡天涯，哦诗夸咏，非能自持者，其不至远大，宜哉！”③ 堪称代表。此类批评显然带有文化偏见。且不言孟郊的高调吟唱，旨在释放郁积内心多年的感伤与痛苦，是一种自我调节的有效方式，其合理性不言而喻。问题还在于这绝非个别现象，从唐代其他诗人的同类作品中，读者能够看到类似的情感表达。元和十一年（816）登进士第的漳

① （唐）孟郊撰，华忱之校订：《孟东野诗集》，人民文学出版社1959年版，第55页。

② （宋）文天祥《宴湖南董提举致语》云：“同看长安花，共听衡阳雁。”（《文山集》卷十七）（元）陈栎《黄求心贺先生发解启》云：“乘秋月而跨飞蟾，高折广寒桂；趁春风而骤健马，饱看长安花。”（《定宇集》卷十七）（明）孙绪《杨师文骢马行春图》云：“昔年曾看长安花，宫袍昼锦明乌纱。”（《沙溪集》卷十八）

③ （宋）葛立方：《韵语阳秋》卷十八，（清）何文焕辑：《历代诗话》，中华书局1981年版，第633页。

州人周匡物，所作《及第谣》，同样不加掩饰地表现了成功的喜悦与得意的狂放：

水国寒消春日长，燕莺催促花枝忙。风吹金榜落凡世，三十三人名字香。
遥望龙墀新得意，九天敕下多狂醉。骅骝一百三十蹄，踏破蓬莱五云地。
物经千载出尘埃，从此便为天下瑞。

这里展示的是一幅经过放大的“长安看花”图，其中激荡着诗人难以遏制、也无意遏制的情感狂潮。九天“多狂醉”的感觉实为诗人“狂醉”心态的具体表现。无独有偶，与周匡物同年及第的著名诗人姚合，在《及第后夜中书事》中也用“喜过还疑梦，狂来不似儒”十字，形容自己当时的心情和表现，表述虽然简洁，涵义则异常丰富。姚合出身名门，乃名相姚崇曾侄孙，以善诗闻名于当时，诗风以清奇雅正为主，所作五律有含蕴不尽之妙。如此风雅之士，及第后尚且“狂来不似儒”，足见科举的成功在古代士子生命里的重要意义。

唐代诗人以不拘一格的方式来表达及第后的欣喜与得意。白居易于贞元十六年（800）登进士第，所作《及第后归觐，留别诸同年》诗，属于另一类风格：

十年常苦学，一上谬成名。擢第未为贵，贺亲方始荣。
时辈六七人，送我出帝城。轩车动行色，丝管举离声。
得意减别恨，半酣轻远程。翩翩马蹄疾，春日归乡情。

不见欣喜若狂的身影，倒有“擢第未为贵”的自谦，不过，光宗耀祖的巨大成就感仍然无法掩饰。得意之情冲淡了离别的感伤，消解了远行的畏难之意，翩翩马蹄衬托出报喜者的似箭归心。宋人黄徹评词诗云：“乐天及第后，归觐留别同年云：‘擢第未为贵，拜亲方始荣。’此毛义得檄而喜之意也。”① 是为中肯之语。

“长安看花”意味身份的蜕变，“北溟今日化穷鳞”（卢肇《及第送潘图归宜春》）的全新体验使新及第者自信心倍增，他们的张扬和高调，目的之一还在于修复昔日被损害的公众形象，一吐心中郁积多时的不平之气，中唐诗人章孝标的表现具有典型性。章孝标，生卒年不详，字道正，钱塘（今浙江杭州）人，与白居易、元稹、李绅、杨巨源、朱庆馀等人相互交往唱和。元和十四年（819），登进士第，兴奋难抑，作《及第后寄李绅》，真实地披露了当时急于炫耀的心态：

及第全胜十政官，金鞍镀了出长安。马头渐入扬州郭，为报时人洗眼看。

从末句七字推知，章孝标仕进之途并不顺畅，可能遭受到世人的嘲笑和白眼，失败的耻痛感刻骨铭心，故一朝登第，立即以成功者面貌示人，迫不及待要挽回名

① （宋）黄徹：《巩溪诗话》卷七，丁福保辑：《历代诗话续编》，中华书局 1983 年版，第 382 页。

声，彻底改变世人心目中失败者的形象。李绅深知孝标用心，作《答章孝标》诗劝曰："假金只用真金镀，若是真金不镀金。十载长安得一第，何须空腹用高心。"言长安登第，已现真金本色，故不需刻意张扬。

（二）应试落第的悲哀

进京赶考的士子将自己在长安的境遇作为人生是否成功的衡量标准。事实上，长安不可能向每一个进入者都敞开怀抱，由于天下精英聚集京师，人才市场供大于求，失败落选的状况实难避免。虽然那些有门荫者、有靠山者和部分有才华者能够如愿以偿，被长安接纳，他们走马京城道，观花长安街，身立于庙堂之上，步随于龙辇之后，何等惬意，何等威风！但是更多的人不可避免地遭到了长安的拒绝，在经历了人生最为沉重的打击后，落第士子的牢骚与不平、羞愧与耻辱，构成了唐代诗歌的重要内容。

孟浩然于开元十六年（728）40岁时游京师，应进士不第，开元二十二年（734）再上长安求仕未果返乡。以布衣终老的孟浩然，给人以"红颜弃冠冕，白首卧云松"（李白《赠孟浩然》）的隐士高人印象，其实，他对出仕充满渴望，对仕途失利深感痛苦，曾在多种场合通过诗歌创作书写心中的感伤与不平，其中影响最大的是他离开长安前所作《岁暮归南山》[①]：

北阙休上书，南山归敝庐。不才明主弃，多病故人疏。

白发催年老，青阳逼岁除。永怀愁不寐，松月夜窗虚。

关于此诗的创作背景，五代王定保《唐摭言》有一段充满戏剧性的描述文字，谓此诗乃奉召而作，"不才明主弃"五字惹恼玄宗，"因命放归南山"。此说虽有虚构之嫌[②]，不过，孟浩然不为所用的遭遇的确与弃臣无异，有此牢骚不足为怪，他在《留别王侍御维》诗表达了同样的感情："当路谁相假？知音世所稀。"毫不掩饰埋怨与失望的态度。

杜甫早年雄心勃勃赴京参加科考，"自谓颇挺出，立登要路津"（《奉赠韦左丞丈二十二韵》），不料前后两次失利。仕进无由，对杜甫而言，意味着失去了施展政治才能、证明个人价值的机遇，同时也失去了在长安继续生存的条件。为求生存和发展，他只得靦颜干谒，分别向尚书左丞韦济、京兆尹鲜于仲通、太

① 关于此诗的写作时间有第一次离开长安和第二次离开长安两说。傅经顺、崔闽认为作于开元十六年（728）（《唐诗鉴赏辞典》，上海辞书出版社1983年版，第94页）；佟培基认为作于开元二十二年（734）（《孟浩然诗集笺注·前言》，上海古籍出版社2000年版，第1页）。

② 杨世明认为"事情当然纯属虚构"。《唐诗史》，重庆出版社1996年版，第130页。

常张垍、陇右节度副大使哥舒翰等投诗请求援引，又先后作《三大礼赋》、《封西岳赋》、《雕赋》，自荐于上，然均无成效。其间，杜甫深切地感受到世态炎凉和人情冷暖，他在《奉赠韦左丞丈二十二韵》里这样描述自己的落魄与屈辱：

骑驴三十载，旅食京华春。朝扣富儿门，暮随肥马尘。
残杯与冷炙，到处潜悲辛。主上顷见征，欻然欲求伸。
青冥却垂翅，蹭蹬无纵鳞。……

误身受辱，穷愁潦倒，满腹辛酸，一腔哀怨，统统化为沉痛的叙说。“朝扣富儿门”两句，读之令人鼻酸。如果说杜甫的倾诉以沉雄见长的话，那么孟郊的相关描写则充分体现出肆意苦吟的特色。孟郊早年屡举进士而不第，正可谓“两度长安陌，空将泪见花”（《再下第》），“家家朱门开，得见不可入”（《长安道》）。他多次披露自己当时的狼狈状况与无助心态，例如：

十日一理发，每梳飞旅尘。三旬九过饮，每食唯旧贫。
万物皆及时，独余不觉春。失名谁肯访，得意争相亲。

——《长安羁旅行》

尽说青云路，有足皆可至。我马亦四蹄，出门似无地。
玉京十二楼，峨峨倚青翠。下有千朱门，何门荐孤士。

——《长安旅情》

身心交瘁，万念俱灰，狼狈可怜，满腹哀伤，不吐不快，凄清幽怨，令人恻然。只因经历了如此的摧残和磨难，年过半百的孟郊才会于及第后纵情高唱“一日看尽长安花”。上引诗中抒发的极度悲哀与痛苦，已不仅仅属于个人体验，它汇入唐代落第士子的痛苦吟唱之中，谱就失意者的共同哀歌：

客里愁多不记春，闻莺始叹柳条新。年年下第东归去，羞见长安旧主人。

——豆卢复《落第归乡留别长安主人》

花繁柳暗九门深，对饮悲歌泪满襟。数日莺花皆落羽，一回春至一伤心。

——钱起《长安落第》

落羽羞言命，逢人强破颜。交疏贫病里，身老是非间。

——卢纶《落第后归终南别业》

蓬荜春风起，开帘却自悲。如何飘梗处，又到采兰时。

——李端《下第上薛侍郎》

穷途别故人，京洛泣风尘。在世即应老，他乡又欲春。

——马戴《下第别郜扶》

下第只空囊，如何住帝乡。杏园啼百舌，谁醉在花傍？
泪落故山远，病来春草长。知音逢岂易，孤棹负三湘。
——贾岛《下第》

我行三十载，青云路未达。尝闻读书者，所贵免征伐。
谁知失意时，痛于刃伤骨。身如石上草，根蒂浅难活。
——邵谒《下第有感》

进乏梯媒退又难，强随豪贵殢长安。风从昨夜吹银汉，泪拟何门落玉盘。
抛掷红尘应有恨，思量仙桂也无端。锦鳞赪尾平生事，却被闲人把钓竿。
——罗隐《西京崇德里居》

上引诗歌的作者都曾遭落第之重创，其中卢纶、马戴、贾岛、罗隐先后数举不第，反复遭受打击。抒发人生失意的无限伤痛，是此类诗歌的共同主题，苦闷、无助、失望则是其相同的情感旋律。贾岛《下第》诗中所言"杏园"乃唐代新第进士宴游之地。晚唐温庭筠《春日将欲东归寄新及第苗绅先辈》诗云："几年辛苦与君同，得丧悲欢尽是空。犹喜故人先折桂，自怜羁客尚飘蓬。三春月照千山道，十日花开一夜风。知有杏园无路入，马前惆怅满枝红。"语亦涉"杏园"，感伤情怀和表达方式与贾岛相类。

年年失望年年望，回回落榜回回考，这不是个别士子的心态与行为，杜荀鹤的《行次荥阳却寄诸弟》虽为赠弟之作，却道出了落第士子的共同心声：

难把归书说远情，奉亲多阙拙为兄。早知寸禄荣家晚，悔不深山共汝耕。
枕上算程关月落，帽前搜景岳云生。如今已作长安计，只得辛勤取一名。

杜荀鹤（846—904），字彦之，号九华山人，池州石埭（今安徽石台）人。初贫寒，读书九华山，累举进士不第。后归隐山中十五年。大顺二年（891）登进士第，世乱时危，复还旧山。"寸禄荣家"应是身处乱世的杜荀鹤进京赶考的主要动机，然而老而未第，所志不遂，遂陷入进退两难的处境，全诗以悲苦之调起，述说愧对亲人的自责，以无奈之语结，表达艰难前行的被动选择。"如今"两句透露出多数士子共同具有的一种悲壮的坚韧。

从盛唐至晚唐，落第士子的痛苦呻吟从未间断，城市文化的阴影笼罩着卑微的人格。长安可谓封建士人的炼狱，成功者升上天堂，失败者堕入深渊。

（三）都市生存的艰难

白居易初至长安时，名未振，谒顾况，顾况谑之曰："长安百物皆贵，居大不易。"顾况以戏谑之语道出了一个无情的事实。作为人类后起的聚落，城市的经济结构与生活方式迥异于乡村，传统中国高度发达的农业文化使其国民早已形成与之相适应的心理结构与行为习惯，对于每一位进入城市的“乡下人”来说，均有可能在物质、行为、心理各个层面上面临“居大不易”的挑战与困惑。

首先，经济的拮据、生活的贫困是入城士子倍感生存艰难的客观原因。中国古代城市尤其京城从来就是富人的天堂，出现于城市颂歌里的人物之所以多为王侯将相、达官贵妇，充满珠光宝气，闪烁金玉光辉，原因正在于此。隋唐推行科考选材制度以来，无以计数的贫困士子怀着“家贫早求禄”（李端《下第上薛侍郎》）的动机从四面八方奔赴京城长安，成为应试大军的主力。唐文宗太和八年（834）放榜，进士多贫士，有无名氏作《放榜诗》戏谑道：“乞儿还有大通年，三十三人碗杖全。薛庶准前骑瘦马，范鄴依旧盖番毡。”唐昭宗乾宁年间登进士第的徐夤，放榜日出游时需向人借来鞍马仆人（见其《放榜》诗自注），说明他并非富家子弟。入京赴选的贫士，普遍缺乏强大的物质后盾，如果不能尽早登第，获得官俸以糊口养家，较长时期寓居异乡，势必陷入严重的生存危机之中。

“大历十才子”之一的李端，生卒年不详，赵州（今河北赵县）人。大历五年（770）登进士第，授秘书校书郎。以病辞官，居终南山草堂寺。大历末，出为杭州司马。卒于建中、贞元之际。李端为诗工捷，多发清音古韵，其《长安感事呈卢纶》回忆了自己在长安度过的蹉跎岁月：

十五事文翰，大儿轻孔融。长裾游邸第，笑傲五侯中。
谏猎一朝寝，论边素未工。蹉跎潘鬓至，蹭蹬阮途穷。
贷布怜宁与，无金命未通。王陵固似戆，郭最遂非雄。
敛板辞群彦，回车访老农。咏诗怀洛下，送客忆山东。
沉病魂神浊，清斋思虑空。羸将卫玠比，冷共邺侯同。
草舍才遮雨，荆窗不碍风。梨教通子守，酒是远师供。
扪虱欣时泰，迎猫达岁丰。原门唯有席，井饮但加葱。
……

诗人自命不凡，自谓有雄才大略，只因“无金”而“命未通”。仕途不畅必然导致生存的艰难，“草舍”以下八句，从不同侧面描绘了诗人寓居长安时贫困的生活情景，形象地诠释了“居大不易”的内涵。

白居易在亲身体验了长安生活之后，真诚地告诫客居京城四十余月的朋友：“长安古来名利地，空手无金行路难。朝游九城陌，肥马轻车欺杀客。暮宿五侯门，残茶冷酒愁杀人”（《送张山人归嵩阳》），可谓肺腑之言。孟郊下第后的贫困生活，除了《长安羁旅行》给予了略带夸张性地描述外，《靖安寄居》所谓“渴饮浊清泉，饥食无名蔬。败菜不敢火，补衣亦写书”，则具有细节的真实性。贾岛自还俗赴京师应举，屡试不中，困守长安三十余年，穷愁潦倒之状即如姚合《寄贾岛》诗所描绘：“瓮头寒绝酒，灶额晓无烟。”浪仙自叹“下第只空囊，如何住帝乡”，实为发自肺腑的感慨。

其次，远离故乡、举目无亲的孤独感是入城士子产生生存危机的主观因素。中国古代文人士大夫的城市之行，是一条充满坎坷与艰难而前程莫测的个人奋斗之路，只身闯荡已成生存常态。置身陌生的生活环境，面对复杂的人际关系，紧张与不适是普遍的感受。洞察人情世故的韩愈曾告诫孟郊：“长安交游者，贫富各有徒。亲朋相过时，亦各有以娱。陋室有文史，高门有笙竽。何能辨荣悴，且欲分贤愚。”（《长安交游者赠孟郊》）诗中揭示的问题，每一位士子入城后都可能面临。仕途不畅，更觉知音难觅，久困城中，难免贫病交加，“行路难”的悲歌在这时唱得更响。在文学创作领域，他们以城市为空间背景，用凄苦之语，抒写游子望乡思亲的痛苦和身居闹市无人可语的苦闷，凸显都市生存的艰难。兹选录数首具有代表性的作品：

> 九重深锁禁城秋，月过南宫渐映楼。紫阳夜深槐露滴，碧空云尽火星流。
> 清风刻漏传三殿，甲第歌钟乐五侯。楚客病来乡思苦，寂寥灯下不胜愁。
>
> ——卢纶《长安疾后首秋夜即事》（一作陈羽诗）①

这首七律打破了律诗以联为单位起承转合的一般结构规律，前三联贯通描写长安秋夜景色，人文景观和自然景色，被一一纳入画面之中，在“甲第歌钟”的欢乐背景下，尾联推出另一幅充满凄苦的图画。点缀夜景的是他人的欢乐，自己品尝的却是思乡的苦涩，诗人与城市之间的无形隔膜，在鲜明对比中凸显出来。中唐另一位诗人于鹄《长安游》所谓“久卧长安春复秋，五侯长乐客长愁”，抒写的正是与卢纶相同的城市体验。

> 落莫谁家子，来感长安秋。壮年抱羁恨，梦泣生白头。
> 瘦马秣败草，雨沫飘寒沟。南宫古帘暗，湿景传签筹。
> 家山远千里，云脚天东头。忧眠枕剑匣，客帐梦封侯。
>
> ——李贺《崇义里滞雨》

① 诗有“楚客病来思乡苦”句，而卢纶为河中蒲（今山西永济）人，陈羽为吴（今江苏苏州）人，是否曾经寓居楚地已不可考，二人似乎均不具有“楚客”身份。姑系之于卢纶名下。

李贺（790—816），字长吉，陇西成纪（今甘肃秦安）人，唐宗室郑王裔孙。李贺家居福昌（今河南宜阳）昌谷。元和初游江南，后至洛阳，以诗谒韩愈，颇得赏誉。李贺的人生志向在于通过仕进之途，建功立业，勒石封侯，然以父讳晋肃，不得应进士举，为从九品奉礼郎，从此郁郁寡欢，忧思成疾。《崇义里滞雨》作于长安，绵绵不断的秋雨在隐喻的层面上昭示着诗人生存环境的恶劣，诗歌晦暗的画面对应的是他落寞的情怀。“家山”意象之所以出现在长安秋雨图中，源于诗人慰藉孤独心灵的渴求，“远千里”又分明显示了寻求安慰的失败。

霜轻两鬓欲相侵，愁绪无端不可寻。秦女红妆空觅伴，郢郎白雪少知音。
长亭古木春先老，太华青烟晚更深。独向灞陵东北望，一封书寄万重心。
——李频《长安寓居寄柏侍郎》

李频（？—876），字德新，睦州寿昌（今浙江建德）人。著名诗人姚合的女婿，大中八年（854）登进士第。《新唐书》有传。诗人自谓“愁绪无端不可寻”，其实，忧愁正来自缺少知音的孤独。寓居长安本是诗人的自愿选择，然而置身城内却向外眺望，构成了对自我选择的否定。留恋长安又不满长安，深刻的矛盾就这样统一在诗人身上。

二年寒食住京华，寓目春风万万家。金络马衔原上草，玉颜人折路傍花。
轩车竞出红尘合，冠盖争回白日斜。谁念都门两行泪，故园寥落在长沙。
——胡曾《寒食都门作》

胡曾（约840—？），字秋田，邵阳（今属湖南）人。举进士不第。他寓居京城时间不短，但始终缺乏归属之感，诗中“寓目”二字耐人寻味。都市的繁华与热闹仅仅是眼中之景，故园才是心灵的栖息之所。唐代诗人在述说自己的城市经历时，常用“寓居”、“客居”进行概括，自觉的“异乡客”意识影响他们融入城市的进程。孤独寂寞之感促使他们不断回望，而回望故乡必然带来痛苦的吟唱。

（四）坊曲冶游的风流

中国娼妓制度至唐而盛，日益繁荣的城市经济为娼妓业的发展提供了必要条件。其时，皇室有宫妓，达官贵人有家妓，军旅驻地有营妓，城市都会有官妓，茶楼酒肆有歌妓，各种类型的妓女齐备。唐朝政府无“宿娼”禁令，上自达官贵人，下至平民百姓，嫖娼狎妓不受任何社会约束。当时长安城内平康坊为妓女集中居住之地，京都侠少多萃集于此，每年新进士以红笺名纸游谒其中，时人谓此坊为风流薮泽。

唐文宗开成年间（836—840）登第的裴思谦，及第后作红笺名纸十数幅，至平康里宿焉。作《及第后宿平康里》(《全唐诗》卷五百四十二载)诗一首：

银缸斜背解鸣珰，小语偷声贺玉郎。从此不知兰麝贵，夜来新染桂枝香。

《全唐诗》卷八百二也录入此诗，题为平康妓《赠裴思谦》。无论作者是谁，诗中描绘的细节都符合“及第后宿平康里”的特定场景，“从此不知兰麝贵”两句，切实道出了及第新人的全新体验。

在社会风气的推动下，与妓女交往作为名士风流的表征，得到社会认可度越来越高，唐代不止一位诗人有过坊里艳游、青楼寻欢的风流韵事，对此，他们不无炫耀地给予了艺术表现，例如：

忆昔嬉游伴，多陪欢宴场。寓居同永乐，幽会共平康。
师子寻前曲，声儿出内坊。花深态奴宅，竹错得怜堂。
庭晚开红药，门闲荫绿杨。经过悉同巷，居处尽连墙。
……

——白居易《江南喜逢萧九彻，因话长安旧游，戏赠五十韵》

白居易自登科之年起，便开始了携友人坊里冶游的经历，对于昔日“幽会共平康”的一幕，多年之后仍然记忆犹新，津津乐道。元稹为白居易好友，二人也曾同游坊曲，对此，白居易《代书诗一百韵寄微之》有十分具体的描写。

不止长安，其他城市的妓院娼楼同样不难看到文人墨客的身影。陈羽《广陵秋夜对月即事》诗云：

霜落寒空月上楼，月中歌吹满扬州。相看醉舞倡楼月，不觉隋家陵树秋。

陈羽（约753—？），吴（今江苏苏州）人。贞元八年（792），登进士第。《广陵秋夜对月即事》写出了特定场景中的秋夜体验，霜降之夜却无深秋之感，关键在于扬州夜市的销魂魅力。遍地歌吹，娼楼醉舞，带给诗人无限的快意与满足，有效地抵御了浓浓秋意的侵袭，历史兴亡之痛也在瞬间消解。

唐代的扬州风月迷人，成为风流才子的向往之地，留下了众多文人墨客的足迹。杜牧在传世名篇《遣怀》诗里回忆了自己的扬州之行：

落魄江湖载酒行，楚腰纤细掌中轻。十年一觉扬州梦，赢得青楼薄幸名。

唐诗中“青楼”时常用以指代妓女丛烟花巷，李白《楼船观妓》“对舞青楼妓，双鬟白玉童”即此意。唐代扬州经济发达，商业繁荣，生活富足，与之相适应，青楼妓馆众多，即如晚唐诗人韦庄《过扬州》所云：“当年人未识兵戈，处处青楼夜夜歌。”杜牧此诗描绘的是自己当年在扬州做幕僚时的生活情形：沉溺酒色，迷恋青楼，放浪形骸。追忆往事，固然不乏辛酸与悔恨，但是自我调侃中分明又映带出风流潇洒的都市浪子形象，“楚腰”一句明显带有欣赏与回味的心理印记。

后蜀处士阎选作《浣溪沙》一词，同样展示了一位都市寻欢的浪子形象，所不同的是寻欢之地为成都：

十五年来锦岸游，未曾行处不风流，好花长与万金酬。

满眼利名浑信运，一生狂荡恐难休，且陪烟月醉红楼。

文本采用夸张手法，极力强调冶游时间之长，抛掷金钱之巨，狂放程度之高。或许作者是以“反弹琵琶”的方式，发泄人生失意的痛苦，通过放荡不羁的姿态显示自我的存在。无论写作动机如何，冶游寻欢的经历毋庸置疑。

唐代文人频繁出入青楼妓馆，原因是多方面的。无论追逐风气，自我炫耀，抑或宣泄欲望，平衡心理，寻求身心满足与快乐，都应该是第一要素。

（五）酒肆把盏的畅怀

唐代诗人与酒的不解之缘，直接导致唐诗中“酒楼”、“酒肆”、“酒家”意象出现频率极高。李唐一代酿酒业、贩酒业十分发达，大中城市里酒肆随处可见，皮日休《酒楼》所言：“钩楯跨通衢，喧闹当九市”，乃是概括性描写；张籍《成都曲》所云“万里桥边多酒家，游人爱向谁家宿”，则为特写。市民好饮酒者为数众多，甚至有人“终日傍街衢，不离诸酒肆”（拾得《诗》）。唐代文学家普遍喜好饮酒，众多城市的酒肆酒楼留下了他们举杯畅饮的身影：骆宾王《畴昔篇》回顾昔日蜀中经历，难忘“寻姝入酒肆，访客上琴台”的风流雅致；杜甫永泰元年（765）去成都至嘉州，作《狂歌行赠四兄》描写苦难人生中的惬意与快乐：“今年思我来嘉州，嘉州酒重花绕楼。楼头吃酒楼下卧，长歌短咏还相酬”；分司东都的白居易，“酒肆夜深归，僧房日高睡”（《咏怀》），生活闲适而富足；罗隐《忆夏口》云：“汉阳渡口兰为舟，汉阳城下多酒楼。当年不得尽一醉，别梦有时还重游。”汉阳酒楼甚至成为诗人一段人生经历的记忆标志。

酒肆酒楼作为城市的公共平台，承担着消费、娱乐、交际和传播多种文化功能。盛唐著名诗人高适、王昌龄、王之涣共饮长安酒楼，巧遇伶人演唱其诗，画壁以计数，他们在消费中娱乐，在娱乐中亲历自己诗篇的传播，“旗亭画壁”成为千古流传的文坛佳话。储光羲《长安道》云：“鸣鞭过酒肆，袨服游倡门。百万一时尽，含情无片言。”夸张的描写透露了都城酒肆的消费水平。酒肆狭小的空间连接着广阔的世俗社会，成为唐代诗人认识社会和展示自我的重要窗口。尽管诗人饮酒为普遍社会现象，但月下独酌、客舍对饮更多地属于个人行为，酒肆畅饮则因背景的投影而包蕴了丰富的社会性内涵。晚唐著名道人钟离权题三绝句于长安酒肆壁上，其一曰："坐卧常携酒一壶，不教双眼识皇都。乾坤许大无名姓，疏散人中一丈夫。"（载《全唐诗》卷八百六十）将酒肆完全变成个人表演的舞台，藐视皇权、反抗世俗规范的叛逆性借助酒力发挥得淋漓尽致。无独有偶，《全唐诗》卷八百六十二载有酒肆布衣所作《醉吟》诗，其二云："有形皆朽孰不知，休吟春景与秋时。争如且醉长安酒，荣华零悴总奚为。"同样借酒肆这一公共平台，将与众不同的人生态度昭之于社会。

在著名文学家队伍中，李白最为引人注目，他的酒肆之行已成为中国文学史和文化史上一道异常亮丽的风景线。

杜甫《饮中八仙歌》云："李白一斗诗百篇，长安市上酒家眠。天子呼来不上船，自称臣是酒中仙。"享有"酒仙"之誉的李白对于自己频繁出入酒肆酒楼的生活方式，给予了充分的艺术描写。在长安，"昔在长安醉花柳，五侯七贵同杯酒。气岸遥凌豪士前，风流肯落他人后。"（《流夜郎赠辛判官》）在洛阳，"忆昔洛阳董糟丘，为余天津桥南造酒楼。黄金白璧买歌笑，一醉累月轻王侯。"（《忆旧游，寄谯郡元参军》）在金陵，"昨玩西城月，青天垂玉钩。朝沽金陵酒，歌吹孙楚楼。"（《玩月金陵城西孙楚酒楼，达曙歌吹，日晚乘醉著紫绮裘、乌纱巾，与酒客数人棹歌秦淮，往石头访崔四侍御》）在扬州，"摇扇对酒楼，持袂把蟹螯。"（《送当涂赵少府赴长芦》）在江夏（今武汉），"愁来饮酒二千石"之后，高呼"我且为君槌碎黄鹤楼，君亦为吾倒却鹦鹉洲。"（《江夏赠韦南陵冰》）在邯郸，"闲从博陵游，畅饮雪朝酲。歌酣易水动，鼓震丛台倾。"（《自广平乘醉走马六十里至邯郸，登城楼览古书怀》）除了酒精的作用之外，公共场所的特有氛围也刺激着李白豪放之气的增长。酒肆（酒楼）之于李白，既是结交权贵、迎送朋友、纵情欢歌的场所，更是展示非凡气质、释放生命能量的舞台。

四、伤今与怀古：多重视野的文化观照

自安史之乱起，战乱的阴影便开始笼罩在唐人心中，安史叛军点燃的熊熊战火，给城市尤其是长安、洛阳两都造成了极为严重的破坏。据《旧唐书·郭子仪》载，当时"京畿新遭剽掠，田野空虚"，"东周之地，久陷贼中，宫室焚烧，十不存一。百曹荒废，曾无尺椽，中间畿内，不满千户。井邑榛棘，豺狼所嗥，既乏军储，又鲜人力"，朝廷元气大伤。安史之乱后，黄河中下游又经历了较长时期战乱的岁月，藩镇割据于河北，王仙芝、黄巢起义于山东，兵燹殃及众多城市。唐末，军阀朱全忠拥兵自重，反叛朝廷，攻城略地，凌驾天子，逼帝迁都洛阳。"车

驾发长安，全忠以其将张廷范为御营使，毁长安宫室百司及民间庐舍，取其材，浮渭沿河而下，长安自此遂丘墟矣。"①

战乱在将灾难降临给城市的同时，无情地重创了有唐一代无数诗人的心灵，曾经让他们引以为自豪、为之歌唱的京城，留下的是繁华的历史背影与满目疮痍的现实场景，抚今追昔，不由痛心疾首，感慨万千。城市，成为他们缅怀盛世、感时伤乱的独特视角。

一向关注国计民生的杜甫，即使身陷危难、四方漂泊，仍然不忘向城市投去焦虑的目光，在他绘制的充满苦难的历史画卷上，城市尤其是两京占据了十分显眼的位置。"国破山河在，城春草木深"（《春望》），这是西京长安的镜头特写；"洛阳宫殿烧焚尽，宗庙新除狐兔穴"（《忆昔》之二），这是东都洛阳的俯瞰画面；"往在西京日，胡来满彤宫。中宵焚九庙，云汉为之红"（《往在》），这里描绘的是令人触目惊心的一幕；"十室几人在，千山空自多。路衢唯见哭，城市不闻歌"（《征夫》），这里展现的是战争灾难的全景。"闻道长安似弈棋，百年世事不胜悲。王侯第宅皆新主，文武衣冠异昔时。"（《秋兴八首》之四）漂泊途中的任何传闻，都牵动着诗人高度紧张的神经。同样经历了安史之乱的韦应物，也关注过战乱中的城市，上文提到的《登高望洛城作》对乱后洛阳的荒凉景象有一定描写，《京师叛乱寄诸弟》诗云："弱冠遭世难，二纪犹未平。羁离官远郡，虎豹满西京"，控诉了战乱带给自己的不幸。不过，与杜甫相比，韦应物因缺少以天下为己任的社会责任心，感伤的对象偏重于个人的遭遇，批判现实的力度远不及杜诗。

中唐诗人张籍的《洛阳行》堪称感时伤今的力作，诗云：

> 洛阳宫阙当中州，城上峨峨十二楼。翠华西去几时返，枭巢乳鸟藏蛰燕。
> 御门空锁五十年，税彼农夫修玉殿。六街朝暮鼓冬冬，禁兵持戟守空宫。
> 百官月月拜章表，驿使相续长安道。上阳宫树黄复绿，野豺入苑食麋鹿。
> 陌上老翁双泪垂，共说武皇巡幸时。

张籍（约766—830），字文昌，和州乌江（今安徽和县乌江镇）人，一说吴郡（今江苏苏州）人。贞元十五年（799）登进士第。因先后任职水部员外郎、国子司业，故世称"张水部"、"张司业"。张籍工诗，尤长乐府古风，与王建齐名，称"张王乐府"。他出生于安史之乱结束后不久，从"御门空锁五十年"句推知，该诗应为晚年所作。自梁陈两朝起，不断有诗人以《洛阳道》为题，描写洛阳的繁华

① （宋）司马光：《资治通鉴》卷二六二《唐纪》卷八十，中华书局1956年版，第8626页。

与富贵，因袭痕迹颇重。张籍打破传统创作的窠臼，设置了一双“在场”的眼光，凭借它去捕捉战后洛阳的种种荒凉冷落景象。从城楼到六街，从长安道上使者，再到陌上垂泪老翁，诗人采用移步换形法，串联起一个又一个晦暗沉寂的画面，烘托出浓重的感伤氛围。末二句为点睛之笔，“共说”二字暗示国家中兴是天下人共同的愿望。

动乱不已的时局，绵延不断的战火，使晚唐诗人遭受了更为残酷的心灵劫难，残破的都城，将他们推向绝望的深渊。“前年帝里探春时，寺寺名花我尽知。今日长安已灰烬，忍能南国对芳枝”（段成式《桃源僧舍看花》[①]）；“宫阙飞灰烬，嫔嫱落里闾”（郑谷《顺动后蓝田偶作》）；“长安已涂炭，追想更凄然”（齐己《乱中闻郑谷、吴延保下世》）；“一国半为亡国烬，数城俱作古城空”（裴说《乱中偷路入故乡》），声声哀叹，饱含血泪。其时，韦庄亲历战乱，应举长安，遇黄巢攻陷都城，作《秦妇吟》，诗言“长安寂寂金何有，废市荒街麦苗秀”、“内库烧为今昔灰，天街踏尽公卿骨”等句，控诉血腥杀戮和野蛮破坏的大胆与尖锐，令公卿多垂讶，时人号“《秦妇吟》秀才”。韦庄随即浪迹河南、吴越、江西、荆湖等地，举目有山河之异，满腔悲慨，付诸于笔墨，写下一首首充满感时伤乱的诗篇：

万户千门夕照边，开元时节旧风烟。宫官试马游三市，舞女乘舟上九天。
胡骑北来空进主，汉皇西去竟升仙。如今父老偏垂泪，不见承平四十年。
——《洛阳吟》

（诗人自注云：“时大驾在蜀，巢寇未平，洛中寓居作七言。”）

当年人未识兵戈，处处青楼夜夜歌。花发洞中春日永，月明衣上好风多。
淮王去后无鸡犬，炀帝归来葬绮罗。二十四桥空寂寂，绿杨摧折旧官河。
——《过扬州》

满目墙匡春草深，伤时伤事更伤心。车轮马迹今何在，十二玉楼无处寻。
——《长安旧里》

华轩不见马萧萧，廷尉门人久寂寥。朱槛翠屡为卜肆，玉栏仙杏作春樵。
阶前雨落鸳鸯瓦，竹里苔封蝴蝶桥。莫问此中销歇寺，娟娟红泪滴芭蕉。
——《过旧宅》

前两首作于乱中流离漂泊期间，后两首作于乱后返回京城时期，抒情的空间背

① 《全唐诗》卷五百八十四将此诗收入段成式名下，《全唐诗·补遗》又将其收入王贞白名下，题为《看天王院牡丹》，“忍能”作“忍随”。

景分别是洛阳、扬州和长安这三座名城。满眼萧然，触景感怀，诗人伤今而忆昔，无限沉痛，尽在今昔对比之中。荒凉之境寓凄凉之情，纯是晚唐兴象。

城市之于唐代诗人，既是人生旅途的驿站、个人奋斗的舞台，也是认识社会的窗口，观照历史的通道。作为历史文化的遗存，城市以其独特的空间形态或隐或显地宣喻着一种“过去”的时间存在，城市建筑传递的历史信息在多个层面构成了与现实的交汇融合，唐代诗人由此展开了他们精神的文化苦旅。

中华民族高度自觉的历史意识铸就了中国古代作家的怀古心态，也促使中国古代文学怀古主题的形成。怀古的意义指向具有两个十分重要的内涵：一是缅怀古代圣贤英雄，讴歌其丰功伟绩；二是回溯民族发展的进程，感慨其盛衰兴亡。当唐代诗人以城市为参照物发思古之幽情时，情感内涵两类兼而有之，以后者最为常见，综观其诗歌不难发现，大大小小的各类城市均可能成为他们怀古情思的引发物和承载体。高适《古大梁行》、李白《月夜金陵怀古》、李端《芜城》、武元衡《登阖闾古城》、许浑《金陵怀古》和《姑苏怀古》、李群玉《秣陵怀古》、罗隐《经故洛阳城》、韦庄《咸阳怀古》堪称代表作。经荒台空苑、败垣危堞刺激而迸发的创作灵感激活了隐含在建筑实体中的历史文化信息，人生经历各不相同的诗人面对不同的古城遗迹，思维的空间纬度自觉转化为时间的流程，他们抚今追昔，不免产生沉重的社会人世的沧桑之感和无限悲哀的历史兴亡之叹，于是，纷纷借萧条荒凉之境抒惆怅感伤之情，宣喻“古来朝市叹衰荣”的历史主题。

在唐人创作的怀古诗里，“金陵”意象出现的频率最高，仅以“金陵怀古”为题进行诗歌创作的就有李白、司空曙、殷尧藩、刘禹锡、许浑、李洞、王贞白、唐彦谦、吴融、唐尧臣等人。至于因金陵而怀古却不以“金陵”为题的作品，更是不胜枚举，且不乏脍炙人口之作。其中，刘禹锡的创作最为人称道，所作《金陵怀古》、《金陵五题》均为传世名篇。置身于由盛转衰的时代环境，忧国之思与济世之怀促使这位极具诗人气质和才华的政治家，一方面密切关注现实，积极参与政治革新；另一方面又致力总结前代那些短命王朝的政治得失，表达对历史变迁的是非评判，以怀古的方式参与当下政治与道德的建设。例如《台城》诗云：

台城六代竞豪华，结绮临春事最奢。万户千门成野草，只缘一曲后庭花。

从结绮临春富丽堂皇到满城野草、满目荒凉，沉痛的历史教训化作了意蕴丰富的具体形象，令人深思。“千门万户”的荒凉与“一曲后庭花”的绮靡所形成的悬殊对比，形象地说明了统治者个人生活的荒淫给国计民生所带来的巨大灾难。

在历史名城的指引下，唐代诗人进行着特定空间内的历史回溯，他们的精神苦旅既体现了忧国忧民的群体意识，同时也充溢着个体生命体验中的悲哀。

第四节 都邑赋：继承传统与创作新变

唐人长于作诗，亦喜作赋①，尽管就总体成就以及历史影响而言，唐赋远不及唐诗，不过其中的优秀篇章例如杜牧的《阿房宫赋》亦脍炙人口。现存上千篇唐赋中，直接以城市建设或城市景观为铺写、表现对象的文本并不多，以“城”、“都”命名者更加少见，仅十余篇②，无论内容主旨抑或写作手法，都体现出对汉代散体大赋的继承。概言之，城市颂歌与荒城哀歌同样成为都邑赋的主旋律，铺排、夸张也同为常用手法。由于唐代文人普遍具有明确而自觉的历史意识，在古今对比中完成对现实的认识与评判，是其精神活动的重要特征，因此，对于城市的文学观照通常具有时空交织的共同特点。表现在都邑赋创作中，便是多聚焦于能够体现时代变迁的古城或城中古迹，善于通过审美活动将由城市或某一城市文化景观所呈现的现实空间形态，成功地转化为古今对接的时间通道，无论引吭高歌抑或沉吟哀叹，历史的坐标总是清晰可见，体现出创作新变倾向。与此相适应，今昔对比成为作家普遍使用的艺术手法。杜牧的《阿房宫赋》，超越传统“美都邑”和“悲荒城”的写作模式，成为本时期都邑赋创作的一大亮点。此外，边城赋的出现也值得关注。

一、建筑景观赋：历史继承中的创新

秦汉魏晋南北朝时期涌现出大批以某一城市建筑景观如宫、阙、台、殿、城、楼、馆、堂等为描写对象的辞赋，属于都邑赋的特殊分支，对此，第二章已有论析。唐代辞赋家一方面沿袭前人的写作模式继续将城市建筑景观纳入观照视野之中，另一方面观照角度以及写作手法上体现出对传统的突破。

---

① 据龚克昌先生统计，“现存唐赋总数 1500 多篇，约等于汉魏六朝赋总和”。《东方论坛》，2001 年第 3 期。

② 据涂敏华博士论文《历代都邑赋研究》（福建师范大学，2007 年）统计，唐代都邑赋共 15 篇，不过，其中所举刘禹锡《楚望赋》主要描写楚地的风物人情，并无涉及城市本身的内容，故不宜作为城市文学的研究对象。

《文苑英华》[①] 卷五十八载录唐太宗李世民《临层台赋》一篇。该赋标题虽未出现"城"或"都"一类字样，但内容涉及城市的建筑景观，故将其视为特殊的都邑赋。赋文先写登台之所见，所谓"延复道于阿阁，启重门于建章"，采用的是以汉代唐的手法，作者将长安城的楼阁台观置于观照视野之中，由今而古，依次展开艺术描写：

尔乃崇基回构，危檐间出。暑结冬台，寒浓夏室。望雕轩之拱汉，观镂槛之擎日。柱引桂而圆虚，芬舒莲而倒实。霞观近兮红遍，烟楼遥兮翠密。

描绘登台所见，画面层次清楚，构图静中有动，注意色彩搭配，立体感较为明显。此外，文辞讲究，四六句对仗工稳，具骈俪之特色。接下来抒写登台之所感："念作者兮为劳，愧居之而有逸。于是慨然自思，情怀不怡。"情调为之一变，由欣赏的轻松转为感慨的深沉。以天下为己任的李世民雄视古今，批判锋芒直指奢侈享乐的前代统治者："阿房初制，穷八荒之巧艺；甘泉始成，极三秦之壮丽。工靡日不劳役，役无时而暂憩。"以史为镜，可以知兴亡，李世民总结历史教训以警示自己，故赋文结尾归之于崇尚节俭，表达"延德于苍生"的抱负，政治道德寓意昭然可见。

《含元殿赋》是唐代都邑景观赋中的名作，作者李华（715—774），字遐叔，赵州赞皇（今属河北）人。开元二十三年（735）登进士第，天宝二年（743）又登博学宏词科。《含元殿赋》是李华以唐代长安城著名建筑景观含元殿为铺写对象写的一篇赋文。含元殿乃大明宫正殿，唐朝京城标志性建筑之一，始建于公元662年，翌年建成，是朝廷进行仪式和大典之处，"千官望长至，万国拜含元"，贞元进士崔立之的《南至隔仗望含元殿香炉》诗形象地揭示了该殿在唐人政治生活中的重要地位。李华在赋前序文里首先追溯宫殿赋的起源，接着指出前人创作之种种不足，进而交代作赋的原因：

宫殿之赋，论者以灵光为宗，然诸侯之遗事，盖务恢张飞动而已。……先王建都营室，必相地形，询卜筮，考以农隙，工以子来，虞人献山林之干，太史占日月之吉。虽班、张、左思，角立前代，未能备也。而囊之文士，赋长笛、洞箫怀握之细，则广言山川之阻，采伐之勤，至于都邑宫室，宏模廓度，则略而不云，其体病矣。……（臣）极思虑作《含元殿赋》，陋百王之制度，出群

① （宋）李昉等编撰：《文苑英华》，（清）文渊阁《四库全书》集部·总集类。以下引文同出此书者不再注明。

子之胸臆，非敢厚自夸耀以希名誉，欲使后之观者，知圣代有颂德之臣焉。

颂当今之圣德，是李华创作《含元殿赋》的主要目的，他希望通过弥补前代都邑赋、宫殿赋所存在的不足，“陋”百王之制度，从而彰显当今圣君之功德与圣朝之气象。李华在介绍了殿名的来由，描写了工程的浩大之后，不惜笔墨，极力铺写含元殿巍峨的建筑和雄伟的气势：

剗盘岗以为址，太阶积而三重，因博厚而顺高明，筑陵天之四墉。四墉既列，太阶如截，下土相嵚，崿视沉沉。其始也，星锤电交于万堵，霜锯冰解于千寻，拥栋为山，攒扦如林，乃卜日月之吉，以成帝室。虹梁劲于中极，榱桷戢以砻密，析姑繇以为楹，虆乔山以为礩，飞重檐以切霞，炯素壁以留日。……

李华生活在唐王朝繁荣昌盛的年代，统一强大的帝国风貌，日新月异的盛世气象，在铸炼他积极入世人生态度的同时，也赋予他雄视前贤的气魄与放眼宇内的视野。“排层城而廓帝居”，在李华建构的艺术空间内，含元殿绝非孤立的建筑物，它在与帝都、帝业的联系中获得了超越建筑实体的精神价值，成为奋发向上、开拓张扬的时代精神象征。“宫昆仑而馆不周，城八极而隍四海”，此类艺术夸张因盛唐气象的映照而获得了内在生命力。李华长于运用比喻和拟人手法，诸如“飞重檐以切霞，炯素壁以留日”，“进而仰之，骞龙首而张凤翼；退而瞻之，岌树颠而崒云末”，“左翔鸾而右栖凤，翘两阕而为翼”一类的描写随文出现，增加了赋文的形象性。句法上多四六相对，骈俪工整。不过，从全文的整体结构来看，作者将大部分笔墨付诸于圣德的歌颂，在一定程度上忽略了对客体建筑个性与审美特征的发掘与展现，从而导致文本所呈现的艺术形象不够鲜明。①

晚唐著名文学家杜牧的《阿房宫赋》，超越传统“美都邑”和“悲荒城”的写作模式，运用夸饰、铺排、对比等多种艺术手法，在想象世界里“还原”了一个承载着丰富政治内涵的历史文化景观，旗帜鲜明地表达出作家对现实社会的政治

① 以宫廷建筑为描写对象的唐赋不只《含元殿赋》一篇，开元二十三年进士高盖、张甫、陶举等五人就分别作有《花萼楼赋》。高盖赋前序云：“开元中岁，天子筑宫于长安东郛，有以眷夫代邸之义。旧者中宫起楼，临瞰于外，乃以花萼相辉为名，盖所以敦友悌之义也。银榜天题，金扉御阙，俯尽一国，旁分万里，崇崇乎实帝城之壮观也。”由于此类赋文多以“美圣”为主旨，建筑本身的特点不是作者写作的兴奋点，艺术表现也缺乏个性和感染力。本节也就不一一列举。

伦理诉求。《阿房宫赋》之所以能够纳入城市文学的研究视域，不仅仅在于它成功地塑造了阿房宫壮丽无比的形象，使之成为人们意念中难以超越的一道城市人文景观①，更为重要的是，作者对封建统治者的批判和讽谏是通过揭示中国古代京城建设中一个普遍存在的重大弊端来完成的。

《阿房宫赋》作于唐敬宗宝历年间（825—827），创作缘由杜牧于《上知已文章启》一文有明确说明："宝历大起宫室，广声色，故作《阿房宫赋》。"在古代的国家城市体系中，京城始终居于核心地位，历代封建统治者既为张大皇权，也为个人享乐，总是凭借手中至高无上的权力，攫取国家储备，调运各地物资，大兴土木，广建宫室，将"帝里"、"皇居"修筑成全国最富丽堂皇、最具视觉冲击力的所在，而正是这一点引起了众多有识之士的焦虑与忧患。自汉至唐，反对君王大治宫室、奢侈享乐的声音从未断绝。仅以唐朝为例：贞观四年（630），唐太宗诏发卒治洛阳宫乾阳殿，且东幸。侍御史张玄素上书痛陈其弊端，以史为镜，言"昔阿房成，秦人散；章华就，楚众离；乾阳毕功，隋人解体。"（《新唐书・张玄素传》）龙朔年间，唐高宗造蓬莱、上阳、合璧等宫，又征讨四夷，厩马有万匹，仓库渐虚。参知政事张文瓘上疏力谏，特以"秦皇、汉武，广事四夷，多造宫室，使土崩瓦解，户口减半"为前车之鉴。（《旧唐书・张文瓘传》）长安（701—704）中，武则天将营兴泰宫于万安山，左拾遗卢藏用上疏劝谏。（《旧唐书・卢藏用传》）唐敬宗好治宫室，畋游无度，欲于宫中营新殿，吏部侍郎李程、左拾遗李汉先后上疏劝谏。（《旧唐书・李程传》、《旧唐书・李汉传》）阿房宫的故事在演绎过程中叠加了新的文化意义，原本的建筑实体已经演变为"亡国"的政治符号。与众人有所不同的只是，杜牧摒弃了直接的政治说教，改以文学的方式叙说历史故事，形象地诠释作为符号的"阿房宫"所内涵的政治文化意义。现代学者根据出土文物和文献资料进行综合研究，其成果表明，秦朝的阿房宫并未建成，项羽也未曾焚烧阿房宫②，汉代诸生为迎合本朝统治者的政治需要，明确将秦都宫殿的建造与秦朝国运的短祚直

① 秦朝宫殿阿房宫是秦都咸阳的有机组成部分，甚至可以视为咸阳的标志性建筑。从"骊山北构而西折，直走咸阳"、"直栏横槛，多于九土之城郭；管弦呕哑，多于市人之言语"等句来看，杜牧完全将它与咸阳城联系起来进行描写。

② 杨东宇、段清波《阿房宫概念与阿房宫考古》一文指出："鉴于工程规模的过于庞大和帝国运势的迅速衰微，前殿和宫区内的其他建筑都没有来得及建成；工程仅完成了宫区地基的夯筑和东西北三侧的围墙建造。""阿房宫及前殿没有建成及35万平方米范围的勘探没有发现阿房宫焚烧的迹象，说明项羽焚烧阿房宫属无稽之谈。"载《考古与文物》2006年第2期，第55页。

接联系起来，他们的叙述与描绘注入了丰富的历史想象以及强烈的忧世情怀，深刻地影响了后世文人关于阿房宫的言说。杜牧不但全面复制了历史图像，而且借助文学手法进行了艺术放大。《阿房宫赋》以充沛的气势、飞扬的文采将阿房宫的形象定格于无与伦比的宏伟壮丽。大段的铺陈之后，仅"楚人一炬，可怜焦土"八字，就完成了对阿房宫形象的否定与颠覆，渲染出足以令"后人哀之"的悲剧氛围，借古讽今，以秦王朝灭亡的历史教训警示荒淫奢侈的当今统治者。

晚唐文人孙樵所作《大明宫赋》是一篇构思奇特、寓意深刻的都市景观赋作品。孙樵，字可之，又字隐之，自称关东人。唐宣宗大中九年（855）进士，授中书舍人。唐僖宗幸岐陇时，诏赴行在，迁职方郎中，上国柱，赐紫金鱼袋。

孙樵生活的时代，唐王朝统治已是江河日下、颓势日显，大明宫作为唐代都城长安最宏伟的宫殿建筑群，因见证了李唐王朝由盛而衰的历史而进入作家的创作视野。孙樵虚构了梦游大明宫的情节，借大明宫守护神的陈说勾勒出一个王朝的兴衰历史，从中寄寓自己的忧国情怀。赋开篇云："孙樵齿贡士名，旅见大明宫前庭，仰贻俯骇，阴意灵怪。暮归魂动，中宵而梦，梦彼大明宫，神前有云。""大明宫前庭"即李华所赋含元殿，不同的是，《大明宫赋》中的含元殿始终笼罩着阴森怪异的气氛，毫无盛世气象。孙樵让大明宫守护神充当叙述者，它的讲述构成了全赋的中心部分。从太宗皇帝"永求帝宅"到高宗皇帝"诏吾司其宫，与日月终"，再到"翼圣护艰，十有六君"，经历了漫长的岁月。武周代唐，革周复唐，政治风云几经变幻。先后发生的安史之乱、朱泚僭逆等重大政治事件，更是造成一幕幕惨痛的场景：

胡猘饱腯，踣肌龁骨。惊血溅阙，仰吠白日。二圣各辙，大麓北挈，吾则激髯孽悖节，俾济逆杀翼。两杰愤烈，俾克靳灭。蓟枭妖狂，突集五堂。纵啄怒吞，大驾惊奔，吾则励阴刀翦其翼，俾不得逃明殛。

守护神以一位亲历者身份诉说着大明宫的今昔变迁，时而义愤填膺，时而痛心疾首：

吾留帝宫中二百年，昔亦日月，今亦日月。往孰为设，今孰为缺。籍民其雕，有野而蒿。籍甲其虚，有垒而墟。西垣何缩，匹马不牧。北垣何蹙，孤垒城粒。

这里所书写的其实是作者自己面对现实的深切感受。出于对国家中兴的希望和朝廷的忠诚，孙樵有意站在了大明宫神的对立面，不仅在梦境中迎斩神之舌，而且义正词严地批驳其消极悲观之论：

今者日白风清，忠简盈庭。阃南侯霈，阃北侯霁。矧帝城阒阒，何赖穷边。帑廪加封，何赖疲农。禁甲饱狞，尚何用天下兵。

对当今局势大唱赞歌，口气毋庸置疑，赋文的情感也因此发生转折。令人回味无穷的是大明宫神的最后反应，它退而笑曰："孙樵谁欺乎？欺古乎？欺今乎？"这样的艺术处理源于作者内心的困惑与忧虑，事实上孙樵本人非常清楚，所谓"日白风清，忠简盈庭"只不过是自己一厢情愿的美好愿望罢了，绝非当下国家形势的真实写照，实在难脱"欺人"之嫌。"吁！"结尾一声长叹，万般无奈，无限感伤，尽在其中。

通过一座城市的标志性建筑，虚构一段梦境中的对话，写出一个王朝的盛衰历史，这无疑是《大明宫赋》的成功之处。不过，语言艰涩、议论过多，则是它艺术上的重大缺陷，正是这一点严重地削弱了《大明宫赋》的艺术感染力，影响了它在文学史上的地位。

二、边城荒城赋：时空交汇处的感伤

边塞诗在唐代极为流行，至盛唐更是蔚为壮观，与此相呼应，以边塞城市为描写对象的赋文也应运而生，《文苑英华》卷五十八所载《云中古城赋》二篇即是。第一篇作者吕令问，生平行迹不详，新旧《唐书》均无载。第二篇作者张嵩，据《旧唐书·郭虔瓘传》载，安西都护郭虔瓘卒后，由张嵩继任，"嵩身长七尺，伟姿仪。初进士举，常以边任自许。及在安西，务农重战，安西府库，遂为充实。(开元)十年，转太原尹，卒官"。吕、张二人笔下的云中古城(今山西大同市)，乃北魏都城，当时人称作平城或代京①，吕令问赋云"魏家之所筑"，即点明了描写对象。至于写作时间，可据张嵩赋开篇所云"开元十有四年冬孟月，张子出玉塞，秉金钺"推知。二赋当作于同一时期，吕赋称"有客志远才雄，秉义由衷……三为都护，五掌元戎"，与张嵩身份情志相吻合；张赋云"寒飙动地胡马嘶"，吕赋亦言"胡风起兮马嘶鸣"，张嵩感叹"白发须臾乱如丝"，吕令问则形容对方"霜犯鬓而先白"，内容上明显形成呼应。更为重要的是，二人均遵循怀古而伤今的创作思路，抒写"悲荒城"的感伤情怀。当然，二赋的差异也不容忽视。"常以边任自许"的张嵩在续写中国文学"黍离之悲"主题的同时，偏重抒发自己功名

① 《魏书·礼志一》云：太祖拓跋珪天兴元年(398)，"定都平城，即皇帝位"。《魏书·帝纪二》亦云：天兴元年"秋七月，迁都平城，始营宫室，建宗庙，立社稷"。

未就、报主不成的内心苦闷：

> 君不见魏都行乐处，只今空有野风吹，乃载歌曰："云中古城郁嵯峨，塞上行吟麦秀歌。感时伤时今如此，报主怀恩奈老！"

真实地表达了一位临边老将的悲怆与无奈。如果从描绘城市形象变迁的角度审视，吕赋的艺术特色更加鲜明，赋中所描绘的北魏建都时的壮观场面以及云中城当年的繁华景象，足以给读者留下深刻印象：

> 王师赫怒，爰整其旅。雾集云屯，龙骧凤举。弃万里之沙漠，傍五原之风土，肇为此都……池桑乾之水，苑秦城之墙。百堵齐矗，九衢相望。歌台舞榭，月殿云堂。开儒士于璧沼，贮美人于玉房。

对历史场景的艺术还原，在一定程度上弥补了历史文献记载的空白。与历史记忆形成强烈对比的是眼前之景：

> 既而年代倏忽，市朝迁徙。干戈鼙鼓之雄，绮罗丝竹之美，孰不烟散雨绝，沙埋灰委？树名欢而岂存，鸟称乐而俱死。危堞既覆，高墉复夷。寥落残径，依稀旧墀……

作者以时间为线索连接古今，空间场景的转换于瞬间完成。云中城今昔景象所形成的巨大反差，构成了对其心灵强烈的冲击，古城所呈现的颓败与荒凉引起他无限感伤。该赋多使用四六对句，显示出骈俪整饰的语言特点。

两篇《云中古城赋》均不是唐赋中的上品，它们的文学价值主要体现在将边塞古城作为文学表现对象，拓展了赋的题材内容。同时，作者的艺术描写揭示出一个客观事实：边塞固然有可能成为个体建功立业、报效朝廷的广阔舞台，在当时的历史条件下，它却不是城市建设的"良田沃土"。

文章与李华齐名的萧颖士（717—759），字茂挺，祖籍兰陵（今山东苍山），居于颍川（今河南许昌）。萧颖士能文工诗，所作《登故宜城赋》的内容和情感与《含元殿赋》截然相反，内涵批判现实政治的意义，代表了唐赋的另一种类型。宜城即今湖北宜城，唐时属襄州襄阳郡，《旧唐书·地理志》载："宜城，汉邔县，属南郡。宋立华山郡于大堤村，即今县。后魏改为宜城郡，分华山、新野置阳立、率道县。周省宜城郡县。武德四年，率道属邓州。贞观八年，改隶襄州。天宝七载，改为宜城县。"当年刘备三顾茅庐之事便发生在此地，故赋中有"有卧龙之奇英"、"尚三顾而后言"之句。萧颖士所登当为前代故宜城遗址，"升彼墟兮遐眺，荆江迩属樊沔"，开篇二句即介绍抒情背景，点明写作契机，一"升"、一"眺"，引出下文感时伤旧、忧国怀乡种种情感的抒发。登故城而怀古，眺荆楚而伤今，故宜城的城市建筑风貌与特点不是萧颖士关注和描写的重点，他将观照目光聚集于眼前的荒凉残破景象：

野茫茫其靡极，何人户之单鲜。

市萧条以罕人，盗充斥以盈路。微奔走之仆御，有啼哭之幼孺。

将吏逋窜，丞民骇散。崩腾郡邑，空阒闾闬。

经当代学者考订，《登故宜城赋》作于安史之乱爆发第二年即天宝十五年（755）①。尽管叛乱的战火并未燃及襄阳郡，但其破坏力所形成的巨大冲击已经波及宜城一带，萧颖士的描写真实地反映了安史之乱对于国计民生的严重影响，其中“市萧条以罕人”一句更是直接写出了战乱对城市（或集市）的破坏。萧颖士抚今而追昔，通过回顾历史寻找战乱的原因：“昔先王之经国，仗文武之二事。苟兹道之不坠，实经天而纬地。”现实则是“儒书是戏，蒐狩鲜备”。古今对比，不免痛心疾首，批判的矛头直指导致“忠勇翳郁，浇风横肆”的当今“执事者”。

由《登故宜城赋》体现出的“城”与“赋”之关系，在唐人的创作中颇具典型性。唐代作家普遍具有高度发达的历史意识，擅长于提取古城遗址所承载与传达的历史文化信息，建立以古喻今的言说范式，满足自己参与现实政治文化活动的当下需要。因此，城不是赋文重点抑或主要的描写对象，它们仅仅作为作者情感的引发物而存在，中唐著名文学家刘禹锡所作《山阳城赋》同样体现了这一点。“闵汉”即总结汉王朝盛衰兴亡的原因为赋文立意所在，借汉说唐，借古讽今，是该赋的写作特点。赋虽以“城”名篇，却非典型的城市文学作品，全文仅于序中用“遗址数雉”四字概括山阳旧城的现实面貌，除此之外，再无其他相关描写。《山阳城赋》的城市文学史价值在于它再次凸显了历史古城与后世作家精神活动之间的密切关系。山阳，县名，汉时属河内郡，故城在今河北修武西北，汉献帝刘协被迫禅让帝位于曹丕后，被封为山阳公，居于此地直至离世。刘禹锡“四百之运，终于此墟”之叹惋，正缘此而发。自先秦至隋唐，由于朝代的更迭、战乱的破坏以及行政区域的调整，在一座座新城相继崛起的同时，一批具有悠久历史的古城则由于风雨的浸蚀与战火的洗劫变成了废墟，只剩下断壁颓垣显示着自身的存在。在唐代，古城遗址为数不少，它们在失去直接的政治、军事和经济价值的同时，凭借其历史见证者的“身份”，成为文人墨客神游历史的起点，评判现实的坐标，在人们的精神世界与艺术世界里获得了新的生命。刘

① 参见马积高：《赋史》，上海古籍出版社 1998 年版，第 300 页。

禹锡作有多首怀古诗，《金陵五题》为传世名篇，相比之下，《山阳城赋》对历史的追溯更为遥远，讽刺现实的寓意也更加明显。汉代的山阳城只是一座小小的县城，而且已经从唐代的行政区域地图上消失，然而却引发出刘禹锡关于政治兴废得失的精辟议论："积是为治，积非为虐。"

《山阳城赋》内容多发议论，行文骈散相间，不刻意追求辞采的华美与对仗的工巧，骈俪色彩有所减弱，折射出古文运动的文学影响。

三、两都赋：传统题材的"绝唱"

有唐一代，步班张之后尘，采用主客问答、两章蝉联的结构形式，运用铺张扬厉的手法创作而成的京都大赋是李庾呈献的《两都赋》[①]。李庾，生卒年不详，字子虔，李唐宗室之后（见《新唐书》卷七十《宗室世系表上》），官至湖南观察使兼御史大夫，唐僖宗乾符元年（874）赠礼部尚书。对于献赋的动机，李庾在上表中表述得非常清楚：

> 臣伏见汉诸儒若班固、张衡者，皆赋都邑，盛称汉隆。当王道升平，火德丕赫，数子歌咏，发著后代。今自隋室迁都而我宅焉，广狭荣陋，与汉殊状，言时则有六姓千龄之变，言地则非秦基周室之故，宜乎称汉于彼，述我于此。臣幸生圣时，天下休乐，虽未及固、衡之位，敢效皋陶、奚期庶几之诚，谨冒死再拜献《两都赋》。凡若干言，以拙夸汉者，昭闻我十四圣之制度。

特定的阅读对象和特定的创作动机决定了赋文"颂圣"的基本格调和内容。《两都赋》由《西都赋》和《东都赋》组成，二赋形式上呈蝉联而下，内容上平列对照。颂西都，以"秦址薪矣，汉址芜矣"为铺垫衬托，抑古而扬今，东南西北四方依次铺陈，着力渲染的是当今长安的政治品格及其霸气：

> 千官就日，万品趋云……
>
> 对里连衢，帝宅王家。青门列槛，棠棣分华……
>
> 豪家戚里，金张许史。走骑儒龙，行车若水……

尤其"万国贡珍，四夷纳贶。赋用舟通，财因輂进"一段，更是突出了长安作为国际性大都会的经济中心地位。颂东都，太平盛世的祥和与富足，则成为重点描绘的对象。李庾由远及近推出两个前后呼应的画面，首先是开元年间"海波

---

① 李庾《两都赋》称"昭闻我十四圣之制度"，如果排除武周一朝，从唐高祖到唐文宗称帝者正好十四朝。据马积高先生考证，该赋大约作于唐文宗太和四年或五年（830—831）。《赋史》，上海古籍出版社 1998 年版，第 342—343 页。

不惊”的历史场景：

冠冕之夫，绮罗之妇，百室连歌，千筵接舞。

高楼大观，陈宾宴侣。金堂玉户，丝哇管语……

随后，安史之乱平定后的国家复兴也被转换为鲜活的图画：

惟洛泱泱，滨盈万室。惟城职职，市廛骈集。

比年大有，稍藏以实。都人嬉贺，有笑无慄。

咸曰：“将观乎贞观之风，开元之日。”

东西两都的文化特色由此可窥一斑。

从结构形式以及行文风格等方面看，李庾《两都赋》呈现出较为明显的“复古”倾向，然而文本内容却具有强烈的现实指向性。其一，唐朝实行两都制，长安、洛阳①均为帝国都城，同为经济文化中心，与此相适应，李庾没有沿袭班固扬此而抑彼的思路，而是持“所都者在东在西可也”的肯定态度，赋文分别夸饰赞美东西两都，实缘于作者拥护本朝政治地理格局的立场。其二，身为宗室后裔，李庾对李唐王朝怀有特殊的感情，无奈却面对一个颓势日显的中央政权。安史之乱后，国家局部地区出现的“休乐”局面点燃起了他心中的中兴之火，于是选择咏两都颂圣朝的方式表达自己重睹开元盛世风采的美好愿望。

唐亡之后，长安、洛阳不再是统一国家的首都，失去了政治、经济的中心地位，城市发展自然受到严重影响，文人作家的关注程度也随之下降。宋元明清作家创作的京都大赋为数不少，但难觅以长安、洛阳为铺写对象的力作。从这一意义审视，李庾《两都赋》具有“绝唱”的性质。

四、百戏赋：都市审美的奇观

最后，需要一提的是唐代城市文学史上出现的一类主要以都市百戏为表现对象的小赋，此类作品数量虽然不多，却因内容题材的独特性而带给读者一种全新的艺术感受。

有唐一代，随着城市建设的不断发展，市民阶层不断扩大，都市人的娱乐生活及审美情趣也开始引起辞赋作者的兴趣，成为创作题材，使唐代辞赋取材范围较之前代同类作品有所扩展，传达出新的时代气息。清康熙年间编撰的《御

① 《旧唐书·高宗纪》载，显庆二年（657）十二月，皇帝“手诏改洛阳宫为东都”。清编《全唐文》卷十二载录唐高宗《建东都诏》。

定历代赋汇》卷一百零四，载录有四篇以都市娱乐生活（包括宫廷娱乐生活与市井娱乐生活）为题材的唐人小赋，分别是《楼下观绳伎赋》（张楚金）、《透撞童儿赋》（阙名）[①]、《都庐寻橦赋》（金厚载）、《吞刀吐火赋》（王棨）[②]，令人读之有耳目一新之感[③]。张楚金等人将欣赏的目光投向当时活跃于大都市的一批具有专业素养的杂伎艺人，在他们展现的都市场景中，无论掖庭美女抑或民间小儿，无不艺高胆大，绝技在身，或表演本土杂伎，如荡绳爬竿，或展示域外幻术，如吞刀吐火，据王棨介绍："原夫自天竺来，时当西京暇日，骋不测之神变，有非常之妙术。"表演者在公共场所"当场献艺"，观赏者"为悦目之娱"（《都庐寻橦赋》）而兴趣盎然，双方互动共同造就了都市演艺市场的红火局面。上述四篇小赋对杂伎表演的悦目娱人之处作了较为生动的描绘：

> 其彩练也，横亘百尺，高悬数丈，下曲如钩，中平如掌。
>
> 初绰约而斜进，竞盘姗而直上。或徐或疾，乍俯乍仰。
>
> ——《楼下观绳伎赋》

> 此儿于是跂双足，戢两臂，踊身而直上，若有其翅；尽竿而平立，若余其地……倒轻躯，坠高竿，如更嬴之雁下空里，似蒲且之鸽落云间。
>
> ——《透撞童儿赋》

> 初呈握内，岂吹毛之锐难亲；复指胸中，虽烁石之威可出……朱焰生时，青仞兮倏去于手，红光兮遽腾其口。
>
> ——《吞刀吐火赋》

作家们置身于观众队伍之中，津津乐道于表演的美妙、惊险与奇幻，毫不掩饰对感官刺激的追求，字里行间传达着以奇为美的城市审美情趣。

赋作为一种文学体裁，写作手法具有相应的特殊要求，如铺陈、夸饰等，典雅庄重成为其文体主导风格。作家一旦选择赋体咏物言志，必然进入一个预设的写作"场"，无论立意抑或手法，很容易顺应雅化的趋势。本来《透撞童儿赋》、《吞刀吐火赋》等作品描写的内容应当具有比较明显的"俗"的成分，然而作者

---

① 清编《全唐文》卷二百三十四载录此赋，将著作权归于张楚金名下，题为《透撞童儿赋》。张楚金，并州人，乡贡进士擢第。高宗朝为刑部侍郎，武后朝迁秋官尚书，赐爵南阳侯。为酷吏周兴所陷，流配岭表，卒。

② 金厚载，字光华，唐武宗会昌三年（843）进士。王棨，字辅之，唐懿宗咸通三年（862）进士。

③ 《文苑英华》卷八十一"杂伎一"、卷八十二"杂伎二"还载录有同类题材的小赋数篇，例如钱起《千秋节勤政楼下观舞马赋》、梁涉《长竿赋》、王邕《勤政楼花竿赋》、胡嘉隐《绳伎赋》等。

却无意揭示其“俗”的内涵。他们隐去表演者的下层市民身份，“过滤”和“净化”表演场所，并通过比喻、藻饰、对偶、用典等修辞手法，化俗为雅，借世俗生活的场景表现文人士大夫的雅兴。导致这种现象产生的原因，一方面固然缘于作者雅化的审美心理结构，另一方面也是辞赋文体特征要求使然。

第五节　实用体散文：城市镜像的历史碎片

翻检本时期士人文集，不难发现众多脍炙人口的山水佳篇，相比而言，表现城市风貌、反映城市生活的作品则为凤毛麟角。受前代都邑赋的影响，文人士大夫更多地将城市题材纳入辞赋表现的范畴，与此同时，他们又擅长以诗歌的形式抒写自己的城市生活体验，而小说则成为刻画市民形象的主要领域。因此，散文尤其是各体实用性文章蕴含的城市文化因素就显得不够丰富，取得的文学成就自然无法与诗歌、小说、辞赋相比肩。不过，由于作家群体的人生与城市有着千丝万缕的联系，可谓剪不断理还乱，他们在写作序、记、表、奏之类应用型文章时，不可避免地要涉及城市特别是京城长安、东都洛阳的历史与现状，尽管相关材料非常零散，犹如打碎的镜片，但毕竟从不同的角度折射出中国城市发展的历史风貌，尤其能够一窥大唐王朝国运盛衰与城市命运之关系。由于唐代文人士大夫的散文写作水平已达到历史新高，故即便为零散描写，也多具艺术感染力。

一、城市景观折射大唐风采

隋唐的长安、洛阳跻身于国际性大都市行列，在相当长的历史阶段内，保持着繁荣昌盛、开放向上的城市面貌，成为文人士大夫引以为豪的对象，唐诗中蔚为大观的京都赞歌，在散文里也有回应之声：

> 夫以东京胜地，南吕高秋，三涂镇而九派分，白露下而清风肃。或出或处，人多朝野之欢；以嬉以游，时极登临之所。征衣流寓，切下走之蓬襟；解榻邀期，属上宾之桂席。于是齐道实，款琴樽，倜傥论心，留连促膝，但有潘杨之密戚，得无管鲍之深知？簪组盛而车马喧，庭宇虚而管弦亮。近临铜陌，斜控银墟……
>
> ——王勃《秋日宴洛阳序》①

① （唐）王勃：《王子安集》卷五，（清）文渊阁《四库全书》集部・别集类。下引王勃文同出此集。

是日也，驾肩错毂，备朝野之欢娱；袨服靓妆，匝都城之里闬。翠幕星布，锦帆霞属，余沥下醉于绡人，新声远聒于川后。纵目遐览，识皇代之承平；得意同归，有侪之行乐……

——宋之问《上巳泛舟昆明池宴宗主簿席序》[1]

王勃所序重点为宴会盛况，东都洛阳的形象作为空间背景出现，使画面变得异常开阔，市人嬉游、车马喧闹的都市景观有助于渲染富庶而太平的时代气息，传达作者"躬逢胜饯"、结交宾客的愉悦心情，秋景也因此显得无比明朗清丽。宋之问描绘的是长安上巳节昆明池一带的游乐胜景。昆明池是西汉时开凿的一个人工湖，本为汉武帝的水师训练场，唐时已成为长安市民游宴娱乐之胜地[2]。包括宋之问在内的多位诗人均留下了吟咏昆明池的诗篇，但多为应制、唱和之作，景观描写普遍缺乏特色。宋之问利用序文篇幅上的优势，泛舟缘由、池岸景色、舟中怀想，一一道来，上引数句写足了京城的繁华景象以及倾动帝都的节日盛况。

不只昆明池，长安城其他的著名景观同样得到了散文作家的文学观照，欧阳詹的《曲江池记》堪称其中代表作品。

欧阳詹（约761—约801），字行周，泉州晋江（今福建南安）人。贞元八年（792），与韩愈、李观、李绛、崔群、王涯等人同登进士第，时称"龙虎榜"。"闽人第进士，自詹始。"（《新唐书·文艺传下》）曲江池位于唐长安城东南隅，亦为人工开凿之池，因水流曲折得名，四岸建有楼台亭阁。作为长安名胜，是君臣游宴、进士聚会、节日游乐的极佳去处，最能吸引都人眼球[3]。在唐人创作的各类作品

---

① 《文苑英华》卷七百九，（清）文渊阁《四库全书》集部·总集类。以下引文如同出此书不再注明。

② 《旧唐书·许敬宗传》载：唐高宗因于古长安城游览，问侍臣曰："昆明池是汉武帝何年中开凿？"敬宗对曰："武帝遣使通西南夷，而为昆明滇池所开，欲伐昆明国，故因镐之旧泽，以穿此池，用习水战，元狩三年事也。"唐代多位皇帝先后临幸昆明池，唐中宗爱女安乐公主"尝请昆明池为私沼"，帝未许。（事见《新唐书·诸帝公主传》）

③ 有唐一代，曲江亭赐宴群臣是多位君王的常见行为。唐"武宗好巡游，故曲江亭禁人宴聚故也。"（《旧唐书·宣宗纪下》）"文宗能诗，尝吟杜甫《江头篇》云：'江头宫殿锁千门，细柳新蒲为谁绿？'始知天宝已前，环曲江四岸有楼台行宫廨署，心切慕之。既得（郑）注言，即命左右神策军差人淘曲江、昆明二池，仍许公卿士大夫之家于江头立亭馆，以时追赏。"（《旧唐书·郑注传》）在相当长的时期内，唐代新科进士及第后须参加"期集、参谒、曲江题名"等官方举行的活动。（《新唐书·选举志上》）

中,《曲江池记》对曲江的描写最为完备①。“水不注川者,在薮泽则曰陂曰湖,在苑囿则为池为沼”,文章首先介绍曲江池形成的天然性,然后赞美“回冈旁转,圆环四匝”的造化之功,说明“字曰曲江”的缘由。文章最精彩的部分是其后描写曲江美景和四岸胜景的两段文字:

皎晶如练,清明若空。俯睇冲融,得渭北之飞雁;斜窥澹泞,见终南之片石。珍木周庇,奇华中缛,重楼夭矫以萦映,危榭巉岩以辉烛。芬芳荫渗,溷漭电诞,凝烟吐霭,泛羽游鳞。斐郁郁以闲丽,谧徽徽而清肃。其涵虚抱景,气象澄鲜,有如此者。

皇皇后辟,振振都人,遇良辰于令月,就妙赏乎胜趣。九重绣毂,翼六龙而毕降;千门锦帐,同五侯而偕至。泛菊则因高乎断岸,祓禊则就洁乎芳沚。戏舟载酒,或在中流。清芬入襟,沉昏以涤;寒光炫目,贞白以生。丝竹骈罗,缇绮交错,五色结章于下地,八音成文于上空。

前一段极言曲江池景色的优美和气象的多变,借池水写天、写山、写石、写楼,融山水秀色与都市建筑于同一画面之中,美不胜收。后一段盛推池岸游人之众、排场之大、气氛之热闹,尽显帝京繁华富贵之景象。在欧阳詹呈现的艺术世界里,曲江池无愧为人间仙境。

如果说王勃、宋之问、欧阳詹等人的文章带有明显的骈俪化痕迹的话,那么,中唐文人舒元舆创作的《长安雪下望月记》则是一篇句式以散为主的写景佳作。舒元舆,元和八年(813)进士。新、旧《唐书》皆有传。舒元舆有文才,尝作《牡丹赋》一篇,时称其工,《长安雪下望月记》同样体现出他出众的文学才华。文章紧扣“望”字下笔,既写雪中月色,又写月下长安雪景,步步推进,层次分明:

今年子月月望,长安重雪终日,玉花搅空,舞下散地。

开篇总写长安雪景,已令人神往。为了“写目放抱”、“尽得雪境”,作者携友步登崇冈,夜宿寺庙,居高临下,得以再见美景:

初夜有皓影入室,室中人咸谓雪光射来。复开门偶立,见沍云驳尽,太虚真气,如帐碧玉。有月一轮,其大如盘,色如银,凝照东方,碾碧玉上征,不见辙迹。至乙夜,帖悬天心。予喜方雪而望舒复至,乃与友生出大门恣视。直前终南,开千叠屏风,张其一方,东原接去,与蓝岩骊峦,群琼含光。

① 咸通三年(862)进士王棨作有《曲江池赋》,亦为“帝里佳境,咸京旧池”大唱赞歌,但内容比较单一,不及《曲江池记》丰富。

北朝天宫，宫中有崇阙洪观，如甃珪叠璐，出空横虚。此时定身周目，谓六合八极，作我虚室，峨峨帝城，白玉之京，觉我五藏出濯清光中。

万籁俱寂，天地皆白，上下澄澈。此时的长安“俗埃落地”，没有灯红酒绿的诱惑，摒弃车马喧闹的烦扰，不再充满膨胀的物质欲望，它引领作者进入一个神游仙境、忘却名利、“复根还始，认得真性”的审美境界。“白玉之京”的形象，在唐人作品中实属罕见。作者运笔自如，文章句式长短不拘，整散兼备而以散为主，景物描写生动传神，情景交融，殊堪玩味。

除了长安、洛阳，其他一些文化名城也先后进入散文创作领域，得到不同程度的文学呈现。例如王勃前往交州途中所作《江宁吴少府宅饯宴序》，以“蒋山南望”领起全文，由望中所见景色引发怀古之幽情：

伍胥用而三吴盛，孙权困而九州裂。遗墟旧壤，数万里之皇城；虎踞龙盘，三百年之帝国。关连石塞，地宝金陵。霸气尽而江山空，皇风清而市朝改。昔时地险，实为建业之雄都；今日太平，即是江宁之小邑。①

面对历史文化名城，王勃情感反应的特征是吊古却不伤今，这一点从后文所谓“想衣冠于旧国，便值三秋；忆风景于新亭，俄伤万古”的感叹亦能感觉到。对于所处时代，王勃始终保持着明显而自觉的“太平”认可感，胸中激荡着豪情，在他眼中，“市朝改”乃“皇风清”所致，因而江宁城的今昔变迁自然不会导致强烈的感伤情绪。即使后文抒发“临别浦，枕离亭”的惆怅与悲哀，也仅仅为一己情愫，并不属于整个时代。向上的时代精神能够赋予作家积极的人生态度和乐观的创作心态，王勃的创作非常鲜明地体现出这一点。

中唐作家戎昱《澧州新城颂·并序》，以一座小城的重修经过为描写内容，歌颂地方官员的为政功绩，序文内容具有鲜明的时代特色，行文也不乏可圈可点之处。戎昱，生卒年不详，荆南（今湖北江陵）人，或云扶风（今陕西兴平东南）人。曾佐颜真卿幕。卫伯玉镇荆南，辟为从事。大历在，先后入湖南崔瓘幕、桂管李昌巙幕。建中中，返长安供职御史台。后出为辰州刺史、虔州刺史。澧州（今

① 《旧唐书·地理志三》云：“上元楚金陵邑，秦为秣陵，吴名建业，宋为建康。晋分秣陵置临江县，晋武改为江宁。武德三年，于县置扬州，仍置东南道行台，改江宁为归化。……（武德）九年，扬州移治江都，改金陵为白下县。以延陵、句容、白下三县属润州，丹阳、溧阳、溧水三县属宣州。移白下治故白下城。贞观七年，复移今所。九年，改为江宁县。至德二年二月，置江宁郡。乾元元年，于江宁置升州，割润州之句容、江宁、宣州之当涂、溧水四县，置浙西节度使。”

湖南澧县),位于今湖南省西北部,澧水中下游,是湘西北通往鄂、川、黔的重镇,素称“九澧门户”。戎昱此文作于崔瓘幕中,崔瓘任澧州刺史期间,政绩显著,史称“不为烦苛,人便安之,流亡还归,居二年,增户数万”。(《新唐书·崔瓘传》)这与戎昱所引澧人歌“可怜地上楼,百姓不知修。上有清使君,下有清江流”的内容有一致之处。戎昱在序文中准确概括了澧州的地理位置及其环境特点,所谓“荆之近庸,国之南屏,水陆吴楚,风俗夷獠,溪蛮好乱,相寇仍梗”,旨在说明此地建城的重要性。进而描绘“古城之东垣,不盈百仞,地偏而僻署斜向,日正而阴阳气互”之现状,强调修建新城的必要性和迫切性。接下来运用极其简洁的文字,层次分明地描绘了建新城的整个过程:

> 度木于山,浮木于水,选巧匠于退卒,就啬夫于庸保。人急于利,役无劳焉。因旧址而板筑云集,创新规而雉堞霞映,峭壁屹立,修廊虹亘,讼堂铃阁,从俭制焉。不三四旬,功乃就矣。

作者举重若轻,围绕新城修建的每一个步骤下笔,环环紧扣,一气呵成。尚简的行文风格与“从俭”的建城风格形成内外呼应,而“不三四旬,功乃就矣”的建城速度则具体体现了崔瓘“不为烦苛”的为政风格。

总览唐代各体文本,《澧州新城颂·并序》可谓较早一篇从军事防御角度描写城市建设的作品。本来,防御外敌入侵是中国古城最重要、也是最基本的功能,然而一旦天下承平,久无战火,一般人就很难感觉到高墙深池的御敌作用,只有遭遇乱世,兵燹四起,城的防护功能才会重新被人认识。唐朝自安史之乱后,藩镇割据现象一直没有消除,加之外族的入侵骚扰,地方性、局部性的战乱时有发生,于是各地方官员开始从军事防御的角度去考虑城防问题。序文提到“乾元中盗不盈百,即州将失守,间岁微泸军溃,即郡人涂炭。向使崇堵可固,廪藏是蓄,何蕞尔之寇,得残生人乎!”表明澧州新城的修建的确出于加强城防的考虑,国家政治局势的变化由此折射而出。

宝历初(825),进士卢求任剑南西川节度使白敏中从事期间,奉命编刊西蜀图籍,补充当代资料,以便将白敏中镇蜀之“异绩”昭示于后人,“乃搜访编简,目为《成都记》五卷”,并于大中九年(855)八月五日作序。《成都记序》的文化价值并不在颂德,而在于勾勒出西南名城成都的发展历史,简明扼要。文章从“蜀国自秦始通”写起,按时间先后顺序,依次介绍成都的历史沿革:秦置巴蜀郡;李冰为蜀守,“始凿三江”;文翁治蜀;汉置南益州;刘备“称帝继汉,号先主,治成都”;“司马昭平蜀,复为益州”;武则天析益州,置彭、蜀、汉州;上元二年,

“始分为东西川”；至德二年，“改为成都府，置尹，比东西二京，号南都”，一直写到白敏中镇蜀时期成都的现状。卢求善于剪裁史料，具有较强的驾驭语言文字的能力，记文用不足两千字的篇幅清晰而完整地叙述了成都上千年的发展历史，重大事件搜求齐备，要言不烦。其中记载五丁开山、李冰斗龙等神话传说，闪耀着巴蜀文化的瑰丽光芒，增加了文章的奇异性和可读性。尤其值得注意的是，作者对于扬、益二州的比较：

> 大凡今之推名镇为天下第一者，曰扬、益。以扬为首，盖声势也。人物繁盛，悉皆土著，江山之秀，罗锦之丽，管弦歌舞之多，伎巧百工之富。其人勇且让，其地腴以善，熟较其要妙，扬不足以侔其半。

由于比较不够全面，因而存在偏颇之处，不过，能够准确概括出成都这一“名镇”的地域特色以及城市文化个性，亦足以显示作者的文化眼光。

二、城市场景笼罩时代阴云

壮丽富美，仅仅是唐代散文呈现的城市形象的一个侧面，自然灾害、战争烽火给城市造成的巨大破坏，在散文文本中也得到一定程度的表现。

生活在盛唐时期的卢備，中宗朝为右补阙，迁秘书少监，开元时为修图书副使。他留下的一纸判词，让后人清晰地看到了暴雨中的洛阳城形象。当时，洛阳县界内坊墙遇雨颓倒，坊人因筑墙之争而诉讼于上，卢備作《对筑墙判》以决。写作判词本非文学创作，卢備却将文学手法运用于其中，形象地再现了洛阳城受灾的情形：

> 帝王是宅，河洛之阳，云阙岩岩，列绮城之万雉；环途隐隐，分体国之九经。重闬交关，楼台相距，属阴风回扇，累日沈辉，洒洪雨于四溟，布族云于千里。烟凝万井，萍汎中衢，半露宫墙，坐见室家之好；全颓环堵，行瞻湫隘之居。

如此判词的确难得一见。作者视野开阔，大处起笔，满怀敬仰之情勾勒洛阳城平日的雄伟形象。紧接着描绘暴雨袭城的景象，表达惋惜之意。“烟凝万井”数句言洛阳受灾情况，画面开阔，全城灾情尽收眼底，同时又不失细节的真实性，生动具体。判词多用四六对句，语言工稳骈俪，富有感染力，充分体现了卢備深厚的文学素养。

“安史之乱”是唐王朝由盛而衰的转折点，这场战乱对城市的巨大破坏使无数人痛心疾首，诗人哀歌不断，散文作者也从自身的角度给予了控诉。平定安史之乱功勋卓著的朝廷重臣郭子仪，得知唐代宗欲以洛阳为都后，特上《请车驾还京奏》，极言都洛阳之弊：

> 咸谓陛下已有成命，将幸洛都。臣熟思其端，未见其利。夫以东周之地，久陷贼中，宫室焚烧，十不存一。百曹荒废，曾无尺椽，中间畿内，不满千户。井邑榛棘，豺狼所嗥，既乏军储，又鲜人力。东至郑汴，达于徐方，北自覃怀，经于相土，人烟断绝，千里萧条，将何以奉万乘之牲饩、供百官之次舍？矧其土地狭阨，才数百里间，东有成皋，南有二室，险不足恃，适为战场。陛下奈何弃久安之势，从至危之策；忽社稷之计，生天下之心？臣虽至愚，窃为陛下不取。

关于郭子仪上奏的背景，《旧唐书·郭子仪传》有所交代："自西蕃入寇，车驾东幸，天下皆咎程元振，谏官屡论之。元振惧，又以子仪复立功，不欲天子还京，劝帝且都洛阳以避蕃寇，代宗然之，下诏有日。子仪闻之，因兵部侍郎张重光宣慰回，附章论奏曰。"郭子仪反对定都洛阳，原因比较复杂，既牵涉到朝臣之间的争斗，也事关国家政治局势的稳定。洛阳在战乱中受到重创，乃不争事实，与程元振交通甚密的朝廷要员刘宴在《与元载书》中也承认"东都残毁，百无一存"（《旧唐书·刘宴传》）。郭子仪本不擅长舞文弄墨，但此奏书却不乏文采，且情感饱满，气势贯通。由"夫以"领起下文十八个四字句，描绘洛阳一带的残破景象，句式整齐，文意连贯，语气短促，节奏分明，足以给人留下深刻印象。接下来使用两个疑问句，增加文章的警醒作用，句式也呈现出由短变长、整散结合的特点，避免了行文的单一性。

随着李唐王朝中央政权掌控天下能力的急剧萎缩，京城长安成为乱臣贼子频繁光顾之地，被破坏的程度并不亚于洛阳。至昭宗朝乾宁年间，便有国子博士朱朴上书建议迁都，其《迁都议》描绘了长安一带的衰败景象："关中，隋家所都，我实因之。凡三百岁，文物资货，奢侈僭伪皆极焉。广明巨盗，陷覆宫阙。局署帑藏，里闬井肆。所存十二，比幸石门、华阴。十二之中，又亡八九，高祖、太宗之制荡然矣。"所言属实，绝非危言耸听①。至五代，为官后唐的李畴一封《请禁陵封内开掘奏》，更是道出了一个令人触目惊心的事实："京畿内列圣园

① 如果进一步发掘《迁都议》的文学价值，恐怕就在于它比较充分地体现了"文如其人"的文学创作规律。史称朱朴："腐儒木强，无他才伎"（《旧唐书》本传），《迁都议》认为"襄、邓之西"为"建都之极选"，迁都于此"永无夷狄侵轶之虞"，所言完全不具备现实可行性，倒是体现了"诗博士"的"腐儒"性格。

陵，自兵乱后，来人户多于陵封内开掘烧砖窑灶。掘断冈阜，惊动神灵。此后请严切禁止，奉陵州县，凡有封内窑灶，并宜修塞。”大唐王朝，气数已尽，寥寥数语，既充满愤怒，又饱含无奈。

战乱频仍，烽火四起必然导致各级官员对城防的重视，中唐至五代，各地修筑罗城（即外城）的现象明显增多，以“罗城记”命名的文章也随之增多，入选清编《全唐文》[①] 的有：王徽《创筑罗城记》、刁尚能《唐南康太守汝南公新创抚州南城县罗城记》、张得和《唐抚州罗城记》、殷文圭《后唐张崇修庐州外罗城记》、韩熙载《宣州筑罗城记》、罗隐《东安镇新筑罗城记》和《杭州罗城记》。其中王徽作于中和四年（884）的《创筑罗城记》，值得一读，该文叙述描写成都罗城修筑情况，兼备历史价值和文学价值。王徽字昭文，京兆杜陵人，大中十一年（857）登第。生平行迹详见新、旧《唐书》本传。《创筑罗城记》的写作缘由，记前小序里有具体说明。时任剑南西川节度的高骈鉴于成都“自咸通十年以后，两遭蛮寇攻围。数万户人，填咽共处。池泉皆竭，热气相蒸。其苦可哀，斯弊可恤”（《请筑罗城表》）的情况，上表于朝廷，请求于成都广筑罗城[②]。成都罗城修筑完毕以后[③]，王徽奉旨“授其功状”。《创筑罗城记》充分肯定了高骈“择地量材，拓开新址”、“去危即安，环以大城”的筑城业绩，其中最精彩的一段是对新筑罗城的描绘：

> 南北东西凡二十五里，拥门却敌之制复八里，其高下盖二丈有六尺，其广又如是，其上袤丈焉陴四尺。斯所谓大为之防，俾人有泰山之安矣。而甃碧涂壁，既丽且坚，则制磁饰瓴，又奚以异。其上建楼橹廊庑，凡五千六百八间。櫰梠栉比，闉阇鳞次。绮疏挂斗，鸳瓦凌霄。若飞若翔，如偃如仰。栖息乌兔，炫熀虹蜺。龙然而萦，霞然而横。望之者莫不神骇而气耸，目眙而魂惊。其始也，咸谓冥助，似非人力。其外则缭

① （清）董诰：《全唐文》，上海古籍出版社2007年版。

② 筑成都罗城的原因，高骈在《请筑罗城表》中说得更加清楚：“西川境邑，南诏比邻。频遭蛮蜓之侵凌，益以墙垣之湫隘。寇来而士庶投窜，只有子城。围合而闾井焚烧，更无遗堵。且百万众类，多少人家，萃集子城，可知危敝。井泉既竭，沟池亦干。人气相蒸，死生共处。官僚暴露，老幼饥凄。但言牢城，未敢出战。货财而岂能般挈，商旅而空怀怨嗟。”

③ 高骈修筑成都罗城的情况，《资治通鉴》卷二百五十二有较为具体的记载：“西川节度使高骈筑成都罗城，使僧景仙规度，周二十五里，悉召县令庀徒赋役，吏受百钱以上皆死。蜀土疏恶，以甓甃之，还城十里内取土，皆划丘垤平之，无得为坎埳以害耕种；役者不过十日而代，众乐其均，不费扑挞而功办。自八月癸丑筑之，至十一月戊子毕功。”

以长堤，凡二十六里。或引江以为堑，或凿地以成濠。则方城为城，汉水为池，又何以加焉！

仅耗时三月便完成如此宏大的工程，令人惊叹。新城面积广阔，城墙既高且厚，坚固无比，其上所建门楼、望楼、更楼及廊庑、栏杆等数以千计，城内各种建筑鳞次栉比，楼阁瓦檐飞阁凌空耸立，姿态各异。一旦太阳或月亮照临，全城沐浴着炫目的霞光，造成一种“神骇而气耸，目眙而魂惊”的视觉冲击力，十分强烈。城外引江为堑，凿地成濠，数十里长堤护卫着这座美丽的城市。王徽或引用数字以说明新城的雄伟不凡，或描绘形象以再现新城的壮丽景观，由城内到城外，层次分明。比喻、对偶、夸张、对比等修辞手法的相继运用增强了文章的文学色彩。

历史的天空时而阳光灿烂，时而阴霾密布，城市命运的变迁系之于时代风云的变幻，唐代散文对此给予了形象的诠释，尽管缺乏系统性和全面性，但不乏鲜活的场景与具体的事件，故能够给读者留下较为深刻的印象，其文学价值也正在于此。

第六节　隋唐五代城市文学的时代特色及其历史影响

处于发展阶段的隋唐五代城市文学，取得了非常显著的成就，作品无论数量抑或质量，均远远超过了前代。就整体创作情况而言，本时期城市文学创作题材进一步丰富，城市文学地图得以继续扩展，除了位于政治、文化、经济中心的京城以及各大城市之外，部分地方性中小城市以及一些边塞古城相继成为作家的描写对象，文学人物画廊中的市民形象更为清晰和丰满，唐传奇作者塑造出堪称典型的市民形象。随着民族城市审美经验的积累，作家群体对于城市的审美能力明显得到了提高。与前代同类文学相比，也体现出自身鲜明的特色。

第一，随着中国古代作家的审美情感体验日趋丰富多彩，城市的审美形态与价值在文学创作领域得到比较全面的发掘，尽管表现尚不够充分，但在民族审美历史上达到了一个新的高度。

人类的审美活动具有广泛性和丰富性，这一特征既源于审美客体的多样化，也决定于主体审美需求的多层次性。就时间纬度而言，在长期的社会实践活动中，人类的审美思维品质逐渐形成，审美意识日趋自觉，于是，升华为审美对象的客体数量不断增多，形式自然也日益多样化；从空间纬度来看，凡是人类足迹所到之处，凡是进入人的生存领域的各种各样的事物，均有可能跃入人的审美视野。审美对象的丰富性是审美感受丰富性的必要前提。作为观照客体的城市，自身经历了从无到有、从规模初具到繁荣昌盛、从古代城邑到现代都市的历史发展过程，具备丰富多彩的外在形式，例如密集的建筑、巍峨的宫殿、繁华的闹市和别具一格的市井风俗。凡此种种，完全可以使人产生美感，因为它凝聚着人类的智慧，确证人的本质力量，城市的物质形态及其文化风貌从不同角度显示着生命创造力的伟大，作为人自己创造的环境而给人以精神满足。仰视都市雄伟建筑与俯视大海汹涌波涛，固然对象有别，但同样能够引发观赏者发自内心的惊叹；置身通衢大道与面对纵横阡陌，感觉虽然截然不同，而目随心动的愉悦却自有相通之处。人类的能动性创造活动，在产生城市对于自身的物质价值的同时，也提供了产生包括审美价值在内的精神价值的可能性。隋唐五代文学家通过自己的创作证实了这种可能性的存在。

审美价值经由审美形态而呈现，中国古代城市的空间形态与文化功能符合一般城市特质的基本要求，同时也显示出自身鲜明的个性。由隋唐五代文学所呈现的城市审美形态主要体现在以下三个既相对独立又彼此联系的层面上：

首先是内蕴外化的技术之美。

城市建筑既具有职能、技术的特质，也具有审美特质。人们在设计、修建城市时，除了充分考虑内在性实用功能之外，还十分注意它的外在化形式。二者的相互交融，有机统一，便构成了城市的技术之美。就一般人的视觉感观而言，城市之美首先来源于它的技术美，初唐“四杰”之一的骆宾王那首被时人誉为“绝唱”[①]的《帝京篇》，盛赞京城之美，“五纬连影集星躔，八水分流横地轴。秦塞重关一百二，汉家离宫三十六。桂殿嵚岑对玉楼，椒房窈窕连金屋。三条九陌丽城隈，万户千门平旦开”，便是从视觉感受写起。在城市建造的全部过程中，从地址的选择、材料的使用，到市区的布局、建筑的造型，每一个环节都离不开技术手段的使用。城市的技术表现一方面决定于当时社会的科技发展水平，另一方面又不可避免地要受制于建造者的审美情趣。技术美是外显性与内隐性的有机统一，社会的审美心理、审美观念通过工程技术、工艺手段而得以显现。

丰富多彩的民族文化审美元素是构成中国古代城市技术美的重要成分。例

① （后晋）刘昫：《旧唐书》卷一百九十上《骆宾王传》，中华书局 1975 年版。

如“飞甍”[1]，即上翘如飞的屋脊，作为中国古代建筑优美造型的标志，多次成为文人墨客审美观照的对象。初唐诗人王圭《和洗掾登城南坂望京邑》诗极言长安之美，有“飞甍夹御沟，曲台临上路”之句，盛唐著名诗人王维亦激赏“小苑接侯家，飞甍映宫树”（《奉和圣制御春明楼临右相园亭赋乐贤诗应制》）的美景。“飞甍”造型得益于屋顶构建直线和曲线的巧妙组合，技术层面上达到了扩大采光面、雨水排泄畅通的效果，从审美角度看则增添了建筑飞动轻快的美感。又如，中国古代为数众多的城市或整体或局部地体现出整齐方正、对称平衡的布局特点，唐代著名诗人白居易《登观音台望城》诗描绘自己眼中的唐代都城长安：“百千家似围棋局，十二街如种菜畦。遥认微微入朝火，一条星宿五门西。”形象而准确。唐代长安以朱雀门大街为中轴线，东西向十四条大街，南北向十一条大街，彼此平行又相互交错，将城市比较均匀地分为一百余坊，登高俯瞰，的确能产生整齐如棋盘的视觉感受。长安的里坊制采用东西对称的格局，东西两市为商贸区，遥相对应。城市整体格局基本符合《周礼·考工记》所描绘的以宫城为轴心，南北中轴线为主导，严整对称的都城空间形态。

其次是融入自然的和谐之美。

“天人合一”的哲学思想深刻地影响着古代中国人的城市建设理念，因地制宜、背山面水的选址原则之所以得到普遍贯彻，除了能够满足经济实用的现实功利需求之外，城市规划者亲近自然的文化禀性发挥了至关重要的作用。先秦时期，儒家“比德山水”和道家“道法自然”的思想从不同角度沟通了人的精神世界与自然山水之间的内在联系，成为奠定中国人审美心理结构的两大理论基石。传统的风水理论则将崇尚自然的文化思想与审美情趣带入城市环境的选择和经营之中，造就了中国古代城市融入自然的和谐之美。

在现代城市研究学术视野里，城市作为人类后起的居住聚落，拥有完全不同于乡村景观的聚落实体——“有着密集的人口的，由各种人工建筑物、构筑物和设施组成的建成区”[2]。中国古代城市则不能作如是观，因为自然山水为城市和乡村所共有，由于城市规划建设成功地利用了以山水为地形骨架的自然资源，人们无论居高临下俯瞰城市抑或身居城中放眼远望时，总是能够感受到大自然的存在。“林表明霁色，城中增暮寒”，唐代诗人祖咏《终南望余雪》诗

① 早在南齐，著名诗人谢朓就吟出了“白日丽飞甍，参差皆可见”（《晚登三山还望京邑》）的诗句，至唐，类似描写明显增多。

② 周一星：《城市地理学》，商务印书馆2003年版，第36页。

描写的正是这种现象。唐代文学家的描写传达出这样的信息：在当时，城市景观并非孤立的存在，更不是自然景观的对立物，二者虽然在物质构成和外在形式上具有显著的区别和差异，但经过人工的巧妙组合搭配，建构起彼此关联、呼应、衬托和映照的内在关系，在整体上形成一个和谐的空间，共同成为人的审美对象。

融入自然的和谐之美，不能视为技术美与山水美的简单相加，它是一种意蕴丰富，能够唤起人深刻的情感体验，给人以多重满足与快乐的高级审美形态。城市景观与山水景观的有机融合，无疑是人类理想的生存空间。一方面，置身都市，面对高楼，享受物质文明的成果，追随历史前行的脚步，身心的快乐不仅来自个体物质欲望的满足，更深刻的原因还在于高度对象化的城市映照着人类奋斗的力量与成功，主体在当下直接性的生存过程体悟到生命创造的意义，悬置了有限的实用价值，城市凭借其开放性的空间形态进入人的审美视野。另一方面，中华民族的文化性格毕竟植根于农业文化的土壤之中，大众审美心理结构渗透进太多的山水因子，城市坐落于山环水抱之间，可以直接满足城市居住者对自然山水的审美心理需求。自然山水的清新和静谧，发挥着调剂城市文化氛围、清除和消解闹市尘嚣的文化功能，身居城市官场的文人士大夫朝会拜迎之余，借助青山绿水自我调剂，净耳清心，进行另一种审美体验。同时，自然山林能够有效净化城市空气，提高其宜居程度。

较早描写和欣赏古代山水城市审美品格的是汉代著名辞赋家扬雄，其《蜀都赋》言“两江珥其市，九桥带其流”，形象地展现了成都依托自然、山水环绕、适宜居住的建筑风貌。至唐，欣赏和赞美城市与自然融为一体的名篇佳句更是不断涌现。唐代王维《奉和圣制从蓬莱向兴庆阁道中留春雨中春望之作应制》诗将“渭水自萦秦塞曲，黄山旧绕汉宫斜”和“云里帝城双凤阙，雨中春树万人家”两组不同的镜头巧妙地组合在一起，成功地传达出帝都长安大气磅礴、生意盎然的独特气质。李白《南都行》描写南阳城的建构形势：“高楼对紫陌，甲第连青山”，身居城中仍然可以欣赏到田野风光和自然风光。白居易《洛川晴望赋》从宏观的层面描绘洛阳一带的宜人景色，所谓“赋邙山，眺洛邑”，将自然山水景观与城市建筑景观并举：“三川浩浩以奔流，双阙峨峨而屹立”，“瞻上阳之宫阙兮，胜仙家之福庭。望中岳之林岭兮，似天台之翠屏”。诗人尽情欣赏的是洛邑与自然融为一体的和谐之美。

再次是彰显文明的动态之美。

在中国传统审美视域里，以宁静、稳定、和谐为基本特征的自然乡土审美形态备受推崇。与之形成鲜明对比，以喧闹、变动、冲突为特质的城市审美形态，则处于被冷落的地位。如果说前者因完美地展现自然之美、静态之美而高度契合国人的审美心理结构的话，那么后者则因更多地呈现人为之美和动态之美，构成了对传统审美经验的挑战。对此，我们在本章第二节中已有论述。

独自欣赏清幽宁静的自然山水之境，已成为中国古代知识分子共同的审美习惯。毋庸讳言，当他们目遇青山、心逐流水、体验澄怀虑静的轻松与愉悦时，内心深处仍然存在挥之不去的孤独寂寞，缺乏对象的主动参与，他们与自然山水的精神对话本质上属于单向性交流，精神满足未能达到全面和彻底的高度。审城市之美，恰好能够在一定程度上弥补山水审美时的缺陷。置身于繁华闹市，和朋友、同道甚至陌生路人一起感受生活的美好，共同分享节日的快乐。嬉笑的妇女、歌舞的演员、沿街的灯火、拥挤的人流，一并成为孤独人生的良药。此时，无论伫立楼上开怀畅饮，抑或走向街头实地观赏，都是一种有效释放被压抑能量的积极行为。尽管自诩高雅的古代文人士大夫，在文化身份的认同上始终排斥下层市民（即所谓市井小人），但是他们通过积极参与的方式，的确在世俗社会中获取到能够排遣孤独寂寞的群体归属感，真实地体验到哪怕是短暂的、局部的精神愉悦，城市风情的审美价值由此而凸显出来。

第二，在文学观照视域中，部分城市的个性得到较为鲜明地呈现，这标志着创作主体的城市审美能力进一步提高。

城市个性是城市主要功能以及文化特色的具体体现，是不同城市之间相互区别的重要标志。只有发展成熟的城市才会具备独特的个性特征，而能够发现城市个性并对其进行文学表现，则是作家审美经验日益丰富、审美能力得以提高的表征。

中国古代城市个性的形成一方面得益于因地制宜的城市建设思想，具体体现在城市建筑的布局以及与四周环境的和谐关系上；另一方面则归因于地域文化的长期浸染以及城市特殊功能的彰显，具体表现为城市的风土民俗以及功能特长。早在周朝就已经萌芽的中国古代城市建设思想①，在漫长的历史发展进程中，逐渐丰富和完善，最终形成具有中国特色的城市建设思想。因地制宜的

① 傅礼铭认为："《周礼》反映了中国古代哲学思想开始进入都城建设规划，这是中国古代城市规划思想最早形成的时代。"《山水城市研究》，湖北科学技术出版社 2004 年版，第 15 页。

形态法则，是中国城市建设思想体系中十分重要的一项内容。中国大陆地形地貌复杂多样，山川湖泊，平原丘陵，形态纷呈，城市建设讲究因地构筑，借势生景，不同的建筑环境必然会赋予城市不同的外在风貌。自唐起，越来越多的作家开始注意到城市建设的这一普遍规律，他们直观地感觉到所处城市的地形特征，寓目抒怀，随形赋物，抓住城市特色构建文学世界的空间形象，从而使文学世界里的城市形象不拘一格，丰富多彩。

出现于唐诗里的古城岳阳，环境特色非常鲜明，这种特色造就它独特的城市风貌。“山城丰日暇，闭户见天心。东旷迎朝色，西楼引夕阴。”（张说《岳州山城》）“气蒸云梦泽，波撼岳阳城。”（孟浩然《望洞庭湖赠张丞相》）“岳阳天水外，念尔一帆过。野墅人烟迥，山城雁影多。”（李嘉祐《送岳州司马弟之任》）“江国逾千里，山城仅百层。”（杜甫《泊岳阳城下》）“极目不分天水色，南山南是岳阳城。”（崔峒《清江曲内一绝》）“尽日不分天水色，洞庭南是岳阳城。”（崔季卿《晴江秋望》）岳阳一带的地貌具有多样性，丘岗与盆地相穿插、平原与湖泊相交错，古岳阳城建造在丘陵地带，呈依山之势，所以诗人多以“山城”相称。此外，它西临洞庭湖，北接长江，南连湘、资、沅、澧四水，同时拥有环水之形胜，故诗人吟咏岳阳，又常常将山城置于万里长江或无边洞庭的波涛声中，古岳阳因此获得一种苍茫而又壮阔的城市气质。

江南另一座名城苏州在唐人笔下则尽显水乡泽国的城市魅力：“洛渚问吴潮，吴门想洛桥。夕烟杨柳岸，春水木兰桡。”（李乂《次苏州》）“流水阊门外，秋风吹柳条。从来送客处，今日自魂销。”（刘禹锡《别苏州二首》之二）“杨柳阊门路，悠悠水岸斜。乘舟向山寺，著屐到渔家。”（张籍《送从弟戴玄往苏州》）“阖闾城碧铺秋草，乌鹊桥红带夕阳。处处楼前飘管吹，家家门外泊舟航。云埋虎寺山藏色，月耀娃宫水放光。”（白居易《登阊门闲望》）“烟水吴都郭，阊门架碧流。绿杨深浅巷，青翰往来舟。朱户千家室，丹楹百处楼。水光摇极浦，草色辨长洲。”（李绅《过吴门二十四韵》）自古以来，苏州地区就是河网密布，今日的苏州市区一带是江南水网的中心，为全国河流最密集之处。古苏州城依水而建，借水造型，凭借小桥、流水、人家的城市格局，倾倒无数文人骚客。对于苏州，唐代文人最直观、也最深刻的印象便是绿水环绕，船行舟泊，无论暂停抑或长住，路过抑或告别，他们都能敏锐地发现水对眼前这座城市的润色添彩作用，悠悠的水流、摇曳的波光带给城市以灵动之感和妩媚之态。

白帝城是位于长江北岸、瞿塘峡口的一座古城，为西汉末年割据蜀地的公孙述所建，它一面傍山，三面环水，面积不大，却雄踞水路要津。在唐代，不止一位诗人以白帝城为吟诵对象，其中诗圣杜甫置身白帝城，诗情如泉涌，所咏多处涉及该城的建构特色。“江城含变态，一上一回新。天欲今朝雨，山归万古春。”（《上白帝城二首》之一）“白帝空祠庙，孤云自往来。江山城宛转，栋宇客裴回。”（《上白帝城二首》之二）“白帝城中云出门，白帝城下雨翻盆。高江急峡雷霆斗，翠木苍藤日月昏。”（《白帝》）“江度寒山阁，城高绝塞楼。”（《白帝城楼》）“城尖迳昃旌旆愁，独立缥缈之飞楼。峡坼云霾龙虎卧，江清日抱鼋鼍游。”（《白帝城最高楼》）“中巴之东巴东山，江水开辟流其间。白帝高为三峡镇，夔州险过百牢关。”（《夔州歌十绝句》之一）白帝城的地理位置，面江而建、随山宛转的筑城格局以及湿润多雨的气候特征，均在杜诗中得到形象的展现，相当准确。一个处处彰显环境特色的江城，构成了诗人抒发漂泊之感和忧国之情的特殊空间背景。

城市个性还体现于它独特的文化性格。在长期与城市的密切联系中，唐代作家逐渐培养起把握和区别城市文化个性的能力，其中对于京城长安、江南名城扬州的认识与表现最具代表性。长安作为最高政治权力的象征，一直是唐代作家心目中梦寐以求、心驰神往的“天堂”，个体的长安境遇通常被视为衡量人生成败的标准，被长安拒绝无疑是人生最沉重的打击，而被逐出长安则是残酷的政治惩罚，长安无与伦比的政治品格与权力色彩，在唐诗中得到最为充分的表现①。扬州是唐代最为繁荣富足的城市，富甲天下，“扬一益二”之说足以表明其经济发展水平居于全国前茅。扬州位于水路交通枢纽，乃全国盐运中心，交通、商业和手工业十分发达，道德樊篱松动，商业气息浓郁，市容繁华，民俗轻扬②。这一切在唐代诗人笔下转换成了歌吹遍地、灯火连天、倡楼红袖、街衢翠珠的文

---

① 对于这一问题，拙文《总为浮云能蔽日，长安不见使人愁——试论李白的“长安情结”》有比较具体的论述，载《中华文化论坛》2003年第2期，第87—90页。

② 唐杜佑《通典》扬州卷“风俗”云：“扬州人性轻扬，而尚鬼好祀。每王纲解纽，宇内分崩，江淮滨海，地非形势，得之于失，未必轻重，故不暇先争。然长淮、大江，皆可拒守。闽越遐阻，僻在一隅，凭山负海，难以德抚。”王文锦等校点：《通典》，中华书局1988年版，第4849页。对于扬州“轻扬”的历史评价，当代学者提出了自己的看法，余大庆认为：“历史扬州是个商业中心城市，扬州文化就是市民文化”，造就扬州繁荣的一个重要原因“是这个地区的人所具有的观念——它打破了固守残缺的文化中心主义。所以，照一些人看来它就相当那样轻浮，不合乎规范。”（《亚细亚羊圈的异兽：古代扬州城市文化》，载《都市文化研究》第一辑，上海三联书店2005年版，第123页。）

学形象，在诗人们对于扬州印象的书写中，明显可以感受到感官欲望的躁动以及个人立场的彰显，所谓“相看醉舞倡楼月，不觉隋家陵树秋”（陈羽《广陵秋夜对月即事》），“天下三分明月夜，二分无赖是扬州”（徐凝《忆扬州》），“莫唤游人住，游人困不眠”（姚合《扬州春词三首》之一），“人生只合扬州死，禅智山光好墓田”（张祜《纵游淮南》），“骏马宜闲出，千金好旧游”（杜牧《扬州三首》之一），是一种无关国家伦理，无视道德规范的自由吟唱，表达的是远离宏大叙事的个人诉求。他们之所以将扬州视为人生的乐园和理想的归宿，正是基于对这座城市文化性格的深刻认识。

第三，大批作家有意识地将城市建筑景观纳入文学观照的范畴，给予其富有个性化的艺术表现，标志着创作主体观照视野的扩大和创作能力的进一步提高。

隋唐以前，文学家多在宏观层面上对城市建筑景观诸如宫殿、街衢、住宅之类进行总体性、概括性描写，城市形象通常显得气势恢宏、辉煌壮丽，不足之处则在于缺少局部的放大与细节的点染，故难以给人留下具体印象。至唐，这种情况得到明显改善。不少城市的著名建筑如楼、阁、亭、台、塔等首先作为文人墨客的游赏登临之处进入其观照视野，进而成为吟咏之物转化为文学形象。著名作家置身其中的吟诵描写，不仅能够迅速提高建筑景观的知名度，从不同角度增大其文化承载量，而且使文学世界中的城市形象因局部特征突出而变得更加清晰具体，更具有个性特色。长安城正是因为拥有大明宫、曲江池、昆明池、慈恩寺塔等著名建筑，才以真实具体的城市景观区别于洛阳、金陵等其他古都，成为独特的“这一个”。景因人而显、因文而传，伴随着经典名篇的流传，名楼、名阁、名台……最终演变为该城市的标志性人文景观。王勃的一篇《滕王阁序》确定了南昌城最亮丽的风景所在，滕王阁的独特魅力铸就成南昌永不磨灭的城市之光。同样，崔颢的一首《登黄鹤楼》，在传唱神话故事的同时，将白云缭绕千载的黄鹤楼图景绘进了武昌城的历史画卷之中，历久弥新。

但凡能够成功描写城市建筑景观的作家，无不具有丰富的历史、地理知识以及还原景观“现场”的文学表现能力，正是在这一点上，唐代作家在整体上显示出超越前人的艺术才华。他们亲临其境，对表现对象做近距离观照，运用多样文学手法塑造地域色彩与文化个性兼备的景观形象，王勃创作《滕王阁序》，就是一个成功的范例。

建筑实体、生态环境与文学文本三位一体，共同构成了作为历史文化景观的滕王阁。即席吟诵、命题写作的前提规定王勃必须采用“在场”的姿态，紧扣滕王阁下笔，以契合现场氛围，满足先在的条件，描绘出一个具有特征性的场所。文本从两个层面达成了“在场”的要求：其一，语涉在场主宾，颂词虽然不多，但足以满足各位的荣耀之心；其二，更为重要的是，着力于对滕王阁及其四周环境作“逼真”式的艺术还原。王勃首先准确勾勒出滕王阁所处的地理位置，然后以飞动之彩笔描绘滕王阁的登临之美，最后，附诗“滕王高阁临江渚，佩玉鸣鸾罢歌舞。画栋朝飞南浦云，珠帘暮卷西山雨”诸句点染出阁的华美与气势。前后呼应、虚实相生的艺术处理在带给受众巨大的审美享受的同时，烘托出一种强烈的现场感。现场受众从最初排斥王勃到最终完全被他征服，现场还原的成功应是其中非常重要的因素，那些自视甚高的王公贵族、文人学士之所以被迫臣服于一个匆匆过客，首先在于天才少年的描写成功地凸显了现场的特征，契合了他们眼中和心中的滕王阁。

第四，魏晋南北朝城市文学就已经显示出来的讴歌城市与批判城市的悖反现象，在隋唐五代文学中得到进一步突出表现。

随着城市经济的发展，文人士大夫群体与城市的关系变得更加密切，城市生活经历也更加丰富，与此同时，越来越多的个体对于城市生活感到了不适应，身居闹市却长怀山林之想，是一种普遍存在的生存状态。有人不堪市朝的喧嚣而向往自然的宁静，有人为逃避尘世的纷争而选择回归田园，有人在城市中失落了理想只能无奈地离开，有人失望之后公开表示对城市的拒绝：

长怀去城市，高咏狎兰荪。

——卢照邻《三月曲水宴得尊字》

虽然在城市，还得似樵渔。

——于鹄《题邻居》

暂来城市意何如，却忆葛阳溪上居。

——权德舆《送李处士归弋阳山居》

林下贫居甘困守，尽教城市不知名。

——牟融《写意二首》之二

何当离城市，高卧博山隈。

——杜牧《遣怀》

中唐著名诗人白居易的心路历程极具代表性。白居易进入仕途后，先后为官长安、洛阳等城市，且时间不短，对于两京的城市面貌以及自身复杂的城市生活经历，他在文学创作中给予了生动具体的表现。白居易在充分享受城市所提供的物质文明成果的同时，始终存在着对城市的排斥心态，无法真正融入城市之中。他经常抱怨身不由己的官场生涯（如《早朝思退居》），而官场所体现的秩序与约束，正是城市区别于乡村的文化特质之一；他不满长安贵族生活的奢侈与浪费（如《买花》），谴责宫市对农民的无情掠夺（如《卖炭翁》），不曾拥有"城市人"的立场和优越感；在遭受严重政治打击之后，他开始在意识的层面上体现出与城市决裂的倾向，"见君五老峰，益悔居城市"（《题元十八溪亭》）的强烈感慨就缘此而发，分司东都洛阳期间，更是以修建"寂无城市喧，渺有江湖趣"（《闲居自题》）的终老之所的方式，显示自己的心灵归宿。

白居易的代表性集中体现在两个方面。一方面，他之所以能够对城市种种不良现象保持一种自觉的批判态度，很大程度上得益于中国古代士人普遍具有的历史使命感与道德责任感，以民为本的思想与和谐共处的原则，作为中华文化的优良传统，深刻地影响到"白居易们"对于物质文明建设的现实态度，使他们对城市发展进程中出现的巧取豪夺、城乡分化、贫富悬殊等社会现象痛心疾首，奋起鞭挞，并且高度警惕人类不断膨胀的物质欲望，自觉抗拒金钱权力的诱惑与异化，其积极意义不言而喻。另一方面，白居易身上又体现出农业社会赋予士人群体的文化秉性：居住，喜欢充满乡野气息的幽静环境；生活，习惯于缓慢而有规律的节奏；行为，崇尚随意和适性。对于城市，心理始终存在隔膜和距离，这种心理状态极大地妨碍古代知识分子真正走进城市，对城市文化本质进行深入和全面的探讨与把握。如果不能充分认识和认可城市文化内涵的积极因素，对城市之美的深度体验也就无从谈起。这个问题，一直存在于中国古代城市文学发展的历史进程之中，始终没有得到很好的解决。

隋唐五代城市文学特别是唐代文学对中国古代城市文学的发展，产生了不可忽略的深远影响：

首先，作为历史样板和文学范例，隋唐五代城市文学对城市审美形态及其价值的全面发掘和艺术表现，直接影响了后世作家对于城市的审美观照态度和文学创作方式。

至宋，以城市为审美观照对象的文学文本大量涌现，描写元宵观灯、上巳出游、清明踏青、花市赏花以及游览胜景的作品比比皆是，表现对城市的欣赏与赞美之情，已成为普遍的文学现象。隋唐五代诗词围绕城市富丽之美、动态之美展开的描写，在宋词、元曲和明清诗文中蔚为大观，成为城市文学中一道独具魅力的风景线。文学艺术家审美体验的多样化倾向越来越明显。

其次，隋唐五代作家对于城市人文景观的成功描写给后世作家有益的启示。

隋唐以还，城市中的人文景观日益增多，作家群体的景观审美意识也日益自觉，文人墨客纷纷效仿前贤雅士，登临游赏，吟诗作赋，创作出不胜枚举的优秀篇什。杜甫《登岳阳楼》诗以写景抒怀见长，写景境界阔大，抒情意蕴深厚，不愧咏岳阳楼名篇，北宋范仲淹的《岳阳楼记》亦为名篇，历史影响似乎更大①，但同样以写景抒怀见长，文本所采用的叙事—写景—抒情三段式结构与杜诗如出一辙。李白《登金陵凤凰台》抒写登临吊古情怀，采用写景、用典等手法，将历史与现实融为一体。数百年之后，宋代词人同样以登临抒怀的方式延续着凤凰台上的吟唱："二水中分，三山半落。风云气象通寥廓。少年怀古有新诗，清愁不是伤春作。"（刘一止《踏莎行·游凤凰台》）李白的影响昭然可见。

南宋后期，作为游览胜地的杭州西湖已经开发完毕，形成了以西湖为中心，包括苏堤春晓、花港观鱼、曲院荷风、柳浪闻莺、三潭映月、平湖秋月、断桥残雪、雷峰夕照、南屏晚钟、双峰插云在内的集人文景观与自然景观于一体的城市风景区。唐代诗人张祜《题杭州孤山寺》所描写的"断桥荒藓涩，空院落花深"的荒凉景象已为充满诗情画意的"断桥残雪"景观所取代。南宋词人陈允平、张炬等人创作的《西湖十咏》，适应城市发展的新面貌，以组词的形式描绘和赞美杭州美景，正是对文学传统的继承和光大。

再次，唐代作家首创"金陵怀古"的创作模式②，后代作家一直沿袭使用，名篇迭出。

在唐人的文化视野中，剥去了繁华面纱、消失了遍地歌吹的六朝古都金陵被定位于亡国之都，成为历史的一面镜子。唐代作家以史为鉴，探讨朝代更迭、政治成败的原因，在对历史的反思中展开金陵形象的描写，借历史遗存抒发兴亡之感与忧世之思，遂使"金陵"由地域概念转换为具有浓郁政治文化色彩的艺术符号。唐以后，寄托着强烈而明确的政治意识、历史意识的"金陵"意象频繁出现在历代作家的怀古作品中，承载着沉重的感伤情绪，表达作者对现实政治

① 《光明日报》2007 年 12 月 24 日刊载闵和顺所作《岳阳赋》，赋中多次提及范仲淹，如"范公杰作望续篇"、"宋承前修，大家叠起，文章合时，如椽巨笔"、"藤范身影长"、"大同近，五事具"，可见范仲淹及其《岳阳楼记》在今岳阳人心目中分量之重。

② 对于这一问题，拙文《"金陵"意象与古代作家的怀古心态》做了比较全面深入的阐释，载《西华师范大学学报》（哲学社会科学版）2007 年第 5 期，第 1—5 页。

的评判和干预。宋代王安石的《桂枝香·金陵怀古》、周邦彦的《西河·金陵》、汪元量的《莺啼序·重过金陵》、元代萨都刺的《百字令·登石头城》、清代朱彝尊的《卖花声·雨花台》、郑板桥的《满江红·金陵怀古》，这些传世名篇虽产生于不同的历史背景之下，却无一例外地展现出作家因金陵而怀古、因怀古而感伤的心理流程，金陵与怀古之间形成了固定的对应关系，唐代文学的巨大影响再次表现出来。

最后需要指出的是，唐传奇作者对士子京城经历及其情感生活的观照和表现，成功地拓展了小说的题材领域。才子佳人相遇于都市的情节，不断出现于后世众多小说里，最终成为一个创作模式。

第四章

两宋[①]：中国古代城市文学的成熟期（一）

第一节 两宋城市建设与发展以及城市文学创作概述

公元960年，发动“陈桥兵变”的赵匡胤登上皇帝宝座，建立了赵宋王朝，定都开封（又名汴京、汴梁、东京），史称北宋。公元979年，宋朝结束了五代十国分裂割据局面，重建统一的中央集权国家。其间虽存在宋辽对峙与冲突，不过，并未从根本上影响封建国家政治运作的正常秩序以及社会经济向前发展的历史进程。北宋后期，由女真族建立的金朝在东北崛起，频频打败辽军之后，挥师南侵。金人渡过黄河，攻破开封，俘虏徽钦二宗和皇室贵戚三千多人北去，北宋灭亡。靖康二年（1127）五月，宋徽宗第九子赵构在江南即位，改元建炎，升杭州为临安府，定为行在所，史称南宋。偏安一隅的南宋朝廷采取各种相应措施，推动农业、手工业、商业在南方广大地区的继续发展。较之前朝，宋朝综合国力虽有所不及，但生产力水平仍有较大程度提高。农业发展主要表现在农业人口的增加、生产工具的改进、耕地面积的扩大以及经济作物的进一步推广；手工业发

① 与宋王朝同时，中国北方地区存在着由少数民族建立的政权，如契丹族建立的辽朝、女真族建立的金国，对北方地区的经济文化发展做出了积极的贡献，城市建设方面取得了前所未有的成就。例如，辽朝实行五京制，其中上京（今内蒙古昭盟巴林左旗南）和中京（今昭盟宁城县西）均建立在北方城市建设的空白地带。金朝的上京会宁府（今黑龙江阿城）地区原完颜部最初住地，并无城郭，其宫城仿效宋汴京而建。但是，在城市文学创作领域尚未取得值得称道的成就，故本章对辽金文学略而不论。

展则体现于门类增多，分工更加细密，工艺水平明显提高，以交换为目的的纺织业经营突破了自给自足的模式，规模扩大，名优瓷器产品远销国外；商业方面，纸币的使用有力地促进了商品流通，对外贸易呈现空前繁荣的局面，商税开始纳入国家的财政收入。城市的发展程度既是历史积淀的结晶，更是现实力量作用的产物，它是衡量当下国家综合实力的重要标尺，同时受制于当下经济发展的总体水平和政治局势的起伏变化。两宋时期，中国城市的地域分布与发展趋势，都体现出经济与政治纽结的巨大效应。

两宋时期，中国城市分布出现了新的格局。唐都长安在唐末动乱中遭受毁灭性破坏，两宋先后以汴京（开封）、临安（杭州）为首都，标志着中国长达千年的以关中地区渭水流域为重心的城市分布格局彻底解体。北宋时期，位于黄河中下游的都城汴京作为国家政治文化的中心，使全国城市发展大致保持着南北平衡的整体格局。宋室南渡，随着都城的南迁，南方城市的发展迅速超过北方。临安为东南形胜之地，北宋已是重要的工商业城市和对外贸易的重要港口。南宋初“大驾初跸临安，故都及四方士民商贾辐辏”（陆游《老学庵笔记》卷八），这座江南名城获得了进一步发展的大好机遇，以东南六路为主、苏杭为中心的东南城市群成为全国的经济文化重心。

在前代城市建设基础之上，宋朝城市十分繁荣，规模进一步扩大，大城市数量大幅度增加。城市人口数量是城市发展的重要标志之一，“10 万户以上的城市，在唐代有一二十座，而宋代膨胀到四五十座”。① 据初步统计，北宋“城市人口户数当在二百万户以上，占宋神宗元年间一千六百万户的百分之十二以上”，宋神宗“熙宁年间开封府户达二十万，人口当在百万以上”。② 元丰年间“有 26 万户，若每户按 4 口～5 口计，则全城有 110 万人～130 万人之间，加上驻军及其他流动人口，开封城有人口 150 万人～170 万人左右，是当时世界人口最多的城市”。③ 北宋时期的开封商贾云集，八方辐辏，万国来朝，成为当时世界政治、经济、文化的一座高峰。南宋都城临安经济繁荣，人口稠密，“到南宋末年，有户 39 万，人口 120 余万，规模超过了北宋的东京”。④ 在大城市的带动下，周

① 邹逸麟主编:《中国历史人文地理》，科学出版社 2001 年版，第 332 页。

② 戴均良主编:《中国城市发展史》，黑龙江人民出版社 1992 年版，第 197 页。

③ 陈代光:《中国历史地理》，广东高等教育出版社 2004 年版，第 403 页。

④ 邹逸麟主编:《中国历史人文地理》，科学出版社 2001 年版，第 332 页。这一统计数字未曾包含驻军与庞大的城市流动人口。

边地区的工商活动普遍加强，南北朝时期开始出现的镇市大量涌现，原先的军事行政色彩完全消解，演变为纯粹的贸易场所，中国的城市化进程掀开了新的一页[①]。

唐代就已经开始松动的上古型城市的坊市体制全面解体，是宋代城市发展中出现的一个非常值得关注的重大变革。政府取消了对城市街巷内商业活动的时间限制与空间限制，夜市不禁，街巷开放，商业活动更加自由，店家可以根据需要延长营业时间，商铺可以在城内甚至贴近城墙一带地区自由开设，夹街而设的商铺随处可见。北宋京城开封已无东西市的设置，店铺、酒楼、茶坊、瓦子和勾栏大量涌现，早市和夜市随之出现，据孟元老《东京梦华录》[②]载，马行街"夜市直至三更尽，才五更又复开张。如要闹去处，通晓不绝。……冬月虽大风雪阴雨，亦有夜市"。（卷三）若节日之夜，则更为热闹，"中秋夜，贵家结饰台榭，民间争占酒楼玩月。丝篁鼎沸，近内庭居民，夜深遥闻笙竽之声，宛若去外。闾里儿童，连宵嬉戏。夜市骈阗，至于通晓"。（卷八）坊市制的崩溃给了商业自由发展的空间，中国城市的商业化程度达到空前的水平，标志之一便是为城市居民服务的商业和其他行业急剧增加，南宋临安"有行业达四百一十四行，而唐不过一百十二行"[③]，从商人员组成了一个庞大的队伍。城市居民的基本构成成分与前代相比，虽无本质性改变，但人员的构成比例却发生了明显变化，城市人口中占最大多数的不再是皇室宗族、文武百官、卫戍部队，而是处于社会中下层的坊郭户（亦称坊市户），他们"以财产为标准又区分为主客户，坊郭客户处于底层，为城市平民，主户包括大小商贾、手工业作坊主、各种服务行业中有产业的民户"。[④]各类手工业者以及巨商小贩、倡优戏子、走卒仆役构成了市民阶层的主体。此外，游荡于市井里的流氓、无赖以及庞大的流动暂住人口（包括进京赴选的士子、云游天下的僧道、居无定所的流浪者等）也成为城市人口的重要组成部分。中下层市民数量急剧增加，他们的生活方式与消费需求，对于城市消费结构、娱乐方式、文学生产以及文化面貌都发生了不可估量的重大影响。

---

① 日本学者认为"宋代的城市已发展到了可与西欧近世都城相比的高度文明水平"。平田茂树：《宋代城市研究的现状与课题——从宋代政治空间研究的角度考察》，载中村圭尔、辛德勇编《中日古代城市研究》，中国社会科学出版社 2004 年版，第 115 页。

② （宋）孟元老撰，伊永文笺注：《东京梦华录笺注》，中华书局 2006 年版。

③ 戴均良主编：《中国城市发展史》，黑龙江人民出版社 1992 年版，第 221 页。

④ 戴均良主编：《中国城市发展史》，黑龙江人民出版社 1992 年版，第 204 页。

中国古代城市文学发展至两宋，进入成熟期。成熟的标志主要体现在以下四个方面：

首先，随着创作主体对于城市生活适应度的加深，以及城市文化生活参与度的提高，城市文学创作队伍迅速扩大，城市文学区别于乡土文学的特质越来越鲜明。

较之前代，宋代文学世界中的城市形象呈现出扩张的态势，所谓扩张，不仅仅指描绘城市形象的作品数量增多，内涵空前丰富，题材更为多样，最重要的是，大批作品通过明显的正面描写彰显城市文化的强大辐射力，旗帜鲜明地肯定中华文明发展的历史新面貌。文人士大夫群体的城市审美意识日趋强烈，他们以前所未有的兴趣与热情描绘丰富多彩的都市生活，讴歌城市之美、描写都市享乐之风的作品俯拾皆是。富于艺术才情的宋代文人在广泛吸取前人创作经验的基础上，投入了更多的时间和精力，采用更为纯熟的表现手法进行艺术的还原与创新，推出不少具有典型意义的城市文学精品。尤其值得称道的是作为一代文学之胜的宋词，以精美的形式描绘城市图景，渲染城市魅力，传达作家对城市最真实、最细腻的心理感受，其中产生了如柳永《望海潮·东南形胜》这样脍炙人口的经典名篇。宋词具有雅俗共赏的表现内容与艺术形式，出现于其中的城市形象，闪动着鲜活的感性生命色彩，在很大程度上满足着广大市民表达和宣泄世俗欲望的需求。中国文学发展至宋，在大力铺写城市居民绚丽多姿的休闲娱乐生活、尽情表达市民安逸享乐的心理诉求方面，尚无其他文体能够与宋词相比。

其次，城市生存空间的开放性特点为文学家进一步认识和利用，城市文化对文学创作和发展的影响全方位显现。

两宋文人的城市观并未发生根本性变化，但是，城市经济的空前繁荣以及朝廷优待文吏的政策，在刺激其入城热情的同时，悄然改变着他们对于城市生活的态度。“山林未必胜城市，触处能欢即自由”（宋·陈宓《偶题》），在城市文化中寻求人生的快乐与生命的自由，已不是个别现象。许多人不再满足于被动地充当城市的匆匆过客，而是采用主动姿态介入城市生活之中，在充分享受丰富的物质文明的同时，积极发掘城市生活方式的异质性、多样性和开放性对于文学的意义，即使漂泊于城市，出入酒楼歌馆的经历也成为了创造都市浪子形象的基础，都市浪子形象的出现使城市文学人物画廊的空白得以填补，柳永及其创作即系显例。元夕赏灯，清明寻芳，流连花市，游冶青楼，大棚看戏，酒楼听曲，城市的世俗生活屡屡激发起宋人的创作冲动，甚至听人叫卖，贺人开店也被他们纳入文学表现的范畴，成为创作题材，文学与城市日常生活越来越贴近，文学世界里的城市形象被涂抹上大众化、世俗化色彩。“卖花担上，买得一枝春欲放”（李清照《减字木兰花》），这是普普通通的城市生活事件；“万斛金莲照九衢。锤拍豉汤都卖得”（赵师侠《南乡子·尹先之索净圆子词》，这是实实在在的城市生活场景。戴复古一曲《洞仙歌》更是将平常的城市生活场景写得具体生动：

卖花担上，菊蕊金初破。说着重阳怎虚过。看画城簇簇，酒肆歌楼，奈没个巧处，安排着我。

家乡煞远哩，抵死思量，枉把眉头万千锁。一笑且开怀，小阖团栾，旋簇着、几般蔬果。把三杯两盏记时光，问有甚曲儿，好唱一个。

题材虽小，却不乏新颖之处。借酒浇愁本为古代文人的常见举动，一旦语言口语化，再配之以酒肆歌楼的背景，加进听曲消遣的情节，就变得极富城市生活的意味，文本也因之别具一番情趣。

宋代文人士大夫已经具备了比较自觉的交往意识和参与意识①，他们在充分享受富裕的城市生活的同时，利用城市所提供的自由交往平台，加强彼此之间的学术联系与文学交往，或寻求引荐帮助，或展开政治论争，或进行诗文唱和，或探讨创作问题，城市的文化聚合功能经由他们的人生实践有效地转换为文学发展与文学传播的推动因素。这种现象在唐代已属常见，北宋表现得就更为突出：

梅尧臣：“工为诗，以深远古淡为意，间出奇巧，初未为人所知。用询荫为河南主簿，钱惟演留守西京，特嗟赏之，为忘年交，引与酬唱，一府尽倾。欧阳修与为诗友，自以为不及。”

——《宋史·文苑传》

欧阳修：“举进士，试南宫第一，擢甲科，调西京推官。始从尹洙游，为古文，议论当世事，迭相师友，与梅尧臣游，为歌诗相倡和，遂以文章名冠天下。”

——《宋史·欧阳修传》

黄庭坚：“熙宁初，举四京学官，第文为优，教授北京国子监，留守文彦博才之，留再任。苏轼尝见其诗文，以为超轶绝尘，独立万物之表，世久无此作，

① 如果从负面影响来看，宋代文人强烈的交往意识和参与意识对于当时政坛朋党现象的出现，起了推波助澜的作用；但是，如果从积极方面去认识，它又可视为中国古代知识分子为适应社会发展、不断进行心理机制调试的正常反应，表现出一种与时俱进的生存姿态。

由是声名始震。”“与张耒、晁补之、秦观俱游苏轼门，天下称为四学士。”

——《宋史·文苑传》

晁补之：“十七岁从父官杭州，稡钱塘山川风物之丽，著《七述》以谒州通判苏轼。轼先欲有所赋，读之叹曰：‘吾可以搁笔矣！’又称其文博辨隽伟，绝人远甚，必显于世，由是知名。”

——《宋史·文苑传》

上述事件的发生地点或是首都东京开封，或是西京洛阳，或是江南名城杭州，当事者的共同之处在于能够自觉利用城市所提供的广阔空间构建交往平台，从事与文学相关的活动。从主观上讲，他们因此而获得名师指点，迅速提高自身的知名度；就客观效果而言则助于文学集团、文学流派以及文学思潮的形成，促进了文学创作的繁荣。欧阳修为官洛阳的交游活动颇能说明问题。

欧阳修，宋仁宗天圣八年（1030）进士，初仕西京（洛阳）留守推官，官洛三年中，交游十分广泛和频繁。他在《张子野墓志铭》里说道：“天圣九年，予为西京留守推官，是时陈郡谢希深、南阳张尧夫与吾、子野尚皆无恙。于时一府之士，皆魁杰贤豪，日相往来，饮酒歌呼，上下角逐，争相先后以为笑乐。”欧阳修的交游对象大都具有出众的文学才华，他们之间经常进行诗文唱和，相互切磋诗艺，造就了当时洛阳文坛的繁荣局面。其中梅尧臣、尹洙两位更是成为欧阳修诗文写作请教的对象，对欧阳修文学创作水平的提高以及文学思想体系的建立，产生了积极的影响[①]。

西昆诗派是活跃在宋初诗坛上的一个重要诗派，杨亿编叙《西昆酬唱集》为其形成标志。该集共收杨亿、刘筠、钱惟演、李宗谔、陈越、李维、丁谓、刁衎、任随、刘骘、张咏、舒雅、钱惟济、晁迥、崔遵度、刘秉、薛映等十七人相互酬唱的五七言律诗250首。西昆体派的形成，除了社会风尚以及前人创作的影响之外，京城—宫廷这一文化空间的聚合功能也发挥了不可忽视的重要作用。西昆体诗人大都仕途通达，且多居高位，他们同朝为官，彼此关系甚密，交往频繁，唱和颇勤[②]。《西

① 梅新林指出，“宋代西京洛阳更显文化之都、学术之都、艺术之都的特点与魅力”。《中国古代文学地理形态与演变》，复旦大学出版社2006年版，第317页。

② 西昆体诗人之间的交游唱和发生在他们京城为官期间，杨亿“刚介寡合，在书局，唯与李维、路振、刁衎、陈越、刘筠辈厚善”（《宋史·杨亿传》），刘筠“会诏知制诰杨亿试选人校太清楼书，擢筠第一，以大理评事为秘阁校理”（《宋史·刘筠传》），丁谓、李宗谔等共撰《大中祥符封禅记》五十卷，石中立“擢直集贤院，与李宗谔、杨亿、刘筠、陈越相厚善”。（《宋史·石熙载传》）

昆酬唱集》所收诗歌大约产生于刘筠咸平元年（998）进士，“会诏知制诰杨亿试选人校太清楼书，擢筠第一，以大理评事为秘阁校理”（《宋史·刘筠传》）之后，至大中祥符五年（1012）陈越离世这十余年时间里，如果考虑到其间杨亿数次离京外任等因素，他们之间文学交往的绝对时间还应缩短。尽管宋初诗坛盛行唱和之风，但如此频繁密集、人数众多的唱和，显然不大可能出现在山林田园的广袤天地，只有城市才拥有最迅速反映诗坛创作动态、最充分汇集时代的文学潮流的条件，才可能为那些文学趣味相投的诗人提供彼此唱和、相互切磋的最佳活动空间。

事实上，宋代文人于政坛频繁展开论争，宴游之际进行诗文唱和乃常见之事，由此产生了大量的文学文本，尽管其中多数内容并不具有某一特定城市的“前景”构图，即没有出现具体描写城市景观与城市生活的内容，难以直接纳入城市文学范畴，不过，城市作为“背景”存在所发挥的潜在作用，例如城市经济为作家提供的创作条件，城市文化对创作主体审美情趣潜移默化的影响等等，当是研究者必须给予关注的问题①。

再次，城市之于文学，不再仅仅作为表现对象、创作题材而存在，它在历史发展进程中聚积起巨大的能量，开始对传统的文学生产机制产生冲击力和影响力。宋代市民阶层队伍空前壮大，他们的存在使中国古代城市的消费结构有所改变，他们区别于上层贵族集团的生活方式与娱乐需求无可争议地成为文学生产机制逐渐发生变化的重要因素。

文学生产机制是一个复杂系统，主要体现在时代、作者、读者这三个环节及其联系之中，它一方面关联着作者和读者的内在需求，另一方面又受制于国家相关政策制度、社会思潮、传播渠道等各种外在因素。隋唐五代，中国文学生产机制尚未发生质的飞跃，写作行为一般仍然以个体为单位，创作目的仍然以传统的政治讽谏、奉和应制、言志抒情这几类为主，口耳相传和手抄传播的方式也无明显变化。至宋，国家的城市管理政策的变化导致了一系列连锁反应：坊市制度崩溃——城市商业繁荣——市民队伍膨胀——消费市场出现新需求。在市民阶层旺盛的娱乐消费需求的刺激下，文学创作开始出现商品化的趋势，具体而言，为市民服务的通俗文学写作明显偏离传统的创作轨道，掺杂进经济的因

① 例如，西昆体诗人之间在京城进行的文学交往，催生出大量的酬唱诗歌，他们的创作“具有对诗坛前辈的继承、学习、变革和发展的内在意义，因而其酬唱诗也就在前人创作经验的基础上使纯熟化的唱和诗尤为成熟”。许总：《宋诗史》，重庆出版社1997年版，第77页。

素，具有了商品生产的某些属性。

唐代就已经出现的以听众为对象的说话（即口传故事）与说唱艺术，在宋代得到进一步发展，发展的契机正是城市经济的繁荣和市民队伍的扩大。北宋都城瓦舍勾栏的设立，主要是为了满足中下层市民的娱乐需求。据孟元老《东京梦华录》记载，当时市民的消遣场所不仅数目多，而且已具有相当规模，例如东角楼街巷“街南桑家瓦子，近北则中瓦，次里瓦。其中大小勾栏五十余座。内中瓦子、莲花棚、牡丹棚、里瓦子、夜叉棚、象棚最大，可容数千人”。（卷二）该书还具体介绍了“京瓦伎艺”中的各种表演类型及其代表艺人，特意强调“不以风雨寒暑，诸棚看人，日日如是”的繁盛景象（卷五）。长期稳定的观众（听众）队伍，长盛不衰的观赏热情，为演出市场的维系与繁荣提供了坚实的经济基础。至南宋，以市民为主要观赏对象的技艺演出业进入了稳步发展阶段。周密《武林旧事・瓦子勾栏》载，南宋杭州城内正式设立的、有固定演出场所、观众需入棚观看的瓦子如“南瓦”、“中瓦”、“大瓦”、“北瓦”等，就多达二十多处，艺技上佳者方可入内演出，其中“一世只在北瓦，占一座勾栏说话，不曾去别瓦作场，人叫做小张四郎”。由此可见，说话、讲唱已经成为一种为市民服务的职业，说话、讲唱人员将表演作为谋生手段已是不争的事实，在表演商业化的背后无疑是创作的商业化。当时艺人的表演已出现专业化的现象，《东京梦华录》介绍，在京瓦肆中有说《三分》的霍四究与卖《五代史》的尹常。另据宋人吴自牧《梦粱录・小说讲经史》载，有戴书生、周进士、张小娘子、宋小娘子等人专讲“史书”，而另有谭谈子、翁三郎、雍燕、王保义等人专讲“小说”，这应该视为“说话”专业化的具体表现。说话人演述时使用的底本属于早期的白话小说，此时，编撰说话的目的绝非自娱，而是为了娱人，进而获取相应的经济报酬。商业目的势必要求话本写作者充分考虑听众的接受情况，从题材选择、语言使用到情节设置，都应当从诉诸听觉感受的特点出发。生产机制的变化对文学写作活动的影响，首先在说话内容与形式的通俗性上表现了出来①，而这一点正是城市文学以“俗”为美特质的体现，同时也是前代城市文学所缺乏的。

最后，在空间形态上，城市继续成为中国文学新体裁的萌芽与发展的文化

① 话本小说在宋代兴起，已是学界共识。鲁迅《中国小说的历史变迁》在谈及话本小说的兴起时说：“这类小说，不但体裁不同，文章上也起了改革，用的是白话，所以实在是中国小说史上的一大变迁。”话本小说使用白话，较之文言，在语言表达上更加通俗，有助于听众的理解。

土壤，宋金城市的繁荣为中国古典戏剧的形成与发展提供了必要条件和广阔空间。古典戏剧的成熟，标志着中国文学体裁众体齐备时代的到来。

北宋都城汴京被当代研究者称为中华"戏剧之都"、"中国杂剧的摇篮"①，充分肯定了城市发展对古典戏剧成熟的推动作用。概言之，开封城市坊市合一的格局的形成为北宋时期城市经济的繁荣提供了体制上的保证，城市中勾栏瓦舍的创立，实现了戏剧及其表演伎艺由公益性向商业性的转化，经济利益遂开始成为古典戏剧向前发展的新动因，戏剧在与百戏伎艺的商业竞争中逐渐走向成熟②。孟元老《东京梦华录》卷八载："构肆乐人，自过七夕，便般'目连救母'杂剧，直至五十日止，观者增倍。"由此可见杂剧艺人的活跃以及杂剧表演受市民欢迎的程度。

第二节　都市词：充溢于城市空间的艺术新声

作为一种后起的诗歌体裁，词经历了唐五代数百年的孕育发展之后，至宋进入了繁荣昌盛的新阶段。多个方面的原因造就了宋词兴盛的局面③，其中非常重要的一点便是城市的繁荣以及由此而产生的城市文化娱乐业的发展，取代坊市而出现的街市，将城市变成了繁荣的大众生活与娱乐场所，造就了市民文化与通俗文学勃兴的局面。一方面，受到宋朝统治者优待的士大夫群体，拥有丰厚的俸禄，可以确保都市生活较高的物质水平，他们轻歌曼舞、浅斟低唱的常见享乐方式为词的创作与传播提供了适合的场所与畅通的渠道。另一方面，繁荣的市场与曲词创作之间存在互动关系。据宋人高承所撰《事物纪原》卷九载，"京师凡卖一物，必有声韵，其吟哦俱不同，故市人采其声调间以词章，以为戏乐也。今盛行于世，又谓之吟叫也。"宋代早市常有卖花吟唱，它与曲调《卖花声》之间就存在着相应关系④。当时，反映广大市民生活情调的歌唱文体——新声在市井流行，诚如孟元老《东京梦华录·序》所言："新声巧笑于柳陌花衢，按

① 详见徐朔方：《金元杂剧的再认识》，载《中华文史论丛》第46辑，上海古籍出版社1990年版。

② 详见张大新：《宋金都城的繁荣与古典戏曲的成熟》，载《文学评论》2006年第3期。

③ 对此，当代学者的研究已非常充分，兹不一一展开论述。

④ 伊永文认为，唐五代《卖花声》曲调，为双调，平声韵，前后片各五句，共54字。北宋的张舜民曾以《卖花声》曲调创作过两首词，这个曲调很有可能与宋代城市上的卖花吟唱接近。换言之，《卖花声》词至少在体制上予卖花吟唱以很大影响。《行走在宋代的城市》，中华书局2005年版，第12页。

管调弦于茶坊酒肆。”柳永词多次提到这种情况，例如“佳娘捧板花钿簇，唱出新声群艳伏。”（《木兰花》四之二）“风暖繁弦脆管，万家竞奏新声。”（《木兰花慢·拆桐花烂漫》）民间大众的娱乐需求为词开辟了另一片发展的空间，词人的创作热情在另一层面上被激发，词作的传播在宫廷、书斋之外获得了更为广阔的途径。清人宋翔凤《乐府余论》称：“按词自南唐以后，但有小令。其慢词盖起宋仁宗朝。中原息兵，汴京繁庶，歌台舞席，竞赌新声。耆卿失意无俚，流连坊曲，遂尽收俚俗语言，编入词中，以便伎人传习。一时动听，散播四方。”指出了流行于城市的新声对文人词创作的推动作用。

作为绽放于城市文化土壤的文学之花，宋词拥有极其丰富的城市文学资源，描绘城市风貌，赞美都市景观，表现城市生活，表达行走在城市里各色人等的都市体验，无疑是宋代都市词的重要内容。

一、繁华富丽的都市映像

出现于宋词里的城市众多，既有历史悠久的大都会，也不乏刚刚兴起的小市镇，它们或雄踞中原，或矗立边陲，或密布江南，形象各异，风貌万千。不同样态的城市呈现着兴衰交替的历史面貌，那些处于上升、发展时期的城市，总是能够吸引众多词家的观照目光，他们越来越重视城市的“宜居”程度，普遍将城市的繁荣作为国家昌盛、天下太平的重要标尺，繁华富丽的都市映像折射出宋代文学家的时代感与城市认同感。

（一）“十里笙歌，万家罗绮”的北宋图景

北宋的城市对于多数文人士大夫而言，既是可居可游的生活环境，也是赏心悦目的观照对象，讴歌都市尤其是汴京与杭州的繁华富丽，汇入了北宋词的主旋律之中。

潘阆是较早唱响都市赞歌的词人。潘阆（960？—1009），字梦空。自号逍遥子，大名（今属河北）人，一说广陵（今江苏扬州）人。其生平行迹，《宋史·王继恩传》有所介绍。潘阆早年居钱塘（今浙江杭州）十载，与这座江南名城结下不解情缘。一组《酒泉子·忆余杭》以出尘之语，描绘钱塘的如画美景，奠定了他在中国文学史上的地位。《酒泉子》一共十首，其一、其三描述了词人对于钱塘城市风貌的审美感受：

长忆钱塘，不是人寰是天上 万家掩映翠微间。处处水潺潺。异花四季当窗放。出入分明在屏障 别来隋柳几经秋。何日得重游。（其一）

长忆西湖，湖上春来无限景。吴姬个个是神仙。竞泛木兰船。楼台簇簇疑蓬岛。野人只合其中老。别来已是二十年。东望眼将穿。（其三）[①]

随着时间的流逝，词人记忆中的钱塘印象定格于一幅幅优美的图画，它们不是凝固的空间，作家"在场"的情感将其还原为具有鲜活生命力的现实图景。钱塘是中国古代著名的山水城市，绿树掩映，流水环绕，西湖是它的灵魂，城市建筑与自然环境的和谐共存，造就了人间仙境般的城市景观。潘阆采用动静结合、远近相间、整体勾勒、局部点染的手法，成功地进行了记忆的艺术回放，将城市风光的秀丽与城市生活的富足有机地融入同一画面之中。《花草粹编》卷五引杨湜《古今词话》云："石曼卿见此词，使画工彩绘之，作小景图。"足见其富有画境。

柳永（987？—1053？）[②]，都市词的第一位写作行家。柳永在城市生活的时间较长，经历比较丰富。面对繁华富丽的都市景象，他保持着长久不衰的兴奋之情，丰富多彩的都市文化生活更是激发起他浓郁的写作兴趣，随着他一系列都市词作的诞生，中国古代城市文学创作掀起了一个高潮。出现在柳永都市赞歌里的有西南都会成都，《一寸金·井络天开》云："锦里风流，蚕市繁华，簇簇歌台舞榭。雅俗多游赏，轻裘俊、靓妆艳冶。当春昼，摸石江边，浣花溪畔景如画。"有江南名城苏州、杭州和扬州，《瑞鹧鸪》云："吴会风流。人烟好，高下水际山头。瑶台绛阙，依约蓬丘。万井千闾富庶，雄压十三州。触处青蛾画舸，红粉朱楼。"《早梅芳》云："海霞红，山烟翠。故都风景繁华地。谯门画戟，下临万井，金碧楼台相倚。芰荷浦溆，杨柳汀洲，映虹桥倒影，兰舟飞棹，游人聚散，一片湖光里。"[③]《临江仙》云："扬州曾是追游地，酒台花径仍存。"首都汴京更是他反复歌咏的对象：

嶰管变青律，帝里阳和新布。晴景回轻煦。庆嘉节、当三五。列华灯、千门万户。遍九陌、罗绮香风微度。十里然绛树。鳌山耸、喧天箫鼓。渐天如水，素月当午。香径里、绝缨掷果无数。更阑烛影花阴下，少年人、往往奇遇。太平时、朝野多欢民康阜。随分良聚。堪对此景，争忍独醒归去。

——《迎新春》

---

① 本节所引宋词如无另注皆出自唐圭璋编辑：《全宋词》，中华书局1965年版。

② 柳永的生卒年尚无定论，此从唐圭璋先生之说。《柳永事迹新证》载《词学论丛》，上海古籍出版社1986年排印本，第598—611页。

③ 柳永于杭州作此词赠与资政殿学士知杭州的孙沔，详见吴熊和先生《柳永与孙沔的交游及柳永卒年新证》，载《吴熊和词学论集》，杭州大学出版社1999年版。

玉城金阶舞舜干。朝野多欢。九衢三市风光丽，正万家、急管繁弦。凤楼临绮陌，嘉气非烟。雅俗熙熙物态妍。忍负芳年。笑筵歌席连昏昼，任旗亭、斗酒十千。赏心何处好，惟有尊前。

——《看花回》

同类作品还有《玉楼春·皇都今夕如何夕》、《破阵乐·露花倒影》、《透碧霄·月华边》、《倾杯乐·禁漏花深》等，柳永之前，尚未有作家创作过如此众多的都市颂歌。借皇都盛景，颂太平盛世，是柳永汴京词的共同特点，与创作目的相契合，城市人文景观成为他集中描写的内容。在中国古代帝都具有的诸多功能中，政治统治功能无疑居于中心和首位，然而，未能跻身最高统治集团的柳永，感受最深的却是它聚散物质的经济效能与创造时尚的文化活力，为了淋漓尽致地抒发京城物质盛宴与市民狂欢带给自己的感觉快意与心灵震荡，柳永常常采用自己擅长的慢词长调体式，从视觉、听觉、嗅觉等不同角度谱写汴京印象，平常风光，节庆盛景，白日芳菲，夜间灯火，一一纳入画面之中。柳永对都市的观照态度有两个特点尤为值得关注：其一，雅俗共赏的兼容性。“雅俗熙熙物态妍”，柳永所表达的是一种具有开放性和兼容性的城市审美理念，建构城市美景的元素应该多元并存，雅俗共赏，因此，在他笔下，无论朝廷盛典抑或市井生活，都得到同样的肯定性表现，“雅俗多游赏”正是其都市体验的艺术写照。较之前代同类题材的作品，柳词更加强调市民群体的活动，在一定程度上体现了创作视点的下移。其二，置身其中的参与性。面对繁华热闹的都市景观，柳永不甘充当旁观者，他采取积极参与的主动姿态，正所谓“堪对此景，争忍独醒归去”，“赏心何处好，惟有尊前”。在现实层面上，置身狂欢队伍之中的柳永获得了感官快意和欲望满足；在意义的层面上，积极参与的态势表达的正是对都市生活方式的肯定。当然，不容否认的是，那躁动于字里行间的物质欲望在相当程度上削弱了文本所具有的审美意义。

在柳永的都市词中，最受人称道的是描绘杭州美景的《望海潮》：

东南形胜，三吴都会，钱塘自古繁华。烟柳画桥，风帘翠幕，参差十万人家。云树绕堤沙，怒涛卷霜雪，天堑无涯。市列珠玑，户盈罗绮，竞豪奢。重湖叠巘清嘉。有三秋桂子，十里荷花。羌管弄晴，菱歌泛夜，嬉嬉钓叟莲娃。千骑拥高牙，乘醉听箫鼓，吟赏烟霞。异日图将好景，归去凤池夸。

词人紧扣钱塘城山围水驻的特色下笔，先总体评价，后具体描写，一方面点染迷人的自然美景，另一方面展示繁华的都会景观。较之潘阆的《酒泉子·长忆钱塘》，柳永的描写更富有鲜活的生命气息，更接近现代意义上的审美描述。在现代环境美学的研究视域中，人类环境不单指场所、建筑等外部空间形态，还包括人们作为参与者所遇到的各种情境，环境在本质上是“一个感知系统，即由一系列体验构成的体验链。从美学角度而言，它具有感觉的丰富性、直接性和当下性，同时受文化意蕴及范式的影响，所有这一切赋予环境体验沉甸甸的质感”[①]。此刻，柳永的体验属于“正在进行”式，由眼前之景引发的内心激情始终伴随着他的创作，“身体在场”的直接性与当下性使主客体的紧密融合具有了客观条件。柳永所呈现的钱塘美景不仅由视觉形象组成，而且还来自于听觉感知（“羌管弄晴，菱歌泛夜”），甚至存在于身体的振动之中（“怒涛卷霜雪”）。他运用富有鼓动性和想象力的语言描述自己对当下环境的体验与欣赏，带动读者进入一个魅力十足的艺术境界。柳永成功了，据载，“此词流播，金主亮闻之，欣然有慕于三秋桂子，十里荷花，遂起投鞭渡江之志”。（罗大经《鹤林玉露》卷一）

张先（990—1078），字子野，湖州乌程（今浙江湖州）人。自宋仁宗天圣八年（1030）进士及第踏入官场后，先后奔走于宿州、吴江、嘉禾、永兴、渝州、安州等地为官。晚年致仕后，优游于杭州、湖州之间，《破阵乐·钱塘》一词是他闲居杭州时所作[②]：

> 四堂互映，双门并丽，龙阁开府。郡美东南第一，望故苑，楼台霏雾。垂柳池塘，流泉巷陌，吴歌处处。近黄昏，渐更宜良夜，簇簇繁星灯烛，长衢如昼，暝色韶光，几许粉面，飞甍朱户。　　和煦。雁齿桥红，裙腰草绿，云际寺，林下路。酒熟梨花宾客醉，但觉满山箫鼓。尽朋游，同民乐，芳菲有主。自此归从泥诏，去指沙堤，南屏水石，西湖风月，好作千骑行春，画图写取。

该词并非张先的享誉之作，但在突出杭州城市特色方面却有独到之处，值得一书。如果仅有“垂柳池塘，流泉巷陌，吴歌处处”之类描写，固然也能彰显钱塘魅力，却不足以与江南其他水城区别开来，本词开篇便以“四堂互印，双门并丽”概括介绍杭州郡守所建四堂（有美堂、中和堂、虚白堂、清暑堂）相互照应的建筑格局，既显示了中国古代城市建筑共同具有的对称之美，又将观照对象定格于无可争议的“这一个”。下阕所言“沙堤”、“南屏”、“西湖”，更是杭州城的标志性景观，地域指向十分明确。张先的创作实践表明，经过长期的创作实践，中

① ［美］阿诺德·伯林特：《环境美学》，张敏、周雨译，湖南科学技术出版社2006年版，第20页。

② 张先《破阵乐·钱塘》为治平四年（1067）贺祖无择知杭州所作。详见吴熊和主编《唐宋词汇评·两宋卷》第一册，浙江教育出版社2004年版，第120页。

国古代作家对于城市的艺术表现已经跨越了一味模拟前人、且多概括描写和粗线条勾勒的初级发展阶段，开始进入突出对象特征、描写具体细致的成熟时期。

节俗是宋词的常见题材，其中元宵观灯尤为词人津津乐道①，这一类词的内容多由夜晚灯市景色与市民狂欢场面两部分组成，形象地反映出城市的繁华以及市民物质生活的消费水平。柳永《迎新春·嶰管变青律》、《倾杯乐·禁漏花深》等作品采用慢词体式展示京城元宵景观，奠定了元宵词的写作基调。紧随其后，欧阳修《御带花》词采取大致相同的观照视角，描写都城元宵夜的欢乐盛况以及自己的激动情绪，进一步巩固了柳永初创的元宵词“铺张扬厉”的范式：

> 青春何处风光好，帝里偏爱元夕。万重缯彩，构一屏峰岭，半空金碧。宝檠银釭，耀绛幕、龙虎腾掷。沙堤远，雕轮绣毂，争走五王宅。雍容熙熙昼，会乐府神姬，海洞仙客。拽香摇翠，称执手行歌，锦街天陌。月淡寒轻，渐向晓、漏声寂寂。当年少，狂心未已，不醉怎归得。

全词显示出先总后分、先物后人、先远后近的描写顺序，层次感极强。随着词人对灿烂辉煌的灯市美景与都人欢乐游赏的场面相继谱写，一个太平盛世不夜城的历史画卷呈现在读者眼前，将以富、大、奇为美的审美情趣表现得淋漓尽致。②

作为一代大文豪的欧阳修（1007—1072），对中国城市文学的发展做出了卓越贡献，所作《采桑子》，以十首联章形式歌咏颍州西湖景色，描绘出一个地方城市的优美景观。颍州（今安徽阜阳），治所汝阴，虽为名郡，但毕竟远离政治文化中心，难免给人以“颍州绝褊小”（宋·毕仲游《感兴欧阳仲纯兄弟》）的印象。仁宗皇祐元年（1049）春，欧阳修移知颍州，因“爱其民淳讼简而物产美，土厚水甘而风气和，于时慨然已有终焉之意也”。（《思颍诗后序》）神宗熙宁四年（1071），欧阳修以观文殿学士、太子少师致仕，如愿归颍州居住。颍州西湖虽位于城外，但与杭州西湖一样已成为一座城市的有机组成部分，蔡正孙《诗林广记》后集卷一引《诗文发源》云：“杭有西湖，颍亦有西湖，皆为游赏之胜。”十首盛赞“西湖好”的《采桑子》主要描写颍州西湖的如画美景以及画船载酒的游

① 据统计，《全宋词》中有元宵词330首，其中包括91首无题序者，残句不计。详见黄杰：《宋词与民俗》，商务印书馆2007年版，第27页。

② 欧阳修之后，采用铺陈手法描写元宵夜繁华与热闹景象，便成为一种写作范式，采用相同手法的作品有丁仙现《绛都春·上元》“融和又报”、赵仲御《瑶台第一层·上元扈跸》“嶰管声催”、周邦彦《解语花·元宵》“风销焰蜡”、范致虚《满庭芳慢》“紫禁寒轻”、万俟咏《醉蓬莱》“正波泛银汉”、赵佶《满庭芳》“寰宇清夷”、康与之《瑞鹤仙·上元应制》“瑞烟浮禁苑”、赵长卿《宝鼎现·上元》“嚣尘尽扫”等。

乐生活，抒发了作者泛舟其上怡然自得的愉悦之情，其三云：“画船载酒西湖好，急管繁弦。玉盏催传。稳泛平波任醉眠。行云却在行舟下，空水澄鲜。俯仰留连。疑是湖中别有天。”与此同时，也描写了节日湖边的繁华景象，显示了城中居民生活的富庶与节日出游的欢乐情怀，例如其六云：“清明上巳西湖好，满目繁华。争道谁家。绿柳朱轮走钿车。游人日暮相将去，醒醉喧哗。路转堤斜。直到城头总是花。”欧阳修采用小令联章的形式，从不同角度吟咏同一景观，中心意象“西湖”反复出现，不断传达和强化着“好”的信息，同时又造就了音节的回环往复之美。他的成功使这种联章体成为后人效仿的对象。

在宋代词人的都市赞歌里，出现频率最高的是首都汴梁，其次为杭州，此外，扬州也成为受人高度关注的城市。扬州在盛唐处于极盛时期，当时有“扬一益二”之说，后因战乱摧残，至唐末迅速衰败。《新唐书·叛臣传下》载：“扬州雄富冠天下，自师铎、行密、儒迭攻迭守，焚市落，剽民人，兵饥相仍，其地遂空。”北宋社会相对稳定，政府重开扬州运河，逐渐废除坊市制，扬州又得迅速发展的契机，农业、手工业水平进一步提高，商业重新呈现繁荣局面，“有茶、盐、丝、帛之利。人性轻扬，善商贾，廛里饶富，多高赀之家”。（《宋史·地理志》）宋人对于扬州的观照体现出时空联结与时空转换并置的特点，他们一方面对再度崛起的扬州投去赞赏目光，正所谓“二十四桥千步柳，春风十里上珠帘”（韩琦《维扬好》）；另一方面又总是情不自禁地回忆起全盛之日的扬州，“花陌千条，珠帘十里，梦中还是扬州”（李之仪《满庭芳》），那里是宋朝士人魂牵梦绕的理想居所。繁华富丽的城市风貌将历史记忆与现实场景联结起来，构成它们的部分重合，秦观《望海潮·星分牛斗》即为典范之作：

> 星分牛斗，疆连淮海，扬州万井提封。花发路香，莺啼人起，珠帘十里东风。豪俊气如虹。曳照春金紫，飞盖相从。巷入垂杨，画桥南北翠烟中。追思故国繁雄。有迷楼挂斗，月观横空。纹锦制帆，明珠溅雨，宁论爵马鱼龙。往事逐孤鸿。但乱云流水，萦带离宫。最好挥毫万字，一饮拚千钟。

秦观（1049—1100），字少游，一字太虚，号淮海居士、邗海居士。高邮（今属江苏）人。北宋著名文学家，尤工长短句。秦观一生多次游历扬州，熟知这座江南名城的历史与现状，他采用俯瞰古今的观照视角，将扬州今古美色尽收眼底。《望海潮》首先描写的是今日扬州：疆域广阔，风景秀美，城市富丽，好一个宜人居所。下阕笔锋一转，追忆往事，感慨物换星移，扬州繁华不再。宋代文人普遍认为自己面对的扬州远不及唐代繁华，“十里楼台歌吹繁，扬州无复似当年”（欧阳修《竹西亭》），“扬州全盛，往事今何处？”（晁补之《蓦山溪·与王定国朝散忆广陵》）而对繁华的追逐又始终作为一种内心情结与人生姿态，影响着他们对扬州的文学观照。正因如此，秦观笔下美好的现实场景最终未能遮盖记忆中的历史画卷。

中国城市进入全面发展时期之后，越来越多的地方性城市凭借自身的历史新面貌而进入词人的审美视域，尽管它们无法与汴京、杭州等大都市相媲美，但其呈现的繁华富丽景象也足以使置身其中的词人赏心悦目，发咏为词，上文所引欧阳修的《采桑子》组词便是在这样的背景下诞生的。数十年后，词人王安中的《安阳好》效仿《采桑子》，谱写了另一组地方城市的赞歌。

安阳（今河南安阳），宋称湘州，隶属河北西路。作为中国八大古都之一（殷墟所在地），安阳素以历史悠久、文化底蕴厚重著称，由于饱经世事沧桑巨变，经济发展与城市建设在相当长的阶段内处于相对滞后的水平。“我军取相州，日夕望其平。岂意贼难料，归军星散营。”杜甫《新安吏》形象地记载下安史之乱中安阳一带遭受战乱破坏的一幕。至北宋，安阳随着历史前行的步伐而得到相应发展，王安中九首《安阳好》词[①]绘出了它的新面貌，兹录四首如下：

安阳好，形势魏西州。曼衍山河环故国，升平歌鼓沸高楼。和气镇飞浮。笼画陌，乔木几春秋。花外轩窗排远岫，竹间门巷带长流。风物更清幽。

（其一）

安阳好，戟户府居雄。白昼锦衣清宴处，铁梁丹榭画图中。壁记旧三公。棠讼悄，池馆北园通。夏夜泉声来枕簟，春风花影透帘栊。行乐兴何穷。

（其二）

安阳好，物外占天平。叠叠挼蓝烟岫色，淙淙鸣玉晚溪声。仙路驭风行。松路转，丹碧照飞甍。金界花开常烂熳，云根石秀小峥嵘。幽事不胜清。

（其三）

安阳好，千古邺台都。繐帐歌人春不见，金楼梦凤夜相呼。辇路旧萦纡。

① 宋人吴曾《能改斋漫录》卷十七“乐府下”载，韩魏公“熙宁初，公罢相，出镇安阳公，复作《安阳好》辞十章，其一云：‘安阳好，形势魏西州。……’其二云：‘安阳好，戟户使君居。……’余八章不记。”韩魏公即韩琦（1008—1075），湘州安阳人，宋英宗时封魏国公，故称。《能改斋漫录》所录韩琦两首《安阳好》又见王安中《初寮词》。饶宗颐《词集考》将其归于王安中名下，谓“建中时，安中作此以颂韩忠彦，当无大误”。详见吴熊和主编《唐宋词汇评·两宋卷》第二册，浙江教育出版社2004年版，第1198页。今姑从饶说。

闲引望，漳水绕城隅。暗有渔樵收故物，谁将宫殿点新图。平野漫烟芜。

（其九）

王安中（1076—1134），字履道，号初寮，中山阳曲（今山西太原）人。少有才，年十四荐于乡，学于苏轼、晁说之，宋哲宗元符三年（1100）进士。为揭示《安阳好》的创作动机，王安中口号一诗："赋尽三都左太冲，当年偏说邺都雄。如今别唱安阳好，胜日佳时一醉同。"末句七字当是理解组词内容与情感的关键所在。王安中通过对安阳的地理形势、自然风景、城市建筑、人文风情、历史名胜全方位的描写，渲染今日安阳的富庶与秀美，由衷地赞美了治世的太平和宜人的环境。安阳地处晋、冀、豫交界处，西依太行之崇阿，北面漳河之波涛，拥有山高水长之形胜，其一、其九分别写道："曼衍山河环故国"、"漳水绕城隅"，正是对城市自然地理环境的揭示。然而，这只是一笔带过，词人更为倾心的却是环境的"优美"之处，其审美注意力主要集中在那些线条柔和、色彩鲜明、运动节奏缓慢、自然体积偏小的景物之上，如："花外轩窗排远岫，竹间门巷带长流"、"夏夜泉声来枕簟，春风花影透帘栊"、"叠叠挼蓝烟岫色，淙淙鸣玉晚溪声"、"金界花开常烂熳，云根石秀小峥嵘。"城外山青水秀、城内花红竹绿，春风拂帘，长流穿巷，如此景色再配之以高楼飞甍、馆阁池园，安阳分明处处散发着南国山水城市的气息。《安阳好》的审美效应表明，作家的主观审美情趣对于城市形象的塑造具有艺术变形的重要意义，"以我观物"，一旦创作主体的审美取向具有明显的选择性，浸染着浓郁情感因素的城市文学形象呈现给读者的必然是经过选择而被"放大"的一面。

两汉以来，成都一直以西南地区大"都会"的形象吸引着历代文学家的欣赏目光，成为他们文学表现的对象，扬雄、左思的《蜀都赋》，李白的《登锦城散花楼》、《上皇西巡南京歌十首》，张籍的《成都曲》等均是文学史上的名作。至宋，释仲殊的两首《望江南》通过描写成都蚕市、药市的兴盛景象以及作者自身的感受，艺术地再现了成都的繁荣与尚游的习俗：

成都好，蚕市趁遨游。夜放笙歌喧紫陌，春邀灯火上红楼。车马溢瀛洲。人散后，茧馆喜绸缪。柳叶已饶烟黛细，桑条何似玉纤柔。立马看风流。

（其一）

成都好，药市晏游闲。步出五门鸣剑佩，别登三岛看神仙。缥缈结灵烟。云影里，歌吹暖霜天。何用菊花浮玉醴，愿求朱草化金丹。一粒定长年。

（其二）

仲殊乃出家僧人，字师利（俗姓张，名辉），安州（今湖北安陆）人。先后住苏州承天寺、杭州吴山宝月寺。黄昇《花庵词选》曰："苏轼守杭州，引为方外友。"仲殊是否游历成都已不可考，他作《望江南》称道"成都好"，恐与苏轼交好有关。蚕市、药市是唐宋时期巴蜀地区出现的两种定期集市，前者"以蚕为市"（苏轼《和子由蚕市》），主要买卖蚕具农具，兼有其他货物交易，举行时间为每年正月至三月；后者主要交易各种药材，春秋两季皆可举行。对于蜀人而言，蚕市、药市并不仅仅是交易市场，同时也是游乐场所。《宋书·地理志》称川陕四路"土植宜柘，茧丝织文纤丽者穷于天下。地狭而腴，民勤耕作，无寸土之旷，岁三四收，其所获多为遨游之费。踏青、药市之集尤盛焉。动至连月"。《望江南》词云"蚕市趁遨游"、"药市晏游闲"，当缘此而发。在仲殊看来，造就美好成都的除了彻夜笙歌、红楼灯火、车水马龙之外，更有令人向往的集市，他运用绮丽清婉的语言将交易场所与交易对象描绘得如诗如画，饶有情致，尤其是将药市写得空灵缥缈，充分体现了他作为游赏者而非交易者的审美眼光。

以镇江（今江苏镇江）为吟咏对象，仲殊组词《南徐好》同样具有城市文学史价值。镇江位于长江下游南岸，历史悠久，名称数易，三国曰京口，六朝曰南徐，隋唐曰润州，北宋曰镇江，隶蜀两浙路。至于仲殊创作《南徐好》的缘由，《嘉定镇江志》卷二十一如是说："崔鹏德符命僧仲殊赋《南徐好》十词。"① 十首《南徐好》吟咏的对象分别为瓮城、花山李卫公园亭、渌水桥、沈内翰宅百花堆、刁学士宅藏春坞、多景楼、金山寺化城阁、陈丞相宅西楼、苏学士宅绿杨村、京口，它们共同拼接起一幅镇江城全景图。兹录三首如下：

南徐好，鼓角乱云中。金地浮山星两点，铁城横锁瓮三重。开国旧夸雄。春过后，佳气荡晴空。渌水画桥沽酒市，清江晚渡落花风。千古夕阳红。

（其一·瓮城）

南徐好，桥下渌波平。画柱千年尝有鹤，垂杨三月未闻莺。行乐过清明。南北岸，花市管弦声。邀客上楼双榼酒，舣舟清夜两街灯。直上月亭亭。

（其三·渌水桥）

南徐好，多景在楼前。京口万家寒食日，淮南千里夕阳天。天际几重山。

① 崔鹏，字德符，雍丘人，元祐九年（1094）进士。《宋史》卷三五六有传。考其生平行事，无镇江仕迹，唯元祐间调筠州推官，故有"或南下过镇江，命仲殊赋词"之说。见吴熊和主编《唐宋词汇评·两宋卷》第一册，浙江教育出版社 2004 年版，第 801 页。

莺啼处，人倚画阑干。西寨烟深晴后色，东风春减夜来寒。花满过江船。

（其六·多景楼）

镇江被用以串联人物，沟通古今，赋予各种具体景物以一个共同的空间背景。仲殊擅长小令，前人谓其词“佳者固不少，而小令为最”（黄昇评其《诉衷情》词）。由于篇幅短小，令词在描写复杂社会生活、表现宏大主题方面难免受到限制。仲殊效仿欧阳修，运用十首蝉联的形式，分开看，每一首词都具有独立的内容，合起来又共同汇成“南徐好”的颂歌，弥补了令词体制上的局限。

北宋时期城市空前繁荣的景象，以及奢侈享乐风气的蔓延，对社会风气与士大夫心态产生了巨大影响。《南徐好》描写的内容相当丰富，历史遗迹（东吴大帝孙权所建造的铁瓮城）与时人宅居相继出现，建筑景观与自然风物交相辉映。仲殊采用略古详今的写作策略，画图中重点展现今日镇江的富丽秀美，在此基础上点染历史风云，传达因时代变迁而产生的惆怅之情。然而这只是问题的一个方面，另一方面则是文人士大夫普遍将都市繁华与群体享乐作为国泰民安、天下承平的表征，因此他们不遗余力地去讴歌这种繁华和享乐。安阳、镇江一类地方性城市显然无法承载如此厚重的文化内涵，故都城汴梁自然成为文学家表达时代自豪感与个人满足感最合适的对象，生活在北宋后期的诸多词人，在时代氛围的感染下，浓墨重彩地描绘出令人眼花缭乱的京城形象：

重檐飞峻，丽采横空，繁华壮观都城。云母屏开八面，人在青冥。凭阑瑞烟深处，望皇居、遥识蓬瀛。回环阁道，五花相斗，压尽旗亭。歌酒长春不夜，金翠照罗绮，笑语盈盈。陆海人山辐辏，万国欢声。登临四时总好，况花朝、月白风清。丰年乐，岁熙熙、且醉太平。

——曹组《声声慢》

瑞日初迟，绪风乍暖，千花百草争香。瑶池路稳，阆苑春深，云树水殿相望。柳曲沙平，看尘随青盖，絮惹红妆。卖酒绿阴傍。无人不醉春光。有十里笙歌，万家罗绮，身世疑在仙乡。行乐知无禁，五侯半隐少年场。舞妙歌妍，空妒得、莺娇燕忙。念芳菲、都来几日，不堪风雨疏狂。

——万俟咏《安平乐慢·都门池苑应制》

帝城三五。灯光花市盈路。天街游处。此时方信，凤阙都民，奢毕豪富。纱笼才过处。喝道转身，一壁小来且住。见许多、才子艳质，携手并肩低语。东来西往谁家女。买玉梅争戴，缓步香风度。北观南顾。见画烛影里，神仙无数。引人魂似醉，不如趁早，步月归去。这一双情眼，怎生禁得，许多胡觑。

——李邴《女冠子·上元》

曹组（生卒年不详），字彦章，后更字元宠，颍昌（今河南许昌）人。六举不第，宣和三年（1121），特命就殿试，中第五甲，赐同进士出身。万俟咏（生卒年不详），字雅言。元祐间以诗赋擅名，不第，遂“放意歌酒，自称大梁词隐，每出一章，信宿喧传都下”。（王灼《碧鸡漫志》卷二）徽宗时，召试补官，一度为大晟府制撰官。南渡后，曾亲携书入禁中乞进官，高宗览而掷之。《安平乐慢》既为应制之作，当创作于北宋后期。李邴（1085—1146），字汉老，号云龛，济州任城县（今山东济宁）人，一作钜野（今山东巨野）人。崇宁五年（1106）进士。宋室南渡前，他“累官为起居舍人，试中书舍人”，“除给事中、同修国史兼直学士院，迁翰林学士”（事见《宋史》本传），在京城生活了较长时间，南渡后也有过为官京城的经历。但据《女冠子·上元词》所描绘的“天街”景色以及作者轻松欢愉的创作心态推之，该词当创作于北宋时期。曹、万二人之词堪称北宋汴京词的集大成者，不但在双调慢词的体制、铺排夸张的手法、歌颂升平的主题、以富为美的情趣等方面，具备同类作品的共同特征，而且气象更为宏大，豪情更加澎湃，一个“陆海人山辐辏，万国欢声”的国际大都市形象跃然纸上，具有强烈的视觉冲击力。李邴词则别具一格，其特点在于以“奢华豪富”的帝城夜市为背景，重点表现灯市上居民的观赏游乐活动，通过“喝道转身”、“携手并肩低语”、“买玉梅争戴”、“北观南顾”等一连串细节的描写，将节日欢乐的气氛渲染得情趣盎然。

然而，“无人不醉春光”的欢欣与自得，毕竟不是全体大宋国民的共同情感体验，“十里笙歌，万家罗绮”的场景，也绝非当时国家总体形势的艺术浓缩。高歌“月白风清”、“舞妙歌妍”的词人忽略了（哪怕是暂时忽略）社会实际存在的各种危机，北方边患所造成的巨大威胁也被置之度外。“宋至仁宗时，承平百年”（《宋史·郭逵传》史臣语）的局面在相当程度上消解了众多文人的忧患意识，他们未曾料到“且醉太平”的日子很快就随着北宋的灭亡而结束，自己的作品实际上也成为汴京颂歌的绝唱。

（二）南高北低的都市吟唱

南宋时期，都市词的描写对象的空间布局发生了重大变化，在北方销声匿迹的都市赞歌于南方频频唱响。

“白沟移向江淮去，止罪宣和恐未公”，元初文人刘因《白沟诗》形象地道出了宋室南渡后版图缩小的严峻事实。南宋与金朝、西夏为并存政权，与金东沿淮水、西以大散关为界，黄河以南的北宋领土为女真族所占有，而西夏王朝则据有今陕西、宁夏与内蒙古等地区的大片土地，南宋王朝治下的版图大大缩小，最高统治者退守江南，经营半壁江山。《宋史·地理志》载："高宗仓惶渡江，驻跸吴会，中原、陕右尽入于金，东画长淮，西割商、秦之半，以散关为界，其所存者两浙、两淮、江东西、湖南北、西蜀、福建、广东、广西十五路而已，有户一千二百六十六万九千六百八十四。"国家政治形势的风云突变，直接导致南宋都市词的重大变化。就表现对象而言，词人讴歌的城市集中于南方，尽管繁华富丽的城市风貌仍然是他们文学表现的热点，但是，南宋都城杭州取代都城汴梁而成为最受关注的表现对象，赞美杭州（包括西湖）的词作数量跃居第一。出现在文学版图上的北方城市多为词人写意的产物，城市形象往往属于记忆映像。从词作的内容情感方面审视，都市颂歌仍然不断，但怀旧与感伤的成分已明显增多，其中最引人注目的现象便是，汴京褪去了现实的光环，转化为一种艺术符号频繁出现在怀旧感伤的文本之中。

王庭珪（1080—1172），字民瞻，自号卢溪真逸，吉州安福（今属江西）人。这位历仕徽宗、高宗、孝宗三朝的长寿作家，既亲眼见证过宣和的盛世风采，也亲身经历了靖康之变的腥风血雨，南渡之后又遭受到残酷的政治打击，这一切深刻地影响着他的文学创作。高宗绍兴十二年（1142），力主抗战的胡铨因上疏斥秦桧而被贬岭南，"王庭珪作诗送胡铨，坐谤讪停官，辰州编管"。（《宋史·高宗纪》）辰州辖地相当于今湖南沅陵以南的沅江流域以西之地区，宋乾德元年（963），立辰州卢溪郡军事，治沅陵，隶荆湖北路，下设沅陵、溆浦、辰溪、庐溪四县。作为流人之所的辰州，当时显然不可能是经济文化的发达地区，"异俗西南开万里，冠带尽，百蛮徭"（《江城子·再和呈马守》），这就是词人对此地的整体印象。王庭珪在辰州生活了五六年时间，其间，他以辰州上元节为题材，创作了多首诗词，抒写自己难以排遣的漂泊之感，如《辰州上元》诗云："留滞沅湘浦，飘如云水僧。来为万里客，又看一年灯。翠幰褰珠箔，高楼俯玉绳。鳌山今夜月，应上最高层。"同时，也努力地去寻找和再现湘西生活中的亮色：

> 城东楼阁连云起。冠绝辰州市。莲灯初发万枝红。也似江南风景、半天中。花衢柳陌年时静。刬地今年盛。棚前箫鼓闹如雷。添个辰溪女子、舞三台。
>
> ——《虞美人·辰州上元》

> 天回北斗欲中宵。屡移杓。客魂消。记得皇州，灯火虹成桥。异俗西

南开万里，冠带尽，百蛮徭。卢溪太守未还朝。起朱楼。接丛霄。翠幕红妆，歌管玉为箫。民乐丰登无一事，看下诏，采风谣。

——《江城子·再和呈马守》

宿雨初收，晚风微度，万家帘卷青烟。暗尘随马，人物似神仙。试问天公借月，天须放、明月教圆。应移下，广寒宫殿，灯火接星躔。卢川。元古郡，当时太守，宾从俱贤。到如今井邑，歌吹喧阗。花下红妆卖酒，时相遇、曲水桥边。谁知道，山城父老，重见中兴年。

——《满庭芳》（戊辰上元黄子余席上，时未有月）

《江城子》描绘了“天回北斗”的晴空夜象，《满庭芳》则点明“时未有月”、天未放晴的气候特征，由此看来，上引三词非一时所作。在朝廷偏安、个人被贬的艰难岁月中，王庭珪之所以仍然按照“繁华富丽”的基本格调来描绘边远山城的上元夜景，刻意抒发自己的愉悦与欣赏之情，原因当是多方面的。其一，上元张灯，州人夜聚游嬉，在宋朝已发展为全国性节俗。是夜，灯市的辉煌与市民的狂欢作为城市景观在空间分布上十分广泛，王庭珪的描写具有坚实的现实生活基础。其二，自柳永、欧阳修以来，都市上元节俗一直是词人创作的热门题材，写作模式基本形成，文本的审美蕴含也相对稳定，王庭珪上元词的内容与意蕴无疑受到北宋词人所提供的文学样本的直接启发和影响。其三，上元张灯、普天同庆的节日景象对于宋人有着十分特殊的心理意义，由于它象征国泰民安、君主圣德，因此，无论现实生活中的大肆铺张，抑或文学文本里的尽情赞美，都可能成为他们表达政治诉求的特殊手段①。北宋的灭亡给宋朝文人士大夫的心灵以严重创伤，秀美的江南山水与繁华的江南城市对于南渡士人而言，不失为疗伤的良药，而上元之夜的满城灯火也可以帮助他们找回历史的记忆，点燃中兴的希望，慰藉受伤的心灵。王庭珪身处西南边城，却努力用心去感受有如“江南”的美景和貌似“中兴”的气象，最主要的原因当在于此。

大量北方人士的南迁，加快了南方的开发。随着南方经济的发展，在南宋城市文学的版图上，不断出现新的城市形象，绍兴城便是其中之一。绍兴建城

① 《宋史·仁宗本纪》载：“皇祐元年春正月甲戌朔，日有食之。以河北水灾，罢上元张灯，停作乐。”《宋史·马知节传》载：“徙知延州兼鄜延驻泊部署。边寇将至，方上元节，遽命张灯启关，累夕宴乐，寇不测，即引去。”《宋史·王审琦传》载：“雍熙中，出知天雄军府兼都部署。时契丹扰镇阳，候骑至冀州，去魏二百余里。邻境戒严，城中大恐，属上元节，承衍下令市中及佛寺燃灯设乐，与宾佐宴游达旦，人赖以安。”

历史悠久，公元前490年即为越国都城，公元前221年，改设会稽郡，公元605年易名为越州，南宋时两次成为陪都。公元1131年宋高宗在越州率百官遥拜二帝，下诏改元，敕曰："绍奕世之宏休，兴百年之丕绪。"是年，即绍兴元年，越州升为绍兴府。绍兴城就在这样的背景下进入了词人的创作视野之中：

征鸿回北。正雪洗烧痕，千岩匀绿。鱼纵新漪，梅繁断岸，春到鉴湖一曲。满城绣帘珠幌，暖响聒天丝竹。渐向晚，放芙蕖千顷，交辉华烛。

——史浩《喜迁莺·征鸿回北》上阕

会稽藩镇，舟车都会，槐庭燕寝凝香。禹穴旧踪，兰亭胜致，千岩万壑生光。舆颂美龚黄。庆慈闱戏彩，眉寿而康。寓兴西园，月台风榭赏群芳。

——曹冠《望海潮·绍兴府西园席上》上阕

史浩（1106—1194），字直翁，自号真隐居士，明州鄞县（今属浙江）人，《宋史》有传。史浩于绍兴十五年（1145）登进士第，调绍兴余姚县尉，绍兴三十二年后又先后两次出知绍兴府，《喜迁莺》前小序云："癸酉岁元宵与绍兴守曹景游"，癸酉岁系绍兴二十三年（1153），据此知该词当作于任余姚县尉期间。曹冠（生卒年不详），字宗臣，号双溪居士，东阳（今属浙江）人。陈振孙《直斋书录解题》卷十八载："双溪集二十卷知郴州东阳曹冠宗臣撰。"史浩的写作动机具有"颂德"的功利色彩，这在《喜迁莺》下阕里表现得非常明显，由于曹冠的绍兴行迹已不可考，加之《望海潮》下阕已佚，故其写作的直接原因不得而知。上引二词所具有的相似处十分明显，作者在赞美绍兴时都巧妙地化用东晋画家顾恺之"千岩竞秀，万壑争流"的赞美之语，描写时均将自然景观与人文景观紧密地结合在一起。在他们的笔下，绿岩与黄梅相衬，绣帘与珠幌增色，芙蕖与华烛交辉，山水与台榭共赏，形象地展示出了江南水城旖旎秀美的风景以及舟车都会的地域特色。

曾觌（1109—1180），字纯甫，号海野老农，汴（今河南开封）人，生平行迹详见《宋史·佞幸传》。曾觌工词，况周颐《历代词人考略》卷二十八谓其词"能精稳入格，冲融合雅，出色当行，第稍乏神韵耳"。所作《喜迁莺·福唐平荡海寇宴犒将士席上作》一词，在高歌平荡海寇胜利的同时，展现了东南沿海一座小城的风貌，词云：

七闽形胜。镇南纪会府，山川交映。箫鼓喧天，绮罗盈市，不负四时风景。共喜太平无事，岂料潢池不逞。殄群丑，看一鼓雷奔，沧溟波静。指纵诗书帅，曾到凤池，密勿陪几政。暂淹筹帏，催分战舰，总出智谋先定。想见捷书初上，尽道臣贤主圣。正图旧，听重宣丹诏，归调金鼎。

福唐（今福建福清），周朝属七闽，战国属闽越之地，立县始于唐，初名万安，天宝元年（742），取“造福唐朝”之意，更名为福唐。后唐庄宗始名之为福清。曾觌因在朝中恃宠仗势，玩弄权术，遭大臣弹劾。乾道三年（1167），出为淮西副总管，后改福建，《喜迁莺》词即作于福建任上。南宋时期，东南一带海寇猖獗，民罹其害，朝廷深以为患，数次派兵剿逐之。福唐（福清）县东南隅皆海，属海寇为害地区，“看一鼓雷奔，沧溟波静”，朝廷平寇的局部胜利给它带来了可贵的安宁。曾觌写作的功利目的十分明显，公开表达的是重返朝廷的个人政治诉求，即所谓“正图旧，听重宣丹诏，归调金鼎”。尽管如此，《喜迁莺》在中国古代城市文学史上的价值仍然值得重视。虽然文本中用于描写福唐城市面貌的笔墨并不多，但“箫鼓喧天，绮罗盈市”八字分明传达出宋代南方城市不断崛起的信息，福唐的新面貌开始改变人们的历史记忆，这足以在中国城市文学分布图上增加一个亮点，填补东南沿海地区的空白。更何况词人是在平荡海寇的背景下赞美福唐的地理形胜与城市风貌的，客观上揭示出国家安宁与城市发展之间的内在关系，积极意义不言而喻。

南宋时期，地处西南的大都会成都继续保持着繁荣富丽的城市景象，对此，著名文学家陆游在自己的词作里有所表现。陆游（1125—1209），字务观，号放翁，山阴（今浙江绍兴）人，《宋史》有传。陆游于乾道六年（1170）任夔州通判入蜀，两年后应王炎为四川宣抚使干办公事。淳熙二年（1175）范成大帅蜀，为成都路安抚司参议官。入蜀后的陆游创作了大量的诗词，其中不乏赞美四川和成都的内容，即使在言平生壮志、抒爱国豪情之时，也不时穿插进关于成都的描写。《汉宫春·羽箭雕弓》“初自南郑来成都作”词作于陆游初至成都时，下阕描绘了成都给他的最初印象：“何事又作南来，看重阳药市，元夕灯山。花时万人乐处，欹帽垂鞭。”《柳梢青·锦里繁华》“故蜀燕王宫海棠之盛，为成都第一，今属张氏”词作于淳熙二年至五年（1175—1178）间，进一步表现了成都的繁华富丽，词云：“锦里繁华。环宫故邸，叠萼奇花。俊客妖姬，争飞金勒，齐驻香车。何须幕障帏遮。宝杯浸、红云瑞霞。银烛光中，清歌声里，休恨天涯。”末二句八字殊堪玩味，它表明享乐休闲的城市生活对作家疲惫的身心具有抚慰作用，尽管其效应可能非常短暂。

地处南岭山系西南部的桂林（今属广西壮族自治区）为历史文化名城，周以前为百越地，战国属楚，秦属桂林郡地。公元前 113 年，西汉置始安县，治所即为今桂林。经过长期的开发与建设，桂林逐渐由一个百越文身、炎瘴蛮荒之所发展为风景秀美、气候宜人的山水城市。唐代诗人杜甫《寄杨五桂州谭》诗云："五岭皆炎热，宜人独桂林。"诗人白居易《送严大夫赴桂州》诗亦云："桂林无瘴气，柏署有清风。山水衙门外，旌旗艨艭中。"至宋代词人笔下，桂林开始呈现出经济发达或较为发达地区城市所具有的繁华富丽的景象：

> 五岭皆炎热，宜人独桂林，江南驿使未到，梅蕊破春心。繁会九衢三市，缥缈层楼杰观，雪片一冬深。自是清凉国，莫遣瘴烟侵。江山好，青罗带，碧玉簪。平沙细浪欲尽，陡起忽千寻。家种黄柑丹荔，户拾明珠翠羽，箫鼓夜沈沈。莫问骖鸾事，有酒且频斟。
>
> ——张孝祥《水调歌头·桂林集句》

张孝祥（1132—1170），字安国，号于湖居士，历阳乌江（今安徽和县）人，宋高宗绍兴二十四年（1154）进士第一。《宋史》有传。张孝祥是南宋著名的主战派词人，任建康留守时因力赞张浚主战而遭弹劾落职，后起知静江府兼广南西路经略安抚使（桂林即属广南路桂州），于乾道元年（1165）至桂林[①]，是年冬作《水调歌头·桂林集句》。张孝祥的个人气质与苏轼相近，豪放而又旷达，政治上的失意丝毫没有妨碍他在远离京城的岭南欣赏别样的美景，他或直接引用、或化用唐人诗句[②]，再现桂林秀甲天下的自然环境和日新月异的城市风貌，其中"繁会九衢三市，缥缈层楼杰观"两句形象地展示了桂林城市建设的巨大成就，如果联系他在《水调歌头·桂林中秋》"千里江山如画，万井笙歌不夜，扶路看遨头。玉界拥银阙，珠箔卷琼钩"的相关描写，人们有理由相信，张孝祥所绘制的桂林城市图画绝非纯粹的艺术虚构，其描写的历史真实性在后来刘褒的《水龙吟·桂林元元夕呈帅座》一词的相关描写中也可以得到印证[③]。

地处中国大陆南部的广州（汉称番禺），秦汉以来一直是繁荣的大都会，拥

---

① 详见宛敏灏:《张孝祥（1132—1170）年谱》，载《安徽史学通讯》1959年Z1期。

② 杜甫《寄杨五桂州谭》诗云："五岭皆炎热，宜人独桂林。梅花万里外，雪片一冬深。"韩愈《送桂州严大夫同用南字》云："苍苍森八桂，兹地在湘南。江作青罗带，山如碧玉簪。户多输翠羽，家自种黄柑。远胜登仙去，飞鸾不假骖。"

③ 刘褒（生卒年不详），字伯宠，一字春卿，武夷（今福建崇安）人。孝宗淳熙五年（1178）进士。其《水龙吟·桂林元元夕呈帅座》云："东风初縠池波，轻阴未放游丝堕。新春歌管，丰年笑语，六街灯火。绣毂雕鞍，飞尘卷雾，水流云过。恍扬州十里，三生梦觉，卷珠箔、映青琐。金猊戏掣星桥锁。博山香、烟浓百和。使君行乐，绛纱万炬，雪梅千朵。羯鼓轰空，鹍弦沸晓，樱梢微破。想明年更好，传柑侍宴，醉扶狨座。"

有发达的商业与航海业，但由于远离中原，文化相对落后，加之气候炎热，习俗相异，唐宋时期仍为流人之所，中原人士视之为畏途。“闻道衡阳外，由来雁不飞。送君从此去，书信定应稀”（贾至《送夏侯参军赴广州》），“皖水望番禺，迢迢青天末。鸿雁飞不到，音尘何由达”（独孤及《代书寄上李广州》），唐代诗人的此类描写真实地反映了当时人们普遍存在的“畏南”心理。至宋，随着广州城市建设的快速发展以及中原大地与岭南地区交通状况的极大改善，“五羊渐已似中州”、“南海。繁华最。城郭山川雄岭外”，人们的“广州印象”开始有所改变①。南宋词人葛长庚的《霜天晓角·绿净堂》词彻底摆脱了唐人关于广州的书写模式，采用欣赏的态度写出了广州的别样风貌；

> 五羊安在。城市何曾改。十万人家阛阓，东亦海、西亦海。年年蒲涧会。地接蓬莱界。老树知他一剑，千山外、万山外。②

葛长根（1194—？），字白叟，号海琼子，闽清（今属福建）人。入武夷山修道，为全真教南五祖之一。向往羽化飞升的葛长根俨然以道人的眼光审视广州城，故词中饶有仙气，下阕表现得尤其明显。尽管如此，词的上阕仍然集中笔力依次介绍了广州的城市标志、城市规模以及城市自然环境，较为清晰地勾勒出规模宏大、气象清新的五羊城形象，可谓言简意赅，形象特征突出。

在南宋词人创作的都市赞歌里，杭州形象最为引人注目，杭州词不仅数量最多，甚至超过了汴梁词，而且承载着厚重的文化意蕴，成为见证时代变迁、国运转换乃至朝廷偏安的艺术符号。

宋室南渡，高宗移跸，杭州一跃而成偏安朝廷政治文化的中心，因而也自然成为区域经济中心③。大批中原人士南渡，带给杭州的除了可以推动经济文化发

---

① 宋初文人陈藻《送黄钦之赴广州盐税三首》之一云：“地气周遭逐处流，五羊渐已似中州。海风吹断山无瘴，炎月何妨作宦游。”（载《全宋诗》卷三）五羊即广州，（宋）祝穆《方舆胜览》卷三十四“广东路”载：“五仙观，在南海。《寰宇记》：昔高固为楚相，有五仙人骑五色羊，各持谷穗一茎，六出，以遗州人，腾空而去。今呼为五羊。其城周十里。”另，洪适《番禺调笑》组词也多从正面描写广州一带的风貌。

②（宋）祝穆《方舆胜览》卷三十四“广东路”又云：“菖蒲涧：在州东北二十里。涧旧有菖蒲一十九节。昔咸平中，姚成甫采菊于菖蒲涧侧，遇一丈夫曰：此涧菖蒲，昔安期生所饵，可以忘老。今有寺。”

③ 龙登高指出：“在政治因素主导经济发展的时代，政治中心有力的推动使之成为经济地理中心，政治中心所带来的巨大消费需求带动了市场的发达。因此，当中国经济重心转移到江南后，不是苏州或其他城市，而是杭州成为区域中心城市。”《江南市场史——十一至十九世纪的变迁》，清华大学出版社2003年版，第32页。

展的人力物力之外，还有安逸享乐的社会风气。作为一国之都，在文人士大夫的政治视域中，杭州的繁荣程度必然会成为赵宋王朝盛衰兴亡历史命运的标志，他们在杭州词里注入自己的政治诉求，讴歌杭州在相当程度上是为了寄托自己的社会理想，确证太平盛世的重现（其中显然有自我麻醉的成分），从而抚慰因北宋灭亡而遭受重创的心灵。与此同时，杭州城繁华富足的物质生活与清丽秀美的自然环境又为文人士大夫提供了一个舒适惬意的生存环境，其宜居程度明显超过北宋都城汴梁，因此，他们对杭州的赞美又往往从个人伦理原则出发，远离宏大叙事，书写个人对享乐生活的追求与肯定。兹录三首代表作如下：

瑞烟浮禁苑。正绛阙春回，新正方半。冰轮桂华满。溢花衢歌市，芙蓉开遍。龙楼两观。见银烛、星球有烂。卷珠帘、尽日笙歌，盛集宝钗金钏。堪羡。绮罗丛里，兰麝香中，正宜游玩。风柔夜暖。花影乱，笑声喧。闹蛾儿满路，成团打块，簇著冠儿斗转。喜皇都、旧日风光，太平再见。

——康与之《瑞鹤仙·上元应制》

升平似旧。正锦里元夕，轻寒时候。十里轮蹄，万户帘帏香风透。火城灯市争辉照。谁撒□、满空星斗。玉箫声里，金莲影下，月明如昼。知否。良辰美景，□丰岁乐国，从来希有。坐上两贤，白玉为山联翩秀。笙歌一片围红袖。切莫遣、铜壶催漏。杯行且与邦人，共开笑口。

——京镗《绛都春·元宵》

佳胜古钱塘。帝居丽、金屋对昭阳。有风月九衢，凤皇双阙，万年芳树，千雉宫墙。户十万，家家堆锦绣，处处鼓笙簧。三竺胜游，两峰奇观，涌金仙舸，丰乐霞觞。芙蓉城何似，楼台簇中禁，帘卷东厢。盈盈虎貔分列，鸳鹭成行。向玉宇夜深，时闻天乐，绛霄风软，吹下炉香。惟恨小臣资浅，朝观犹妨。

——杨泽民《风流子·咏钱塘》

康与之（生卒年不详），字伯可，号顺庵。洛阳人。秦桧当权，附桧求进，人品为士林所不齿。绍兴十五年（1145）监尚书六部门，专应制为歌词，《瑞鹤仙·上元应制》词当作于此时。取悦于上乃康与之真实的创作动机，阿谀奉承的写作姿态必然导致文本流于浅俗空泛，失于皮相堆砌。然而“此词进入，太上皇帝极称赏‘风柔夜暖’以下至于末章，赐金甚厚”。（黄昇《中兴以来绝妙词选》卷一）个中缘由，清人沈雄《古今词话·词辨》下卷引《梅墩词话》给予揭示：“寿皇喜此数句，甚念东京故事，赐赍无算。”《瑞鹤仙·上元应制》高度契合了统治者的怀旧心理，它通过艺术描写为朝廷内外“尽日笙歌”、“正宜游玩”的纵情享乐提供了一个看似合理的解释，而这种解释正是南宋朝廷所需要的。

当一个国家失去半壁河山、一个民族生活在异族强大武力威胁之下时，部分成员之所以能够心安理得地游乐狂欢，是因为他们找到了一个平衡心理的支点，一个自我宽慰的理由，这便是京都杭州“升平似旧”的城市风貌，那里空前繁华富丽的景象足以使南宋君臣产生亦真亦幻的成就感。从京镗的《绛都春·元宵》中，极易读出这样的信息。京镗（1138—1200），字仲远，晚号松坡居士，豫章（今属江西南昌）人。高宗绍兴二十七年进士。《宋史》有传。较之《瑞鹤仙·上元应制》，《绛都春·元宵》同样承载着南渡士人的中兴梦想，只是所呈现的艺术空间更为开阔，“万户帘帷香风透。火城灯市争辉照”被放大为“丰岁乐国”之表征，邦人“共开笑口”的艺术想象更是成为词人开怀痛饮的充足理由，杭州城的繁华富丽再一次构成了对国家与民族政治危机的遮蔽。

南宋后期，杭州的城市建设得到进一步发展，都城市民长盛不衰的消费热情和游乐兴趣不断刺激着商业和手工业的繁荣，以西湖为中心的城市景观“西湖十景”已经形成，成为广大市民与外来游人的游赏胜地。在此背景下，杭州词大量涌现，以“西湖十景”为题的组词开始出现①。其中，杨泽民的《风流子·咏钱塘》因观照视角独具特色而值得一书。杨泽民（1181—？），乐安（今属江西）人，宦迹不出赣、浙、湘、鄂，职位不高，六十犹为州县官。两宋词里描写京城早朝的文本并不多见，京城形象的商业娱乐色彩往往浓于政治色彩，杨泽民的描写则有所不同，“壮皇居”为该词主题。“小臣”的身份定位使他对皇都采用仰视的观照角度，其词始终围绕“帝居”（而非“仙居”）运笔，不仅尽情抒发帝都“金屋昭阳”、“凤皇双阙”等建筑带给自己的惊喜与震撼，而且极力铺写想象世界中京城早朝的非凡场面，突出杭州政治中心的地位，表达一位长期沉沦下僚的“小臣”对于最高权力的崇拜与向往。

此外，陈人杰的《沁园春·咏西湖酒楼》也值得关注。陈人杰（1218—1243），又名经国，号龟峰，长乐（今福建福州）人。数次应举不第，一生潦倒，寓居临安时间不短。陈人杰虽有尽忠之心，却无报国之门，这在《沁园春·咏西湖酒楼》里隐约可见。词开篇三句就显示出词人与众不同的叙事策略，莺歌

① “西湖十景”为苏堤春晓、平湖秋月、断桥残雪、雷峰落照、曲院风荷、花港观鱼、南屏晚钟、柳浪闻莺、三潭印月、两峰插云。张矩、陈允平、周密等人分别以“西湖十景”为题创作了组词。陈允平于词组后介绍创作背景云：（西湖十景）“右十景，先辈寄之歌咏者多矣。雪川周公谨以所作木兰花示予，约同赋，因成，时景定癸亥岁也。”

燕舞的杭州被置于战争背景之下，作者忧国之意不言自明。况周颐《蕙风词话》卷二曰：“龟峰词《沁园春·咏西湖酒楼》云：‘南北战争，唯有西湖，长如太平。’此三句含有无限感慨。宋人诗云：‘西湖歌舞几时休。’下云‘直把杭州作汴州’，婉而多讽，旨与刚父略同。”“贫里看春”既构成了旁观者的观照视角，也造就了“众人皆醉我独醒”的抒情效应，对于“种梅处士”而言，杭州的富丽以及京城生活的享乐惬意均属于他人，满眼繁华，满腹感伤。陈人杰没有采用宏大叙事的框架，个人的独特体验却中断了南宋词人反复表现的“太平再见”、“升平似旧”的美颂主题，杭州赞歌欢快的旋律里被注入不和谐的音符，这或许正是为一个时代即将结束而奏响的“哀音”。

二、深婉悲壮的都市哀歌

在宋代文学家的观照视域中，城市既为可居可游的现实生活环境，也是可感可叹的历史文化遗存。作为中国古代城市发展史上的两大文化景观，古城的衰落与新城的崛起，不断引发他们的心灵震荡，并由此产生出截然不同的两种情感体验。面对后者，他们毫不吝惜自己的赞美之辞，对于前者则更多地献上深沉婉转的哀歌。源远流长且高度发达的史官文化具有强大的辐射功能，铸就了中国古代文人士大夫自觉的“史鉴”意识，关注“过去”作为一种群体性精神特征，深刻地影响着他们的文学创作。战乱的烽火与岁月的风雨在给城市文化资源造成巨大破坏的同时，也给城市文学创作提供了丰富的文化资源，继唐人之后，宋人再次体现了善于识别城市建筑的时代标记、敏锐捕捉其中所传递的历史信息的“精神特长”，在历史与现实的交汇融合点上成功地搭建起精神苦旅的文化平台。

都市怀古是宋词常见主题，怀古的实质是对历史的回顾与追问，回顾与追问的精神动力又通常来自创作主体当下的精神需要。历史作为一种“过去”的时间，本身具有不可重复性，然而，文学家不同于史学家之处在于他们可以通过文学创作将自己对历史的回忆、体验和评判凝结成审美意象（如废墟、断垣、古城、破庙、残宫、荒殿等），转化为富有立体感的艺术场景，从而使逝去的历史片段在充满当下关怀的文学空间中“复活”、“再现”。频繁出现在怀古词里的城市意象，因高度涵混作家的历史意识、宇宙意识和社会人生忧患意识，而具备一种巨大张力，成为联结古今的驿站、呈现历史的凭借以及寄托作者人生感受的载体。优秀的怀古诗词并不局限于“见古迹、思古人”（方回《瀛奎律髓》卷三），还必须以观照历史的视角观照现实，以吊古的方式伤今。历史天空映照的，除了如风而逝的千古风流人物之外，隐约可见的还有词人自己①。

词人的历史意识、现实处境、政治眼光以及担当精神的综合作用，决定了怀古词追问历史的深度、干预现实的力度以及抒发情感的向度。截然不同的时代大背景，造就了两宋怀古词的巨大差异。就怀古词数量而言，南宋远远超过北宋，呈现井喷之势；就怀古词抒情特征而言，北宋词的都市哀歌唱得惆怅深婉，南宋词则在此基础上增添了慷慨悲壮的旋律；就词中的城市意象而言，北宋词人怀古视域中的历史文化名城均建于前朝，如姑苏、金陵、扬州、长安，南宋词人则痛心疾首地将本朝东京汴梁也纳入"荒城"系列，作为伤吊之对象，他们一次又一次谱写关于汴京的哀歌，表达自己对北宋灭亡的悲哀与反思。

《文心雕龙·时序》云："时运交移，质文代变"，时代的变迁为两宋都市怀古词中打上了深深的烙印。北宋前期的承平岁月使词人的观照目光更多地投向了现实生活中的繁华都市，此时，都市怀古词数量较少，词人或有感兴之作，亦少见关注现实的济世情怀。例如柳永《双声子·林钟商》写词人面对"姑苏台榭"、"夫差旧国"的荒芜没落景象，感慨"当日风流""尽成万古遗愁"。然而词人所发思古之幽情，缺少实质性内涵，泛泛怀古，未见伤今，字里行间传达的淡淡哀伤并无打动人心的艺术魅力。

北宋都市怀古词其中以金陵怀古、扬州怀古数量为最多。六朝古都的金陵（时称建康），至宋仍不失为江南地区的大都会，在不同程度上持续着繁华景象。"重城何喧喧，车马溢四郭。朱门列大第，高甍丽飞阁"，北宋文人张耒《泊南京登岸有作呈子由子中子敏逸民》一诗的吟咏足以证实这一点。然而，由于唐人金陵怀古诗的巨大影响，失去了政治中心地位的金陵，在宋代已经演变成亡国之都的代表和兴亡文化的核心符号②，后世作家一旦进入金陵怀古的精神旅程，今不如昔的沧桑之变立刻成为他们精神活动的聚焦点和感伤的内容，古都所焕发的新时代气息往往被遮蔽，甚至被有意忽略。张升（992—1077，字杲卿，大

① 苏轼《念奴娇·赤壁怀古》虽为北宋怀古词中上品，因不具备城市文化观照视野，故本节不作讨论。对其他词人的怀古作品也按照此处理。

② 江可申认为："以'六朝古都'著称于世的南京，历史文化资源源远流长，内容博大精深。它以六朝文化为历史起点，以吴越文化为宏观背景，饱经无数次世之治乱的沧桑之变，形成独具风格的秦淮文化或兴亡文化。"《南京六朝文化资源潜质与城市科学发展》，载《南京社会科学》2004 年第 S1 期。

中祥符八年进士）的《离亭宴·一带江山如画》被认为是北宋词史较早出现的一首金陵怀古词①，该词描写金陵城外苍凉萧远的景色，感慨"多少六朝兴废事，尽入渔樵闲话"。词人运用"怅望倚危栏"的身体语言表达个人对于历史兴亡的体验，给人以化重为轻之感，所抒情感固然有含蓄蕴藉之妙，却也因之流于空泛，言外之意传递的是一种难以确指、亦难以引发读者共鸣的感伤意绪。

成功续写金陵哀歌，王安石为北宋第一人。王安石（1021—1086），字介甫，号半山，抚州临川（今江西临川）人。北宋著名的政治家、文学家，《宋史》有传。罢相后退居金陵时所作《桂枝香·金陵怀古》，借鉴唐人创作经验，吊古伤今，写出了一位政治家对于时代和国家的隐忧：

> 登临送目。正故国晚秋，天气初肃。千里澄江似练，翠峰如簇。归帆去棹残阳里，背西风、酒旗斜矗。彩舟云淡，星河鹭起，画图难足。念往昔、繁华竞逐。叹门外楼头，悲恨相续。千古凭高，对此谩嗟荣辱。六朝旧事随流水，但寒烟、衰草凝绿。至今商女，时时犹唱后庭遗曲。

"千古凭高"乃全词文脉聚焦之处。唯其凭高，方能指点江山，评说古今；亦唯有"凭高"，才可于天下承平、社会经济空前繁荣的时代背景下，从"至今"犹唱的后庭遗曲中感受到亡国的潜在威胁。在柳、张二词中缺席的现实关怀于"谩嗟荣辱"的叹喟中体现出来。全词视野开阔，笔力雄健，意蕴深厚，情感富有变化，堪称同类词中的精品。《景定建康志》卷三十七引《古今词话》："金陵怀古，诸公寄词于《桂枝香》，凡三十余首，独介甫最为绝唱。东坡见之，不觉叹息曰：'此老乃野狐精也。'"②

盛极于唐的扬州，经由唐末战乱的破坏，失去了"扬一"的历史地位与盛世风采。尽管秦观《望海潮·星分牛斗》③上阕相关描写已经传递出扬州随着历史

---

① 参见张惠民：《寒烟衰草后庭花——论金陵怀古词》，载《暨南学报》2008年第5期。

② 王安石之后，北宋著名词人贺铸也作有金陵怀古词，其《台城游》（《水调歌头》）云："南国本潇洒。六代浸豪奢。台城游治。襞笺能赋属宫娃。云观登临清夏。璧月留连长夜。吟醉送年华。回首飞鸳瓦。却羡井中蛙。访乌衣，成白社。不容车。旧时王谢。堂前双燕过谁家。楼外河横斗挂。淮上潮平霜下。樯影落寒沙。商女篷窗罅。犹唱后庭花。"此词虽因句句押韵、平仄通叶之特点备受后人称道，但在成功抒写怀古情感方面则难以超越王安石的《桂枝香》。

③ （清）文渊阁《四库全书》集部《淮海集·长短句》本所载《望海潮·星分牛斗》一词，题下有"广陵怀古"四字。笔者认为该词下阕的确抒发了怀古之思，但上阕所描写的扬州繁华景象明显具有当下性，与常见的怀古作品多追忆昔日繁华有所不同，故列入怀古词进行考察。

前行的脚步声，然而，扬州全盛景象作为群体记忆还是深刻地影响到北宋人关于扬州的叙事。如果说金陵怀古词不同程度表现了作者的政治意识与历史意识而可以纳入宏大叙事范畴的话，那么北宋的扬州怀古词则因或多或少透露出词人对于"杜牧式"浪漫生活的向往之情，更多地成为表达个人诉求的艺术空间，晁补之的《蓦山溪·和王定国朝散忆广陵》便是一首具有代表性的作品：

扬州全盛，往事今何处。帆锦两明珠，罥蔷薇、月中嬉语。朱衣白面，公子似神仙，登云屿。临烟渚。狂醉成怀古。兰舟归后，谁与春为主。吟笑我重来，倚琼花、东风日暮。吴霜点鬓，流落共天涯，竹西路。高阳侣。魂梦应相遇。

晁补之（1053—1110），字无咎，晚号归来子，济州钜野（今山东巨野）人，神宗元丰二年（1079）进士，《宋史》有传。哲宗元祐二年（1087），晁补之出任扬州通判，在扬州生活时间长达七年之久，期间所作《望海潮·扬州芍药会作》、《夜合花·和李浩季良牡丹》诸词，还原了词人与朋友赏花饮酒、快意一时的"当下"生活场景。以个人经历回忆为主线，《蓦山溪》揉进了"怀古"的内涵。利用"扬州"建构的空间场景，晁补之将记忆的触角伸向了更为遥远的年代，见证过杜牧风流生活的"竹西路"，也是词人的天涯流落处，自然引发出今不如昔的伤感。词人在"狂醉"的精神状态下去完成空间链接以及时间转换，必然远离历史兴亡的宏大叙事，一旦以梦遇高阳侣为心灵渴求，怀古的悲婉吟唱也就难以汇进大气磅礴的政治旋律①。

负有一代词名的周邦彦先后以长安、金陵为对象，写下两首备受后人称道的《西河》怀古词，体现了北宋怀古词的某些共同特征以及周邦彦个人的艺术优长：

长安道，潇洒西风时起。尘埃车马晚游行，霸陵烟水。乱鸦栖鸟夕阳中，参差霜树相倚。到此际。愁如苇。冷落关河千里。追思唐汉昔繁华，断碑残记。未央宫阙已成灰，终南依旧浓翠。对此景、无限愁思。绕天涯、秋蟾如水。转使客情如醉。想当时、万古雄名，尽作往来人、凄凉事。

——《西河·长安道》

佳丽地。南朝盛事谁记。山围故国绕清江，髻鬟对起。怒涛寂寞打孤

① 政和五年（1115）进士蔡伸（1088—1156）所作《菩萨蛮·广陵盛事》一词同样具有感伤而不悲哀的情感特征，词云："水光山影浮空碧。柳丝摇曳春无力。柳岸系行舟。吹箫忆旧游。旧游堪更忆。望断迷南北。千古恨悠悠。长江空自流。"

城，风樯遥度天际。断崖树，犹倒倚。莫愁艇子曾系。空余旧迹郁苍苍，雾沈半垒。夜深月过女墙来，赏心东望淮水。酒旗戏鼓甚处市。想依稀、王谢邻里。燕子不知何世。入寻常、巷陌人家，相对如说兴亡，斜阳里。

——《西河·金陵怀古》[①]

周邦彦（1056—1121），字美成，自号清真居士，钱塘（今浙江杭州）人，嘉祐八年（1063）进士。《宋史》有传。周邦彦极富文学艺术才华，知音识曲，诗词兼擅，成就斐然，后人多尊为词家正宗。他仕途坎坷，宦海浮沉，屡遭贬谪，故羁旅行役之苦，相思离别之恨，乃清真词常见主题。《西河·长安道》作于周邦彦首次入长安，时间为熙宁七年（1074）八月[②]。布衣游子置身于长安郊外，描绘眼前荒凉冷落之秋景，寓目抒怀，满目萧然，满腹愁情，无限凄美，渲染出强烈的现场感。词人追思汉唐，笔行长调，一唱三叹，感慨深婉。其《齐天乐·秋思》词有所谓"渭水西风，长安乱叶，空忆诗情宛转"之句，与此有异曲同工之妙。然而通篇苦语难以掩盖现实忧患缺席的事实，少年才子呈现的苍凉心态更多缘于对历史现象的感悟，而非对历史与现实关系的深度体察与理性思考。《西河·金陵怀古》作于词人任溧水（今属江苏）知县期间（1093—1096），该词隐括刘禹锡《金陵》诗意，抒发历史兴亡之感，用人如己，有浑然天成之妙，故赢得后人好评如潮，当然其中难免溢美之辞[③]。周邦彦运用娴熟的技法，综合唐诗意象，重现唐诗意境，写得流转圆满，才子本色可见一斑。美中不足处在于未有新的历史内涵注入人们所熟悉的艺术画面之中，怀古的感伤意绪缺乏鲜明的现实指向性，加之"赏心东望淮水"、"想依稀"、"相对如说兴亡"（着重号为笔者所加）之类叙述，采用的是一种局外人的演说方式，观赏的态度与推测的语气必然稀释怀古悲情的浓度，全词也因之缺少深远厚重之致。王国维评美成创作云："但恨创调之才多，创意之才少耳。"（《人间词话》三三）大体不差。

"时代既异，音调遂殊"（徐釚《词苑丛谈》卷四），惊天动地的靖康之变为南

---

① （宋）周邦彦撰，吴则虞校点：《清真集》，中华书局1981年版。

② 据薛瑞生考证，周邦彦一生两入长安，"第一次入长安在宋神宗熙宁六年（1073）或七年（1074）三月底四月初，当年秋即离去，此次入长安乃以布衣游学。第二次入长安在宋徽宗政和二年（1112）春，二月至，三月离去，此次入长安在知河中府任，当以公事往来其间"。（《周邦彦两入长安考》，载《文学遗产》2002年第3期）今从薛说。

③ （清）陈廷焯《云韶集》云："此词纯用唐人成句融化入律，气韵沉雄，苍凉悲壮，直是压遍古今。金陵怀古词，古今不可胜数，要当以美成此词为绝唱。"（吴熊和主编《唐宋词汇评》"两宋卷"第二册，浙江教育出版社2004年版，第1004页）即有溢美之嫌。

宋都市怀古词注入了属于那个时代的情感悲潮。本朝都城汴梁毁于战火、人物被掠之一空的残酷事实，对于南渡词人而言，既是一个逝去的历史片段，更是一种亲身的痛苦经历；同样，南宋灭亡后，关于都城杭州的书写凝聚着遗民作家的血泪出现在他们的历史记忆里。民族存亡的焦虑，国势衰微的忧患，失地难收的痛苦，铸就了南宋词人苍凉而又愤激的心态。于是，汴梁、金陵、扬州、长安，乃至杭州作为感伤意象，纷纷出现在怀古词中。北宋灭亡的沉重打击与南宋偏安政权的摇摇欲坠使南宋词人的历史兴亡之叹与现实结合得异常紧密，个人身世之痛、民族危亡之忧一并注入，造就了一代感伤悲慨的词风。

宋徽宗赵佶（1082—1135）一首《眼儿媚》奏响了南宋都市哀歌的第一曲：

玉京曾忆昔繁华。万里帝王家。琼林玉殿，朝喧弦管，暮列笙琶。　花城人去今萧索，春梦绕胡沙。家山何处，忍听羌笛，吹彻梅花。

靖康二年（1127），北宋沦亡，徽、钦二帝被掳被迁，此词作于是年北迁途中[①]。在赵佶心目中，汴京失陷仅为昨日亲历之事，故不大可能将自己的情感历程纳入"怀古"范畴。不过，细读文本又不难发现，忆昔伤今的主旨，低沉哀婉的情调以及今昔对比的描写手法，均与一般怀古词并无二致。

深情而又痛苦的回忆与怀念构成了南渡词人精神活动的重要内容，在他们绘制的故国图画里，大都会尤其是帝都通常居于中心地位，承载着弱国臣民的屈辱与梦想。如果说赵佶对于汴京的回忆明显打上了帝王身份烙印的话，那么，在词坛享有盛誉的李清照（1084—1155？号易安居士）《永遇乐·落日镕金》的相关描写则折射出闺中女性的独特视角："中州盛日，闺门多暇，记得偏重三五。铺翠冠儿，捻金雪柳，簇带争济楚。"感怀京洛旧事，在心灵世界里还原那曾经属于自己的节日盛景，用以反衬今日"帘儿底下，听人笑语"的孤独与凄凉，显得无限沉痛酸楚。

同样享有词坛盛誉的朱敦儒，对于城市的观照视角在南渡之后也发生了巨大变化，城市不再是结客游春、脱帽换酒的销魂之所，而成为寄托故国之思、身世之感的艺术符号。朱敦儒（1081—1159），字希真，号岩壑，又称伊水老人、洛川先生、少室山人等。河南（治今河南洛阳）人。《宋史》有传。建炎元年（1127）和绍兴七年（1137），朱敦儒分别在金陵和平江（今苏州）写下了两首怀古词[②]：

---

① 陈霆《渚山堂词话》云："宋二帝北狩，金人徙之云州。一日，夜宿林下，时碛月微明，有胡雏吹笛，其声呜咽，太上因口占《眼儿媚》。此词少帝有和篇，意更凄怆，不欲并载。"

② 朱敦儒词系年用邓子勉校注《樵歌》（上海古籍出版社 1998 年版）之说。

登临何处自销忧。直北看扬州。朱雀桥边晚市，石头城下新秋。昔人何在，悲凉故国，寂寞潮头。个是一场春梦，长江不住东流。

——《朝中措》

东风吹尽江梅。橘花开。旧日吴王宫殿、长青苔。今古事。英雄泪。老相催。长恨夕阳西去、晚潮回。

——《相见欢》

以长江、夕阳建构永恒的时间坐标，以金陵城的寂寞和姑苏城的荒凉说明人事的短暂，手法并不算新颖。不过，词中有两处值得注意：其一，词人置身金陵城却“直北看扬州”，金陵怀古词里引入“扬州”意象耐人寻味。个中缘由，并非简单地因为两座城市相距不远，如将“扬州”与后文的“春梦”相联系，或许能够得到启示。在朱敦儒的叙事模式里，将金陵作为“凄凉故国”的表征，接受的是国家伦理原则的支配，而感伤扬州“春梦”破灭，表达的则是个人的伦理诉求，内涵较为丰富。其二，《相见欢》词出现的“英雄泪”意象，赋予怀古主体形象以新的内涵，联系词人另一首《相见欢》“中原乱。簪缨散。几时收。试倩悲风吹泪，过扬州”的感慨，我们有理由相信朱敦儒曾经立下的“英雄”志向当与收复中原有关，由此开启了南宋词人于都市怀古词中抒写英雄悲情的传统。

如果以情感内涵与风格特征作为划分标准，南宋都市怀古词大致可以分为两种类型。第一大类为沉郁悲壮型，怀古的框架内植入了词人对于现实的干预态度与担当精神，低沉的旋律中不时传出英雄的仰天长叹、慷慨悲歌，李纲、辛弃疾、刘过、陈德武等豪放派词人的相关作品可为代表①。

李纲（1083—1140），字伯纪，号梁谿居士，邵武（今属福建）人，为南渡名相。《宋史》有传。“纲负天下之望，以一身用舍为社稷生民安危。虽身或不用，用有不久，而其忠诚义气，凛然动乎远迩。”（《宋史·李纲传下》）词多咏史寄慨之作，《六幺令》“次韵和贺方回金陵怀古，鄱阳席上作”上片感叹“六代兴亡如梦”，以“兵戈凌灭”为“豪华销尽”之背景，隐约透露出几分战争信息，下片抒写迁客情怀，“纵使岁寒途远，此志应难夺”，直接表达自己的报国指向和不屈不挠的奋斗精神，实为前代怀古词之罕见。

辛弃疾（1140—1207），字幼安，号稼轩，历城（今山东济南）人。《宋史》

① 此类作品还有：陈人杰《沁园春·吴门怀古》、李好古《八声甘州·扬州》、王奕《贺新郎·金陵怀古》、黎廷瑞《八声甘州·金陵怀古》、文及翁《贺新郎·西湖》等。

有传。辛弃疾是中国词史上豪放词派的代表作家，自从北方归宋后一直为收复中原、抗金兴国而奔走呐喊，其词慷慨纵横，豪情横溢，报国之志转化为一种强大的内驱力，深刻地影响到他的艺术构思与文学表现。“西北望长安，可怜无数山”（《菩萨蛮 · 书江西造口壁》），以“长安”喻故都汴梁，寄寓北归愿望。“佳丽地，文章伯。金缕唱，红牙拍”（《满江红 · 建康史致道留守席上赋》），置身于都市诗酒唱和的生活场景，始终不忘高歌“他年要补天西北”的壮志。即使怀古之作写英雄感慨，亦时见奇志逸气，《永遇乐 · 京口北固亭怀古》堪称典范：

千古江山，英雄无觅，孙仲谋处。舞榭歌台，风流总被，雨打风吹去。斜阳草树，寻常巷陌，人道寄奴曾住。想当年，金戈铁马，气吞万里如虎。

元嘉草草，封狼居胥，赢得仓皇北顾。四十三年，望中犹记，烽火扬州路。可堪回首，佛狸祠下，一片神鸦社鼓。凭谁问，廉颇老矣，尚能饭否？

词作于开禧元年（1205），是年初辛弃疾受命知镇江府，出镇江防要地京口（今江苏镇江）。北固亭即北固楼，始建于东晋，梁武帝改名为“北顾楼”，辛弃疾在此进行了一次激情澎湃、且忧愤深广的精神旅行，思绪在漫长的时间和广阔的空间里纵横开阖，跌宕跳转。江南重镇京口既是他神游古今、缅怀历史英雄的起点，也是其寻找人生榜样和奋斗动力的平台，而“扬州”意象的出现，指示着词人飞扬的思绪最终的现实落脚点，展现了由怀古而伤今的心灵轨迹。尽管文本明显流露出词人对于现实的失望与感伤，但是，伴随着一个个历史英雄人物的登场，人们又不难感受到辛弃疾内心无法抑制的英雄豪情。

南宋著名抗金名士刘过（1154—1206）置身于屡经战争劫难的扬州，怀古伤今，写下传世名篇《六州歌头》：

镇长淮，一都会，古扬州。升平日，珠帘十里春风、小红楼。谁知艰难去，边尘暗，胡马扰，笙歌散，衣冠渡，使人愁。屈指细思，血战成何事，万户封侯。但琼花无恙，开落几经秋。故垒荒丘。似含羞。

怅望金陵宅，丹阳郡，山不断绸缪。兴亡梦，荣枯泪，水东流。甚时休。野灶炊烟里，依然是，宿貔貅。叹灯火，今萧索，尚淹留。莫上醉翁亭，看濛濛雨、杨柳丝柔。笑书生无用，富贵拙身谋。骑鹤东游。

南宋时的扬州已成为抗金前线，宋金双方在此频频交火。（1129）“金人焚扬州”，扬州惨遭破坏，此时离刘过出生不足二十年。绍兴三十一年（1161），刘过八岁时，金人再陷扬州（《宋史 · 高宗本纪》），该城又遭重创，满目疮痍，一片荒凉。

刘过利用《六州歌头》长调篇幅的优势，说古道今，抨击时政，反思历史，以怀古开篇，以伤己作结，中间贯穿着对偏安小朝廷的斥责以及兴亡梦难圆的悲愤，不平之气溢于全篇。

南宋都市怀古词的第二大类为感伤悲苦型，以抒发黍离之悲为主旨，充满低沉哀痛的"亡国之音"，充分显示了国家分裂、民族危亡的腥风血雨在南宋文人心中投射的巨大阴影。这一类作品不仅数量多，而且不乏经典名篇。其中曾觌的《金人捧露盘·庚寅岁春，奉使过京师，感怀作》属于典型的南渡词人写汴京：

记神京、繁华地，旧游踪。正御沟、春水溶溶。平康巷陌，绣鞍金勒跃青骢。解衣沽酒醉弦管，柳绿花红。

到如今、余霜鬓，嗟前事、梦魂中。但寒烟、满目飞蓬。雕栏玉砌，空锁三十六离宫。塞笳惊起暮天雁，寂寞东风。

词中所言"京师"即北宋京城汴梁，"庚寅岁"指宋孝宗乾道六年（1170）。据《宋史·曾觌传》载，"汪大猷为贺金正旦使，俾觌副之"，因此获得前往北方的机会。另据《宋史·孝宗本纪》载，"遣汪大猷等使金贺正旦"的具体时间为"乾道五年冬十月乙酉"，次年春，汪、曾一行完成使命，回朝途中经过故都汴梁。年逾花甲的词人离开汴梁城已经四十余年，重返故地，不由得悲去国，伤流年，无限哀痛涌上心头。曾觌围绕汴梁开展艺术描写，上片忆昔，下片伤今，对比鲜明强烈，两幅场景和色彩截然不同的图画由于意蕴相悖而形成巨大的张力，将作者的黍离之悲渲染得深沉浓烈。而这一点正是南宋都市词的共同特征①。

姜夔（1155？—1221？）的《扬州慢》乃传世名篇：

淳熙丙申至日，予过维扬，夜雪初霁，荠麦弥望，入城则四顾萧条，寒水自碧，暮色渐起，戍角悲吟。予怀怆然，感慨今昔，因自度此曲。千岩老人以为有《黍离》之悲也。

淮左名都，竹西佳处，解鞍少驻初程。过春风十里。尽荠麦青青。自胡马窥江去后，废池乔木，犹厌言兵。渐黄昏，清角吹寒。都在空城。

杜郎俊赏，算而今、重到须惊。纵豆蔻词工，青楼梦好，难赋深情。二十四桥仍在，波心荡、冷月无声。念桥边红药，年年知为谁生。

---

① 张文利在论述南宋都市词时指出："城市的面貌随着时光的推移，国运的兴衰而变化，彼与此的差异，今与昔的不同，都传达出盛衰兴亡的信息，跃动着文人要眇幽微的心曲，两都词因此较多地运用了对比尤其是今昔对比的表现手法。"（《宋词中的双城叙事》，载《文学评论》2009 年第 1 期）

词作于孝宗淳熙三年（1176）姜夔过扬州时。十多年前的江淮战乱带给扬州的毁灭性破坏，在姜夔笔下得到真实形象的再现："自胡马窥江去后，废池乔木，犹厌言兵。渐黄昏，清角吹寒。都在空城"，残破冷落的景象令人触目惊心，百感填膺。值得注意的是，同为抒写废池乔木之感、黍离之悲，与刘过的《六州歌头》相比，姜夔的视野与胸襟就显得要狭窄一些，个人遭际固然与国家民族命运息息相关，但如果感慨悲伤更多地囿于风流才子青楼梦难圆、芍药花难赏的人生遗憾，自然难以奏响慷慨悲壮之音，势必削弱悲剧的震撼力量。①

南宋的灭亡将宋末作家彻底打入痛苦的深渊，对于那些亡国的遗民而言，怀古词蕴涵着他们强烈的故国之思，无论本朝京都抑或其他历史文化名城均作为历史存在的象征，构成了遗民作家抒发哀痛情感的空间背景，他们以城市历史为纵向坐标，形象地再现不同时间同一空间形象的巨大变迁，进而建立起"国破山河在"的抒情模式。

汪元量（1241—1317？），字大有，钱塘（今浙江杭州）人。号水云、水云子、楚狂，自称江南倦客、倦客。以善琴入宫事谢后、王昭仪，宋亡，随三宫北行留燕，后南归为道士。汪元量写下了包括《六州歌头·江都》、《莺啼序·重过金陵》在内的多首怀古之作，享有"描写亡国痛的第一个圣手"之誉。国破宋亡的惨痛现实使汪元量此类作品较之前人多了一层思念故君的悲伤和悼念亡国的沉痛。《六州歌头·江都》是汪元量都市怀古词代表作之一：

绿芜城上，怀古恨依依。淮山碎。江波逝。昔人非。今人悲。惆怅隋天子。锦帆里。环朱履。丛香绮。展旌旗。荡涟漪。击鼓挝金，拥琼璈玉吹。恣意游嬉。斜日晖晖。乱莺啼。

销魂此际。君臣醉。貔貅弊。事如飞。山河坠。烟尘起。风凄凄。雨霏霏。草木皆垂泪。家国弃。意忘归。笙歌地。欢娱地。尽荒畦。惟有当时皓月，依然挂、杨柳青枝。听堤边渔叟，一笛醉中吹。兴废谁知。

词作于至元十三年（1276）赴燕途中②，汪元量伫立扬州城头，举目四望，只见山

① 此类作品还有周邦彦《青房并蒂莲·维扬怀古》、《满庭芳·忆钱塘》，向子諲的《鹧鸪天·有怀京师上元，与韩叔夏司谏、王夏卿侍郎、曹仲谷少卿同赋》，康与之《诉衷情令·长安怀古》、《菩萨蛮令·长安怀古》、《菩萨蛮令·金陵怀古》，阎苍舒《水龙吟·少年闻说京华》，李琳《木兰花慢·汴京》，赵希迈《八声甘州·竹西怀古》，汪元量《莺啼序·重过金陵》，蒋捷《女冠子·元夕》等。

② 汪元量的《洞仙歌·毗陵赵府兵后僧多占作佛屋》、《水龙吟·淮河舟中夜闻宫人琴声》也作于北上途中。详见孔凡礼辑校：《增订湖山类稿》卷五，中华书局 1984 年版。

河破碎，草木垂泪，悲慨万千，他在感伤隋天子成为历史的同时也在痛悼南宋成为历史。失去了精神家园的作家犹如孤儿弃子，浸染着血泪的“家国弃”三字非亡国奴难以道出。

罗志仁（生卒年不详）的《金人捧露盘·丙午钱塘》系南宋都市怀古词中最为惨烈的一篇：

> 湿苔青，妖血碧，坏垣红。怕精灵、来往相逢。荒烟瓦砾，宝钗零乱隐鸾龙。吴峰越山献，翠颦锁、苦为谁容。浮屠换、昭阳殿，僧磬改、景阳钟。兴亡事、泪老金铜。骊山废尽，更无宫女说元宗。角声起，海涛落，满眼秋风。

丙午即元大德十年（1306），罗志仁亲眼目睹了宋亡的历史惨剧，他咏钱塘（杭州），悼亡宋，叹兴亡，抒悲愤，写下这首充满血泪的怀古词。词里全无昔日繁华景象的描写，色彩之晦暗、场面之惨烈，可谓空前。词人直面元已代宋的残酷现实，不得不用冷峻的笔墨描写战后钱塘城内外残破荒凉、阴森恐怖的景象。特别值得注意的是“荒烟瓦砾，宝钗零乱隐鸾龙”两句，暗指宋亡后胡僧杨琏真伽发掘六陵一事。那些身前显贵至尊的帝王后妃，身后却因战乱而尸不安穴，最终落得个钗发凌乱见天日的可悲结局，这对于视君王为国家象征的文人士大夫而言，无疑是最痛心疾首、最难以接受的一幕。正因如此，全词充满了梦醒了无路可走的绝望与哀痛。

国家兴亡乃头等政治大事，以怀古的形式哀悼前朝故国，既是受政治意识的支配，也是出于历史意识的自觉。政治意识往往催生出政治批判的锋芒，历史意识则极易导致否定心态的产生。遗民作家置身于时间的流程之中去审视改朝换代的政治变故，在时空交汇处去反思前朝兴亡的经验教训，亡国的政治哀痛与今非昔比的历史感伤构成了复杂而又巨大的情感冲击力，这当是他们的怀古之作比一般作家的同题作品更具动人魅力的重要原因。

三、浅斟低唱的都市浪子

以街市出现为标志，中国城市发展至宋代产生了质的飞跃，城市经济与市民文化以其强大的辐射力深刻地影响着文人士大夫文化品格的建构系统以及文学观念，进而丰富文学创作的意义内涵以及外部形态。在人物形象画廊中，都市浪子形象尤其引人注目。

与前代相比，宋代的城市空间形态发生了巨大变化，最显著的标志便是城市结构由原先封闭式的里坊向开放性的街市转变，这种转变不仅直接促进了商业的发展与繁荣，而且全面激活了城市文化的内在运动力。城市居民自由活动的空间进一步扩大，城市的“可游”性在更大程度上得以实现，市民获得了更多的彼此间相互接触和交流的机会，城市生活娱乐功能的社会化进程也因此向前推进。对于那些拥有一定城市生活资源①的文人士大夫而言，可以根据个体需求较为自由地游走于除皇城、衙门之外的广大商业区和居民区，在属于自己支配的时间里尽情体味“游”的快乐。他们或“探芳菲、走马天街”（张先《宴春台慢·丽日千门》），或赏牡丹，出入“上林池馆，西都花市”（曹组《水龙吟·牡丹》），或“酒楼酣宴，茶轩清玩”（黄裳《永遇乐·玩雪》），至于“锦江桥那畔，罗绮重重，曲巷深坊暗香度”（丘密《洞仙歌·元宵词》），也是常见之事。正是在都市享乐之风炽盛的背景下，唐诗里已经出现的都市浪子形象，于宋词中不但变得更加清晰丰满，而且体现出新变特质。

都市浪子不是一个自发形成的、具有稳定性的社会阶层，而是由进入城市的个体所扮演的一种特殊的文化角色。能够被称为都市浪子的人需要具备以下几个条件：其一，在都市生活时间较长，且无相对固定的职业；其二，拥有比较丰富的都市生活经验，对都市文化环境表现出良好的适应能力；第三，更为重要的是，他们常常以消费者身份自由出入于市井瓦舍、酒肆勾栏、秦楼凤馆，斗鸡走马，寻花问柳，载酒追游，“浪”正是对其不拘礼节、放浪形骸的行为特征的形象言说。如果根据与传统的联系程度进行划分，宋代文学的浪子形象大体可以分为两类，柳永与贺铸分别为其代表，而柳永的行为方式更具有新变的“现代性”。

集多重角色于一身的柳永，其“浪子”身份之所以受到现代诸多研究者的高度关注②，一个非常重要的原因在于它是北宋中前期城市发展的文化产物。怀揣仕宦之梦的柳永进入京城后，很快享有较高的知名度，引起社会广泛关注的并非其治国方略，而是善为歌词俚曲的艺术才华以及“薄于操行”的浪子名声，

① 城市生活资源系统一般由物质资源与人力资源两个部分构成，前者包括经济收入、家庭资产以及居住环境，后者包括时间、健康、能力、经验等。详见向德平编：《城市社会学》，武汉大学出版社 2002 年版，第 238 页。

② 相关研究成果颇多，例如徐安琪指出：“‘浪子’是柳永纵情任性、狂荡不羁心态的表象”。（《柳永词学思想述论——由“骫骳从俗”的审美趣尚谈起》，载《文学评论》2008 年第 1 期）又如曹志平认为，柳永集“风流自赏的才子词人、疏狂自傲的多情浪子，孤寂自伤的蹇运寒士”等多重角色内涵于一身。（《论柳永社会角色的多重内涵及其文化意蕴》，载《齐鲁学刊》2000 年第 4 期）

隐藏在这一现象背后的事实是，从一开始柳永就未能跻身于都市社会的上层集团，缺少士大夫集团的认可和接受，其交往对象多属于社会中下层人士。下层市民的娱乐需求为他开启了一条充满“下里巴人”之声的创作之路。柳永科场失利、一番牢骚之后，随即调整心态，迅速完成自我的重新定位，“日与猖子纵游娼馆酒楼间，无复检约，自称‘奉圣旨填词柳三变’”，（胡仔《苕溪渔隐丛话后集》卷三十九引《艺苑雌黄》）与此当有直接关系。在相当长的一段时间内，柳永全身心投入进都市生活，出入闹市，流连坊曲，浅斟低唱，实现了官场“弃儿”到都市“浪子”的蜕变，随之收获的不仅仅是大量的香艳之词，更有对都市世俗生活的体验与享受。《凤归云》上片云：“恋帝里，金谷园林，平康巷陌，触处繁华，连日疏狂，未尝轻负，寸心双眼。况佳人、尽天外行云，掌上飞燕。向玳筵、一一皆妙选。长是因酒沈迷，被花萦绊。”一个“恋”字，揭示出都市浪子的基本心态。

浪子所“恋”者已经不是帝京所象征的政治权力，仕途受挫的柳永很快在繁华富足的都市里寻找到了补偿的渠道。其一，华灯齐放、酒香四溢的物质世界在带给他心灵强烈震撼的同时，也在最大程度上满足了他物质享受的欲望，痛饮狂欢，尽情享乐，对此，《乐章集》从不同的角度给予了描写。其二，在罗绮成丛的小楼深巷里，他获得了性享乐的最大满足。宋代城市实行的街市制度，也促进了娼妓业的发展，娼妓活动的空间呈现出扩张形态，它借助具体的建筑形式构成一种特殊的社区环境，除政府官员之外的市民在此可以合法地购买到性的“服务”与享受。柳永凭借“白衣卿相”的身份公开出入坊曲，任意结交妓女，毫不掩饰自己“追欢买笑”（《传花枝·平生自负》）的轻狂之举以及“偎香倚暖，抱著日高犹睡”（《慢卷绸·闲窗烛暗》）的快意，“浪子”形象也由此更加鲜明。

柳永成为都市浪子，既是主动选择的结果，同时也体现着一种被动的选择。他“浪迹”京城，活动范围既广泛又狭窄，仅从与之交往对象的层次相对单一，多为教坊乐工和平康妓女这一点而言，便足以反映当时市民阶层在不断壮大中走向分化的发展趋势对入城士子生命轨迹及其人格建构的重要影响。以个人感性经验为前提，柳永词关于都市的叙述是真实的、鲜活的，不过，其片面性也是明显的，因为他所扮演的角色以及切入点在相当程度上限制了他的视野，妨碍了他对都市生活全面而深刻的体验。柳永的“浪”行导致了宋人对其人品乃至词作的众多非议，然而，毋庸置疑的是，他的社会行为与艺术实践已经构成了北宋都市文化建构中的一个重要环节[①]。

处处充满物欲诱惑的都市文化氛围为浪子的产生提供了适合的文化土壤，只是由于个体之间社会地位、生活条件、文化教养诸方面存在差异，他们对于客观环境的认可与利用便不可能完全相同，“浪子”风貌也必然相互区别。如果说柳永之“浪”更多地显示了都市俗文化的强大影响力的话，那么，贺铸之“浪”则生发在传统与现实的结合点上。

一生四过扬州的贺铸，曾经是一位疏狂自放、步追杜牧的风流才子，北宋都市生活的新变以及由此产生的安逸享乐的社会心理诉求为其浪子风范的形成提供了适宜的文化土壤，艳妆丛里的销魂之夜频繁出现在他的记忆里，描绘“二十四桥游冶处，留连”（《南乡子》二首之一）的浪子经历，构成了贺铸词的重要内容：“曲街灯火香尘散。犹约晨妆，一觇春风面。惆怅善和坊里，平桥南畔。小青楼、帘不卷。”（《河传》二首之一）“章台游冶金龟婿。归来犹带醺醺醉。花漏怯春宵。云屏无限娇。”（《菩萨蛮》十一首之二）“宫烛分烟，禁池开钥，凤城暮春。向落花香里，澄波影外，笙歌迟日，罗绮芳尘。载酒追游，联镳归晚，灯火平康寻梦云。逢迎处，最多才自负，巧笑相亲。”（《念离群》）与柳永相比，贺铸的人格形态显然更为复杂。“贺本庆氏，后稷之裔”（《庆湖遗老诗集自序》），作为孝惠皇后之族孙，贺铸对自己的出身颇感自豪，尤其是十五族祖为唐朝著名作家、自号“四明狂客”的贺知章，更成为他的效仿对象。贺铸的性格中携带着“交结五都雄”的“少年侠气”（《六州歌头》），曾经“驰马走狗，饮酒如长鲸”（程俱《贺方回诗集序》），“尚气使酒”（《宋史》本传），由此注定他的都市生活比柳永具有更为丰富的内涵，其交往对象也不囿于下层社会。贺铸在描写妍情绮思、鸳梦艳遇时，展示的自我形象有时比较内敛，“回首扬州，猖狂十载，依然一梦归来”（《雨中花》），浅斟低唱中不时传达出人生的失意与感伤。狂放，只是贺铸的一种生活姿态，尚未完全转化为足以体现都市文化力量的基本生存方式，其行为更多地体现出传统的名士风范，都市化、世俗化特征远不及柳永那样鲜明突出，即使寄情声色也从未达到柳永式自我放逐的程度。

---

① 王筱芸认为：柳永歌词的“都市叙述和多元角色话语实践——作为浪子词人、才子词人和宦游词人，对新都市空间的角色切入和独特体验，恰恰是北宋真宗、仁宗时期，新的都市街市制度和都市阶层分化重构——新的都市文化转型、建构之际的准确体现”。（《“变旧声作新声”——柳永歌词的都市叙述与北宋中叶的都市文化建构》，载《文学评论》2007 年第 3 期）

青年时代的周邦彦、朱敦儒也都曾浪迹都市，放荡轻狂，风流不羁。时代风云的突变直接影响到他们的人生轨迹，都市浪子形象的最终改变在很大程度上受制于外部环境的干预，昔日的浪子经历定格为难以抹去的记忆画面："平康巷陌，往事如花雨"（周邦彦《蓦山溪·楼前疏柳》），"向伊川雪夜，洛浦花朝，占断狂游"（朱敦儒《雨中花·岭南作》）。宋室南渡以后，经济发达的南方城市仍然存在滋生都市浪子的土壤，南宋都市词对此不乏描写。人们对其缺少关注的主要原因，一是由于浪子的表现形态远不及柳永、贺铸那样突出和典型，缺乏超越前人的渐变特质或全新风貌；二是因为浪子的风流不羁与国家内忧外患的严峻形势格格不入，个人行为可能蕴含的反抗现实、挑战传统的积极意义或被遮蔽或被消解，难以进入文学审美研究的视野。

第三节　都市诗歌：二元互参的观照视角与二律悖反的心灵体验

如果说唐代诗歌是中国诗歌发展历程中矗立的一座高峰的话，那么，宋诗便是继唐诗之后崛起的另一奇峰。宋代诗歌创作出现大盛局面，作家队伍空前庞大，作品数目远超唐诗①，题材非常丰富，可谓包罗万象②，诗派不断涌现，体格众多。从宋初师法唐人到中期提倡复古，诗歌风貌逐渐发生变化，以思理见长、以瘦劲为美、散文笔法贯穿其中的诗歌"宋调"日益显著。在城市文学创作领域内，宋人在吸取唐诗丰富养料的基础上，不断进行开拓与创新的实践活动。随着城乡二元对立意识的明确，他们对于城市的观照，较之唐人显得更加自觉，艺术表现也更加主动和全面，宋代都市诗歌的数量超过了唐诗。那些唐人未曾留意或者无心吟诵的精微细小之处，在宋人笔下变得盎然有趣，同时，一个又一个小城市形象的相继问世，填补着文学版图的空白。加之新兴市民阶层审美情趣的浸染，中国城市文学的发展轨迹被打上世俗化的烙印。宋代都市诗歌足以让读者领略到城市的多样风味。

---

① 北京大学古文献研究所编《全宋诗》（北京大学出版社）收录诗人八千九百余家，诗歌总字数多达四千万，为《全唐诗》四倍。本节所引宋诗皆出自于此书，下文不再一一标出。

② 朱刚认为宋诗题材不受缘情与体物的限制，二者在意义指向和写作技巧上趋于融合，其题材扩大至"无所不包"的境地。详见《从类编诗集看宋诗题材》，载《文学遗产》1995 年第 5 期。

一、城中与城外：二元互参的自觉观照

作为人类后起的居住聚落，城市越发展越繁荣，也就越容易成为乡村的对比参照物。较之唐人，宋人城乡二元分殊意识更加明确，关于"城里人"、"乡下人"的身份认同也越来越自觉，频繁出现于诗歌叙事中的"城中"、"城外"、"入城"、"出城"等空间定位，隐然透露出他们将居住场所一分为二的环境认知。基于把握和表现城乡环境差异的观照动机，宋代诗人确立起观照城市的多重视角，其中，立足城中看城市，立足城外看城市，构成其观照的两大基点。

所谓"城中"绝非纯粹的物理空间概念，而属于文化空间范畴，其意义指向乃是城市所蕴含的强大聚合力与辐射力对于文人士大夫身份意识、生活方式以及相关的创作行为或显性或隐性的制约作用。观照者即使置身城外，也不妨碍与城市保持千丝万缕的联系，最重要的是，他们往往以"城中人"身份说话，表达对城市生活的适应感、认同感甚至归宿感。在现实生活中，大批作家以城市居民的身份活动于城市的大街小巷，在一种亲历的过程中充分感知城市，发现城市，进而深入认识城市。城市之于宋代文人固然仍非精神家园，但也不再是抽象概念和陌生环境，频繁出入城市或长期定居城市，生命历程中的重要阶段不可避免地笼罩在城市文化的光芒或者阴影之下，形形色色的城市景观总是以这样或那样的方式与他们的生活发生内在联系，并且潜在地影响着他们的创作心态与言说方式。

宋祁（998—1062），字子京，开封雍丘（今河南杞县）人，后徙安州安陆（今湖北安陆）。北宋前期著名史学家、文学家，《宋史》有传。宋祁擅词能诗，"红杏枝头春意闹"（《玉楼春·春景》）为传世名句，所作诗歌也有可圈可点之处。从城市文学研究角度看，不少诗篇值得关注，如《成都》：

> 风物繁雄古奥区，十年伧父巧论都。云藏海客星间石，花识文君酒处垆。
>
> 两剑作关屏对绕，二江联派练平铺。此时全盛超西汉，还有渊云抒颂无。

宋祁一生为官京城时间较长，其中也不乏外任经历，历知寿、陈、许、亳、成德、定、益、郑军州，《成都》作于知益州期间，正可谓置身成都颂成都的典范之作。由京官外放，生活环境被迫改变，对于西南第一大都会的繁华富庶美丽，宋祁除了耳闻目睹之外，拥有了亲身体验的机会，锦官城里的花与酒曾经陪伴包括宋祁在内的众多入蜀官员度过一个个不眠之夜，后右司谏吴及尝言宋祁"在蜀奢侈过度"（《宋史》本传），恐非空穴来风。诗做出"此时全盛超西汉"的评价，固然包含着史学家的学理推断，同时也源于一位城中人对于鲜活现实的感性

认识。

梅尧臣（1002—1060），字圣俞，宣州宣城（属今安徽）人，北宋中期著名诗人。《宋史》有传。忧国忧民的梅尧臣将济世情怀转化为诗歌创作动力，他创作视野开阔，富有洞察社会问题的目光和批判现实的精神。进入仕途，难免与所在城市发生直接关联，其《大水后城中坏庐舍千余作诗自咎》作于一场大水之后，水灾给治下城市造成严重破坏，对此，这位城市管理者忧思深重，诗云：

不如无道国，而水冒城郭。岂敢问天灾，但惭为政恶。

湍回万瓦裂，槎向千林阁。独此怀百忧，思归卧云壑。

诗的创作年代和地点均难以确定，这并不妨碍我们认识梅尧臣其人。据诗歌内容推知，当时诗人应该为官于此城，水冒城郭而惭为政恶，是其忧患意识与政治责任感的具体体现，即"居庙堂之高，则忧其民"。尽管末句五字表达了一种无奈中逃离的愿望，然庐舍被毁而作诗自咎的行为，明显摆脱了局外人的思维，完全受制于当事者的感受与立场。

北宋著名理学家、诗人邵雍的诗歌创作从另一角度显示出城中人的观照视角。邵雍（1011—1077），字尧夫，又称安乐先生、百源先生。邵雍博览群书，学富五车，精通易学，著作丰厚。他淡泊名利，中年以后隐居洛阳，著书授徒。《宋史·邵雍传》云："初至洛，蓬荜环堵，不蔽风雨，躬樵爨以事父母，虽平居屡空，而怡然有所甚乐，人莫能窥也。……富弼、司马光、吕公著诸贤退居洛中，雅敬雍，恒相从游，为市园宅。雍岁时耕稼，仅给衣食。名其居曰'安乐窝'，因自号安乐先生。"邵雍一直以远离尘世、追求山水雅趣为高，始终保持"风月情怀，江湖性气"（《安乐吟》），自称"城里住烟霞，天津小隐家"（《愁恨吟》），在洛阳城里过着"曲几静中隐，衡门闲处开"（《初秋》）的隐士般生活。然而，洛阳毕竟是中国历史名城，城市文化积淀十分深厚，无论历史传说、前朝遗迹，抑或风土人情、新建园林，无不散发出足以改变居住者文化心理结构的强大穿透力。邵雍因爱洛阳山水风俗之美而留居此地，然而其晚年生活根本不可能具备纯粹的"自然"意义，他最为倾心的洛阳名园、洛阳牡丹分明打上了城市文化"人为"创造的烙印，很大程度上失去天然本色。他与退居洛阳的富弼、司马光等名流交往，诗酒唱和，显然有别于陶渊明"时复墟里人，披草共来往"（《归园田居》其二）的田园生活，浓郁的城市文化气息以"润物细无声"的方式悄然改变着诗人的观照视角和审美情趣，《春色》一诗对此进行了形象诠释。诗云：

去岁春归留不住，今年春色来何处。洛阳处处是桃源，小车渐转东街去。

为寻春色，诗人的小车驶向洛阳东街，这正是立足城中看城市的绝佳写照。他在洛阳城里找到的不仅有春色，还有家的感觉，即如《小车行》所言："小车行处人欢喜，满洛城中都似家"，直陈胸臆，自然浅近，满足之感溢于言表。

立足城中看城市，既可袒露一己情愫，也可书写与城内民众相同的生活经历和具体感受，南宋著名诗人陆游《上元雨》一诗便属于后者：

城中酒垆千百所，不忧不售唯忧雨。今年上元灯满城，曲巷深坊闹歌舞。
天公不借一日晴，风吹灯死雨如倾。家家移床避屋漏，不闻人声闻屐声。

始终以家乡镜湖的自然山水为人生归宿的陆游，从未将城市视作生命的栖息之所，然对生活的挚热又使他即使客居城市仍可发现身边之美，故备受风尘之苦尤能吟出"小楼一夜听春雨，深巷明朝卖杏花"（《临安春雨初霁》）的千古名句。同时，穷且益坚的兼济之志将陆游关注现实的目光导向民生疾苦，哪怕身处逆境。上元遇雨，风吹灯死，屋漏移床，扫兴、遭灾者是包括诗人在内的城中居民群体，"家家"二字透露出个中信息。陆游可贵之处在于不言个人得失，而将整个城市的受灾情形尽收眼底，诉说与其他居民相同的感受与忧虑。

所谓立足城外看城市即站在乡村文化的立场审视城市，评价城市，在城乡二元对比中凸显两者的巨大差异，彰显城市文化场中的他者眼光。借助农民身份进行城市叙事，是此类诗歌经常使用的手法。

"昨日到城廓，归来泪满巾，遍身罗绮者，不是养蚕人。"北宋诗人张俞的五言绝句《蚕妇》是一首典型的悯农诗，因其篇幅短小，语言精炼，形象鲜明，富有批判精神，而流传甚广，并选入当代小学语文教材。张俞（《宋史》作张愈），字少愚，益州郫（今四川郫县）人，生卒年不详。为人不妄忧喜，性高情淡，有超然远俗之志，终身未仕，后隐居青城山白云溪，入选《宋史·隐约传》。以乡村蚕妇为诗歌抒情主人公，张俞不是第一人，唐代著名诗人杜荀鹤亦作有《蚕妇》诗："粉色全无饥色加，岂知人世有荣华。年年道我蚕辛苦，底事浑身著苎麻。"对农民劳而不获的遭遇深表同情。相比之下，张俞未直接发表议论，而是采用立足城外看城市的观照视角，运用对比手法，通过描写蚕妇入城归来的情感反应，形象揭示了城乡分配不公对农民的严重伤害，批判效果更为明显。

范成大（1126—1193），字致能，号石湖居士，平江吴郡（今江苏苏州）人，与陆游、杨万里、尤袤并称"中兴四大诗人"。宋高宗绍兴二十四年（1154）进士，《宋史》有传。范成大晚年退隐故乡石湖期间创作的田园诗历来受到好评，被认为扩大和发展了田园诗境界[①]，其中《灯市行》为《腊月村田乐府十首》之二，范成大于诗前序中写道："余归石湖，往来田家，得岁暮十事，采其语，各赋一诗，以识土风，号村田乐府。…… 其二《灯市行》，风俗尤竞，上元前一月，已卖灯，谓之灯市。价贵者，数人聚博，胜则得之，喧盛不减灯夕。"[②] 这首田园诗的独特之处正在于采用了城外人看城市的观照视角，且如实给予正面评价。诗云：

吴台今古繁华地，偏爱元宵灯影戏；春前腊后天好晴，已向街头作灯市。
叠玉千丝似鬼工，剪罗万眼人力穷；两品争新最先出，不待三五迎东风。
儿郎种麦荷锄倦，偷闲也向城中看；酒垆博塞杂歌呼，夜夜长如正月半。
灾伤不及什之三，岁寒民气如春酣；侬家亦幸荒田少，始觉城中灯市好。

相对发达的城市文化对于乡村农民同样具有吸引力，此乃不争事实，却鲜有人言及，范成大以元宵观灯为切入点，真实具体地反映了这一点。前八句描绘城中灯会的热闹新奇，从叙事层面上讲此为诗人眼中景象，不过，以田园为乐的范成大此刻已是"城外"之人，因此，在意义层面上他的描述实际上聚焦着村民们好奇的目光，换言之，诗人充当起村民的代言人。后四句夹叙夹议，通过乡下人的心理感受以及朴素的语言，表现了他们对城市节日景象的欣赏和肯定。

类似《灯市行》的描写，在宋诗中较为少见，更多诗人偏重于表现作为"他者"的农民入城后的种种不适与不满，通过塑造农民形象揭示客观存在的城乡差别与城乡对立，借以表达自己的价值评判和文化取向。宋理宗绍定五年（1232）进士朱继芳所作组诗《和颜长官百咏·城市》就属于此类作品。宋人陈思所编《两宋名贤小集》卷三百十七载录朱继芳《静佳龙寻稿》，题下云："朱继芳字季实，号静佳，建安人，登进士，授龙寻令。龙寻旧有颜长官仁郁祠，长官五代时能抚循其民，使不见兵革，尝作诗以道民疾苦。其题有十，每题系以十诗，共百篇。继芳晋谒祠下，依韵和之，题曰《静佳龙寻稿》。"朱继芳《咏城市》共十首，虚构一位村翁为田租进城返村后向乡人述说城中的所见所闻，集抒情性、叙事性于一体。组诗除第一首为总叙之外，余下九首从不同角度描写老农眼中的城市，兹举三首如下：

雀罗门巷昔趋荣，味似饧甜忽变辛。说与侯门休谢客，朝朝暮暮看人情。

（其二）

① 详见许总：《宋诗史》，重庆出版社 1997 年版，第 693—696 页。
② （宋）范成大：《范石湖集》卷三十，上海古籍出版社 1981 年版，第 409 页。

山人只合住山中，入得城来调不同。满面红尘无处避，手携白羽障西风。

（其四）

相班士女狭邪间，总把喧啾卖却闲。人寿几何春不再，典衣沽酒强追攀。

（其六）

其二、其四写城市人情淡薄，其六言城市人耽于享乐，不知田家之苦，不满之情溢于言表。第四首特意设计一个持扇遮面的细节，旨在强调进入城市的乡下人与城市环境的格格不入，传达行走在城市中、被边缘化的“他者”不被认同接纳的心理感受。应当承认，诗人把握入城农民心理状态比较准确，然具体描写却未曾到位，“手携白羽”明显不符合老农身份。我们注意到此时抒情主人公自称“山人”，在古典诗词语境里，“山人”与生长柴门、“身有丁男犊有孙”（其一）的“村翁”不应属于同一类型人物[①]。朱继芳之所以于叙事中置换主人公身份，变自叙体为代言体，根本原因在于代言者难以遏制的主观意识和情感，《咏城市》本为写意，而非纪实，“以道民疾苦”作为创作的直接动机，决定了诗人立足城外看城市的观照视角。从一开始朱继芳就没有刻意掩饰个人的存在，道田家事而不用田家语，这一写作特色恰好体现了诗人自身在整个叙事过程中所扮演的主导角色。

如果单纯着眼于时间与意义之关系，《灯市行》、《咏城市》一类诗篇的确难以在文学发展史上获得一席之地，但从空间的角度切入，那些长期被忽略、被遮蔽的价值就可能得到重新发掘、重新评价的机会。乡村与城市的关系，是城市文学永远不能回避的话题，立足城外看城中，也是城市文学创作应当采取的视角之一，“只有到了中国的农村，才能更清晰地了解城市”[②]，范成大等人虽然并没有当代作家的这种明确认识，但他们的作品已传达出相关信息，而这正是其文学史价值所在。

方岳（1199—1262），字巨山，号秋崖，祁门（今属安徽）人。南宋后期著名文学家[③]。方岳为人刚直不阿，不畏权贵，素怀淡泊名利之心，创作视点呈现下

① 唐宋诗人通常用“山人”指山中隐士，如唐王建《隐者居》诗云：“山人住处高，看日上蟠桃。”也可指山中僧人，如（宋）陈与义《玉楼春·青墩僧舍作》词云：“山人本合居岩岭。”

② 丁杨：《张彤禾：只有到乡村才能看清城市》，《中华读书报》2013年4月24日第9版。

③ （元）方回《瀛奎律髓》卷二十七“着题类”云：“吾宗伯秋崖先生岳字巨山，吾乡祁门人。绍定五年壬辰别院省试第一人，殿试甲科。……仕至吏部尚书郎。景定三年壬戌三月十八日卒，年六十四。林竹溪希逸为墓志，其诗不江西，不晚唐，自为一家。”

移倾向，民生疾苦时而化为笔底波澜，传世名篇《三虎行》描绘猛虎为害田家的悲惨一幕："西邻昨暮樵不归，欲觅残骸无处所。日未昏黑深掩关，毛发为竖心悲酸。"揭示了农民恶劣的生存环境。《卖花翁》一诗则通过展示城中人的奢侈生活，批判苦乐不均的社会现象：

不论袍紫与鞓红，一朵千金费化工。人共醉花花亦醉，莫教山圃不春风。

诗中描绘的场面为城市，它构成文本前景，向读者展示城市生活场景，诗题揭示的是制约诗人创作的背景，"卖花翁"成为乡村立场的隐喻，文本讽刺的意味由此产生。

关怀现实的人文精神，深刻影响宋代诗人的城市叙事。城市重大突发事件成为诗歌表现的新对象，城市灾难题材承载着批判现实、针砭时弊的社会功能，产生了不少震撼人心的作品。绍定二年（1229）进士高斯得的《西湖竞渡游人有蹂践之厄》即是其中一首：

杭州城西二月八，湖上处处笙歌发。行都士女出如云，骅骝塞路车联辖。
龙舟竞渡数千艘，红旗绿桨纷相戛。有似昆明水战时，石鲸秋风动鳞甲。
抽钗脱钏解佩环，匝岸游人争赏设。平章家住葛山下，丽服明妆四罗列。
唤船催入裹湖来，金钱百万标竿揭。倾湖坌至人相登，万众崩腾遭踏杀。
府门一旦尸如山，生者呻吟肱髀折。西湖自是天下景，何况遨头古今压。
一时死者何足道，且得嘉话传千叶。谏君御史门下士，九重天高谁敢说。
溪翁聊尔作歌谣，谨勿传抄取黥刖。

高斯得字不妄，生卒年不详，约宋理宗淳祐初前后在世，邛州蒲江（今属四川）人。《宋史》有传。诗人采用先扬后抑的写作手法，在极力铺写西湖竞渡的壮观场面，渲染万人相拥气氛的基础上，痛心疾首地述说西湖边上发生的一幕惨剧，感激忧愤。结尾四句令人回味，请出"溪翁"陈述事件真相，乃是有意借助城外的目光，以强调文本内容的客观真实。"谏君御史门下士，九重天高谁敢说"两句，实为诗人切身感受的袒露。现实中的高斯得忠愤激烈，敢于指陈时弊，怒斥权奸，遂招致"空言徒乱人听，无补国事"（《宋史》本传）的指责。即便如此，仍然不改直言秉性，诗歌创作只是他干预现实的方式之一，由是，我们不难感受到杜甫精神在宋诗中的传承，不难看到宋代诗人忧民之心的前后映照。

与上述诗篇相比，北宋中期著名的政治家、诗人韩维（1017—1098，字持国）所作《观灯市井之利得雨农田所急而二者不可以并时乃所愿灯彻而雨作也今幸得之辄次原韵以酬来贶》一诗就显得与众不同，仅从诗题就可看出作家既愿市井得利，又盼农夫受益的民本立场，诗云“万盏华灯辉永夜，一犁甘雨报丰年”，一城市节日盛景，一农村丰年景象，共同构成诗人理想社会的蓝图。跳出城乡对立的思维模式，以下层民众的实际利益为创作出发点，正是此诗超越传统局限的意义所在。

二、沿袭与超越：都市诗歌的新变“宋调”

赞美城市建设成就，描绘城市美好景色，是唐宋诗歌常见内容，宋代诗人一方面沿袭前人的写作套路，继续采用俯瞰和近观的视角展开城市文学创作，另一方面又不断追求艺术上的变革和创新，都市诗歌的写作不乏超越前人之处，对后一类作品，我们称之为都市诗歌的新变“宋调”。

宋人与唐人同样擅长采用俯瞰视角，对城市进行远距离的艺术观照，写出特定背景下自己对观照对象的整体感知。由此，产生了不少描写城市全景、突出城市个性的名句名篇，其中涉及的城市遍布宋王朝版图的四面八方，十分广泛。兹摘录数首于下：

一带楼台擎落月，万家桃李待朝辉。

——夏竦《帝京春日》

夏竦（985—1051，字子乔）将自然景观与人文景观巧妙地结合在一起，展现了北宋京城开封春天的美丽景色。两个具有代表性画面——前者宁静，后者热烈，强烈的视角反差构成艺术的张力。

长沙十万户，游女似京都。

——宋祁《渡湘江》

乘船远眺，历史名城长沙给诗人的第一印象是繁华兴盛。

山川满眼闲宫殿，草树迷人旧市朝。

——蔡襄《过天津桥》

北宋时期洛阳为西京，经济文化比较发达，政治氛围却不及东京汴梁浓郁。在政治家兼诗人蔡襄（1012—1067，字君谟）的怀古视域中，失落了政治中心地位的洛阳依稀弥漫着一种令人感伤的氛围。

青罗江水碧连山，城在山光水色间。尽道宜人唯桂郡，骖鸾客至只思还。

——陶弼《桂林》

地穷山亦断，烟水是封圻。外国衣装盛，中原气象非。

——陶弼《广州》

陶弼（1015—1078），字商翁，永州（今湖南省祁阳县）人。《宋史》有传。《两宋名贤小集》卷九十六载：（陶弼）“善为诗，山谷志其墓，许可之。其诗尤善言风土，《蜡茶诗》至五十韵事。”卷九十七言：“陶弼诗绝似晚唐。”陶弼一生为官多地，其诗多写当地风俗民情，且常用地名（包括城市名）为题。他先后任阳朔主簿，阳朔令，任职间所作《桂林》诗成功地描绘了山水城市清丽秀美的形象。依智高犯南海，陶弼参加征讨，《广州》或作于其间，无论景观描写抑或城市评价，均受制于诗人“中原本位”的环境认知。

城如银瓮万兵环，怅望孤城野蓼间。池面绿阴通易水，楼头青霭见狼山。
渔舟掩映江南浦，使驿差池古北关。雅爱六韬名将在，塞垣无事虎貔闲。

——陈襄《登雄州南门偶书呈知府张皇城》

陈襄（1017—1080），字述古，福州侯官人，北宋名臣，《宋史》有传。雄州（今河北雄县），位于宋辽对峙的边关要塞，具有十分重要的战略地位，宋祁《钤辖冒上阁就移知雄州》诗有云：“雄州乃剧藩，喉领塞南地。”神宗立，陈襄奉使契丹，于往返途中登雄州南门作是诗。“怅望”二字为全篇枢纽，前三联依次写雄州坚固的城防，萧条、险恶的外部环境以及扼守南北要道的战略位置，诗人的眼中之景与心中之景经过情感的过滤与整合，呈现出俯瞰的艺术效果，一座雄踞边塞的孤城形象跃然纸上。

带水依山一万家，襄阳自古富豪奢。北轩二月回头望，红日连城尽是花。

——贾黯《襄阳》

贾黯（1022—1067），字直孺，“擢进士第一，起家将作监丞、通判襄州”（《宋史》本传）。初入仕途，虽出京为官，仍有蓬勃兴致，“以我观物”，故古城襄阳尽显富足美丽之景象。

壮哉十万户，畿邑拱行都。大江横吾前，上下万贾趋。

——楼钥《送潚宰富阳》

楼钥（1137—1213），字大防，文辞精博，自号攻媿（亦作“愧”）主人。隆兴元年（1163）进士，南宋中期著名诗人，《宋史》有传。富阳县南宋属临安府，长期以来该城的商业经济一直比较发达，诗人与送别对象关系非同一般，此前曾作《送潚丞剡川》一诗，谆谆之语鼓励、告诫对方，此诗亦然。楼钥针对“吾子”由剡川转至富阳，为官地点以及官职均发生变化的现实，首先概括准确地介绍富阳的地理位置与城市重商的特色，帮助对方认识新的环境，字里行间流动着款款深情。

欲上姑苏望虎丘，小邦宁有此风流。山川形势今三辅，人物英雄古列侯。
华屋鳞鳞冠盖里，画桥曲曲管弦楼。金陵蜀郡俱疏远，除却皇都第一州。
——刘过《上袁文昌知平江五首》之三

刘过（1154—1206），字改之，号龙洲道人，南宋文学家。少怀志节，读书论兵，好言古今治乱盛衰之变。屡试不第，漫游江、浙等地，依人作客，与陆游、陈亮、辛弃疾等著名主战文士交游，后布衣终身。诗当作于漫游期间，一“望”领起全篇，决定本诗大笔勾勒的基本写法。无论对苏州的地理形胜、历史人物、城市建设介绍评说，抑或“除却皇都第一州”的城市定位，均显得有理有据，同时还寄寓诗人对于苏州城的热爱之情。

两宋时期的杭州乃江南名城，经济文化重镇，诗人吟咏不断，北宋王安石盛赞此城“游观须知此地佳，纷纷人物敌京华”（《杭州呈胜之》）；南宋熊瑞《和邹思道寄咏西湖》亦云：“问着翠华霜日事，人人只道好杭州。”尤其值得一提的是南宋诗人林升的传世名篇《题临安邸》，诗云：

山外青山楼外楼，西湖歌舞几时休。暖风薰得游人醉，直把杭州作汴州。

林升（1106—1170），字梦屏，平阳（今属浙江）人，《宋诗纪事》卷五十六称其为孝宗淳熙（1174—1189）时士人。《题临安邸》[①] 语言精当，内涵丰富，可作多重解读。就其文学表现而言，通过充满暖色调的画面表达深沉冷峻的嘲讽，可谓构思独特。景观描写层层铺垫，末句议论揭示游人心理状态，有画龙点睛之妙。从社会政治学角度解读，诗人将批判矛头直指苟且偷安、寻欢作乐的南宋统治者，表达对国家民族命运的深切忧虑，具有强烈的现实批判性。从建筑审美角度审视，诗人视野开阔，大处着笔，勾勒出当时杭州西湖自然环境与人工建筑有机结合的整体风貌，多层次、大体量的青山配之以四散的、小体量的楼阁，从而构成互不遮挡、楼外见楼的城市景观效果[②]。诗歌言简意丰，一石三鸟，耐人寻味。

在中国古代诗歌发展历程中谈“宋调”，当指宋诗变革、超越唐诗之独特风貌。它既可指宋诗议论化、理性化的建构特征，也可言指其人文化、生活化的

---

① 有关《题临安邸》的写作背景，（明）田汝成《西湖游览志余》卷二载：“绍兴淳熙之间颇称康裕，君相纵逸耽乐湖山，无复新亭之泪。士人林升者，题一绝于旅邸云：‘山外青山楼外楼，西湖歌舞几时休。暖风薰得游人醉，却把杭州作汴州。’”

② 详见周维权：《园林 · 风景 · 建筑》“风景情韵”，百花文艺出版社 2006 年版，第 379 页。

文化特性，还包括脱胎换骨、点铁成金的艺术法则①。与唐人相比，宋代诗人普遍长于使用密集的人文意象，营造浓郁的时代文化气息，铸就文本的人文精神。对应城市文学创作领域，他们擅长对城市进行近距离观照，善于通过叙写发生在城市里的具体生活事件，以特写方式表现自己对现实的关注与人生思考。

早朝是古代京城独有的人文景观，唐人写早朝多渲染豪华壮观的场面和庄严肃穆的气氛，宋人也不乏类似描写，如欧阳修的《早朝》诗，赵子潚的《早朝十绝》。有所不同的是，宋代不止一位诗人突破传统写法，他们基于自身的早朝经历，选择个人印象最为深刻的场面或者细节展开艺术描写，通过多变的画面驱走读者似曾相识的审美疲劳。孔武仲（1041？—1097？字常父，《宋史》有传）的小诗《早朝遇执政于路》带给读者的便是一种新颖的感觉，诗云：

红灯转沙堤，天门仗未齐。槐阴勒马待，月在御沟西。

选取早朝路上的一个小插曲进行描写，虽不以内涵深刻丰富见长，却以题材个人化，富有生活气息取胜②。触处皆诗，诗意蓬勃，这恰是宋代诗人普遍具有的创作状态。宋诗另有部分咏早朝之作主要书写上朝观感，作者的处理也在一定程度上体现个人化、生活化的特点。北宋前期著名诗人梅尧臣《王乐道太丞立春早朝》云："近臣头上黄金胜，殿前拜赐东风应。蓼牙疏甲簇春盘，肉抹长丝何亘亘。……千官队中身最卑，五日一谒前旒垂。"以自己为中心，描写细腻甚至琐碎，已开宋调先河。南宋著名诗人杨万里《春寒早朝》紧扣"早"字下笔："千载江湖今又归，朝鸡不许夙兴迟。每闻扑鹿初鸣处，正是蒙松好睡时。病眼生憎红蜡烛，晓光未到碧桃枝。谁能马上追前梦，坐待金门放玉匙。"将自己畏寒厌早的上朝心态，写得如此新鲜活泼，真切灵动，不拘一格，又体现出南渡后宋调的新变。

孔武仲的《胡人走马行》从另一角度显示了宋人处理题材的新倾向：

天街极目如平水，胡人走马天街里。南宫宴罢晚色深，宿雨初干尘不起。
胡巾满插汉京花，胡鞍一簇浓如霞。千蹄撇过在顷刻，闪电飞星不留迹。
路旁看者如堵墙，街使传呼俱辟易。朝家我戎七十年，只矢不射胡中天。
尔曹不必夸驰骋，官家无意窥幽燕。稳将金帛北归去，万岁千秋祝明主。

诗中涉及的民族矛盾与诗人流露的民族意识均可纳入宏大叙事范畴。对此类题

① 详见许总：《宋诗史》，重庆出版社1997年版；周裕楷：《宋代诗学通论》，巴蜀书社1997年版。
② 李建中《早朝》诗云："著衣香重海棠风，人在瀛洲御苑东。将对赤墀班未定，井干楼角且先红。"写法与孔武仲存在相通之处。

材，唐人通常以广袤的边塞地区和频繁燃起的边地烽火作为创作背景进行艺术表现，写得要么波澜壮阔，荡气回肠；要么痛心疾首，义愤填膺。然而边塞对于多数国民而言，遥远而又陌生，孔武仲别出心裁，进行空间移位，聚焦于身边之事，通过一位普通市民的眼光摄下汴京街头的一个特殊场景，把国家当时面临的民族矛盾和来自异族的武力威胁转化为胡人走马天街，不可一世的艺术场面。不需连天烽火，亦能显示对方咄咄逼人之气势，营造剑拔弩张的氛围，"路旁"两句描写街头景象，传达出身临其境的现场感。

宋代诗人融入城市的程度整体上超过唐人，他们与下层市民的接触更为普遍和密切，因而观察也更为细致，这一切直接影响其对城市居民的文学表现。北宋两位著名文学家的相关描写可以让我们认识这一点。

初日关门照上旌，芬肴无算客庖盈。本源渐大囊钱足，不复还家唱渭城。

——宋祁《观邻人卖饼大售》

城头月落霜如雪，楼头五更声欲绝。捧盘出户歌一声，市楼东西人未行。
北风吹衣射我饼，不忧衣单忧饼冷。业无高卑志当坚，男儿有求安得闲。

——张耒《北邻卖饼儿每五鼓未旦即绕街呼卖虽大寒烈风不废而时略不少差也因为作诗且有所警示秬秸》

两诗相同处非常明显，均远离宏大叙事，以邻人卖饼这一市井生活现象为题材，将卖饼人的经营状况纳入诗歌表现范围，足以反映宋诗题材日常化特点。所不同的只是，宋祁仅为邻人大售而喜，并无深刻寓意，诗人的生活情趣于平常处显现；张耒（1054—1114，字文潜，号柯山。为"苏门四学士"之一）则借北邻冒寒卖饼的行为发表感言，表现出一种底层关怀，"业无高卑志当坚"，可谓见识卓绝。诗歌采用描写与议论相结合的写法，正是张耒创作文理并重之特色。此外，以散文笔法结构诗题，也是酝酿"宋调"风味的元素。

元夕观灯，是唐宋诗词的常见题材，火树银花、辉煌灿烂的城市夜景与高歌喧闹、人烟鼎沸的集体狂欢，无疑成为作家群体最为倾心、亦最擅长描写的场景。宋人处理此类题材，无论诗词均继续保持与唐诗的一致性，将元夕观灯作为国泰民安的文化符号，利用它绘制盛世欢乐图像。与此同时，他们又不断拓展表现空间，努力发掘新的意义增长点。具体而言，凸显写作背景，将一年一度的节日置于独特的时空交汇处，写成具有鲜明标志如观灯遇雨、观灯遇雪、于某地观灯、与某人观灯的"这一次"，在与个人遭际、国家命运的密切联系中抒发节日观感。此外，于叙事中添加生活细节的元素，如"市上人家重时节，典钗卖钏买灯球”（杨万里《郡中上元灯减旧例三之二而又迎送使客七首》之五），“街头年少浑无事，共点油钱放塔灯”（项安世《次韵潘都干元夕》），“扶持入郭观灯叟，歌舞拦街醉酒人”（戴复古《汪给事守鄂渚元宵代江夏宰吴熙仲献灯》），赋予文本浓郁的现实生活气息，表现作者的人文情怀。兹举一首代表作如下：

游人归后天街静，坊陌人家未闭门。帘里垂灯照尊俎，从中嬉笑觉春温。

——姜夔《灯词》

诗词兼善的姜夔，所作《灯词》一共四首，此为第四首。选取灯火阑珊时的一个镜头展开描写，构思已见独到之处。归家途中，诗人用内心情感的触觉去触摸城市夜晚，从坊陌人家映射出的灯光和传出的笑声中收获到暖暖的春意。这里描写的街头见闻，内涵着一种远离宏大叙事的个人情感体验，无关国计民生，却流露着一丝的人性之美，直观形象地说明古代文人完全可能在城市里找到满足个体生命需求的文化元素。

至宋，当越来越多的城市进入了文学观照视野后，如何在继承唐人创作传统的基础上，避免雷同，克服千篇一律的弊端，塑造出更多高度个性化的城市形象，已成为宋代文学家必须解决的重要课题。讲究诗外功夫的宋人非常注重行征和阅历对于诗歌创作的推动作用，认为可以触发诗人创作激情与灵感的除了自然山水（所谓江山之助）之外，还有个人的现实社会遭遇（所谓诗穷而后工）。作为人之社会生活环境的城市，自然地理环境与发展历史必然铸就其文化个性，而地理位置和经济发展水平通常又直接昭示作家人生境遇的优劣，诗人只要在忠实于自己眼睛与心灵的基础上，进行艺术加工和提炼，完全能创造出情景交融、个性鲜明的城市形象。南宋诗人陈藻关于边区山城景色的描写，对此做了形象的诠释。

除却谯楼环廨舍，萧条市井客怀悲。高高下下山无数，浅浅深深江有时。
大布红裙猺女著，半规白扇野人持。城中昨夜亡羊豕，闻得谁家虎入篱。

——陈藻《题融州城楼》

陈藻（生卒年不详），字元洁，福清（今属福建省）人，宋理宗时在世。元人马端临《文献通考》卷二百四十一“陈乐轩集”题下载：“福清陈藻元洁撰。后村刘氏序略曰：乐轩七十五乃死，年出于其师而穷尤甚于其师，城中无片瓦，侨居福清县之横塘，开门授徒，不足自给。至浮游江湖崎岖岭海，积镪得百千归买田数亩，辄为人夺去，士之穷无过于此矣。”融州城位今广西融水苗族自治县境内，宋时属广南西路，融水郡治所。陈藻于“浮游江湖崎岖岭海”期间客居融州城，时间长达两年之久（其《别融州》诗云："两年为客忆乡关"），融州地僻人稀，群山环绕，境内居民多为少数民族，城市建设比较落后，种种情形经过诗人悲情的过滤与组合，转化为富有感染力的诗歌意象。如果没有融州经历，陈藻根本不可能描绘出猺女著红裙、野人持白扇这种具有少数民族风味的边城景观，也无法捕捉到山虎夜闯城市人家这一令人惊心动魄的恐怖场面，自然也难以使笔下的融州城成为独具特色的"这一个"。

三、享受与批判：都市体验中的二律悖反

一方面乐意接受城市文明提供的物质享受，另一方面又对城市文化持有否定批判的态度，这种都市体验中的二律悖反现象在唐代诗歌里已有比较明显的反映①，宋代诗词对此表现得更为突出。

宋代城市经济日益发达，都市享乐之风劲吹，面对来自城市五光十色的物质诱惑，个体成员很难凭借一己力量予以彻底拒绝。夜市观灯，名园赏花，酒楼畅饮，游宴寻欢，已构成士大夫阶层的重要生活内容，即如黄庭坚所云："遥怜城中二三友，风流惯醉玉钗斜"（《八月十四日夜刀坑口对月奉寄王子难子闻适用》）。"舞低杨柳楼心月，歌尽桃花扇影风"，词人晏殊所描写的场面同样能够在诗人笔下看到：

> 画船南畔烟成阵，鲜荷掩护仙铢衣。凝魂杳眇不知处，酒醺香破惊新知。
>
> ——蔡襄《至和杂书五首·八月二日》
>
> 昔我游京室，交通五陵间。主客各英妙，袍马相追攀。
> 千金具饮啜，百金雇吹弹。缨弁罗广席，当头舞交竿。
> 鲜妆耀渌酒，采缬生风澜。灯烛暗夜艾，士女纷相班。
> ……
>
> ——秦观《春日杂兴十首》之七
>
> 春风射雉苑城旁，走马远来入醉乡。夜暖酒波摇烛焰，舞回妆粉铄花光。
>
> ——陆游《芳华楼夜饮》
>
> 楼中香漂百和浓，楼下锦缬翻东风。玉樽美酒清若空，吴姬妆面相映红。
> 人生一笑不易得，是间一醉千金直。元龙百尺君勿论，芳时且可金杯侧。
>
> ——陈造《百花楼》

① 对此，我们在第三章里有具体阐释。

览古帝王州，结交游侠窟。千金沽美酒，一饮连十日。

……

——戴复古《答妇词》

在宋代诗人的城市叙事中，不难发现物质欲望的放射能量，部分作家对灯红酒绿、欢歌笑语的都市浮华场景的艺术表现无疑折射出他们面对都市景象时某种程度的心灵悸动，世俗化的场面描写暂时遮蔽了他们根深蒂固的高雅情怀，这也许是他们自己并未明确意识到的。中国古代文学乡村叙事十分发达，相比之下，作家对于城市经验的书写则显得相当稚拙，问题的关键不在于文学表现的形式和技巧，而是创作主体对于纷繁复杂的城市文化现象缺乏深度触摸与深刻思想。尽管宋代文学对于城市的文学表现无论广度抑或深度均有超越前代之处，但是，作家对于城市文化本质及其发展方向仍然缺少高屋建瓴式的把握，根深蒂固的乡村立场使无数人即使置身城市也难释田园情怀，一旦仕途受挫，乡村情结更因城市弊端的显现而变得异常强烈，无法遏制。因此，他们即使在享受都市物质生活的同时，也始终没有放弃对城市的质疑与批判，而且主“言志”的诗歌比长短句表现得更为集中和明显。

宋代诗人对于城市的批判通常通过以下几种路径完成。其一，效仿白居易，以“中隐”的姿态表达对于城市权力的疏离。中隐者在城市里营造山水园林的隐逸环境，一方面充分享受城市丰富的物质资源与相对发达的资讯条件，另一方面又自觉保持与城市的心理距离，身居城市而心系山林。北宋著名政治家、思想家、诗人司马光官居洛阳时的创作便折射出这样的文化心态。

司马光（1019—1086），字君实，晚年号迂叟，陕西夏县（今属山西省）人，家居涑水乡，故世称涑水先生。《宋史》有传。司马光自踏入仕途之后，多次卷入政坛风波之中，熙宁四年（1071）“请判西京御史台归洛”是在王安石复起、本人先以端明殿学士知永兴军、后徙知许州的背景下发生的，高风险的政治论争以及频繁的官场迁徙已使司马光身心疲惫，因此“自是绝口不论事”（《宋史》本传）成为他当时的必然选择。熙宁六年（1073），卜居洛阳的司马光“买田二十亩于尊贤坊北关以为园”（《独乐园记》），命名为“独乐园”，园中建筑分别命名为采药圃、钓鱼庵、读书堂、见山台、浇花亭、弄水轩、种竹斋（见组诗《独乐园七题》），足见其远离尘世纷争的隐逸意趣。平心而论，司马光不可能完全摆脱城市文化的强大辐射力，其生活方式与“隐于野”的岩穴隐士有着根本区别。苏轼《司马君实独乐园》言其社会影响云：“先生卧不出，冠盖倾洛社”，苏辙《司马君实端明独乐园》诗形容司马光在洛阳的社会交往，有“城中三月花事起，肩舆遍入公侯家”之句[①]。不过，其人格结构中始终存在与城市文化格格不入的因素，即使身居独乐园也有不尽如人意处，《独乐园二首》之二就表现了这一点：“客到暂冠带，客归还上关。朱门客如市，岂得似林间。”于是出游山林又成为另一种娱心方式，其《晚晖亭》诗云：

俯临城市厌喧哗，回顾园林景更嘉。醉立斜阳头似雪，往来误认白公家。

厌恶城市喧哗，本属于宋代诗人的群体体验[②]。对于司马光个人而言，“喧哗”显然有着复杂而具体的内涵，它或是现实教训的浓缩，或是伤痛记忆的隐喻，在老年诗人眼中，它已凝结为足以体现城市本质的文化符号，“厌”字则出于回归自然的心灵渴求。

其二，高扬老庄精神旗帜，在个人生命历程中自觉追求心物合一的精神境界，自觉表现出对城市的警惕与排斥。在此方面，大文豪苏轼堪称表率。

苏轼（1037—1101），字子瞻，号东坡居士，眉州眉山（今四川眉山）人，中国文学史上著名文学家，《宋史》有传。在北宋政坛上，苏轼始终笼罩在政治斗争的阴影之下，仕途生涯十分坎坷，长期陷入政治漩涡而不能自拔，饱受贬谪漂泊的痛苦折磨。但同时他又是一位敢于接受命运挑战的斗士，儒释道兼收并蓄的文化心理结构赋予其开阔的视野、理性的态度以及豁达的胸襟，促使他对自己的生命苦难进行深刻反思与高视点把握，以主动的姿态迎接处处被动的人生逆境。东坡先生的城市叙事充满了入世与出世的思想矛盾。一般而言，人生痛苦的产生总是与特定的空间背景相联系，苏轼人生的痛苦或植根于城市文化土壤之中，或因城市文化的酵素而放大增强，饱经沧桑的作家之所以从来没有真正从城市退出，哪怕经常高唱隐逸之歌，根本原因就在于儒家思想铸就的兼济之志是其一生最为重要的精神基石。问题的另一面则在于老庄人生观对苏轼的影响同样深刻，加之本人对于城市生活多有不适体验，“城中楼阁似鱼鳞，不见清风起白苹”（《泛舟城南会者五人分韵赋诗得人皆若炎字四首》），人口密集，

---

① 《宋史·司马光传》载：“凡居洛阳十五年，天下以为真宰相，田夫野老皆号为司马相公，妇人孺子亦知其为君实也。”可见司马光从来没有从人们的政治视野里消失，他不能算作真正意义上的隐士。

② 晁补之《次韵阎甥伯温池上八首》之六：“自从移居来，城市益啾扰。”陆游《题幽居壁》：“城市氛埃那许到，比邻烟火自相依。”张元干《次仲弥性所知陈丈大卿韵》：“我生不乐城市隘，受性但惬林泉幽。”黄常吉《游洞霄》：“我厌城市喧，故作林泉游。”类似表述不胜枚举。

炎热难耐；“细思城市有底忙，却笑蛟龙为谁怒”（《大风留金山两日》），终日忙碌，为俗事所扰，因此，他有意识选择老庄出世哲学作为批判城市的思想武器。苏轼不仅自己冷眼以对城市中的各种诱惑，而且告诫兄弟“慎勿苦爱高官职”（《辛丑十一月十九日既与子由别于郑州西门之外马上赋诗一篇寄之》）。他试图给自己的见解在理论层面上找到有力的支撑点：

> 城市不识江湖幽，如与蟪蛄语春秋。试令江湖处城市，却似麋鹿游汀洲。
> 高人无心无不可，得坎且止乘流浮。公卿故旧留不得，遇所得意终年留。
> 君不见抛官彭泽令，琴无弦，巾有酒，醉欲眠时遣客休。
>
> ——《和蔡准郎中见邀游西湖三首》[①]之一

“蟪蛄语春秋”典出《庄子·逍遥游》，庄子言小大之辨时云：“朝菌不知晦朔，蟪蛄不知春秋，此小年也。”苏轼以此为喻，形象地诠释城市与江湖的本质差异，前者是关于人为、官场和束缚的言说，后者象征自然、在野与自由，“留不得”的判断与“抛官”的意念不仅出于城市恐惧心理，更源于他对城乡文化差异的理性思考。苏轼的文学创作数量颇丰，其中一个引人注目的现象便是较少出现都市颂歌（诗、词均如此），而描写和赞美山水景色、田园生活的篇什则比比皆是，这绝非偶然，作为心灵镜像清晰地折射出主体人生选择的价值向度。

其三，诗人自觉维护乡村本位立场，反对伤农贱农，抨击城市存在的铺张奢侈现象，揭露分配不公、苦乐不均的社会弊端。中国古代的各大城市既是社会财富的集散地，也是物质产品的集中消费地，每逢节日，城市居民的整体消费更显示出惊人的程度，宋代都城内之所以出现专门出售节日用品的店铺[②]，原因正在于此。诗人通过一系列具体的生活现象，深切认识到城乡拥有财富的巨大差别，其忧虑之心也由此而生：

> 天上元宵放月明，张灯何苦浪经营。一球积日方呈巧，千片轻绡仅凑成。
> 里巷禽呼倾坐去，街衢蚁聚侧身行。谁人能向循良道，何不留心劝耦耕。
>
> ——李吕《上元漫兴》

李吕（1122—1198），字滨老，一字东老，邵武军光泽（今属福建省）人[③]。《上元漫兴》一改宋代元宵诗的主流写法，不再以欣赏的笔调描绘灯火辉煌、群体狂欢

① （宋）苏轼撰，（清）王文诰辑注，孔凡礼点校：《苏轼诗集》，中华书局1982年版。

② 对此，孟元老《东京梦华录》有详细介绍。

③ （清）陆心源撰《宋诗纪事补遗》卷六十载：“李吕字滨老，一字东老，邵武军光泽人。年四十即弃科举，庆元四年，年七十七卒。著有《澹轩集》十五卷。”

的节日夜景，斥责与批判取代了赞美与肯定。诗人用“禽呼”、“蚁聚”的比喻形容夜晚闹市情形，毫不掩饰自己对都市奢侈风气的厌恶和不满。尾联直接表达对为官者的规劝，以农为本的立场十分鲜明。

> 昔人种田不种花，有花只数西湖家。只今西湖属官去，卖花乃亦遍户户。
> 种田年年水旱伤，种花岁岁天时禳。安得家家弃籴米，尘甑炊香胜旖旎。
>
> ——赵蕃《见负梅趋都城者甚夥作卖花行》

赵蕃（1143—1229），字昌父，号章泉，原籍郑州，南渡后侨居信州玉山（今属江西），南宋中期著名诗人，与杨万里、陆游等名家有文学交往，生平简介见《宋史·文苑传》。蕃赋性宽平，不慕荣利，与人乐易而刚介不可夺，早年在入世精神支配下，对社会现实问题保持着较高的关注度。上引诗作针对杭州城内花市畸形繁荣的局面，旗帜鲜明地抨击统治者推行的重商轻农政策，“以文载道”的灵魂与理学诗一脉相通。诗歌语言古朴无华，简洁严整，时见散文笔法，体现出诗人对江西诗派创作传统的继承。

既在形下的层面上享受着城市提供的物质文明，又于形上层面对城市给予基本性否定，宋代诗人都市体验中的二律悖反现象，在中国古代具有相当的普遍性。这一现象的产生源于现实社会中长期存在的城乡冲突，它超越了地域\空间文化冲突的范畴，更为集中地体现了一种价值观念的冲突。在这种冲突中，文学家所表现出来的对乡村农民起码的物质利益的维护以及对乡村田园生活的向往，既充分反映了中国传统文化思想的进步性，也在一定程度上暴露了它的惰性①。

第四节　实用体散文：城市建设的局部特写

宋代散文继承和发展了唐代散文的创作传统，取得更加辉煌的成就，具体表现为作家队伍空前壮大，名家名篇不断涌现，各种文体已趋完备，风格形式丰富多样，写作手法更显圆熟②。宋代文人普遍具有积极参与现实的意识，十分重视散文写作的实用价值，宋代城市建设的历史进程以及社会环境对城市发展的重大影响，作为现实世界的重要环节，在宋文中得到非常具体的表现。由于散

① 对此，拙作《空间与审美——文化地理视域中的中国古代文学》第四章第三节“中国古代文学的城乡冲突主题”有具体阐释。人民出版社 2009 年版。

② 参见袁行霈主编：《中国文学史》第三卷“绪论·第五节”，高等教育出版社 1999 年版。

文作家通常都具备良好的文学素养，即使实用文写作也有意识运用文学手法，从而赋予文本或浓或淡的文学意味以及不同程度的审美价值。在对城市形象的观照角度上，宋文较之宋代诗词少了俯瞰式的全景扫描，取而代之的多是局部特写；在写作手法运用上，少了几分藻饰和夸张，采用更多的是平实叙述与精当的议论相结合，穿插进清新俊秀的景物描写，铸就文本自然而又凝重的整体风格，读者的审美体验带有“润物细无声”式的渐进特点。与唐代散文相比，宋代散文蕴含的城市文学资源丰富得多，宋代散文作家有关城市建设的特写，极具文学性和感染力。

一、“题楼记”中的山水城市胜赏

北宋王朝采用崇文抑武的基本国策，经由科举考试而进入仕途的文人成为宋代士大夫官僚阶层的主要成员。大批具备较高文化素养的文臣在担任各级地方行政长官之时，十分重视当地的城市文化建设，其中包括新修或重建各种城市文化设施，这既是出于适应官场规则、彰显为政成绩的需要，也是受魏晋南北朝以来就已经形成的“天下郡国，非有山水环异者不为胜，山水非有楼观登览者不为显”（宋·滕宗谅《求记书》）的城市建设思想影响。大批实录性的“记”体散文因此应运而生，作家真实地记录下各地城市楼台馆所的修建情况。有宋一代，文人普遍具备高度发达的山水审美意识，倾心于自然之美已经成为一种普遍的精神文化现象，即使置身于城市文化景观之中，也习惯于登临远望，进行山水胜赏的审美活动。因此，这一类散文在表现古代城市建设与自然山水密切依存的同时，从不同的角度折射出作者的审美追求与心灵律动。

两宋时期，针对城市景观修建的题记文写作蔚然成风，文章数量难以进行准确统计，其中值得一读的作品有：宋祁《重修彭祖燕子二楼记》、范仲淹《岳阳楼记》、余靖《韶州新修望京楼记》、吕陶《重修成都西楼记》、苏轼《眉州远景楼记》、陈师道《披云楼记》、郑侠《连州新修都景楼记》、唐度《新修勅书楼记》、朱松《建安县勅书楼记》、朱熹《江陵府曲江楼记》、王十朋《泉州新修北楼记》、周必大《赏心楼记》、楼钥《澧阳楼记》、叶适《湖州赏胜楼记》、张栻《南楼记》、魏了翁《邛州新创南楼记》、戴栩《永嘉重建三十六坊记》、李曾伯《重建岳阳楼记》《重建仲宣楼记》《重建湘南楼记》等。上述文章以楼记为多，产生的年代贯穿两宋各个时期，涉及的城市遍布宋王朝版图的四面八方，足以还原当时城市文化景观建设的历史场景。从文章内容来看，楼因为给人们提供登临观赏、聚会宴游之便而备受关注，成为作家描写的中心；就写作特色而言，集叙述、描写、议论于一体是楼记散文的共同特征。作者多以简洁洗练的语言描述历史事件，同时穿插运用文学手法状物写景，增加作品的艺术魅力，每篇必现的议论文字，往往具有点睛之妙。其中不乏思想性、文学性俱佳的优秀作品。

《岳阳楼记》乃传世名篇，它奠定了范仲淹在中国文学史上的崇高地位。范仲淹（989—1052），字希文，北宋中叶著名政治家、军事家和文学家。《宋史》有传。创作于庆历六年（1046）九月十五日的《岳阳楼记》从三个方面为后世同类作品提供了写作范式：其一，交代写作缘由，简单说明岳州知事滕宗谅（字子京）重修岳阳楼的大致情况；其二，描写登临城市建筑景观时欣赏到的自然山水胜景，客观上揭示出古城岳阳与自然山水相互依托的密切关系（而此类城市建筑格局在中国古代具有普遍性）；其三，重点抒写迁客骚人登楼时或喜或悲的览物之情，为记文成功地注入了打动人心的情感力量，提升了文本的审美价值。受人之托进行写作的范仲淹采用借题发挥的策略，略写楼阁本身①，详写登楼情怀，文章内容既不乏对委托人的颂德，又成功地避免了过度溢美的倾向。范仲淹在文章中袒露自己“不以物喜，不以己悲”的博大胸怀和“先天下之忧而忧，后天下之乐而乐”的政治抱负，赢得后世读者的尊重与赞赏，即如宋人胡寅《岳阳楼杂咏》所云：“争如一首修楼记，妙写仁人出处心。”景因文传，岳阳楼因此“声名遍九州”，成为凝聚人们情感、反映城市历史、代表城市品格的城市标志性建筑。直至今日②，《岳阳楼记》亦成为后世文人墨客写作效仿的范本③。

---

① 范仲淹对于岳阳楼的描写不及后来张舜民在《郴行录》中的描写具体详细：“晚登岳阳楼，即岳州之西门也”，“岳阳楼经始于张燕公，终唐之世，屡圮皆完葺。庆历中，滕宗谅谪守始大加增饰，规制宏敞，甲冠上流，取宋梁以来所题诗记，刻石于夹楼。”（（清）文渊阁《四库全书》集部《画墁集》卷八）

② 今人咏岳阳，称“今之巴陵胜状，胜在一江一楼。……楼观洞庭，……坐听古仁者下野之唱。”详见闵和顺《岳阳赋》，载《光明日报》2007 年 12 月 24 日第 4 版。

③ 南宋朱熹所作《江陵府曲江楼记》就明显表现出模仿《岳阳楼记》的痕迹，其文云：“广汉张侯敬夫守荆州，之明年，岁丰人和，幕府无事。顾常病其学门之外即阻高墉，无以宣畅郁湮，导迎清旷。乃直其南凿门通道以临白河，而取旁近废门旧额以榜之，且为楼观，以表其上。敬夫一日与客往而登焉，则大江重湖，萦纡渺弥，一目千里。而西陵诸山，空濛晻霭，又皆隐见出没于云空烟水之外。敬夫于是顾而叹曰：‘此亦曲江公所谓江陵郡城南楼者邪？’昔公去相而守于此，其平居暇日，登临赋咏，盖皆翛然有出尘之想，至其伤时感事，寤叹隐忧，则其心未尝一日不在于朝廷，而汲汲然惟恐其道之终不行也。呜呼，悲夫！乃书其扁曰：‘曲江之楼’，而以书来属予记之。……”（四部丛刊景明嘉靖本《晦庵先生朱文公文集》卷七十八）

余靖（1000—1064），本名希古，字安道，号武溪，韶州曲江（今广东韶关）人，天圣二年（1024）进士。《宋史》有传。余靖创作于宝元（1038—1040）年间的《韶州新修望京楼记》，是先于《岳阳楼记》而出现的一篇优秀散文。该文的内容顺序依次为介绍韶州地理位置——交代建楼缘起——描写登楼之所见——说明命名的原因——赞美望京楼的文化功能，其中描写登楼所见一段颇具文采：

> 飞轩缭砌，以望四野。重峦复岫，周遭万形。烟颜雨态，远近异色。溪流浼浼，逗碧洞清。鸟声渔唱，出入杳霭。

描绘四周景物先总后分，动静相交，远近结合，色彩淡雅，画面开阔，体现出作者的运笔功力。接下来说明该楼命名的原因：

> 君子访境也皆绝，其命名也必古。身居江海之上，心存魏阙之下，故临其西楼曰望京之楼……

这一介绍实为点睛之笔，它使读者看到的不是一位、而是一群身处南岭、心系京城的忧国之士，他们登望京楼的精神活动与范仲淹“处江湖之远则忧其君”的忧患意识一脉相通。

吕陶（1029—1105，字元均，号静德）的《重修成都西楼记》也具有相当的可读性。原文题下有注“代吕公弼”，文章采用吕公弼口吻，开篇即云：“嘉祐六年夏四月，予自延安就领成都节制，至则考求风俗之敝及其所便安。”与《宋史・吕公弼传》所载“以枢密直学士知渭、延二州，徙成都府”相一致。受人之请，代撰记文，如果不能有效避免溢美，势必影响文章的品位与价值。吕陶的写作策略不同于范仲淹，作为成都人，他怀着对家乡的热爱之情，将写作重点设置为重修西楼（成都府署）与民生之关系。首先盛赞西楼作为一方伟观、四时绝赏的美妙之处：

> 府署西楼创建远矣！据藩翰之峻势，宅林园之胜地，登临阔视，可以极山川之秀景；燕闲高会，可以快风月之清意。岁之方春，物状尤异。红葩鲜妍，台榭交辉，绿树茂密。亭宇争荫，吾民来游醉于楼下，实一方之伟观，四时之绝赏也。

以西楼为中心，描绘四周醉人美景，形象地说明西楼之于成都市貌和成都人民生活的重要性。接着笔锋一转，勾勒西楼破败后的大致景象：

> 基级倾圮，梁栱腐桡，遽一风雨，虑至剥覆。

揭示了重修西楼的必要性，用墨不多，却至关重要。随之概括介绍新楼的壮观景象，六个四字句依次推进，渲染出恢宏气势：

> 夫巍构山立，重楹翚飞，上虚下广，内显外壮，穹隆奂丽，疑若天设。

西楼形象焕然一新，前后形成鲜明对比。吕陶在全部描写中始终贯穿着一条主线，即修楼为民，西楼本为吾民游醉之处，修楼则出于“悦民便俗之理”，况且“不赋于民，不耗于公，未踰月而事具观”，未曾扰民。他于反复强调中突出了修楼者的民本立场，充分肯定吕公弼与民共享胜景的治蜀策略，自己“因笔为记”自然也就问心无愧。

在文章中强调建楼台、乐山水的地方官员应当不忘爱民善政的作家，何止吕陶一人。两宋时期，但凡具有一定济世情怀的作家，总是不忘揭示景观修建者（即地方官吏）的民本思想，南宋叶适所作《湖州胜赏楼记》同样体现了这一点。叶适（1150—1223），南宋著名哲学家、文学家，字正则，号水心，浙江瑞安人。《宋史》有传。《湖州胜赏楼记》作于嘉定十五年（1222）三月，该文特色在于紧扣城、楼、水、人之关系运笔，突出城市环境特色，景物描写优美，人物形象鲜明。文章开篇便围绕“胜赏”二字，铺写吴兴郡湖州府（今浙江湖州市）胜赏楼上所见胜景：

> 凡城邑据江海陂泽之胜，皆即以为赏。盖物常聚大矣，吴兴三面切太湖，涉足稍峻伟，浸可几席尽也。然四水会于霅溪，镜波篮浪，梁榀动摇，而靓妆服之倒影，互为散合，众流放于荷叶浦，沉清浮渌，凫鹄栖止，而绮荷文蓼之罗生，无有际畔。特岭联亘，巧石绵络，颇抑湖之重势而蔽遮其寒风，故其人意安而气和。舸经舫纬，艇绘艓缕，细声窈眇，豪唱激越，宛转一州间。随地而胜，随胜而赏无不得。

湖州秦代称乌程，至隋因地滨太湖而改此名。叶适紧扣“吴兴三面切太湖”这一自然地理特征，尽情描绘环城之太湖美景，水的律动居然可以使城中之人“意安而气和”，足见水脉对于城市建设的重要性。叶适针对“白居易论谢柳乐山水，多高情，不闻善政”的批评，从相反的角度展示了一位廉洁亲民的郡守形象：

> 按史恽守吴兴，前后十年，其政清静，吏民所怀，病去而乞留千余人。居易偶不详也。政在平，平在久，加以不倦，瘠土可使沃，穷阎可使富，况蒲鱼峰衍，明山媚水，素称胜绝乎！君初至损税直增学廪，亲不葬，女不嫁，废疾无医，死无敛棺，皆助之恐不及，可谓有志矣！

从“政在平”至“素称胜绝乎”数句乃全文点睛之笔，作者看来使人“意安而气和”的不仅是湖水之势，更有为政者的爱民之心与清静之举，唯其如此，城市四周的自然山水方可永称胜绝。

二、“修城记”中城防建设的宏大叙事

城的起源最初源于人类维护自身安全的需要，早期出现的城最主要功能便是防御敌人侵犯或野兽危害。在中国古代城市发展的历史进程中，政治文化统治始终居于城市诸多功能之首，经济功能随着城市前行的脚步而日益健全，并发挥着越来越大的作用。相比之下，城市的军事防御功能在承平年代往往被人们所忽略，只有适逢乱世，天下战火重燃，城防建设才会重新引起国人的高度重视。宋朝自开国之日起就一直受到北方少数民族政权的武力威胁，城防建设成为广大城市尤其是北方城市建设中异常重要的组成部分，一大批记录和描写修城筑城的文章正是在这种背景下产生的。作家一致认为修筑城市防御设施事关民族存亡与百姓安宁，他们自觉认同国家立场，纷纷采用主流话语，旗帜鲜明地表达自己的肯定性态度，文本中大都回响着宏大叙事的铿锵旋律。其中代表性作品有：尹洙《泰州新筑东西城记》、苏颂《澶州重修北城记》、刘攽《曹州修城记》、吕陶《利州修城记》、王安石《桂州新城记》、李新《潼川府修城记》、杨时《婺州新城记》、曹勋《和州修城记》、张孝祥《宣州修城记》、罗似臣《徽州新城记》、吕祖谦《台州修城记》、楼钥《真州修城记》、周孚《楚州新城记》、叶适《江陵府修城记》、刘宰《真州新翼城记》、魏了翁《绵竹新城记》、袁甫《和州修城记》、包恢《凤山新城记》、刘克庄《兴化军新城记》等。

王安石乃唐宋八大散文家之一。作为一位杰出的思想家、政治家，他高度重视古文干预现实的社会功能，其文以善于议论说理见长，内容多与现实社会问题有关。其独特的人格精神与内在气质体现在文章的形式上则是语言简练，逻辑严密，风格峭刻，笔力雄健①。宋仁宗皇祐年间广源州（位于今广西南宁西南）人侬智高（壮族）起兵反宋②，朝野震动，宋军一时难以制胜。至和二年（1055），即平定侬智高的第二年，王安石作《桂州新城记》，一下笔就针对朝廷最初的失利提出问题，并直接发表自己的见解：

> 侬智高反南方，出入十有二州，十有二州之守吏，或死或不死，而无一人能守其州者，岂其材皆不足欤？盖夫城郭之不设，甲兵之不戒，虽有智勇，犹不能以胜一日之变也。

---

① 参见程千帆、吴新雷：《两宋文学史》，上海古籍出版社 1991 年版，第 79 页。

② 对这一事件，《宋史》有多处记载，如“皇祐中，广源州蛮侬智高反，陷邕州，又破沿江九州，围广州，岭外骚动”（《宋史・狄青传》），“侬智高陷邕州，南徼骚动”（《宋史・蛮夷列传三》）。

不设城郭便难以守城是王安石根据平乱现状总结出的教训，采用设问自答的方式，是为了引起读者的注意与重视。以此为基础，他具体介绍了桂州知府余靖亡羊补牢、大修桂州城的情况：

寇平之明年，蛮越接和，乃大城桂州，其方六里，其木、甓、瓦、石之材，以枚数之至四百万有奇，用人之力，以工数之至一十余万。凡所以守之具，无一求而有不给者焉。以至和元年八月始作，而以二年之六月成，夫其为役亦大矣。

由于余靖此举“有大费与大劳”之实，因而“人莫或以为勤”，对此，文章展开了层层深入的辩解。先退一步言治国需用礼，故“城郭者，先王有之而非所以恃而为存也”，随之进一步言“城郭之修也，又尝不敢以为后”之道理；接着，再以历史事实为据，说明为国之本末与先后：

故文王之兴也，有四夷之难，则城于朔方，而以南仲；宣王之起也，有诸侯之患，则城于东方，而以仲山甫。此二臣之德协于其君，于为国之本末与其所先后，可谓知之矣。虑之以悄悄之劳，而发赫赫之名，承之以翼翼之勤，而续明明之功，卒所以攘戎夷而中国以全安者。盖其君臣如此，而守卫之有其具也。

守臣忠诚之德与城市守卫之具，二者同是国家安全与兴盛的必要保证，缺一不可，其理明矣。谈古是为了证今，于是，作者的议论又重新回到现实问题上来，指出：“今余公亦以文武之材，当明天子承平日久，欲补弊立废之时，镇抚一方，修扞其民，其勤于今，与周之有南仲、仲山甫盖等矣，是宜有纪也。”余靖之才值得肯定，其修城之举同样应该表彰，为其作记也理所当然。文章围绕现实问题立论，阐述问题层层推进，说理透彻，用笔简练流畅，对偶、排比手法的使用加强了语句的节奏感，王安石的散文风格由此可见一斑。

张孝祥的《宣州修城记》同样不乏修城内容，但写作中心则是刻画修城决策和指挥者的形象，显得别具一格。文章借修城写人，气势充沛，形象鲜明，文采飞动，不失为一篇优秀的记叙散文。宣州（今属安徽省）北宋属江宁府，南宋乾道二年（1166）以孝宗潜邸，升为宁国府，实为政治军事重镇，其城“西南负山，东北踞溪流，幅员三千四百步”，具有相当规模。张孝祥在文中重点描写了定陶任公为守此土而修城治兵的大手笔：

一月而栽，再月而毕。干雉云矗，百楼山峙，屹業岋峨，若化而出，池隍险幽，门闳回阻，谁何周严，至者神沮。凡城所须，无一不给，既又冶金伐石，刓革揉木，杀竿傅羽，濡筋削角，练工之良，大治兵械，戈剑弓矢，橐兜戟帜，视诸故府，乃易乃饬，校计其凡，四十万有奇。邦人士女，四方宾客，骇叹其成，天造鬼设。

运用对偶、夸张等文学手法，渲染新城的巨大规模，突出任公不同凡响的气魄与行动，新城形象与前文所云“乃视城垒，东倾西决；乃阅戎器，剥折蠹败”形成了鲜明对比。如果说邦人士女、四方宾客之惊叹只是在静态层面上衬托出新城神奇的话，那么选择具体战事作为叙事背景，则是通过一个动态过程形象地表现任公指挥若定的军事才能：

冬十月，虏驱绝淮，翦我合肥，蹂我历阳，流柹投鞭，规济天堑，并江列城，焦然以忧。公旦起闻谍，色不为动，徐召宾佐，分畀其职：某调某卒，某赋某甲，某守某险；米盐薪刍，铁炭布帛，琐细之物，毛举其目，严以待命。增斥堠，申火禁，察奸宄……四邻绎骚，羽书交驰，吏骇人摇，滋不奠居。而吾宣城，晏起早眠，在都在鄙，弗震弗惊，边之迁民，系路来归……

文章句式骈散兼用，既具长短参差、错落有致之韵，又不乏工稳整饰之美。宣州城与四邻的对比描写，是刻画人物重要的一笔，宣城的固若金汤，临战时的弗震弗惊，成功凸显了任公的战略远见。

包恢（1182—1268，字宏父）的《凤山新城记》因文笔优美、构思别致而获得一定文学价值。作者家乡建昌（今属江西省）为防敌患，采取与众不同的城防策略，于城郭之外倚山再筑新城，为表达高度认可的态度，包恢笔尖灌注深情，描写不吝笔墨，尽情挥洒。文章开篇便以富有感染力的文字描绘建昌及凤山一带奇异的地理形势：

建昌为郡，南挹盱江，北负凤山。江如银汉从天而下，引玉而流，远来而环于前山，如凤凰昂首而起，鼓翅而趋，耸立而侍。于后天作地设斯亦奇矣！

采用先总后分之写法，先概括介绍后具体描写。写江突出其漫长的流势和淡雅的色彩，写山则展开艺术想象，化静为动，赋予凤山生命活力，不可谓不奇。接下来，笔锋一转，通过郡守雷侯之口进一步渲染凤山地形的奇妙之处：

盱江固如自然之池昭昭矣，犹未若凤山尤如自然之城焉。盖其势真若翔于千仞而极目千里，不见穷极泛观，四境罗列众山，奇秀万状皆似重城之周遭，而去郡似犹三里，而稍远若治已最高，而此山又高出十丈，去郡仅一里，而近俯观城内之市井人物，历历可数，虽一发不能逃也。一郡之险要，不在兹乎？

综合运用比拟、夸张、对比等手法，将高险的凤山写得美不胜收，引人入胜。登临游观与防御守备并行不悖的策略与建昌当时敌患虽深但战火未至的形势完全相适应，决策者的战略眼光的确值得称道。文章描写生动、叙述线索清楚、议论层层深入，转接自然，章法严谨，可为写作范本。

其他部分文章局部也具有一定文学色彩，值得一读，例如李新《潼川府修城记》描绘潼川城新修之前"废圮久不治"的情形："风雨剥蚀，土漫涔不收，断裂洼凹，瘰瘠骨立。其存者数板，若长蛇蜿蜒，折脊异首，尾封豕病，惫莫能兴。云屯阵马，破碎离坎，不复合人超踰，不知有限禁，负贩小盗出入犹阡陌。"运用比拟手法形容城墙的颓破，形象生动，足以给读者留下深刻印象。又如罗似臣作于嘉定十三年（1220）的《徽州新城记》，紧扣徽州州治"即山为城，因溪为隍"的城建形势展开富有艺术性的描写："为城五百长有奇，叠石为址，高于其旧。其因山为险者，无所改辟，缮饰前人之未备，又八十余丈。雉堞属连，翚飞炳焕，形势增重，往来骇瞩。南逼溪，地峻斗落，一遇霖涨，驰波涌冽，岁受推挤，筑堤扞固凡两级。联亘修堰，踰于旧城，列植桃柳木芙蓉，春葩秋卉，秾纤间发，水光山色，左右映带，足以助邦人游览之娱。"景物描写壮美优美兼而有之，画面构成集城市景观与自然风物于一体，勾勒出一个崭新的山水城市形象，这在宋文中并不多见。再如刘宰《真州新翼城记》介绍真州东西两翼城详尽准确，具有十分逼真的现场感，其文云："旧漕河为东城所截废，为断港复开，导之使折而南，凡三百十有四丈，入于潮闸之上，又折而东出，跨之为水门，冠以层楼，扁曰：'壮观'。凡南北之风帆浪舶皆会于几席之下，东西之波光野色皆浮于樽俎之间。版筑之工，登临之胜，于是为最。"尤其是"南北之风"两句写出了真州城与山水融和无间的建筑形势，令人心驰神往。

三、笔记散文中的城市景观与个体情怀

两宋时期，笔记体散文大量涌现①。此类作品内容十分庞杂②，涉及现实生

① 由上海师范大学古籍所整理、大象出版社 2003 年出版的《全宋笔记》共收录宋人笔记 500 种，宋代笔记写作盛况可见一斑。

② 郑宾春将宋代笔记大致分为大家笔记、笔记小说、野史笔记、学术笔记和杂著笔记五个大的类别，详见《中国笔记文史》，湖南大学出版社 2004 年版。本节称之为"笔记散文"者泛指笔记小说之外的其他笔记著作。

活、历史遗迹、掌故传说、风土人情、山川景物、城市面貌、士林风气以及个人学术心得等诸多方面，可谓包罗万象，丰富多彩。文章形式灵活多样，长短皆宜，章法结构不拘一格。作者因事而记，随笔杂录，真实记录下日常生活中所见所闻所感，城市正是在这一背景下出现在笔记体散文之中。笔记体散文的实录性很强，内涵的历史价值不容否定，通过作者的相关描写，读者可从不同角度了解到宋代城市发展的真实情况，然这不应成为忽略其文学价值的理由。具体而言，宋代笔记体散文的文学性主要表现在两个方面：其一，作者以凝重之笔描写城市的今昔变迁，通过古今对比抒发黍离之悲，主观情感的投射使文本具有不同程度的艺术感染力。其二，作者运用白描手法，抓住城市特征简笔勾勒其轮廓，描绘出一幅幅清晰明净的城市图画，带给读者轻松愉悦的审美感受。其中优秀作品值得一读。

张舜民（生卒年不详），北宋文学家、画家。字芸叟，自号浮休居士。邠州（今陕西彬县）人。英宗治平二年（1065）进士，《宋史》有传。元丰六年（1083），因作《西征回途中》诗，贬监邕州盐米仓，改郴州酒税，作《郴行录》记录沿途见闻观感。受出行路线的限制，雄都大邑的城市“当代”风貌很少出现在作者的视野之中，故《郴行录》[①] 描写的重点是其旅途所见奇异的自然景色与著名的历史遗迹。由于历史文化景观大都依城而建，或建于城中，在经历了历史风雨的无情侵蚀之后，以荒芜残破的面目充当着时代变迁的见证物，知识广博的张舜民于游赏中总是神游古今，自觉进行今昔对比，他将无限沉痛的黍离之悲凝聚在简洁的语言之中，转化为历历在目的历史场景，例如“乙卯遇刘颉宫苑，遂游长干寺，登雨花台、高座寺、越王台、周处台及升元寺、保宁院……升元寺即瓦官寺，在城内西南隅，后踞崇冈，前瞰江，西城最为古迹，然累朝兵火，略无仿佛。”又如“甲辰，群会于庾公之楼，在衙城北，庾亮镇浔阳，经始其事，废兴久矣。近岁祖无择颇葺新之，俯瞰江湓，南望庐阜，北穷梦泽，乃江国胜绝之地。前人题之继韵甚多，罕见于今，但比岁数篇而已。”其中给人印象最为深刻的应是游金陵城观辱井一段：

> 辱井在佛殿前，深可寻丈，上加石槛，红痕点染若胭脂，俗云后主拉孔张二妃入井，泣涕所沾也。石槛上刻后主事，八分小字极其精古，乃大历七年张署，文颇详，为近年俗人题记刊刻所掩，甚可惜也。又有太和四年篆书，

① （宋）张舜民：《画墁集》卷七，（清）文渊阁《四库全书》集部・别集类。

可见者数字。又旧闻台城辱井石上有胭脂泪痕，久未之信，今见之似是淋漓涂抹之迹，失笑不已，因成此句："平居已无奈，仓卒故难任。井上痕犹浅，水中痕更深。问鳌何至此，下石尔甘心。不及马嵬韈，犹能致万金。"

张舜民将景观实物描写与民间传说转述结合起来，虚实相生，形象地还原了当年兵临城下时陈后主仓皇凄惨的一幕。所作五言诗虽不算出色，但作为一种历史评判的文学表达，不失为文章的有机组成部分。

李格非（约 1045—约 1195），字文叔，山东济南历下人，女词人李清照之父。以文章受知于苏轼。李格非苦心工于辞章，尝著《洛阳名园记》[①] 一卷，专记北宋盛时洛阳名园，包括宰相富弼、太子太师许国公吕蒙正等人在内的著名园林，共计 19 处。李格非不遗余力地描写洛阳城园林之盛，景色之美，财富之雄，尽显帝王宅的形势与风气，其中"环溪"一则颇具代表性：

环溪，王开府宅园，甚洁。华亭者，南临池左右翼，而北过凉榭，复汇为大池，周围如环，故云然也。榭南有多景楼，以南望，则嵩高少室龙门大谷，层峰翠巘，毕效奇于前榭，北有风月台，以北望，则隋唐宫阙，楼殿千门万户，岧峣璀璨，延亘十余里。凡左太冲十余年极力而赋者，可瞥目而尽也。又西有锦厅、秀野台。园中树，松桧花木，千株皆品，别种列除，其中为岛坞，使可张幄次，各待其盛而赏之。凉榭锦厅，其下可坐数百人，宏大壮丽，洛中无逾者。

抓住环溪园内凉榭善于借景的特点，巧妙地将嵩山龙门的秀色奇景与洛阳城千门万户的壮观容貌一并融入宅园之中，环溪"多景"的建构特色与宏大壮丽的规模被表现得淋漓尽致。

李格非撰写《洛阳名园记》，非徒夸台榭池馆之美，而是深有寓意。他基于"天下之治乱候于洛阳之盛衰，洛阳之盛衰候于园圃之兴废"（《洛阳名园记·自跋》）的理性判断，希望通过形象描写给当今公卿士大夫以警示，从而达到以故鉴今之目的，即如其《自跋》所云："公卿士大夫方进于朝，放乎一己之私意以自为，而忘天下之治忽，欲退享此乐，得乎？唐之末路是矣！"因此，他在盛推洛阳园林之盛时，不时透露出盛衰之变的信息，例如对董氏东园的描写：

董氏以财雄洛阳。元丰中，少县官钱粮，尽籍入田宅。城中二园，因芜坏不治。然其规模尚足称赏。东园北向入门，有栝可十园，实小如松实，而

① （宋）李格非：《洛阳名园记》，（清）文渊阁《四库全书》史部·地理类·古迹之属。

> 甘香过之。有堂可居。董氏盛时，载歌舞游之醉，不可归，则宿此数十日。南有败屋遗址……

文曰“元丰”，提示时间并不久远，然而董氏东园已呈衰败之象，变化之迅速，令人感伤，也催人深思。又如描写天王院花园的变化：“至花时，张幙幄，列市肆，管弦其中。城中士女绝烟火游之，过花时，则复为丘墟，破垣遗灶相望矣”，前后形成鲜明对比的两幅图画，同样耐人寻味。李格非《自跋》中的一段描写更是直接表达了以史为鉴的写作意图：“唐贞观、开元之间，公卿贵戚开馆列第于东都者，号千有余邸；及其乱离，继以五季之酷。其池塘竹树，兵车蹂践，废而为丘墟；高亭大榭，烟火焚燎，化而为灰烬，与唐共灭而俱亡者，无余处矣。”《宋史·李格非传》云：“尝著《洛阳名园记》，谓‘洛阳之盛衰，天下治乱之候也’。其后洛阳陷于金，人以为知言。”其良苦用心终为世人所知。

《游城南记》一卷，北宋张礼（字茂中，浙江人）① 撰并自注。此书为游记，是作者与友人于哲宗元年（1086）闰二月游历京兆城南（今西安南郊）唐代都邑遗址的见闻记录，正文记眼前之实景，注文还原历史场景，涉及的自然景观、历史人物、历史事件甚多，为唐末战乱后长安城南地区凋败情形的真实记录，是了解和研究唐都长安外郭城及其南郊自然及人文地理演变的重要历史地理文献。张礼借助唐都遗迹建构起一个联结古今的文化空间，“回望”成为最基本的写作态势，必然导致略今而详古写作格局的出现。《游城南记》正文文字不多，描述过于简洁，难以给人留下具体深刻的印象，所幸张礼的自注作为正文的补充与阐释，成功地描绘出一幅幅注入主观情感色彩的历代画卷，体现出作者的文学功力。下引两段文字为例：

> 东南至慈恩寺，少迟登塔，观唐人留题。
>
> 张注曰：寺本隋无漏寺，贞观二十一年，高宗在春宫，为文德皇后立为慈恩寺。永徽三年，沙门玄奘起塔，初惟五层，砖表土心，效西域窣堵波，即袁宏《汉记》所谓浮图祠也。长安中摧倒，天后及王公施钱，重加营建，至十层。其云雁塔者，《天竺记》达嚫国有迦叶佛迦蓝，穿石山作塔五层，最下一层作雁形，谓之雁塔，盖此意也。《嘉话录》谓张莒及进士第，闲行慈恩寺，因书同年姓名于塔壁，后以为故事……塔自兵火之余，止存七层，

① 张礼生平行迹不详，（清）嵇璜《续文献通考》卷一七一《经籍考》云：“（宋）张礼《游城南记》一卷。礼字茂中，浙江人。”

长兴中，西京留守安重霸再修之，判官王仁裕为之记。长安士庶，每岁春时，游者道路相属，熙宁中，富民康生遗火，经宵不灭，而游人自此衰矣。塔既经焚，涂圬皆剥，而砖始露焉，唐人墨迹于是毕见，今孟郊、舒元舆之类尚存，至其它不闻于后世者，盖不可胜数也。

注文采用叙史笔法，先叙述慈恩寺与大雁塔的历史缘起，然后描写它们的现实面貌，语言简练求实，风格一以贯之。但在后半段的描写中，张礼采用文学创作常见的对比手法，有效地突出了兵燹与火灾对古塔的严重破坏，作者无限沉痛之感寄寓在"塔既经焚，涂圬皆剥，而砖始露焉"数句之中，无需刻意渲染，便自有动人之处。

倚塔下瞰曲江宫殿，乐游燕喜之地，皆为野草，不觉有黍离麦秀之感。

张注曰：江以水流屈曲，故谓之曲江，其深处下不见底。司马相如赋曰"临曲江之隑洲"，盖其地也。……欧阳詹《曲江记》其略曰：兹地循原北峙，回冈旁转，圆环四匝，中成坎窞，窐窌港洞，生泉翕源。东西三里而遥，南北三里而近。崇山浚川，钩结盘护，不南不北，湛然中停。荡恶含和，厚生蠲疾，涵虚抱景，气象澄鲜，涤虑延欢，栖神育灵。观此可得其概矣。唐进士新及第者，往往泛舟游宴于此。文宗时，曲江宫殿废十之九，帝因诵杜甫《哀江南》之诗，慨然有意复升平故事。太和九年，发左右神策军三千人疏浚，修紫云楼、彩霞亭，仍敕诸司有力建亭馆者，官给闲地，任营造焉，今遗址尚多存者……乐游原亦曰园，在曲江之北，即秦宜春苑也，汉宣帝起乐游庙，因以为名。在唐京城内，每岁晦日上巳重九，士女咸此登赏祓禊。乐游之南，曲江之北，新昌坊有青龙寺，北枕高原，前对南山，为登眺之绝胜，贾岛所谓"行坐见南山"是也。

正文言今，触景生情，点到为止；注文谈昔，尽情挥洒，是为补充。张礼于注中或借用前人创作展现曲江之形胜，或直接描写当年此地的游乐盛况，无限向往之情溢于言表。注文呈现的历史图景与正文描绘的现实景象并未构成重合，二者之间形成的巨大张力有效地烘托出作者的"黍离麦秀之悲"。张礼与李格非的写作表明，意义的生成需要同时依附于时间向度与空间维度，意义的呈现绝非简单的线性过程，只有多元立体、时空交汇的自足性文化系统方能召唤作家完成心灵与历史的对话。

《入蜀记》是南宋著名文学家陆游的名作，写作于乾道六年（1170）。陆游按照时间顺序叙述描写赴任夔州通判途中之见闻，时间的变化带来空间场景的转化，沿途的人情物貌经过作者知觉的过滤和情感的串联，犹如一幅幅简笔画依次展现在读者眼前。陆游记录的除了每日行程之外，还有与众不同的自然景观与人文景观，宋代城市发展的某些特点在人文景观描写中有所体现，用墨虽不多，但值得关注，例如：

六月三日“黎明至长河堰，亦小市也，鱼虾甚富。”

六月九日“午间，至吴江县。渡松江……市中卖鱼鲊颇珍。”

八月七日“往庐山，小憩新桥市，盖吴蜀大路，市肆壁间，多蜀人题名。……是日，车马及徒行者憧憧不绝。”

八月二十八日访黄鹤楼故址后“由江滨堤上还船，民居市肆，数里不绝。其间复有巷陌，往来憧憧如织，盖四方商贾所集，而蜀人为多。”

两宋时期各地的镇市发展十分迅速，遍布各大中城市之间，成为城市群的重要组成部分。陆游之所以不断提及这些在地图上难以找到明确标示的交易场所，是出于对时代信息的敏感和浓厚兴趣，其内心愉悦之情表达虽不甚明显，但读者并不难以体察和把握。

《入蜀记》的文学价值主要体现在叙述不乏生动之笔，自然景物描写特色突出，情感内涵比较丰富，一些片段富有诗意①。例如：

七月二日“见（真州）知州右朝奉郎王察，市邑官寺比数年前颇盛。携统游东园，园在东门外里余，自建炎兵火后，废坏涤地，漕司租与民，岁入钱数千，昔之宏壮巨丽，复为荆棘荒墟之地者四十余年，乃更葺为园。以记考之，惟清醼堂、拂云亭、澄虚阁粗复其旧，与右之清池、北之高台尚存，若所谓流水横其前者，湮塞仅如一带，而百亩之园废为蔬畦者尚过半也，可为太息。”

城市建设的新面貌一笔带过，重点描写的是兵火对城市建筑设施的严重破坏。面对“宏壮巨丽复为荆棘荒墟”的沧桑巨变，作者油然而生的黍离之悲与今昔之叹，同样令读者感伤不已。又如：

八月二十七日“郡集于南楼，在仪门之南石城上，一曰黄鹤山。制度闳伟，登望尤胜，鄂州楼观为多，而此独得江山之要会。山谷所谓‘江东湖北行画图，鄂州南楼天下无’是也。下阚南湖，荷叶弥望，中为桥，曰广平，其上皆列肆。两旁有水阁极佳，但以卖酒，不可往，山谷云‘凭栏十里芰荷香’谓南湖也。”

① 参见莫砺峰：《读陆游〈入蜀记〉札记》，《文学遗产》2005年第5期。

移步换形，当新的场景出现之后，文章的情感基调也随之变得轻松愉悦。陆游采用白描手法点染鄂州南楼一带的景观特色，画面开阔，层次清晰。文中两次引用黄庭坚的诗句，或画龙点睛，或增强形象，画意诗情相得益彰。

南宋著名文学家范成大擅长笔记写作，前后写作有《揽辔录》、《骖鸾录》、《桂海虞衡志》、《吴船录》、《梅谱》、《菊谱》六种。其中《揽辔录》作于宋孝宗乾道六年（1170），当时范成大以起居郎、假资政殿大学士出使金朝，不辱使命，全节而归，《揽辔录》二卷为“其往返地理日记也”（晁公武《郡斋读书志》卷第五上）。作为一部实录性的纪行小品，《揽辔录》具有很高的历史研究价值，颇受历史研究者重视。特别需要强调的是，范成大的相关描写绝非“镜子”式的纯客观反映，他始终怀着前朝故国的伤痛行走在所谓“大金国”的土地上，故土上的每一个变化都深深刺痛他的心，“以我观物”无疑是其写作的基本态势，“今非昔比”则是他反复表达的悲剧性体验。文中的记叙描写处处充满强烈的主观情感色彩，文本呈现出一种“感时花溅泪，恨别鸟惊心”的伤痛意境，正是这一点使《揽辔录》[①] 散发着文学作品独特的艺术感染力：

> 八月甲子“至南京，虏改为归德府”。丁卯过东御园，即宜春苑也。颓垣荒草而已。二里，至东京，虏改为南京。入新宋门，即朝阳门也，虏改曰弘仁门。弥望悉荒虚。……旧京自城破后，疮痍不复。炀王亮徙居燕山，始以为南都。独崇饰宫阙，比旧加壮丽，民间荒残自若。新城内大抵皆墟，至有犁为田处。旧城内粗有市肆，皆苟活而已。四望时见楼阁峥嵘，皆旧宫观、寺宇，无不颓毁。东京虏改为南京，民亦久习胡俗，态度嗜好与之俱化。……自过淮已北皆然，而京师尤盛……
>
> 庚午，出驿，循东御廊百七十余间，有面西棂星门，大街直东出，旧景灵东宫也……过药市桥街，蕃衍宅、龙德宫、撷芳、撷景二园，楼观俱存。撷芳中喜春堂犹岿然，所谓八滴水阁者。使属官吏望者皆陨涕不自禁……

东西两京荒芜凋敝的现状使范成大痛心疾首，愤懑之情难以抑制，不时借“弥望悉荒虚”、“苟活而已”、“无不颓毁”等充满悲愤之情的语言直接表达。至于“使属官吏望者皆陨涕不自禁”的描写，更是其内心悲情的形象写照。陆游《夜读范至能〈揽辔录〉言中原父老见使者多挥涕感其事作绝句》云：“公卿有党排宗泽，帷幄无人用岳飞。遗老不应知此恨，亦逢汉节解沾衣。”从读者的角度揭示出《揽

① （宋）范成大撰，孔凡礼点校：《范成大笔记六种》，中华书局2002年版。

轡录》打动人心的悲剧力量。

范成大曾任四川制置使，所作《吴船录》[①]一卷为其“出蜀时笔也，当淳熙丁酉岁录江行所见”（宋·黄震《黄氏日钞》卷六十七《读文集》）。命题取“门泊东吴万里船”之语。淳熙丁酉即淳熙四年（1177），范成大自四川制置使召还，取水程赴临安，随日记录所阅历，对途经之地的山川形胜、历史遗迹、风俗人物、园林寺院、镇市物产等多有描写。范成大怀着轻松的心情踏上归途，观赏心态迥异于使金时的感伤悲愤，因此，出现在这部著名游记中的城市形象总是凭借“个性”魅力引发读者愉悦的情感体验：

> 五十里，至郫县。观者塞途，皆严妆盛饰，帘幕相望。盖自来无制帅行此路。自是而西，州县皆然。郫邑屋极盛，家家有流水修竹，而杨氏之居为最。县圃大竹万个，流水贯之，浓翠欲滴。
>
> （眉州）城中荷花特盛，处处有池塘。他郡种荷者皆买种于眉。遍城悉是石街，最为雅洁，前守王阳英昭祖所作也。

小小的城邑之所以吸引作家驻足观赏，因为其如诗如画的优美景色。修竹流水一静一动，同为清新之物，烘托出绿色小城的风采神韵；荷花石街一轻盈一板重，皆涵出尘之韵，共同铸就小城“雅洁”的格调。

> 壬辰，早发苏稽，午过符文镇。两镇市井繁遝，颇壮县。符文出布，村妇聚观于道，皆行而织麻，无素手者。
>
> 辛巳，晨出大江，午至鄂渚。泊鹦鹉洲前南市堤下。南市在城外，沿江数万家，廛闬甚盛，列肆如栉，酒垆楼栏尤壮丽，外郡未见其比。盖川、广、荆、襄、淮、浙贸迁之会，货物之至者无不售，且不问多少，一日可尽，其盛壮如此。

苏稽、符文乃西南偏僻小镇，民风淳朴，鄂州南市则位于交通要道，繁华壮观，面貌迥异。通过以上两段文字的描写，读者大致可以了解到当时中国城市发展的地域分布与等级差别之关系。范成大抓住对象各自的特征（例如前者村妇于镇上“行而织麻，无素手者”、后者“沿江数万家，廛闬甚盛，列肆如栉”）进行简明扼要的描写，呈现的场景前后形成鲜明对比，“个性”色彩十分突出。

《东京梦华录》是南宋出现的一部影响极大的纪实性笔记著作[②]，该书共十

---

① （宋）范成大撰，孔凡礼点校：《范成大笔记六种》，中华书局 2002 年版。

② 陈文新将《东京梦华录》归于轶事小说，亦为一家之言。详见《文言小说审美发展史》，武汉大学出版社 2002 年版，第 365 页。

卷，全面而具体地记录了从北宋徽宗崇宁到宣和（1102—1125）年间首都东京（开封）的全盛景象，内容涉及城市基本建筑格局、街道坊市分布、商品种类、时令节气、民风习俗、歌舞百戏等各个方面，可谓丰富多彩，具有很高的历史价值。作者孟元老，自号幽兰居士，生平行迹不详。根据《东京梦华录·序》的介绍得知，他为北宋后期人，曾"从先人宦游南北，崇宁癸未到京师，卜居于州西金梁桥西夹道之南"，靖康之变北宋沦亡后"出京南来，避地江左"，因抚今追昔，回首怅然，有"华胥之梦觉"之叹，故于绍兴丁卯岁除日作是书，目之曰《梦华录》。《东京梦华录》因"语言鄙俚，不以文饰"（孟元老《序》）而缺少文学价值，然而，其序文则完全能够进入文学研究视野。此文语言华丽，情感充沛，文采飞扬，具备了美文的一般特点，其文学性不容忽视。孟元老满怀深情地回忆起盛世东京的繁华富足：

> 太平日久，人物繁阜，垂髫之童，但习鼓舞，班白之老，不识干戈，时节相次，各有观赏。灯宵月夕，雪际花时，乞巧登高，教池游苑。举目则青楼画阁，棱户珠帘，雕车竞驻于天街，宝马争驰于御路，金翠耀目，罗绮飘香。新声巧笑于柳陌花衢，按管调弦于茶坊酒肆。八荒争凑，万国咸通。集四海之珍奇，皆归市易；会寰区之异味，悉在庖厨。花光满路，何限春游，箫鼓喧空，几家夜宴？伎巧则惊人耳目，侈奢则长人精神。瞻天表则元夕教池，拜郊孟亭。频观公主下降，皇子纳妃。修造则创建明堂，冶铸则立成鼎鼐。观妓籍则府曹衙罢，内省宴回；看变化则举子唱名，武人换授。

以文学的形式口述历史，语句工整而又不乏变化，节奏分明，读之朗朗上口；描写既生动形象又具有高度概括性，画面开阔内涵丰富；综合运用铺排、夸张、对偶多种文学手法，塑造出一个物质文明高度发达的国际大都会形象。

回忆前朝是南宋时期知识分子群体一项重要的精神活动，文人士大夫通过对往事的叙述建构起充满民族情感色彩的历史记忆系统。记忆意味着对过去的还原、想象乃至重构，以孟元老为代表的南渡文人之所以自觉的回忆过去，绝不仅仅为了简单还原历史真相。寻求和确证过去对现在的影响，无论对于个人抑或民族都具有更为重要的意义。一方面，书写历史的辉煌有助于宣泄被严重压抑的情感，能够抚慰伤痕累累的心灵，重拾被现实挤压与磨灭的民族自尊心，它集中反映了南宋时期汉族知识分子群体的生命诉求。另一方面，历史是抵抗遗忘最有效的武器，而历史总是以鲜活的形态存在于亲历者的记忆之中，过来人的回忆作为一种口述的历史因其"真实性"和"生动性"更具有征服人心的巨大力量，孟元老显然明白此中真意，“近与亲戚会面，谈及曩昔，后生往往妄生不然。仆恐浸久，论其风俗者，失于事实，诚为可惜，谨省记编次成集，庶几开卷得睹当时之盛”，这正是《东京梦华录》一类著作[①]产生的重要原因。

第五节　两宋城市文学的时代特色及其历史影响

沿着历史轨迹前行，中国城市文学于宋代进入成熟期。宋代文学家从观照角度、题材内容、手法技巧多方面继承和光大前代文学传统，隋唐五代城市文学表现的诸多特点，宋代文学同样具备。或已成为普遍的创作现象，例如以文学方式形象表达对城市审美形态的体验与认可，通过艺术描写彰显城市个性；或继续发展进而蔚为大观，例如作家普遍擅长对城市建筑景观的观照与文学表现，“金陵怀古”扩展为城市怀古系列，对城市文化的批判更为普遍和自觉。富于文学才华的宋代作家没有满足对前人作亦步亦趋式的摹写，他们准确地把握文学发展的时代脉搏，广泛发掘和充分利用城市文学资源，自由抒写个体对城市生活的体验及其价值评判，城市文学在以下几个方面呈现出超越前朝的创作特色。

首先，作为一代文学之胜的宋词，在宋代城市文学创作领域独树一帜，成就斐然。

宋人对于词体发展做出了杰出贡献，将宋词推向中国词史的巅峰地位，对此，学术界已给予充分阐释和高度评价，本书不再赘述。需要强调的是，以城市为空间背景，文化的繁荣与词的兴盛建构起双向互动关系，城市经济为词提供广阔的发展平台和丰富的文化营养，词则广泛地运用于社会生活的各个方面，成为推进城市文化繁荣的重要因素。尽管宋词和唐诗、宋诗均可以视为城市文化景观的万花筒，同样展现出五彩斑斓的城市画卷，然而，事实上存在的“诗庄词媚”的文体分殊[②]以及词与城市文化的近缘关系使得句式错落有致、章法趋于细密的长短句在营造浓郁的世俗文化氛围，彰显弥漫于城市中的物质欲望，表现城市生活细节，传达作者对城市生活细微的感受等方面拥有得天独厚的优势，这正是宋代城市文学特色形成的基点之一。

---

① （宋）吴自牧《梦粱录》、周密《武林旧事》均属此类著作，因篇幅所限，不再一一论析。

② 谢桃坊先生曾经有一推测，认为宋人“大致以散文来论学和实用，以诗歌来言理寓意，以通俗文学来叙述历史与现实生活的故事，以歌词来表达个人的思想感情”。(《论宋词的时代意义》，《天府新论》1991年第5期）可供参考。

宋代词人对于“卖花”、“赏花”题材的处理和表现具有典范性。沿街卖花、花市赏花是宋代城市的一大人文景观，两宋时期，城市居民对于鲜花一直保持着旺盛的欣赏热情和消费能力，每年春天，花市游人如织，沿街卖花声不断，经过作家的观照与提炼，它们由普通的生活场景转化为文学图景的有机组成部分。现存宋诗、宋词均有不少文本围绕卖花赏花活动开展艺术描写，就整体而言，通过具体场景和生活事件揭示出繁荣的花市与市民生活的密切关系，是二者的共同点，只是由于作家对于“词别是一家”文体特征的认识甚至强调，导致诗词在主题确立、手法使用以及风格显现等方面，实际上存在着一定程度的文体差异。言志乃中国诗歌之传统，观花言志，于是花市的畸形繁荣构成诗人批判现实的切入点，质疑精神赋予宋诗同类作品庄严凝重的风格特色。相比之下，多数词作则可以纳入都市赞歌的范畴，绮艳为其基本格调，即使部分抒发惆怅感伤情怀的作品也往往以婉曲细腻见长，韵味风格明显有别于诗。“卖花”、“赏花”的审美价值在宋代词人笔下从三个不同的角度层次清晰地体现出来。

第一，装点市容，以绚丽的色彩衬托城市的繁荣富丽：

花市东风卷笑声。柳溪人影乱于云。梅花何处暗香闻。

——毛滂《浣溪沙·上元游静林寺》

嫩绿阴阴台榭映，南风初送清微。扬州花市进芳菲。丝头开万朵，玉叶衬繁枝。

——曹勋《临江仙·赏芍药》

当日赏风光。红灯九街，买移花市，画楼十里，特地梅妆。

——康与之《风流子·结客少年场》

说似吴山楼万叠，雪销未尽宫城。湖边柳色渐啼莺。才听朝马动，一巷卖花声。

——刘辰翁《临江仙·晓晴》

城中花市盛况实为城市繁荣景象的重要构成材料，词人对其进行全景式扫描，流露出的仍然是“以富为美”的审美情趣。花市与街头均是城市居民生活的空间载体，同时汇集了都市经济与都市文化两大要素，二者的有序运动实现了环境与人之间的有效互动，显示出城市发展的蓬勃生机以及市民生活的丰富性。

第二，作为城市日常生活内容，构成表现都市人生活情趣与审美追求的场景与事件。仇远《小秦王》写一位美丽的女子与情郎约会的场景：“分明认得萧郎是，佯凭栏干唤卖花。”截取生活的一个片段，展开饶有情趣的艺术表现，构思十分新颖别致。蒋捷的《昭君怨·卖花人》犹如一幕戏剧小品，鲜花的买与卖成为叙事链条上不可或缺的一环：

担子挑春虽小。白白红红都好。卖过巷东家。巷西家。

帘外一声声叫。帘里丫环入报。问道买梅花。买桃花。

宋诗中同样不乏买花的描写，例如“市声亦有关情处，买得秋花插小瓶”（陈起《买花》），此为个体行为描写；“两两三三争买花，青楼酒旗三百家”（陈允平《春游曲》），此为宏观场面描写。相比之下，《昭君怨·卖花人》更具有现场感，长短错落的语句，重叠反复的修辞格、买卖双方的应答以及细节描写，将早已逝去的一个生活片段生动具体地展现出来，一股浓郁的生活气息迎面扑来。

第三，滤去世俗的色彩，超越感官享受的层面，将捕捉和感受城市的声音[①]作为一种富有意义的精神活动加以观照和描写：

曲水溅裙三月二。马如龙、钿车如水。风飏游丝，日烘晴昼，人共海棠俱醉。客里光阴难可意。扫芳尘、旧游谁记。午梦醒来，小窗人静，春在卖花声里。

——王嵎[②]《夜行船·曲水溅裙三月二》

不剪春衫愁意态。过收灯、有些寒在。小雨空帘，无人深巷，已早杏花先卖。白发潘郎宽沈带。怕看山、忆他眉黛。草色拖裙，烟光惹鬓，常记故园挑菜。

——史达祖[③]《夜行船·正月十八日闻卖杏花有感》

街头小贩追随春天脚步的卖花声本应引发听者欢快愉悦的审美体验，然而对于王嵎、史达祖这些寓居他乡、漂流在外的游子来说，卖花声拨动了他们最敏感的心弦，春天的信息触发的是客游的沉重哀伤，买花赏春属于他人的幸福，自己只能在卖花声里品尝孤独与寂寞。

---

① 美国环境美学研究者阿诺德·伯林特在《环境美学》一书中分析传统城市的声音时指出：“人声是更加明显的：街道上小贩的喊叫声，时断时续的谈话声，孩子们玩耍的声音，父母的喊叫声，人群发出的熙熙攘攘声，狗吠声，猫的尖叫声，马嘶声。这是生活本身具有的声音，不管这些声音是否还传递了其他的含义，它们都表明了鲜活的生活正在进行。”《环境美学》张敏、周雨译，湖南科学技术出版社2006年版，第85页。

② （清）厉鹗《宋诗纪事》卷五十二载：“（王）嵎字季夷，北海人，绍淳间名士，寓居吴兴，陆务观与之厚善，有《北海集》。”

③ 史达祖（1163—1220？），字邦卿，号梅溪，汴（河南开封）人。今传有《梅溪词》。存词122首。

又是年时，杏红欲脸，柳绿初芽。奈寻春步远，马嘶湖曲，卖花声过，人唱窗纱。暖日晴烟，轻衣罗扇，看遍王孙七宝车。谁知道，十年魂梦，风雨天涯。

——王炎午①《沁园春·又是年时》上阕

《沁园春·又是年时》为王炎午仅存的一首词，从词下片"不知门外桃花何代，不知江左燕子谁家"之语不难判断该词作于宋亡之后。在包括马嘶、人唱在内的众多城市声音里，卖花声位于描写中心，前与杏红柳绿相联系，后与暖日晴烟相配合，从视觉到听觉再到感觉，步步展开，渲染出醉人的春意与浓浓的暖意，反衬出作家当下"风雨天涯"的凄凉处境和十年一梦的悲苦情怀。正可谓以乐景写哀情，倍觉其哀。

宋词以其独特的情韵与气质极大地丰富和深化了读者对于城市文学的审美感知。

其次，城市文学创作中的"两都叙事"② 在宋人创作中趋向成熟。

两都叙事作为一种十分特殊的文学现象，非常典型地反映了中国古代文学与政治的不解之缘。国都是国家政治文化的中心，在国民心目中具有其他任何城市都无法取代的至高无上的地位，国都的选择与迁徙、古都的历史与现状从来都是文人士大夫高度关注的对象，进而也是中国古代文学表现的重要内容。成熟的两都叙事最早出现于汉代文学，东汉迁都洛阳，与西汉京城长安分别称为东西都，此为两都叙事产生的现实政治基础，积极参与定都之争的班固作《两都赋》将两都对举，采用全知视角分别进行铺张扬厉的描写，在建构两都叙事框架的同时，也确立了两都叙事的政治立场。此后，中国文学的两都叙事沿着班固创立的写作传统向前发展，作家为了表达对封建王朝的政治诉求以及对历史兴亡的价值评判，以前朝或本朝京都为观照对象，对两都乃至三都进行历时性或共时态的描写，相互对比成为最常用的表现手法。汉魏六朝时期，两都叙事主要出现在辞赋作品中，"两都"的空间指向由实而虚，逐渐演变为象征国家政治盛衰的文化符号。唐代实行两都制，首都长安与东都洛阳同为国家经济文化中心的格局直接影响到唐人的两都叙事，作为空间实体的两都直接成为作家尤其是诗人建构文学世界的背景材料。"长安重游侠，洛阳

---

① 王炎午（1252—1324），初名应梅，字鼎翁，别号梅边，江西安福舟湖（今洲湖）人。

② 这里使用的"叙事"概念并非现代叙事学中的基本范畴，泛指将叙述描写的内容作为信息传递给接收者的行为与过程，故事不是强调的对象。

富财雄"（卢照邻《结客少年场行》），诗人关于当下两都的叙事始终充满鲜活的生活气息，总是关联着时代风云的变幻，不足之处在于描写缺少系统性与整合性。

长期实行的"两都"制度深刻地影响着国人的文化心理结构，至宋，外在的空间概念已经转化为文人士大夫的一种心理情结，宋代文学家自觉进行的两都叙事呈现出多元化趋势。宋人观照视野里的两都（亦称两京）按时代先后顺序大致划分为四个主系列①：

其一为汉代两都，宋代文学家习惯以之指代班固等人都邑赋写作的卓越成就，借以表明自己的文学追求及创作才华，例如陆游诗云："谁知未减粗豪在，落笔犹能赋两都"（《岁暮贫甚戏书》）；刘克庄亦云："宁草两都卿云赋，不作六朝徐庾诗"（《杂咏七言十首》之二），类似用法甚为常见。

其二是唐朝两都，阅尽沧桑的长安、洛阳古城被宋人视为朝代更迭、民族危亡的见证者，"天宝胡尘暗两京，祸从妃子笑中生"（曾觌《玉环山》），"天宝胡兵陷两京，北庭安西无汉营"（陆游《五月十一日夜且半梦从大驾亲征尽复汉唐故地见城邑人物繁丽云西凉府也喜甚马上作长句未终篇而觉乃足成之》），他们在漫长的时间河流中回溯，寻找足以警示今人的历史文化资源，在其精神世界里，唐代两京褪去了地域色彩，转化为意义生成的文化空间。

其三指北宋两京，北宋王朝以都城汴梁为东京，以洛阳为西京，东西京经济、文化并盛的局面激发起北宋文人讴歌两京胜景、描写两京风貌的创作热情。"三千世界笙歌里，十二都城锦绣中。行漏不能分昼夜，游人无复辨西东"（晏殊《扈从观灯》），"都人士女各纷华，列肆飞楼事事嘉。政恐皇都无此致，万家流水一城花"（宗泽《至洛》）。频繁出现于诗词文本里的两京意象一方面对应着特定的人文环境，具有还原现场的写实性；另一方面承载着作家的人生理想与盛世体验，体现出虚实结合的艺术特征。

其四为两宋都城。北宋沦亡，宋室南渡，杭州成为偏安政权的首都，对象的变化导致叙事内容与手法的相应变化。"回首神京一梦中"（傅诚《东京道上口占》），南宋文人围绕盛世之梦展开形式多样的两都叙事，回望神京和讴歌钱塘构成叙事者抒情写意的两大基点，而对比联想又成为作家营造悲剧氛围、抒发

① 当然也存在作家将其他城市并称两都的现象，例如洪咨夔作《九华叶子真赋汴吴两都极陈治乱之原仍有诗用杜遣怀韵见寄因和酬之》诗，先言"大梁都"，后言"吴会雄"，但这只是一种临时性组合，并不具有普遍性。

内心哀痛的常用手法。“头白不知今几龄，儿时犹及见升平。可怜野老无知识，却认钱塘是汴京”（胡仲弓《山中逢老人》），北宋汴京的繁华成为南宋臣民共同的历史记忆。“少年闻说京华，上元景色烘晴昼。朱轮画毂，雕鞍玉勒，九衢争骤。……谁料此生亲到，十五年、都城如旧。而今但有，伤心烟雾，萦愁杨柳……”（阎苍舒《水龙吟》）凭借巧妙的构思，形象地表现了自己对于往昔深情而又无奈的追忆形象，词的上下片分别描写两京景象，一昔一今两个场景形成强烈反差，画面弥漫着词人的黍离之悲和兴亡之痛。真实强烈的情感，丰富厚重的意蕴，不拘一格的视角，娴熟多变的技巧，凡此种种，标志着宋代两都叙事取得空前的成就。

再次，两宋都邑赋创作呈现出衰微的趋势。

宋代辞赋创作成就远不及诗词，不仅数量少，关键在于缺少精品。较之前代都邑赋创作，无论观照视角、题材范围、内涵深度抑或篇章结构、写作技法均未见大的突破，常见类型仍是美都邑与悲荒城，常见主题也为传统的颂德和怀古两大类①，出现在辞赋中的城市形象能够给读者留下深刻印象的并不多见。

宋代辞赋对于中国城市文学的贡献主要在于将此前未曾进入作家创作视野的城市都邑纳入文学表现范畴，拓展了中国城市文学地图。例如，北宋都城汴京一跃成为赋文铺写中心，先有杨侃②《皇畿赋》云：“甲第星罗，比屋鳞次，坊无广巷，市不通骑。于是有出居王畿，挂户县籍，兴产树业，出赋供役者矣。岂比夫秦选户口于咸阳，汉徙豪杰于陵邑，魏将实于河南，驱冀民而是入也。”渲染出京城掌控天下的辐射力量。后有李长民③作《广汴赋》进一步铺陈京城的繁华

① 属于前者的有杨侃《皇畿赋》、宋祁《王畿千里赋》、周邦彦《汴都赋》、李长民《广汴赋》、储国秀《宁海县赋》、王十朋《会稽风俗赋》等，属于后者的有苏轼《昆阳城赋》、邵雍《洛阳怀古赋》等。

② （宋）吕祖谦所编《宋文鉴》卷二录《皇畿赋》，署名杨侃，（明）李濂撰《汴京遗迹志》载《皇畿赋》署名相同。（宋）王应麟撰《玉海》卷十六“地理”云：“杨大雅作《皇畿赋》。”杨大雅字子正，进士及第，此人善赋，《宋史》本传云：“咸平中，交阯献犀，因奏赋，召试，迁太常博士。”

③ （宋）陈骙撰《南宋馆阁录》卷八云：“李长民字元叔，广陵人。宣和元年博学宏词，二年二月除，三年五月监南岳庙。”《宋史·艺文志七》载：“李长民《汴都赋》一卷。”《宋史新编》载录相同。《玉海》云：“宣和四年六月二十九日，李长民上《广汴都赋》。”篇名略有差异。《四库全书总目提要》对于《玉照新志》介绍提及此赋，亦称《广汴都赋》。《历代赋汇·都邑》则名为《广汴赋》，又有所不同。

面貌与升平气象："康衢则四通五达，连骑方轨，青槐夏荫，红尘昼壒。乃有天姬之馆，后戚之里，公卿大臣之府，王侯将相之第，扶宫夹道，若北辰之藩卫。太平既久，民俗熙熙。徒观夫仙倡效伎，侲童逞材。或寻橦走索，戏豹舞罴，则观者为之目眩。或铿金击石，吹竹弹丝，则听者为之意迷。"尽管特色不甚鲜明，但毕竟能够填补城市文学地图的空白点。又如，储国秀[①]《宁海县赋》以一个小县城为表现对象，文章对自己家乡宁海县的历史沿革、地理位置、物产形胜一一介绍之后，不惜笔墨极力宣扬该县文治教化的显赫成绩："伟宋德之当天，同文轨于殊方，崇姬孔而抑聃释，业文策而变工商。越嘉治祐宣之熙洽，联周王罗李之骞翔，赫名第而起晦，辟井社以劚荒。迨六飞之度南，广仁泽之延衮。东西王两族之望，左右许一门之秀，疏学殖之根源，竞贤路而辐辏。乡贡之家比比乎连甍，桥门之彦翩翩而结绶。或骞华于童习晚恩，或擢颖于宗英世胄，或文武科之踵升，或内外优之叠奏，或能流光于宦业。"将小小县城的文化教育事业写得如此红火，足见作家对于家乡的热爱。

同类作品中，周邦彦的《汴都赋》在当时影响最大，《宋史・周邦彦传》载："元丰初，游京师，献《汴都赋》余万言，神宗异之，命侍臣读于迩英阁。"[②]极富艺术才华的周邦彦踵步前代才俊，模仿汉赋宏制，洋洋洒洒，极尽铺张扬厉之势。赋文结构宏大，辞采富美，却因过度因袭缺少创新，文字板滞不够灵动，一味美颂难见真情流露，最终无法进入优秀文学作品之列。

宋代文学众体皆备，但各种文体的发展呈现出明显的不平衡性。宋代都邑赋创作的不景气与宋代辞赋创作的整体面貌具有高度一致性。对于南宋都邑大赋创作不景气的现象，固然可以从宋室气象衰微这一角度做出解释，然而，北宋辞赋创作同样难称繁荣，就不能仅从外部寻找原因。我们必须承认这是宋人在

---

① 储国秀，字材父，生平行迹不详，((清)雍正)《浙江通志》卷二百三十八载：宋知江阴军储国秀墓。《台州府志》：在松檀庄家岙。《万历宁海县志》：国秀字材父，由进士历知江阴军事，乞侍养归，从学数百人，称曰理取先生。

② (宋)楼钥撰《清真先生文集序》对《汴都赋》给予了高度肯定，其文云："国家定都大梁，虽仍前世之旧，当四通五达之会，贡赋地均，不恃险阻，真得周家有德易以王之意。祖宗仁泽深厚，承平百年，高掩千古，异才间出，曾未有继班张之作者。神宗稽古有为，鼎新百度，文物彬彬，号为盛际。钱唐周公少负庠校隽声，未及三十作为《汴都赋》凡七千言，富哉壮哉，极铺张扬厉之工。期月而成，无十稔之劳。指陈事实，无夸诩之过。赋奏，天子嗟异之，命近臣读于迩英阁，由诸生擢为学官，声名一日震耀海内，而皇朝太平之盛观备矣。"(《攻媿集》卷五十一)

文体选择上有所取舍的自然结果，换言之，都邑赋衰微的主要原因是宋人将更多的才情与精力用于时文写作与诗词创作，辞赋写作遭受冷落乃不争事实。在中国文学发展的历史进程中，新兴文体不断涌现并日趋成熟，为文学家言志抒情的文体选择提供了多种可能性。就个体作家而言，文体的选择一方面受制于个人的文学素养和创作才能，另一方面则要受到时代创作风气与创作环境的影响。宋代科考设有经义科，策论成为科考内容，其地位在北宋中叶以后不断上升。南宋更为重要，这势必导致广大士子重文习文风气的形成，对宋代散文的发展发挥了积极促进作用①②。宋代作家置身于中国文学高度自觉的时代，前人的诗文辞赋创作为其提供了无数成功的样板。面对唐诗的辉煌，宋人在模拟学习的同时不断创新，在继承的前提下力图有所超越，宋诗的显著成就建立在宋代诗人精力、才思充分投入的基础之上。宋朝又是一个文学创作日趋实用化、世俗化的时代，新兴的歌词（即词）带着鲜活的时代气息，通过贴近现实的艺术形式和参与日常生活的传播途径有效地激发起宋代广大文人的创作热情与争胜意识。两宋词人队伍庞大，词作数量众多，题材覆盖生活面十分广泛，宋词之所以成为本时期文学代表，这或许是最好的诠释。相比之下，以铺张扬厉为特征、形式过于凝重板滞的辞赋，写作过分案头化、典雅化，离现实生活较远，创作时间相对较长，难以成为作家写作的首选文体或常用文体，也在情理之中。

最后，值得注意的是宋代所产生的以市井生活为题材、深受市民阶层喜爱的世情小说，较之唐代小说，进一步体现了以俗为美、以奇为美的城市文学审美特征，开始填补中国城市文学小说创作领域的空白。尽管目前仍然缺乏确凿的文献资料直接印证这一点③，但从一些小说的相关描写中可以推知。例如，

① 祝尚书指出：宋代“士子在数不清的习作和考试中，对写作程序如认题立意、谋篇布局、文章逻辑、文气脉络、典故运用等等招数，无不练得精熟。程式成为定式，固然有极大的弊端，但它的写作规范，对诗歌、古文创作又大有助益”。（《宋代科举与文学》，中华书局2008年版，第531页。）

② （宋）王应麟：《玉海》卷五十九“艺文”云：“淳化三年三月赐杨亿及第，亿年十二，读书祕阁，因拟《文选·两京赋》作《东西京赋》以进，太宗嘉之，诏学士院试。”然杨亿终不以赋驰骋文坛。

③ 我们今日能够见到的宋元市井小说均收录在明代文人编辑的小说集里，如“清平山堂”所刻话本小说集、冯梦龙“三言”、凌濛初“二刻”、《最娱情》、《熊龙峰四种小说》等，而且多经过明人改造。

收入《醒世恒言》卷十四的《闹樊楼多情周胜仙》讲述的故事发生在徽宗年间东京金明池边的酒楼里，刻画了一位敢于追求真爱的市井女子的鲜明形象。篇中称宋为"大宋"，所写"樊楼"、"桑家瓦子"一带的街坊特征和生活习惯与孟元老《东京梦华录》所载相吻合，据此推断该篇背景为宋徽宗朝，当为南宋人的作品。

宋代城市文学创作对后世的影响集中体现在词与小说两个领域。两宋词人在开拓城市文学的题材范围、描写城市世俗生活的具体场景、表现城市生活的全面体验、刻画都市浪子形象、抒写城市怀古情感等方面，为后世作家提供了成功典范，而宋代市井小说对于下层市民形象的刻画则直接影响了元明世情小说的创作。

第五章

元代：中国古代城市文学的成熟期（二）

第一节　元代城市建设与发展以及城市文学创作概述

元朝的建立，带来了中国城市布局的又一次大变动，其中最为重要的变化莫过于新都城的建立。“朔方古燕国，今为帝王都。”（元·胡助《京华杂感》）元以大都（今北京）为京城，大都城原为金中都，南宋嘉定八年（1215）毁于蒙古骑兵铁蹄之下，至元四年（1267）元世祖于中都附近另造都邑，汉人刘秉忠奉命主持这项工程，“始建宗庙宫室。八年，奏建国号曰大元，而以中都为大都”。（《元史·刘秉忠传》）至此，大都取代临安（杭州）而成为大一统国家的首都，全国政治中心北移。

《元史·食货志一·海运》云：“元都于燕，去江南极远，而百司庶府之繁，卫士编民之众，无不仰给于江南。”为解决运输问题，至元二十八年（1291），元世祖采纳郭守敬建议，引大都西北诸泉水注入金朝旧运粮河中，疏通扩展后的新河道全长164里，直达通州，名之曰“通惠河”。南北大运河因此与大都连结，江南货物可通过通惠河直达京城之内。在政治、经济综合作用的强力推动下，大都迅速跃居为国际性的商业大都市。根据《马可·波罗游记》的描述，大都城内及其周边的人口数量庞大，房屋鳞次栉比，城内设有印钞厂，钞票流通广泛，市场内商品十分丰富，世界各地最稀奇最有价值的物品也都集中于此，且数量可观，仅通过马车和驴马运载生丝，每日就不下千次。无数商人和其他旅客由四面八方蜂拥而至，即使城内外娼妓多达两万五千人，也未显得供过于求①。

经济的恢复与发展，水陆交通的发达，造就了商业兴盛的局面，为城市的进一步发展提供了必要条件。元时，南北运河沿岸出现了众多商贸集市，南宋都城杭州因处于南北大运河南段终点，故仍是全国经济重心所在，江南地区其他城市如扬州、苏州、集庆（南京）、庆元（宁波）也是商贸业、手工业发达的城市。元末张翥（1287—1368，字仲举，晋宁人）《送黄中玉之庆元市舶》诗里有对庆元城市概况的描写："是邦控岛夷，走集聚商舸。珠香杂犀象，税入何其多。"位于南方的泉州发展飞速，取代广州成为对外贸易的第一大港口城市，时人赞其为："七闽之都会也。蕃货远物，异宝珍玩之所渊薮，殊方别域，富商巨贾之所窟，号天下最。"②尤其值得注意的是，上海因户口繁多而由原华亭一镇升级为县③，并且为适应当时海上交通的需要而设有市舶司，发展速度非常迅速。北方蒙古草原也出现了一批颇具规模的城市如上都、和林、应昌、德宁等，云南地区的城市如昆明也有明显发展④。

伴随城市经济发展步伐出现的是城市文学的繁荣局面，最具代表性的是大都地区迅速摆脱长期以来文学创作不景气的局面，一跃而变为文学创作尤其是戏曲创作和演出的中心。两宋时期辽南京、金中都尚无文学家产生，至元，该地区则出现了25位本土作家，元朝有籍贯可考的文学家共497位，大都占其中的19.16%，居89个路府的第三位（仅次于杭州和平江）⑤。首都所具有的无与伦比的文化聚合功能再次显现出来，众多非大都籍作家纷纷聚集京师，造就出大都文学创作繁荣的新局面，"至公堂下鱼鳞屋，丽正门前蜗彀居。三百英雄来献赋，是中定有马相如"，元代诗人宋褧《得周子善书问京师事及贱迹以绝句十首奉答》⑥之九形象地描述了这一点。文化意蕴厚重、经济长期繁荣的杭州则继续保持着文学创作热土的风貌，成为当时文学创作的另一中心城市。

① 具体描述详见《马可·波罗游记》，梁生智译，中国文史出版社2006年版。

② （元）吴澄：《送姜曼卿赴泉州路录事序》，见（清）文渊阁《四库全书》集部《吴文正集》卷一六。

③ （元）黄溍：《上海县学田记》云："上海由镇为县之三年，始有学。"见（清）文渊阁《四库全书》集部《文献集》卷七。

④ 参见戴均良主编：《中国城市发展史》第，黑龙江人民出版社1992年版，第230、231页。

⑤ 参见曾大兴：《中国历代文学家之地理分布》第六章、第七章，湖北教育出版社1995年版。

⑥ 元代大都至公堂为会试之所，四方进士来试南宫者，皆僦居丽正门外。宋褧诗见（清）文渊阁《四库全书》集部《燕石集》卷八。

中国古代城市文学发展至元代，进一步走向成熟的标志集中体现在以下三个方面：

第一，城市文学版图上的空白越来越多地被填补。

元代文学家在继承前代城市文学传统的基础上，进一步扩大观照视野，大都、上都等北方城市相继被纳入文学表现范畴，甚至成为描写热点，福建长乐人黄文仲（号独愚，曾担任承仕郎、福州路侯县尹等官职）出于“大元之盛，两汉万不及”的判断而创作《大都赋》[①]，此为现存第一篇以大都为描写对象的大赋，其中“华区锦市，聚万国之珍异；歌棚舞榭，造九州之秾芬”诸句，准确地概括出大都当时在全国乃至在世界的重要地位，弥补了中国文学地图的空白。上海、昆明等发展中城市也开始进入中国文学版图，张之翰（字周卿，邯郸人，至元末以侍讲学士知松江府）《再到上海》[②] 诗云：“下海人回蕃货贱，巡盐军集哨船多。夜无巨盗能安寝，时有小娘能唱歌”，足以让读者领略海边小城的独特风貌。

第二，在城市商业经济的推动下，戏曲创作迎来繁荣的局面，中国古代城市文学创作由此进入众体兼备的时代。

以大都、杭州为首的大城市已经形成庞大、系统的商业体系，商品经济的因素加速向其他领域渗透，直接影响到文学生产机制和文学传播过程。成熟的市民阶层在城市的经济生活与文化生活中发挥着越来越显著的作用，他们的娱乐需求为文学产品的消费提供了巨大的市场，元代散曲作家高安道套曲【般涉调·哨遍】《嗓淡行院》对此给予了形象地表现：“暖日和风清昼，茶余饭饱斋时候。自汉抱官囚，被名缰牵挽无休。寻故友，出来的衣冠济楚，像儿端严，一个个特清秀，都向门前等候。待去歌楼作乐，散闷消愁。倦游柳陌恋烟花，且向棚阑玩俳优。赏一会妙舞清歌，瞅一会皓齿明眸，躲一会闲茶浪酒。”宋金时期趋于成熟的古典戏曲由此获得了空前广阔的发展空间，元代戏曲成为绽放于城市文化土壤的一朵艺术奇葩，戏曲创作繁荣局面的到来，与宋元话本小说叙事中城市背景的由隐而显，均为城市文学创作成熟的标志。

第三，城市文学创作“雅俗共赏”的特色更加突出，而这一点也构成城市文学与乡土文学的分殊。

异族入主中原的政治局势在汉族知识分子的心灵世界中投下了挥之不去的

---

① （元）黄文仲：《大都赋》，见（清）文渊阁《四库全书》集部《历代赋汇》卷三十五。

② （元）张之翰：《再到上海》，见（清）文渊阁《四库全书》集部《西岩集》卷八。

阴影，蒙古铁骑携带的腥风血雨不可避免地转化为伴随一代文人终身的噩梦，不幸的历史际遇深刻地影响到汉族作家对于城市的观照与书写，批判城市成为元代散曲的重要主题。元蒙统治者采取的民族歧视政策和文化统治政策造成士人群体的分化，众多被统治者挡在官场大门之外的读书人浪迹都市，被迫去寻找和实践另一种生存方式，纷纷走上与下层市民结合的创作道路。随其创作视点的下移，充满世俗气息的都市生活与形形色色的市民形象出现在他们的文学观照视野之中，以"俗"为美的审美情趣被戏曲作家和散曲作家表现得淋漓尽致。而那些有幸进入官僚集团的作家，则受到身份与地位影响，当他们运用传统诗歌的形式进行城市书写时，更多地体现出对"雅趣"的追求。元代城市文学雅俗共赏的特色，较之前代更加突出鲜明，这同样可以视为城市文学创作进一步走向成熟。

第二节　戏曲：城市文学创作中的文体再度拓展

元代文学家运用戏曲体裁对城市进行艺术表现，标志中国古代城市文学创作众体兼备时代的到来。

作为一种后起的文学体裁，中国古典戏曲从萌芽到成熟，再至繁荣鼎盛，始终离不开城市文化的培育和滋养。元代是中国戏曲史上出现的第一个繁荣时期，南戏流行于东南沿海，而崛起于北方的杂剧成就更为突出。入元之后，剧坛呈现出日益繁荣的局面，已经形成创作—演出—消费性欣赏的产业链条。杂剧和南戏均为综合性的舞台艺术，大批高质量剧本的产生是戏剧繁荣的必要条件，据统计，现存杂剧剧本目录多达五百三十余出，其中流传至今者也在一百六十种左右，且不乏精品，南戏也有二百一十多种[①]，尽管散佚太多，也足以窥见当日的繁荣景象。当时投身于从事剧本创作的文人众多，据《录鬼簿》、《续录鬼簿》以及《太和正音谱》记载，有姓名可考的杂剧作家就有近百人，才子作家与杂剧艺人成为创作队伍的主要力量，他们的结合为高质量剧本的诞生提供了保障。在元代戏曲创作和传播的过程中，社会化、商业化特征十分突出，被当代学者誉为"代表了当时文学最高水平"[②]的戏曲剧本需要通过演员的舞台演出方可

① 详见庄一拂：《古典戏曲存目汇考》，上海古籍出版社1982年版。

② 袁行霈主编：《中国文学史》第三卷，高等教育出版社1999年版，第231页。

为广大观众所接受和欣赏，因此，演员队伍与演出剧场必然成为不可或缺的硬件，由于不但演员“做一段有憎爱劝贤孝新院本，觅儿文济饥寒得温暖养家钱”（元·无名氏《汉钟离度脱蓝采和》），其演出行为直接受经济利益驱动，而且勾栏戏棚的正常运转也需要相应的资金，故观众的消费水平与欣赏热情又成为左右演出市场兴衰局面的关键环节。元代的大中城市特别是京城已经具备促进戏曲发展和繁荣的良好条件，城市里的勾栏瓦舍成为戏曲表演的舞台，其中进行的商业性演出十分频繁，“勾栏中作场，常写其名目，贴于四周遭梁上，任看官选拣需索。”（夏庭芝《青楼集》）作家面向观众创作的剧本以及演员精彩的舞台表演吸引着大批乐意花钱消费的观众，即如《青楼集志》有云：“内而京师，外而都邑，皆有所谓勾栏者，辟优萃而隶乐，观者挥金与之。”杜仁杰散套名篇《庄家不识勾栏》则以通俗的语言形象地描述了一位农民眼中剧场里的热闹景象：“见层层叠叠团圆坐。抬头觑是个钟楼模样，往下觑却是人旋窝。见几个妇女向台儿上坐，又不是迎神赛社，不住的擂鼓筛锣。”在从事戏曲创作的队伍里，不少人从都市文化的土壤中吸取过营养，包括关汉卿（1220？—1300？号已斋，大都人）、王实甫（名信德，大都人，生卒年不详）、马致远（1250？—1321？号东篱，大都人）、纪君祥（一名天祥，生卒年不详）、王仲文（大都人，生卒年不详）、杨显之（大都人，生卒年不详，与关汉卿同时，二人为莫逆之交）、高文秀（东平人，生卒年及生平行迹均不详）、郑光祖（？—1324？字德辉，平阳襄陵人）、乔吉（1280？—1345，字梦符，号笙鹤翁，又号惺惺道人，太原人）等著名作家①，他们自身具有丰富的都市生活经验，熟悉市民阶层多元化的生存方式以及彼此之间经常产生的矛盾纠葛，同情下层市民的不幸遭遇，了解他们的喜怒哀乐，这一切皆有助于他们成功地刻画市民形象和设置戏剧冲突。

---

① 元末明初·贾仲明【双调·凌波仙】《吊关汉卿》称其为：“驱梨园领袖，总编修师首，捻杂剧班头。”《吊王实甫》赞其“风月营密匝匝列旌旗，莺花寨明飐飐排剑戟，翠红乡雄纠纠施谋智。作词章、风韵美，士林中、等辈伏低。”《吊高文秀》云：“花营锦阵统干戈，谢馆秦楼列舞歌，诗坛酒社闲谈嗑。”《吊马致远》赞曰：“战文场、曲状元，姓名香、贯满梨园。”《吊李时中》云：“元贞书会李时中，马致远花李郎红字公，四高贤合捻《黄粱梦》。”《吊王仲文》：“仲文踪迹住京华，才思相兼关郑马。”钟嗣成【双调·凌波仙】《吊郑德辉》赞曰：“翰林风月，梨园乐府，端的是曾下功夫。”《吊曾瑞卿》云：“江湖儒士慕高名，市井儿童诵瑞卿。”均涉及被吊作家的创作与城市文化之关系。

一、戏曲舞台上展示的城市叙事

城市不仅孕育、培养出新的文学艺术形式，而且直接作用于文学艺术内容本身。在元代，它已经成为文学家一个重要的表现对象，元代戏曲作家擅长以城市为观照视角展开叙事，在他们讲述的故事中，城市人物活动的具体范围出现的频率相当高，城市构成了剧本的主人公生活以及戏剧冲突展开的空间场景，作家讲述的故事通常在某一具体城市里发生发展。根据现存剧本内容可以做出明确判断的有：

剧　　名	故事发生地
关汉卿《感天动地窦娥冤》	山阳县城
关汉卿《包待制三勘蝴蝶梦》	开封府中牟县城
关汉卿《包待制智斩鲁斋郎》	许州城
关汉卿《钱大伊智宠谢天香》	开封　长安
关汉卿《杜蕊娘智赏金线池》	济南
关汉卿《钱大伊智勘绯衣梦》	汴京
关汉卿《赵盼儿风月救风尘》	汴梁
关汉卿《山神庙裴度还带》	汴梁
关汉卿《温太真玉镜台》	京师
关汉卿《刘夫人庆赏五侯宴》	潞州长子县
白　朴《裴少俊墙头马上》	洛阳　长安
高文秀《好酒赵元遇上皇》	东京
马致远《江州司马青衫泪》	长安
秦简夫《东堂老劝破家子弟》	扬州
孟汉卿《张孔目智勘魔合罗》	河南府
郑廷玉《宋上皇御断金凤钗》	京城
郑廷玉《崔府君断冤家债主》	晋州古城县　福阳县
武汉臣《包待制智赚生金阁》	京城
李行甫《包待制智赚灰栏记》	郑州
张国宾《相国寺公孙合汗衫》	南京
箫德祥《杨氏女杀狗劝夫》	南京
李寿卿《月明和尚度柳翠》	杭州
刘君锡《庞居士误放来生债》	襄阳

石君宝《李亚仙花酒曲江池》	长安
乔　吉《杜牧之诗酒扬州梦》	扬州
乔　吉《玉箫女两世姻缘》	洛阳
无名氏《朱砂担滴水浮沤记》	河南府
无名氏《施仁义刘弘嫁婢》	汴梁　洛阳
无名氏《赵匡义智娶符金锭》	汴梁

以上各本均为杂剧。此外，南戏剧本中《宦门子弟错立身》的故事发生在西京，《荆钗记》则从永嘉（温城）开始设置空间场景，高明《琵琶记》采用双线结构，故事的一半发生在京城。剧作家十分重视对故事发生地点的交代，人物一出场往往就以说白的方式直截了当介绍自己居住或游历的城市，为了增加叙事的真实性，有时还特意点明情节发生的具体地点，如关汉卿《钱大伊智勘绯衣梦》第三折茶博士云："自家茶博士的便是。在此棋盘街井底卷开着座茶房，但是那经商客旅、做买做卖的，都来俺这里吃茶。"高文秀《好酒赵元遇上皇》第一折店家自云："自家是店小二，在这东京居住。无别营生，开着个小酒店儿。"张国宾《相国寺公孙合汗衫》开场第一位出现于舞台的人物自我介绍道："老夫姓张名义。字文秀，本贯南京人也。……俺在这竹竿巷马行街居住，开着一座解典铺，有金狮子为号，人口顺都唤我做金狮子张员外。"萧德祥《杨氏女杀狗劝夫》第一折孙大一上场亦云："小生姓孙名荣，字孝先。祖居南京人氏，在土街背后居住。"采用这一叙事策略，固然是为了满足讲述故事的基本条件（即地点要素），便于在特定的时空背景下设置矛盾冲突，推进情节发展，但考虑到发生在城市里的种种悲欢离合、爱恨情仇的故事已经成为广大观众喜闻乐见的内容这一事实，因此不排除吸引观众注意力的可能性。无名氏《小张屠焚儿救母》第二折写开肉案的小贩张屠前往大安神州东岳庙烧香，以一曲【越调·斗鹌鹑】描绘途中所见："青云天宫千重，占有峰峦万朵。明晃晃金碧琉璃，高耸耸楼台殿阁。王孙每宝马金鞍，士女每香车绮罗。正遇着春昼暄，丽日和。袅春风绿柳如烟，含夜雨桃红似火"，其中涉及城中居民出城春游的场景，与东岳庙并无直接关系，可作家依然津津乐道。施惠《幽闺记》第二出《书帏自叹》本是集中描写中都贡士蒋世隆赴考前的心理活动，然而作家却特意在本来单一的内容中插上一段景物描写，借人物之口道出："中都风物景全佳，街市骈阗斗丽华；烟锁楼台浮锦色，月笼花影映林斜。"内容显得与前后有些脱节。无独有偶，柯丹邱《荆钗记》第二出男主人公王十朋出场介绍自己的身世和抱负时，中间也插上了一段描写永

嘉城的文字："越中古郡夸永嘉，城池阛匮人奢华。思远楼前景无限，画船歌妓颜如花。"相比之下，最为突出的当数高明的《琵琶记》，剧本第三出中有一情节，乃太师府中院子大肆夸耀太师的富贵：

怎见得那富贵？只见势压中朝，富倾上苑。白日映沙堤，清霜凝画戟。门外车轮流水，城中甲第连山。琼楼酬月十二层，锦帐藏春五十里。香散绮罗，写不尽园林景致；影摇珠翠，描不就庭院风光。好耍子的油壁车轻金犊肥，没寻处的流苏帐暖春鸡报。画堂内持觞劝酒，走动的是紫绶金貂；绣屏前品竹弹丝，摆列的是红妆粉面。玳瑁筵中爇宝香，真个是朝朝寒食；琉璃影里烧银烛，果然是夜夜元宵……

这里展示的繁华与富贵远远超出太师府所能够拥有的程度，纯是京城皇都的气象，这种过度描写显然超出了剧情发展的需要，直接反映了作家以富为美的创作趣味。第十五出主要写男主人公蔡伯喈上朝辞官，作家在蔡伯喈出场之前，先让一小黄门盛赞京城早朝景象：

但见银河清浅，珠斗斓斑。数声角吹落残星，三通鼓报传清曙。银箭铜壶，点点滴滴，尚有九门寒漏；琼楼玉宇，声声隐稳，已闻万井晨钟。曈曈曚曚，苍茫初日映楼台；拂拂霏霏，葱蒨瑞烟浮禁苑。巍巍巍巍，千寻玉掌，几点瀼瀼露未晞；澄澄湛湛，万里璇空，一片团圞月初坠。三唱天鸡，咿咿喔喔，共传紫陌更阑；百啭流莺，间间关关，报道上林春晓。午门外碌碌喇喇，车儿碾得尘飞；六宫里呕呕哑哑，乐声奏如鼎沸。只见那建章宫、甘泉宫、未央宫、长杨宫、五柞宫、长楸宫、长信宫、长乐宫，重重迭迭，万万千千，尽开了玉关金锁；昭阳殿、金华殿、长生殿、披香殿、长门殿、麒麟殿、鹓鸾殿、太极殿、白虎殿，隐隐约约，三三两两，都卷上绣幕珠帘……

洋洋洒洒六百余字，极尽铺张夸饰之能事，分明是一篇《早朝赋》，无论内容抑或情感，都未能与随后上场的蔡伯喈因思念双亲而悲伤垂泪，欲辞官归乡的中心情节保持一致，显得前后失调。这又是一种过度描写，同样超出了表现冲突、刻画人物的内在需要，个中缘由，同样不排除迎合观众对于城市文化景观好奇心、满足其审美需求的重要因素。

元代戏剧题材广泛，内容丰富，剧中人物的身份具有多元化特征。元代著名学者胡祗遹言及杂剧之"杂"时指出："上则朝廷君臣政治之得失，下则闾里市井父子兄弟夫妇朋友之厚薄，以至医药卜巫释道商贾之人情物性，殊方异域语言之不同，无一物不得其情，不穷其态。”[①] 既揭示了杂剧题材的多样性特征，同时也道出剧中角色身份的复杂性。戏剧作家一方面致力于重现波澜壮阔的历史天空，另一方面也浓墨重彩描绘充满市井气息的现实世界，他们将自己对世俗生活与普通百姓的深切关注以及善恶价值评判转化为多彩多姿的城市生活场景以及形形色色的市井人物。乔吉《杜牧之诗酒扬州梦》第一折男主人公有一段精彩唱词：

（正末唱）【混江龙】江山如旧，竹西歌吹古扬州，三分明月，十里红楼。绿水芳塘浮玉榜，珠帘绣幕上金钩。

（家童云）相公，看了此处景致，端的是繁华胜地也。

（正末唱）列一百二十行经商财货，润八万四千户人物风流。平山堂，观音阁，闲花野草；九曲池，小金山，浴鹭眠鸥；马市街，米市街，如龙马聚；天宁寺，咸宁寺，似蚁人稠。茶房内，泛松风，香酥凤髓；酒楼上，歌桂月，檀板莺喉；接前厅，通后阁，马蹄阶砌；近雕栏，穿玉户，龟背球楼。金盘露，琼花露，酿成佳酝；大官羊，柳蒸羊，馔列珍馐。看官场，惯軃袖，垂肩蹴踘；喜教坊，善清歌，妙舞俳优……

如果说前一段唱词勾勒的是唐时扬州美景，属于历史印象的话，那么后面的大段唱词夸赞的则是作家自己眼中或心中的扬州，“列一百二十行经商财货”所显示的发达商业，“马市街，米市街”所标志的开放式分工经营，此类现象只可能出现于宋以后的城市里，至于“大官羊，柳蒸羊，馔列珍馐”，还隐约传达出一种异族习俗影响的信息，时代的当下特征非常明显。

五方杂处、多元聚合的城市风貌为元代艺术家提供了丰富而鲜活的创作素材，在他们的创作视野里，城市形象空前清晰和透彻，想象和夸张的成分越来越多地被具体事件和真实细节所取代。例如，元代社会流行一种名为“斡脱钱”的高利贷，“先是，州郡长吏，多借贾人银以偿官，息累数倍，曰羊羔儿利，至奴其妻子，犹不足偿”（《元史·耶律楚材传》），后来又殃及民间百姓，关汉卿《窦娥冤》就将此设置为窦娥人生悲剧形成的一大原因，为“东海孝妇”的古老传说注入批判现实的力量。又如泼皮无赖作恶是元代城市存在的一大社会问题[②]，他

① （元）胡祗遹：《紫山先生大全集》卷八《赠宋氏序》，见（清）文渊阁《四库全书》集部·别集类。

② 《元史·王伯胜》载：“初，拱卫直隶教坊，卫卒多市井无赖，窜名宿卫，及伯胜为指挥使，乃尽募良家子易之。”

们往往里无户籍，身无品级，四处游荡，不务正业，强取豪夺，危害百姓，《窦娥冤》里的张驴儿父子、《绯衣梦》里的裴炎便属此类人物。再如，至宋始读书人的诗文就已经进入市场作为商品买卖，《宋诗纪事》卷三十一就有吕川“维扬日卖诗于市”的记载，在元代这种情况继续存在[①]。郑廷玉《宋上皇御断金凤钗》第二折，男主人公赵鹗就到人来人往的周桥上卖诗，希望“卖得些钱，与俺那浑家盘缠，俺浑家便无言语”，正是基于对当下城市的深入了解而做出的艺术表现。元代戏剧家将艺术的触觉伸向了城市生活的方方面面，除了《扬州梦》所描绘的都市繁华景象之外，市井谋杀、衙门诉讼、街头冲撞、坊院风波、店铺邂逅、家庭纠纷，凡此种种，无不成为戏曲作家的表现对象，并由此构成元代戏剧内容现实性与世俗性的两大特征。与此相适应，出场人物中下层市民占据了较大比例，其中有沦落风尘的妓女，寻花问柳的嫖客，唯利是图的鸨母，赴京赶考的士子，做场演戏的艺人，横行街头的无赖，飞扬跋扈的衙内，鞍前马后的小吏，骗人钱财的庸医，看相算卦的术士，端茶送汤的茶博士，说开说合的媒婆，偷东摸西的小偷，放高利贷的婆子，嫌贫爱富的老汉，更有那各色小商贩所开生药铺、银匠铺、绒线铺、解典铺、茶坊、酒肆、赌坊等，出入着三教九流各色人物。不仅为官一方的朝臣，频繁充当着民间诉讼的判决者与民间正义的维护者（例如清官包待制、窦天章等），就连至高无上的皇帝也走出深宫，进入街坊市井的人物关系网中（高文秀的《遇上皇》、郑廷玉的《金凤钗》有此情节）。不同阶级、不同行业的人们聚居于城市这一固然庞大、却也有限的生存空间之内，彼此间的生活轨道难免处于交叉和碰撞的状态，而这种交叉和碰撞不可避免造成了复杂的人际关系和具有普遍性的矛盾冲突。

二、戏曲冲突中折射的都市文化特征

作为一种综合艺术，戏曲的表演性、直观性要求剧本必须适应舞台演出的特殊要求，迅速而集中地表现矛盾冲突，在有限的时间和空间范围内最大程度吸引观众的注意力，充分满足他们功利和审美的双重需求，所谓“没有冲突就没有戏剧”，就是对戏剧本质的高度概括。一般而言，戏剧冲突体现于两个方面：一是相互对立的各种人物之间产生的矛盾冲突；二是人物自身性格的内在矛

---

① （元）王旭《病起》诗云：“卖诗欲卖云山隐，又恐云山不疗饥。”载《兰轩集》卷六，（清）文渊阁《四库全书》版。

盾，中国古典戏曲明显偏重于表现前者。城市容纳并置了各种各样的人物，由于商品经济早已影响到城市人生活的方方面面，与自然经济占统治地位的乡村生活相比，市民的生活具有开放性特征，一旦交换成为常态，人与人的交往势必更加频繁，彼此之间产生矛盾冲突的概率也随之大大增加。发生于城市中的各种社会矛盾冲突为元代戏曲作家设置戏剧冲突提供了丰富的创作资源，他们将开放的都市文化空间成功地具化为剧中人物活动的环境。

在元代戏曲家笔下，长街、商铺、妓院等场所成为矛盾冲突的频发地点。长街和商铺均属于正规的公共空间，人们可以公开自由地来往、出入于其中，那里既可以成为各类人物展示自身性格的社会舞台，也是不同性格极易发生碰撞的场所，因此，很适合设置戏曲冲突。妓院尽管是一种非正式的公共空间，却在古代城市中占据十分重要的位置，它以具体的建筑空间和社区环境体现着城市居住性享乐功能社会化的结果。正是这种畸形的特殊功能使妓院聚积着身份各异而目的相同的人群，他们因较少受到或根本不受社会道德伦理的束缚，更容易大胆真实地表露个人内心欲望和性格特点，加之金钱的扭曲作用，妓女、嫖客、老鸨之间不可避免会发生矛盾冲突。现以关汉卿剧作为例。《蝴蝶梦》属于清官断案戏，剧中王老汉上街为孩儿买纸笔，偶遇在长街上闲耍的葛彪，被这位出身于权豪势要之家的衙内活活打死在街上，这一悲剧事件成为全部故事的开端，冲突缘起属于“街头相撞”型。无名氏《神奴儿大闹开封府》也有类似情节。《鲁斋郎》亦为公案戏，冲突缘起则是“铺店偶遇”型。最终被包拯设计斩掉的花花太岁鲁斋郎在街上骑马闲行，看上了面街开设的银匠铺里一位美貌女子，便以修理银壶瓶为名强抢了银匠李四的妻子，剧情由此展开。《绯衣梦》、《遇上皇》亦出现过大致相同的情节。《救风尘》以汴梁城中一妓院为主要背景，关汉卿利用其中人物关系的复杂性，将歌妓宋引章的命运分别与一商（周舍）一士（安秀实）一妓（赵盼儿）直接产生联系，戏曲的主要矛盾冲突就在其中展开，冲突缘起可称之“妓院相识”型，《金线池》也属于此类。从艺术欣赏的角度审视，都市题材对于作家设置和表现矛盾冲突具有两大优越之处：

第一，城市的文化结构与复合功能织就了一张巨大的人际关系网，每一个成员犹如网上之结，必然与周围人员发生非此即彼、多重而又复杂的人际关系。如果能够巧妙地利用这一特点，既可避免戏曲冲突形式上的单一，又利于推动故事情节不断向前发展。《窦娥冤》作为关汉卿的代表剧作，就充分体现了社会关系的复杂性与矛盾冲突的多重性之间的内在联系。该剧女主人公窦娥始终处于矛盾冲突的中心，蔡婆本是次要角色，但她复杂的社会关系却对窦娥人生悲剧的酿成产生了多重至关重要的影响。首先，蔡婆与窦天章之间的债务关系使窦娥失去人身自由，作为抵押品变为她的童养媳，窦娥的人生悲剧由此开始；其次，仍然由于债务关系，蔡婆险些丧命于借债人赛卢医之手，这一对次要矛盾成为主要矛盾形成与激化的导火索；再次，泼皮无赖张驴儿父子碰巧救下蔡婆，强迫她招赘为婿，引狼入室，从而将窦娥推到矛盾冲突的中心；复次，欲加害于蔡婆的赛卢医，被张驴儿要挟，将毒药卖给对方，酿成命案，此为情节发展的重要环节；最后，公堂上为救蔡婆，窦娥被昏官桃杌屈打成招，最后惨遭杀害。高利贷剥削、泼皮横行、吏治昏庸这三大邪恶势力，先后经由蔡婆而聚焦于窦娥，形成一弱女子只身反抗罪恶社会的局面，矛盾双方力量对比的悬殊最终导致窦娥命运悲剧的发生。无独有偶，《鲁斋郎》先后出场的人物也呈现出一种连环交叉式的复杂关系，鲁斋郎与自己周围之人形成以一对多的矛盾冲突。他先是公然抢走李四妻子，以官欺民，二人之关系处于潜在的对抗状态；继之李四寻妻途中犯病倒在长街上，被小吏张珪带回家救治，与张妻李氏结为姐弟，张珪在与李四新结为朋友关系时，与鲁斋郎保持着支配与被支配的上下级关系；后来鲁斋郎又仗势霸占张妻，而将玩厌了的李妻送给了张珪，于是，鲁成为张的夺妻仇人，张李二人也险些反目成仇，矛盾冲突达到高潮；最后，包拯采访许州、郑州，得知事情真相，智斩鲁斋郎，解决了矛盾，而为民做主乃是封建社会理想的官民关系的具体表现。鲁斋郎与李四、与张珪、与包拯三组矛盾先后出现，其中还穿插着李四与张珪的误会，剧情因此不断向前推进，全剧情节紧凑，波澜不断，非常适合剧场演出。

第二，城市人口众多，人员流动性大，人际交往必然受到诸多不确定因素的影响，矛盾冲突的产生往往具有偶然性、突发性。成功利用这种偶然性、不确定性，便能够使戏剧冲突具有新颖性、多样性的形式特点，从而有效地避免观众产生审美疲劳，同时，还有助于制造故事悬念，便于演出过程中紧紧抓住观众的注意力，增加演出的艺术魅力。高文秀《遇上皇》的男主人公赵元由于“好酒贪杯，不理家当”而遭岳父嫌弃，妻子也决意嫁与他人，因而处于挨打受骂、走投无路的境地。其命运后来之所以发生极富戏剧性的逆转，恰好是一系列偶然因素的综合作用：小酒馆喝酒时无意遇上出宫私行的宋朝皇帝，此种机遇千载难逢，实属偶然；皇上一行未带酒钱，陷入欲走不能的尴尬处境，赵元代为付账，为之解难，这一情节纯属戏说，极具传奇色彩；皇帝决定答谢赵元，恰好二人又是同姓，于是理所当然结为兄弟，赵元的人生困境由此彻底改变。对于剧中一个接一个出现的巧合，如果仔细推敲，很容易发现其中存在的不合常理之处，然而，这恰好是观众所津津乐道的地方，所以，由其构成解决矛盾冲突的关键，既能迎合观众的圣君崇拜心理，又能充分满足他们的猎奇之心。孟汉卿《张孔目智勘魔合罗》也是利用偶然性事件设置矛盾冲突的典范之作。商人李德昌因“在这长街市上算了一卦，道我有一百日灾难，千里之外可躲”，于是决定离家外出，“一来躲灾，二来往南昌做些买卖”。算卦于集市，并非个体日常生活的常规性行为，具有很大的偶然性，打卦先生所言也不具有科学性与必然性，作家偏偏让这一充满偶然性的事件引发出日后的种种事端。李德昌本人病倒在外，妻子在家被弟弟调戏，兄弟之间潜在的矛盾逐渐浮出水面，并日趋尖锐。“半仙”式的人物在古代城市里不难见到，而算卦信命又是中国古代社会普遍存在的文化现象，故偶然事件中又体现着某种必然性因素，作家将算卦作为矛盾冲突发生的引子或前奏，显得合情合理。武汉臣《包待制智赚生金阁》、无名氏《玎玎珰珰盆儿鬼》、无名氏《朱砂担滴水浮沤记》之所以也都采用了大体相同的情节，还有一个重要原因就是为了制造戏剧悬念，以便引起观众对人物命运和遭遇的深切关心与同情，从而有效地调动起观众的情感参与。

三、戏曲形象中充溢的世俗气息

无论悲剧性抑或喜剧性的戏剧冲突，都必须服从于人物性格的刻画。戏剧冲突本身往往就是人物不同性格的交锋，只有将人物置于矛盾冲突的漩涡之中，才能够最为充分地反映人物的内心世界，形象地展现人物鲜明独特的性格，以关汉卿为代表的元代戏曲家为读者和观众提供了不少成功的范例。关汉卿笔下的一系列人物都显示出鲜明的性格特征，窦娥最初上场时展现给观众的是一位苦命柔顺的弱女子形象，其性格中勇敢坚强不屈的一面是在与张驴儿、桃杌的抗争中一步步显示出来的。当第三折矛盾冲突发展到高潮时，她的反抗精神也通过咒骂天地、立下三桩誓愿等一系列行为被刻画得淋漓尽致。《救风尘》里两位妓女性格截然相反，宋引章的懦弱无能与赵盼儿的泼辣干练，分别通过与周舍的矛盾和斗争而表现出来。《鲁斋郎》中面对鲁斋郎的夺妻罪行，张珪束手无策，只能屈从，其软弱的性格与惧怕上司的小吏心态显露无遗。李行甫也是一位在冲突中刻画人物性格的高手，《灰栏记》里的马员外之妻是一位品行淫荡、性格阴狠的妇人，受其性格的驱使，她与人私通、陷害情敌、毒杀亲夫、强抢人子，而且善于利用社会舆论（即邻里之言）。矛盾冲突的另一方张海棠始终处于被动受害的地位，原本低贱的出身以及自身软弱的性格导致她被陷害、遭毒打，而母爱天性则使她在拽夺儿子时被迫放手。封建社会一夫多妻家庭内常见的矛盾，被作家用作刻画人物性格的平台。

出现于元代戏曲舞台的市民形象散发着浓郁的世俗气息，他们以富有特色（包括行业特色、年龄特色和性格特色）的语言和行为显示着自身在世俗社会中的真实存在与具体地位。上场诗作为刻画人物形象的第一笔，以人物自道的形式，营造先声夺人之艺术效果，剧作家通常运用漫画式的笔法勾勒人物的大致形象，揭示其处境、心态及其性格的主要特征，使观众一开头就对人物的基本情况如职业、身份、品性等有初步了解：

衙内恶少：花花太岁为第一，浪子丧门再没双。街市小民闻吾怕，则我是权豪势要鲁斋郎。

——《鲁斋郎》

庸医：行医有斟酌，下药依《本草》。死的医不活，活的医死了。

——《窦娥冤》

昏官：我做官人胜别人，告状来的要金银。若是上司当刷卷，在家推病不出门。

——《窦娥冤》

花花公子：酒肉场中三十载，花星整照二十年。一生不识柴米价，只少花钱共酒钱。

——《救风尘》

小吏：我做令史只图醉，又要他人老婆睡。毕竟心中爱者谁，则除脸上花花做一对。

——《灰栏记》

酒保：我家卖酒十分快，干净济楚没人赛。茅厕边厢埋酒缸，裤子解来做醡袋。

——《灰栏记》

媒婆：我做媒人兜答，一生好吃虾蟆。若还要我说亲，十家打脱九家。

——《符金锭》

茶博士：茶迎三岛客，汤送五湖宾。喝上七八盏，敢情去出恭。

——《绯衣梦》

这种套话具有脸谱化色彩，它主要针对同一类人物的共性而设计，作家无意追求个性化艺术效果，而是力图运用生动诙谐的语言，准确形象地凸显同一类人物的基本特征，在舞台上再现观众所熟悉的芸芸众生相，以便有效地调动起他们的世俗生活经验，使之“对号入座”后迅速进入戏曲情境之中。

与上场诗重点揭示人物的共性有所不同，元代戏曲里的唱词和说白（包括对白、独白）则更注重展现人物的个性特征。试以关汉卿《救风尘》为例，剧中安秀才为阻止宋引章嫁于周舍，求救于赵盼儿，赵盼儿向他倾诉妓女从良的难处：

> （正旦云）妹夫，我可也待嫁个客人，有个比喻。
>
> （安秀实云）喻将何比？
>
> （正旦唱）【那吒令】待妆个老实，学三从四德；争奈是匪妓，都三心二意。端的是那里是三梢末尾？俺虽居在柳陌中、花街内，可是那件儿便宜？
>
> 【鹊踏枝】俺不是卖查梨，他可也逞刀锥；一个个败坏人伦，乔做胡为。（云）但来两三遭，问那厮要钱，他便道：“这弟子敲馒儿哩！”（唱）但见俺有些儿不伶俐，便说是女娘家要哄骗东西。

多年的风尘生涯，将赵盼儿历练得成熟老到，生活经验相当丰富，对妓女的社会地位、现实处境以及嫖客心理有着透彻的了解，她通过形象的言说将妓女从良之难描绘得入木三分，语言通俗泼辣，淋漓酣畅，与其地位身份、文化素养完全吻合。

运用市井语言刻画市井人物，使人物语言符合人物身份，是元代戏曲作家取得非凡创作成就的重要原因。高文秀《遇上皇》中的赵元之妻刘月仙是一位嫌贫爱富、文化程度不高的市井女子，毫不掩饰内心欲望与情感：

> 我守着那糟头，也不是常法。依着您孩儿说，俺如今直至长街上酒店里，寻着赵元，打上一顿，问他明要一纸休书。与便与，不与呵，直拖到府尹衙门中，好歹要了休书。
>
> 糟驴马，糟畜生，糟狗骨头，久后直当糟杀了！别人吃也有个时候，你没有早晚。

粗俗的语言充分暴露了人物浅薄蛮横的性格。孟汉卿《魔合罗》里的“赛卢医”李文道给送信人指路的一段话也十分精彩：“老的，这是小醋务巷，还有大醋务巷。你投东往西行，投南往北走，转过一个湾儿，门前有株大槐树，高房子，红油门儿，绿油窗儿，门上挂着斑竹帘儿，帘儿下卧着个哈叭狗儿，则那便是李德昌家。”一连串的儿话音形成排比之势，不仅极具音韵美，而且映带出说话人油腔滑调的嘴脸。其他成功的范例如《窦娥冤》里张驴儿在强迫窦娥嫁与自己时所言：“帽儿光光，今日做个新郎；袖儿窄窄，今日做个娇客”，活画出城市流氓的嘴脸；《灰栏记》中马大娘子主动要求奸夫赵令史害死自己的丈夫，赵立即表示：“你那里是我搭识的婊子？只当是我的娘！难道你有此心，我倒没此意？这毒药我已备下多时也！”一位心狠手辣且颇具心计的小官吏跃然纸上。同为风流才子，关汉卿笔下的柳永吟诵自己的词作以表达对心上人的思念之情（《谢天香》），乔吉则让杜牧高唱“端的是一醉能消万古愁，醒来时三杯，扶起头，我向那红裙队里夺下一筹。看花呵，致成症候，饮酒呵，灌的醉休，我则待胜簪花常带酒。”（《扬州梦》）二人的舞台形象与性格特征毫无雷同之处。

第三节　散曲：新兴诗歌中的“反城市文化”倾向

较之传统诗词，散曲无疑属于新兴的诗歌体裁。作为一代文学之代表的元曲，是特定的时间与空间交汇的文化产物，它的发展和繁荣与城市同样有着密切的关系。散曲作家的城市经历制约着他们观照城市的态势，并直接影响到对于城市文化的认知与评判。

一、作家的城市经历与文本的都市题材

论及元散曲兴盛与发展的背景，必然提及大都与杭州，因为这两座城市为元散曲的发展提供了广阔空间。较之杂剧，散曲创作与传播所受到的外在物质环境的限制无疑要小得多，但由于它在相当长的时间内，一直保持着表演艺术的某些特征，如可唱可演，加之散曲创作与戏曲创作存在相互影响的关系，因此，它仍然需要一个超越书斋的广阔舞台，方可能拥有足够的欣赏者。尤其重要的是大批散曲作家的生存同样需要来自商品市场的经济支撑力，而城市正是可以满足上述诸种条件的文化空间。

元代大都作为当时中国的政治文化中心，同时也是世界闻名的商业都市，商品经济的空前发达，市民阶层队伍的日益壮大，使元曲的发展拥有了坚实的经济基础和巨大的演出市场。正是在这样的背景下，出现了关汉卿、马致远、王实甫、庾吉甫等大都籍著名散曲作家，以及曾经活动于大都、并留下散曲作品传世的不忽木（1255—1300，一名时用，字用臣，康里部人，居于大都）、唐毅夫（生

卒年及生平行迹均不详，著有散曲【双调·殿前欢】《大都西山》）、马谦斋（生卒年及生平行迹不详，约元仁宗延佑中前后在世，曾为官于大都。与张可久同时，且相识，张可久作有《天净沙·马谦斋园亭》）、张养浩（1270—1329，字希孟，别号云庄，济南人）、班惟志（字彦功，号恕斋，大梁人。至顺三年，上大都为秘书监典簿）、王举之（1290？—1350？杭州人。卒于明代洪武初年的钱惟善，作有《送王举之入京就柬樵谷》诗一首，其诗云："射雁秋风高紫塞，听莺春色满皇州。黄尘驿路三千里，白玉京城十二楼。"可见，王举之曾北上大都）、珠帘秀（姓朱，排行第四，著名杂剧演员，活跃于大都舞台上）、真氏（女艺人，名真真，建宁人）等人。

杭州自宋以来就是商业经济发达的城市，有着文学发展良好的经济基础与文化氛围。元政府立江浙行省，以此为省治后，它更成为"普天下锦绣乡，寰海内风流地"（关汉卿【南吕·一枝花】《杭州景》）的代表。繁荣、富足的大都市风貌吸引大批作家纷纷南下入杭。有元一代，出生、流寓、为官于杭州的著名散曲作家就有乔吉、班惟志、马谦斋、白贲（？—1330？原名征，字于易，后名贲，字无咎，号素轩。先世太原文水人，后移居钱塘）、曾瑞（1260？—1330？字瑞卿，家世平州人，一说大兴人。喜江浙人才景物之盛，因家钱塘）、睢景臣（1275？—1320？字景贤。或云名舜臣，字嘉宾。江苏扬州人，后移居杭州）、贯云石（1286—1324，号酸斋，又号芦花道人，维吾尔族人，居杭州）、周文质（1285？—1334，字仲彬，其先为浙江建德人，后移居杭州）、钟嗣成（1279？—1360？字继先，号丑斋。自署"古汴"人。或云杭州人。尚未成年之时，便生活在杭州）、张可久（1280—1352？号小山，庆元人。作有多首描写西湖美景的曲子）、阿鲁威（字叔重，号东泉，蒙古人，家居杭州多年）等人。

除大都、杭州之外，扬州、苏州、金陵、嘉兴、长沙、武昌、常熟、大梁等历史文化名城也分别留下了散曲作家的人生足迹。

就文学创作的普遍规律而言，作家的人生经历总会以不同的方式与途径渗透到他们的创作过程之中；或作为具体的表现对象，直接转换为创作题材和文本内容；或作为悬置的历史背景，潜在地影响主体的创作心态，决定文本的价值诉求。元散曲作家的创作亦应作如是观。在传世的元散曲中，不乏讴歌都市繁华、描写城市美景、表现都市生活的作品，作家的艺术构图直接源于现实场景的启发和刺激。关汉卿的【南吕·一枝花】《杭州景》描绘"百十里街衢整齐，万余家楼阁参差，并无半答儿闲田地"的城市景观，形象表达了"这答儿忒富贵"的都市特征。① 【越调·斗鹌鹑】《女校尉》截取都市生活的几个画面加以展示:“茶余饭饱邀故友,谢馆秦楼,散闷消愁,惟蹴踘最风流。”商衢【南吕·梁州第七】《戏三英》描写禁城元夜“九衢三市,万户千门。重重绣帘高挂,列银烛荧煌家家斗骋奢华”的壮丽景色以及灯市的美妙和夜市的繁华,给人留下较为深刻的印象。贯云石【双调·新水令】《皇都元日》将皇都富丽气象作为天下太平、君主圣明的表征而热情赞颂,在散曲创作中显得别具一格。至于马致远【双调·新水令】《题西湖》,卢挚【双调·湘妃怨】《西湖》,曾瑞【正宫·醉太平】“相邀士夫”,赵善庆【双调·折桂令】《西湖》,张可久【黄钟·人月圆】《秋日湖上》、《春日湖上二首》,睢玄明【般涉调·耍孩儿】《咏西湖》等曲子,则从不同角度展现了杭州城标志性景观西湖的各种美景。上述作品正是作家城市经历的艺术结晶。

此外,元散曲作家对生活在都市里的各种人物也有一些描写,文本中出现频率最高的当数妓女形象,作家或予以赞美如赵善庆【越调·寨儿令】《美妓》,或进行嘲讽如王仲元的【中吕·普天乐】《妓家》,但思想性与艺术性兼善的作品并不多见。元散曲中出现的其他市民形象还有风流少年(王和卿【南吕·一枝花】《为打球子作》)、医者(孙叔顺【中吕·粉蝶儿】)、皮匠(高安道套曲【般涉调·哨遍】《皮匠说谎》)、乞儿(钟嗣成【正宫·醉太平】)、鸨母、嫖客(【越调·寨儿令】《戒嫖荡》)等,相关描写不乏生动性、形象性,具有浓郁的世俗情调,但思想的深刻性明显不足。

二、远距离的观照与城市文化弊端的批判

与唐诗宋词相比,元散曲以城市生活及其城市建设成就为表现对象的作品不仅数量偏少,而且内容不够丰富多彩。在唐诗宋词里已蔚为大观的都市赞歌,至元散曲而嗣音顿弱,作为艺术形象的“大都”与“杭州”远不及唐诗里的“长安”、宋词里的“皇都”、“东京”那样鲜明生动,那样动人心魄,那样具有文学与历史的双重价值。诸多描写杭州景象的散曲,无论艺术成就抑或历史影响,均无超越柳永《望海潮》“东南形胜”者。就整体倾向而言,散曲作家未能就自己的城市生活经历展开生动鲜活的、富有个性化和多元化的描写,艺术表现缺少事件和细节的元素,艺术场景往往脱离特定的时空坐标而存在,绝大多数涉及城市生活与城市景观的作品,或多或少地遮蔽了作为第一自然的生活原始形态,

① 本节所引元代散曲均出自隋树森编:《全元散曲》,中华书局1964年版。

作家亲临其境的"在场感"不强，文学创作所具有的"场景还原"①的艺术功能没有能够得到充分发挥，感染力因而受到影响。以乔吉为例。乔吉原籍太原，长期流寓杭州，综观现存二百多首散曲，这位"烟霞状元"、"江湖酒仙"近四十年的杭州生活经历却无法给人明晰的印象。他擅长运用凝练的语言抒情叙事，相关描写往往隐去具体的时空场景特征，于是，独特的"这一次"变成普遍的"这一类"。例如其【双调·折桂令】《拜和靖祠双声叠韵》云："至当时外士山祠，渐次南枝，春事些儿。枫渍殷脂，蕉撕故纸，柳死荒丝。目寒涩雄雌鹭鸶，翅参差母子鸬鹚。再四嗟咨，捻此吟髭，弹指歌诗。"本是以特定生活事件为表现对象，但因描写过于概括，出游背景缺乏具体交代，景物个性特征不够鲜明，故未能呈现生动鲜活、具体可感的艺术画面，如果没有标题的提示，读者很难将文本所勾勒的荒凉景象与和靖祠联系起来。作者的感伤情怀固然可以凭借景物表达，但终因艺术表达的泛化而削弱了震撼人心的悲剧力量。乔吉有相当数量的应酬之作显得"内容空洞，情感浮泛"②，此乃中肯之论。其实，何止应酬之作，他的部分言情咏怀曲同样存在情感泛化、背景泛化的倾向。

至于在表现市井生活、刻画市民形象方面的成就，元散曲不仅远不及同时代的杂剧，而且比明代散曲也略显逊色。

在中国古代城市文学发展史上，元散曲的价值主要不体现在以艺术形式全方位表现中国城市发展的历史面貌以及炫人眼目的城市生活场景（在这一方面反而表现出从唐诗宋词某种程度的倒退）。元代散曲作家最突出的贡献在于采用远距离聚焦的态势观照城市，运用新兴的诗歌体裁对城市文化的弊端进行强烈而尖锐的批判。

元散曲作家对城市的远距离观照及其批判主要体现在以下两个方面：

其一，超越个人具体生活环境，反观历史，审视古今，带着质疑与批判的眼光解读历史文化名城，通过呈现前人的悲剧结局来否定知识分子城市经历的文化价值。元散曲中出现频率最高的城市意象是"长安"。长安乃汉唐首都，在相当长的历史时期内居于古代中国政治文化的中心，隋唐推行科举考试制度以后，更成为读书人夺取功名、实现人生理想的热土。古代中国最重要的城市通常作

---

① 梅新林先生认为，"'场景还原'说的要义，就是从文学概念或某种文学现象的概括向具体鲜活、丰富多彩的特定时空场景还原，向更接近于文学存在本真的原始样态还原"。《文艺报》2006年6月1日。

② 赵义山：《元散曲通论》（修订本），上海古籍出版社2004年版，第288页。

为帝国的行政中心而存在，是“政治，而不是商业，决定着中国城市的命运”。①城市极易激发人们对于政治的联想和欲望，对此，唐代诗人给予了充分而又形象的表现。两宋时期，长安已不再是帝都，然而经过历代作家的审美观照，它逐渐积淀内化为创作主体的心灵空间，承载着他们的思想情感与价值判断。宋代诗词里已经出现了否定“长安”的政治倾向，不过诸如“举头见日，不见长安。谩凝眸、老泪凄然”（赵鼎《行香子·草色芊绵》），“怅燕然未勒，南归草草，长安不见，北望迢迢”（刘克庄《沁园春·答九华叶贤良》）之类的描写，又足以说明“长安”在宋代文人精神世界中不可替代的重要地位。元代的情况则完全不同，散曲作家几乎毫无例外地对“长安”持明确的否定态度，在其心目中，长安乃是非之地，误人之地，甚至是危险之地，“远离长安”成为他们共同的人生选择：

作闲人，向沧波濯尽利名尘。回头不睹长安近，守分清贫。

——卢挚【双调·殿前欢】

笑长安利锁名疆，定没个身心稳处。

——冯子振【正宫·鹦鹉曲】《渔翁放浪》

牧牛枉叹白石烂，垂钓休嗟渭水寒，云深虎豹九重关。非是懒，无意近长安。

——曾瑞【中吕·喜春来】《隐居》

喜山林眼界高，嫌市井人烟闹。过中年便退官，再不想长安道。

——张养浩【双调·雁儿落兼清江引】

看五陵无树起风，笑长安却误英雄。

——阿鲁威【双调·蟾宫曲】

如今凌烟阁一层一个鬼门关，长安道一步一个连云栈。

——查德卿【仙吕·寄生草】《感叹》

此类作品的共同之处在于，“长安”已从现实空间里的地域概念转化为创作主体意念中的精神代码。曲作者完全回避古都长安城崇高的历史地位而高扬批判大旗，通过消解长安之行的价值，甚至将其恐怖化的方式来否定对人们政治权力、功名富贵的追求，从而彻底解构传统知识分子修身齐家治国平天下的理想人生模式。不独长安，其他历史文化名城如金陵、洛阳、邯郸、咸阳等也纷纷成为散

① ［美］吉尔伯特·罗兹曼：《中国的现代化》，江苏人民出版社1988年版，第207页。

曲作家表达人生价值取向的艺术符号。兹举数例如下：

怀古，怀古，废兴两字，干戈疑虑戈几度？问当时富贵谁家？陈宫后主。残照底西风老树，据秦淮终是帝王都。爱山围水绕，龙蟠虎踞。依稀睹，六朝风物。

——庚吉甫【商角调·黄莺儿】《怀古》

天津桥上，凭阑遥望，春陵王气都凋丧。树苍苍，水茫茫，云台不见中兴将，千古转头归灭亡。功，也不久长；名，也不久长。

——张养浩【中吕·山坡羊】《洛阳怀古》

梦中邯郸道，又来走这遭，须不是山人索价高。时自嘲，虚名无处逃。谁惊觉，晓霜侵鬓毛。

——卢挚（一作吴仁卿）【南吕·金字经】《宿邯郸驿》

撧梯儿休上竿，梦魂中识破邯郸。昨日强如今日，这番险似那番，君不见鸟倦知还。

——乔吉【双调·清江引】《赋李仁仲懒慢斋》

楚大夫行吟泽畔，伍将军血污衣冠，乌江岸消磨了好汉，咸阳市干休了丞相。这几个百般，要安，不安，怎如俺五柳庄逍遥散诞？

——张养浩【双调·沽美酒兼太平令】

其中最为突出的当数卢挚（1242？—1315？字处道，一字莘老，号疏斋，又号嵩翁，涿郡人），在【双调·蟾宫曲】统领下，创作了以历史文化名城为空间背景的怀古系列作品，包括《洛阳怀古河南》、《夷门怀古汴梁》、《咸阳怀古京兆》、《邺下怀古彰德》、《颍川怀古颍州》、《汝南怀古蔡州》、《广陵怀古扬州》、《京口怀古镇江》、《吴门怀古平江》、《钱塘怀古杭州》、《金陵怀古建康》、《宣城怀古宁国》、《浔阳怀古江州》、《武昌怀古旧鄂州》、《江陵怀古古荆州》、《长沙怀古潭州》、《襄阳怀古》共 17 首，反复抒写繁华流尽，乔木空林，万事浮埃，埋恨芳洲的无限感伤。事实上，不少散曲作家并无上述城市的生活经历，他们的认识与判断主要不是来自个人生活经验与具体环境感知，而是基于对古往今来作家群体城市经历的回顾及其历史命运的深刻反思。吊古而喻今，创作主体自觉而又深厚的历史意识弥补了自身实地体验不足的缺陷，群体都市经历的规律显现又迎合了个体心理的现实需求。正因如此，他们才反复吟唱历史悲歌，用一幅幅色彩暗淡、充满腥风血雨的历史画卷取代一个个洋溢生活气息、具有当下性的艺术场景，历史人物占据着画面中心，成为悲剧的主角。

其二，拓展观照视野，自觉地站在乡土文化的立场审视城市文化，通过城乡生活方式的对比，从根本上否定城市文化的合理性，召唤向乡土文化的回归。

以乡村为本位反观城市的视角与方式，构成了散曲作家独特的话语表达形式。歌唱隐逸，强调回归是元散曲的一大主题，呼唤“跳出红尘”、“参破世事”的曲家将城市视为“红尘”的表征，归隐山林田园则成为“跳出”和“参破”的标志。城市绝对不是孤立的存在，其弊端在与乡土文化的比照中凸显。下面四支曲子颇具代表性：

则待看山明水秀，不恋你市曹中物穰人稠。想高官重职难消受，学耕耨，重田畴，倒大来无虑无忧。

——不忽木《仙吕·点绛唇》

会寻思，过中年便赋去来词。为甚等闲间不肯来城市？只怕俗却新诗。对着这落花村，流水堤，柴门闭柳外山横翠。便有些斜风细雨，也近不得这蒲笠蓑衣。

——张养浩【双调·殿前欢】《村居》

山林朝市都曾住，忠孝两字报君父。利名场反覆如云，又要商量阴雨。【幺】便天公有眼难开，袖手不如家去。更蛾眉强学时妆，是老子平生懒处。

——冯子振【正宫·鹦鹉曲】《市朝归兴》

居山林清幽淡雅，远城市富贵奢华。酒杯倾鲸量宽，诗卷束牛腰大，灞陵桥探问梅花。村路骑驴慢慢踏，稳便似高车驷马。

——汪元亨【双调·沉醉东风】《归田》

作家远离城市的价值取向使田园乡居生活成为元散曲的热门题材。远离城市的原因则在于他们害怕城市文化会“俗却新诗”，影响自己的人格建构。由于缺乏直面残酷竞争的勇气，忧虑进入“虎狼丛”、“是非海”后自身性命难保，不愿意在城市规则的束缚下失去率性而为的自由，于是选择“远城市富贵奢华”，决意“人我场慢争优劣，免使傍人做话说”（马谦斋【双调·沉醉东风】《自悟》）。凡此种种，无不显示出与城市文化本质的对立和反动。

中国古代城市是在自然经济基础上建立和发展起来的，虽然它与西方近现代城市以乡村为对立面，以脱离自然、背离传统为崛起前提完全不同，城乡之间在很多时候并无截然划分的空间界限，但是在漫长的历史发展进程中仍然逐渐具备了区别于乡村的鲜明特质。例如它以人与人、人与物为主要关系结构，城市居民的异质性构成在相当程度上遮蔽了人际之间的血缘、地缘关系，交换关系占据了较大比例，功利色彩非常明显。又由于城市是人类改造自然、改变自我居住地的创造性产物，其诞生与不断发展充分显示了人的自主意识与创造精神，因此，城市文化不可避免地要彰显创造力量，淡化无为意识，崇尚竞争，讲究效率，张扬物质欲望和世俗精神。与农业文化的本质差异恰好是引发元代散曲作家城市恐惧心理的根源。

于此，有必要进一步探讨元代散曲“反城市”文化倾向形成的原因。

首先，元曲作家的观照态度暴露了古代作家群体在城市表现方面共同具有的某些“先天性”缺陷。

较之农业经济，中国古代城市经济发展很不充分，农业文化影响无处不在，社会成员的“城市经验”普遍不足，自由散漫的性格难以很快适应城市生活秩序及其节奏。加之城市文化哲学的根本性缺失，个体成员对于都市的感性体验难以抗拒文化传统的强大穿透力，回归自然的哲学思想不仅影响知识分子的情感生活，而且影响他们对文学的想象。对乡土与自然的精神守望，使本可以为世人提供物质欲望满足场所的城市，始终难以融入传统知识分子的心灵世界。自西汉继周朝掀起中国第二个城市建设高潮起，文人士大夫以文学创作的方式针对城市文化弊端进行的抨击，就一直没有中断，汉代散文、魏晋南北朝诗歌、唐诗、宋词均不乏批判之声，元曲则将这种声音集中和放大。元人的观照态度与言说方式无疑具有历史普遍性。

其次，元曲作家对于城市近乎极端的否定态度，从一个特殊角度折射出他们的城市生存困境。

中国文学史上大量的现象表明，某一特殊经历在个体生命历程中的地位越重要，对其创作的影响就越深刻，在其作品中留下的痕迹也就越明显。屈原之于郢都，司马相如、杜甫、李白、孟郊之于长安，谢朓、曹雪芹之于金陵，欧阳修之于洛阳，柳永之于杭州，无不如此。经历的重要程度并不等同于经历的时间长度。中国古代城市之所以能够吸引一代又一代知识分子前往，除了聚焦的大量财富之外，还在于它能够为天下读书人提供实现人生理想的平台和条件。诚如欧阳修《相州昼锦堂记》所云：“仕宦而至将相，富贵而归故乡，此人情之所荣，而今昔之所同也。”城市无疑是社会多数成员通往成功的人生拐点，重要性不言而喻。唐宋时代，进入城市的普通士子通过科考而最终获得一官半职及其相应的政治权力者不胜枚举，因此，唐诗宋词里均不难发现都市成功者的得意之作。即使是失意者，也可因刻骨铭心的失败打击，从而谱写出充满辛酸与痛苦的都市哀歌。

元代情况则大变。传统知识分子与政治的密切关系面临被无情拆解的现实，城市之于个体生命的政治意义明显减弱。元朝统治者在政治上实行民族歧视和民族压迫政策，广大汉族知识分子的政治发展空间受到极大限制。当时“仕进有多歧，铨衡无定制，……其出于宿卫、勋臣之家者，待以不次。其用于宣徽、中政之属者，重为内官。文荫叙有循常之格，而超擢有选用之科。由直省、侍仪等入官者，亦名清望。以仓庾、赋税任事者，例视冗职。捕盗者以功叙。入粟者以赀进。至工匠皆入班资，而舆隶亦跻流品”。(《元史・选举志一》)仕进的途径看似增多，寒门士子的可走之路却变窄了。有元一代科举考试时行时辍，仁宗延祐初(1314)，“诏以进士科取士，时科举废已久，有司咸不知其典故”。(《元史・儒学传二》)这意味着正常的仕进之路长时间堵塞。即使恢复科考，也规定蒙古人、色目人和汉人、南人分场参考，“蒙古、色目人，愿试汉人、南人科目，中选者加一等注授。蒙古、色目人作一榜，汉人、南人作一榜”。(《元史・选举志一》)如此一来，汉人、南人高中的可能性大大减少。满腹经纶者不用于世，才华出众者沉沦下僚，绝非个别现象，“困煞中原一布衣”，“登楼意，恨无上天梯”，同样不是马致远个人的悲哀与无奈。

元曲作家不乏城市经历，缺少的是耐人回味的重要生活事件以及事业的成就感，他们行走在城市的边缘。对于终身不仕者(包括拒绝做官和无缘仕进两类人)来说，城市作为人生“政治舞台”的意义已不复存在，“内圣外王”的终极价值关怀至少在现实行为的层面上消失，闲适富足的城市生活一旦流于世俗化、物欲化，便成为消磨斗志与激情的酒肉之乡，审美价值便会大打折扣。那些通过各种途径进入官场之人，或不堪吏治腐败，或不愿随人俯仰，或不甘屈在簿书，难免萌生退隐之心，他们的不平则鸣往往演变为对城市经历的讽刺和批判。涉及城市的种种描写非但不能完成弘扬城市文化精神的使命，反而满足着乡村文化的阅读期待。本来，一些流连市井的“高才博识”者，深受市民阶层审美情趣的熏陶，从丰富多彩的民间文化吸收了充足的营养，在戏剧散曲创作领域内取得了空前伟大的成就，可由于其生存方式体现着对传统价值观念的反叛，未能受到社会主流话语系统的肯定，加之文化视野的局限，自身又无法将感性体验成功地转化为一种理性的价值评判，于是，城市经历的正面价值得不到应有的发掘与提升。“想贞元朝士无多，满目江山，日月如梭。上苑繁华，西湖富贵，总付高歌。麒麟冢衣冠坎坷，凤凰城人物蹉跎。生待如何？死待如何？纸上清名，万古难磨。”读一读周浩这首【双调・蟾宫曲】《题〈录鬼簿〉》，便不难了解元代曲家的思维模式，在他们心灵的天平上，人的生命价值总是存在于城市文化的对立面。

三、都市浪子的情感拒斥与行为反叛

关汉卿是中国古代历史上少见的以“浪子”自居的作家，他在套曲【南吕一枝花】《不伏老》里将自己的“浪子”心态及其行为表现得淋漓尽致，其辞曰：“浪子风流，凭着我折柳攀花手”，“我是个普天下郎君领袖，盖世界浪子班头”，不仅先后两次宣称自己是“浪子”，而且还以领袖自誉。关汉卿有充分的理由自称为“浪子”，因为根据他本人的自叙，其现实行为在诸多方面的确体现着“不务正业”的特征。《不伏老》是其晚年作品，他以第一人称的口吻描述和总结了“浪子”的生活方式、行为方式以及能力特长：

> 半生来折柳攀花，一世里眠花卧柳。　　花中消遣，酒内忘忧，分茶攧竹，打马藏阄，通五音六律滑熟：甚闲愁到我心头？伴的是银筝女，银台前、理银筝、笑倚银屏；伴的是玉天仙，携玉手、并玉肩、同登玉楼；伴的是金钗客，歌金缕、捧金樽、满泛金瓯……我玩的是梁园月，饮的是东京酒，赏的是洛阳花，攀的是章台柳。我也会围棋、会蹴踘、会打围、会插科、会歌舞、会吹弹、会咽作、会吟诗、会双陆……

十分明显，关汉卿以一种“炫耀”的口吻（或曰“自泼污水”式的方式）历数“我”的各种风流嗜好，表现出游戏人生、享受人生的情绪与态度。文本中所提到的诸如寻花问柳、歌舞弹琴、赏月饮酒、下棋踢球之类的行为与嗜好，可以归纳为吃、喝、嫖、赌、玩五个方面，这在关汉卿的身上不难找到某些对应点，而且在古代其他作家身上也可看到，因此算得上是文士风流的表征。只不过中国古代大多数文人的风流嗜好往往都具有“业余”的性质，因为在他们的生活中还有其他追求，还有读书、做官之类“正事”可做和要做，很少有人像关汉卿这样把它们强调到极端，将其说成是自己一生主要甚至是“唯一”的爱好和追求。李白也饮酒、也狎妓，也曾过着“载妓随波任去留”的风流生活，可是他并没有因此埋没“直挂云帆济沧海”的雄心壮志，没有放弃“为君谈笑静胡沙”的远大抱负；柳永虽然由于仕途失意，一度也流落为都市里的浪子，经常混迹于歌楼妓馆，生存处境与关汉卿有着相同之处，不过他毕竟是仁宗朝的进士，毕竟担任过屯田员外郎之类的官职，并没有真正地、彻底地做到“忍把浮云，换了浅斟低唱”，其人生态度显然不及关汉卿那样极端与狂放。

事实上，古代的小说戏曲作家根据自己的价值判断，常常将那些不喜读书、不事生业（主要是指务农、做官甚至经商）的游荡子弟作为自己讽刺批判的对象。《水浒传》里的头号反面人物高俅早年就是一个“自小不成家业，只好刺枪使棒，最是踢得好脚气毬”的“浮浪破落子弟”，他的全部恶劣品性便由此生发开去。其实，关汉卿自己也曾在杂剧中把不务正业的浪子作为反面人物给予嘲笑和鞭挞，例如《赵盼儿风月救风尘》一剧里的周舍，此人一上场，关汉卿就用“酒肉场中三十载，花星整照二十年；一生不识柴米价，只少花钱共酒钱”这四句上场诗，勾勒出其反派角色的丑恶嘴脸。在他的笔下，“浪子”一词并非处处都具有肯定的意义，《包待制智斩鲁斋郎》中的鲁斋郎自称：“花花太岁为第一，浪子丧门再没双”；《望江亭中秋切鲙旦》里的杨衙内也自称：“花花太岁为第一，浪子丧门世无双”。在这里，“浪子”绝对是一个贬义词。由此可见，关汉卿本人并不真正赞同和欣赏浪子那种寻花问柳、吃喝玩乐的生活方式。

正因如此，关汉卿在套曲《不伏老》中的表现就特别耐人寻味，他不但津津乐道于形形色色的各种玩法，而且毫不掩饰自己所具有的玩世不恭、及时行乐、老死风流、终生不悔的人生态度，即所谓：“你便是落了我牙、歪了我嘴、瘸了我腿、折了我手，天赐与我这几般儿歹症候，尚兀自不肯休。则除是阎王亲自唤，神鬼自来勾，三魂归地府，七魄丧冥幽，天哪，那其间才不向烟花路儿上走。”他的“浪子”心态不仅支配着现实行为的选择，而且还使他对那些显然属于不务正业范围中的种种行为，表现出高度肯定和十分欣赏的情感与态度。当然，我们不能排除其中有作家自我调侃、自我戏谑的成分，但是在关汉卿的调侃和戏谑之中显然有内心快意的宣泄，以及愤世嫉俗的表达。通过关汉卿滔滔不绝的演唱，我们不难发现他的“浪子”心态与情怀所具有的复杂内涵，而这种心态与情怀正是我们解读关汉卿作品的关键所在。

“浪子”之“浪”，从字面上理解至少有两层意思：一是放浪之意，指人的思想行为不守成法，不拘礼节，逾越规矩，放荡不羁，这一点在关汉卿的自我表白及其现实行为中可以看出；二是无根之意，浪迹江湖者居无定所，四处漂泊，不务正业者则无安身立命之根本，成为灵魂的漂泊者，而这一点正是关汉卿“浪子”心态形成的真正原因。

不同的社会历史背景培育出不同类型的浪子，有的是在封建统治的夹缝中生长出来的特殊人才，有的则是寄生于封建文化母体内的怪胎，关汉卿显然属于前一类。关汉卿生活在一个特殊的时代，这个特殊的时代赋予了关汉卿一种不公平的命运，将他推到了“浪子”的人生道路之上。

元代是一个由异族统治的时代，一个多方面中断传统的时代。蒙元大军铁骑带着腥风血雨的南下使中国的大地遭受了一场前所未有的震荡与冲击，残酷而带有野蛮性质的种族统治和民族歧视将汉族民众抛进了社会的最底层，而科举考试制度中断数十年，更使士阶层陷入了巨大的生存危机之中，元代知识分子的生存状态由此而发生了深刻的改变。这种改变既指其外在的行为方式，更指内在的心理状态，“浪子”心态可谓元代前期诸多汉族文人的共同心态。

长期以来，以儒学为核心的传统文化思想为中国古代作家的生命活动指引着方向，提供着强有力的文化支持。以儒家思想为主体的社会主流文化价值系统为文人们提供了理解生命和世界意义的观念框架，知识分子在传统文化的思想体系中可以找到生命活动的价值与心灵的归属，可以获得安身立命的力量，儒家“内圣外王”的理想境界与修、齐、治、平的人生模式，成为众多知识分子安身立命的根据。任何一种思想体系的价值观念都必须由一定的具体承担者将其转化为现实，方能有真正的意义，而个体成员对某种思想的承担又往往需要依附于一定的外在形式，需要获得物质的、制度的、心理的等方面的支持，读书、做官、走仕途进升之路，获取治国安民的资格以及相应的政治权力，就是广大知识分子实现人生价值、通往理想境界的有效途径。千百年来，无数的读书人已经习惯于通过这条道路迈开自己人生成功的第一步（日后是否成功则另当别论），然而，到了元代，知识分子传统的人生模式被无情打破。

元人朱经在《青楼集·序》里说：“我皇初并海宇，而金之遗民若杜散人、白兰谷、关已斋辈，皆不屑仕进，乃嘲风弄月，留连光景。”朱经提到的关已斋就是关汉卿，已斋叟乃其号。关汉卿等人没有仕进的经历这是不争的事实，但是因此就认定他们主观上“不屑仕进”则未必符合事实。由于史料的缺乏，我们对关汉卿的生卒年月无法准确地掌握，只能根据有限的资料推算他大约生于金朝末年，卒于元大德年间或者稍后，袁行霈先生主编的《中国文学史》将其生卒年暂定为 1225？～1300？[①]，而元朝从太宗九年（1237）至仁宗延祐二年（1315）中断科考七十七年，断绝了大部分读书人的仕途升迁之路，关汉卿的主要人生经历就处在这一历史时期，他根本不可能得到仕进机会。

然无仕进机会不等于无仕进愿望，关汉卿是一位深受儒家思想影响的知识

① 袁行霈主编：《中国文学史》第三卷，高等教育出版社 1999 年版，第 256 页。

分子，这不但可以从他的杂剧创作情况来看，因为他非常熟悉儒家经典，行文时《尚书》、《周易》的句子常常随手拈来，而且更为重要的是他对士子学而优则仕的人生道路明显持肯定和向往的态度。《窦娥冤》中的窦天章是关汉卿塑造的一个清官形象，他为这一人物设计的上场诗是："读尽缥缃万卷书，可怜贫杀马相如；汉庭一日承恩召，不说当庐说《子虚》。"通过一位落魄秀才之口表达了对生存现状的不满以及对飞黄腾达的未来的憧憬，窦天章日后的成功实际上折射出关汉卿心中理想的知识分子的人生模式。在关汉卿的全部杂剧创作中，《陈母教子》一剧显得有些与众不同，它反映了作家对读书人金榜题名人生辉煌的向往心态。关汉卿对于剧情的设计有两点值得我们注意：一是陈母教子有方，三子皆中状元的大团圆结局；二是当时的科举考试一年一次，读书人仕进的机会极多，而这两点均与关汉卿所处的时代背景和个人遭遇完全不同。文艺创作本来就是作家表现理想的自由天地，在中国古代，它尤其具有"补恨"、"泄愤"的功能，关汉卿完全有可能通过艺术构想来弥补自己在现实人生中的遗憾，来表达一位读书人对传统的理想人生的选择与向往。有学者认为此剧充满浓厚的封建道德的气息，与关汉卿其他作品的思想内涵不一致，从而怀疑它是否属于关汉卿的作品①，甚至还有学者干脆就认定它不是关作。不过，这种判断由于缺乏其他文献资料的有力支持，因此最终难以成立。

事实上，关汉卿的思想深处并不反对读书做官的人生道路，只是由于残酷的现实使他痛苦地看到了读书的无用，并且深切地感受到读书人的无奈与无助，这一点在他的杂剧作品中也有所体现。《包待制三勘蝴蝶梦》是关汉卿的杂剧名作，在这部戏里作家抨击了豪权势要为非作歹、草菅人命的罪行，通过王老汉三个儿子的不幸遭遇，关汉卿反复强调了一个事实，即黑暗的社会和不公平的法律使一心只读圣贤书的士子们遭受巨大的灾难，导致其理想的破灭。第一折正旦扮王母对儿子言："为甚我教你看诗书、习经史？俺待学孟母三移教子。不能勾金榜上分明题姓氏，则落得犯由牌书写名儿。"第三折入狱的王三唱道："腹揽五车书，都是些《礼记》和《周易》。眼睁睁死限相随，指望为官为相身荣贵，今日个毕罢了名和利。"王氏母子的哭诉直接源于突然而至的无妄之灾击碎了全家人的希望与未来，关汉卿把同情和支持给了无辜的王氏母子，其目的首先是为了伸张正义，抨击邪恶，但其中也包含了对他们所追求的人生理想合理性的肯定。

① 参见吴国钦校注：《关汉卿全集》，广东高等教育出版社 1988 年版。

由此可见，关汉卿心中真正的理想人生并没有超越传统的模式，读书做官仍然是他所向往的人生道路。然而元代的现实却是，知识分子传统的人生模式已经被粉碎，通往理想的人生道路已经无法走通，原有的安身立命之根也不复存在，儒家的价值观念、思想体系在很大程度上失去了指导意义，丧失了终极追求，灵魂无处安顿，于是只能成为思想的漂泊者。关汉卿“浪子”心态的形成以及种种风流行为的出现，当与此有着直接的关系。

关汉卿之所以成为“浪子”，还不仅仅在于思想之“根”被中断，另一个重要原因则是由于社会归属感被剥夺，他成了名副其实的都市浪子。

中国古代的“士”作为一个阶层从来就缺乏真正的独立性，他们通常需要依附统治集团才能生存下去和发挥自己的作用，春秋战国时期对贵族阶层的依附以及秦汉以后对封建君主的依附，均说明了这一点。在中国古代文学史上，“士不遇”的感叹成为了一个永恒的主题，这无疑表明作为依附者的知识分子在社会政治舞台上的种种失败，已经构成了他们一部心酸而痛苦的历史。不过，在元代以前的各个朝代，士人的不遇和被弃只是局部的，众多个体成员的人生失败尚不足以动摇群体的信念与意志，而且那些少数成功者的榜样又往往会给失败者以前行的希望和支撑的力量。更何况隋唐以来，最高统治者为寒门士子开通了一条虽然狭窄但毕竟有人可以通过的进入统治集团的道路。元代社会则完全不同，汉族知识分子作为一个群体遭到了统治者的冷落与抛弃，元蒙统治者对汉人和南人的歧视与戒备，使他们中的绝大多数人彻底失去了向上升迁的机会。忽必烈即位之初和征服南宋初期，为了笼络人心，扩大自己的力量，曾经任用过少数汉人担任高级行政职务，例如让史天泽为右丞相，但从公元1271年后就不再出现这种情况了。元代的枢密院因掌管军事，故其正职绝不让汉人染指，忽必烈一度用史天泽、张文谦、赵壁、张易等人做枢密副使，可是很快连副职也没有汉人的份了。汉人即使留院做官，也不得察看军机档案，因为军机重务绝不让汉人“阅其数”（《元史·兵志》）。至于元蒙统治者废弛科考数十年，更是将广大的汉族知识分子关在了朝廷的门外，拒绝他们的依附与合作，拒绝给他们参政、议政的权利，剥夺了他们的社会归宿感，无“皮”可依之“毛”只能成为社会的浪子。

关汉卿的“浪子”心态就是在这样的历史背景下形成的，一种不可抗拒的力量将他抛到了社会的底层。为了解决生计问题，饱读诗书、多才多艺的他突破传统的价值观念，走上了一条与民间艺人相结合的道路，参加书会，从事杂剧创作。至元、大德年间，关汉卿活跃在杂剧创作圈中，不仅大量编剧写曲，而且“躬践排场，面敷粉墨，以为我家生活，偶倡优而不辞”（臧晋叔《元曲选·序》）。当时他的声誉极高，深受同行推崇，《录鬼簿》吊词颂之曰：“姓名香，四大神州。驱梨园领袖，总编修师首，捻杂剧班头。”人是需要有社会归属感的，关汉卿在杂剧创作和演出界里找到了朋友与知音，恢复了自信与自尊，获得了一种归属感，正是这一点给了他反抗传统、挑战社会的勇气与力量。如果说关汉卿最初的选择从本质上讲具有被动性质的话，那么他后来的行为就明显地体现出主动和自愿的特点。抛弃蔑视倡优戏子的传统观念，不仅与他们交朋友，而且自己也全身心投入到杂剧创作之中，从不出自轻自怨之辞。为了表现自己对社会现实的抗争，他无所顾忌地展示自己浪子的风流行径与面貌，公开宣扬装疯卖傻、及时行乐的人生哲学。其【双调·碧玉箫】云：“乌兔相催，日月走东西；人生别离，白发故人稀。不停闲岁月疾，光阴似驹过隙；君莫痴，休争名利，幸有几杯，且不如花前醉。”【南吕·四块玉】《闲适》亦云：“南亩耕，东山卧，世态人情经历多。闲将往事思量过，贤的是他，愚的是我：争什么？”这里既有关汉卿真实思想的表达，也有“反语见意”、讽刺现实的用心，他之所以在《不伏老》套曲中以酣畅淋漓的笔法、滔滔不绝的语势歌唱浪子情怀，显示铮铮不屈的才子傲骨，一个非常重要的目的就是要向整个社会表明一个被弃者的自主选择和最终归属。

第四节　都市诗词：城市合奏曲新编

在中国古代文学史上，元代诗歌的地位一直不高。与舞台上的星光灿烂和曲坛上的名家辈出相比，以祖汉、宗唐、学陶、效古①为皈依的元诗难免显得黯然失色，总体上给以人平稳通达而缺乏创新、不够大气的印象②。同样，由于宋

---

① （元）赵文《箫笠山墓志铭》云：“近年与余为诗友者王田、箫汇皆宗唐。”（《青山集》卷六）吴澄《在胡助之序》中赞其诗“颂雅风骚而降，古祖汉，近宗唐，长句如太白、子美，绝句如梦得、牧之。此诗之上品也”。萨都剌《送金德启之句容》诗云：“乡情忧越分，诗句尽唐音。”马祖常作有《河西歌效李长吉体》诗。王恽作有《街东效乐天体叹暴贵而戒贪得也》、《拟韩子秋怀十一首》，四库馆臣评王恽文章“波澜意度，皆不失前人矩矱”。（见《四库全书·集部》“别集四”《秋涧集》提要）

② 例如四库馆臣认为刘秉忠“所作大都平正通达，无噍杀之音”。（见《四库全书·集部》“别集四”《藏春集》提要）又认为胡祗遹创作“无所雕饰，惟以理明词达而已”。（见《四库全书·集部》“别集四”《紫山大全》提要）

词辉煌成就的映衬，元词也难免给人"微不足道"之感。作为已经高度成熟的文学体裁，诗词发展至元代，无论内容题材抑或手法范式均未见重大突破，就整体而言，元代诗词在表现城市生活及其文化风貌方面所取得的艺术成就远不及唐诗、宋词，缺少意蕴丰厚、形式精美的传世名篇。不过，中国城市发展的新格局以及新的城市风貌仍然从不同角度给予元代诗词作家以心灵震荡与艺术启迪，为他们的创作提供了充满时代气息的新鲜材料。此外，战争带给部分城市的巨大灾难，也引起诗人词人沉痛的吟唱。因此，元代诗词对于城市的书写仍然具有可圈可点之处。

一、日新月异的城市风貌

随着江山易主、国家政治中心北移局面的出现，元代新老城市兴衰更迭的过程明显加剧。在部分城市明显呈现衰落景象的同时，另一部分城市则迅速崛起，日新月异的变化足以使人产生心灵的震撼，大都成为其中典范。众多诗人围绕大都展开的艺术描写，填补了中国文学地图的空白，其观照视点主要集中在作为统一王朝京城的非凡气势与承平景象。

王恽（1227—1304），字仲谋，号秋涧，卫州路汲县（今河南卫辉市）人。元朝著名学者、诗人、政治家，《元史》有传。王恽由金入元，自谓文章学于元好问[①]，创作带有前朝遗风，四库馆臣谓其"诗篇笔力坚浑，亦能嗣响遗山"。（《四库全书总目提要》）他人生阅历丰富，诗词内容博杂，记事抒怀，咏物言志，纪行写景，赠答唱和，祝寿悼挽，题材广泛，风格以温醇平和为主。《戊寅岁燕都元夕》以一种平和的基调开始了关于大都的吟唱，诗云：

万家箫鼓忆升平，九陌银华璧月澄。此夕蓟门南北望，风檐随风两三灯。

诗人的笔触由城中写到城外，画面开阔，首句"忆升平"三字殊堪玩味。戊寅年（1278）即元世祖至元十五年[②]，距元王朝建立虽有十多年历史，但天下并未真正太平，仅至元十四年就发生"冬无雨雪，春无继泽"的自然灾害以及多处叛乱。王恽通过节日景色的描写，寄寓了自己对清明政治的向往。

---

① 王恽《追挽元遗山先生》诗自注云："余年廿许，以时文贽于先生，公甚喜，亲为删诲。"（《秋涧集》卷十七）

② 元中统五年（1264），改燕京为中都，至元九年（1272）改号大都，王恽此诗称"燕都"，似当作于1264年前。然考王恽平生，只经历了一个戊寅年，上一个戊寅年（1218）尚未出生，下一个是1338年，他已经去世，故此诗系于1278年。

宋元换代之际的无情战火大面积蔓延之后，不少城市呈现出不同程度的残破凋敝景象，在仕途上东奔西走的王恽有机会认识这一点，他将自己痛楚的内心感受转化为艺术形象，笔下的城市不可避免地打上了战争的烙印。写扬州不再吟唱它的繁华富足，而是强调其“淮海维扬域，金汤势尚存”（《扬州》）的防御特色，扬州的历史形象被颠覆。前往高邮的路上，他看到的是“筑甬余三百，弯环护漕沟。……水陆开亭转，烽烟静塞愁”（《高邮道中》），身处江南却仿佛置身于边塞。元代另一著名作家揭傒斯《高邮城》诗更为形象地描写了战后高邮城的荒凉景象：“高邮城，城何长，城上种麦城下种桑。昔日铁不如，今日耕种场。”黍离之悲溢于言表，王恽在《衢州》一诗里写出了最让自己唏嘘感慨的一幕：“我历江南郡，凋残不似衢。两坡称闹市，一炬变荒芜。”战争对城市的破坏可谓触目惊心。

在元代，京城大都是发展最为迅速的一个城市，其变化用日新月异形容当不为过。有元一代，诗人们根据自己的感受和需要，相继谱写出一首首赞美大都的诗篇，情调或高昂或轻快。其中有两类作品尤其值得关注。第一类是艺术再现只有大一统封建王朝都城才可能出现的威震四海、万国朝贺的壮观场面，兹举两首为例：

凤凰城阙压金汤，龙虎旌旗护未央。万国衣冠朝王座，百蛮歌舞进瑶觞。
花迎宫阙红云晓，日照天袍翠雾光。江湖子臣无以报，空将诗句美成康。

——王旭[①]《送郭以道入京二首》之二

水入金沙滟玉虹，填街车马拥尘红。九重天近风云壮，万雉城高角鼓雄。
花底催朝冠佩列，酒边听曲绮罗丛。太平光景春台乐，物物熏陶圣化中。

——周权[②]《京都》

在这一类作品中不排除为统治者歌功颂德的因素，王旭、周权之诗表现得非常明显。然而，这不能成为全盘否定此类诗篇的理由。在国人心目中，四海同朝乃国家兴盛的标志，然赵宋以还，它作为一种遥远的记忆存在于人们关于汉唐

① 《四库全书总目提要》云：“《兰轩集》十六卷，元王旭撰。旭字景初，东平人，其事迹不见《元史》，谈艺亦罕见称述……惟《山东通志》称旭与同郡王搆及永年王磐俱以文章名世天下，号为‘三王’。”

② 周权，生卒年不详，字衡之，号此山，处州（今浙江丽水）人。磊落负隽才，然不得志。延祐六年（1319）持所作走京师。袁桷大异之，称之为“磊落湖海之士”，荐为馆职，竟报罢，然诗名日起，唱和日多。生平事迹见《元史类编》卷三六、《元诗选》初集。

盛世的叙事中。如今盛世景观再次出现，尽管它由异族统治者造就，但毕竟满足了文人士大夫群体渴望天下统一的文化心理以及盼望国势强盛的政治诉求。他们为情驱动，提笔赋诗，书写发自内心的无限喜悦，理应得到肯定。

第二类作品重点描写大都城市建设的辉煌成就，表达诗人赞美与向往之意，宋本与胡助的作品具有代表性。宋本（1281—1334），字诚夫，大都人。至治元年（1321），策天下士于廷，本为第一人，赐进士及第，授翰林修撰。后官至礼部尚书。《元史》有传。清人顾嗣立《元诗选二集》卷十一载，宋本少时随父宦游江汉，生活贫困，衣食或不充，发奋读书，以诗歌擅名。及闻贡举诏下，复习经义策问，年四十始还京师。《大都杂咏四首》为诗人还京师之初所作，第一首侧重表现王城对于天下士人的巨大吸引力：

抛却渔竿沧海边，拂衣来看九重天。画栏九陌桥如月，绿影千门树似烟。南国佳人王幼玉，中朝才子杜樊川。紫云楼上人渑酒，孤负东风二十年。

末句所言当是诗人真实感受。其他三首依次描写大都“绣错繁华遍九衢，上林辞赋汉西都”（其二）的总体形象、“卢沟晓月堕苍烟，十二门开日色鲜”（其三）的京城景观以及“形势全燕拥地灵，梯航万国走王城”（其四）的显赫地位。第四首结尾云：“近来朝报多如雨，不见河南召贾生”，道明自己还京的真实动机。《大都杂诗》文笔潇洒，语言凝练，声韵和谐，用典灵活自如，画面丰富多彩，体现了诗人的才子风范。

如果说宋本之诗描绘的是大都留给初到者鲜明而又深刻印象的话，那么，元末诗人胡助的《京华杂兴》二十首则表现了一位久居者对于大都的全面认识。胡助，字履信，一字古愚，婺州东阳人。生卒年不详，元顺帝至正五年（1345）尚在世。始举茂才，为建康路儒学学录。历美化书院山长，温州路儒学教授，翰林国史院编修官。秩满，授承信郎，太常博士致仕。胡助在《京华杂兴·引》里介绍了自己的生活状况与创作动机：

余待吏部，贫不能归。尘衣垢面，憧憧往来，盖亦莫自知之也。于是以日所闻所见感触于中者，辄形为诗，五言五韵，凡二十章，题之曰《京华杂兴》……他日南归，将以夸示田夫野老，俾略知京华风景尔。①

作为京城的失意者，胡助可谓潦倒而孤独，他基于自己对京城中贫富悬殊的社会现象的真切感受，吟出了“富馔有臭肉，贫衣无完襟”（其十三）一类具有批判

① （元）胡助：《纯白斋类稿》卷二，（清）文渊阁《四库全书》集部·别集类。

意义的诗句。但是，他更为关注和欣赏大都的巨丽与恢宏。《大都杂兴》表现内容相当丰富，涉及城市历史沿革、政治地位、建筑特点、交通状况、市场面貌、人物风情等各个方面。兹举三首如下：

朔方古燕国，今为帝王都。建元大一统，万世恢宠摹。声教日以远，巨丽昔所无。梯航极山海，宝玉殚贡输。冠常集诡异，亲见王会图。

（其一）

通门有十二，万雉雄都城。崇天朝宫阙，朝贺临大明。礼乐参今古，较慢荐德馨。中书总庶务，比屋皆公卿。时有能赋者，扬扬颂休声。

（其二）

久安诚富庶，豪华恣奢侈。优坊饰文绣，酒馆书填金。市中商贾集，万货列名琛。驰骋贵游子，车尘如海深。翩翩江南士，骇目还惊心。

（其十四）

平心而论，胡助之诗并无深邃之思与奇警之语，叙事结构与手法也未曾刻意讲究，平淡真实是其最突出特点。读者通过诗人的絮絮叨叨看到了大一统政治局面在普通知识分子心灵世界里激起的情感震荡，了解到一位沉沦下僚者对于议国仕于朝中的强烈渴求，以及贫贱之士身处富贵之乡的惊奇感受。自身的贫困失意并未妨碍诗人对表现对象进行公正客观的描写，大都的巨大魅力由此可见一斑。

“去年风雨菊花时，曾颂滦京百篇诗”（王沂《寄许大参》），崛起于北方草原的上都（位于今内蒙古自治区锡林郭勒盟最南端的正镶蓝旗境内）是频繁出现于元朝诗歌里的另一座新兴城市。该城乃刘秉忠奉忽必烈之命修建，公元1259年城廓建成时命名为“开平府”，次年，忽必烈在此登上蒙古大汗之位，是为元世祖皇帝，便以开平府为首都。元朝建立后诏令开平为上都（因其地处滦河北岸，故又有滦京、上京和滦阳之称），改燕京为中都（后称大都），遂确立两都制度，上都成为仅次于元大都（今北京）以外的第二个政治、军事、经济和文化中心。由金入元的著名文士郝经（1223—1275，字伯常，陵川人）《开平新宫五十韵》云：“欲成仁义俗，先定帝王都。畿甸临中国，河山拥奥区。燕云雄地势，辽碣壮天衢。峻岭蟠沙碛，重门限扼钣。浸淫冠带近，参错土风殊。……栋宇雄新选，城隍几力扶。建瓴增壮观，定鼎见规模。”粗略介绍了新宫的自然地理环境与最初修建的情况。

元朝最高统治者每年往来于两都之间（每年四月至八月皇帝避暑于上都），为了充分显示本朝不可一世的权势，并满足个人物质欲望的需求，他们大兴土木，不断扩建上都，使之成为中国历史上北方草原最宏伟富丽的城市。著名的少数民族文学家萨都剌的《上京杂咏》五首具体形象地描绘了统治集团的高层贵族在上京宫殿中的奢侈享乐生活以及具有民族特色的文化活动，兹举两首如下：

一派箫韶起半空，水晶行殿玉屏风。诸王舞蹈千官贺，高捧葡萄寿两宫。（其二）

凉殿参差翡翠光，朱衣华帽宴亲王。红帘高卷香风起，十六天魔舞袖长。（其三）

萨都剌（1272—1355），字天锡，号直斋，出生于雁门（今山西代县）。答失蛮氏（回族）人。他一生走南闯北，漂泊无定，经商、仕宦、漫游，人生阅历十分丰富，且富有创作才华，善于将江南塞北的奇异风景化为诗中的艺术形象。从现存资料看，萨都剌一生并未到过上都①，然而，他对那里的情况却相当了解，《上京杂咏》第二首描写宫中盛宴，既绘声又绘色，无论气氛渲染如“箫韶起半空”，抑或细节点染如“高捧葡萄”，都紧扣上都的豪华富丽下笔，烘托出强烈的现场氛围。第三首选取贵族们欣赏“十六天魔”舞的场景，具体展示上层统治者的享乐生活，画面华美。充满动感，从特定角度折射出蒙古贵族信佛重佛的习俗。“十六天魔”舞是流行于元朝的一种带有宗教色彩的舞蹈，据《元史·顺帝纪》载，此舞需美女十六人，饰之以象牙佛冠朱缨云肩，在多种乐器伴奏下翩翩起舞，美不胜收②。

元代文人扈从上都者为数不少，诚如著名文学家虞集《送袁伯长扈从上京》诗所言：“从官车骑多如雨，只有扬雄赋最高。”少数民族作家马祖常就曾有过扈从上京的亲身经历，所谓“年年载笔陪京道，题柱相如又过桥”（《次韵王参议寄上京胡安常诸公四首》之二），既言他人，亦指自己。马祖常（1279—1338），字伯庸，光州（今河南潢川）人，回族。其祖宗系雍古部（今新疆）人，先世为西域

---

① 参见张迎胜：《元代回族文学家》第四章“萨都剌”，人民出版社2004年版。

② 《元史·顺帝志六》载：“时帝怠于政事，荒于游宴，以宫女三圣奴、妙乐奴、文殊奴等一十六人按舞，名为十六天魔，首垂发数辫，戴象牙佛冠，身被缨络、大红绡金长短裙、金杂袄、云肩、合袖天衣、绶带鞋袜，各执加巴剌般之器，内一人执铃杵奏乐。又宫女一十一人，练槌髻，勒帕，常服，或用唐帽、窄衫。所奏乐用龙笛、头管、小鼓、筝、篥、琵琶、笙、胡琴、响板、拍板。以宦者长安迭不花管领。遇宫中赞佛，则按舞奏乐。宫官受秘密戒者得入，余不得预。”元代诗人张昱《辇下曲》形容“十六天魔”舞：“西天法曲曼声长，璎珞垂衣称艳妆。大宴殿中歌舞上，华严海会庆君王。”“西方舞女即天人，玉手昙花满把青。舞唱天魔供奉曲，君王常在月宫听。”

雍古部贵族，基督教世家。马祖常天资聪颖，自幼好学善思，延祐二年（1315）廷试二甲及第，授应奉翰林文字、承事郎、同知制诰、兼国史院编修官。历任监察御史、翰林待制、典宝少监、翰林太学士兼赞善、礼部尚书、御史中丞、枢密副使等职。《元史》有传。马祖常一生两次扈从上京，时间分别在延祐三年（1316）和泰定四年（1327），先后写下诸多描写上都一带自然风光、城市建筑、宫廷生活以及自身感受的诗篇，如《上京抒怀》、《驾发上京》、《上京翰苑书怀三首》、《丁卯上京四绝》、《寄姚参政上都》等，将壮美的边塞景色与繁华的边城市貌有机结合在一起，构成一幅幅令人神往的图画。

门外春桥漾绿波，因寻红药过南坡。已知积水皆为海，不信疏星又隔河。
酒市杯陈金错落，人家冠簇翠盘陀。薰风到面无蒸暑，去乌长云奈客何？
——《上京翰苑书怀三首》其二

万里云沙碙石西，高楼一望夕阳低。谷量牛马烟霞错，天险山河海岱齐。
贡篚银貂金作藉，官窑磁盏玉为泥。未央殿下长生树，还许寻巢彩凤栖。
——《上京翰苑书怀三首》其三①

诗人视野开阔，取景注重使自然风光与人文景观相互映衬，布景则讲究高低远近搭配，描绘的艺术画面极富层次感，且充溢着浓郁的大草原气息。尽管马祖常承认自己作诗难免有功利目的，“何如坐索长安米，只有诗歌满翰林”（《丁卯上京四绝》之四），但上引诗歌却不见歌功颂德之语，诗人赞美的是一种与大自然高度融合的都市生活。

袁桷（1266—1327），字伯长，号清容居士，庆元鄞县（今属浙江）人。为童子时已著声，先后师从著名学者戴元表、王应麟，以能文名。袁桷先后创作了《上京集咏》十首、《再次韵》十首共二十首诗歌，从不同角度展现上京四周的自然景物与别具一格的都市风貌，注重选取具有代表性的细节进行描写，突出上都城市的“个性”特征，是其写作的一大特色。例如《上京集咏》之七云：

驼鼓村村应，传更趣进程。草肥凉白露，树薄晓风清。
帐殿横金屋，毡房簇锦城。属车流水度，细点侍臣名。②

上都地处草原，其自然地理环境迥别于大都，诗前六句通过环境描写显示了这一点，同时上都作为元朝都城之一，又以最高统治者的频繁出入与相关活动而

① （元）马祖常：《石田文集》卷三，（清）文渊阁《四库全书》集部・别集类。
② （元）袁桷：《清容居士集》卷十五，（清）文渊阁《四库全书》集部・别集类。

区别于其他边塞城市，末二句对此给予了表现。袁桷展现给读者的是名副其实的草原都城风貌。

除了两大都城之外，其他一些保持良好发展势头的城市也成为诗人文学表现的对象，胡祗遹（1227—1293）的《木兰花慢·留题济南北城水门》便是其中一首。胡祗遹，字绍开，一字紫山，磁州武安（今属河北省）人，《元史》有传[①]。济南乃历史文化名城，由于城区境内水资源非常丰富，大小泉池众多，趵突泉闻名天下，故有“泉城”之美誉。王恽曾作七古《趵突泉》称赞其“云鱼吹浪雪涛涌，鳞屋击鼓春雷翻”的动态美，又作《水龙吟》词赞城中另一名泉舜泉“宛然碧玉方池，绿波不见还凝伫”的静态美。胡祗遹此词以水为中心展开描写，较好地突出了济南的城市特色：

历雄都大邑，厌车马，市尘深。爱历下风烟，江湖郛郭，城市山林。人家水芝香里，看万屏千嶂变晴阴。无问买山高价，休论寸土千金。　偶因王事惬闲心。佳处更登临。倩万斛泉珠，四围岚翠，一洗尘襟。强齐霸图陈迹，但华山平野耸孤岑。今夕高筵清赏，明朝驿骑骎骎。

词中最引人注目的是将“城市”与“山林”并列组合使用，“城市山林”意象寄寓了中国古代文人对于理想城市形态的基本价值评判，因为在他们心目中，融入自然山水的城市才是最美的。词人笔下的济南由于水的浸润和洗礼，显得清新秀美，超凡脱俗，令人向往。

台州临海（今属浙江）人陈孚的两首描写南方城市的作品也值得一读：

箫鼓声中十万家，垂柳浅映绿窗纱。象梳两两蝉鬓女，笑拥红娇买藕花。

——《嘉兴二首》其二

淮海三千里，天开锦绣乡。烟浓杨柳重，风淡芰荷香。
翠户妆营妓，红桥税海商。黄昏灯火闹，尘麝扑衣裳。

——《真州》[②]

陈孚（1259—1309），字刚中。幼清峻颖悟，读书过目辄成诵，终身不忘。至元中，孚以布衣上《大一统赋》，江浙行省转闻于朝。《元史》本传称“孚天材过人，性任侠不羁，其为诗文，大抵任意即成，不事雕斫”。陈孚的创作才能体现在城市描写上便是善于概括和表现对象的城市特征，例如《常州》诗云：“毘陵城西

① 胡祗遹字《元史》本传作绍开，四库馆臣疑绍开当作绍闻，《元史》乃传刻之讹，详见《四库全书》集部五《紫山大全集》提要。

② （元）陈孚：《陈刚中诗集》卷一，（清）文渊阁《四库全书》集部·别集类。

渔火红，家家夜香烧碧空。”《潭洲》诗云：“百万人家簇绮罗，丛祠无数舞婆娑。”《全州》诗云：“城郭依稀小画图，佛光犹照铁浮屠。”抓住印象最深刻处进行点染，突出特征，绝无雷同之处。上引二诗具有同样特色。元时，嘉兴为浙西一大府，水陆交通畅通，物产丰富，商业经济也比较发达。陈孚首先采用俯瞰视角，勾勒嘉兴城的基本面貌，然后于后两句推出特写镜头，特意突出水乡民众的富足生活。真州（今江苏仪征）在元代具有江、海门户的重要地位，商业特别是盐业十分繁盛，陈孚所描绘的正是一个地处江南、商业发达的城市面貌。“翠户”两句对偶工整、色彩艳丽，传达出浓郁的商业气息。

在唐代享有“扬一”盛誉的扬州几经战乱破坏，城市发展受到严重影响。入元以后，扬州的经济得到恢复和进一步发展，仍然位于商业发达城市之列。对此，吴师道《扬州四首》其一给予了形象描写：

画鼓清箫估客舟，朱竿翠幔酒家楼。四城列屋数十万，依旧淮南第一州。①

吴师道（1283—1344），字正传，婺州（今浙江）兰溪县人，至元年进士。《元史》本传称其“才思涌溢，发为诗歌，清丽俊逸”。吴师道对扬州的描写侧重其秀美的城市风貌与随处可见的酒楼，足以体现其诗歌清丽之特色，他将扬州定位于“淮南第一州”，大致符合扬州的实际情况。

二、多民族文化元素建构的京都景观

元朝大都是一个由非汉民族执掌政权的统一国家的都城，同时也是一个国际性的文化、商业大都会，这一特殊性决定了大都城中的人文景观必然是多元纷呈、五彩斑斓，既具有中国历代封建王朝都城的共性，也存在诸多异于长安、汴梁、杭州的独特之处。对此，元朝诗人怀着浓厚的兴趣给予了生动具体的文学表现。

胡祗遹能诗善文，散曲也有传世之作，他先后在京城担任中书详定官，翰林文字兼太常博士、户部员外郎、右司员外郎等官职，十分熟悉大都的文化生活，创作了一系列反映京城娱乐活动的诗歌，如《小儿爬竿》、《斗蛤蟆》、《诸宫调》、《相扑二首》、《使棒诗》等。《相扑》其二写得颇有趣味：

臂缠红锦绣裆襦，虎搏龙拿战两夫。自古都人原尚气，摩肩累迹隘康衢。

先写相扑本身，二人搏击，装扮特殊，再写观者如堵的火爆场面，侧面烘托表演

① （元）吴师道：《礼部集》卷九，（清）文渊阁《四库全书》集部·别集类。

的精彩程度。大都居民多北人，而北人尚气，诗人通过揭示都人喜爱相扑的原因，突出了京城的地域文化特征。

至元十四年冬京师发生日蚀，大都官府与市民如临大敌式的反应成为当时的一道奇异景观，王恽的《日蚀诗》用朴实的语言记载下那一罕见的场面：

至元十四载，维龙集丁丑。孟冬丙辰朔，诘旦阴风吼。
朝家有移告，日蚀百司守。伐鼓币用社，庶啬哄奔走。
都城十万家，竟日喧釜缶。壮于田单兵，声势助冲掊。
盎水观日景，占刻入午辰。
……
晴天朗昼藏厚夜，九衢草草人面青。
……
邻翁行年八十一，如此灾变见未曾。
……

都城十万家，上下齐出动，如此浩大壮观的声势是其他任何城市都无法掀起的，王恽的描写充分发挥了文学创作“场景还原”的功能，弥补了史书记载的不足。

“久从叫佛楼边住，惯见深眸高鼻人。”（胡助《戏作东门竹枝词五首》其二）大都是一个多民族杂居的特大城市，常住人口超过四十万，流动人口则难以数计，有着不同相貌、不同身份、不同宗教信仰、不同生活习俗的人们长期混居在同一文化空间内，对此，好奇诧异者有之，司空见惯者有之，欣赏赞美者亦有之。各民族成员之间既存在隔膜与冲突，更有相互了解与融合，多元化的态度直接影响到元代诗人的创作。马祖常《绝句》云：“翡翠明珠载画船，黄金腰带耳环穿。自言家住波斯国，只种珊瑚不种田。”如果说诗人的情绪反应是好奇的话，那么王恽的《春宫元日口号》所表现的则是另一种态度：

色目依班向殿趋，入门一字并青蒲。侍臣直上牙床启，拜毕分觞当大酺。

入朝（早朝）是中国古代京城独特的政治文化景观，唐宋文人创作的入朝诗词不胜枚举。王恽此诗与前代诗歌不同之处在于重点描写入朝参拜人员中的“色目”，凸显少数民族参与国家政治机构的时代特色。更值得关注的是作为旁观者诗人的反应，平静而客观，接受并认可。蒙古族统一中国后，高丽、安南等四邻使臣频繁朝贡，当元朝君臣普遍以居高临下的姿态去欣赏“交趾称臣，高丽入贡，日本江左瞻望”（元・魏初《奏议》）的形势之时，王恽却能够在一定程度上超越当朝民族歧视政策的束缚，以朋友身份与对方友好交往，且不吝赞美之辞。

《呈高丽王子》云："礼文曲折犹图制，脂泽涵濡见汉甥。"《和高丽参政李显甫》云："衣冠自是乘槎客，文采还惊照乘珠。"《和赠高丽郑学士诗韵》："宝瑟听来多雅唱，人生乐处是新知。"所表现的民间立场与态度折射出当时民族关系进一步融合的状况。

尽管元朝统治者推行民族歧视政策，但对不同宗教却持尊重态度，居住在大都城内的僧人、道士、教士待遇良好，宗教节日逐渐发展成全体居民的狂欢节日。《元史·祭礼志》云："世祖至元七年，以帝师八思巴之言，于大明殿御座上置白伞盖一，顶用素缎，泥金书梵字于其上，谓镇伏邪魔护安国刹。自后每岁二月十五日，于大殿启建白伞盖佛事，用诸色仪仗社直，迎引伞盖，周游皇城内外，云与众生祓除不祥，导迎福祉。"袁桷的《皇城曲》运用铺叙手法形象再现了一个令大都全城沸腾的盛会：

> 岁时相仍作游事，皇城集队喧憧憧。吹螺击鼓杂部伎，千优百戏群追从。
> 宝车瑰奇耀晴日，舞马装辔摇玲珑。红衣飘裾火山耸，白伞撑空云叶丛。
> 王官跪酒头叩地，朱轮独坐颜酡烘。黄氓聚观汗挥雨，士女簇坐唇摇风。
> ……

在这色彩绚丽、充满活力的场景中，看不到宗教派别之间的鸿沟，没有民族冲突的刀光剑影，有的是不同门类艺术的同台表演以及不同民族、不同身份的居民共同参与。诗人呈现的艺术画卷无可争议的表明，大都不仅是异族文化元素最活跃的城市，也是当时民族聚合程度最高的地区。

民族文化融合的场景在上都也能看到，元末诗人杨允孚所著《滦京杂咏》一卷①，诗凡一百八首（不少诗后有诗人自注），具体生动地描写了由燕山至滦京沿途的山川名胜，上都的自然风光以及具有鲜活民族气息的生活场景。兹录三首如下：

> 脱圈窈窕意如何，罗绮香风漾绿波。信是唐宫行乐处，水边三月丽人多。
>
> ——其七十二

① 从诗人的其他表述，如"帝里风光入梦频"（其一零六）、"试将往事记从头"（其一零七）之类诗句可以判断，《滦京杂咏》并非即兴之作，而是其日后经过整理、系统编排的回忆之作。四库馆臣据"宫监何年百念消，冠簪惊见鬓萧萧。挑灯细说前朝事，客子朱颜一夕凋"、"强欲浇愁酒一卮，解鞍闲看古祠碑。居庸十载兴亡事，惟有天中月色知"等诗，判断"是集作于入明之后矣"（《四库全书》集部五·别集四《滦京杂咏》提要），应当不误。然诗中所描写的内容绝大部分均为杨允孚在元朝时的所见所感，故将组诗系于元朝。

（自注：上巳日，滦京士女竞作彩圈，临水弃之，即修禊之意也。）

百戏游城又及时，西方佛子阅宏规。彩云隐隐旌旗过，翠阁深深玉笛吹。

——其七十四

（自注：每年六月望日，帝师以百戏入内，从西华门入，然后登城设宴，谓之游皇城是也。）

怪得家僮笑语回，门前惊见事奇哉。老翁携鼠街头卖，碧眼黄髯骑象来。

——其八十

（自注：黄鼠，滦京奇品。）

杨允孚，生卒年均不详，字和吉，吉水人，约元惠宗至正中前后在世。曾以布衣补被，岁走万里，穷西北之胜，凡山川物产，典章风俗，莫不以诗歌记之。惠宗时，曾为尝食供奉之官。作为亲历者，杨允孚采用近距离观照的姿态，拍摄下富有多民族文化元素的生活场景，真实而又形象。上引三诗依次描写中原习俗对边城的影响，上都皇城游中的佛事盛况以及上都街市上的本地特产与外域人士。蒙汉风俗相互影响，中外人士共居一城，上都城里的生活形态异常丰富多彩。

三、唤起黑色记忆的荒城哀歌

至元，怀古已成为作家群体一项经常性的精神活动，由宋入元的赵文在《青溪书院记》一文里指出："将为感今怀古而泄其愤懑，则必之乎故都废苑兴亡百战之场，此豪杰之士、不得志之人、悲歌慷慨者之所快也。"又云："金陵为六朝废兴之海，古今词人赋客于此寄怀古之感者多矣。"正是基于如此认识，元代诗人自觉继承唐宋文学传统，通过对荒城景象的观照和描写，抒写历史兴亡之叹与生命短暂之悲，创作了大量的怀古诗，例如黄庚《金陵怀古》，赵孟頫《钱塘怀古》，陆文珪《入杭怀古呈史药房》，杨奂《长安怀古》，杨果《洛阳怀古》，耶律铸《哀长安》、《炀帝故宫》，贯云石《金陵》、《邯郸怀古》，王恽《昆阳怀古》、《洛阳怀古》、《金城怀古》、《汲城怀古》，杨载《次韵钱塘怀古四首》，揭傒斯《高邮城》，陈孚《真定怀古》、《邯郸怀古》，萨都剌《凤凰台怀古》等。相比而论，前期怀古诗词的意蕴更为厚重，诗词中荒城意象所寄寓的历史兴亡之叹往往植根于宋元换代的现实土壤之中，诗人的描写和议论足以唤起人们关于宋金灭亡的黑色记忆。

王奕（约 1279 年前后在世），字伯敬，号斗山，玉山人。生卒年均不详，约宋末前后在世。入元，特补玉山教谕，自号至元遗民。身逢改朝换代之际，王奕具有自觉的遗民意识，他创作了多首以历史文化名城为切入点的怀古词，通过描写城市的古今变迁抒发心中的隐痛，金陵是最能引发其伤痛情怀的城市，先后作有《贺新郎·金陵怀古》、《木兰花慢·和赵莲澳金陵怀古》、《西河·和周美成金陵怀古》等词，内涵厚重，风格悲壮。兹录一首如下：

金陵流峙，依约洛阳，惜中兴柄国者巽，皆入床下，遂使金瓯甑堕，惜哉！

决眦斜阳里。品江山、洛阳第一，金陵第二。休论六朝兴废梦，且说南浮之始。合就此、衣冠故址。底事轻抛形胜地，把笙歌、恋定西湖水。百年内，苟而已。纵然成败由天理。叹石城、潮落潮生，朝昏知几。可笑诸公俱铸错，回首金瓯瞥徙。漫涴了、紫云青史。老媚幽花栖断础，睇故宫、空拊英雄髀。身世蝶，侯王蚁。

王奕带着亡国的切身之痛进入怀古的精神领域，评说历史，指陈时弊。对于南宋的灭亡，除了哀痛与惋惜之外，还表现出痛定思痛的理性追问，"百年内，苟而已"，便是他针对偏安朝廷总结出的历史教训。强烈的批判意识使王奕怀古词中抒情主人公的形象十分丰满，时而低吟苦唱，泪落青樽；时而怒发冲冠，愤慨控诉，文本中激荡着凛然正气。值得注意的是，他在《西河·和周美成金陵怀古》之二里悲愤地写道："马蹄杂，锦绣市。认乌衣六朝，东巷西里。景物已非人世"，批判矛头直指异族统治者。

郝经（1223—1275），字伯常，陵川（今山西晋城）人。元世祖时，官至翰林侍读学士，赠昭文馆大学士，荣禄大夫，追封翼国公，谥文忠。《元史》有传。郝经家世业儒，其祖父郝天挺系金末元初大儒元好问之师。郝经本人则深受元好问影响。反对"华夷之辨"，推崇四海一家思想的郝经充当蒙古汗国使臣，参与和南宋的谈判，被拘留一十六年，亲身感受到南宋政治的腐败，预言"宋祚将不久"。他写下《龙德故宫怀古》一十四首[①]，剖析评论宋亡原因，视野开阔，发言精到。兹举两首为例：

万岁山来穷九州，汴堤犹有万人愁。中原自古多亡国，亡宋谁知是石头。

——其八

龙德宫是北宋汴梁城中的皇室宫殿，宋徽宗退位后便居于此宫，它为诗人提供了一个反思历史的文化平台。风流天子宋徽宗除喜读书、学画、工笔札之外，还

① （元）郝经：《陵川集》卷十五，（清）文渊阁《四库全书》集部·别集类。

好古器、山石，奢侈挥霍，劳民伤财，“岁运花石纲，一石之费，民间至用三十万缗”（《宋史·食货志》）。此外，还耗时六年，于皇宫东北处营造了一座规模浩大、气势恢弘、富丽奇异的园林，取名“万岁山”。“亡宋谁知是石头”，无限沉痛的感慨中包蕴着对北宋统治者玩物丧志，嗜石亡国的尖锐批判。

少康一旅便南奔，畀付英雄国可存。宗泽云亡李纲罢，衣冠不复到中原。

——其十

此诗批判锋芒直指南宋统治者，用人不当最终导致中原沦丧，痛惜之意溢于言表。《元史》本传称郝经“其文丰蔚豪宕，善议论。诗多奇崛”，《龙德故宫怀古》诗亦以议论见长。

如果说郝经之诗主要以理性评判见长的话，那么，王恽的同类作品则偏重于抒发黍离麦秀之悲。王恽到过已经衰落的汴梁城，写下《寒食日过龙德宫》、《哀故宫》、《汴梁故宫寒食》、《登熙春阁》、《熙春阁》系列诗歌，满腹哀痛系之于笔端。

掖庭依约粉墙丹，行入荒宫重黯然。华表忽惊人世换，昆明重见劫灰寒。
石龙委地埋秋草，湖玉临池倚暮烟。满目悲风吹酒醒，东华门前泪阑干。

——《哀故宫》

王恽不同于郝经，他由金入元，可谓金国遗民。东华门本为北宋都城汴梁宫城东门，宋太宗、宋真宗先后御东华门观灯。熙春阁亦为宋朝宫室，然宋室南渡后失去了对汴梁的控制权，金宣宗南渡后，更是将开封作为金朝国都，龙德宫、熙春阁遂成为新主财富。王恽在《熙春阁遗制记》一文里提到自己听梓人（即木工）钮氏谈起熙春故阁形胜之事，因“念汴自壬辰兵后故苑芜没，唯熙春阁岿然独存，尝与客三至其上，徙遗周览”，“怅然动麦秀黍离之感”。壬辰年即金哀宗天兴元年（1232），是年二月蒙古大败金援汴之师，五至六月汴京流行大疫，死亡近百万人①，金朝迅速土崩瓦解。由此可见，在王恽的心灵世界里麦秀黍离之悲有着明显的“哀金”内涵，汴梁故宫遗迹触动了他内心伤痛，泪流满面正是因为回忆起刚刚结束不久的那一场噩梦。

由宋入元的方回（1227—1305，字万里，别号虚谷）自称“身阅大兵革，一思一欷嘘”（《忆我二首各三十韵》其一），历史沧桑之感表现得异常强烈。方回于南宋理宗时登第，任严州（今属浙江）知府。元兵将至，他高唱死守封疆之论，

① 参见牟重行：《1232年汴京大疫与气候因素探讨》，载《中华医史杂志》2008年第1期。

及元兵至，又望风迎降，得任建德路总管，不久罢官，即徜徉于杭州、歙县一带，以至老死。身为宋朝遗民却未能保持节操，出仕新朝则未受新主赏识，方回晚年陷入严重的生存危机之中，复杂的感受难以言明。览古伤今、抚今追昔遂成为其发泄内心痛苦的途径，而"存亡得丧知何极，天地悠悠感慨中"（《饮兴道观有感》），则成为其后期诗歌重要的表现内容。正是在这样的背景下，南宋都城杭州（钱塘）频繁出现于感伤类诗歌里。兹举两首如下：

秦皇系缆北山头，一抹江边海变洲。百万生人无葬处，蜗争蚁战不如休。

——《中望吴山下一汀是为杭州》

天回地转事云轮，湖葑山榛色渐陈。坠珥遗钿如隔世，欹楼倾榭最愁人。
一钱物变千钱直，十户民惊九户贫。犹有沙河塘上路，卖花声作旧时春。

——《涌金门城望五首》其三[①]

涌金门为古代杭州西城门之一，始建于五代天福元年（936）。诗人围绕杭州历史，远从秦皇之举叙起，沉痛声讨残害生民的不义战争，近则追忆五代往事，书写今不如昔的深切感慨，杭州城被涂抹上晦暗的色彩。方回对于宋亡不可能无动于衷，"孤灯阅近史，伤哉宣靖中"（《西斋秋感》），是其最基本的情感反应，后期诗歌充满不平之气，当与此有关。此二诗虽无一句言南宋事，却处处透露着诗人因宋亡而产生的哀愁与痛苦，情感强烈而深沉。

著名作家赵孟頫也是由宋入元，其创作心态与方回存在一定差异，《钱塘怀古》[②]诗云：

东南都会帝王州，三月莺花非旧游。故国金人泣辞汉，当年玉马去朝周。
湖山靡靡今犹在，江水悠悠只自流。千古兴亡尽如此，春风麦秀使人愁。

赵孟頫（1254—1322），字子昂，号松雪、松雪道人，湖州（今浙江吴兴）人。宋太祖赵匡胤十一世孙，秦王德芳之后。赵孟頫一生历宋元之变，仕隐两兼，作为南宋遗逸而出仕元朝。气节有亏，从而招致他人非议。对此，他一方面为自己进行辩解，所谓"玉马朝周"是也[③]，另一方面则难以摆脱失节之耻的折磨，晚年

① （元）方回：《桐江续集》卷十，（清）文渊阁《四库全书》集部·别集类。

② （元）赵孟頫：《松雪斋集》卷四，（清）文渊阁《四库全书》集部·别集类。

③ （宋）叶廷珪《海录碎事》卷十下"玉马骏奔"条云："玉马骏奔表微子之去。《论语比考谶》：'殷惑女妲己，玉马走。'"玉马，指贤臣微子启。纣王昏乱，启数谏不听，乃去殷而朝周。事见《史记·宋微子世家》。后以"玉马朝周"谓贤臣去国另事明主。（唐）陈子昂《感遇》诗之十四："昔日殷王子，玉马遂朝周。"（唐）刘禹锡《后梁宣明二帝碑堂下作》诗："玉马朝周从此辞，园陵寂寞对丰碑。"

所作《自警》诗云："齿豁头白六十三，一生事事总堪惭。惟有笔砚情犹在，留与人间作笑谈"，足以说明问题。钱塘（杭州）作为南宋都城，对于赵孟頫有着不同寻常的生命意义，尽管他在诗中有意无意地淡化个人的怀故悲情，将其纳入"千古兴亡尽如此"的范畴泛泛而咏，读者仍然可以从"非旧游"、"泣辞汉"等表述中感受到诗人内心的隐痛。

许有壬（1286—1364），字可用，彰德汤阴（今属河南）人。延祐二年（1315）进士及第，《元史》有传。许有壬是元代著名文学家，善笔札，工辞章，欧阳玄序其文，谓其雄浑闳隽，涌如层澜，迫而求之，则渊靓深实，盖深许之也。他作词学苏辛，往往以笔力遒劲、气势充沛见长，不少词具有豪放风格。然由于缺少苏辛式的博大胸怀和以天下为己任的担当精神，难免陷入痛苦无助的境地，故其词很难发现理想之光的闪耀，所作《贺新郎　次吕叔泰南城怀古》[1] 就体现了这一点。词云：

> 故垒空如堵。杳无踪、朝台暮榭，燕歌赵舞。为问人间繁华梦，几度邯郸炊黍。只燕子、春来秋去。太液句陈何由辨，似咸阳、一炬成焦土。兴与废，竟谁主。满川芳草迷烟雨。怅平生、楚骚心事，更堪羁旅。野水芙蓉香寂寞，犹似当年怨女。长啸罢、中天凝伫。沧海桑田寻常事，附冥鸿、便欲飘飘举。回首后，又千古。

词人在一番悲叹后也仰天长啸，之后便只是"中天凝伫"而已，他将一切归之于"沧海桑田寻常事"，怀古的悲剧效应由此被淡化，因而影响了文本的艺术感染力。

许有壬在《阳罗怀古用之昂韵》一诗中写道："登临不用多惆怅，诗满奚囊酒满缸。"其创作心态具有相当的普遍性，真实地反映了元代怀古诗词写作中的情感转折。有元一代自称"怀古人"的作家为数不少，然随着时间的推移，怀古诗的现实指向性明显呈现出弱化趋势，至元朝中期，发思古之幽情似乎已成为文人风雅之表征，诸如"怀古坐看西日落，得春宁问北枝偏"（黄溍《寄朱十八丈判官》），"九市尘埃来滚滚，一江波涛去茫茫"（杨载《钱塘怀古》）一类描写，思想贫乏，内容空泛，作家缺少应有的心灵悸动，诗歌自然失去动人的艺术魅力。当然，不排除少数作品的成功，宋无的《金陵怀古》即是。宋无（1260—1340），字子虚，号晞颜，苏州（今江苏苏州）人，尝举茂才不就。善诗，晚年自订《翠寒集》

① （元）许有壬：《至正集》卷八十，（清）文渊阁《四库全书》集部・别集类。

一卷，冯子振为序而刻之。其诗云：

宫砖卖尽雨崩墙，苜蓿秋红满夕阳。玉树后庭花不见，北人租地种茴香。

构思堪称巧妙。诗人凭借特定的空间完成了由今而昔的时间回溯，又在古今对比中勾带出南北对峙的空间意念，读者的思绪自然被引回到那个南北分裂的动乱时代。末句七字尤能体现历史的沧桑巨变。

第五节　话本小说[①]：市民的"在场"与都市叙事

中国古代小说发展至宋元，出现了具有里程碑意义的转折，白话小说创作呈现日益发展的上升趋势，逐渐取代文言小说在文坛上的主导地位。宋元话本小说的产生和发展同步于城市经济的发达、市民阶层的成熟以及市民文化的发展，后者为前者提供深厚的文化土壤和丰富营养，注入强大的发展动力，话本小说的思想内容、叙事角度、故事情节、人物形象以及叙事技巧无不打上市民文化的印记。

一、都市叙事中市民眼光的"在场"

宋元话本采用通俗化的语言，讲述关乎市民生活经验、充满世俗趣味的故事，处处流露出市民的眼光，这一特点的形成与当时话本创作的商业生成机制不无关系。当市井民众成为话本小说的主要消费者，写作者就必须考虑受众的接受心理与接受水平，当民间说话已向职业化[②]、商业化方向发展，具有市民身份的说话人自身的生活经验与审美情趣也必然影响其叙事策略和叙事方法。

宋元话本小说主要采用全知视角进行叙事，说话人对所述故事达到无所不知、无所不晓的程度，哪怕是发生在全封闭私人空间里的事情或者人物内心最隐秘的活动。即使转换为限知视角，也能够巧妙借助小说中市民的眼睛去展现自己所要表达的内容，例如《简帖和尚》便是通过开茶坊人王二的眼睛对陌生官

① 由于文献资料的缺乏，我们今天能够见到的宋元话本小说均收集在明人所编小说集里，如《清平山堂话本》、《熊龙峰刊行小说四种》、《古今小说》以及冯梦龙"三言"等，具体数量难以确定，时代归属多有争议。为避免烦琐考证喧宾夺主，影响全书统一风格，现参照其他一些著作（如袁行霈主编《中国文学史》，向楷《世情小说史》）的处理方法，打破本书分朝论史的体例，将宋元话本小说合在一起加以论析。

② 职业化的说书人有一套熟练驾驭故事的程序，其方式包括对于故事结构、人物命运、叙事角度等格式化的处理。详见王昕：《话本小说的历史与叙事》，中华书局 2002 年版，第 46 页。

人进行外貌描写。“在场者”的身份使他们最乐意也最擅长讲述发生在城市大街小巷、酒楼茶坊里的各种故事，城市成为人物活动最常见的空间环境，以下列表有助于我们认识这一点：

小说题目	入话中故事地点	正话中故事地点
简帖和尚	咸阳	东京　汴州　开封府
西湖三塔记	钱塘	临安府
合同文字记		四川成都府
碾玉观音		钱塘
柳耆卿诗酒玩江楼记		东京
错斩崔宁	宋朝都城	临安
闹樊楼多情周胜仙	帝都	东京
三现身包龙图断冤		建康府　兖州府　奉符县
宋四公大闹禁魂张	洛阳	东京　开封府
西山一窟鬼		临安府
金明池吴清逢爱爱	长安城南	东京　开封府
小夫人金钱赠年少①	成都府华阳县	东京　汴州　开封府
万秀娘仇报山亭儿		襄阳府城

城市文化生活特质从两个方面实现了对话本小说创作的影响：

其一，变动不居的城市生活与形形色色的城市居民成为话本小说的表现对象。宋元话本的作者将艺术触觉伸向城市的各个角落，收集五花八门的市井题材进行加工创作，通过故事的讲述客观上揭示了城市文化对人物命运的深刻影响。《碾玉观音》讲崔宁和璩秀秀二人从行在逃到两千多里以外的潭州城内定居，这恰好是城市人口流动性的具体体现。《西山一窟鬼》（又题《一窟鬼癞道人除怪》）里那位在临安府州桥下开学堂的吴教授接受了从前邻居王婆的说媒，娶一女子为妻，却不知此人已于五个月前死去，变为女鬼，这种相互交往却不知对方根底的现象在异质化的城市生活里表现得异常突出。《错斩崔宁》（又题《十五贯戏言成巧祸》）中陈二姐命运的拐点出现在丈夫遇害之后，而刘贵被杀又与赌博、治安、犯罪等城市社会病有着直接的因果关系，事件的偶然性中蕴含着必然性因素。作家们在现实生活基础上，充分发挥艺术想象力，编撰出一个

① 向楷认为此篇“当出于南宋人之手”，详见《世情小说史》，浙江古籍出版社 1998 年版，第 88 页。今从其说。

个充满传奇色彩的故事，例如奸僧骗人休妻，教授误娶鬼女、昏官错杀无辜，书生偶遇蛇精，游民惩治奸商，鬼魂救助情郎……“城市”被打造成光怪离奇的世界。为适应市民阶层的审美趣味和欣赏水平，说话人讲究叙事技巧，追求语言的通俗性，使故事内容生活气息浓郁，故事情节曲折生动，为市民所喜闻乐道。

其二，就创作主体而言，城市审美时尚影响到他们的讲述内容与方式。中国城市文学自汉代始便呈现出“以富为美”的价值取向，城市发展程度越高，城市文学“以富为美”的特征表现得也就越鲜明，宋元时期中国城市文学成熟的标志之一，便是诗词、戏曲、小说各种体裁全方位凸显与乡土文学、山水文学相区别的审美特质。话本属于叙事文学，讲述故事是其主要任务，环境描写应为推动情节服务，但宋元话本里的环境描写不能完全作如是观。话本里的城市除了是一个地域空间之外，还是作者和听众价值取向与审美趣味的空间载体，说话人念念不忘强调或渲染城市繁华富丽景象，或于开讲前，或在叙事中，描绘城市景象，带领听众走进彼此都熟悉和感兴趣的城市生活。《闹樊楼多情周胜仙》入话部分盛赞天子建都之处，《金明池吴清逢爱爱》借陶谷学士诗呈现金明池一带繁华热闹的景象。《西山一窟鬼》本讲述冤魂为鬼、人鬼通婚的奇异故事，可讲到男主人公吴教授与王七三官人欲到家里坟头走一遭时，却停下叙事而插上一段景物描写：“看那游春的人，真个是：人烟辐辏，车马骈阗。只见和风扇景，丽日增明，流莺啭绿柳阴中，粉蝶戏奇花枝上。管弦动处，是谁家舞榭歌台？语笑喧时，斜侧傍春楼夏阁。香车竞逐，玉勒争驰。白面郎敲金凳响，红妆人揭绣帘看。”“真个是”分明是说书人口吻，这一段看似可有可无的景物描写，却是他调动听众生活经验，进而进行互动交流的重要环节。最典型的当数《西湖三塔记》入话部分由一连串赞美西湖景物的诗文组成，迟迟不肯进入正话，说书人之所以如此卖弄学问而不担心失去听众，一个重要原因便是他绘声绘色展示的杭州美景，同样为受众感兴趣。即使如《错斩崔宁》并无具体景物描写，说话人仍忘不了带上这样一句：“却说南宋时，建都临安，繁华富贵，不减那汴京故国。”这种现象的出现绝非偶然，作为说话人的预设，必须保持与受众感受和喜好的一致，作者在设计故事场景或调动满足听众参与热情时，刻意强调城市的繁华富丽，当是考虑到广大市民的审美情趣与心理期待。

二、都市文化空间视角中的市民形象

建筑与街道构成的是城市的物质外壳，而市民及其日常生活形态才使城市变得生动鲜活，富有生命力①。因此，描绘和塑造市民形象无疑是都市叙事的重要内容，宋元话本小说在此方面取得的成就不容忽视。

市民是由大量异质性居民构成的社会共同体，城市公共空间是他们经常性出入的活动场所，个体性格的形成及其命运的发展，不可避免地要与公共空间发生关系。宋元话本的都市叙事中出现了一批纯粹的市民形象，如工匠、店主、商贩、媒婆、婢女、小吏等，小说对市民构成的复杂性、市民身份的纯粹性②的揭示程度远远超过唐代传奇小说。作为城市市民的普通一员，他们本有着各自相对稳定的生活轨迹，却因某种偶然因素（或一句戏言，或一时疏忽，或一次邂逅，或一场意外），生活轨迹通过公共空间开始交叉，个人命运随之发生变化。对于城市生活充满的各种变数，不同性格的人有着不同的反应，而人物对偶然事件或突发事故的态度与反应又决定着故事情节发展的方向。话本小说的作者已经注意到都市生活空间与人物性格、人物性格与故事情节发展之间的内在关系，在他们讲述的故事里，出现了数位性格鲜明的市民形象，城市文化空间对人物性格特征的影响隐约可见。

就性别而言，宋元话本里的女性市民形象显得更为丰富多彩，性格特色比较鲜明。《简帖和尚》里皇甫殿直的妻子杨氏身为足不出户的官人之妇，虽然生活在城市，却因特殊身份而缺少人际交往的经验，故头脑比较简单，性格也十分软弱，正是这样的经历和性格，使她遭遇丈夫的误解、打骂，乃至被休弃时，始终束手无策，逆来顺受，以至于被赶出家门后无法在城市立足，故又上当受骗嫁与奸僧，成为这场骗局的最大受害者。《柳耆卿诗酒玩江楼记》中的玩江楼是封建官吏寻欢作乐的场所，虽由个人建造，但属于半开放性质的文化空间，出入其中的人物多是金钱买笑的封建官吏和出卖色相的妓女。柳县宰一类人在此可以为所欲为，而以周月仙为代表的妓女则只能被动遭受屈辱，二人在同一空间里的不同表现反映了他们身份和地位的巨大差异。同为悲剧性女性，《碾玉观音》里的璩秀秀面对厄运的行为表现则与杨氏和周月仙截然相反，这位擅长绣作的市井女子之所以遇事不慌，行为果断，当与她从事的职业多与陌生人打交道、人

---

① 孙逊在强调市民对于城市的重要性时指出，市民生活空间构成了城市的灵魂和血肉。详见《中国古代小说中的城市书写及现代阐释》，载《中国社会科学》2007 年第 5 期。

② 市民身份的纯粹性是指长期居住在城市中的民众彻底告别农耕生活，从事非农业性质活动以作为谋生手段。唐传奇描写的进京赴考的士子，只能算是城市的暂住者，因为他们与田园生活保持着千丝万缕的联系。

生见识较广分不开。宋元话本中，突出都市空间环境对于人物性格的影响最为成功的一篇当属《闹樊楼多情周胜仙》。男女主人公最初相遇之地为汴梁城金明池旁的茶坊，是一个典型的全开放的公共空间，商人之女周胜仙可以毫无拘束地自由出入其中，其热烈外向性格的形成当与这样的生活空间背景密切相关。茶坊里初遇范二郎，一见钟情，便借骂卖水之人进行自我介绍，公开宣称“我是不曾嫁的女孩儿”，巧妙地传达出自己的内心欲望，毫无忸怩之状。当她发现自己被盗墓贼奸污后，并无失贞的痛苦，而是向对方表示“你救我去见樊楼酒店范二郎，重重相谢你”。即使“夜间离不得伴那厮睡”，也无怨无悔，这种重情轻礼的行为完全符合市井女子的身份教养与价值取向。其他如渴望爱情幸福的商人之妻小夫人、爱憎分明的卖酒女爱爱，话本作者也在一定程度上发掘出其性格的正面意义，并加以加以肯定与赞扬①。

在男性市民人物系列里，《碾玉观音》里的崔宁与《闹樊楼多情周胜仙》里的范二郎也有值得称道之处。身为小工匠的崔宁性格怯弱，遇事不敢承担责任，与敢爱敢为的璩秀秀形成鲜明的对比，他那卑微的人格形态隐约显示出封建官僚与上层贵族打压下层市民的痕迹。从酒肆里走出的范二郎则显得活泼大方，初遇美女便能抓住时机巧妙地传递出自己的各种信息，一句“我射得好弩，打得好弹，兼我不曾娶浑家”，也足以彰显其市民的身份与少受拘束的性格。此外，性格粗暴的皇甫松（《简帖和尚》）、放浪形骸的柳七官人（《柳耆卿诗酒玩江楼记》）、志诚老实的张主管（《小夫人金钱赠年少》）也给人留下较为鲜明的印象。

宋元话本小说传世作品虽然不多，但其城市文学价值不容忽视，因为它具有“以新方式写人、以新眼光观察人”②的本质特征。概言之，小说文本重点表现的不是作为“物”而存在的城市表象，而是由众多不同身份的市民亲身参加和感受的城市文化生活，作者不是按照既定的观念去演绎故事，而是根据自己的生活实感去叙述个体的城市际遇，去反映不同性格在都市公共空间里的碰撞。

---

① 王平认为这种现象“表明市民阶层已经直接参与了小说话本的创造”。《中国古代小说文化研究》第五章第二节“宋元话本与市民文化”，山东教育出版社 1996 年版，第 263 页。

② 捷克汉学家普实克教授认为“约略在公元十三世纪，位于欧亚大陆两端的中国和西欧竟然同时实现了文学的城市化。这就使得以新方式写人、以新眼光观察人的本质存在成为可能。中国宋元时职业说书人的作品话本和意大利十四世纪作家薄伽丘的《十日谈》均系环境相似、大致同代的产物，均系试图如实反映人生的同一体裁（都市小说）的代表。”普实克：《都市中心——通俗小说的摇篮》，转引自聂伟：《文学都市与影像民间》，广西师范大学出版社 2008 年版，第 14 页。

以市民的眼光，讲述市民的故事，意味着中国古代文学城市化的开端。

第六节　元代城市文学的时代特色

处于中国城市文学成熟期的元代城市文学，在历史与现实双重作用推动下，形成了自身鲜明的特点。具体言之，主要体现在以下几个方面：

其一，众体兼备的文学盛景。

随着戏曲的成熟与散曲的兴盛，中国古代的各种文体都被元代作家用以描写城市生活、刻画市民形象、书写城市感受和表达城市体验。都邑赋创作领域出现了黄仲文的传世名篇《大都赋》，散文写作有虞集的《大都皇城庙碑》、《游长春宫诗序》等，词有欧阳玄[①]仿“鼓子词”的说唱形式而创作的、内容专“道京师两城人物之富，四时节令之华”的《渔家傲·南词》十二首，其一云：“汉女姝娥金搭脑，国人姬侍金貂帽。绣毂雕鞍来往闹。闲驰骤，拜年直过烧灯后”，描绘出不同民族的居民同度佳节的欢乐景象。至于戏曲、诗歌、散曲、小说的创作情况，上文已作专门论析。尽管不同文体所取得的创作成就有高下之分，但众体兼备的文学盛景毕竟前所未见，沿着中国文学发展的历史轨迹前行，中国古代城市文学迎来文体百花齐放的繁荣局面。

其二，雅俗共赏的审美情趣。

商品交换和商品生产是城市最初形成的经济原因，而市场经济则构成城市发展强劲的推动力。经济因素对城市的影响是全方位的，宏观层面上体现为资源的配备、人口的构成、行业的设置等，微观层面则涉及人们的衣食住行、娱乐消费诸多方面；物质层面上可以决定城市规划、建筑规模、生活水平，精神层面上则影响人们的价值取向和审美情趣。长期以来，文人士大夫群体在文学艺术创作领域内高标“风雅”，追求超凡脱俗的境界，俗文学难以摆脱边缘化的地位。然而，赵宋以还，伴随着市民阶层的成熟与壮大，大众文化的发展与市民娱乐市场的出现改变了中国审美文化历史演进的风貌。有元一代，“以俗为美”的情趣弥漫在城市文学创作领域里，杂剧对世俗生活与市民形象的表现力度已达到空前水平，散曲创作在下层市民审美趣味的浸染下，形成了有别于传统诗词的“蛤

① 欧阳玄（1275？—1357？），字原功，号圭斋，浏阳人。祖籍江西，系欧阳修族裔。元代著名史学家、文学家。

蛃”风味。诗歌创作领域，市井题材已成为诗人普遍关注和保持浓厚兴趣的对象，充满雅趣的元诗也描绘出张扬世俗欲望的城市形象。市场化的娱乐活动开始突破城市存在的等级壁垒，文人士大夫纷纷进入勾栏戏棚观看戏曲表演，“甚至宫廷和官府的娱乐活动也取给于市场”①，在局部实现了城市各阶层对于市场娱乐资源的共享，袁桷《皇城曲》所描写的佛事，便是一次由宫廷组织、有众多民间艺人参加、供京都全体市民观赏的娱乐盛典。

其三，此消彼长的创作格局。

就表现对象而论，元代城市文学的描写中心发生了重大变化。频繁出现于文学家的创作视野之中的大都和上都作为“两都叙事”中的新形象，成为文学地图上最为耀眼的两大亮点，描写和歌咏两都的诗作呈井喷之势，大量涌现。与此形成鲜明对照的便是其他文化名城形象的黯然失色，不仅相关作品数量明显减少，而且缺少佳作名篇。这一现象的产生，固然由于两都尤其是大都的迅速崛起极大地刺激了文学家的创作热情，但考虑到两都诗文多美颂之辞，因而不能完全排除政治权力的影响，事实上，最高统治者的精神需求和相关措施作为导向，直接制约文人作家创作题材与主题的形成。“年年载笔陪京道，题柱相如又过桥”，通过马祖常《次韵王参议寄上京胡安常诸公四首》其二所描绘的情形，我们不难了解到上京诗歌繁盛的一个重要原因。

就各种文体被运用情况来看，同样存在此消彼长的不平衡状态。一方面戏曲在城市文化土壤里获取丰富的营养，呈现繁荣兴盛的局面，与此同步，城市文学在杂剧、南戏创作领域内取得了引人注目的辉煌成就；小说数量不多，却不乏可称道之处；由于诗歌一直居于文体正统地位，文人士大夫写作已达到得心应手的程度，故亦取得可观成就。另一方面则是都邑赋创作继续呈现衰落局面，已经处于两汉以来的最低谷，不仅写作者极少，而且传世作品包括黄仲文的《大都赋》文学成就均不高；元代文人创作了不少文笔优美的山水游记散文，却未能留下城市文学精品传世，令人遗憾。有鉴于此，故本章没有对元代辞赋、散文的相关创作进行专门论析。

其四，异常强烈的批判意识。

自魏晋南北朝起，批判城市便构成城市文学的重要内容。一代又一代士子文人怀揣人生理想，从乡村奔向城市，不少人有幸享受着城市提供的高水平物

① 龙登高：《江南市场史——十一至十九世纪的变迁》，清华大学出版社2003年版，第128页。

质生活（相对农村而言），与此同时，他们又厌恶城市的喧嚣与污浊，向往山林田园的清新与宁静，"不如归去"的吟唱和"守拙归园田"的行为无不体现出对城市文化的疏远和批判，此种情形在宋代表现得尤为突出。元代文人继续书写批判城市的文学主题，形象地表达自己关于城市生活的感受与思考，其批判锋芒同样指向城市文化弊端，例如张养浩的散曲【双调·沽美酒兼太平令】以怀古的方式揭露了城市为文人士大夫铺设的人生陷阱。但是，我们又必须看到，元代作家所具有的异常强烈的批判意识集中体现于散曲创作之中，他们之所以以乡村为本位反观城市，通过城乡生活方式的对比，彻底否定城市文化，召唤向乡土文化的回归，并非更加深刻地认识到城市在新的社会价值取向冲击下所出现的精神境遇与困惑，而是在很大程度上源于现实政治体制对个体自主人格的排斥挤压，源于庙堂之门对自身无情的关闭。中国古代城市尤其是大都市与西方同类城市相比，一个重要特点便是作为行政区域而存在，政治统治功能长期居于各种功能之首，士子们奔赴各级城市参加科举考试，其目的首先在于获得一官半职以及随之而来的政治权力，"学而优则仕"也好，"读书做官"也罢，无非是知识分子人生成功的标示。对于元代绝大多数文人而言，入仕之门长期关闭，通往理想之途障碍重重，城市之旅艰难而无果。于是，有人改变生存方式，行走于城市底层，以愤世嫉俗的态度，嘲笑传统知识分子的人生选择；有人回归山林，投身于大自然怀抱，以歌唱隐约的方式，昭示与城市文化势不两立的立场。他们冷嘲热讽，嬉笑怒骂，"面子疑于放倒，骨子弥复认真"①，始终难以掩饰对于现实的失望乃至绝望之情，元散曲批判城市的主题正是在这种背景下出现的。

其五，民族融合的文化精神。

开放性是城市区别于乡村的一个重要特征，它决定了城市人口的多样性与异质性，也决定了城市人口民族分布的多样性。唐代的长安、宋代的汴京均是国际性大都市，五方杂处的特点已经十分突出，但与元朝的大都相比，各民族的融合还处于局部或者表面状态，"自从胡骑起烟尘，毛毳腥膻满咸洛"（元稹《法曲》），"秋风响耳环，古怪聚人看"（宋·陈某《回回僧》），类似的描写昭显着主客体之间的距离以及作家情感的隔膜。这种现象产生的根本原因在于，汉民族不仅在城市人口构成中占据绝对优势，而且其文化也处于主导地位，运用主流话语进行创作的作家整体上以居高临下之态审视出现于城市的异族成员和异族

① （清）刘熙载:《艺概·词曲概》，上海古籍出版社1978年版，第124页。

文化。蒙古族建立元朝之后，本民族成员大量涌进北京，加之世界各国商人以及西方传教士源源不断汇集大都，各民族文化融合的机遇大大增加。一般情况下，"当一个民族在城市人口分布中处于绝对优势时，该民族的文化便构成了城市的民族主文化，相应地，其他分布在该城市的少数民族社会成员所特有的文化便形成了城市的民族亚文化。"① 然而，对元蒙文化却不能完全作如是观。固然蒙古族不是大都市民的主要构成者，但掌握着国家的最高权力，吸纳汉文化的统治策略掩盖不了作为战胜民族的文化优越感和强权意识。他们一方面采取民族歧视和民族压迫的政策，构成对汉文化的挤压与排斥；另一方面又利用种种具体措施，弘扬本民族的文化精神。与民族侵略通常伴随腥风血雨有所不同，日常行为中的文化渗透更容易达到润物无声的功效，长期相处，耳濡目染，汉族文人对于各少数民族的生活习俗、民族风尚的态度于司空见惯中逐渐发生变化，由陌生到熟悉，从抵制到接受，变鄙视为欣赏，民族融合在文化精神的层面上得到进一步推进，对此，元代诗人关于两京的言说给予了比较充分的表现。而现代研究者在相当长的历史时期内忽略了这一点。

① 向德平编著：《城市社会学》，武汉大学出版社 2002 年版，第 190 页。

第六章

明代：中国古代城市文学的鼎盛期

第一节　明代城市建设与发展以及城市文学概述

明清两代[①]是中国古代城市发展的顶峰时期，也是中国封建城市向近代城市过渡的重要阶段。随着社会生产力大幅度提高，封建经济的发展达到了历史最高水平，为城市的发展与繁荣提供了肥沃的土壤。此间，城市建设呈现出全面拓展、重点突出的局面，长江、大运河沿岸城市进一步繁荣，西南、西北、东北边陲城镇也得以扩展。具体而言，有以下几个显著特点：

第一，城市数量和城市人口继续增加。明清时期全国的大中城市已超过100个，北京、南京、苏州跻身人口过百万的特大城市行列，人口50万至100万的大城市约有9个，分别是杭州、扬州、广州、佛山、汉口、福州、上海、天津、厦门，明代诗人徐熥七绝《闽中元夕曲》描绘福州节日之夜景象："三十万家齐上彩，一时灯影照天红"，场面十分壮观。小城镇已超过2000个，明中叶著名学者茅坤曾经不无自豪地称道自己家乡的市镇："如我湖归安之双林、菱湖、琏市，乌程之乌镇、南浔，所环人烟，小者数千家，大者万家，即其所聚，当亦不下中州郡县之饶者。"（《与李汲泉中丞议海寇事宜书》）由此可窥全豹。农村集镇蓬勃发展，多至4000—6000个[②]。至清代，集镇的数量及规模又超过了明代。

---

① 明清两代的城市发展总体上呈现大致相同的趋势，特点基本趋于一致，为了避免行文的重复，于此将两个朝代城市发展的概况一并介绍，下一章"清代城市文学"不再赘述相同内容。

② 参见顾朝林等：《中国城市地理》，商务印书馆1999年版，第7页。

第二，城市类型更加多样化。明清时期，京城继续居于国家政治文化中心地位，各地府州县城则是地区性的行政中心。全国各地出现了众多手工业发达的城市，如苏州、杭州、扬州、佛山、景德镇等，其中刺绣业发达的苏州“大店小店如列栅，南货北货山委积。……鸳针刺枕绣丝联，龙须编席青锦缘”（明·王弼《阊门谣》），佛山“居民大率以铁冶为业”（明·丘濬《东溪记》），而景德镇则是“以万室陶天下”，“互市日繁，货泉流潴”（明·罗玘《浮梁黄处士墓表》）。商业中心城市有汉口、重庆、临清、朱仙镇、赣州等，“临清人家枕闸河，临清贾客何其多”（明·薛瑄《临清曲》），“忽闻盐价好，又驾赣州船”（明·刘嵩《古意》），诗人的咏叹足以传达出这些城市的商业气息。明朝重要外贸港口城市有广州、福州、天津、上海、澳门等，边防城镇如大同、太原、宁夏、榆林等也具有十分重要的战略地位，功能各有侧重的各类城市相互补充，共同建构起全国庞大的城市网络[①]。

第三，城市社会关系发生重大变化。由于资本主义经济的萌芽，城市出现了手工工场雇主与雇工、商人与雇员、商人与手工业主之间的多重复杂关系，统治者与被统治者的关系在全部社会关系中所占比重呈现下降趋势，从事工商业的人口比重大大增加，人际关系中的经济纽带作用日益增强[②]。

第四，城市的宜居程度进一步提高。在经济发达地区，城市园林建筑、亭台楼阁大量涌现，城郊的园艺业迅速发展，园林与山水融为一体，城市居民生活环境呈现出美化倾向。江南一带修治园林的风气盛行，早在明成化年间，苏州即已亭馆布列。据《吴县志》记载，明代苏州共有第宅园林 255 处，清代新增 172 处，享有城里半亭园之誉，其中的典范之作拙政园、留园保存至今。始建于明正德年间的无锡寄畅园，饶具人工代天巧之妙，堪称明清园林中的上品。北京作为王公贵族、文人雅士的聚集之都，同样营建了不少宅园。融建筑美与自然美于一体是中国古代城市园林的显著特点，它“通过对大自然及其构景要素的典型化、抽象化而传达给人们以自然生态的信息”[③]，使生活于城中之人享受到自然山林的幽趣，体现出人工与自然的妙合。

经济发展带来的不仅是城市建设的崭新面貌，还有社会思潮与社会风气的重大变化。在中国，“重农抑商”的传统观念可谓源远流长，根深蒂固，然而随

① 参见陈代光：《中国历史地理》，广东高等教育出版社 2004 年版，第 410—413 页。

② 向德平编著：《城市社会学》，武汉大学出版社 2002 年版，第 42 页。

③ 周维权：《园林·风景·建筑》，百花文艺出版社 2006 年版，第 172 页。

着手工业、商业的飞速发展以及手工业业主、商人对社会生活影响力的加大，轻商抑商的观念遭到强烈冲击。“士子攻书农种田，工商勤苦挣家园”（《醒世恒言·张孝基陈留认舅》）的思想已为众多社会成员所认同，四民皆善，工商亦本的观念有助于商人社会地位的提高。经商者事业的成功及其豪奢的生活方式，成为社会各阶层心理躁动的诱发剂，极大地刺激了人们对于物质占有和享乐的欲望，明中后期的社会生活一改明初尚简风尚，靡然向奢。身处社会上层的官僚贵族毫不掩饰自己对财富的占有和物质的享受，他们“居处之崇高，服食之丰美，轻舆肥马之往来，驺奴从吏唱呼导拥之后先，闾巷之人奔走辟易仰之如神明”（明·王直《赠陈知府序》），为社会树立起纵情享乐的生活样板。原本社会地位不高的商人于暴富之后，肆意挥霍着手中大把的金钱，公开挑战传统观念和固有的社会等级，“在商人的引领之下，城市成为社会时尚的策源地，并迅速刮起奢侈消费之风”。①

城市商业的繁荣为文学创作与文学传播提供了强大的经济动力。城市仍然是文学创作中心，士人仍然是文学创作的主力军，他们大多具有城市生活经历，富于艺术才情，善于将自身丰富的城市体验转化为文学创作资源，其作品在市民中产生了不可忽视的影响。例如，陈铎的《滑稽余韵》运用曲体勾勒出一系列下层市民的剪影，市井气息甚是浓烈。又如，万历年间李贽的《藏书》、《焚书》深受市民喜爱，一度出现“人挟一册，以为奇货”（朱国桢《涌幢小品·李卓吾》）的情形。尤其值得注意的是，作家队伍的构成发生了明显变化，商人和商人之子成为诗人的现象十分普遍，此外，还出现了一类特殊人物，即所谓“山人”，他们或是罢官的士大夫，或是不获荐的监生、生员，或是自视甚高的读书人，号称“山人”，却“不在山中住，止无过老着脸，写几句歪诗。带方巾称治民，到处（去）投刺”（冯梦龙《挂枝儿·山人》），仕进无望便游历于城乡，出入于朱门，或钻营于政坛，或混迹于市井，凭借自己的一技之长获取帛金粟米以维持生计，进而谋求发展。城市发达的商品经济市场为他们的生存提供了广阔空间，而他们的诗文创作又进一步丰富了城市文学的内容②。

明代的文学传播呈现出多层次、多渠道的特点，一方面传统的借阅、传抄、背诵书籍的方式仍然普遍存在，另一方面延续和发展着唐宋以还就开始出现集

① 刘玉才编著：《传承与新变——明中叶至辛亥革命的物质文明》，北京大学出版社2009年版，第153页。

② 详见方远志：《明代城市与市民文学》，中华书局2004年版，第92—96页。

娱乐与商业于一体的演出方式（如戏曲表演、说话等），此外，还采用纯商业手段，通过刻印、买卖书籍的方式将大批文献书籍推向市场①。明代城市的印刷业与娱乐业在元代的基础上继续发展，迎来空前繁荣的昌盛局面，成为建构立体、多维的文学传播体系不可或缺的重要因素，文学传播的范围和力度因此得以加大。活动于城市的书商、艺人在经济利益驱动下，通过相应的传播行为获取自身应得的物质报酬，即如田汝成《西湖游览余志》卷二十所载："杭州男女瞽者，多学琵琶，唱古今小说、平话，一觅衣食，谓之陶真"，客观上则为文学的发展做出了积极贡献。明代短篇拟话本小说的繁荣在很大程度上得益于印刷业的发达，而娱乐活动的普泛化则与城市市民文学的繁荣构成同步关系。

明朝实行两都制，太祖朱元璋定鼎南京，成祖朱棣迁都北京，以南京为留都。两京并立，在明代政治、经济、军事、文化发展上有着至关重要的意义，两都人文荟萃，成为文学创作的热土与中心。在立国和建国的具体实践中，明朝帝王深感人才对于国家兴旺发达的重要性，于是广纳贤才，采用礼聘、荐举、征召、破格录用生员、科举考试等方式，灵活多样，不拘一格。如洪武二年（1369），太祖先后征召汪克宽、胡翰、宋僖、陶凯、陈基等纂修官三十人修《元史》，命杨维桢、徐一夔、唐肃等儒士修礼乐书。永乐元年（1403），明成祖为笼络天下读书人，并显示帝都的繁荣稳定，决定编撰超越前代的大型类书——《永乐大典》，参与其事者先后将近三千人。

早在元至正二十五年（1365），朱元璋便在应天创办国子学，洪武十五年（1382）改称国子监。永乐元年（1403），明成祖在北京设国子监，南北两监自此建立。国子监在明代的规模十分庞大，它作为全国的最高学府，是朝廷招揽和培养人才的主要机构。洪武二十六年（1393），南京国子监的学生达八千一百多名；永乐十九年（1421），北京国子监的监生更多达九千八百多人。同时，朱元璋沿袭历代封建社会取士的常法——科举制度选拔人才。据《明史·选举一》载："明制，科目为盛，卿相皆由此出，学校则储才以应科目者也。"天顺以后，进士成为政府官员的主要来源，甚而出现了"非进士不入翰林，非翰林不入内阁"的局面。在中国特定的文化背景下，士人们要想兼济天下就必须投身政治，而明代使中外文臣皆由科举而进，非科举者毋得与官。明代大批著名作家皆科举

① 尚学锋等：《中国古典文学接受史》（山东教育出版社2000年版）第六章"元明的文学接受"指出：元明时期文学的社会传播主要有三种类型，即书籍的借阅和传抄、书籍的刻印与买卖以及戏剧演出和说书活动。

出身，如：程敏政为成化二年（1466）进士，授编修，历左谕德，直讲东宫；李梦阳为弘治七年（1494）进士，授户部主事；康海乃弘治十五年（1502）殿试第一，授修撰；王慎中为嘉靖五年（1526）进士，授户部主事，寻改礼部祠祭司；李攀龙是嘉靖二十三年（1544）进士，授刑部主事；王世贞为嘉靖二十六年（1547）进士，授刑部主事；屠隆为万历五年（1577）进士，除颍上知县，调繁青浦；袁宗道于万历十四年（1586）会试第一，授庶吉士，进编修；钟惺乃万历三十八年（1610）进士，授行人，稍迁工部主事，寻改南京礼部，进郎中……可谓不胜枚举。选官与科举的紧密联系，必然促使大量人才涌入京师，"京畿佳丽地，多士纷如林"（刘基《送马生游京师》），"帝都冠盖尽才贤，两载追随得后先"（王祎《留别京师诸同志》），诗人的描写形象地展示了京城人才济济的盛况。

大批人才汇集两京，为文人结社，相互唱和，形成创作风气提供了优越条件。据统计，从隆庆初年至崇祯末年，全国各地的文人结社，以南京和北京最为集中[①]，从一个侧面反映了两京所具有的深厚的文学创作土壤。

从事城市文学创作的人才大量涌现，城市文学地图分布空前广阔，城市商业文化对文学生产机制的渗透进一步扩展，城市发展给予文学发展强大的推动作用。城市在广泛影响文人士大夫日常生活行为的同时，也深刻影响着他们的文化心理结构与审美情趣，对城市进行自觉的文学观照已成为明代的普遍现象。城市文学文本大量涌现，呈井喷状态，作家们熟练地运用各种艺术形式自由地开展自己关于城市的想象，成功地刻画出一大批极具"个性"的城市形象。新型市民形象挟时代之风气频频出现在文学文本之中，通俗文学流行于各大城市，凡此种种，共同标志着中国古代城市文学鼎盛时期的到来。

第二节　都市诗歌[②]：城市乐章的历史新高潮

两汉以还，城市赞歌一直是都市诗歌的主旋律之一，从未中断，有明一朝，城市乐章的演奏达到了历史最高潮。明代诗人对于城市的审美观照与艺术表现具有集大成的性质。

长期以来，在中国古代文学的书写历史中，明代诗歌所受到的重视程度远

---

① 李圣华：《晚明诗歌研究》，人民文学出版社 2002 年版，第 349—390 页。

② 此处使用的是广义的"诗歌"概念。明代城市文学内容非常丰富，考虑到篇幅问题，且为了避免行文的重复，故将明代诗词曲的相关创作加以整合，一并论析。

不及同时代的小说和戏曲。事实上，作为形式灵活、书写自由、且十分成熟的文学样式，诗歌深受明代文人士大夫的喜爱，成为他们日常生活中使用频率最高的一种文学体式，无论抒情言志抑或叙事写景，都显得得心应手。明代诗歌继续书写传统的城市文学主题，都市题材丰富多彩，都市景观、都市咏叹、都市人物，成为诗人常见的表现对象。较之于前代同类作品，于全面继承中在局部有所突破与创新。诗人群体普遍具有自觉的城市书写意识，他们采用面向现实的创作姿态，将都市生活的方方面面尽收眼底，对于城市文化的审美观照和艺术处理，体现出平常化、生活化的倾向，而这一点正是城市文学走向成熟的标志之一。

一、推陈出新的城市文化丛系列

中国古代城市发展至明代，城市文化丛现象引起了文学家的高度关注与浓厚兴趣。城市文化丛是指因文化功能相同或相近而组合成的一系列城市文化景观，“它往往与人们的某种特定活动有关，是一系列特定的文化特质的特殊组合。”① 出现在城市里的礼乐活动、节庆活动以及都市的观赏活动均属于城市文化丛范畴。自六朝起，京城早朝、元夜观灯、上巳出游等城市人文景观就成为文学家反复的吟咏对象，历代不衰。只不过在相当长的历史时期内，多数人对于发生在城市里的各类活动之间的相关性认识不足，故描写比较零散，缺少整合性和系统性。随着城市文化设施建设系统性的加强、城市人文景观的大量涌现以及文人群体利用城市文化资源进行创作活动的意识日益明确。至明，文学家已经完全具备了解和认识城市文化功能的主客观条件，他们积极参与城市里不同层次的各类文化活动，将城市的物质资源和精神文化资源有效地转化为文学创作资源，形成歌咏城市文化丛的时代风气，诗歌创作领域出现了以京都盛典、景观赏胜、节日欢庆为表现对象的三大系列。

京都盛典是指由朝廷举行的诸如建都、迁都、朝拜、祭祀等系列重大活动，此乃政治权力运作的产物，通过严格规范的礼乐仪式完成。歌咏京都盛典的诗歌大量涌现，与国家政治形势以及明王朝的文化政策紧密相关。

建都，是中国历代封建王朝的头等大事。都城作为国家政治文化中心，既是万众瞩目之所在，亦为文人墨客歌咏之对象，明朝也不例外。诚如著名作家

① 向德平编著：《城市社会学》，武汉大学出版社 2002 年版，第 191 页。

李东阳所言："惟帝王建国立都，必有山川关辅之胜，宫阙城郭之丽，车书文轨民物之盛，以观天下。而鸿儒硕士必有文章歌咏，写之琬琰，播之金石，以示后世，不可阙也。"(《京都十景诗序》)明朝建立初期(1378)定都南京，曾是六朝古都的金陵城第一次成为全国统一性政权的首都，此时，元末动荡不已的政治局势得到有效控制，天下一统，国家的最高统治权重归汉族掌握，以汉族文人为主体的作家群由此获得了高唱赞歌的内在情感动力。他们吟咏辞章，歌颂国家的和平，赞扬君主的功绩，抒发祖国一统的豪迈情感，陶安的诗作《重至金陵喜熙朝建都》[1] 可为代表：

圣王开极坐金銮，整顿乾坤始得安。景运河清并海晏，江山虎踞更龙蟠。

四方宝货梯航至，百辟衣冠雨露宽。从此升平千万载，黎民击壤磬交欢。

全诗洋溢着喜庆、激越的情绪。"四方宝货梯航至"一类说法曾经频现于元诗之中，但歌颂对象完全不同。陶安(1315—1368)，字主敬，当涂(今属安徽)人。据《明史》本传载，元至正初(1341)举乡试，授明道书院山长。避乱家居。太祖渡江，安与耆儒李习率父老出迎。太祖与语甚欢，留参幕府，授左司员外郎。洪武初(1368)命知制诰，兼修国史，历江西行省参知政事。诗首句描写朱元璋登基的盛大场面，为想象中景，以下七句颂扬之辞均由此引发而出。陶安与朱元璋的亲密关系固然可能成为颂歌产生的理由，如联系他于元末动荡生涯中写下的诗句："江上薜萝烟雨里，何时重听太平歌"(《秩满避乱》)，我们有理由相信喜见国家统一、天下太平应是其挥笔作颂的深层次原因。

元朝国家礼仪具有蒙古族习俗的众多内容，例如祭礼多用"国俗旧礼"(《元史·祭礼志》)，异族文化色彩十分浓厚。"明太祖初定天下，他务未遑，首开礼、乐二局，广征耆儒，分曹究讨"，目的在于拨乱反正，整肃朝纲，重建符合华夏传统的礼乐制度。明代文人士大夫受国家制度的规范与约束，按规定参加与个体身份相符的各种典礼[2]，或朝觐，或陪祀，或扈从，大批描写京都盛典的诗歌应时而生。有明一代，包括刘基、高启、解缙、杨士奇、李东阳、文征明、李攀龙、王世贞、宗臣等著名文士在内的六十多位诗人创作了逾百首早朝诗，主要

---

① (明)陶安：《陶学士集》卷五，(清)文渊阁《四库全书》集部·别集类。

② 据《明史·礼志》载："凡陪祀，洪武四年，太常寺引《周礼》及唐制，拟用武官四品、文官五品以上，其老疾疮疥刑余丧过体气者不与。从之。后定郊祀，六科都给事中皆与陪祀，余祭不与。"又《明史·职官志》载，布政使掌一省之政，"三年，率其府州县正官，朝觐京师，以听察典"。

围绕上朝时的黎明景色、候朝时的壮观场面以及赴朝时的当下情怀这三方面展开艺术描写，而歌颂圣君仁德则是此类作品共同的核心内涵①。兹举数首代表作如下：

天启圣图昌，流虹叶梦祥。飞龙起江左，战马放山阳。御柳垂阊阖，仙桃熟建章。

远人陈贡篚，近侍浥炉香。金镜千秋録，瑶池万岁觞。小臣歌拜手，尧日正舒长。

——高启《圣寿节早朝》②

高启（1336—1373），字季迪，长洲（今江苏省苏州市）人。博学工诗，与杨基、张羽、徐贲被时人誉为“吴中四杰”，以配“初唐四杰”。《明史》有传。此诗作于高启入洪武朝担任翰林院国史编修官期间，实为应景之作，故诗中美颂之词多属于套话。诗中有两处值得注意：其一，“飞龙”两句高度肯定朱元璋结束战乱、统一天下的历史功绩，高启这位不愿与朱元璋长期合作、最后惨遭腰斩的著名诗人之所以作诗称颂，内在动因正在于“从今四海永为家，不用长江限南北”（《登金陵雨花台望大江》），而这也是明初文人颂歌不断的共同历史背景，早朝诗因此获得了值得肯定的积极价值。其二，诗人自称“小臣”，这几乎是所有早朝诗作者共同的自我定位，仰视的写作姿态折射出中国封建士大夫政治上普遍具有的“臣妾”心态，京城的早朝景观因此蒙上了一层专制主义的阴影。

元末明初另一著名文人汤式（字舜臣，号菊庄）与朱明王朝关系较为密切，入明后他结束了漂泊江湖的落魄生涯，明成祖朱棣在燕邸时，曾为其文学侍从，宠遇甚厚，因而更具备高唱都市赞歌的主观条件。所作套曲【北正宫·端正好】《元日贺朝》③，观照视角与高启具有惊人的相似之处：“贺三阳万国来朝，践天街车马知多少，端的便塞满东华道”，同样通过描写京城贺朝的盛大场面，表达对朱明政权的衷心拥护。

枝上鸣嘤报早春，御沟波澹碧龙鳞。旗常影动千官肃，环佩声来万国宾。

① 同为由元入明的邓雅《早朝》诗亦云：“道德瞻仰天地大，车书复见古今同。”（（清）文渊阁《四库全书》集部《玉笥集》卷九）另一位由元入明的诗人贝琼作有《洪武六年五月初一日早朝奉天殿，时西域国师来朝，盖前代所未有也，目击盛事以赋》[（清）文渊阁《四库全书》集部《清江诗集》卷八]，仅从诗题便可知诗人写作原因。

② （明）高启：《大全集》卷十三，（清）文渊阁《四库全书》集部·别集类。

③ 本章所引明代散曲均出自谢伯阳编《全明散曲》，齐鲁书社1994年版。

若乳露从霄汉来，非烟云抱翠华新。从臣才俊俱扬马，白首无能愧老身。

——刘基《乙卯岁首早朝奉天殿东翰林大本堂诸友》①

刘基（1311—1375），字伯温，元末明初军事家、政治家及诗人，温州文成县南田人（旧属青田县）。《明史》有传。本诗诗题所言乙卯岁即公元1375年，乃刘基生命最后一年，是年四月诗人便因病逝世。明初，刘基与高启均以善诗著称，但二人对朱明王朝的态度与感情差异很大。刘基通经史、晓天文、精兵法，以辅佐朱元璋完成帝业、开创明朝，并尽力保持国家安定而驰名天下，被后人誉为诸葛武侯。而朱元璋也“常呼为老先生而不名，曰：‘吾子房也。’”（《明史》本传）刘基之所以抱病参加早朝，希望晚年能够继续为君主效忠，为国家效力，完全出于其贯穿一生、历久不衰的用世之心。对于中国古代文人而言，跻身于早朝队伍意味着获得了沐浴皇恩、廷议国是的资格以及大展宏图的可能，故多以早朝为荣，出现回忆、向往早朝的诗句，例如“不是思归浑不寐，早朝还忆大明宫”（刘嵩《广州水驿除夕》），“归来一室青山郭，梦到群仙白玉京”（程本立《归田后次韵友人正旦早朝韵》），亦不足为奇。通过刘基等人对于早朝的态度，我们可以感受到明朝文人积极参政的热情以及渴望有所作为的入世取向。

明代帝王推崇儒家伦理道德和封建礼制，按照传统礼制兴建帝王陵墓、皇家苑囿以及坛庙之类祭祀性建筑。明代先后有16位皇帝执掌朝政，其中开国之君朱元璋的陵园在南京钟山南麓，建文帝朱允炆因为“靖难之役”未留下陵墓，第七帝朱祁钰以王的身份葬于北京西郊玉泉山，其余13位皇帝的陵墓都坐落于北京昌平境内，即著名的皇陵建筑群——明代十三陵。明王朝对于皇陵祭祀有明确规定②，在南京孝陵与北京皇陵进行的皇家祭祀活动常年不断，文人雅士的游览拜谒也络绎不绝，大量的谒陵、陪祀诗歌随之问世。此类作品或描写拜谒途中的山川景色，如“万户莺歌迎凤管，九衢花雨拂霓旌。连山地入长杨苑，夹道兵陈细柳营”（于慎行《扈从春际上陵》）；或渲染皇陵的宏伟气象，如“钟阜炳灵曾氏蒋，孝陵神御独尊尧”（程敏政《送周驸马德彰代祀孝陵》）；或展现祭祀的具体场面，如“冕旒肃肃威仪盛，玉帛煌煌典礼崇。卤簿香飘凝瑞霭，箫韶声奏度祥风”（王绂《观大祀》）。大都写得格律严整，风格典重，内容与形式和谐统一。其中倪谦所作组诗《扈从谒陵十咏》③具有典范意义，值得关注。

---

① （明）刘基：《诚意伯文集》卷十六，（清）文渊阁《四库全书》集部·别集类。

② 详见《明史·礼志》。

③ （明）倪谦：《倪文僖集》卷七，（清）文渊阁《四库全书》集部·别集类。

倪谦（生卒年不详），字克让，号静存，上元（今南京）人。正统三年（1438）乡荐，次年赐进士第三名，授编修。官至南京礼部尚书。据诗人自己标注的时间，《扈从谒陵十咏》作于正统十三年（1448）春二月二十六日至三月初四之间，分别题为《驾出都城》、《沙河驻跸》、《御营启行》、《寝园祇谒》、《恭陪大祀》、《侍阁军容》、《龙池赐宴》、《辇道回銮》、《北郊迎觐》，内容连贯而下，用笔浓墨重彩，具体展现扈从皇帝谒陵的全部过程，充分发挥了文学创作的场景还原功能。谒陵陪祀与城市之关系以及此类诗作的文化价值在《北郊迎觐》诗里得到了集中体现：

清道龙骧已载途，甲光映日似银铺。百年礼乐逢昭代，万古山河壮帝都。

朝士蕃王齐觐谒，黄童白发竞携扶。词臣归从銮舆后，惟听嵩高振地呼。

帝王出行，千官扈从，队伍浩荡，威仪气派，已成为皇都一道壮丽景观，它不仅是入朝官员政治生活中的重大事件，而且吸引了京城众多百姓的观赏目光，“黄童白发竞相扶”，争先恐后的场面不逊色于京城节日出游。

如果说倪谦之诗善于夸张、以激情洋溢见长的话，那么，著名文学家、“前七子”之一的何景明（1483—1521）所作《奉和严太史谒泰陵三首》[①] 则因悲音回荡而别具特色。现录前两首如下：

敬皇十八年，四海一何安。鼎成弃万国，弓堕哭千官。

白日园陵閟，秋风松柏寒。龙游万岁后，寂寞葬衣冠。（其一）

世切如云望，天摧格帝功。弥留念诸侯，顾命托三公。

玉几星辰上，玄宫霜露中。松楸恸哭地，白日起悲风。（其二）

泰陵为明孝宗朱祐樘的陵寝。朱祐樘是宪宗第三子，成化二十三年（1487）九月六日即皇帝位，次年改元弘治，弘治十八年（1505）逝世，庙号孝宗，葬泰陵。孝宗是明代中叶唯一能够励精图治的皇帝，史称“明有天下，传世十六，太祖、成祖而外，可称者仁宗、宣宗、孝宗而已。仁、宣之际，国势初张，纲纪修立，淳朴未漓。至成化以来，号为太平无事，而晏安则易耽怠玩，富盛则渐启骄奢。孝宗独能恭俭有制，勤政爱民，兢兢于保泰持盈之道，用使朝序清宁，民物康阜。”（《明史・孝宗本纪》）何景明本人“志操耿介”（《明史》本传语），不慕荣利，泰陵前的追忆与感伤，均系之于江山社稷，而无关个人得失。长歌当哭，唯其如此，诗中抒发的哀痛之情才显得真挚感人，开篇的颂扬也得以避免落入溢美之俗套。

① （明）何景明：《大复集》卷二十，（清）文渊阁《四库全书》集部・别集类。

明代文人关于朝廷典礼的书写大都站在国家伦理立场，可纳入宏大叙事之中，而与何景明同为文坛领袖的李东阳所作《己亥中元陪祀山陵道中奉和杨学士先生韵十首》[①] 则在局部偏离主流话语。他采用冷峻的笔调，描写陪祀途中所见景色以及“十年三赴四陵朝”的个人体验，甚至将已故昌平人刘贲也纳入观照视野，于诗中抒发“布衣人犯逆鳞龙，一代豪贤此地钟”（其四）的沉痛感慨，实属罕见。

李东阳（1447—1516），字宾之，号西涯。祖籍长沙府茶陵州（今属湖南），居住于京城。明代中期著名政治家、文学家，茶陵诗派领袖。《明史》有传。李东阳即是明孝宗临终“顾命托三公”中的一位，作为朝廷重臣，多次参加祭祀活动，先后写下《孟春陪庙祀》、《郊坛候驾》、《长至祀陵纪行》等诗。新鲜感的缺乏，已经影响到诗人的创作激情和艺术想象，加之武宗登基后宦官刘瑾专权，李东阳举步维艰，如履薄冰，内心实难产生明朝前朝文人具有的政治激情与赞美冲动。故组诗描写的内容无论出城场面“龙尾道瞻回辇近，马蹄尘送入山遥”（其一），抑或帝陵景象“四塞河山今古在，诸陵云雾往来同”（其六），还是赞美帝王功业“八方贡赋归帝甸，万古山名属帝丘”（其八），均以淡雅平稳之笔出之，情感显得内敛。组诗的主题稍显分散，第二首甚至推出了一组与倪谦诗歌完全不同的画面：“疲童望路心兼远，野老迎人礼大疏。”颠覆传统的写法，化神圣为平庸。一“疲”字隐约透露出诗人自己内心的倦意。

以组诗（词）形式对与某一城市相关的若干景点进行集中描写的创作传统形成于南宋，词人陈允平、张矩作有组词“西湖十咏”，开风气之先。元朝文人进一步拓展了景观文化丛的范围，陈孚、张嗣德分别创作了组诗《咏神京八景》与《滦京八景》。有明一朝，咏八景、咏十景已成时代创作风气。文人士大夫普遍具有景观审美的自觉意识，他们擅长于将审美的目光向居住城市的四面八方延伸，一旦寻找和发掘到令人赏心悦目的景观，便予以诗意的命名，分题进行文学表现。景观文化丛的形成，正是明代文学家审美观照的产物。

京师的特殊地位使北京成为诗人歌咏的热点，永乐甲申（1404）进士王直《富溪八景诗序》云：“忆前廿年，尝从翰林诸公取北京八景而赋之，制作之盛，至今在人耳目。”明朝诗人所作“北京八咏”流传至今者有：曾棨《燕京八咏》、

① 本节凡引李东阳诗文均出自李东阳所撰《怀麓堂集》，（清）文渊阁《四库全书》集部·别集类。

薛瑄《神州八景》、杨荣《京师八景》、唐之淳《燕山八景》、金幼孜《北京八景》、王洪《北京八景》、王绂《北京八景》、胡俨《北京八景》。所咏八景与陈孚大致相同，即太液秋风、琼岛春阴、居庸叠翠、卢沟晓月、西山晴雪（或作“西山霁雪”）、蓟门飞雨、玉泉垂虹、金台夕照。不过也存在局部变化，具体而言，多改“太液秋风”为“太液晴波”或“太液秋波”，也有改“金台夕照”为“道陵夕照”、改“蓟门飞雨”为“蓟门烟树”的。“北京八咏”描绘的均为京师风景之精华，或为皇城内景色，如“太液晴波”重点描绘皇宫西苑（由北海、中海和南海三部分组成）水域晴空下的波光粼粼；或为置身城内向外远眺之所见，如“西山晴雪”描写西郊山脉（今香山）冬季雪后素壁银屏、琼林瑶树的晴光佳气；或展现绿色环绕之京都形胜，如“居庸叠翠”；或吟咏入京要道上的斜月晓星，如“卢沟晓月”；还有足以引发文人墨客怀古伤今之情的历史遗迹，如“金台夕照”。“北京八景”的组合成功实现了历史与现实的对接，建筑景观与自然景观的融合以及城内与城外的统一。“太液清涵一鉴开，溶溶漾漾自天来。光浮雪练明金阙，影带晴虹绕玉台”（杨荣《太液晴波》），“蓬岛楼台金碧晖，春云郁郁更霏霏”（王绂《琼岛春阴》），“东风绿树绕郊畿，烟景苍茫霭曙晖”（曾棨《蓟门烟树》），“随云已作千秋雨，映日还为五色虹”（薛瑄《玉泉垂虹》），“举首神京东望近，天边红日上金盘”（胡俨《卢沟晓月》）。诗人的艺术描写由内向外极有层次地扩展，帝国京城以及个人活动处所之美得到诗意的呈现。

“北京八景”的形成足以彰显主体的审美创造能力，明中叶，北京八景扩展为十景，个中缘由，李东阳在《京师十景诗序》里有所说明：“永乐间翰林诸儒臣皆有诗，英宗皇帝增其二题，曰南囿秋风，曰东郊时雨，于是为景凡十。”他本人所作《京师十景》形容南囿秋风“秋随万马嘶空至，晓送千旗拂地来”，渲染出“大王雄风”之气势；赞美东郊时雨“润入土膏春脉脉，暝含山色昼沉沉”，正可谓“见说帝城多景物，春晴未必胜春阴”。

明代文学家的艺术想象力与审美创造力在“天津八景”的吟咏中得到进一步体现。天津是一座新起的城市，元朝为海津镇，仅是漕粮运输的转运中心，明永乐二年（1404）才筑城设卫，因是天子渡过之津而称“天津卫”，发展速度与规模远不及北京。但是，在李东阳的审美视野中，它却与北京一样，拥有令人陶醉的八大景观：拱北遥岑、镇东晴旭、安西烟树、淀南和风、吴粳万艘、天骥连营、百步平潮、海门夜月。“天津八景”仍然采用自然景观与人文景观有机结合的原则，尤其注重地域特色的凸现，景观之美迥异于北京：

太行西带城烟碧，碣石东连海树青。——《拱北遥岑》
千里帆樯天远近，万家村市屋高低。——《镇东晴旭》
安西门外碧参差，绿树层烟晓更宜。——《安西烟树》
危栏一曲俯平川，万骥联营下九天。——《天骥连营》
遥疑梦泽相吞吐，不似胥江枉怒号。——《百步平潮》
海门东望极空明，月里山河影乍晴。——《海门夜月》
……

诗人立足城中，极目外望，将远水遥山、江船海舟、晓烟夜月、帆樯村市尽收眼底，组合成一幅极具立体感的图画，一座海滨新兴城镇形象跃然纸上。组诗气象阔远，意象众多且转化频繁，境界壮美，带给读者以强烈的视觉冲击力。

明代文学家描写的景观文化丛还有：

金陵八景、南京十咏：

元末明初、侨居金陵的史谨（生卒年不详）作《金陵八景》[①]，八景包括钟阜朝云、石城霁雪、龙江夜雨、凤台秋月、天印樵歌、秦淮渔笛、乌衣夕照、白鹭春波。而薛瑄（1389—1464）的《南京十咏》不仅总数增加，而且景观名称也多有不同，其中玄武波澄、淮清柳色、卞台神祠、江东古渡、长江秋色、太平堤望均为新景。至顾璘（1476—1545）作《金陵八咏和湛宗伯》，则将牛首山、观音岩、灵谷寺、雨花台、东山、梅花水、清凉寺、鸡鸣山等另外八处景点进行组合，呈现出全新的景象。尤其值得一提的是著名作家陈铎（1454？—1507，字大声，号秋碧），运用散曲的形式表现自己对南京景观丛的欣赏，所作《赏金陵八景》选择部分景点进行文学观照，通过对壮伟石城、崔嵬殿阙的描写，展示了一幅形势奇、林麓美的南京丽景图。

西湖八景、西湖十景：

徐熥（1580—1637）《西湖八景》[②] 所咏景观为仙桥柳色、大梦松声、古堞斜阳、水晶初月、荷亭晚唱、西祥晓钟、湖心赏雨、澄澜曙莺。所作《西湖十景竹枝词》则描写六桥烟棹、三竺晚霞、九里松风、孤山梅月、桃溪花雨、石屋晴云、彩鹢红妆、锦塘春柳、龙泓漱玉、鹫岭观曦，不仅与前人所咏完全不同，与自己所咏八景也无雷同之处。必须承认，徐熥带着建立景观丛的意识，以西湖为中心

① （明）史谨：《独醉亭集》卷下，（清）文渊阁《四库全书》集部·别集类。
② （明）徐熥：《幔亭集》卷十三，（清）文渊阁《四库全书》集部·别集类。

向四周寻求美的所在，在他的观照视野里，杭州城内城外处处、时时充满了诗情画意。

南昌八景：

南昌历史悠久，王洪（1380—1420）作《南昌八景》① 将该城的历史文化名胜与秀美的自然景色组合成景观丛，分别以西山积翠、南浦飞云、徐亭烟树、滕阁秋风、洪崖丹井、铁柱仙踪、章江（即赣江）晓渡、龙沙夕照咏之，字里行间透露着厚重的历史文化氛围。

武昌十景；

据四朝元老杨士奇（1366—1444）《武昌十景图诗序》② 介绍，“武昌十景”有黄鹤楼、庾楼、石镜亭、凤凰山、孟孝祠、洪山寺、鹦鹉洲、祢衡墓、黄金浦、南浦，涉及的空间范围很大，地方官萧秉文“间求善画者图为十景，又求善赋者分咏之”。惜明人咏“武昌十景”组诗今已不传。

节日欢庆系列包括元夕观灯、上巳祓禊、寒食清明出游、端午龙舟竞渡等内容。早在唐宋时期，关于城市居民欢庆节日的描写就已蔚为大观，至明，节日欢庆更成为文学创作的常见题材，作品不胜枚举。明代诗人的创作体现出以下特色：

其一，从不同角度渲染全民参与的节日盛况。

永乐朝重臣金幼孜（1367—1431）《元夕午门观灯应制》③ 诗云：“阊阖重重夜不扃，琼楼十二敞银屏。东风一曲升平乐，此夜都人尽许听。”采用的是从皇城写起的官方立场。而天顺八年进士倪岳（1444——1501，倪谦之子）的《观灯有作》④ 二首则采用平民视角，勾勒举国欢庆的场面：

> 钟阜山高王气增，元宵景象称丰登。万家门巷银河绕，九陌楼台火树层。
>
> （其一）

诗人自注：“是夕宗人彦和家赏镇东灯。”联系其二所言“宗家灯火帝城西”，可以确定倪岳描写的只是一个小城镇的节日景象，“万家门巷银河绕”较之“琼楼十二敞银屏”，更能显示普通民众在节日欢庆中积极投入的姿态。嘉靖二年进士张时彻（1500—1577）七古《陈都阃宅看烟火》描写儿童观看烟火的表现是

---

① （明）王洪：《毅斋集》卷四，（清）文渊阁《四库全书》集部·别集类。

② 本节所引杨士奇诗文均出自《东里集》，（清）文渊阁《四库全书》集部·别集类。

③ （明）金幼孜：《金文靖集》卷五，（清）文渊阁《四库全书》集部·别集类。

④ （明）倪岳：《青谿漫稿》卷八，（清）文渊阁《四库全书》集部·别集类。

“城中小儿齐拍手，声声道好如雷吼”，取景进一步具体化。

工声律，人称乐王的陈铎为南直隶下邳（今江苏徐州邳县）人，长期家居南京，曾亲眼目睹节日欢乐的海洋，他在【北仙吕·村里迎迓古】《元夕》里将火树银花、万众欢腾的空间背景由传统的长安、汴梁、杭州、南京置换为北京城，再次勾勒天下同乐、上下同喜的盛世图画：

金吾不避。百姓欢，千官拥，万乘喜。……喜遇着太平的盛世，重译朝四海无敌。托赖着至仁至德当今帝，承天位，若磐石，锦乾坤。一统华夷。

与唐诗、宋词同类题材的作品相比，陈铎的写作兴奋点已不再是人山灯海、车水马龙的节日景象以及个人的感官之乐，他超越中国文学对民间节俗的传统表现模式，将一年一度的节日盛会纳入宏大叙事之中，借以表达自己关于国家统一、天下太平的强烈渴望。出现于文本中的皇帝形象尽管十分抽象和模糊，但作为一种特殊的文化符号，却凝聚着有明一代作家共同具备的民族情绪与政治诉求。

明代以端午节为题材的作品较之前代有所增加，这与全国各地高度重视、积极组织各种活动、参与人员广泛有直接关系。正德六年进士孙承恩（1485—1565）在《观竞渡歌》中描绘荆楚大地的节日场景：

城中千门悬艾虎，汨罗江头沸箫鼓。此时竞渡人聚观，蹑足骈肩似环堵。

千门悬艾是端午节城内的一大景观，而倾城出动涌向江头观看竞渡则是另一大景观，聚观者以市民为主。著名文学家王慎中（1509—1559）在《破阵子·观竞渡作》词里不仅夸赞竞渡者的训练有素，而且惊叹“游人方满崖”的节日景象，同样突出了城市居民出游人数的众多。

其二，产生了大量的应制作品。

明朝帝王普遍重视节日庆典活动，他们的组织、参与和具体要求催生了大批节日应制诗的产生①，金幼孜作七绝《元夕午门观灯应制》十二首，其五所谓“侍臣朝罢辛承旨，今夜元宵许进诗”，揭示了应制诗数量众多的原因。奉旨而作的背景必然导致文本颂圣主题的产生，“处处龙舟竞渡，家家箫鼓喧阗。万方无事乐丰年，仰荷圣明恩眷”，四朝元老杨荣（1371—1440）《西江月·端午赐观击毬射柳》词的描述和表达绝非个别现象。

其三，形象地显示了居住于城市的皇室与上层官僚对于社会财富的大量占

① 《明史·章懋传》载：“宪宗将以元夕张灯，命词臣撰诗词进奉。”《明史·刘定之传》言定之“以文学名一时。尝有中旨命制元宵诗，内使却立以俟。据案伸纸，立成七言绝句百首”。

有及其享用。

任何一个朝代城市的节日欢庆盛况都是以拥有大量物质财富为前提条件的，明朝也不例外。较之前代，明代的各种节日欢庆活动显示出规模增大、内容增多的趋势，据明初“吴中四杰”之一的杨基（1326—？）[①] 五绝《端阳十咏》的描写，仅端午节所涉及的节日用品就有百索、钗符、守宫、角黍、艾虎、蒲草，节日活动则有斗草、射柳、击毬、竞渡，非常丰富。无论元宵张灯、燃放烟火，抑或清明出城、踏青游乐，还是端午竞渡、射柳击毬，场面越来越大，用物越来越精美，耗费也越来越多。早在北宋就已出现的由千百盏彩灯堆叠而成、形状像鳌的“鳌山灯”，令明代帝王倾心不已。明穆宗时“造鳌山灯，计费三万余两”（《明史・朱衡传》），“司礼诸阉滕祥、孟冲、陈洪方有宠，争饰奇技淫巧以悦帝意，作鳌山灯，导帝为长夜饮”（《明史・宦官传二》）。明人对于元宵灯的制作更为讲究，花样不断翻新，综观明代诗人所咏的河灯（李东阳）、鞋灯、斗鸡灯（瞿佑）、菩提叶灯（吕诚）、老人灯（桑悦）、水灯（唐顺之）、墨纱灯（曹学佺）、麦灯（凌义渠）皆制作精美，令人赏心悦目。通过诗人的相关描写，人们不难感受到弥漫于都市上层社会的奢侈之风，试读王士骐的《上张灯后苑以麦灯居中吾州所产也》一诗：

江南五月麦初黄，野老殷勤进上方。织就丝丝冰比洁，镂成叶叶玉分光。

谁高市上千金价，不数宫中七宝装。闻道圣人昭俭德，莹然一盏照中央。[②]

王士骐，字冏伯，太仓（今江苏太仓）人，明代著名文史学家王世贞之子。举乡试第一，登万历十七年进士，终吏部员外郎。太仓地方官吏向皇宫供奉新颖别致的麦灯，此灯以麦穗为材料，造型独特，工艺精良，价格昂贵。因宫中仅此一盏，且置放于众灯之中，故诗人备感自豪。

其四，以委婉的方式对最高统治者的奢侈享乐进行讽谏。

当然，并非所有的文人都陶醉于节日的铺排奢华之中，有明一代，心系国势、反对奢侈的忠贤之士大有人在，他们的创作灵感或来自对国计民生的忧虑，顾清便是其中一位。顾清（？—1527？）字士廉，松江华亭人。第弘治进士，授编修。正德初，刘瑾柄政，清独不附，出为南兵部员外郎。瑾诛，累擢礼部员外郎。嘉靖初，以南礼部尚书致仕。卒，谥文僖。顾清为官期间“协恭守职，前后请建储宫，罢巡幸，疏凡十数上”。（《明史》本传）其主张为政节俭的思想在《壬戌元

① 杨基卒年，杨世明认为“应在洪武十一年至十八年之间”。见杨世明、杨隽点校：《眉庵集・前言》，巴蜀书社2005年版。

② 《御选宋金元明四朝诗・御选明诗》卷八十六，（清）文渊阁《四库全书》总集。

宵应制绝句八首》之八里有所体现，诗云：

乾清前殿夜将分，万烛交光约彩云。传敕明朝散灯宴，词臣好进劝农文。①

虽为应制，却与众不同，赞美的是皇上“散灯宴”的圣旨，表达的则是自己“劝农”的主张。诗歌语言婉丽，承传自然，集叙述、描写、议论于一体，内涵厚重，是同类诗歌里的上品。

著名文学家李梦阳（1472—1530，字献吉，号空同）的长篇古体《观灯行》是一首以古讽今的佳作，诗以“宋家累叶全盛帝，宽大实皆称令主”起笔，以北宋宣和年为时代背景，采用夹叙夹议、以议论为主的手法，阐释奢侈与危机同在的道理：

海石红花涌国门，离宫别殿谁能数。群臣谀佞只自计，天下骚然始怨苦。正月十四十五间，有敕大驾观鳌山。万金为一灯，万灯为一山。……

可怜今夜鳌山戏，窈铭幻巧百怪聚。金娥翠管堪垂泪，借闻幸臣谁？云是李师师，外有蔡京与蔡攸。……常言宴安成祸基，从来乐极还生悲。君看二君蒙尘日，数月东京荒蒺藜。②

李梦阳仕宦生涯二十年，他心系社稷，关注时局，敢于反抗权贵，以至于两次下狱，所作诗歌不乏针砭现实的内容。本篇处处言宋，又处处讽今，诗人对于现实的忧患溢于言表。身为前七子领袖的李梦阳提倡“文必秦汉，诗必盛唐”的复古文学主张，作诗“善用顿挫倒插之法”（《明史》本传）。《观灯行》句式以七言为主，插以五言，寓变化于整齐之中，时而描绘观灯盛景，时而抨击奸佞作祟，顿挫笔法颇具古制。

二、空前完备和丰富的城市画卷

明代大小城市林林总总，历史有长短之分，发展有快慢之别，有的歌吹震天，金粉遍地，处处显示着世俗的欲望；有的则坐落于纵横田陌之中，弥漫着浓郁的乡村气息，而后一类属于大多数。就整体而言，明代文人士大夫因仕宦而行走于全国各地的机会大大多于元朝同类人士。由于社会经济的发展，能够进入文学观照视野中的城市数量远远超过以前任何朝代，因此，他们拥有描写多样化城市形象的客观条件。当然，城市改变的不只是文学艺术家的生活环境与生活

① （明）顾清：《东江家藏集》卷九，（清）文渊阁《四库全书》集部·别集类。
② （明）李梦阳：《空同集》卷二十二，（清）文渊阁《四库全书》集部·别集类。

方式，更重要的是拓展了他们的观照视野，提高了在城市里寻找诗意的审美能力。明代众多文学家人生阅历丰富，善于从现实生活中寻找城市叙事的灵感与动力，在“眼睛”和“感觉”的支配下，突破既定模式去描写形态不同的各类城市。那些与乡村保持着千丝万缕联系的小城、充满异域色彩的边城以及刚刚起步的乡镇，纷纷成为诗人的表现对象，出现于明代诗歌中的城市形象数量之多，为历朝之冠，中国城市发展的多样性与不平衡性得到相当清晰的呈现。

每一座城市都可能面临辉煌与黯淡、上升与沦沉、兴盛与衰落的历史际遇，在不同的历史时期内，城市所呈现的形态、风貌不可避免地存在差异。作家只有跳出关于城市的简单想象，行走于城市之中，用心去感受哪怕是微妙的变化，才能够摆脱千篇一律的创作弊端，写出独特的“这一个”。元末明初诗人刘嵩所作《早春燕城怀古六首》、《秋日燕城杂赋五首》等诗①，就勾勒出一个与众不同的北京城形象，兹举两首如下：

> 不见当年百万家，萧条井邑暗风沙。苑墙雨坏空拦马，宫树烟昏自集鸦。
> 部族向来夸猛鸷，野人无复记繁华。谁直俭德今王盛，更化同风极四涯。
>
> ——《早春燕城怀古六首》其五
>
> 长帘卖酒夸江米，小槛分鱼说海鲜。羊市角头逢贾竖，蓬莱坊里问神仙。
>
> ——《秋日燕城杂赋五首》其三

刘嵩，字子高，泰和（今江西泰和县）人，旧名楚。元末举于乡。洪武三年，举经明行修，改今名。先后任兵部职方司郎中、北平按察司副使、吏部尚书、国子司业等职。《明史》有传。上引诸诗作于任北平按察司副使期间。燕城辽时称南京，金朝称中都，元称大都，作为国家京城，其繁华昌盛的风貌被元代文学家表现得淋漓尽致。洪武初，建都江表，诏以元都为北平府，大都城内宫廷建筑被明朝大将徐达拆毁，坐落于古幽燕大地的名城进入了发展的低谷时期。中国历史上，前朝都城总是成为文人墨客的怀古对象，燕城亦不例外。在刘嵩的历史观照视野里，燕城晦暗而萧条，歌舞消歇，繁华不再，曾经的辉煌甚至淡出了人们的记忆，不由得使人黯然伤神。但是作为现实生活的具体环境，这里又处处体现出一个城市所应有的生命表征，市场虽不算庞大，可商贾依旧繁忙；市民生活虽不算奢侈，却自有惬意之处。令人愉悦和使人感伤的两个燕城形象，同样真实，同样具有价值指认意义。刘嵩诗的风格以清和婉约为主导，《秋日燕城杂赋》堪称

① （明）刘嵩：《槎翁诗集》卷六，（清）文渊阁《四库全书》集部·别集类。

代表之作。

纪行，是明代诗坛的一种风气，城市风物与自然风物被行走者一并写入诗篇。孙蕡（1334—1389），元末明初诗人，字仲衍，广东顺德人。生平行迹见《明史・文苑传》。孙蕡生长于岭南，进京赴选，进入仕途后先后为官安徽、四川、山东、苏州，贬谪辽东，足迹所到之处甚广。坎坷人生一路走来，吟咏不断，写下数十首纪行诗，《南京行》、《虹县行》、《平原行》、《聊城》、《武城》、《次武昌》、《过扬州》、《湖州乐》、《怀四川》[①]……大小十多座城市出现在他所描绘的文学图画之中，其中《广州歌》最值得一读：

> 岭南富庶天下闻，四时风气长如春。长城百雉白云里，城下一带春江水。
> 少年行乐随处佳，城南濠畔更繁华。朱楼十里映杨柳，帘栊上下开户牖。
> 闽姬越女颜如花，蛮歌野曲声咿哑。奇峨大舶映云日，贾客千家万家室。
> 春风列屋艳神仙，夜月满江闻管弦。
> ……

明代的广州已跻身于经济发达、人口超过50万的大城市之列，而孙蕡本人又是岭南人，他因此拥有了彻底颠覆广州书写的传统模式的主客观条件。全诗洋洋洒洒二百一十字，热情四溢地为南国羊城大唱赞歌。孙蕡笔下的广州完全褪去“地偏毛瘴近，山毒火威饶”（唐・王言史《广州王园寺伏日即事，寄北中亲友》）的蛮荒色彩，成为气候宜人、市容繁华、商业经济发达的人间仙境，如果没有出现关于“蛮歌野曲”的描写，广州形象几乎可以与唐诗中的扬州形象构成重叠。四库馆臣评孙蕡诗云：“当元季绮靡之余，其诗独卓然有古格”[②]，读《广州歌》，深觉斯言信哉。

程本立（？—1402），字原道，号巽隐，崇德（今浙江桐乡）人，宋儒程颐之后。《明史》有传。明洪武二十二年（1389），周王弃藩国至凤阳，时任周王府长史的程本立坐累谪为云南马龙他郎甸长官司吏目，他“留家大梁，携一仆之任”（《明史》本传）。程本立所著《巽隐集》卷一中有大量“纪行诗”，或描写随周王出行时沿途所见景色，或抒发赴云南途中或到云南之后的见闻。他采用移步换形法，一地一咏，一城一诗，形象地展现了明初经济欠发达或落后地区的城市面貌。别具一格，特色突出，是程本立纪行诗的鲜明特色。《过风县简主簿徐敏》

① （明）孙蕡：《西庵集》卷三，（清）文渊阁《四库全书》集部・别集类。
② （清）文渊阁《四库全书》集部六《西庵集・提要》。

描绘地处秦岭腹地西部小县的荒凉景象："城门人迹没蒿莱，城上青山四面开。土物只看鹦鹉卖，邑人空说凤凰来。"画面笼罩着凄凉的色彩。《铜梁县》则有所不同，诗云："铜梁县庭公事少，铜梁县市官桥小。上山下山石作街，街南街北人家好。"以轻松的笔调述说关于西南小城的良好印象。研和县位于滇中南部，元至元十三年（1276）始立为县，诗人路经于此，见"沟洫空流水，关山几战尘。研和百里邑，无复有人民"（《过研和县》），沉痛地控诉战争的罪恶。《云南西行记》云："昆明西南八十里为安宁州，汉连然县也……有温水盐井。"诗人通过连然驿路到达此地，作《晚至安宁》抒发万里投荒的人生悲哀："地极九州铜柱北，山蟠六诏铁桥南。南阳池水皆阴火，盐井烟中半夕岚。"主体悲凉情感的投射，使本来已经开发的边城依然弥漫着蛮荒的气息。楚雄（今云南楚雄彝族自治州）是程本立入滇后十分重要的一站，在此，他写下了意蕴丰厚的《晚至楚雄》，诗云：

楚雄城郭暮云间，城上悲笳惨客颜。僭国曾为白鹿郡，居人犹说卧龙山。

葡萄直至张骞得，薏苡空随马援还。今日封疆非汉土，王师无地不平蛮。

诗人伫立楚雄城外，说古道今，感慨万千。史载："楚雄，昔为威楚。元宪宗置威楚万户府。至元后，置威楚开南路宣抚司。洪武十五年，南雄侯赵庸取其地。十七年，以土官高政为楚雄府同知，阿鲁为定边县丞。"（《明史·云南土司传一》）"今日封疆非汉土"便是针对当时楚雄仍处于王化未被的蛮荒状态而言，地方管理政权尚未完全纳入中央朝廷的政治运行体制之中，遂使诗人的云南之行倍感艰难，情感自然十分低沉。

唐之淳（1350—1401），字愚士，以字行，山明（今浙江绍兴）人。建文二年，因方孝孺荐，擢翰林侍读，与孝孺共领修书事，卒于官。唐之淳博闻多识，工诗善书，曾于洪武年中随曹国公李文忠远征辽东，东北边塞古城大宁①遂得以进入文学观照视野。"江南游子辽东客"（《七夕》），强烈的思乡之情作为一条主线贯穿于唐之淳的边塞诗里，而自觉的国家民族意识又使黍离之悲成为边城书写的一大主题：

---

① 史载："大宁路：本奚部，唐初其地属营州，贞观中奚酋可度内附，乃置饶乐郡。辽为中京大定府。金因之。元初为北京路总管府，领兴中府及义、瑞、兴、高、锦、利、惠、川、建、和十州。中统三年，割兴州及松山县属上都路。至元五年，并和州入利州为永和乡。七年，兴中府降为州，仍隶北京，改北京为大宁。二十五年，改为武平路。后复为大宁。"（《元史·地理志》）明洪武"二十年置北平行都司于大宁。其地在喜峰口外，故辽西郡，辽之中京大定府也"。（《明史·兵志·边防》）

峨峨大宁城。箫后之所家。……迨今四百年，变灭随云霞。碑文蚀土翳，隧道生蓬麻。万室无一廛，岂能恤其他。空余坏雉堞，日夕啼寒鸦。

——《大宁》

唐之淳在辽东所作《寓宁轩记》里无比沉痛地写道：“大宁实古东北夷白霫之界，而契丹应天后萧氏之家也。其故宫坏陵狼藉，荒榛霜雨中。夫官寺民庐颓垣废址之出没瓦砾者，尚可想也。”黍离之悲固然源于一个朝代的消亡，但更主要的是针对生民涂炭、百姓遭殃而发。令人略感欣慰的是，朝廷军队赴边，大宁古城又开始显示新的生命活力，“已见城市开道路，早闻禾黍变荆榛”（《大宁杂诗》其一），“城郭迢遥雉堞危，新添四面壮威仪。日华暖映青油幕，云气时分赤羽旗。”（《大宁杂诗》其三）[①] 唐之淳关于大宁城历史的言说表明，一个城市的兴衰与时代风云、国家命运休戚相关，而这一点在明朝其他诗人的创作中也得到形象的诠释。

主体的创作心态直接影响观照对象的文学呈现，明代才子作家解缙的创作诠释着这一规律。解缙（1369—1415），字大绅、缙绅，号春雨，吉水（今江西吉安吉水县）人。洪武二十一年举进士。《明史》有传。解缙自幼聪颖，才华出众，进入仕途后，既有“甚见爱重”、春风得意之日，又因“好臧否，无顾忌，廷臣多害其宠”而遭遇不幸。永乐五年（1407），“缙坐廷试读卷不公，谪广西布政司参议。既行，礼部郎中李至刚言缙怨望，改交趾，命督饷化州”。（《明史》本传）交趾“去中国数万千里”（梁潜《送杜千户还阳江序》），风气既殊，人迹罕及，但明朝时已“服属中国久”（《明史·云南土司传》），故文人士大夫的恐惧心理远不如唐宋人那样强烈。政治上的贬谪使解缙获得纵情山水、采风南疆的客观条件，他一路经过大小数十座城市，来往途中先后写下《全州杂兴》四首、《桂林午日感旧》、《化州》、《龙州》三首、《过交趾市桥》、《市桥会郭千户作》、《重过安南》三首等纪行诗[②]，用清新明丽的笔调描绘出一幅幅富有地域色彩与民族风情的边区小城的美丽图画：

全城三面临湘水，扑地闾阎著姓家。侍女画船争渡处，采莲采得并头花。

——《全州》四首其二

全州即今桂林市全州县，位于广西壮族自治区东北部，是进入广西的北大门。

---

① （明）唐之淳：《唐愚士诗》，（清）文渊阁《四库全书》集部·别集类。

② 本节所引解缙诗均出自《文毅集》，（清）文渊阁《四库全书》集部·别集类。

解缙笔下的全州之所以出现了采莲一幕，是因为它地处湘江上游的湘桂走廊，风俗民情不乏接近江南之处。

龙州百尺石为城，万户层楼树色青。举网得鱼沽美酒，满船明月棹歌声。

——《龙州》三首其二

波罗蜜树满城阗，铜鼓声喧夜赛神。黄帽葛衣墟市客，青裙锦带冶游人。

——《龙州》三首其三

龙州位于今广西壮族自治区西南，这里石城高耸，墟市热闹，四季如春，绿树掩映，木波罗是地方特产。异于中原的风土人情使诗人眼界别开，惊喜之情溢于言表。此类描写突破了唐宋文人“交趾枕南荒”（骆宾王《行军军中行路难》）的悲苦基调，充溢着积极乐观的情趣，这固然得益于边疆城市的旧貌变新颜，更重要的还在于诗人对社会人生的积极态度以及忠实于自己眼睛的创作原则，唯其如此，他才能够充分领略南国边城的万种风情。

自唐至元，各代诗人不断通过自身具有创新性的艺术描写展示中国古代城市的丰富性存在，明代诗人更是在广泛借鉴前人创作成功经验的基础上，充分利用现实生活资源，描绘出形态各异、风情有别的城市形象。他们“拒绝雷同”的创作实践昭示着城市文学广阔的涵盖面与无限的敞开性。杨士奇的《湘阴县》、《直沽》二诗正是在这一意义上获得了文学史价值。

历仕永乐、洪熙、宣德、正统的“四朝元老”杨士奇（名寓，以字行，号东里）一生著作颇丰，四库馆臣谓东里文章学欧阳修，“平正纡余，得其仿佛，可称从容典雅之音，当时馆阁著作沿为流派”。① 杨士奇作诗擅长通过纪行、写景、送别、赠答、哀挽等常见题材有节制地表达个人情怀，情感内敛深沉，诗歌风格以“平正纡余”为主，也不乏自然清晰之调，其《湘阴县》诗云：

湖上湘阴县，清幽俗不殊。江连三里廓，市有数廛车。

地产为陶器，生涯寄网鱼。家家养黄犊，谁肯负王租。

湘阴县位于今湖南省东北部，南洞庭湖滨，是湘江流域一座极为普通的小县城。然而，在杨士奇笔下，它却彰显出独特的魅力。一方面具有水乡风貌，另一方面则散发着泥土的芳香，而制陶业的发展又分明使人感受到时代赋予的商业气息。诗歌语言简洁，画面宁净，平淡中蕴含着一种沁人心脾的淡淡韵味。

如果将《湘阴县》视为传统农业城市的形象写照，那么《直沽》一诗则写出

① （清）文渊阁《四库全书》集部六《东里集·提要》。

了一个“告别传统”的新兴城市：

城堞绕巍峨，城阴下九河。水归东海近，人上北京多。

仓廪皆漕储，闾阎半负戈。鱼盐千万户，何处有弦歌。

这里描绘的是现代天津城的前身。杨士奇紧紧抓住对象的特征，运用高度概括的语言，准确勾勒出直沽的地理位置，进而形象地揭示了该城在国家交通运输、军事防卫方面所具有的重要战略地位。末二句更是道出了表现对象与众不同的独特气质。

杨士奇通过再现客观场景表达主观欣赏之情，以平和的心态打量和描写城市蓬勃上升的一面，不能简单视为馆阁文风在诗歌创作中的延续，因为这种书写方式在明代具有相当的普遍性，我们不妨再看几首作品：

十里朱旗两岸舟，夜深歌舞几曾休？扬州千载繁华地，移在西湖嘴上头。

——丘濬《夜泊淮安西湖嘴》①

十里人家两岸分，层层高楼入青云。官船商舶纷纷过，击鼓鸣锣处处闻。

——李东阳《临清二绝》其一

古时灞水即卢沟，今代车书似水流。日间五色龙文气，天上春开五凤楼。

——李梦阳《帝京篇十首》其一

临江喧万井，立地涌千艘。气脉雄如此，由来是广州。

——汤显祖《广城二首》其一

以上诸诗作者皆享誉明代文坛，他们性格各异，表现对象也完全不同，然而其艺术表现却有明显的相似点。无论整体观照抑或小处着笔，无论气势渲染抑或场景描绘，诗人均能采用“静观”之态，将有节制的主观情感融入客观描写之中。诗人创作兴奋点在于尽可能准确表现对象的特征，真实反映主体心灵的城市印象。

遍布于四面八方的城市，对文学产生的影响不仅在于表现对象的扩大，还有创作主体审美心态的微妙变化。有明一代，作为客体的城市频繁地出现在文学家的观照视野中，对大脑形成反复刺激，创作主体心灵震荡的幅度较之从前有所减弱，情感反应也由兴奋逐渐趋于平缓。其时，城市审美已成传统，惊喜与

① 丘濬（1418—1495），字仲深，号深庵、玉峰，琼山人，是明中叶的理学名臣，杰出学者，著名文学家、教育家。淮安西湖嘴为淮安西湖出口处，今淮安市西北河下镇有湖嘴街。关于此诗写作缘由，诗人有一说明：“唐诗称‘扬一益二’是天下繁华地，扬州为最。今其地阛阓人烟之盛，视淮阴反若不及焉，有感书此。”明代淮安的繁荣，史书多有记载。

狂欢不再是城市叙事的唯一甚至主导情绪，平静中包蕴欣喜、微笑时传递真情的静观细察为越来越多的诗人所采用，由是山水诗中常见的“无我之境”也出现于城市文学创作中。

大都市的高楼林立、车水马龙固然足以反映城市建设的辉煌成就，而众多青山掩映、绿水绕郭的中小城市走向繁荣富庶，构成众星捧月的城市格局，就更能映照出中华大地日新月异的变化。明代诗人时而用浓墨重彩绘制京都巨幅，时而简笔淡墨勾勒小城剪影，为文苑宝库贡献上一幅浓淡相间的城市长卷。

三、多重主题的城市体验书写

“望中风景皆诗思，况复楼台是帝乡”（王绂《北京八咏》），在明代诗人的城市书写中，两京始终处于中心地位。政治风云的变幻，王朝命运的兴衰对于每一位诗人而言，不只意味一段独特的人生经历，还是弥足珍贵的创作资源，它足以影响两京叙事的内容和情感基调。从明代前期京都赞歌的高调奏响，到中后期隐逸之曲的反复出现，再到明末金陵、扬州怀古诗词的大量涌现，诗人群体由兴奋期待到清醒失望，再到痛苦幻灭的主体心路历程昭然可见。

明朝科举制度非常发达，科举与选官的直接联系，使一批又一批读书人汲汲奔走于两京，他们希望通过科考成功飞入上林，立身辇下，实现人生理想，扬名立万，怀着“澄清志”或“功名心”而走上赴京之道的何止一人。陶宗仪（1329—1412）的《送乡贡进士钱宗善余庆吴时纬仲文吴克潜纲赴京会试》二首，集中揭示了赴京赶考士子的共同心态：

> 新水生时一棹轻，吴淞江上雨初晴。会知富贵能相逼，决取科名在此行。
> 龙虎榜高浓淡墨，凤皇台近古今情。琼林宴后还登览，万国山河共帝京。
>
> （其二）
>
> 东风揽辔过长干，杨柳青丝拂绣鞍。场屋竞夸攀桂手，文章深契主司官。
> 泥金写帖缄书寄，烧尾开筵共客欢。玉陛胪传当第一，班催鹓鹭立朝端。
>
> （其三）①

描写士人们对自己才能的自信和进京显名的决心，以及畅想受到皇朝重用后的生活状态，洋溢着积极乐观的精神。无独有偶，徐有贞（1407—1472）的《吴门送徐南伯之京》表达了同样的诉求：

---

① （明）陶宗仪：《南邨集》卷三，（清）文渊阁《四库全书》集部·别集类。

皇都胜概壮且丽，天开阊阖青云衢。圣明天子正当宁，臣工赞辅皆文儒。
三俊九德并登用，寸长尺善收无余。男儿立身当此日，可复栖迟在蓬荜。
取人今也非一途，有才俱得为时出。①

热情洋溢地歌颂士人建立功名的强烈欲望。乐观，自信，充满期待，是此类诗歌共同的情感状态。

事实上，能够恩承雨露，官运亨通，侍奉于帝王左右，图议政事，陪驾宴游，优游于神京上下的文人毕竟为数有限，那些政坛的“幸运”者通过文学创作表达仕途得意的恣意情怀，王绂的经历与创作堪称其中代表。

博学工诗的王绂（1362—1416）永乐元年因善书而供事（清）文渊阁，拜中书舍人。尽管“洪武中坐累戍朔州”（《明史·文苑传二》），难免产生“不知缘底事，沦落向天涯”（《代州道中》）的哀叹，然而永乐朝命运的逆转，使他“自庆余生际盛明”（《到北京》），遂作诗抒发“扈从深蒙圣主恩”（《别南京》）的得意，《奉和少师端午日赐宴诗韵时同纂修群书于（清）文渊阁下》② 更是他备受恩宠、仕途顺畅、功成名就的写照：

位列台阶五福昌，怜才多见进贤良。诏编简册兴文教，宴锡蒲觞被宠光。
雅量容人皆感德，新诗对客即成章。鲰生展拜嗟何晚，四海声名久播芳。
……
功勋尤喜晚年成，出语常令四座惊。重望固应居国老，谦光犹复礼儒生。
彤庭宴罢看仪凤，黄阁诗成听禁莺。况是太平无事日，纂修群籍赞文明。

一介书生，立身丹阙，近承优诏，身手大显，人生得意之快感溢于言表。

王绂等人创作的宴饮、冶游、陪驾、侍宴等诗歌，从一个特定的角度折射出民安物阜的盛明风貌。不论他们是在时代精神感召之下真实写心，还是因思想文化专制而被动应制，所抒发的情感都具有合乎社会历史发展的某种合理性，应该在中国文学史上占有一席之地。毋庸置疑，应制之作内容上一味歌功颂德，忽略了社会存在的多样性，而且用语时有雷同，作者的写作个性未能得到充分表现，因此，艺术成就普遍不高。

科举制度越是发达，与士人群体命运的关系越密切，给他们心灵的伤害也就越大。有明一代，或因科场失利，怀才不遇；或因仕途多舛，报国无门而饮恨

① （明）徐有贞：《武功集》卷五，（清）文渊阁《四库全书》集部·别集类。
② （明）王绂：《王舍人诗集》卷四，（清）文渊阁《四库全书》集部·别集类。

京城者不胜枚举，抒写落第者的失意情怀是明代诗歌的常见内容。仕进途上的举步维艰，积极入世的政治热情逐渐冷却，曾经拥有的自信心被无情摧毁，这一切使苦闷与感伤成为城市叙事的情感主旋律之一。时称“吴中四才子”之一的文征明（1470—1559）出身官宦世家，多才多艺，早年颇有壮志，然而仕途上始终不顺，从弘治乙卯（1495）26岁到嘉靖壬午（1522）53岁，前后十次应举均落第，直到54岁才受荐以贡生进京，待诏翰林院。所作《金陵客怀》诗生动形象地袒露了落第士子愁云笼罩的痛苦心灵：

当户寒蛩泣露莎，盆池疏雨战衰荷。飘零魂梦惊初定，羁旅秋光得最多。
江上诗情传警报，樽前壮志说登科。帝京烂漫江山在，满目西风抚剑歌。

（其一）

青衫潦倒发垂肩，一举明经二十年。老大未忘余业在，追随刚为后生怜。
槐花十日金陵雨，桂子三秋玉露天。壮志乡心两无着，夜呼儿子话灯前。

（其二）①

背井离乡、倦客淹留已是人生憾事，壮志难酬，抱负无路，更令人伤心之至。“壮志乡心两无着”，文征明所面临的生存危机，当是隋唐以还大批士子人生悲剧的缩影。

如果说入朝曲更多地展现为官京城者的轻快步履，那么离京歌则披露的是回归者的孤独身影。对于有治世之心、经邦之志的士人来说，进入官场并不意味人生理想的实现。明王朝自建立之初，便推行高度集权的专制制度，最高统治者对不肯屈从的文人士大夫大肆杀戮，刑场上的腥风血雨构成了对传统儒学价值观最严峻的挑战。明中后期，奸臣当道，宦官专权，官场更加黑暗腐败，为官之路遍布荆棘陷阱，下狱、贬谪的厄运随时可能降临。直接表现在大批官员梦断京城后被迫离开，他们谱写的离京歌充满愤激之情和悲哀之音，绵延不断，即使旷达之语也难以掩饰内心的痛苦。何景明《发京邑四首》其一完整地再现了诗人由意气风发赴选到黯然神伤离京的心路历程：

弱冠游皇邑，抽翰预时髦。出入承明地，四海皆同袍。
浮岁奄七徂，徇名虚所遭。夙痾纠纤质，褊性惮形劳。
驾言返初附，行矣遂林皋。转蓬恋根本，羁鸟思故巢。
自顾无修翼，安能久游遨。

何景明，弘治十五年（1502）进士，授中书舍人。正德初，宦官刘瑾擅权，何景明

① （明）文征明：《甫田集》卷八，（清）文渊阁《四库全书》集部·别集类。

谢病归，组诗作于离京之时和归家途中。“夙痾纠纤质，褊性惮形劳”，只是一种借口，末二句所言才是写作离京的真实原因。从陶渊明的“羁鸟恋旧林”到何景明的“羁鸟思故巢”，一代又一代文人走着同样的道路，他们怀揣安邦定国的理想奔向城市，却在屡受挫折、理想破灭之后重归山林，始终难以摆脱从城市失败而返的文化宿命。正嘉之间，何景明与李梦阳倡导古文之学，此诗为五言古体，无论立意抑或用语，均显魏晋风致，乃学古之力作。

明代散曲创作大家薛论道（1531？—1600？），曲作题材十分广泛，边塞曲具有弥补元曲空白之意义。其咏怀曲既显青云壮志，亦抒失意情怀。【北中吕·朝天子】《宰相五更寒》以京城御街为背景，书写官场奔波的艰辛：

一枕黄粱，魂牢意穰，梦寐听鸡唱。马蹄踏碎禁街霜，五夜朔风荡。袖手缩肩，弯腰臂爽，直冻到天色亮。环佩锵锵，玉露沧沧，几曾把身心放。

早朝是中国古代京城特有的人文景观，最能体现古代城市文化的政治核心，宰相位于市民阶层的上层，成为市井小人物仰慕的对象。通过描写早朝经历以否定官场，唐宋诗里比较常见，而元散曲中仅张养浩【双调·雁儿落兼得胜令】有“往常时趁鸡声赴早朝”一句涉及，这当与多数元曲作家沉沦下僚，缺乏早朝经历有关。事实上，进城做官是中国历代读书人孜孜以求的人生目标，五更上朝，既是职责，更是荣耀，所以元人任昱才会在【中吕·朝天子】《信笔》中写道：“九霄，早朝，曾赴金门诏。珠玉在挥毫，胸次谁同调?”作家对早朝的描写直接反映他们的人生价值取向以及对城市文化的态度。薛论道从军三十年，驰骋疆场，虽屡建奇功，却未能飞黄腾达。他没有身居相位的经历，却有“暮登天子堂”、“身登将相堂”（【商调·山坡羊】《青云得路》）的梦想，《宰相五更寒》是黄粱梦破之后的深刻反思。他别出心裁，特意赋予早朝官员以宰相身份，可谓意味深长。画面中佝偻畏缩的身躯，配之以晦暗的色彩和低沉的情调，烘托出强烈的悲剧氛围，既标志个人政治情怀的彻底消解，也具有否定城市价值系统的客观意义。

意义产生于时间的历史价值观，使“怀古”衍化为古代哲人认识社会人生的基本思维向度，也铸就了中国古代文学的怀古主题。然而，时间从来无法脱离具体的空间单独存在，历史场景的再现总是需要凭借一定的空间环境，因此，空间形象总是频繁出现在文学家怀古视域之中，赋予文本“历史空间化”①特征，

① “历史空间化”是指“怀古诗中历史的时间性向度向空间性向度的转化，在诗中，在通常意义上沿着线性时间展开的历史在现实世界中借助意象以空间并置的方式平铺开来”。参见耿波：《金陵怀古诗中都市空间的产生》，载《江苏社会科学》2006年第4期。

而六朝古都金陵（明朝南京）则成为历史空间化的代表符号。与元朝怀古诗相比，明代同类诗作现实质感更为明显，诗人以金陵为透视历史之点，表达的是对现实政治的种种诉求。

明初定都南京，六朝古都第一次成为统一王朝的京城。诗人以金陵怀古的方式告别历史，迎接新的时代，此以由元入明的洪武举人谢肃的《金陵怀古》诗为代表：

霸国江山天下壮，兴王人物向来稀。花余吴苑迷仙仗，柳拂陈宫见舞衣。

北府驻兵犹昨日，中原转战几斜晖。自南混北归真主，六代空惭事业微。

见证过六朝衰亡的金陵，焕发出欣欣向荣的新气象，吴苑陈宫不再阴云笼罩、萧条荒凉，而是生机蓬勃，充满春天的芬芳气息。金陵怀古诗如此写来，十分罕见。

不过，金陵怀古诗的基调很快发生变化，明代诗人对于现实政治的忧患为“金陵”意象灌注进沉重的情感内涵，当“金陵”被悄然转换为“南京”时，陪都华美的外表开始剥落，试读徐熥《金陵怀古》：

白门京阙旧山川，朱雀乌衣夕照边。百代荒陵崩夜雨，六朝遗殿锁秋烟。

胭脂岁久销宫井，苔藓春深绣御宴。往事凄凉无限意，伤心最是建文年。

徐熥（生卒年不详），字惟和，闽县人，万历间举人。建文元年发生“靖难之变”，燕王朱棣依靠武力强夺皇位，直接挑战士人群体的道德底线，“群臣不惮膏鼎镬，赤姻族，以抗成祖之威稜”（《明史·忠义传》），朱棣为此大开杀戒，南京城一时间血流成河。这充满腥风血雨的场景，成为明朝士人无法抹去的黑色记忆，朱棣一死，上疏请复建文帝尊号、请复建文年号、请议建文帝谥号、请恤建文朝殉难诸臣、祠祀死节诸臣的呼声，此起彼伏。徐熥此诗末句七字，展示的绝非个人的内心伤痛，而是一代文人的心灵写照。负才淹蹇的徐熥肆力诗歌，以唐人为圭臬，诸体并擅，《金陵怀古》画面晦暗，色彩浓重，意境深远，形象地传达出诗人无限凄凉的伤痛情怀。“崩”、“绣”二字的运用，足见其遣词造句的功力。

明末清初，怀古诗词大盛，文人士大夫借怀古慨叹民族历史厄运，哀鸣大好河山沦陷，痛陈改朝换代的悲苦情怀，多侧面、多角度地展示了明清易代之际的社会历史和群体情感。其中一个引人注目的现象是，燕京首次进入文学家怀古的视域，成为寄托亡国之痛、黍离之悲的艺术符号，晚明词人曹元方（生卒年不详，字介皇，别字耘庵，海盐人）的创作极具代表性。曹元方是崇祯十六年（1643）进士，尚未获得中央朝廷所封一官半职，便连续遭遇李自成陷京师、崇祯皇帝自缢万寿山等一连串重大变故。明朝的灭亡冷却了他的一腔热血，在无限苍凉、无比沉痛的心情支配下，先后写下了《二郎神·燕都怀古》、《西何·燕京感怀》、《大江东去·钱塘怀古》、《水漫声·西湖怀古》、《霓裳中序第一·闽越怀古》等系列怀古词，抒发山河易主的兴废之叹以及生不逢时的人生痛苦：

眼前事，一旦销沉至此。西河四望旧亭地，伤心不已。琮璜珪璧化为尘，遍地黄芦白苇。……试评兴废残灯里。念忧动，吞声闾里，空有赤肝难寄。看匣底，芙蓉光乍起。砍尽赤眉头也未。

——《西何·燕京感怀》①

诗人兴废之叹缘于明王朝中央政权被颠覆，"砍尽赤眉头"当针对李自成军队而言。自明初起，北京城便一直是文学家歌颂的对象，如今却风月变色，王气消歇，难逃历代都城的悲剧性宿命，作为历史兴亡的见证，承载着又一代人的伤痛与血泪。

自此，中国历史上七大古都先后作为特殊意象，共同构成了怀古之作的历史空间。

四、姿态各异的下层市民形象剪影

自汉代起，城市居民便开始进入文学表现的世界。随着中国古代城市发展的历程以及文学家对市民群体认识的逐渐深入，文学文本中的市民形象人数由少至多，面貌由模糊变清晰，其中妓女、商贾、艺人成为历代作家最常见的描写对象。与元人相比，明代作家同样具备广泛接触下层市民、深入观察世俗风情的良好条件，不同的是，他们中的不少成员拥有笑对市井芸芸众生的轻松心态，尤其是散曲作家创作视点下移，以娱乐甚至游戏心态描写市井各色小人物，市民构成的多样性与城市生活的丰富性得到较为充分表现，艺术表现的广度超越了前代。

明散曲前期代表作家之一的朱有燉（1379—1439）为"寄一时疏狂兴趣，抑且为予席上之一欢笑"，效仿前人，于衰病中制风流《醉乡词》二十篇，把不同类型的下层市民作为自己的表现对象，进行"善意"的嘲讽。【北正宫·.醉太平】《风流乞儿》云："唱一个莲花落不忘了传心事，挂着个旧爻槌常走入莺花市，做得个乾风情缠着那女娇姿。"② 将都市乞丐的风流行为描绘得惟妙惟肖，语言生动俏皮。《风流客人》则以通俗之语调侃充满世俗情趣的花巷客人："莺花市贩本，风月店调筝，怀揣着掌记入花门"，此处"掌记"当作防备遗忘的记事本，如

① 均引自饶宗颐初纂，张璋总纂:《全明词》，中华书局 2004 年版。

② 本节所论明代散曲均引自谢伯阳主编:《全明散曲》，齐鲁书社 1994 年版。

此局促之举却贯之以“风流”，讽刺之意不难体会。

相比之下，陈铎的创作特色更加鲜明。长期城市生活的耳濡目染，使他对市民阶层关注度极高，时人所谓“列一百二十行商贾买卖”，在他笔下得到具体生动的展现，【北双调·折桂令】系列有《冠帽铺》、《颜料铺》、《香蜡铺》、《茶食铺》、《剪裁铺》、《亭子铺》、《棺材铺》、《生药铺》、《纸马铺》、《裱褙铺》诸作，【北中吕·朝天子】系列有《灯秤铺》、《斛斗铺》、《鼓铺》、《油坊》、《糕铺》等曲子，【北越调·小桃红】系列有《书铺》、《笔铺》、《墨铺》、《纸铺》、《扇铺》、《米铺》、《花铺》、《古董铺》、《故衣铺》、《香铺》等小令，【北正宫·小梁州】则分别对酒坊、茶铺、金箔铺、绒线铺、脂粉铺、梳箅铺、盒担铺、鞍辔铺、冥衣铺、针铺逐一介绍，不厌其烦。涉及的行业之多，堪称明代第一。陈铎饶有兴趣地描写了形形色色的下层市民形象，【北中吕·满庭芳】系列有《修脚》、《相面》、《巫师》、《稳婆》、《道人》、《牙人》、《乞儿》等；【北正宫·醉太平】系列有《代保》、《司丧》、《收荒》、《开赌》等；【北双调·水仙子】系列有《刷印匠》、《卖婆》、《织边儿》、《妓女》等，不少市民形象第一次进入中国文学人物画廊。上述作品篇幅均不长，作家通常选取能够表现人物身份的特点进行描述，例如刷印匠“靠书房觅口食，浑身上黑水淋漓”，卖婆“货挑卖绣逐家缠，剪段裁花随意选”，织边儿是“整行儿晚市桥头”，妓女则是“迎新送旧莺花巷”，寥寥数语，较为准确地勾勒出人物大致轮廓。审视此类作品，似乎并无深刻意蕴，然而它们向读者提供了一个原生态的城市生活场景，描写琐碎却不乏鲜活的生命力，人物面相模糊但行为具体生动，贴近生活，还原现场，文学的另类功能得到充分发挥。

与陈铎擅长分别描写有所不同，郑墟泉（生平不详）则采用集中刻画的方式，其套曲【北仙吕·点绛唇】《贺节》以“贺”为中心表现民间节日风俗，其《赚煞》运用通俗直白的语言，描绘城镇庙会的热闹场景：

> 你看那卖卜的把人招，设帐的将人引，相面的夸张垫孙。看庙的索取钱财叉住了门，蹴踘的三五成群，打谈的扯喉唇乱道胡云。剪绺的专寻闹里人，吊白的诓钱骗银，打拳的撇枪耍棍。他每都一年之计在于春。

混迹于城市的下九流甚至不入流的各色人等对于城市文化特色具有重要作用，他们彼此之间的呼应与配合构成了城市独有的社区空间环境。他们的出现适应着普通市民的多种需求，体现了城市消费日趋多样化、城市生活娱乐性不断增强的特点。曲作家之所以撇开皇亲国戚、达官贵人、公子小姐不写，而将“摄像”镜头专门指向这些市井小人物，正是基于对城市市井生活的深切体察和浓厚兴趣，反映了世俗文化对文人审美情趣的深刻影响。郑墟泉与朱有燉、陈铎的共同点还在于对市井小人物的行为虽不乏讽刺，但远未达到深恶痛绝的程度，这从特定角度反映了城市文化的包容性。

明代城市文学包罗万象，民歌成为观察都市风情的重要窗口。

明代著名通俗文学家冯梦龙（1574—1646），字犹龙，又署龙子犹，别号墨憨斋主人、茂苑野史、绿天馆主人等。长洲（今江苏苏州）人。他研究民间文学、通俗文学最为勤奋，除编纂《警世通言》、《喻世明言》、《醒世恒言》等一系列脍炙人口的文学著作外，还整理编撰了《童痴一弄・挂枝儿》和《童痴二弄・山歌》两部民间时调歌曲专集。"挂枝儿"是明代万历朝兴起于民间的时调小曲，在晚明甚为风行，所谓"不问南北，不问男女，不问老幼良贱，人人习之，亦人人喜听之"（沈德符《万历野获编》卷二五《时尚小令》），可见其风靡程度。冯梦龙思想上深受李卓吾、王阳明的影响，离经叛道，敢于冲破传统世俗观念束缚，大胆从歌儿妓女、田夫野竖中收集、整理、刻印民间俗曲。他的选曲与评注，既张扬世俗情趣，也批判市井恶习，往往通过对平民大众一颦一笑、一打一闹、一搂一抱等生活细节的形象描绘，真实地展现其富有谐趣的生活状态与火辣的情欲。《挂枝儿》卷九"谑部"直接对市民中的某些不良行为进行调侃讽刺：

老鸨儿拿银子在钱铺上换，换钱的说道是一块铅。一斤只值得三分半。忘八顿下脚，妈儿哭皇天。整天里哄人，天那！谁知人又哄了俺。小姐姐双膝儿忙跪下，告娘亲息怒，果是我差。是铜是铁权且留下，虽然不折本，只是便宜了他。再来的低银也，在试金石上打。

——《鸨妓问答》

典当哥，你犯了个贪财病。挂招牌，每日里接了多少人。有铜钱，有银子，看你日出日进。一时救得急，好一个方便门。再来不把你思量也，怪你等子儿大得很。

——《当铺》

倾银的分明是活强盗，他恨不得一火筒夺去了你的银包。你如何不识机落他圈套，他把炭火儿簇一会，瓦盖儿揭儿遭。撒上一把硝儿也，贼，把银子儿偷去了。

——《银匠》①

① 引自魏同贤主编:《冯梦龙全集・挂枝儿山歌》，上海古籍出版社1993年版。

嫖客以铅充银付嫖资，一贯骗人的老鸨反而被骗，典当铺主人使用大等秤赚取典当者的钱财，银匠采取撒硝融化的伎俩使顾客银包缩水，市井社会中处处散发着铜臭味。上引诸曲形象地揭露了金钱对市民心灵的腐蚀，可谓入木三分。郑振铎先生《中国文学史》[①]评曰："《挂枝儿》的风趣，刻骨铭心，拂拭不去。"同时又引《太霞新奏》评冯梦龙作云："子犹诸曲，绝无文彩；然有一字过人，曰：真。"均为一言破的。

第三节 小说：城市文化培育的丰硕成果

中国古典小说发展至明，取得辉煌成就。中国古代长篇小说的唯一体裁形式、具有鲜明民族特色的章回小说定型于此，在中国文学史上影响极其深远、号称"四大奇书"的《三国志通俗演义》（以下均称《三国演义》）、《水浒传》、《西游记》、《金瓶梅词话》（以下简称《金瓶梅》）相继问世。明中后期，在宋元话本小说基础上发展起来的白话短篇小说创作也出现空前繁荣局面，"三言"、"二拍"的问世昭示着拟话本小说鼎盛时期的到来。城市作为一个特殊文化空间所具有的聚合与辐射功能发挥了巨大作用，直接推动了明代小说的蓬勃发展，其影响全面而又深刻。具体而言，以下几个方面值得关注：

其一，城市为小说家的成长提供了深厚的文化土壤，城市成为众多小说尤其是市井小说的原产地。就局部而言，"苏州人惯作小说"（明·顾应祥《静虚斋惜阴录》），不为虚论；就整体判断，"大批的风流作者和作品应该产生于最繁荣且富有情调的城市"[②]，也是不争事实。明代小说家队伍的构成呈现多元化特点，从传世作品的署名来看，既有社会地位较高的勋臣、进士，也有社会地位较低的山人、散人，甚至书商如熊大木、余应鳌、余邵鱼、余象斗等也纷纷加入到创作队伍之中。小说作家大都拥有丰富的城市生活经历，城市文化的长期熏陶使他们普遍具有自觉发掘和利用城市叙事资源的写作意识，表现精彩多元的城市文化生活与兴衰浮沉的城市历史命运，构成明代小说的重要内容，集中反映市民生活、侧重表达市民审美情趣的世情小说创作勃然兴起。

---

① 郑振铎：《中国文学史》（插图本），上海人民出版社 2005 年版。

② 方志远通过列表的形式说明了明代白话小说作者的地域分布情况，统计结果表明苏州、杭州等城市为小说作者多产地。详见《明代城市与市民文学》，中华书局 2004 年版，第 251—255 页。

其二，在历史演义、英雄传奇小说创作中，位于古代社会政治生活的核心地位、发挥支配作用的封建王朝都城，一改背景标示的单一角色，成为作者叙事策略的有机组成部分。小说家再现历史风云、讲述英雄传奇故事时，象征“历史天空”的前朝都城往往成为叙事聚焦点或叙事铰链。这一特征在《三国演义》与《水浒传》里表现得十分充分。

其三，繁荣的城市商业经济、兴盛的出版印刷业以及发达的都市娱乐业，为小说在都市的传播提供了快捷方便的途径，同时也为小说文本注入浓郁的市井气息。市民阶层作为小说消费的重要群体，其呈扩张形态的思想观念和审美情趣，或隐或显地制约着拟话本小说作家的题材选择、形象塑造、语言运用、叙事技巧乃至价值评判。冯梦龙所谓“如今说书之流，其文必通俗”，正是市井小说的语言特色。明代白话小说评点的兴起同样受到市民阶层的直接影响①，小说评点的兴盛对于提高广大市民的阅读水平、进一步促进创作繁荣具有十分重要的意义。而小说传播过程中“熊大木现象”②的出现，更是表明市民阶层对小说创作的直接参与和干预，尤其是在小说体制的发展与完善过程中，书坊和书坊主更是发挥了不可忽视的重要作用，例如，是书坊主“出于小说刊刻的需要而采取并完善分回立目的形式的”③。

第四，多样化的城市生活为小说家提供了丰富多彩的创作素材，描写城市的风俗民情、历史传说，表现市民阶层的悲欢离合，成为明代小说的重要内容。同时，出现于小说文本里的城市形象个性化特征十分显著。

总之，城市之于明代小说的意义，不仅表现在文本中作为人物活动的特定空间环境而广泛存在，而且还在于通过影响作家的观照视角和艺术创造，铸就小说的城市文化灵魂，并且催生出十分典型的城市小说，《金瓶梅》以及“三言”、“二拍”的问世，具有古代城市文学史上里程碑的意义。

---

① 董国炎认为，“白话小说评点初起时，不论内容还是形式，都直接由书坊主人们决定。后来白话小说评点蔚为大观，文人们纷纷致力于此，但仍然受到市民阶层的影响。甚至，某些著名评点的出现，就直接由书坊主人促成”。《明清小说思潮》，山西人民出版社2004年版，第32页。

② 陈大康认为，“熊大木现象”的“狭义解释是指复杂传播的书坊主越位，进入创作领域，自己编撰或雇用下层文人代笔；广义内涵是指书坊主干预创作，他们对书稿的取舍甚至会影响创作格局变化”。《文学遗产》2000年第2期。

③ 详见程国斌：《明代书坊与小说研究》第六章“明代书坊与小说体制”，中华书局2008年版。

一、两都:《三国演义》叙事的空间铰链

《三国演义》之所以进入城市文学史的写作框架内,主要原因在于城市在该小说的叙事结构中发挥着不容忽视的作用,通过罗贯中的两都叙事,读者不仅可以真切感受到以京城为中心的大都市在古代军事斗争中所具有的重要战略地位,而且还能够进一步认识到明代小说家叙事手法的多样性特征,正是后者赋予《三国演义》以特殊意义的城市文学史价值。

《三国演义》文本中反复出现的历史名城如长安、洛阳、成都、许昌、建业、邺城、宛城、新城、扬州、武昌、襄阳等,构成了小说独特的叙事场域,其中出现频率最高的是两汉都城长安和洛阳,前者共104次,分布在33章回里,后者更高达112次,分布在40章回里,充当着叙事的空间“铰链”。利用三国时期人们普遍具有的“两都情结”描述事件,“过滤”信息,传达感受,无疑是罗贯中重要的叙事策略。历史上的长安、洛阳因处于国家政治、经济、文化的中心,成为当时各种政治、军事集团必争之地和联结各方人士的空间枢纽。小说家在成功还原历史场景的同时,巧妙利用了两都在政治文化场域中的轴心地位建构全书的叙事框架,不仅把关于洛阳的言说置于全部事件链条的逻辑起点,而且将人物的“两都情结”作为推动情节向前发展的内在依据。更为重要的是,两都作为正统王权象征意义的空间载体,又被罗贯中用以表达自己对历史的解读与政治伦理诉求,而这种解读和诉求凝结为《三国演义》的意义内核。

国都作为王朝统治的权力运作中心,一旦失去正常操纵国家机器、掌控天下局势的能力,便意味着中央王朝的衰落。《三国演义》以“话说天下大势,分久必合,合久必分”的议论拉开故事的序幕,而“分”的信息则首先由东汉都城洛阳传递。小说家于开篇便指出,汉献帝时天下三分,然“推其致乱之由,殆始于桓、灵二帝”。(第一回)接着不厌其烦地列举汉灵帝建宁、光和年间洛阳相继出现的众多灾异现象如青蛇惊帝、雷雹毁房、京都地震、雌鸡化雄、黑气袭殿、虹现玉堂等,印证国运不振、帝位不稳的政治局势。小说文本刻意通过议郎蔡邕之口揭示灾异之由“乃妇寺干政”,遂将洛阳宫廷中十常侍朋比为奸的事件置于异常重要的地位。在叙事学研究视域中,它属于情节发展中的核心事件,不仅具有自身相对完整的状态,而且还以自身状态对下一个可能发生的事件产生影响,从而成为叙事作品片段中的真正铰链[①]。十常侍干预朝政,直接导致朝政

① 详见谭君强:《叙事理论与审美文化》,中国社会科学出版社2002年版,第18页。

日非，进而使“天下人心思乱，盗贼蜂起”，经由这一逻辑起点，产生了两个以洛阳为轴心而展开的、既相对平行又相互交织的情节序列：

1. 十常侍乱京→张角黄巾军起兵 ↗ 招募讨张“义兵”、刘关张桃园结义 ↘ 曹操等人征讨黄巾军

2. 十常侍乱京→何进谋诛宦竖 ↗ 何进入宫被杀 ↘ 董卓进京作乱→各路兵马讨伐董卓

天下大乱的局面最为典型地显示出京城在国家政治形势中的举足轻重。当代表董卓出战的吕布败于孙坚之后，董卓听从李儒建议，劫持天子后妃，驱赶洛阳之民数百万，迁都长安（第六回）。至此，小说文本叙事空间场景的中心由洛阳转为长安，“挟帝迁都长安”同样发挥着核心事件的作用，它制导故事继续向前发展的方向，直接影响后来一系列情节的发生：

挟帝迁都长安 ↗ 孙坚于洛阳得汉传国玉玺→为争玉玺，孙坚结怨于刘表，后死于乱箭之中 ↘ 董卓横行长安，百官惊恐→王允巧使连环计，除掉董卓→董卓部将进犯长安

董卓被杀之后，中原地区陷入群雄纷争、硝烟四起的混乱局面，长安、洛阳仍是各类人物的纽结点和各类事件的交汇处，先后有西凉太守马腾、并州刺史韩遂率兵杀奔长安、郭汜与李傕遭离间计而混战于长安城下、董承建议天子车驾重返洛阳等重要事件发生。建安元年，汉献帝车驾重返洛阳，曹操尽起山东之兵应诏前往，杀退进犯洛阳的李傕、郭汜，以“东都荒废久矣，不可修葺”为由，移驾许昌（第十四回）。随着长安、洛阳相继失去政治中心地位，其纽结作用一度削弱，更多时候作为人物的内心情结而存在，最能说明问题的是第三十八回诸葛亮作《隆中对》。当时诸葛亮为刘备展示的为西川地图，可他描绘的却是“汉室可兴”的最终目标。小说家借一首《古风》进行叙事干预，其中“大哉光武兴洛阳，传至桓灵又崩裂”两句，以回忆历史的方式具体还原了诸葛亮意念中“可图中原”的空间位置。汉献帝延康元年（220），曹丕废汉自立，改元黄初，是年十二月，“初营洛阳宫。戊午幸洛阳”。（《三国志·魏书二》）对此，《三国演义》第八十回作了踵事增华式的叙述：

（曹丕登坛受禅后）方下拜，忽然坛前卷起一阵怪风，飞砂走石，急如骤雨，对面不见；坛上火烛，尽皆吹灭。丕惊倒于坛上，百官急救下坛，半晌方醒。侍臣扶入宫中，数日不能设朝。后病稍可，方出殿受群臣朝贺。封华歆为司徒，王朗为司空；大小官僚，一一升赏。丕疾未痊，疑许昌宫室多妖，乃自许昌幸洛阳，大建宫室。

描写可谓意味深长。就价值评判而言，怪异天象构成对曹丕称帝合法性的否定，体现了作者拥刘反曹的政治倾向；从叙事层面来看，洛阳凭借魏都"身份"再次成为核心事件的空间背景，纽结作用至此由隐而显。曹魏政权"改长安、谯、许昌、邺、洛阳为五都"（《三国志·魏书二》裴松之注引《魏略》语），其中洛阳的政治辐射力与影响力最大，小说后半部分发生的许多事件，或直接由曹丕称帝、驾幸洛阳事件引发而出，或与洛阳具有深刻的内在关系：

刘备闻讯忧虑成疾，诸葛亮借此机会策划汉中王登帝位→诸葛亮，六出祁山，剑指长安、洛阳→蜀亡，后主被迫迁入洛阳

曹丕幸洛阳，大建宫室→魏主坐镇洛阳城，调兵遣将，东征西讨→洛阳兵变，魏主政归司马氏→司马氏父子固守洛阳，频繁出兵，灭蜀灭吴，一统天下

孙权接受魏帝封爵→东吴群臣力劝吴王兴师伐魏，以图中原，孙权择日即帝位→孙皓听信"庚子岁，青盖当入洛阳"之箴言，起兵伐魏→吴亡，孙皓被俘后解送洛阳

《三国演义》具有一个庞大的叙事网络，上述三大事件仅是核心事件群中的代表，显然无法全方位覆盖文本的叙事之网。不过，它们均处于叙事链条的关键点，能够为情节进一步推进提供数种新的选择，在故事发展中同时具有连续意义和后果意义，成为故事发展基本架构的重要组成部分。其后发生的一系列事件之所以符合叙事逻辑，一个重要原因就在于事件组合的一般原则与制约人物行为的基本原则相一致。换言之，三国之间围绕两都展开的异常激烈的政治军事斗争与魏、蜀、吴三方主要领袖人物共同具有的强烈的"两都情结"高度吻合，人物行动通常是这种情结外化的必然结果。以诸葛亮为例，两都之于他，绝非权衡利弊的或然选择，而是人生信念（即报答先主知遇之恩）的空间承载体，作为一种生命归宿的必然指向，支配着他后半生所有的决策和行为，鞠躬尽瘁，积劳成疾，知其不可而为之，病逝五丈原，凡此种种，无不发轫于其内心根深蒂固的"两都情结"。罗贯中在充分认识且认可长安、洛阳巨大的政治地理价值基础上，成功地利用两都的政治辐射力设置重大矛盾冲突，组接各种空间场景，使"两都

情结”成为贯穿《三国演义》叙事系统的意义内核以及叙事框架的建构基点。

堪称鸿篇巨制的《三国演义》存在着为数众多的叙事理论即所谓“催化事件”，此类具有补充功能的事件总是如影随形地伴随核心事件出现，从不同角度填充铰链功能之间的叙事空隙，与核心事件形成主干与枝叶的关系①，使故事情节更加具体丰富，叙事结构亦趋于严密完善。在《三国演义》的催化事件中，两都空间铰链的作用同样突出。例如，讨董战役中，袁术不发孙坚粮草，原因在于：“孙坚乃江东猛虎，若打破洛阳，杀了董卓，正是除狼而得虎也。”（第五回）正面描写袁术的戒备心理，侧面则烘托孙坚的虎狼之志，在觊觎洛阳、问鼎中原这一点上，袁孙二人与董卓的态度具有深刻的内在一致性，这一插曲说明洛阳是政治野心家心目中的“天堂”，无一例外。又如，曹丕率水陆军马三十余万伐吴，得知赵云引兵出阳平关，径取长安，大惊失色，立即下令回军。（第八十六回）赵云的牵制与曹丕的反应，无不源于长安举足轻重的战略地位。此后，魏、蜀两国针对长安进行了多次交锋，长安的得失直接影响双方政权的发展与存亡。再如，魏延于进军途中嘲笑孔明：“丞相若听吾言，径出子午谷，此时休说长安，连洛阳皆得矣！”（第一百回）一番话暴露了两人之间的矛盾，为诸葛亮日后除掉魏延埋下伏笔；同时又表明他们在集团政治军事大目标上的共识，又为诸葛亮的暂时容忍提供了合理解释。催化事件中各方人物对于两都的态度及其行为，从不同角度对核心事件进行补充。

《三国演义》讲述的故事时间跨度长达百余年，空间分布极其广阔，描写人物有名有姓者多达千人②。全书之所以能够保持叙事多线性、流动性与一致性的有机统一，除了叙事时间有序、叙事板块分割而不离主线之外，两都的空间铰链功能同样值得一提，因为它已成为前后事件呼应与关合的重要因素。天下三分之前，各路诸侯逐鹿中原，垂涎于天子宝座，他们的政治诉求往往具化为对长安、洛阳的占领与控制；三国鼎立之后，曹魏政权的政治地理优势首先体现于拥有两都，而吴、蜀两国尤其刘备集团始终没有放弃对于两都的争夺。随着时间的流逝和空间的转移，重大事件的主人公不断更换，然而，两都始终没有脱离小说家的观照视野，在文本叙事过程中，不断出现“自长安领十万大军来到”、“趁虚来取长安”、“引兵到长安”、“驱兵向长安”、“收兵回长安”、“屯兵长安”、“提

① 详见谭君强：《叙事理论与审美文化》，中国社会科学出版社 2002 年版，第 18—19 页。
② 参见沈伯俊：《三国漫话》，四川人民出版社 2000 年版，第 4 页。

兵向洛阳进发”、“取路投洛阳来”、“引军回洛阳”、“驾回洛阳”、“守洛阳”、“赴洛阳催粮”、“赴洛阳报捷”一类叙述文字，反复传递和强化两都的信息，关于两都的言说遍布全书叙事构架的主干与枝叶，从空间形态上为纷繁复杂的事件前后照应、左右沟通提供了可能。例如，小说第六回“焚金阙董卓行凶　匿玉玺孙坚背约”，事件发生的背景分别为长安和洛阳，至第七回“袁绍磐河战公孙　孙坚跨江击刘表”，转述另一段故事，叙事空间随之大幅度转移。其间，作家用“有人来长安报知董卓”九字，便将遥远的冀州战场与董卓控制的长安联系起来，前后两回因此形成照应，叙事虽呈跳跃之势，却无断裂之弊。又如，第四回“废汉帝陈留践位　谋董贼孟德献刀”，写曹操刺杀董卓未遂，逃至中牟县，与县令陈宫相遇，二人因洛阳为官经历而结缘。洛阳的纽结作用造就了承上启下的艺术效果，承上写曹操逃亡途中之曲折，隐瞒真实身份的曹操被曾“在洛阳求官”的陈宫识破，情节顿起波澜。启下为曹操杀吕伯奢全家提供符合逻辑的依据，早在洛阳便“欲为国除害”的陈宫弃官随曹操出逃，二人各背剑一口，曹操因此拥有杀人凶器。尤其值得一提的是全书以洛阳之乱开启“合久必分”的故事，再以吴亡孙皓入洛阳演示“三分归一统”的大结局，故事在空间场景的重叠中结束。小说的叙事时间为线性，叙事空间却呈现出环状，作家循环发展的历史观因此得到形象再现。

作为历史演义小说，《三国演义》的主要事件可以在历史文献中找到支撑材料，三国人物的“两都情结”作为一种历史遗存，必然影响文本的叙事结构。然而，小说家叙事策略的运用毕竟不属于历史学范畴，利用历史材料编织故事，即使想象与虚构成分较少，也是一种创造性的艺术行为，赋予两都空间铰链的功能，用以推动情节发展、整合事件板块，构建叙事框架，正是罗贯中艺术匠心之所在。当然，小说家的艺术构思不可避免地受制于他对历史的感受与评价，事实上，《三国演义》关于两都的言说成为罗贯中政治历史诉求的艺术表达。最为典型的是第十四回汉献帝入洛阳的情景：

> 帝入洛阳，见宫室烧尽，街市荒芜，满目皆是蒿草，宫院中只有颓墙坏壁。命杨奉且盖小宫居住。百官朝贺，皆立于荆棘之中。诏改兴平为建安元年。是岁又大荒。洛阳居民，仅有数百家，无可为食，尽出城去剥树皮、掘草根食之。尚书郎以下，皆自出城樵采，多有死于颓墙坏壁之间者。汉末气运之衰，无甚于此。

百余来字尽显洛阳的残破荒凉和汉室的颓败衰运，令人触目惊心。历史场景的真实还原，既是汉王朝的挽歌，也是声讨战乱的檄文，小说家愤怒和惋惜的情感溢于字里行间。第一百零五回情节与细节的设置则关联着罗贯中拥刘反曹的政治倾向，文本先写魏主曹叡于洛阳大建宫室，以至于“民力疲困，怨声不绝”；又写其命博士马均前往长安拆柏梁台铜人，“只见铜人眼中潸然泪下”。《三国志·明帝纪》无此事件的记载，裴松之注引《魏略》曰：“是岁，徙长安诸钟簴、骆驼、铜人、承露盘。盘折，铜人重不可致，留于霸城。”又引《汉晋春秋》曰：“帝徙盘，盘折，声闻数十里，金狄或泣，因留于霸城。”小说文本呈现的却是另一种场景：拆台时狂风大作，飞砂走石，台倾柱倒，压死千余人。不仅铜人及金盘均被拆下运回洛阳，连百万斤重的铜柱也被曹叡下令打碎运回。此处对历史场景的还原明显含有虚构成分，天生异象，旨在营造神人共愤的文化氛围，铜人、铜柱命运的改变性描写，更是将贯注进反曹情绪的批判矛头直指魏主的昏庸和奢侈。叙事场域因此也成为情感场域。

二、东京：《水浒传》[①] 叙事圆形结构 [②] 重要的空间标示

《水浒传》进入城市文学史写作框架内的原因，同于《三国演义》。

《水浒传》讲述的故事时间定格于北宋宣和年间，人物活动的空间范围十分广泛。从洪太尉龙虎山伏魔殿误走妖魔开始，到宋江等好汉魂聚蓼儿洼结束，“全书形成了一个百单八天罡地煞降世、完聚到离散的大圆”。[③]《水浒传》叙事的圆形结构，除了由叙事时间（即全部事件发展的过程）予以显示之外，还可以通过空间（即人物活动的范围与走向）还原得以凸显。全书以象征朝廷的都城东京和象征江湖的梁山泊蓼儿洼构成了叙事空间的两极，完聚于水泊梁山的众义士，在整体归顺朝廷接受招安后，又以各奔前程的方式一一离开东京，宋江、李逵、吴用等核心人物最终魂聚蓼儿洼，人生轨迹构成了一个周而复始的圆形。本来，东京招安意味着梁山好汉从此走上不归路，绝无重返水泊之可能，然而，小说家却特意让宋江在楚州南门外发现个去处，“地名唤做蓼儿洼。其山四面

---

① 本节以《水浒全传》一百二十回本为研究对象，引文均来自上海人民出版社 1975 年版。

② 杨义认为：“多层性圆形结构，在我国古典长篇小说中屡见不鲜。比如《三国演义》总体是一个大圆。而《水浒传》则显示了圆圆相套的另一种较为松散的形态。”（《杨义文存》第六卷《中国古典小说史论》，人民出版社 1998 年版，第 565、566 页）此论主要基于由叙事时间显示的结构特征而发，本节则侧重于小说场景的空间组合的特征论析《水浒传》的圆形结构。

③ 《杨义文存》第六卷《中国古典小说史论》“结论”，人民出版社 1998 年版，第 566 页。

都是水港，中有高山一座。其山秀丽，松柏森然，甚有风水，和梁山泊无异”。巧合的空间场景体现了作家的艺术匠心，其目的恰是为完成叙事的圆形结构创造条件。小说叙事结构中由东京和梁山两极所形成的张力，作用于人物的行为与命运，推动情节向前发展，彰显文本的意义诉求。在两极共构的叙事空间里，东京占据着举足轻重的位置。

《水浒传》多次对象征“历史天空”的东京城进行全景式描写，第六回《九纹龙剪迳赤松林　鲁智深火烧瓦罐寺》云：鲁智深“早望见东京。入得城来，但见”：

> 千门万户，纷纷朱翠交辉。三市六街，济济衣冠聚集。凤阁列九重金玉，龙楼显一派玻璃。花街柳陌，众多娇艳名姬。楚馆秦楼，无限风流歌妓。豪门富户呼卢，公子王孙买笑。

此处是写鲁达眼中的东京，分明应使用限知视角，小说家采用的却是全知视角，俯瞰中勾勒出东京城繁荣富贵的全貌。第七十二回《柴进簪花入禁院　李逵元夜闹东京》写宋江引了一干人入城看灯，作家引古乐府一篇，单道东京胜概：

> 一自梁王，初分晋地，双鱼正照夷门。卧牛城阔，相接四边村。多少金明陈迹，上林苑花发三春。绿杨外溶溶汴水，千里接龙津。潘樊楼上酒，九重宫殿，凤阙天阍。东风外，笙歌嘹亮堪闻。御路上公卿宰相，天街畔帝子王孙。堪图画，山河社稷，千古汴京尊。

除了描绘京城的宏伟气象、繁荣市貌之外，还点染出几分权力的色彩。上述两段文字带有明显的模式化痕迹，由于缺少细节与局部的点染，不足以使读者产生逼真的现场感，完全可以视为两汉以来中国任何一个朝代都城的形象写照。故事的叙述者之所以这样描写，完全在于其个人对于历史空间的经验已经与广大接受者达成了高度默契。在施耐庵所展示的世界图景中，国都首先是政治权力的空间象征①，他对于东京形象的整体把握，及其对东京与梁山关系的艺术处理，完全符合国人关于都城的想象与认知。

小说第一回写东京来的洪太尉误走妖魔，回末云：“有分教：一朝皇帝，夜

① 孙逊、刘方在《中国古代小说中的城市书写及现代阐释》一文中指出：“作为政治象征的都城往往并不在小说中正面展开，而是隐入小说描写的背景，作为一种王朝政治中心的象征，在背景中被凸显出来，例如《水浒传》和《金瓶梅词话》中的东京，《红楼梦》中的神京。”《中国社会科学》2007年第5期。

眠不稳，昼食亡餐。直使宛子城中藏猛虎，蓼儿洼内聚飞龙。”通过预叙告知天罡地煞们的去处为蓼儿洼，然接下来却荡开一笔，于第二回前半部分具体介绍奸臣高俅的发迹史。对于此种写法，清代著名小说评点家金圣叹准确地揭示出作者的意图：“一部大书七十回，将写一百八人也，乃开书未写一百八人，而先写高俅者，盖不写高俅便写一百八人，则乱自下生也，不写一百八人，先写高俅，则是乱在上作也。”（第一回回首总评）[①] 如果将“上”视为方位的指代，小说文本中所涵盖的空间范围泛指以东京为中心的各级官府所在地，亦即大大小小各级城市。高俅本是东京浮浪破落户子弟，早先“只在东京城里城外帮闲”，发迹后迅速跻身于当朝最高统治集团。在京师做了殿帅府太尉。此后，以高俅为代表的上层腐朽邪恶势力在东京的所作所为，直接导致身处社会下层的各路英雄“仗义疏财归水泊，报仇雪恨下梁山”。

小说前半部分，即从小说第二回高俅逼走东京八十万禁军教头王进，至第七十一回，百单八英雄人生轨迹的共同走向的聚焦处是位于东京反方向的梁山泊蓼儿洼。其中，以东京为出发点的好汉多为朝廷武将，他们的情况大致分为两类：一类因受高俅等人的陷害或排挤而被迫离开东京，几经曲折上了梁山，东京八十万禁军教头林冲、东京殿帅府制使官杨志为其代表。第十二回《梁山泊林冲落草　汴京城杨志卖刀》开篇诗曰：“天罡地煞下凡尘，托化生身各有因。落草固缘屠国士，卖刀岂可杀平人？东京已降天蓬帅，北地生成黑煞神。豹子头逢青面兽，同归水浒乱乾坤”，即昭示了人物的东京遭遇与英雄造反之间的内在关系。另一类则受高俅等指派从东京起程，带兵前往水泊梁山镇压起义，成为起义军手下败将后受到感召，留了下来，他们人数众多，大刀关胜、双鞭呼延灼、金枪手徐宁堪为代表。当他们与宋江、李逵、阮氏三雄等人汇聚在一起攻城夺池，三拜高俅，两赢童贯，便彻底背叛了东京与朝廷，即如第七十二回柴进在内庭看到御书四大寇姓名中有“山东宋江”时所想：“国家被我们扰害，因此如常记心，写在这里。”

小说后半部分，从聚义梁山泊到魂聚蓼儿洼，人物行动的空间轨迹并没有在原点重合，全书故事情节由喜到悲的根本性转折在于宋江一手导演的东京招安。在众好汉汇聚梁山的过程中，分别来自不同阵营的两种力量均欲将宋江推

① 叶朗认为金圣叹的评点揭示了“官逼民反”的规律，“肯定了农民的革命行为有它的合理性”，是“为农民起义辩护”。《中国小说美学》，北京大学出版社 1982 年版，第 47 页。

向东京。一方面战场上的敌人不只一次地叫嚣："一发拿了宋江，却解上东京去请功"（第四十八回），"他日拿了宋江，一并解上东京去"（第五十回）。"东京"作为国家最高权力的象征，具有统摄国家政治军事力量的强大功能，对方嚣张的气焰与十足的底气皆来自此。另一方面身边的部下则强烈要求："哥哥便做皇帝，教卢员外做丞相，我们都做大官，杀去东京，夺了鸟位子，却不强似在这里鸟乱！"（第六十七回）李逵所表达的实质上是中国历代下层民众文化心理结构中根深蒂固的"帝王情结"。然而，宋江并未以上述两种方式出现在东京的朝堂上。这位居于天罡地煞之首的郓城县小吏，被赋予了特殊的身份与作用。他不同于占山为王的草寇，亦非随众上山的喽啰；既不是战场失陷的军官，更迥异于主动要求变革现实的农民、渔夫。作为下层知识分子的代表，之所以最终选择停止反抗，主动接受朝廷招安的道路，根本原因在于中国封建社会传统文人理想人生模式的规范和指引作用。

在传统知识分子的文化视域里，个体的生存与活动的空间通常被划分为"朝"与"野"，当乡居耕读养亲与入朝做官为政构成了他们理想人生的两极之后，京城便成为具有意识形态意义的文化符号，因为天子脚下的土地被理解为"朝"的一部分，进入京城具有特殊的政治地位和文化价值①。正如不能将宋江几经曲折上得梁山视为平常意义上的落草为寇一样，他带领起义队伍浩浩荡荡开进京城东华门，也不能简单斥之曰投降，其重要意义不亚于赴京赶考金榜题名。宋江"自幼曾攻经史"（第三十九回），接受过正统文化教育乃是不争事实，渴望替天行道，忠君报国，建功立业，"怀扫除四海之心机"（第一回），实属正常现象。尽管他长期生活在远离政治文化中心的乡野小城，频繁结交处于社会底层的三教九流，深厚的民间文化土壤在培育扶危济贫的江湖义气的同时，也助长了他的野性与反骨（浔阳江楼上的两首反诗足以说明问题），但是，未能真正消解其内心根深蒂固的"京城"情结。奸臣当道，贤路堵塞，宋江只能沉沦下僚，发牢骚、吟反诗只不过是以反弹琵琶的形式表达对朝堂的向往和对功名的企盼。在第八十二回《梁山泊分金大买市　宋公明全伙受招安》里，小说家不惜笔墨，极力铺写宋江率军进入东京，接受招安的盛况：

> 宋江、卢俊义为首，吴用、公孙胜为次，引领众人，从东华门而入。只见仪礼司整肃朝仪，陈设銮驾。正是：

① 参见高小康：《中国古代叙事观念与意识形态》，北京大学出版社2005年版，第94—97页。

金殿当头紫阁重，仙人掌上玉芙蓉。太平天子朝元日，五色云车驾六龙。……须臾间，八个排长，簇拥着四个金翠美人，歌舞双行，吹弹并举。歌的是：朝天子，……贺圣朝。感皇恩，殿前欢，治世之音。

描写的场面，歌颂的内容，洋溢的情感，完全可以视为一首入朝诗。透过作家富有渲染性的文字，我们似乎可以触摸到他本人内心的渴求，施耐庵的“东京情结”虽然不能等同于唐代大诗人李白的“长安情结”，但二者的内在价值取向却具有惊人的一致性。

极具讽刺意味的是，宋江一行在东京立足未稳，便被以安边剿寇之名义“撵”出都城。众好汉再次开始了与东京反方向的运动，宋江本人则以魂归蓼儿洼的悲剧结局为自己的圆形人生轨迹画上了最后一笔。综观宋江一生由野至朝、再由朝至野的奋斗轨迹，不难发现他与一般士人的相异之处，包括私放晁盖、怒杀阎婆惜在内的一系列突发事件将他一步步逼上梁山，生活空间由“乡村之野”置换为“江湖之野”，完全背离主流社会为文化人所规范的由士而仕、读书做官的人生道路。由江湖之“野”进入东京之“朝”的特殊经历，为他打上永远抹不去的“盗寇”印记，宋江因此难以立足朝堂。他一旦如愿以偿，威胁的不仅仅是几个奸臣的权力和个人尊严，而是构成了对整个社会统治秩序的挑战，为天下士人树立起武力反抗朝廷的成功榜样，其结果极有可能撼动封建大厦的根基。既然宋江前半生脱离了乡村之野，那么他的后半生也就不可能如常人一般顺利告老还乡，重返乡野。而此时，重返江湖也早已失去主客观条件，那么，小说家让他寻找到一块与梁山泊完全相同的所在，作为葬身之地，最终实现由江湖之“野”再到江湖之“野”的空间循环，应该是符合叙事逻辑的归宿。

三、清河县：《金瓶梅》中焦点透视的金钱社会

中国小说史上，《金瓶梅》作为第一部文人独立创作的白话长篇小说①，占据着十分重要的地位。在中国城市文学史上，《金瓶梅》作为第一部由“城市人”完成的关于城市叙事的长篇世情小说，地位同样重要。尽管兰陵笑笑生的身份至今仍然是谜，但是他在小说中体现的市民眼光和市民立场毋庸置疑。在这部

① 笔者认为，与《三国演义》、《水浒传》相比，《金瓶梅》世代累积型集体创作的特征既不明显，也不典型，应属于文人独立完成的文学巨著。

取材于现实社会、以写“时俗”见长①的小说中，城市既作为“前景”亦作为“背景”②同时存在，小说家围绕西门庆展开的叙事，从地点的选择、场景的渲染，到人物的刻画、矛盾的设置，无不打上城市文化的烙印。对于《金瓶梅》在人物刻画、语言运用、结构安排诸方面所取得的艺术成就，已经面世的多部文学史均给予了充分肯定③，故不赘述，在此，我们将重点探讨该小说采用“焦点透视法”④在城市叙事方面的独到之处。

兰陵笑笑生采用了类似西方绘画焦点透视的手法，选取“山东省东平府清河县”中的一个旧家子弟西门庆为叙事聚焦点，围绕他上至皇廷相府、下至勾栏茶肆的各种社会关系及其所作所为进行“欲望化叙事”，描绘出一幅具有立体感的市井社会图景。

小说叙事从介绍清河县市民西门庆其人开端，结束于金兵打进清河县吴月娘率子出城，普静师幻化孝哥儿，故事中主要人物的活动范围基本上在县城之内。研究《金瓶梅》的叙事空间，对于准确把握文本的特征和价值具有极其重要的意义，因为空间特征已经深刻地影响到小说的叙事特征。《金瓶梅》产生于明代万历朝中前期⑤，它所反映的时代特征被当代研究者概括为“官商结合，商业经济繁荣，市民阶层正在崛起，人们在两极分化中，受到金钱和权势的猛烈冲击，价值观念发生了急剧的变化，奢侈之风也迅速弥漫了整个社会。”⑥值得注意的是，即使在明代中期，也并非所有的城市都能够如此典型地体现出上述特征。其时，中国城市发展的不平衡现象已经表现得非常明显，不少边塞城镇刚刚兴起，缺少商品经济迅速发展的客观条件，位于经济欠发达地区的大量县级城市仍然处在农村汪洋大海式的包围之中，弥漫着浓郁的乡村气息，关于这一点，我

---

① 万历词话本《新刻金瓶梅词话》欣欣子序云：“窃谓兰陵笑笑生作金瓶梅传，寄意于时俗，盖有谓也。”

② 关于“前景”、“背景”的相关理论，本书第三章第二节有所介绍。

③ 参见袁行霈主编：《中国文学史》第四卷第九章“《金瓶梅》与世情小说的勃兴”，高等教育出版社 1999 年版。李修生、赵义山主编：《中国分体文学史》“小说卷”第五章《金瓶梅与明清世情小说》，上海古籍出版社 2001 年版。

④ 焦点透视乃西方绘画术语，具体是指一幅画中只有一个特定的视点，由远及近或由近及远放射状地去表现景物，笔者用以比喻《金瓶梅》的叙事特征。本节所引文字均出自台湾智扬出版社 1988 年版《真本金瓶梅》。

⑤ 《金瓶梅》的成书年代有嘉靖、万历两说，笔者同意向楷之说，该书约成于万历十年到二十年间。详见向楷：《世情小说史》，浙江古籍出版社 1998 年版，第 154 页。

⑥ 袁行霈主编：《中国文学史》第四卷，高等教育出版社 1999 年版，第 169 页。

们在“明代都市诗歌”一节里已有所揭示。兰陵笑笑生为西门庆设置的主要活动区域是清河县县城，其人文地理环境特点可以通过第十五回“佳人笑赏玩灯楼　狎客帮嫖丽春院”中一段赋文的相关描写予以把握。该文描写正月十五灯市的景象，先依次介绍各式奇灯，有金莲灯、玉楼灯、荷花灯、绣球灯、雪花灯、秀才灯、媳妇灯、和尚灯、判官灯、师婆灯、刘海灯、骆驼灯、青狮灯、猿猴灯、白象灯、螃蟹灯，可谓精彩纷呈，再一一勾勒出现在灯市上的各种人物身影：

……村里社鼓，队队喧阗；百戏货郎，桩桩斗巧。

……王孙争看小栏下，蹴踘齐眉；士女相携高楼上，妖娆衒色。卦肆云集，相幙皇罗；讲新春造化如何，定一世荣枯有准。又有那站高坡打谈的，词曲杨恭，到看这扇响跋脚游僧，演说三藏；卖元宵的高堆果馅，粘梅花的齐插枯枝。画春娥，鬓边斜插闹春风；祷凉钗，头上飞金光耀日，围屏画石崇之锦帐，珠帘绘梅月之双清；虽然览不尽鳌山景，也应丰登快活年。

这一段描写透露出三个值得玩味的信息：其一，以狮子街取代长安道，明确标示出清河县城与京城的巨大差异，其灯不以气派见长，而以奇巧取胜，其人鲜见上层人物身影，而以三教九流为主，由此决定了政治权力争斗不大可能成为小说的主要表现内容，而渲染人物的奢侈享乐也更适合于从个人家庭的角度进行。其二，该城得商业风气之先①，居民生活富裕，乐于享受，浓郁的商业氛围昭示着商人活动的频繁，富丽繁华的夜景炫耀着金钱的魅力，西门庆式的罪恶就是在这块土地上获得滋生的文化养分。其三，潘金莲等人站在李瓶儿新买房子的临街楼上，便可将设在狮子街灯市全景一览无余，足见城市规模不大。唯其如此，《金瓶梅》“因一人写及一县”（张竹坡《第一奇书金瓶梅读法八十四》）的独特构思，方有可能完成，“著此一家，即骂尽诸色”（鲁迅《中国小说史略》）的写法，也才因为具有内在逻辑根据而不使人感到勉强。

西门庆在清河县知名度极高，社会关系非常广泛，与他直接或间接交往的

① 关于清河县的地理原型，目前学术界有北清河（位于今河北邢台地区）说，南清河（位于今淮阴地区）说，徐州说，扬州、淮安、徐州三地综合说，临清说等。此外，潘承玉认为《金瓶梅》里清河县的地理原型不是山东清河县，而是今浙江绍兴市。（详见梅芳燕、叶辉：《“兰陵笑笑生”是徐渭？——潘承玉与〈金瓶梅〉作者之谜》，《中华读书报》2010 年 1 月 20 日第 15 版）葛永海则认为，“《金瓶梅》的地理背景是以临清为原型，同时，之外小说中的地名，作者又掺入了不少虚构和想象”。（详见葛永海：《古代小说与古代文化研究》第四章第一节“《金瓶梅》的城市背景”，复旦大学出版社 2004 年版）笔者认为，我们的研究不必要求准确还原小说中清河县的地理原貌，但有必要准确把握该县的文化个性。

人物形形色色，有守备都监、知县提刑、仵作皂隶、医生相者、店主匠人、媒婆狎客、老鸨妓女、无赖帮闲、和尚道士，更有各种商人小贩，基本上涵盖了清河县市民的各个行业。如同中国古代其他小县城一样，清河县也是一个由“熟人”构成的社会，受空间活动范围的限制，县城居民在相互频繁的交往过程中建构起一张无形的熟人关系网。例如，为西门庆和潘金莲牵线搭桥的王婆是西门庆“干娘”，武大郎得知妻子红杏出墙的消息来自卖果品的邻居郓哥儿，薛媒婆为西门庆说亲，称“这位娘子，说起来你老人家也知道”，大街坊尚推官家送殡，西门庆、应伯爵等人纷纷前往参加。此外，小说叙事中还涉及县城内生子送礼、过年贺节等民间流行的习俗，凡此种种，无不表明清河县并不具备京城一类大都市那种“陌生化”的环境特征。

然而，在清河县的熟人世界里，却不见熟人之间应有的脉脉温情以及由此产生的讲情面、尚互助的社会风气，与此相反，小说家展示在读者眼前的是人与人之间广泛存在的、赤裸裸的金钱交易。茶坊主王婆收了西门庆的银子，便十分卖力地促成了西门庆与潘金莲的奸情。西门庆用一锭雪花银子就彻底封住了替武大郎殓尸的仵作之口，何九现场的失语与事后的沉默无不显示金钱的巨大力量，与《水浒传》的相关描写相比，实有天壤之别。来旺因得罪西门庆遭陷害被收监，由于“替刑两位官，并上下观察，缉捕，排军，监狱中上下，都受了西门庆财物”（第二十六回），他不仅多次遭受毒打，最终还被递解徐州。身为商人的西门庆信奉金钱之上的原则，公开宣称“咱闻那佛祖西天，也不过要黄金铺地；阴司十殿，也要些楮镪营求。咱只消尽这家私广为善事，就使强奸了嫦娥，和奸了织女，拐了许飞琼，盗了西王母的女儿，也不减我泼天富贵”。（第五十七回）现实生活中，银子成为他获取权力、消除罪恶、逃避惩罚、玩弄女性的万能武器。

在清河县，何止西门庆，出现在他身边的绝大多数人同样表现出对金钱的强烈欲望。第五十六回有一段非常典型的描写，暴露了拜金主义在该县的泛滥。西门庆的拜把兄弟常峙节被老婆臭骂一顿之后，不无得意地摸出了西门庆给的银子，扬眉吐气地说道：

> 孔方兄，孔方兄！我瞧你光闪闪，响当当，无价之宝，浑身还麻了，恨没口水咽下去；你早些来时，不受这淫妇一场气了！

今日常二之所以一改惧内之常态，其妻又之所以前倨而后恭，根本原因仅仅在于十二三两银子。这夫妻俩的对话浓缩了整个县城市民群体对于金钱的诉求与依赖，银子的力量已经全面介入到市民的日常生活之中，不仅成为势利夫妻关系的黏合剂，甚至影响到英雄人物的细小行为。《金瓶梅》在对武松形象的描写中，出现了一些耐人寻味的细节。兰陵笑笑生笔下的英雄好汉也深谙金钱开道之规律，多加五两散碎银子便使王婆将已许卖给他人的潘金莲卖给了自己，杀了潘金莲和王婆之后，他又特地跳墙进入王婆家，翻箱倒柜，找出先前付予王婆的一百零五两银子，“只交与吴月娘二十两，还剩了八十五两，并些钗环首饰，武松都包裹了”。（第八十七回）如果说这些在《水浒传》里不曾出现的细节意在表现武松精细之处的话，那么，这种精细又足以使打虎英雄身上散发出一股小市民特有的气息。

金钱在清河县畅通无阻的背后，是勃兴的商品经济对农业社会传统价值观念体系的颠覆。颠覆的后果令人触目惊心，清河县成为欲望迷乱的星空的表征，人性扭曲生长的舞台，所有罪恶均集中体现于西门庆的言行之中，结交权贵，行贿买官，巧取豪夺，心狠手辣，肉欲泛滥，全无忠孝廉耻之心，凡此种种，无不昭示王法的失控和道德的缺席。在当代文学创作领域，“有人以西方文学为参照，视‘物化’为城市文学的基本主题”①，而早在数百年前，兰陵笑笑生就从中国城市发展的现实状况中提炼出“物化”的城市文学主题，这不能不视为写实主义创作的胜利。

尤其值得肯定的是，《金瓶梅》不仅通过淫死的结局对西门庆个人展开了道德层面上的批判，而且在更广泛的意义上对中国早期商人进行了尖锐的文化批判，即鲁迅所谓“著此一家，即骂尽诸色”。西门庆毕竟不同于生长在商品经济高度发达时期的现代商人，在他身上集中体现了早期商人在资本原始积累过程中所患有的全部顽疾——践踏法律，破坏秩序，蔑视纲常，违反人伦。暴富之后，面对骤然增多的物质财富又表现出心理准备严重不足的弊端，以至于在“富贵无常”心态的支配下肆意挥霍，及时行乐，迷失了前行方向，自然也就谈不上进取精神。面对“重农抑商”政策的强大压力，中国早期商人为谋求生存和发展，通常采取与官府官员勾结的策略，大量钱财用以行贿买官，不仅影响了商业资本的正常扩展，而且加深了吏治腐败，破坏了国家机器的有序运转，西门庆的所作所为充分暴露了官商勾结的危害性。此外，《金瓶梅》还通过西门庆这一形象揭示了中国早期商人普遍具有的权力崇拜思想，富甲一方的西门庆之所以对褴

① 乔世华：《摹写出城市生活的多样性》，《文艺报》2002年4月23日“文学周刊”。

褓中的官哥儿如此说道："儿，你长大来，还挣个文官，不要学你老子，做个西班出身，虽有兴头，却没十分尊重"（第五十七回），根本原因在于财富的增长未能使商人的自信心增长同步，在他们的价值观念中，金钱本位仍然不敌权力本位。

尽管兰陵笑笑生最终未能摆脱市民眼光的局限，站在更高的层次去审视发生在市民社会中的种种平庸与罪恶现象，进而做出清醒准确的评判，反而在描写中不时表现出矛盾与迷惑。然而，他通过描写西门庆致富过程中的种种不法行为以及暴富后的为非作歹，形象地证实了中国早期商人难以独立而健康发展且后劲不足的群体弱点，这正是他比同时代其他小说家更加深刻之处。

从艺术创作的角度审视，《金瓶梅》以县城里一个商人为叙事聚焦，成功地展开了对市民世界的细致描写。由于小说巧妙地利用西门庆在人际关系网中的纽结作用，使市民阶层的三教九流纷纷以一种接近原生态的本真面貌出现在小说的人物画廊之中，既携带野性，也充满活力。而西门庆的商人身份与通上连下的社会地位，又帮助小说家建立起一个近距离观察芸芸众生的透视点，不独人物的生老病死等重大事件，就连日常生活的琐细行为包括打情骂俏、吵架斗嘴、行院声咳、花子挨冻，也一一摄入画面之中，"一笑谈，一小曲，皆因时致宜"（张竹坡《第一奇书金瓶梅读法四十九》）。全书形成通俗形象、市井情味浓郁的叙事风格，在很大程度上得益于此。

四、城市群落："三言"、"二拍"中散点透视[①]的市民世界

散点透视是从传统中国画体现出来的一种透视法，与焦点透视有所不同，其特征为多视点，在表现景物时，可以将焦点透视表现的近大远小的景物，采用多视点处理成平列的同等大小的景物。其优势在于能够比较充分地表现空间跨度比较大的景物的方方面面。冯梦龙编著、总称"三言"的《喻世明言》（亦称《古今小说》刊于天启元年即1621年前后）、《警世通言》（刊于天启四年即1624年）、《醒世恒言》（刊于天启七年即1627年），与凌濛初（1580—1644，字玄房，号初成，亦名凌波，一字遐厈，别号即空观主人，浙江乌程人）编著、总称"二拍"的《初刻拍案惊奇》（刊于崇祯元年即1628年）、《二刻拍案惊奇》（刊于崇祯五年即1632年）的先后问世，标志着明代白话小说创作繁荣时期的到来。与《金瓶梅》

① 中国古代绘画虽无"散点透视"这一术语，但绘画实践中体现出其透视效果，宋代张择端的《清明上河图》长卷就采用了散点透视的多视点原理。这里，笔者同样借用绘画术语描述"三言"、"二拍"的叙事特征。

相比，这些同样充溢着浓郁市井风情、堪称市民文学代表的拟话本小说，叙事视野更加开阔，内容题材更加丰富，作家所描绘的市民世界长卷，呈现出散点透视的艺术效果。

冯梦龙、凌濛初讲述的故事空间分布十分广泛，其中上至首都下至县治的各类城市相继出现，且频率甚高。仅以《喻世明言》为例，40 篇小说中出现的历史文化名城就有长安、洛阳、东京（开封）、南京、北京、苏州、杭州、扬州、成都，此外，还涉及众多县城如大名府浚县、南昌府进贤县、蜀中青城县、扬州江都县、苏州府吴江县等。小说家将空间跨度极大的各类故事编辑成书，一并呈现在读者面前，犹如画家绘制出一幅多彩长卷。就单篇小说而言，如果主人公行踪有所变化，作家遂采用移步换形之法，将发生在不同城市的事件串联起来，从而形成一个故事由多个空间场面组接而成的叙事特点。

根据写作惯例，“三言”、“二拍”通常于开篇明确交代故事发生的时间、地点以及人物（亦即现代叙事文学理论强调的“小说三要素”），例如，“话说南宋临安府有一个旧家，姓乐名美善；原是贤福坊安平巷内出身，祖上七辈衣冠。近因家道消乏，移在钱塘门外居住，开个杂色货铺子”（《警世通言·乐小舍拚生觅偶》）；“话说东京汴梁城开封府，有个万万贯的财主员外，姓张，排行第一，双名俊卿”（《醒世恒言·郑节使立功神臂弓》）；“话说乾道年间，严州遂安县有个富家，姓汪，名孚，字师中，曾登乡荐，有财有势”（《喻世明言·汪信之一死救全家》）；“宋时衢州有一人，姓郑，是个读书人”（《二拍·满少卿饥附饱飏　焦文姬生仇死报》）。中国人早在唐代就已进入“有意识的作小说”的时代，出现在“三言”、“二拍”中的“大唐”、“宋时”、“万历年”等字样绝不能等同于历史学中的同类概念，它们对于叙事的主要意义在于将人物定格于某一特定的时间单元之内，通过赋予虚构或半虚构的故事以“历史”身份，唤起读者的历史记忆，以便增强小说征服读者的魅力。在中国人的观念世界里，时间从来就是意义的生发点和增长点，同时，历史意义的彰显在很大程度上要依赖空间的参与，否则，历史的天空将变得模糊不清，意义甚至可能被遮蔽。“三言”、“二拍”对于空间在意义生发中的重要作用，给予了形象的阐释。

《醒世恒言·乔太守乱点鸳鸯谱》开篇便点明“那故事出在大宋景祐年间”，然一般读者很难从故事本身找到北宋仁宗朝的时代标杆。不过，小说点明了主人公的居住地为杭州，医家刘秉义之女“已受了邻近开生药铺裴九老家之聘”，其邻居李都管则“意欲强买刘公房子”，这种邻里关系只能出现在坊市制解体之后街市合一、商铺与民居相互毗邻的特定背景下，由此，读者可以发现北宋中前期商业发展的时代烙印。《警世通言·杜十娘怒沉百宝箱》开场诗“夸我朝燕京建都之盛”，盛赞迁都北京“把个苦寒地面，变作花锦世界”，这一点非常关键。唯有在京城，杜十娘才可能“七年之内，不知历过了多少公子王孙，一个个情迷意荡，破家荡产而不惜”，也才可能遇上太学生李甲，进而演绎出一段交织着爱恨情仇的悲剧故事。故事发生的时间定格为明神宗万历年间，这一时代背景与杜十娘的人生悲剧究竟存在何种内在联系？冯梦龙通过对孙富的介绍带出了个中信息：“徽州新安人氏。家资巨万，积祖扬州种盐”，“生性风流，惯向青楼买笑，红粉追欢”。明代中后期在迅速崛起的商人队伍里，徽商是最为活跃的一支。据万历《扬州府志》卷一《风俗》的记载，当时扬州的盐商，势力最大的便是来自徽州的商人。孙富的商人身份一旦与徽州、扬州两地联系起来，便可生发出无限丰富的意义联想，其金钱买欢、出手阔绰的行为也具有了意义阐释的时代依据。

在“三言”、“二拍”共计198篇小说[①]之中，市民无疑扮演着最为重要的角色[②]，知县巡抚、衙役捕快、商人小贩、工匠店主、妓女嫖客、媒婆鸨母、秀才监生、城居财主、富家弟子、无业游民、市井无赖各色人等相继出现在城市文化大舞台之上，用各自富有行业特征的行为诠释“城市”的内涵。小说家关于城市的描写，刻意彰显其作为市民生活空间的文化意义，正是由于城市生活的开放性[③]、流动性、异质性以及在伴随商品交换而滋生、蔓延的拜金思潮，才催生出一个个富有偶然性、传奇性、趣味性的故事，人物无论发迹、艳遇、梦想成真，抑或遭遇飞来横祸、无妄之灾，都可以从城市文化的特征中获得合理的解释。《初刻拍案惊奇·陶家翁大雨留宾　蒋震卿片言得妇》中前一个故事讲“到都下会试”的王生因一次偶然的小街窥探而与素不相识的良家女曹氏成就了男女欢爱之事，后来曹氏寻“夫”途中来到广陵地方，命运发生转折，小说这样写道：

元来广陵即是而今扬州府，极是一个繁华之地。古人诗云：“烟花三月

① 三言”、“二拍”每书均40卷，共200卷，但“二拍”第23卷《大姊魂游完宿愿，小姨病起续前缘》与“初刻”重复，加之《二拍》最后一卷为《宋公明闹元宵》杂剧，故小说实为198篇。本节所用各部小说均为中华书局2009年版。

② 方志远指出，“三言”、“二拍”中有69篇故事发生在明代，“其中的人物却几乎囊括了明代市民的各个阶级和群体，并且反映了这些阶级和群体的基本特征”。《明代城市与市民文学》，中华书局2004年版，第376页。

③ 这里所言“开放性”是与中国古代乡村生活相比较而言，不具有现代开放的意义。

下扬州。”又道是：“二十四桥明月夜，玉人何处教吹箫？”从来仕宦官员、王孙公子要讨美妾的，都到广陵郡来拣择聘娶，所以填街塞巷，都是些媒婆撞来撞去。看见船上一个美貌女子啼哭，都攒将拢来问缘故。

繁华而陌生的城市对于一个盘缠已尽、孤单无依的年轻女性而言，犹如一个无形的巨大陷阱，处处充满危机与风险。曹氏最终误信媒婆之言，落在套中，不幸做了娼妓，人生之路偏离正常轨迹，成为城市陌生化、商业化的受害者。凌濛初讲述这一类故事无非欲说明“人生万事，前数已定”，“一时间偶然戏耍之事”实“非偶然也”的道理，只不过他错误地将这种现象产生的原因归于“暗中已有鬼神做主”，而未能清醒地认识到城市环境对人物命运的重要影响。

《醒世恒言·卖油郎独占花魁》津津乐道于一位下层市民的青楼艳遇，冯梦龙将卖油郎娶回花魁娘子的成功归结为“善于帮衬”。其实，小说的具体描写处处显示出城市（临安）在秦重实施“帮衬”过程中所发挥的潜在作用。如果没有城市提供的广阔生存空间和多样生存方式，只带有三两银子就出门寻父的秦重根本不可能在陌生的异乡上立足；如果他没有将卖油所获得的商业利润转变为“一大包银子”，既不可能具备“若有了银子，怕他不接”的底气，也无法顺利敲开妓院大门。同时，如果没有饱尝卖笑生涯的辛酸与痛苦，王美娘也不可能体会到秦重“帮衬”的可贵，进而做出嫁与他的决定。“堪爱豪家多子弟，风流不及卖油人”，冯梦龙通过秦重的梦想成真形象地说明，城市里蕴藏着市民阶层通往人生成功之路的各种机遇。

冯梦龙、凌濛初的创作思想与价值取向尤为突出地体现了城市作为市民生存空间的巨大意义。二位小说家本身就具有普通市民的身份，且长期生活在商业发达的城市。冯梦龙出身名门世家，博览群书，由于屡试不中，只得居家著书，又因热恋歌妓侯慧卿，频繁出入歌馆酒楼茶坊，对下层市民的生活十分熟悉。家乡苏州经济繁荣，享乐奢侈之风引领时代潮流，浓郁的商业气息陶冶出冯梦龙的市民文学观。凌濛初的人生轨迹与冯梦龙具有相似之处，也因科场不顺而转为著述。其家乡乌程商业和手工业比较繁荣，本人又曾游历苏州，多住南京，长期生活在经济发达、小说戏曲盛行的地区，加之凌家有刻书传统，与书商多有往来，这一切均有助于培养凌濛初的市民文学意识。

就整体倾向而言，冯、凌二人下移创作视点，极为关注普通市民的命运，从市民世界的日常生活现象中提炼出若干严肃的文学主题。

其一，“经商也是善业，不是贱流”（《二刻拍案惊奇·赠芝麻识破假形　撷草药巧谐真偶》)——商人形象嬗变。

有明一代，随着商品经济的迅速发展和商业贸易的日益繁荣，商人的社会地位得到明显提高，其功利主义的价值观影响日渐深广，新儒学大师王阳明正是在时代精神感召下，提出了“古者四民异业而同道，其尽心焉，一也”(《节庵方公墓表》)的命题。社会经济的内在变化既已导致社会思想体系的局部调整，也必然会促进文学价值观念的某种新变。随时而变的冯梦龙、凌濛初摈弃轻商贱商的传统价值标准，怀着浓厚兴趣关注商人的兴衰成败和喜怒哀乐，不吝笔墨去描写商人在社会人生舞台上的种种外在行为和内心体验，打破商人形象塑造的传统模式，从而引起中国文学商人形象的嬗变。

“三言”、“二拍”真实地反映当时人们“以商贾为第一等生业，科第反在次着”(《二刻拍案惊奇·叠居奇程客得助　三救厄海神显灵》)这一价值观的巨大变化，对于仕途不通的读书人“欲凑些资本，买办货物，往漳州商贩，图几分利息”(《喻世明言·杨八老越国奇逢》)的转变，不仅没有世风日下、人心不古之叹，反而流露出几分欣赏之意，社会价值观念的异动以及商人企盼发财的世俗理想成为小说家充分肯定的对象。《初刻》卷首篇《转运汉遇巧洞庭红　波斯胡指破鼍龙壳》，写苏州府文雅之士文若虚于家道衰落之后，在追求物质利益动机支配下，出海经商，几经挫折，终成闽中富商，其全部经历不仅形象地揭示出在当时的历史条件下文士向商人转化的可能性，而且证实了这种转变的正确性，崇尚实用的功利原则已成为小说家塑造人物的重要标准之一。

商人根据市场行情囤积或抛售货物，其主观动机是为了追求商业利润，但在客观上对于满足民生需求、调节市场物价具有不可否定的积极意义，对此，明代小说家已经注意到，凌濛初在《二刻》中给予了正面肯定：

> 且说嘉靖四十三年，吴中大水，田禾淹尽，寸草不生。米价踊贵，各处禁粜闭籴，官府严示平价，越发米不入境了。原来大凡年荒米贵，官府只合静听民情，不去生事。少不得有一伙有本钱趋利的商人，贪那贵价，从外方贱处贩将米来；有一伙有家当囤米的财主，贪那贵价，从家里廒中发出米去。米既渐渐辐辏，价自渐渐平减，这个道理也是极容易明白的。
>
> ——《进香客莽看金刚经　出狱僧巧完法会分》

基于对商人比较具体与全面的了解，冯梦龙、凌濛初在欣赏其成功的同时，丝毫没有忽略他们在追求商业利润过程中所遭遇的种种艰难与风险。例如抛妻离子，路途艰辛，“飱风宿水多劳役，披星戴月时奔忙”(《喻世明言·杨八老越国奇逢》），而且饱受思乡之苦的折磨；如果路遇强盗，即使保全性命，也免不得“盘缠行李俱无”（《初刻拍案惊奇·乌将军一饭必酬　陈大郎三人重会》）；一旦信息不灵，行情把握有误，难免赔尽本钱，空手而归（《初刻拍案惊奇·转运汉遇巧洞庭红　波斯胡指破鼍龙壳》）。小说家满怀同情的描写使商人形象植根于现实生活的土壤，避免了因理想化而产生的片面性。

“三言”、“二拍”既正面描写商人为赢利而进行的商业活动，也赞赏那些在谋利过程中坚持以“义”自律、自觉遵守不义之财不取的道德准则的商人。《警世通言·吕大郎还金完骨肉》写“向大户家借了几两本钱”、贩卖些棉花布匹的小商贩吕玉，在亏本且生病的关头意外拾得二百两银子，以“古人见金不取，拾带重还”为榜样，想方设法归还了失主。《醒世恒言·施润泽滩阙遇友》写小工商者施复拾得六两二钱银子，虽心中欢喜，但念及失主是痛苦又觉不安，于是主动送还了银子。尽管唐宋小说里也出现过勤劳致富的商人形象，但只有“三言”、“二拍”才从整体上对商人群体进行肯定和褒扬。

其二，“易求无价宝，难得有情郎”（《醒世恒言·卖油郎独占花魁》）——张扬世俗之情。

“情”是“三言”、“二拍”出现频率极高的一个字眼，几乎篇篇可见。通观两位作家对这一概念的使用，时而与“色”相伴，包蕴“欲”的内涵，即所谓“情色”；时而指摈弃物欲，诚恳对人，即所谓“有情有义”，“以情度情”。其总体态度是正面肯定“情”对现实人生以及文学创作的重要意义。冯梦龙高度认可通俗文学的教化功能，明确指出“通俗演义一种遂足以佐经书史传之穷”，他从里中儿听《三国》“顿有刮骨疗毒之勇”一事中受到启发，自觉追求“说孝而孝，说忠而忠，说节义而节义，触性性通，导情情出”（《警世通言·叙》）的小说创作效果。凌濛初则认为小说要避免“失真之病”，就必须写出“物态人情”，《西游记》题材本“怪诞不经，读者皆知其谬，然据其所载，师弟四人，各一性情，各一动止，试摘取其一言一事，遂使暗中摹索，亦知其出自何人，则正以幻中有真，乃为传神阿堵。”（《二刻拍案惊奇·序》）“性情”是人物乃至全部作品的灵魂。

从“三言”、“二拍”的具体叙述中不难看出，冯梦龙、凌濛初认为“情”是普遍存在的，“色绚于目，情感于心，情色相生，心目相视。虽亘古迄今，仁人君子，弗能忘之”（《警世通言·蒋淑真刎颈鸳鸯会》），“人生只有这个‘情’字至死不泯的”（《初刻拍案惊奇·大姊魂游完宿愿　小姨病起续前缘》）。他们更多地围绕市井日常生活现象展开关于情和欲的叙事，其言说往往契合着市民阶层的生活经验与审美期待。例如，风月场中，善于帮衬便是知情知趣（《醒世恒言·卖油郎独占花魁》）；夫妻恩爱，即使被弃也要患难相扶，谓之“用情”（《喻世明言·蒋兴哥重会珍珠衫》）；兄弟之间“有事共商，有难共救，真像手足一般”（《喻世明言·滕大尹鬼断家私》），不愧手足亲情；才子佳人，邂逅一遇，便苦苦追寻，叫作“不能忘情”（《警世通言·唐解元一笑姻缘》）。至于《杜十娘怒沉百宝箱》一篇更是有感“单单情字费人猜”而作，而《金玉奴棒打薄情郎》则是对无情无义之人的声讨。

对于男女之间的性爱情欲，冯梦龙的基本态度体现于《喻世明言》第一卷《蒋兴哥重会珍珠衫》开篇的一段议论里：

> 说起那（酒色财气）四字中，总到不得那“色”字利害。眼是情媒，心为欲种。起手时，牵肠挂肚；过后去，丧魄销魂。假如墙花路柳，偶然适兴，无损于事；若是生心设计，败俗伤风，只图自己一时欢乐，却不顾他人的百年恩义，假如你有娇妻爱妾，别人调戏上了，你心下如何？古人有四句道得好——人心或可昧，天道不差移。我不淫人妇，人不淫我妻。

由“心”生出的色欲，是难以压制的，但亦不能过度。正是基于这种认识，冯梦龙虽然以被休弃的方式严厉谴责了商人之妻王三巧红杏出墙、“负了丈夫恩情”的行为，但又对她长期独守空房的人生不幸表示了一定程度的谅解，不仅让蒋兴哥一番自责：“当初夫妻何等恩爱，只为我贪着蝇头微利，撇他少年守寡，弄出这场丑来，如今悔之何及！”而且使王三巧最终又回到爱人身边。凌濛初也通过“今世上也有偷期的倒成了正果”的现象，说明“得知了这些情欲滋味，就是强制得来，原非他本心所愿”这一道理。《初刻拍案惊奇·闻人生野战翠浮庵　静观尼昼锦黄沙巷》写尼姑静观爱上美少年闻人生，冲破佛教和儒教的双重禁锢，开了色戒，主动以身相许。他奉劝世人再休把自己儿女送上出家之路，实乃对禁欲主义的否定。

其三，“世人结交须黄金，黄金不多交不深”（《二刻拍案惊奇·贾廉访赝行府牒　商功父阴摄江巡》）——揭露金钱罪恶。

钱是城市居民生活中不可或缺的物件，在“三言”、“二拍”描绘的市民世界里，“银子”频频出现于各类人物之手，对他们的命运发挥着作用。商人做买卖需要本钱，光棍娶老婆需备聘金，嫖客逛妓院需付嫖资，妓女求从良需筹赎金，贿赂官吏需破费钱财，看医求药，吃酒听曲，打探消息，封人口舌，就连找人传话，样样离不开闪闪发光的银子。长期生活在市民社会中的冯梦龙、凌濛初十分了解金钱对于社会风气的破坏以及对人之心灵的腐蚀，借银子写出市井众生相，成为他们的叙事策略之一。他们既以娓娓道来的方式述说着银子的重要性，也运用各种手法对为富不仁的丑恶行径和有钱能使鬼推磨的人生哲学口诛笔伐。

“三言”、“二拍”中不乏直接揭露金钱为害的文字，例如《初刻拍案惊奇·钱多处白丁横带　运退时刺史当艄》中对楚城首富郭七郎的愤怒抨击，但更多的是通过生动的情节或细节彰显金钱对人心的扭曲作用。例如《杜十娘怒沉百宝箱》杜十娘投江前一段，有两处写李甲的情绪反应，先是“欣欣似有喜色”，后则“不觉大悔，抱持十娘恸哭”，这先喜后悲的转变，已足以暴露金钱对爱情的战胜。又如《初刻拍案惊奇·通闺闼坚心灯火　闹囹圄捷报旗铃》中的秀才之子张幼谦请媒婆捎话于心上人，拿出一两银子，那“杨老妈见了银子，如苍蝇见血，有甚么不肯做？欣然领命去了”。对银子的态度成为刻画人物的重要环节。《卖油郎独占花魁》意在宣扬善于“帮衬”，突出“情”的感染力，但在具体描写过程中，却处处显示出银子的作用：卜大郎以五十两银子之价将邻居之女莘瑶琴卖进妓院；鸨母王九妈收了金二员外三百两银子，设计破了美娘身子；美娘为求从良，“以后有客求见，欣然相接”，“每一晚白银十两”；卖油郎一锭十两重大银，外加二两重小锭，便使鸨母为他打开花魁娘子的房门；吴八公子倚仗金钱和权势，肆意凌辱美娘；最后，美娘用平日积攒的千金赎出了自己的身体。银子出现于故事情节发展的每一个关键处，成为决定人物命运的重要因素。

散点透视的效果在“三言”、“二拍”里，不仅表现在整体构架上说古道今的时间跨度以及说东道西的空间布局，具有“全景”式艺术画面的特征，而且还体现于同一作品内时间与空间的迁移和变化，甚至在同一时间内并叙多个人物的动作、神态和心理，便于读者从不同的角度去了解富于发展变化中的人物经历和心路历程，以及处于矛盾冲突中的不同人物的真实情感反应。

“三言”、“二拍”之所以具有散点透视的艺术效果，其原因不外以下两点：一是作为短篇小说集的性质。作家将写作时间先后不一的多篇并存于一部之中，具体观照点自然不可能统一。二是“三言”里存在一些由冯梦龙收集、加工，最后定型的世代累积型作品，不排除多人参与写作的可能性，故其视点的不一致十分正常。“二拍”虽基本由凌濛初个人完成，但他有意识效仿冯梦龙进行创作，自然延续了“三言”的叙事风格和写作手法。

五、名城风采：个性化书写中的城市叙事

个性化，从来是评价文学形象塑造是否成功的重要标尺，尽管它主要用于人物形象评价，但同样也适用于文学文本里的城市形象。在明代小说的城市叙事中，城市既是“前景”，亦是“背景”。具体而言，它不仅作为特定的空间标示而发挥着设置具体叙事场景、表明故事发生的空间范围的作用，同时还承载着作家关于城市的感性认知以及由此产生的文化定位，显示城市文化对作家创作的巨大影响。中国古代的诸多历史文化名城所具有的地域特色与文化个性，已被明代小说家成功地转化为城市叙事资源，他们将具有鲜明个性色彩的城市设置为人物活动的具体环境，着力揭示人物命运与城市文化之间形成的共生与互动之关系，赋予明代小说城市叙事鲜明的地域文化色彩。

（一）钱塘自古繁华——一座鲜活的历史名城

“山外青山楼外楼，西湖歌舞几时休？暖风薰得游人醉，直把杭州作汴州。话说西湖景致，山水鲜明。”此为收入《警世通言》里的《白娘子永镇雷峰塔》开篇之语，它所表述的内容完全能够代表明代众多小说作者对杭州共同拥有的整体印象：城市繁华，景色美丽。自南宋定都临安之日起，杭州的城市发展便以娱乐性为其显著特点①，而西湖则是这座城市最大的娱乐场所，成为雅俗共赏的人间天堂，正如周密《武林旧事》卷三所云：“西湖天下景，朝昏晴雨，四序总宜。杭人亦无时而不游，而春游特盛焉。”即使在元代，杭州城也未曾失去其迷人的风姿（元代散曲和诗歌给予了形象展示），至明，更是呈现一派繁荣昌盛的局面。据《杭州府志》卷三十四载，万历年间，作为水陆要冲的杭州已是“中外之走集，而百货所辏会”的特大商业城市，“城内外衢巷绵亘数十里，民萌繁庶，物产浩穰”。西湖一带更是游人如织，笙歌不断。

杭州以及西湖对于明代小说家而言，不仅仅作为遥远的历史记忆而存在，同时也是一种置身其中的具体生活环境，他们通过近距离观照获得了最直观、最真切的现实感受，正是那种鲜活的、充满浓郁市井气息的“西湖印象”在很大程度上影响到他们的审美趣味和文学表现。

受制于“人间天堂”的基本定位，明代小说家描写杭州时经常使用的关键词是美丽、繁华、游赏、玩乐。湖光山色、画船绮罗、诗酒风流、绚烂多彩的城市风

---

① 正因如此，龙登高才“通过宋代杭州的娱乐市场来考察服务市场的形态与特征，继之分析明清江南市场兴盛的原因”。详见龙登高：《江南市场史——十一世纪至十九世纪的变迁》第五章“服务市场：市场体系中的形态与作用”，清华大学出版社 2003 年版。

物[1]一年四季均可为本市市民提供观赏和游乐对象，同时还吸引了来自四面八方的众多游客，不少奇异、怪诞、浪漫或者凄美、悲哀的故事往往因主人公的西湖之游而发生、发展。于是，西湖之“游”遂成为杭州叙事的重要元素。元末明初的文学家瞿佑（1347—1433，字宗吉，号存斋）所著文言小说集《剪灯新话》，是较早体现这一叙事特点的作品。

瞿佑乃钱塘（今浙江杭州）人[2]，对杭州一带风物形胜十分熟悉，《剪灯新话》卷四《绿衣人传》写甘肃天水人赵源，于元仁宗延祐年间求学到了钱塘，“寄住在西湖边的葛岭上，居所的旁边就是宋代贾似道的旧居”。宋代释文珦曾作有《过贾似道葛岭旧居》一诗，由此可见瞿佑描写的准确性。《剪灯新话》卷二《令狐生冥梦录》写元代浙江永嘉的读书人滕穆“一向听说杭州山水秀美，很想去游玩一番”，延祐元年，终于获得赴省城应试的机会，来到杭州。接下来，作家描述了他到省城后的种种行为与遭际：

> 他就寄居在涌金门外，没有一天不往来于南山、北山以及西湖边上的各个寺院，如灵隐寺、天竺寺、净慈寺、宝石寺之类，以及诸如玉泉、虎跑、天龙、灵鹫、石屋洞、冷泉亭这些景点：举凡深幽的山涧，茂密的树林，悬崖的峭壁等等，足迹差不多快要被他踏遍了。
>
> 七月半那天，滕穆在曲院风荷观赏莲花，因此留宿在湖上，小船就停泊在雷峰塔下。这天夜晚，月光照得大地如同白天一样，荷花的香气熏得人满身都是。

通过主人公的行迹将杭州的众多著名游览胜地巧妙地串联起来，有效地凸显了这座历史名城所拥有的丰富旅游资源以及特殊的文化品位。对于西湖十景之一“曲院风荷”，描写虽然着墨不多，却营造出一种幽静清美的意境，为引出下文滕穆与美丽的女鬼卫芳华相遇相爱的动人故事，进行了成功的环境渲染。

署名西湖渔隐著的《续欢喜冤家》更是反复强调了西湖之“游”在杭州叙事中的重要作用。例如第十三回《两房妻暗中双错认》讲述的故事与西湖放生池“艳女八方丛集，游人四顾增辉，年年四月初八，乃佛浴之日，满城士民皆买一切

---

① 刘勇强认为，杭州在中国古代城市的发展中具有突出的个性，一面是市列罗绮竞豪奢的商业气息，一面是山水烟霞、诗酒风流的文化氛围，体现了杭州文化高雅与世俗兼容并存的个性特点。详见《西湖小说：城市个性与西湖场景》，载《文学遗产》2001年第5期。

② 关于瞿佑籍贯，另一说为山阳（今江苏淮安）人，今从徐朔方先生之说。详见徐朔方：《小说考信编·瞿佑年谱》，上海古籍出版社1997年版，第466—491页。

水族，放于池中，比往日不同”的节日盛景有直接关系，正是小说人物张扬所谓“明日四月初八，那西湖放生有趣，何不明早唤船，湖上一游”的提议，才引出了下文放生游湖过程中男女主人公暗生情愫、频抛媚眼的重要情节。第二十二回《黄焕之慕色受官刑》写“徽州黄廷者，名金色，字焕之，乃当中银主。美貌少年，俊雅超群，慷慨风流，美哉蕴藉。因慕西湖山水，在临平镇上当中读书，便往西湖游玩”。也是因游西湖而推进了故事情节的展开。

乐游，更是杭州市民具有悠久历史的群体好尚，杭州尤其是西湖为他们提供了既充满诗情画意、又弥漫着商业气息的游乐场所，诚如《西湖二集·序》所言，西湖“春则桃李呈芳，夏则芙蕖设色，秋则桂子拖香，冬则白雪幻景。其雨既奇，其晴亦好，白日固可游览，夜月尤属幽奇”，既然“不闻其有不备之美”，那么也就没有不游之时。于是，春日苏堤看柳，夏日荡舟观荷，秋日临湖赏月，冬日断桥踏雪，成为市民日常生活不可或缺的内容。如遇节日，更有倾城出动、万人空巷的场景。对此，《警世通言》第二十三卷《乐小舍拚生觅偶》[①] 给予了具体生动的描绘：

> 至大宋高宗南渡，建都钱塘，改名临安府，称为行在。方始人烟辏集，风俗淳美。似此每遇年年八月十八，乃潮生日，倾城士庶，皆往江塘之上，玩潮快乐。亦有本土善识水性之人，手执十幅旗幡，出没水中，谓之弄潮，果是好看。至有不识水性深浅者，学弄潮，多有被泼了去，坏了性命。临安府尹得知，累次出榜禁谕，不能革其风俗。
>
> ……
>
> 又过了三年，时值清明将近，安三老接外甥同去上坟，就便游西湖。原来临安有这个风俗，但凡湖船，任从客便，或三朋四友，或带子携妻，不择男女，各自去占个座头，饮酒观山，随意取乐。

这里介绍了杭州市民生活中的两大盛事：一是钱塘观潮，二为清明出游[②]。主人公乐和正是在清明出游和钱塘观潮之时先后两次与早年心仪的女友顺娘重逢，又在钱塘大潮涌来、顺娘被卷走之际，“为情所使，不顾性命”，跳入水中追随而去，几经波折，最终成就了两人的佳缘。小说里节俗场面的描写与故事情节的

---

① 胡士莹认为此篇为宋人作品，郑振铎、王昕等认为是明代作品，今从后者之说。参见王昕：《话本小说的历史与叙事》，中华书局 2002 年版，第 39 页。

② 对于杭州城市节俗，其他小说也有描写，例如《西湖二集》卷十四介绍了清明插柳的风俗，《醋葫芦》呈现了龙舟竞渡的盛况。

推进联系得非常紧密，构成一个不可分割的有机整体，为读者提供了集知识性与娱乐性为一体的文学文本。类似的艺术描写在其他小说中亦可看到，例如：

从来观世音机灵，固然无处不显应，却是燕子矶的，还是小可；香火之盛，莫如杭州三天竺。那三天竺是上天竺、中天竺、下天竺。三天竺中，又是上天竺为极盛。这个天竺峰在府城之西，西湖之南。登了此峰，西湖如享，长江如带，地胜神灵，每年间人山人海，挨挤不开的。

——《初刻拍案惊奇·盐官邑老魔魅色　会骸山大士诛邪》

且说西湖内新造一所放生池，周围数里有两层陂岸，中间起建一所放生池，甚是齐整，可与湖心寺并美。故此艳女八方丛集，游人四顾增辉，年年四月初八，乃佛浴之日，满城士民皆买一切水族，放于池中，比往日不同。张扬得知，与芳卿道："明日四月初八，那西湖放生有趣，何不明早唤船，湖上一游。"

——《续欢喜冤家》第十三回《两房妻暗中双错》

不同季节、不同主题的西湖之游，有力地带动了城市服务行业的大力发展，即如《二刻拍案惊奇·王渔翁舍镜崇三宝　白水僧盗物丧双生》开篇所描写的那样：

话说宋时淳熙年间，临安府市民沈一，以卖酒营生，家居官巷口，开着一个大酒坊。又见西湖上生意好，在钱塘门外丰楼买了一所库房，开着一个大酒店。楼上临湖玩景，游客往来不绝。

"临湖玩景"四字，折射出市民阶层普遍具有的享乐心态。长期以来，文人士大夫观赏性的雅游与广大市民玩乐性的俗游一直同时存在，共同构成了杭州西湖独特的文化景观。

在杭州的游乐景观中，游女是重要的构成要件。作为西子湖畔的常客，她们华丽的服饰与西湖的秀色、灿烂的灯火交相辉映，成为杭州城一道独特风景："西湖之上，无景不妙，若到灯节，更觉繁华，天街酒肆，罗列非常，三桥等处，客邸最盛，灯火箫鼓，日盛一归。妇女罗绮如云，都带珠翠、闹蛾、玉梅、雪柳、菩提叶、灯球、销金合、蝉貂袖项，帕、衣都尚白，盖灯月所宜也。"（《今古奇观》第二十九卷《吹凤箫女诱东墙》）更为重要的是，杭州女子的美丽与多情、大方与活泼是吸引四方游客的重要元素，即如《今古奇观》第二十三卷《文世高断桥生死缘》所云："此文世高功名之念少，而诗酒之情浓。到至正年间，已是二十过头，因慕西湖佳丽，来到杭州。"游客与西湖佳丽的邂逅，成就了一段又一段充满浪漫色彩或传奇色彩的情缘。

杭州众多的历史名胜诉求着这座城市的文化品质，作为城市地标的西湖更是如风情万种的西子闪动着杭州城清秀与艳丽并存的多彩色调。与此同时，乐游、尚玩的城市风尚又折射出经由历史积淀所形成的市民精神状态与价值诉求。正是基于对杭州城市文化个性的认识与把握，明代小说家关于杭州的描写大都难以纳入宏大叙事的范畴，他们擅长在突出其风景优美、商业发达的城市特点基础上，讲述着有关杭州的历史传说以及自己的现实印象，尤其津津乐道于人物带有“奇遇”性质的西湖之行①。

（二）王气东游作汴京②——一代王朝的历史记忆

东京（又称汴京、汴梁、开封、大梁）是明代小说频繁出现的另一城市形象，小说家继承宋元话本小说的创作传统，依然热衷于讲述发生在“东京”的故事。与杭州发展现状有所不同的是，明代的开封已经退出了一流大都市的行列，既不是政治中心，亦非经济文化热土，繁荣昌盛早已不再是它给人们留下的最深刻印象或第一影响，这一点不仅制约了本土文学家的大量出现③，而且直接影响到小说家东京叙事的内容和方式。

如果说明代小说的杭州叙事充满世俗欲望的话，那么东京言说则具有宏大叙事的内涵。就整体倾向而言，明代小说家笔下的东京形象远不及杭州那样鲜活，景观描写也不如西湖那么生动具体④，这固然可能是由于小说家缺乏对东京历史原貌深入了解的缘故，但更主要的原因还在于他们对该城市文化个性的定位与把握。大多数时候，明代文人采用的是“过去时”的叙事方式，赋予北宋都城东京以政治权力中心的象征意义，书写群体对一代王朝的历史记忆。在他们的观照视野中，东京一方面笼罩着政治权力的光环，另一方面也弥漫着令他

① 葛永海指出，明清西湖小说主要有风物传说、世俗写真、风月传情这三种题材类型，从它的发展流程大致可以看出从世情小说到才子佳人小说的演变痕迹。详见《古代小说与城市文化研究》第三章“双城的追忆与重塑：明清小说中的开封和杭州”第三节“杭州西湖小说的题材类型与美学价值”，复旦大学出版社2004年版。

② 语出宋人宗泽诗《马上口占》，全诗为：“龙兴虎视诧周秦，王气东游作汴京。阴祝巨灵移此阴，大河为堑岳为城。”

③ 据曾大兴先生统计，明代文学家有籍贯可考者1340人，其中南方1165人，北方只有175人，开封仅12人。详见《中国历代文学家之地理分布》第八章“明代文学家的地理分布”，湖北教育出版社1995年版。

④ 葛永海认为，明清时期的小说作者对东京景象的书写呈现出虚化的倾向，泛泛描写较多。详见《古代小说与城市文化研究》第三章“双城的追忆与重塑：明清小说中的开封和杭州”第一节“明清小说中背景虚化的东京故事”，复旦大学出版社2004年版。

们感慨不已的悲剧气息，由此便导致了东京言说与杭州叙事的分殊，这一点在《喻世明言》第二十六卷《沈小官一鸟害七命》关于沈昱东京之游的描写中不难看出：

却说沈昱在路，饥餐渴饮，夜住晓行，不只一日，来到东京。把段匹一一交纳过了，取了批回，心下思量："我闻京师景致，比别处不同，何不闲看一遭？也是难逢难遇之事。"其名山胜概，庵观寺院，出名的所在，都走了一遭。

沈昱究竟游了哪些名胜，文本并无详细说明，东京各景观风景如何，也无具体描绘，作家简略叙述后便很快结束了这种插叙，立刻回到故事的主干情节上，写到沈昱在御用监禽鸟房里发现了儿子生前所养画眉鸟，由此展开了下文的一系列追查，东京大理寺成为追凶第一站。

事实上，作为七朝都城的开封，素以历史文化意蕴厚重著称[①]，北宋时期曾经出现过的繁荣昌盛的盛世辉煌与气势磅礴的大国风貌，自宋室南渡起便消失在现实生活的层面上，只是作为一种既令人自豪也使人感伤的历史遗存，永久性地保留在后世文人的记忆之中。与此相关联，明人讲述东京故事经常出现的关键词一是政治权力，二是历史兴亡，相关内容涉及作为京城所普遍具有的文化功能以及北宋王朝的兴衰历史。

如前所述，在《水浒传》里，东京所象征的政治权力通过作为叙事圆形结构的空间标示而获得了充分确认，而其他一些小说则通过包公判案的故事来予以形象阐释，其中最具代表性的是署名"钱塘散人安遇时编集"的《包孝肃公百家公案演义》，这部"汇集了包公断案种种传闻的短篇小说总集，其中绝大部分的故事发生在开封府所辖的地区里，如'东京判斩赵皇亲'，'东京判决刘驸马'，'汴京判就胭脂记'等等"[②]。此外，其他一些小说里也有包公断案的情节，例如《初刻拍案惊奇》卷三十三《张员外义抚螟蛉子　包龙图智赚合同文》，晚明张应俞《杜骗新书》等。作为文学形象的历史原型，身为开封知府的包拯"立朝刚毅，贵戚宦官为之敛手，闻者皆惮之。人以包拯笑比黄河清，童稚妇女，亦知其名，呼曰'包待制'。京师为之语曰：'关节不到，有阎罗包老。'"（《宋史·包拯传》）为后世的包公故事提供了两大叙事元素：一是象征神圣权力的官方身份，

① 中国历史上先后有魏、后梁、后晋、后汉、后周、宋、金等七个王朝建都于此，有"七朝古都"之称。

② 孙逊、葛永海：《中国古代小说中的"东京故事"》，载《文学评论》2004 年第 4 期。

二是确保权力公平实施的个人品质。明代文人紧扣这两大元素展开叙事，满怀敬仰之情讲述包龙图“为官清廉明察，用法无私，诈不得以巧辨售，罪不得以权贵兑”（《杜骗新书·第十五类·衙役骗》）的断案传奇。一个值得注意的现象是，在关于包公的全部叙事中，包拯始终是作为文化符号出现的，其外在容貌完全被忽略，情感反应也比较单一，经常出现的字眼是“包公大怒”、“包公怒道”、“包公高声骂道”、“包公喝叫”、“包公看罢，大怒道”等。作家们关注和欣赏的是他凭借开封府尹（或顺天府尹）身份秉公执法的判案过程与最终结果，高级官员的身份与清廉肃正品质的完美结合，从根本上契合了（亦可谓折射出）广大下层民众对于国家权力及其掌握者的一种心理期待。正因如此，生活在政治黑暗、吏治腐败时代的晚明文人，才津津乐道于包龙图判案传奇，而且将其他善于断案的清官亦喻之为包公，例如《警世通言》第三十五卷《况太守断死孩儿》写道：“况爷将此事申文上司，无不夸奖大才，万民传颂，以为包龙图复出，不是过也。”《欢喜冤家》第二回亦云：“谁人不说好个太爷，真是个转世包龙图，断出这一桩没头的事来。”《喻世明言》第三十六卷《宋四公大闹禁魂张》结尾诗云：

只因贪吝惹非殃，引到东京盗贼狂。亏杀龙图包大尹，始知好官自民安。

尽管该篇被多数学者一致认定为宋代作品，但一经冯梦龙编辑整理，无疑寄寓了编撰者自身的社会政治理想，足以反映明代下层市民对于清明政治和清廉官吏的渴求。

见证了一代王朝兴衰的东京，自南宋起就作为一个文化符号，寄寓了文学家的历史兴亡之感，宋室南渡的重大历史事件给王朝子民所造成的难以估量的深重灾难，成为后世文人文学创作的重要素材。明代作家继续书写由宋元话本《汪信之一死救全家》开启的以“东京失陷”为背景的灾难文学主题，部分作品以宋室南渡、天下大乱为故事缘起，演绎寻常百姓在战乱中的离合悲欢，形象地揭示出政治清明与否对于广大民众基本生存状况的重要意义。《醒世恒言》第三卷《卖油郎独占花魁》在正话的开端就此发表了一番充满深情的议论：

话说大宋自太祖开基，太宗嗣位，历传真、仁、英、神、哲，共是七代帝王，都则偃武修文，民安国泰。到了徽宗道君皇帝，信任蔡京、高俅、杨戬、朱烝之徒，大兴苑囿，专务游乐，不以朝政为事，以致万民嗟怨。金虏乘之而起，把花锦般一个世界，弄得七零八落。直至二帝蒙尘，高宗泥马渡江，偏安一隅，天下分为南北，方得休息。其中数十年，百姓受了多少苦楚。正是：甲马丛中立命，刀枪队里为家。杀戮如同戏耍，抢夺便是生涯。

“高宗泥马渡江”，女主人公莘瑶琴的人生悲剧从此拉开序幕。她先是在逃难中与父母失散，随后落入歹人之手，不幸被卖进妓院，沦落风尘，饱受凌辱。冯梦龙通过莘瑶琴的悲剧故事有力地控诉了那个逼良为娼的动乱时代，“宁为太平犬，莫作乱离人!”这沉重的感慨包含了作家对社会历史的无限遗恨以及对清明政治的强烈渴求。

东京失陷，徽钦二帝被掳去北方，一路上凄凄惶惶，狼狈不堪，这一令人不堪回首的惨剧在《二刻拍案惊奇》卷七《吕使君情媾宦家妻　吴太守义配儒门女》里得到艺术再现，小说具体描写了被掳的君主与昔日的臣民异地相遇的场景：

> 金人将钦宗迁往大都燕京，在路行至平顺州地方，驻宿在馆驿之中。时逢七夕佳节，金虏家规制，是日官府在驿中排设酒肆，任从人沽酒会饮。钦宗自在内室坐下，闲看外边喧闹。……少间，驿官叫一个皂衣典吏赍了酒食来送钦宗。其时钦宗只是软巾长衣秀才打扮，那鞑婆也不晓得是前日中朝的皇帝，道是客人吃酒，差一个吹横笛的女子到室内来伏侍。女子看见是南边官人，心里先自凄惨，呜呜咽咽，吹不成曲。钦宗对女子道：“我是你的乡人，你东京是谁家女子?”那女子向外边看了又看，不敢一时就说。直等那鞑婆站得远了，方说道：“我乃百王宫魏王孙女，先嫁钦慈太后侄孙。京城既破，被贼人掳到此地，卖在粘罕府中做婢。后来主母嫉妒，终日打骂，转卖与这个胡妇。领了一同众多女子，在此日夜求讨酒钱食物，各有限数，讨来不够，就要痛打。不知何时是了！官人也是东京人，想也是被掳来的了。”钦宗听罢，不好回言，只是暗暗落泪，目不忍视，好好打发了他出去。

这是一次不同寻常的“老乡见老乡”，昔日的君臣如今只能以“东京人”的身份相见，双方的眼泪便拥有了特殊内涵。“前日中朝的皇帝”钦宗忍气吞声、暗自落泪的细节，足以构成对宣和失政、昏君误国的绝妙讽刺。

在叙事文学作品中，“灾难”通常与“离奇”、“反常”结伴而行，它作为一种突发事件，具有任何个体都难以抗拒的巨大力量，足以使人物命运偏离正常运行的轨道，以非常态的面貌向前发展，而正是这一点就足以使故事情节变得更加曲折和离奇。“东京失陷”的时代背景，在增加小说内容的传奇性和故事情节的曲折性方面所发挥的重要作用，除了《卖油郎独占花魁》给予了充分表现之外，读者从《警世通言》第十二卷《范鳅儿双镜重圆》入话部分讲叙的故事中亦可感受到。作者开篇引词一首道：

帘卷水西楼，一曲新腔唱打油。宿雨眠云年少梦，休讴，且尽生前酒一瓯。

明日又登舟，却指今宵是旧游。同是他乡沦落客，休愁！月子弯弯照几州？

紧接着作者指出："这首词末句乃借用吴歌成语，吴歌云：'月子弯弯照几州？几家欢乐几家愁，几家夫妇同罗帐，几家飘散在他州。'此歌出自南宋建炎年间，述民间离乱之苦。只为宣和失政，奸佞专权，延至靖康，金虏凌城，掳了徽钦二帝北去。高宗泥马渡江，弃了汴京，偏安一隅，改元建炎。其时东京一路百姓惧怕鞑虏，都跟随车驾南渡。又被虏骑追赶，兵火之际，东逃西躲，不知拆散了几多骨肉，往往父子夫妻终身不复相见。其中又有几个散而复合的，民间把作新闻传说。"小说以陈州人徐信与妻子崔氏在逃难中失散为故事开端，以徐信与另一逃难女子结为夫妇为故事发展，最后以原配夫妻重新团聚作结，其间发生了"夫换妻兮妻换夫"的离奇情节，夫妻互换的结局亦似显得有些荒唐。然而由于这场"糊涂"交易发生于兵荒马乱的年代，个人命运被强大的外力推置于自身无法把握的境地，在此背景下，徐信先与他人之妻临时结为伴侣，后又与原配重逢，就显得合情合理，天下大乱的时代特征为离奇的情节提供了符合逻辑的解释。

(三)江南最好说苏州[①]——商业繁荣的人间天堂

自唐代始，苏州就进入了文学家审美观照的视野，苏州之水更是引起文人墨客的不断吟咏，"不跨三州地，苏州水最多"（宋·翁卷《过太湖》），描写水绕姑苏的苏州城市特色，已成为唐宋文学一道亮丽的景观。随着中国经济重心的南移，自宋以后江南便一直是中国社会经济发展水平最高的地区，而苏州又是江南地区经济最发达的城市之一。至明，苏州已与南京、北京同时跃入人口逾百万的特大城市行列[②]，商业、手工业十分发达，整个苏州地区五方杂处，商贾齐聚，贸易之盛，甲于天下。《醒世恒言》第十八卷《施润泽滩阙遇友》借一个乡镇具体展示了苏州地区商业繁盛的局面：

说这苏州府吴江县离城七十里，有个乡镇，地名盛泽。镇上居民稠广，土俗淳朴，俱以蚕桑为业。男女勤谨，络纬机杼之声，通宵彻夜。那市上两岸绸丝牙行，约有千百余家，远近村坊织成绸匹，俱到此上市。四方商贾来收买的，蜂攒蚁集，挨挤不开，路途无伫足之隙。乃出产锦绣之乡，积聚绫

① 语出宋人戴表元诗《张景忠学正之平江》，全诗为："江南最好说苏州，傍得闲官也自由。市舍酒香春四坐，湖田租熟雪千舟。歌成烂熳乌丝写，意到萦纡画鹢游。我亦少年心性在，经从准拟作遨头。"

② 顾朝林等：《中国城市地理》，商务印书馆 1999 年版，第 64 页。

罗之地。

正是在这样的背景下，文学家对苏州的关注点发生了明显的移位，姑苏之水不再是他们欣赏的聚焦点，在其创作视野中，苏州被定位于商人心中的人间天堂，诚如《喻世明言》第一卷《蒋兴哥重会珍珠衫》所描写的那样，襄阳商人蒋兴哥“在广东贩了些珍珠、玳瑁、苏木、沉香之类，搭伴起身。那伙同伴商量，都要到苏州发卖。兴哥久闻得‘上说天堂，下说苏杭’，好个大马头所在，有心要去走一遍，做这一回买卖，方才回去”。商业繁荣成为这座江南名城的文化个性，于是小说讲述商人故事，往往关联着苏州。兹举数例：

> 当时昆山有个姓郑的青年，也是世家大族出身，因为他的父亲与薛某交往一向亲密深厚，其父就让郑生去苏州经商贩卖，每次船到就停泊在楼下，依傍薛家为寓。
>
> ——《剪灯新话》卷一
>
> 却说苏州六门：葑、盘、胥、阊、娄、齐。那六门中只有阊门最盛，乃舟车辐辏之所。真个是：翠袖三千楼上下，黄金百万水东西。五更市贩何曾绝，四远方言总不齐。
>
> ——《警世通言》第二十六卷《唐解元一笑姻缘》
>
> 话说江西饶州府浮梁县，有景德镇，是个马头去处。镇上百姓，都以烧造磁器为业，四方商贾，都来载往苏杭各处贩卖，尽有利息。
>
> ——《醒世恒言》第三十四卷《一文钱小隙造奇冤》
>
> 庚辰秋间，又有苏州商人贩布三万匹到辽阳，陆续卖去，已有二万三四千匹了。剩下粗些的，还有六千多匹。
>
> ——《二刻拍案惊奇》卷三十七
> 《叠居奇程客得助　三救厄海神显灵》

小说频频描绘的商人们往来于苏州的现象，实际上反映了中国传统商人贩运货物、游走四方、追逐利润的经营特点。在现实生活的层面上，商人游贩于四方的经营活动固然有助于社会商业经济的发展，但对于其个人而言，常年离家奔波在外，生活中充满了各种难以预料的风险和无法把握的变数，正是后者为小说作者提供了丰富的素材以及艺术构思的想象空间。具言之，有利于造就情节的波澜起伏，为艺术巧合的出现提供现实生活依据，增加故事对读者的吸引力。例如，出外经商财物一旦被窃，包公出面破案便顺理成章，《包龙图判百家公案》第二卷《石碑》便是按照这一思路设计情节的；长途贩运遭遇强盗抢劫的事件，在古代社会时有发生，其间难免生出各种意想不到的波折，《初刻拍案惊奇》卷八《乌将军一饭必酬　陈大郎三人重会》的描写完全符合这一逻辑；如果外出经商经年不归，家中难免发生种种变故，此乃生活常识，表现这种情形最为典型的作品便是《蒋兴哥重会珍珠衫》。该篇从襄阳人蒋兴哥随父学经商写起，商人的身份使他必须离别燕尔新婚的娇妻王三巧外出打理生意，而独守空房的王三巧思夫心切，欲火难灭，于是给同样在外经商的徽州人陈商提供了可乘之机。王陈二人的偷情之事又因两位男人在苏州经商偶然相识而泄露，从而导致蒋兴哥休妻等一系列相关事件的发生。如果没有苏州为各地商人提供巨大的商业市场，蒋陈二人行动轨迹的重合概率就会小得多，蒋兴哥从情敌嘴里得知妻子出轨消息的可能性也自然会大大降低。

苏州不仅是外地商人实现发财梦的天堂，也是培养本地成功商人的经济沃土。《初刻拍案惊奇》卷一《转运汉遇巧洞庭红　波斯胡指破鼍龙壳》以“国朝成化年间”为时代背景，刻画了一位出自苏州府长州县的正面商人形象文若虚，小说特意揭示了环境对于文若虚的深刻影响，“看见别人经商图利的，时常获利几倍，便也思量做些生意”。这种描写完全符合生活的真实，令人信服。

在明代，由于市场经济的驱动，商人的经营方式已经发生了明显变化，逐渐完成着由客贩到侨居再到定居的过程①，而苏州正是外地商人定居较为集中的城市。这一特点在明代小说里也有所反映，例如《醒世恒言》第二十卷《张廷秀逃生救父》写江西南昌府进贤县人张权，会得一手木匠活儿，婚后“与浑家商议，离了故土，搬至苏州阊门外皇华亭侧边开了个店儿。自起了个别号，去那白粉墙上写两行大字，道：‘江西张仰亭精造坚固小木家火，不误主顾。’”作家在讲述这一故事时，特意点明时间背景为“国朝自洪武爷开基，传至万历爷，乃第十三代天子”，充分反映了他对时代变化的敏锐感受能力，冯梦龙之所以能够在刻画商人形象方面取得可观的成就，当与此有关。

（四）肇建两京壮且雄②——两京并盛的时代烙印

自明成祖朱棣迁都北京之后，明朝开始实行两都制，以北京为京师，南京为

---

① 详见龙登高：《江南市场史——十一世纪至十九世纪的变迁》第六章“商人资本：在江南的活动与经营方式的变化”，清华大学出版社 2003 年版。

② 语出明人金幼孜《拜和圣制元夕观灯诗》，诗云：“天眷皇明基祚隆，肇建两京壮且雄。龙楼凤阁倚天表，飞甍杰构凌层空。鸿图巩固地同厚，宝历绵久天与崇。祥云耀采析木上，佳气遥接扶桑东。西山千仞列屏幛，河流九曲如朝宗。……”

留都。关于两京并立在明代政治、经济、军事、文化发展上至关重要的意义，政治家、思想家丘浚（1421—1495）在《大学衍义补》中有所揭示："文皇帝迁都金台，天下万世之大势也。盖天下财赋出于东南，而金陵为其会；戎马盛于西北，而金台为其枢。并建两京，所以宅中图治，足食足兵，据形势之要，而为四方之极者也。用东南之财赋，统西北之戎马，无敌于天下矣。"① 可谓一语中的。有明一代，南北两京始终是文人士大夫瞩目的焦点，高亢激昂的政治气象，气宇轩昂的京城建筑，绚丽多姿的都市生活，热闹非凡的风情民俗，在文人群体心理结构中镌刻下深深的印记。与明代诗人赋家大力铺写两京颂歌有所不同，小说作者受制于小说创作的基本要求，不可能以描写两京胜景为主要任务，他们将自己对时代的真切感受转化为故事空间背景的描绘，并利用中国古典叙事作品多插入诗词歌赋的文体特征，借作品中人物之口表达对两京的赞美。

南京（金陵）既是六朝古都，又是明朝开国时的都城，历史风云与现实热潮在这里交汇，明代文学的"金陵"意象也因此获得了多重内涵。小说中的"金陵"多出现于现实题材之中，故每每呈现闹市的繁华面貌。

弘治十一年（1498）进士、著名学者都穆（1458—1525，字玄敬，江苏吴县人）所撰《都公谭纂》卷上写元朝左榜进士杨廉夫于洪武初年被召入见明太祖，太祖令其赋钟山诗，廉夫援笔立就。诗曰："钟山千仞楚天西，玉柱曾经御笔题。云护金陵龙虎壮，月明珠树凤凰楼。气吞江海三山小，势压乾坤五岳低。愿效华封陈敬祝，万年圣寿与天齐。"太祖曰："此诗值一千贯，今日庶事方殷，姑赐五百贯。"这首应制诗的内容及其写作背景，从一个特定角度反映了汉族文人对朱明王朝建立的拥护态度。

《北窗琐语》为嘉靖七年（1528）举人，曾官知苏州府通判的余永麟（生卒年均不详，约1544年前后在世）所编纂，多记逸闻琐事，其中载录了明初"大本鄞人"（今属宁波）张得中创作的两京水路歌。《南京水路歌》云：

圣主乘龙天宇开，鹤书飞下征贤才。鄞江布衣忝英荐，蒲帆早驾长风来。
长风吹帆过西渡，赭山大隐黄公墓。车厩丈亭并蜀山，余姚江口停泊处。
清滩七里如严陵，前瞻石堰为通明。上虞东山由谢傅，钱王庙前双树清。
蔡家庄下梁湖坝，曹娥庙古丰碑大。路接东关白塔高，樊江一曲萦如带。
绍兴城上会稽山，蓬莱仙馆云雾间。柯桥古寺殿突兀，举头又见钱清关。

① （明）丘浚：《大学衍义补》卷八十五，（清）文渊阁《四库全书》本。

罗山林浦连渔浦，钱塘江潮吼如虎。六河塔近月轮边，龙山闸枕澂江浒。

杭州旧是宋行宫，凤皇飞来南北峰。六桥三竺入天目，西湖十里荷花风。

临平寺前通崇德，三塔清湾照城碧。嘉兴尚有读书台，平望随云高八尺。

吴江八九洞相连，苏州好在阊门前。枫桥夜来过无锡，横林晓色凝云烟。

常州古城高岌丛，奔牛吕城坝相接。丹阳地势控丹涂，舟向镇江城外涉。

金山焦山两虎踞，龙潭瓜步依江屯。观音阁下韩桥小，龙江驿上金川门。

入门先到鸿胪寺，奉楮殷勤报名字。五更待漏觐枫宸，从今愿写平生志。

永乐元年（1403）张得中应征茂才制科，此歌当为其乘船从宁波赴南京实录。歌行依照行程描绘了从鄞江（今浙江宁波境内）乘船出发到南京途中所见景色，绍兴、杭州、嘉兴、苏州、常州等文化名城的著名景观被一一摄入画面之中，由于出行原因乃“鹤书飞下征贤才”，故诗篇中始终洋溢着乐观向上的情绪，画面开阔，色彩明朗。永乐十九年（1421），明成祖迁都北京，张得中受命结束暂时乡居，从宁波赴北京官衙就职，《北京水路歌》即因此行而作，其写法与上篇大致相同，只是在整齐的七言句式中加入了少量的五言，而且篇幅更长。从嘉兴、苏州、镇江、扬州、宿迁等一路写去，直写到由通州张家湾进入北京城。诗人歌颂国家京城的盛世气象，释放人生快意的自得情思，与当时明代两京文学的主调形成了共振，小说作者之所以全文载录这两首作品，完全源于他对两京同颂的文学内容与形式的高度肯定。如果说通过转引他人诗歌来展示两京风貌尚不能完全代表小说家本人艺术水平的话，那么，“三言”、“二刻”的一些相关描写，就不可不视为冯、凌两位作家在塑造“典型环境”中的典型人物方面所取得的成就。

《警世通言》为中国古典文学人物画廊贡献了两位名妓形象，分别是玉堂春（《玉堂春落难逢夫》）与杜十娘（《杜十娘怒沉百宝箱》）。人生经历迥异的两位女性，沦落风尘、卖笑邀欢的地点均为北京，她们属于北京的常住人口，与其相识相交的两位公子则都是在京的读书人，属于暂住人口。冯梦龙不吝笔墨，在两篇小说中对北京的景象进行了赞美性描写，具体揭示了上述两类特殊市民人生轨迹交汇的必然性：

二人离了寓所，至大街观看皇都景致。但见：人烟凑集，车马喧阗。人烟凑集，合四山五岳之音；车马喧阗，尽六部九卿之辈。做买做卖，总四方土产奇珍；闲荡闲游，靠万岁太平洪福。处处胡同铺锦绣，家家杯斝醉笙歌。

——《玉堂春落难逢夫》

“扫荡残胡立帝畿，龙翔凤舞势崔嵬。左环沧海天一带，右拥太行山万围。戈戟九边雄绝塞，衣冠万国仰垂衣。太平人乐华胥世，永永金瓯共日辉。”这首诗，单夸我朝燕京建都之盛。说起燕都的形势，北倚雄关，南压区夏，真乃金城天府，万年不拔之基。当先洪武爷扫荡胡尘，定鼎金陵，是为南京。到永乐爷从北平起兵靖难，迁于燕都，是为北京。只因这一迁，把个苦寒地面，变作花锦世界。

——《杜十娘怒沉百宝箱》

前一段文字写的是公子王景龙对北京的第一印象，冯梦龙略去京城宏大肃整的政治气象不提，而渲染其繁华享乐的升平景象，为的就是突出一个初次进京者最直观最真实的内心感受，正是那种充满巨大诱惑的“锦绣景致”，才将十七岁少年一步步引入了“花街柳巷，绣阁朱楼”，然后，符合逻辑地结识了名妓玉堂春，并在本司院里越陷越深，难以自拔。第二段文字先夸南京，再赞北京，落笔处为“花锦世界”四字上，于此环境中，“在京坐监”的太学生李甲冶游教坊司院时与名姬杜十娘相遇，即为水到渠成之事。冯梦龙没有续写明初以来两京文学的宏大主题，而是将创作视点下移，讲述下层市民喜闻乐道的才子佳人悲欢离合的故事，北京在去政治化之后，被打造成“花锦世界”，这体现了晚明时期文人审美趣味市井化、创作题材生活化的时代潮流。

明代的南京繁华热闹，士商云集，名妓也最为集中，秦淮歌舞声色更是甲于天下。明中后期，南京商业和文化气息尤为浓厚，享有“仙都”之称。对此，凌濛初有着深切的感受，他在《初刻拍案惊奇》卷十五《卫朝奉狠心盘贵产　陈秀才巧计赚原房》开篇这样写道：

那金陵城傍着石山筑起，故名石头城。城从水门而进，有那秦淮十里楼台之盛。那湖是昔年秦始皇开掘的，故名秦淮湖。水通着扬子江，早晚两潮，那大江中百般物件，每每随潮势流将进来。湖里有画舫名妓，笙歌嘹亮，仕女喧哗。两岸柳荫夹道，隔湖画阁争辉。花栏竹架，常凭韵客联吟；绣户珠帘，时露娇娥半面。酒馆十三四处，茶坊十六八家。端的是繁华盛地，富贵名邦。

他紧扣南京城秦淮河一带的地域文化特色，展开对人物形象的描绘。小说男主人公富郎陈秀才就居住在秦淮湖口，秦淮风月对这位富家子弟的熏染直接表现在他的生活方式上，“那陈秀才专好结客，又喜风月，逐日呼朋引类，或往青楼嫖妓，或落游船饮酒。帮闲的不离左右，筵席上必有红裙。清唱的时供新调，修痒的百样腾挪。送花的日逐荐鲜，司厨的多方献异”。“陈秀才又吟得诗，作得赋，做人又极温存帮衬，合行院中姊妹，也没一个不喜欢陈秀才的。好不受用！好不快乐！果然是朝朝寒食，夜夜元宵。”陈秀才纵情享乐、恣意放荡的生活，折射的正是晚明时期南京城中流行的士林风气。

除了上述几座城市之外，历史文化名城扬州的城市特色也在明代小说里有所表现。小说作者基于自身对扬州历史与现实的真实感受和准确把握，在两个方面强调了这座城市的特色。其一，商业尤其是制盐业十分发达，成为外地商人实现发财梦的理想城市。“腰缠十万贯，骑鹤上扬州”的古语以不同形式、在不同场合反复出现，表达着从古至今大众对于扬州的特殊诉求以及作者的认同感。与此相关联，不少作品设计了外地商人前往扬州支盐贩布、开店设铺的情节。其二，是一个粉黛如云、风月无边的“花锦地面”，花花公子享乐的天堂。崇祯四年（1631）进士李清（1602—1683，字映碧，一字心水，晚号天一居士，南直隶兴化人）创作的《明珠缘》虽是一部以现实斗争为题材的小说，但仍然不忘渲染文人士大夫心目中的扬州：

> 冈势回龙连蜀岭。隋宫佳胜，迷楼风影尚豪华；谢傅甘棠，邵伯湖堤遗惠泽。竹西歌吹，邗水楼舡。青娥皓齿拥高台，掩映红楼连十里。异贝明珠来绝域，参差宝树集千家。玉人待月叫吹箫，豪客临风思跨鹤。诗成东阁，梅花佳句羡何郎；景集平山，太守风流怀永叔。九曲池锦帆荡漾，廿四桥青帘招摇。粉黛如云，直压倒越、吴、燕、赵；繁华似海，漫夸他许、史、金、张。正是：文章江北家家盛，烟月扬州树树花。
>
> ——第九回《魏云卿金牌认叔侄倪文焕税监拜门生》

扬州城的两大特色自中唐起便不断被文人墨客以文学的方式加以呈现，李清的描写既符合长久以来文人群体关于扬州的历史印象，更是对扬州城现实场景的艺术还原。明朝小说家高度认同历代诗人词人对扬州形象的描绘，甚至在细节上也形成了对前代文学的呼应，例如小说里提到销往各地的扬州牡丹便足以使读者回忆起唐宋诗词赞美的扬州花市。

第四节　游记散文：城市游乐生活的艺术写照

诗、词、赋、文属于中国古代作家日常写作活动中运用频率最高的四大文体，与前三类文体相比，散文对于城市的描写显得最为零散，成就也相对最低，自秦汉至宋元，基本如此。明代散文作家改变了这种状态，他们在小品文写作中，以优美的文笔描绘可居可游的都市生活，极富审美情趣和文学价值，丰富了城市文学的创作成果，弥补了同类文体写作的不足。

作为中国文学创作主力军的文人士大夫群体，对于城市始终怀着矛盾的心态。他们一方面渴求获得城市所象征的政治权力，乐意享受城市所提供的安逸富足的物质生活；另一方面又难以割舍与乡村的情感联系，对于山林田园隐逸生活的向往不但始终存在于心理的层面，而且不少人在行为层面上也实践着回归自然的价值取向。历史车轮驶入16世纪之后，在社会经济的大力推动下，中国古典城市尤其是各大城市繁荣昌盛的新时代风貌处处显示出巨大的物质诱惑。较之乡村，作为商品集散之地和消费中心的城市足以为文人士大夫提供更为丰富的消费产品和更富有刺激性的文化生活，商品经济的强大力量悄然改变着城市的文化性格以及人们的生活态度。对于这种变化，明代著名文学家归有光在《庄氏二子字说》[①] 一文里表达了自己的无限感慨：

> 闻之长老言，洪武间民不粱肉，闾无文采，女至笄而不饰，市不居奇货，宴客者不兼味，室无高垣。茅舍邻比，强不暴弱。不及二百年，其存者有几也？予少之时所闻所见，今又不知其几变也。大抵始于城市而后及于郊外，始于衣冠之家而后及于城市。

晚明社会盛行奢侈消费之风，城市为其起始之地，被中外学者共同认定的晚明为中国第一个“消费社会”形成时期的种种表征，集中于京城以及江南一带大城市世俗生活的层面，其中又具体体现在市民阶层的消费行为之中[②]。

“消费”一旦成为城市的文化品格，必然对生活于其中包括文人士大夫在内的城市居民的生活方式与生活观念产生深刻影响，影响的表现之一便是旅游风气的兴盛[③]。明代游记散文创作十分盛行，根据文本内容分析，作家之游可以分为游山、游郊和游园三类。游山是指游览者足迹远播，登名山临大川，追寻和欣赏自然之美，其文则偏重表现作者出尘之情怀与归真之惬意。后两类则以精巧的形式和优美的文字形象再现了城市居民生活环境走向艺术化、园林化的历史进程，抒发了作家悠游于其中的自适与享乐，是本节重点介绍的对象。

---

① （明）归有光：《震川集》卷三，（清）文渊阁《四库全书》集部·别集类。

② 详见巫仁恕：《品味奢华——晚明的消费社会与士大夫》，中华书局2008年版，第27—40页。

③ 巫仁恕认为晚明盛行的旅游之风中，士大夫通过旅游塑造消费品位和区别身份。详见巫仁恕：《品味奢华——晚明的消费社会与士大夫》，中华书局2008年版，第169—202页。

一、游郊记：再现亦城亦野的公众乐园

游郊是指城市居民游览位于城邑近郊的风景园林区。此类游览对象是人利用原有的天然山水资源，经过综合治理与艺术加工而形成的景区，它属于城市建设的扩展，既与主城区保持一定距离，但又不太遥远，方便市民平日出游。“它不属于官府或私人，而是‘全民共有’，人皆可游的，在使用性质上颇接近于今日的市郊公园。”[①] 杭州西湖、惠州西湖在宋代已是著名的郊游景区，至明代，著名的近郊风景园林景点迅速增加，位于北京西郊的西山风景区便是其中之一。晚明著名书画家、文学家李流芳（1575—1629，字长蘅，一字茂宰，号檀园、香海、泡庵，晚号慎娱居士、泡庵道人。歙县人，侨居嘉定）所作《游西山小记》[②] 的描写揭示了近郊景区的共同特征：

> 出西直门过高梁桥可十余里，至元君祠折而北，有平堤十里，夹道皆古柳，参差掩映，澄湖百顷，一望渺然。西山匌匒，与波光上下。远见功德古刹及玉泉亭榭，朱门碧瓦，青林翠嶂，互相缀发。湖中菰蒲零乱，鸥鹭翩翩，如在江南画图中。

文中描绘的“澄湖”原名瓮山泊，在元代本是用以调济京城用水的蓄水库，经过不断开发，晚明时已成为山水俱佳，并富有寺院、亭台之胜的游览区，因其居京师之西，加之风景酷似江南，故明人有“西湖景”之称。李流芳工诗善书，尤精绘事，本文取景远近搭配，调色浓淡相宜，意境如诗似画，充分体现了作者诗画兼善的艺术功力。

城邑近郊风景园林区的出现是城市发展的需要，亦城亦野的地理位置，天巧配以人工的景区风貌，可以同时满足城市居民亲近自然、调节心情、丰富生活、享受人生的多种需求。明代中后期，郊邑风景园林已经成为经济发达地区城市市民生活环境不可或缺的组成部分，近郊之游蔚然成风，文学家在独抒性灵、不拘格套的创作思潮指导下，将自己以及市民的郊游活动纳入文学观照的视野，一批记叙郊游的小品文随之应运而生。

虎丘是位于苏州城西北郊的著名风景区，相传春秋时吴王夫差葬其父于此，葬后三日，便有白虎踞于其上，故名虎丘山，简称虎丘。“吴中诸山奇丽瑰绝，实钟东南之秀。……虎丘于诸山最小而名胜特著。”（明・王鏊《姑苏志》卷八

---

① 刘天华：《画境文心——中国古典园林之美》，生活・读书・新知三联书店 2008 年版，第 39 页。

② （明）李流芳：《檀园集》卷八，（清）文渊阁《四库全书》集部・别集类。

“山”上）故自六朝起，虎丘便是著名的游览和娱乐胜地。宋人范成大《吴郡志》卷二“风俗”载：“吴郡自昔号繁盛，四郊无旷土，随高下悉为田。人无贵贱，往往有常产，以故俗多奢少俭，竞节物好游遨。……春时用六柱船红幕青盖，载箫鼓以游虎丘，灵岩为最盛处。”至元朝，虎丘作为文人士大夫经常性的游赏去处，频频进入诗文作品之中，元人郭麟孙《三月三日重游虎丘》诗云：“三月三日天气好，一年一度虎丘游。枇杷岩下频呼酒，杨柳岸边旋系舟。”有明一代，在商品经济的推动下，江南城市飞速发展，苏州居于全国商业经济重镇的地位，引领着整个社会的消费潮流，广大市民的娱乐消费需求进一步强化了虎丘作为历史名胜与世俗乐园的双重身份。杨士奇云：“苏之胜岁时，苏人耆老壮少闲暇而出游者必至此，士大夫宴饯宾客时亦必至此，四方贵人名流之过苏者，必不以事而废游于此也”（《虎丘灵岩寺重修记》），揭示了虎丘与苏人生活的密切关系。正是在这一背景下，产生了三篇著名的游记小品文，即著名文学家、公安派“三袁”之一的袁宏道（1568—1610，字中郎，又字无学，号石公，又号六休）的《虎丘》与李流芳的《游虎丘小记》和《虎丘》①。

明万历二十三年（1595），袁宏道出任吴县令，“吏吴两载，登虎丘者六”，可见其对虎丘情有独钟。较之同类作品，《虎丘》② 最突出的特点在于具体生动地写出了虎丘作为近郊风景区雅俗共赏的景观特征：

> 虎丘去城可六七里，其山无高岩邃壑，独以近城，故箫鼓楼船，无日无之。凡月之夜，花之晨，雪之夕，游人往来，纷错如织，而中秋为尤胜。
>
> 每至是日，倾城阖户，连臂而至。衣冠士女，下迨蔀屋，莫不靓妆丽服，重茵累席，置酒交衢间，从千人石上至山门，栉比如鳞。檀板丘积，樽罍云泻，远而望之，如雁落平沙，霞铺江上，雷辊电霍，无得而状。
>
> 布席之初，唱者千百，声若聚蚊，不可辨识。分曹部署，竞以歌喉相斗；雅俗既陈，妍媸自别。未几而摇头顿足者，得数十人而已……

略写平日游人如织的情形，详写中秋之日倾城出动的盛况，欣赏之情在字里行间流动。从“箫鼓楼船，无日无之”到“倾城阖户，连臂而至”，从“从千人石上至山门，栉比如鳞”再到“唱者千百，声若聚蚊，不可辨识”，袁宏道关注和欣赏的目光一直伴随着众游客，而他本人也始终与同行者分享着虎丘之游的快乐。

① 此外，明人郑善夫还写有一篇《夜游虎丘记》，但因特色不够鲜明，影响不大，故略去不论。
② （明）袁宏道著，钱伯城校笺：《袁宏道集校笺》，上海古籍出版社 1981 年版，第 157 页。

文章结尾处有一段文字耐人回味：

> 歌者闻令来，皆避匿去，余因谓进之曰："甚矣，乌纱之横，皂隶之俗哉！他日去官，有不听曲此石上者，如月！"

文中所表达的与民同乐的愿望，已经超出了儒家民本思想的意义范畴，内涵着与大众市民同游同乐的平民化生活情趣，体现出时代风尚的深刻影响。本文与众不同的描写视角是对袁宏道"独抒性灵，不拘格套"文学主张的具体诠释。

对于郊游，并非所有的文士都站在与大众同乐的民间立场，由于市民的狂欢已经构成对文人士大夫好静喜幽审美情趣的挑战，故引发出观赏态度中的雅俗冲突，李流芳的《游虎丘小记》、《虎丘》抒写的便是与世俗好尚相悖的文人雅趣。"穷老不遇，徒放浪于吴山越水"（《檀园集·序》）、绝意于仕途的李流芳始终以高雅自视，先后数次游虎丘，对大众游乐行为表现出强烈的排斥态度：

> 虎丘，中秋游者尤盛。士女倾城而往，笙歌笑语，填山沸林，终夜不绝。遂使丘壑化为酒场，秽杂可恨。
>
> ——《游虎丘小记》①

> 虎丘，宜月，宜雪，宜雨，宜烟，宜春晓，宜求爽，宜落木，宜夕阳，无所不宜，而都不宜于游人杂沓之时。盖不幸与城市密迩，游者皆以附羶逐臭而来，非知登览之趣者也。
>
> ——《虎丘》②

其实，"游人杂沓"、"填山沸林"恰好是近郊公共游乐景点区别于原生态山水景观的特征之一，"遂使丘壑化为酒场"也正体现着市民近郊游集观赏性、娱乐性、消费性于一体的游乐性质。对此，李流芳表现出明显的抵触情绪，其不满与焦虑既来自对风景名胜的热爱，也源于因历史积淀而形成的文化偏见。当他意识到自己无法在大众消费娱乐区域内进入"山空人静，独往会心"的审美境界之后，最终只能选择半夜游。

明清两朝，北京的城市建设发展非常迅速，近郊出现了不少著名风景区，满井为其中之一。关于它的形成及其特色，明人蒋一葵所著《长安客话》有所描述：

> 出安定门循古濠而东三里许，有古井一，径五尺余，飞泉突出，冬夏不竭。好事者凿石栏以束之，水常泛起，散漫四溢。井傍苍藤丰草，掩映小亭，

---

① （明）李流芳：《檀园集》卷十一，（清）文渊阁《四库全书》集部·别集类。

② （明）李流芳：《檀园集》卷十一，（清）文渊阁《四库全书》集部·别集类。

都人叹为奇胜[①]。

袁宏道于万历二十六、二十七年为官京城时，常游满井，以至于有人“怪我频来去，无樽亦啸歌”。(《游满井》)所作《满井游记》乃传世名篇，短短三百余字，描绘出满井一带初春优美的景色。作家采用城中人看城外的视角，通过城中“局促一室之内，欲出不得”与城郊“一望空阔，若脱笼之鹄”的比较，袒露热爱大自然的性灵。篇末“始知郊田之外，未始无春，而城居者未之知也”的议论，更是直接表达了对城市生活局限的不满。作为郊游之作，该篇写出了满井风景区的另一特色，“游人虽未盛，泉而茗者，垒而歌者，红装而蹇者，亦时时有”，满井属于北京市民共同的财富。

高粱桥亦为明清时期北京郊外一胜景，景观特色及其游乐景况，袁宏道的《游高粱桥记》[②] 给予了彰显艺术魅力的描写：

> 高粱桥在西直门外，京师最胜地也。两水夹堤，垂杨十余里，流急而清，鱼之沉水底者，鳞鬣皆见。精蓝棋置，丹楼珠塔，窈窕绿树中。而西山之在几席者，朝夕设色以娱游人。当春盛时，城中士女云集，缙绅士大夫非甚不暇，未有不一至其地者也……

运用简练的笔法和长短参差的语句，勾勒出高粱桥一带如画的秀美景色以及它对京城居民的巨大吸引力。

袁宏道之弟、“公安三袁”之一的袁中道(1570—1623，字小修)所作《游西山十记》[③] 亦为传世佳篇，记一关于北京西湖描写不乏可圈可点之处：

> 出西直门，过高粱桥，杨柳夹道，带以清溪，流水澄澈，洞见沙石，蕴藻萦蔓，鬣走带牵，小鱼尾游，翕忽跳达，亘流背林，禅刹相接，绿叶浓郁，下覆朱户，寂静无人，鸟鸣花落。过响水闸，听水声汩汩。至龙潭堤，树益茂，水益阔，是为西湖也。每至盛夏之月，芙蓉十里如锦，香风芬馥，士女骈阗，临流泛觞，最为胜处矣……

作家采用移步换形之法，将沿途美景依次绘出，西湖平日里的幽静与游人来临后的热闹，共同构成西湖景观的动人风貌。追求山水田园之乐的袁中道，尚能将“士女骈阗，临流泛觞”的场景纳入整体构图之中，足见市民出游近郊的风气已为士大夫群体所接受，成为文学表现的常见对象。

---

① (明)蒋一葵:《长安客话》卷四，北京古籍出版社 1982 年版，第 82 页。

② (明)袁宏道撰、钱伯城校笺:《袁宏道集校笺》，上海古籍出版社 1981 年版，第 628 页。

③ (明)袁中道著，钱伯城点校:《珂雪斋集》，上海古籍出版社 1989 年版，第 535 页。

《帝京景物略》是明代刘侗（1593—1636，字同人，号格庵，麻城人，崇祯甲戌进士，官吴县知县）、于奕正（1597—1626，字司直，宛平人，崇祯中诸生）等人同撰的一部历史地理类著作，对明代北京及其周边的寺庙祠堂、山川风物、名胜古迹、园林景观以及风俗民情尽数做了介绍，展示了古城北京深厚的文化内涵，被当代学者誉为“一部明代社会文化生活的百科全书”①。其中不少篇章文采斐然，堪称明代小品文的风范之作，以下两段描写北京城近郊风景区的文字具有极高的文学价值。

其一，高粱桥

水从玉泉来，三十里至桥下。荇尾靡波，鱼头接流。夹岸高柳，丝丝到水。绿树绀宇，酒旗亭台，广亩小地，荫爽交匝。岁清明，桃柳当候，岸草遍矣，都人踏青高粱桥，舆者则褰，骑者则驰，蹇驱徒步，既有挈携。至则棚席幕青，毡地藉草，骄妓勤优，和剧争巧。厥有扒竿、筋斗、喇喇、筒子、马弹解数、烟火、水嬉……是日，游人以万计。浴佛、重午游也，亦之。

——卷五“西城外”②

先描写高粱桥的秀美环境，再重点铺写居民踏青时的盛大场景，随后逐一介绍各种市井游乐活动。气氛由幽静而至喧嚣，色彩由淡雅而变艳丽，语言简练生动，语句错落中见整齐。与袁宏道等人所作同题游记相比，均突出了自然景物与建筑景观巧妙配搭、相互衬托的景区特色以及高粱桥游乐盛况。相异之处则在于，抒写个人的游览观感，是袁宏道游记的重要内容，而《帝京景物略》作为历史地理著作，更侧重于还原当时的游乐胜景，因此，对于各种杂技活动的介绍占据了较多篇幅。

其二，香山寺

岗岭三周，丛木万屯，经涂九轨，观阁五云，游人望而趋趋，有丹青开于空际，钟磬飞而远闻也。入寺门，廓廓落落然，风树从容，泉流有云。寺旧名甘露，以泉名也。泉上石桥，桥下方池，朱鱼千头，投饵是肥，头头迎客，履音以期。级石上殿，殿五重，崇广略等，而高下致殊，山高下也。斜廊平檐，两两翼垂，左之而阁而轩。至乎轩，山意尽收，如臂右舒，曲抱过左。轩又尽望：望林抟抟，望塔芊芊，望刹脊脊。青望麦朝，黄望稻晚，畾望潦夏，绿

① （明）刘侗、于奕正著，孙小力校注：《帝京景物略·前言》，上海古籍出版社2001年版，第10页。

② （明）刘侗、于奕正著，孙小力校注：《帝京景物略》，上海古籍出版社2001年版，第280页。

望柳春。望九门双阙，如日月晕，如日月光……

或曰：香山，杏花香，香山也。香山士女，时节群游，而杏花天，十里一红白，游人鼻无他馥，经蕊红飞白之旬。

——卷六“西山上”①

作者云：“京师天下之观，香山寺当其首游也。”香山寺于正统年间由宦官范弘耗资七十余万两，在金代永安寺的旧址上修建而成，寺院规模相当宏大。佛教胜地之所以演变为世俗大众的游乐园，艺术化的寺庙建筑与四周山水景物的相互衬托和巧妙搭配，乃是重要原因。作家运用简洁的文笔和清新的语言，从下至上，由近及远，逐层展开对香山寺如画美景的描写。“轩又尽望”以下数句铺写登高远望之景色，绘形绘色，富于变化，语句整齐，节奏分明，充分体现了写作者善于驾驭语言文字的功力。

杭州西湖在宋代已是著名风景区，在明代又得到进一步开发，成为最受市民欢迎的游览胜地。明嘉靖五年（1526）进士、钱塘人田汝成（1503—1557，字叔禾）在广收各方资料的基础上，结合自己对西湖的了解，先后撰成《西湖游览志》二十四卷、《西湖游览志余》二十六卷，前者记西湖湖山胜迹，后者记南宋遗闻轶事，同时选录了历代诗人歌咏西湖的名篇。《四库全书总目提要》评曰：“是书虽以游览为名，多记湖山之胜，实有关于宋元者为多。”该著作内容十分丰富，但作为记西湖游览之作，不足之处也颇为明显，诚如清初人王雨谦所言：“若田叔禾之作《西湖志》，志都城，志大内，志市井里坊。志人物流寓，志士女游观，无所不志，而西湖之景反多遗漏。”② 对此，明末清初著名散文家张岱（1597—1679）所著《西湖梦寻》有所弥补。

《西湖梦寻》是一部风格清新的小品散文集，全书共五卷，通过追记往日西湖之胜，寄托亡明遗老的故国哀思。张岱，字宗子，又字石公，号陶庵，又自号蝶庵居士，山阴（今浙江绍兴）人。他出身仕宦之家，前半生过着富足奢华、风流浪漫的生活，如其自作《墓志铭》所云：“少为纨绔子弟，极爱繁华，好精舍，好美婢，好娈童，好鲜衣，好美食，好骏马，好华灯，好烟火，好梨园，好鼓吹，好古董，好花鸟，兼以茶淫橘虐，书蠹诗魔。”《西湖梦寻》对杭州一带重要的山水景色、佛教寺院、先贤祭祠做了全方位的描述，在致力于还原西子湖畔历史场景的

① （明）刘侗、于奕正著，孙小力校注：《帝京景物略》，上海古籍出版社2001年版，第332页。

② 见（明）张岱：《西湖梦寻》，上海古籍出版社2001年版，第2页。本节所引《西湖梦寻》皆出自此书。

同时，特别注意勾勒它在当代的发展轨迹。张岱通过置身其中的讲述方式，由昔而今，略古详今，渲染出一种浓郁的现实文化氛围。不少景物描写，特色鲜明，文笔清新，意境优美，殊堪玩味，兹举卷三两段文字为例：

湖心亭旧为湖心寺，湖中三塔，此其一也。明弘治间，按察司佥事阴子淑秉宪甚厉。寺僧怙镇守中官，杜门不纳官长。

阴廉其奸事，毁之，并去其塔。嘉靖三十一年，太守孙孟寻遗迹，建亭其上。露台亩许，周以石栏，湖山胜概，一览无遗。数年寻圮。万历四年，佥事徐廷祼重建。二十八年，司礼监孙东瀛改为清喜阁，金碧辉煌，规模壮丽，游人望之如海市蜃楼。烟云吞吐，恐滕王阁、岳阳楼俱无甚伟观也。春时，山景、睺罗、书画、古董，盈砌盈阶，喧阗扰嚷，声息不辨。夜月登此，阒寂凄凉，如入鲛宫海藏。月光晶沁，水气滃之，人稀地僻，不可久留。

——卷三《湖心亭》

十锦塘，一名孙堤，在断桥下。司礼太监孙隆于万历十七年修筑。堤阔二丈，遍植桃柳，一如苏堤。岁月既多，树皆合抱。行其下者，枝叶扶苏，漏下月光，碎如残雪。意向言断桥残雪，或言月影也。苏堤离城远，为清波孔道，行旅甚稀。孙堤直达西泠，车马游人，往来如织。兼以西湖光艳，十里荷香，如入山阴道上，使人应接不暇。湖船小者，可入里湖，大者缘堤倚徙，由锦带桥循至望湖亭，亭在十锦塘之尽。渐近孤山，湖面宽广。孙东瀛修葺华丽，增筑露台，可风可月，兼可肆筵设席。笙歌剧戏，无日无之。

——卷三《十锦塘》

写湖心亭，以烟云水气烘托之，以白日的“喧阗”与夜晚的“阒寂”形成鲜明对比，营造出一种雅俗共赏、情景交融的意境。写十锦塘，紧扣“锦”字下笔，致力于展现西湖绚烂多彩的“美人”风貌。《西湖梦寻》的写作体例基本参照《西湖游览志》，景观介绍在前，援引前贤今人诗文于后，两个部分相互印证，共同融入作家的西湖记忆之中。在湖心亭一节里，张岱收录了自己的《湖心亭小记》一文，描写自己于湖心亭观雪时所见奇景奇人，着意展现西湖游览的另一种境界，对上文记载的内容进行拓展。洁净绝尘的西湖形象无疑象征着作家超凡脱俗的高雅情怀。十锦塘介绍完毕之后，张岱转引袁宏道《断桥望湖亭小记》：

湖上由断桥至苏公堤一带，绿烟红雾，弥漫二十余里。歌吹为风，粉汗为雨，罗绔之盛，多于堤畔之柳，艳冶极矣。然杭人游湖，止午、未、申三时，其实湖光染翠之工，山岚设色之妙，全在朝日始出、夕舂未下，始极其浓媚。

月景尤为清艳，花态柳情，山容水意，别是一种趣味。此乐留与山僧游客受用，安可为俗士道哉！望湖亭即断桥一带，堤甚工致，比苏公堤犹美。夹道种绯桃、垂柳、芙蓉、山茶之属二十余种。堤边白石砌如玉，布地皆软沙如茵。

该文前半部分着力渲染苏公堤一带的风光之艳与游人之盛，描绘出“浓艳”与“清艳”两幅不同的图画，足以弥补上文描写之不足。张岱在《西湖梦寻·序言》里说道：“余之梦西湖也，如家园眷属，梦所故有，其梦也真。”寻梦觅家的复杂心态直接影响到他对景物的选择和描写。本来，张岱与晚明绝大多数文士一样，厌恶世俗的喧嚣杂沓，欣赏并亲历充满文人雅趣的游赏活动，为错开大众旅游的高峰时期，他刻意选择大雪纷飞之际或夜深人静之时出游西湖，《湖心亭小记》和《西湖七月半》便是其清雅之游的文学写照。然而，一旦时过境迁，西湖的繁华景象成了明王朝曾经辉煌的时代标示，那昔日的嘈杂喧阗反倒铭刻进令人难忘的永恒记忆之中，弥足珍贵。试读《柳洲亭》一节：

柳洲亭，宋初为丰乐楼。高宗移汴民居杭地嘉、湖诸郡，时岁丰稔，建此楼以与民同乐，故名。门以左，孙东瀛建问水亭。高柳长堤，楼船画舫会合亭前，雁次相缀。朝则解维，暮则收缆。车马喧阗，驺从嘈杂，一派人声，扰嚷不已。堤之东尽为三义庙。过小桥折而北，则吾大父之寄园、铨部戴斐君之别墅。折而南，则钱麟武阁学、商等轩冢宰、祁世培柱史、余武贞殿撰、陈襄范掌科各家园亭，鳞集于此。过此，则孝廉黄元辰之池上轩、富春周中翰之芙蓉园，比闾皆是。今当兵燹之后，半椽不剩，瓦砾齐肩，蓬蒿满目。李文叔作《洛阳名园记》，谓以名园之兴废，卜洛阳之盛衰；以洛阳之盛衰，卜天下之治乱。诚哉言也！余于甲午年，偶涉于此，故宫离黍，荆棘铜驼，感慨悲伤，几效桑苎翁之游苕溪，夜必恸哭而返。

抚今追昔，黍离之悲油然而生，强烈而真挚的情感在字里行间流动，张岱笔下的西湖美景因此而呈现出动人心魄的艺术力量。

二、游园记：呈现可居可游的诗意境界

游园，作为一种游览和观赏城市园林的活动，频繁出现在明代文人士大夫的日常生活之中。

在一定的地域范围内，运用工程技术和艺术手段，通过改造地形（或进一步筑山、叠石、理水）、种植树木花草、营造建筑和布置园路等途径创作而成的，可

供人们观赏、游憩乃至居住的优美环境，被称之为园林。中国古典园林十分发达，其主要类型大致可分为皇家园林、私家园林和寺观园林三种[①]，本节重点探讨明代作家群体的游园活动与文学创作之关系，从传世的诸多游记散文描写的内容判断，当时文人士大夫所游之园多是私家园林，在其笔下，园、园亭、别墅、别业、池馆、山池、山房、山园等，均为私家园林之称，分布的空间范围多为城郊或城中。

中国古典园林起源很早，上古时期的村宅绿化与畋猎苑囿可以视为最初源头[②]。汉代产生了我国历史上第一座集游憩、狩猎、求仙、娱乐以及军事训练于一体的大型多功能皇家园林——上林苑，私家园林也开始出现。在中国园林建筑发展史上，魏晋南北朝是一个十分重要的时期。这一时期政治黑暗、社会混乱、形势多变，面对残酷的封建统治者，文士普遍具有朝不保夕的生命忧患。他们在老庄回归自然思想的召唤下，以山林保真、泉石鸣高为安身立命之所，开始将欣赏的目光投向自然山水。与此同时，出于"退耕力不任"（谢灵运《登池上楼》）的自我认知与定位，士大夫群体中鲜有人如陶渊明那样高唱"归去来兮"，彻底告别城市，真正隐于"丘樊"之中，而是纷纷选择"大隐"或"中隐"[③]的方式，以退为进。他们一方面欲坐享山林之美，另一方面又难以拒绝来自城市的种种诱惑，难以割断与城市千丝万缕的联系。于是，或在城郊依山傍水处修筑别墅，或于城中开辟土地建造园林。正是在隐逸思潮的推动下，建园活动掀起热潮，私家园林因此得到大力发展，遂与皇家园林、寺观园林构成鼎足之势。

私家园林是私人住所的扩展部分，可居可游，是造园者追求的最高境界。所谓"居"非言一般住所遮风避雨、饮食起居的日常功能，而是特指弹琴、品茗、饮酒、手谈、吟诗、坐憩一类日常性消闲行为；"游"则是指观山水、听风雨、赏花木、玩石竹等玩赏性活动。中国私家园林经过唐、宋、元三朝的发展，至明，已经进入普及化、艺术化的阶段，在经济发达地区，园林除了具有美化城市的功能之外，还演变为市民文艺的重要组成部分。

明代文人士大夫普遍具有较高的园林审美能力，对园林的功能、建造以及游赏，多有高论发表。他们的审美观赏与艺术表现，通常建立在对园林艺术深

---

① 参见周维权：《园林·风景·建筑》，百花文艺出版社2006年版，第65页。

② 参见刘天华：《画境文心——中国古典园林之美》，生活·读书·新知三联书店2008年版，第5页。

③ 唐代白居易依据隐逸的处所将隐逸分为大、中、小三类，其《中隐》诗云："大隐住朝市，小隐入丘樊。丘樊太冷落，朝市太嚣喧。不如作中隐，隐在留司官。"

刻见解的基础之上，读其文既可饱览那如诗如画的园林美景，又可具体了解作家的园林鉴赏水平。宣德八年（1433）进士、吴县（今江苏苏州）人徐有贞（1407—1472，初名珵，字元玉，号天全）所作《南园记》①，就从可居可游角度描绘了长洲（今苏州）人郑景行别业之胜景，文曰：

> 园在阳澄湖之上，前临万顷之浸，后据百亩之丘，旁挟千章之木，中则聚奇石以为山，引清泉以为池。畦有嘉蔬，林有珍果，被之以修竹，丽之以名华。藏脩有斋，燕集有堂，登临有台。有听鹤之亭，有观鱼之槛，有撷芳之径。景行日夕，游息其间，每课僮种艺之余，辄挟册而读。时偶佳客，以琴以棋，以觞以咏，足以怡情而遣兴。②

作者采用先外后内的描写顺序，就南园的外部地理环境、内部的建造特色，可居之处、可游之所以及园主怡情之举逐一介绍，要言不烦。随后引时人评语："谈者以为长洲茂苑之胜在阳城一湖，湖之胜在此一园"，与前文描绘形成相互印证。该篇的语言风格趋于简洁雅致，与文本所极力突出的文人闲情逸致，达成了内在的一致。

经济的发展促使明代各大城市人口迅速增长，城中土地成为稀有物品，公务缠身的士大夫终日奔走于嘈杂的闹市，为排遣烦恼、荡涤胸襟，造园于寸土之间，布景于园林在内，营造自然的野趣，遂成为一种生存需求。明宪宗成化年间进士周瑛（1430—1518，字梁石，初号蒙中子，别号翠渠。莆田黄石清浦村人）任南京礼部郎中期间，买屋于狮子桥西，因为"屋去官路远，而左右人家皆部处如展两翼"，只能利用御沟流经处的废地治园，所作《西园记》运用极其精炼的文笔记叙了治园的经过：

> 乃具畚锸，锄荒秽，出瓦砾，实坎窞。因洼为池，临流为矶，经其地以为畦，杂植松韭葱芥诸蔬，其不可畦者则植竹木，沿堤植柳，柳下植槿植葵以及诸刺木宜为篱者。水首尾为栅，栅下为小门，以时启闭，已乃开径入竹间，结茅为亭以临夫池，池中植莲，上为土台以植花。因命其园曰西园，亭曰此君亭，台曰留春台，矶曰沧浪矶，湾曰清泠湾。

在造园成风、名园辈出的明代，周瑛的西园可谓狭小简陋，设计不求奇异，花木不求珍贵，可他却于此间获得了无穷的乐趣：

---

① 明人的游园记文标题多无"游"字，但其中所描写的景色的确为作者实地游赏时所见。

② （明）徐有贞：《武功集》卷四，（清）文渊阁《四库全书》集部·别集类。

每春夏水长江潮且入，上下相灌，注成巨浸。加以树木扶疏，荫覆前后，而春纤秋芳濯濯可掬。白日坐其中，如入深山巨林而不知身在阛阓之中。①

"主人无俗态，作圃见文心。"（明·陈继儒《青莲山房》）一座小小的园子之所以能使园主流连忘返，关键在于以花木为屏障、以清流为灵魂的西园为他提供了一个隔断红尘、藻雪心灵的诗意栖息之所，能够满足其"结庐在人境，而无车马喧"的精神需求。入载《明史·儒林传》的周瑛并不以善文著名，然此文叙述流畅，文意通灌，语言朴素无华，与作者追求自然之本性相得益彰，同样具有文学的价值。

作为江南园林代表的拙政园（位于今苏州市）始建于明朝正德年间。此地初为唐代诗人陆龟蒙住宅，元朝时为大弘（宏）寺。明正德四年（1509），弘治进士、嘉靖年间御史王献臣仕途失意归隐苏州后将其买下，聘著名画家、吴门画派的代表人物文征明参与设计蓝图，历时十六年建成，借用西晋文人潘岳《闲居赋》"筑室种树，逍遥自得……灌园鬻蔬，以供朝夕之膳……此亦拙者之为政也"之句取园名。拙政园建成后，园主邀请文征明同游，文氏于嘉靖十二年（1533）九月写下著名的《拙政园记》②。中国古典园林的建造讲究传达"园韵"，希望通过楼台亭阁、水榭小桥的巧妙设置，传达出一种独特的精神品位与艺术气质。文征明记拙政园，并未描写园主"逍遥自得"的具体行为，而是通过介绍园林的布局及其命名表现其"虽在城市而有山林深寂之趣"，文云：

为重屋其阳，曰梦隐楼，为堂其阴，曰若墅堂，堂之前为繁香坞，其后为倚玉轩。轩北直梦隐，绝水为梁，曰小飞虹。逾小飞虹而北循水西行，岸多木芙蓉，曰芙蓉隈。又西，中流为榭，曰小沧浪亭。亭之南，翳以修竹。而西出水澨，有石可坐可俯可濯，曰志清处。……曰柳隩，……曰意远台，……曰钓矶，……曰水花池，……曰净深，……曰待霜，……曰听松风处，……曰怡颜处，……曰来禽囿，……曰得真亭，……曰玫瑰柴，……曰蔷薇径，……曰桃花沜，……曰槐幄，……槐雨亭也，……凡为堂一，为楼一，为亭六，轩槛池台坞涧之属二十有三，总三十有一，名曰拙政园。

文征明以梦隐楼和若墅堂为游园起点，游赏的脚步循径而动，不断推出不同的景色图案，也不断揭示景观的意蕴内涵，一句一景，一景一名，确有"移步换形"

① （明）周瑛：《翠渠摘稿》卷三，（清）文渊阁《四库全书》集部·别集类。

② （明）文征明：《拙政园记》，（清）文渊阁《四库全书》子部·艺术类·书画之属《珊瑚纲》卷十五。

之效果。他不但成功地为读者展示了该园一系列复杂的游赏空间，而且随着多样主题的呈现，映带出了一连串富于变化的节奏韵律。“梦隐”、“沧浪”、“志清”、“意远”、“净深”、“得真”等景观命名不断强化着园主的林泉之趣与濠梁之风，而“曰”字的反复出现又营造出音节的回环之美，读之朗朗上口，令人回味无穷。文章后半部分充分肯定园主的人品与雅趣，高度赞赏其“享有闲居之乐者，二十余年于此”，以“闲居之乐”诠释自己对“拙政”的理解。

“苏州好，城里半园亭”（清・沈朝初《忆江南・春游名胜》），明代的苏州因其园林城市独特的审美风貌赢得无数文人墨客的由衷赞美。袁宏道好游山，亦好游园，为品园高手，任吴县县令期间曾作《吴中园亭纪略》，对自己观赏过的几座苏州私家园林，概括介绍后进行评论：

> 近日城中唯葑门内徐参议园最盛，画笔攒青，飞流界练，水行石中，人穿洞底，巧逾生成，幻若鬼工，千溪万壑，游者几迷出入，殆与王元美祇园争胜。祇园轩豁爽垲，一花一石，俱有林下风味，徐园微伤巧丽耳，王文恪园在阊胥两门之间，旁枕夏驾湖，水石亦美，稍有倾圮处葺之则佳。徐冏卿园在阊门外下塘，宏丽轩举，前楼后厅皆可醉客，石屏为周生时臣所堆，高三丈，阔可二十丈，玲珑峭刻，如一幅山水横披画，了无断续痕迹，真妙手也。堂侧有土垄甚高，多古木，垄上太湖石一座，名瑞云峰，高三丈，妍巧甲于江南……

本文运笔十分讲究，详略繁简随各园特色而变化。徐参议园设计工巧，建造富丽，故用语华美工整；王世贞（字元美）祇园敞豁自然，故用语简练，点到为止。两园相比，袁宏道更加欣赏后者，体现出崇尚自然的治园理念。徐冏卿园为太仆寺少卿徐泰时的私家园林，乃中国四大名园之一“留园”的前身，该园的石屏和石峰最为出色，亦最受袁宏道赞赏，所言石屏“玲珑峭刻，如一幅山水横披画，了无断续痕迹”数句，四百多年来，一直作为不二评价反复出现在后人对于该园的赞美之中。对于石峰，特意讲述其不平凡的来历①，为其“妍巧甲于江南”的评价提供历史依据，同样给人留下难忘印象。由于袁宏道本人当时未游拙政园，故在后文转引他人之评语，以补记叙之阙。

---

① 现坐落在江苏省苏州市第十中学校园内的瑞云峰与玉玲珑、绉云峰并称“江南三大名石”。此石形若半月，多孔，玲珑多姿，峰高 5.12 米，宽 3.25 米，厚 1.3 米，涡洞相套，褶皱相叠，剔透玲珑，被誉为妍巧甲于江南。为宋徽宗“花石纲”遗物。峰石外形巍峨，玲珑剔透，具有太湖石透、瘦、漏、皱等特点，以柔美见长。

中国古典园林的发展始终与山水结伴而行，园林艺术讲究顺应自然，因地制宜，借山水为园林灌注自然之气，成为治园的重要指导思想。袁中道的《石首城内山园记》形象地表现了这一点。文曰：

绣林之颅枕江，其址坦迤，故背城而居者，其后有山可眺望。长石宅后即为山，陟其颠，则两山峰峦列髻而出，江流晶晶其下……

夫城市栉比之地，得数亩种花竹足以，安望有山，有山未必有水相凑。而今者大江复浩然绕山而出，不杖履而具登眺，饮食起居，山水相偶，此亦有异福。①

石首城即石头城，位于南京的清凉山西麓。作家之所以盛赞该园的外部环境，正是因为造园者巧妙地利用了依山傍水的天然优势，使全园充满自然之意趣。袁中道将自然山水视为园林之灵魂，认为既不远离城市，又能随时与山水相偶，乃人生之大幸。因此，他指出“中郎方卜居沙头，不若此地之富烟云也”。

王世贞（1526—1590），字元美，号凤洲，又号弇州山人，太仓（今江苏太仓）人。明代著名史学家、文学家，“后七子”领袖之一，《明史》有传。王世贞学识渊博，人生经历丰富，家境富裕，加之深受时代、地域风气之影响，在治园、赏园方面堪称内家里手，自以为“第居足以适吾体，而不能适吾耳目”，故“计必先园而后居第”（《太仓诸园小记》），因而与当时擅长堆叠假山的造园高手张南阳合作，在太仓城内建成占地七十余亩、号称“东南第一名园”的“弇山园”，亦即袁宏道《吴中园亭纪略》中所记王元美祇园。王世贞一生著作颇丰，仅游记就多达数十篇，其中游园记中最值得称道的是《游金陵诸园记》与《弇山园记》。

王世贞晚年有感宋人李叔文记洛阳名园，盛推其瑰丽宏博之观，而金陵乃本朝高皇帝定鼎之地，“江山之雄秀与人物之妍雅，岂弱宋之故都可同日语，而独园池不尽称于通人”，遂作《游金陵诸园记》②，盛赞金陵城中名园之雄爽者、清远者、奇瑰者、华整者、靓美者，以示其远胜洛中。文章气势充沛、语言华美、风格清绮，对诸名园的描写互不雷同，特色鲜明。《弇山园记》一共八篇，共计七千余言，字里行间处处充溢着作者的自得之意与自赏之情，其中《记一》最具文学价值。该文首先概括介绍园中的建筑布局，山、岭、佛阁、楼堂、书室、轩亭、修廊、石桥、木桥、石梁、洞、滩、流杯、竹树、卉草、香药，一应俱全。接着具体

① （明）袁中道：《雪珂斋近集》，上海书店1982年重印本，第52页。

② （明）王世贞：《弇州续稿》卷六十四《游金陵诸园记》，（清）文渊阁《四库全书》集部·别集类。

揭示弇山园骄人的“六宜”主题：

宜花，花高下点缀如错绣，游者过焉，芬色殢眼鼻而不忍离去；

宜月，可泛可陟，月所被石若益而古，水若益而秀，恍然若憩广寒清虚府；

宜雪，登高而望，万堞千甍与园之峰树，高下凹凸皆瑶玉，目境为醒；

宜雨，濛濛霏霏，浓澹深浅，各极其致，縠波自文，鲦鱼飞跃；

宜风，碧篁白杨，琮琤成韵，使人忘倦；

宜暑，灌木崇轩，不见畏日，轻凉四袭，逗弗肯去，此吾园之胜也。

《弇山园记》也为作家晚年作品。王世贞早年与李攀龙同为“后七子”首领，倡导文学复古运动，“其持论，文必西汉，诗必盛唐，大历以后书勿读，而藻饰太甚。晚年，攻者渐起，世贞顾渐造平淡”。(《明史》本传)尤其喜好和欣赏苏轼之风，诗文以恬淡为宗。文本语言不事雕琢，风格自然清新，意境优美，韵味悠长，正得益于作家追求传神写意之努力。与《游金陵诸园记》一文偏重渲染金陵名园的华美富丽有所不同，文本着力展示弇山园可游可居的诗意境界，抒发作者晚年闲暇适意的生活态度：

吾自纳郧节，即栖托于此，晨起承初阳，听醒鸟，晚宿弄夕阳，听倦鸟。或蹑短屐，或呼小船，相知过从，不迎不送。清酒时进，钓溪腴以佐之；黄粱欲熟，摘野鲜以导之。平头小奴，枕簟后随，我醉欲眠，客可且去。此吾居之乐也。

王世贞一生饱尝宦海风波之苦。先是数积忤于权相严嵩子世蕃，严氏父子大恨之。其父王忬又以滦河失事为严嵩所构，论死，世贞解官奔赴京师与其弟王世懋每天在严嵩门外自罚，请求宽免，未成。再后又因忤张居正两次罢官。居正殁后，起为南京刑部右侍郎，辞疾不赴。久之，起为南京兵部右侍郎，擢南京刑部尚书，以疾辞归。弇山园是他为自己精心建造的自由乐园，此中无尘世之嘈杂，有山水之清音；无饥寒冻馁之苦，有怡情悦意之乐；无退耕田园之劳累，有观赏花月之轻闲；无繁文缛节之烦扰，有知音相交之情趣。适意且享乐，作为“六宜”境界的核心满足了王世贞晚年栖息倦怠之身、抚慰受伤之心、畅情逸志、颐养天年的生命需求。

《陶庵梦忆》[①] 是张岱传世作品中相当著名的一部。该书成书于甲申明亡

① （明）张岱：《陶庵梦忆》，上海古籍出版社 2001 年版。

（1644）之后，直至乾隆四十年（1775）才初版行世。其中所记大多是作者亲身经历过的杂事，将种种世相展现在人们面前，如茶楼酒肆、说书演戏、斗鸡养鸟、放灯迎神以及山水风景、工艺书画等等，构成了明代社会生活的一幅风俗画卷。张岱是一位园林鉴赏家，赏园、写园、评园往往独具慧眼，卷八《巘花阁》一文通过描写江南一座山林小园的前后变化，表现了独到的审美眼光：

巘花阁，在筠芝亭松峡下。层崖古木，高出林皋，秋有红叶，坡下支壑回涡，石磴棱棱，与水相距。阁不槛、不牖，地不楼、不台，意正不尽也。五雪叔归自广陵，一肚皮园亭，于此小试。台之，楼之，廊之，栈道之。照面楼之侧，又堂之，阁之，梅花缠折旋之。未免伤板，伤实，伤排挤。意反局蹐，若石窟书砚。隔水看山，看阁，看石麓，看松峡上松，庐山面目反于山外得之。五雪叔属余作对，余曰："身在襄阳袖石里，家来辋口扇图中"，言其小处。

文章采用前后对比、先扬后抑的手法，首先形象地再现了巘花阁疏朗自然的风格和空灵淡远的意境，所谓"意正不尽"表达的是虚中生实的无穷韵味。随后介绍五雪叔在园中大兴土木的行为，作家"意反局蹐"的感觉以及对联中"袖"、"扇"的比喻，均是对改建者的批评。本文语言简明畅达，无刻意藻饰痕迹，体现了《陶庵梦忆》的整体语言风格。

一篇优秀的游园记所呈现的园林景色往往是创作主体审美选择的结果，优秀的作家善于发现观赏对象与众不同的审美个性，因而能塑造出具有鲜明特色的美园形象。张岱《西湖梦寻》卷二中的《青莲山房》于此便有可称道处：

青莲山房，为涵所包公之别墅也。山房多修竹古梅，倚莲花峰，跨曲涧，深岩峭壁，掩映林峦间。公有泉石之癖，日涉成趣。台榭之美，冠绝一时。外以石屑砌坛，柴根编户，富贵之中，又着草野。正如小李将军作丹青界画，楼台细画，虽竹篱茅舍，无非金碧辉煌也。曲房密室，皆储偫美人，行其中者，至今犹有香艳。当时皆珠翠团簇，锦绣堆成。一室之中，宛转曲折，环绕盘旋，不能即出。主人于此精思巧构，大类迷楼。而后人欲如包公之声伎满前，则亦两浙荐绅先生所绝无者也。今虽数易其主，而过其门者必曰"包氏北庄"。

对于青莲山房，张岱尤其欣赏其人工巧制中的山林野趣，描写时特意点出台榭曲房、珠翠团簇中的修竹古梅、柴根野草，使画面景物富有变化，色彩浓淡相宜，园林形象既具富丽特征，又不伤于俗气，成功地突出了该园主人的"精思巧构"。

第五节　戏曲：蔚为大观的都市胜景

中国古典戏曲发展至明代，进入了一个崭新的历史时期，在城市文化沃土中滋生出的戏剧之花已蔚为大观，成为城市中的一道亮丽风景线。明代戏曲主要由杂剧和传奇两大部类组成，明初北曲杂剧仍在剧坛上占有一席之地，以杭州、金陵、开封、燕京等城市为盛，创作队伍是以皇室贵族为核心的宫廷派作家，与此同时，最初流行于南方的南曲戏文（即南戏）开始了向传奇剧的过渡与转型。经过大约一个世纪的演变发展，至弘治、嘉靖时期，传奇上升为剧坛上的主流艺术，剧本的文学体制已经定型，音乐体制呈现规范化特点，梁辰鱼《浣纱记》、李开先《宝剑记》、无名氏《鸣凤记》的先后问世、标志着传奇剧创作进入成熟阶段。其后，万历至崇祯年间，传奇剧创作迎来了自身繁荣兴盛的高潮时期，此间名家辈出、佳作如林，戏曲理论研究蔚然成风①。明代城市文学也因此获得更为丰富多彩的成果。

一、城市空间与戏剧作家的文化沃土

任何一个时代文学的繁荣都离不开文学家的辛勤创作，任何一种文体的兴盛都必须以拥有高水平的创作队伍为前提，明代戏剧亦不例外。有明一代，戏曲在文学艺术创作领域的地位迅速提高，文人士大夫对于戏曲活动在整体上持积极参与态度。尤其晚明时期，参与热情更是空前高涨，大批作家在创作、观赏、品评戏曲方面达到了如痴如狂的程度，以至于形成“举国如狂的剧坛风气”②。较之前代，明朝剧坛出现了一支庞大的戏曲作家队伍，剧作者普遍拥有丰富的文学与历史知识以及较高的艺术鉴赏与创作水平，汤显祖堪称世界一流作家。不少人甚至能够粉墨登场，参与演出，实践经验相当丰富，这一切均有助于形成剧坛花团锦簇的繁荣局面。如果进一步考察剧作家的出生和行迹的空间分布，便可以发现他们与城市之间保持着千丝万缕的联系，其戏曲艺术实践活动在不同层面上显示出城市文化的滋养与培育。笔者选择了60位在明代戏曲史上产

① 参见袁行霈主编：《中国文学史》第四卷第五、六章，高等教育出版社1999年版；李修生、赵义山主编：《中国分体文学史》“戏曲卷·中编”，上海古籍出版社2001年版。

② 详见郭英德：《明清传奇史》第六章“晚明社会与剧坛风气”，江苏古籍出版社1999年版。

生过重大或一定影响的戏剧作家，将其人生经历与创作简况列表如下①，随后再作分析：

姓名及生卒年	籍贯或出生地	生平简介	代表作品	备注
朱权（1378—1448）	安徽凤阳	朱元璋第十七子，初封于大宁，后徙南昌。卒谥献王，世称宁献王。	杂剧《卓文君私奔相如》、《冲模子独步大罗天》	另著《太和正音谱》
朱有燉（1379—1439）	安徽凤阳	朱元璋第五子朱橚长子。袭封周王，死后谥宪，世称周宪王。	今存杂剧31种，代表作《香囊怨》、《豹子和尚》、《仗义疏财》	
刘兑（不详，洪武年间在世）	浙江绍兴	不详。	杂剧《娇红记》	
邱濬（1421—1495）	广东琼州（今海口）	景泰五年进士，翰林院编修，(清)文渊阁大学士。	传奇《五伦全备记》	
邵灿（生卒年不详）	江苏宜兴	生员。	《香囊记》传奇	曾在不同场所演出
姚茂良（弘治年间人）	浙江武康	落魄士子，隐居田园。	《双忠记》传奇	
徐霖（1462—1538）	出生华亭（今上海松江），家于金陵	曾在武宗左右备顾问，所填词曲颇为皇帝欣赏。家居南京前后近七十年。	作传奇八部，仅存《绣襦记》	《绣襦记》长期盛演于舞台
王九思（1468—1551）	陕西鄠县（今户县）	弘治九年进士，选为庶吉士，后授检讨，官至吏部郎中。	杂剧《杜甫游春》、《中山狼》	
沈采（弘治正德间人）	上海嘉定	不详。吕天成《曲品》称其“名重五陵，才倾万斛”。	传奇《千金记》、《还带记》	
沈龄（1470？—1523后）	上海嘉定	落拓不事生产，于古学靡不究心，尤精乐律。	传奇《三元记》等	沈龄与沈采或为同一人
李日华（弘治、正德间）	江苏吴县	不详。	传奇《南西厢记》	长期演出

① 作家排列以出生年前后为序，传奇名剧《鸣凤记》因无法确定作者，故未列入表中。

续表

姓名及生卒年	籍贯或出生地	生平简介	代表作品	备注
王济（1474—1540）	浙江乌程	太学生，横州通判。	连环记	
康海（1475—1540）	陕西武功	弘治十五年状元，任翰林院修撰。	杂剧《中山狼》	自操琵琶创家乐班子，人称“康家班社”
郑若庸（1489—1577）	江苏昆山	诸生，隐于支硎山，赵王厚煜聘入邺。后定居临清，卖文为生。	传奇《玉玦记》、《大节记》	吕天成《曲品》列为上中品
陆采（1497？—1537）	江苏长洲（今苏州）	性豪荡不羁，日夜与人畅饮高歌，不治举业。	年十九作传奇《明珠记》，妙选优人登场教演	另有《南西厢》等作品
李开先（1502—1568）	山东章丘	嘉靖八年进士，官至太常寺少卿。	传奇《宝剑记》等	
谢谠（1512—1569）	浙江上虞	嘉靖二十三年进士，任泰兴令，后弃官归隐。	传奇《四喜记》	
王錂（约1583年前后在世）	浙江杭州	生平不详。	传奇《春芜记》、《双缘舫》，改编宋元戏文《寻亲记》	《寻亲记》曾在舞台演出
梁辰鱼（1519—1591）	江苏昆山	好任侠，不屑就诸生试。常与诸名士出入青楼酒肆。	传奇《浣纱记》，杂剧《红线女》等	《浣纱记》有盛名，传至海外
徐渭（1521—1593）	浙江山阴（今绍兴）	为诸生，有盛名。总督胡宗宪招致幕府。	杂剧《四声猿》	曾游金陵，入京师
高濂（1527？—1603）	浙江钱塘（今杭州）	国子监生，曾在北京任鸿胪寺官，后隐居西湖。	传奇《玉簪记》、《节孝记》	
张凤翼（1527—1613）	江苏长洲（今苏州）	嘉靖四十三年举人，四上春官报罢，遂放弃仕途之路，以卖字卖文自给。	传奇《红拂记》、《祝髮记》、《灌园记》、《窃符记》、《虎符记》等	《红拂记》梨园弟子皆歌之
史槃（1533—1629）	浙江会稽（今绍兴）	一生书剑飘零，没有功名。为同里徐渭弟子。	今存传奇《樱桃记》等4种	能登场演出
王澹（生活于嘉靖、万历年间）	浙江会稽（今绍兴）	早年参加科考，但久困场屋，终生为布衣。	今存杂剧《樱桃园》	自能度品登场

续表

姓名及生卒年	籍贯或出生地	生平简介	代表作品	备注
顾大典（1540—1596）	江苏吴江	隆庆二年进士，授绍兴府教谕，官至福建提学副使。	《清音阁传奇》四种，其中《青衫记》、《葛衣记》今存全本	《青衫》、《葛衣》诸剧，梨园子弟多歌之
孙柚（1540—1585后）	江苏常熟	少负异才，豪放不羁。离世绝俗，纵情山水间。	传奇《琴心记》	
王玉峰（？—？）	上海松江	不详。	传奇《焚香记》	
王骥德（1542？—1623）	浙江会稽（今绍兴）	出生书香门第，早年曾拜徐渭为师。一生行迹甚广，到过多座大城市。	传奇《题红记》、杂剧《男皇后》等	曲学专著《曲律》影响甚大
屠隆（1543—1605）	浙江鄞县（今属宁波）	万历五年进士，曾任颍上知县，转为青浦令，后迁礼部主事、郎中。	传奇《昙花记》、《修文记》、《彩毫记》	
陈与郊（1544—1611）	浙江海宁，后徙钱塘	万历二年进士，累官至太常寺少卿。后隐居盐官隅园。	传奇《宝灵刀》、《麒麟罽》、《鹦鹉洲》、《樱桃梦》4种，杂剧5种，今存《昭君出塞》、《文姬入塞》、《袁氏义犬》3种	辑有《古名家杂剧》、《古今乐考》等10余种
朱期（约1596年前后在世）	浙江上虞	世家令子，困于卑官。	传奇《玉丸记》	
梅鼎祚（1549—1615）	安徽宣城	少时即负诗名，弃举子业，以古学自任。归隐于书带园，自建“天逸园”。	北杂剧《昆仑奴》，传奇《玉合记》等	与汤显祖交谊甚深
汤显祖（1550—1615）	江西临川	二十一岁中举，三十四岁考中进士。历任南京太常寺博士、詹事府主簿、礼部祠祭司主事等职。万历十九年因上章抨击朝政，被贬广东徐闻典史。两年后量移浙江遂昌县知县。	传奇《玉茗堂四梦》，又称《临川四梦》，其中《牡丹亭》享有剧坛盛誉	
臧懋循（1550—1620）	浙江长兴，后半生定居长宜	万历进士，授荆州府学教授，升南京国子监博士。	编成《元曲选》100卷、图1卷，编纂出版汤显祖所著《玉茗堂四梦》	

续表

姓名及生卒年	籍贯或出生地	生平简介	代表作品	备注
徐复祚（1560—1629以后）	江苏常熟	明万历十三年赴京应试，受人攻击，遭讼事多年。愤世嫉俗，回故里潜心著作。	传奇《红梨记》，杂剧《一文钱》等	《红梨记》盛演于歌场
周履靖（1550—1640）	浙江嘉兴	工古文辞，善书法篆刻，自号“梅癫居士”。	传奇《锦笺记》	
沈璟（1553—1610）	江苏吴江	万历二年进士，先后任兵部职方司主事，吏部验封司员外郎、光禄寺丞等职。因科场舞弊案受人攻击，辞官回乡。	创作传奇17种，今存《红蕖记》、《双鱼记》、《桃符记》、《一种情》（即《坠钗记》）、《埋剑记》、《义侠记》和《博笑记》	吴江派曲学家群体领袖
王衡（1561—1609）	江苏太仓		杂剧《郁轮袍》	
单本（1562？—1636）	浙江绍兴	一生不得志于功名。	传奇《露绶记》等5种	
叶宪祖（1566—1641）	浙江余姚	嘉庆四十七年进士，授新会知县，官至南京刑部主事。	传奇《鸾镵记》、《玉麟记》、《双卿记》、《双修记》、《金锁记》，杂剧《骂座记》、《易水寒》等	酷爱戏曲，自蓄家班演唱
周朝俊（1580？—1624年后）	浙江鄞县	生平不详。	《红梅记》	
汪廷讷（1569？—1628后）	休宁（今属安徽）	家为富商，由贡生官盐运使，后谪宁波府同知。长居南京，尝集诸名士，宴饮于自建坐隐园中。	今存杂剧8种，传奇6种，以《狮吼记》最为著名	
陈汝元（1572前—1629后）	浙江山阴	举万历丁酉乡荐，陕西清涧县知县。	传奇《金莲记》，杂剧《红莲债》	
王应遴（？—1644）	浙江山阴	万历四十六年以副榜恩贡进入仕途，参修两朝实录，后触怒魏忠贤被削籍。	杂剧《逍遥游》，传奇《清凉扇》、《离魂记》	
沈嵊（？—1645）	浙江杭州	不详。	传奇《绾园春》、《风流配》	

续表

姓名及生卒年	籍贯或出生地	生平简介	代表作品	备注
卜世臣（1572—1645）	浙江嘉兴	诸生。	传奇《冬青记》	
冯梦龙（1574—1646）	江苏长洲（今苏州）	科举道路坎坷，屡试不中，崇祯三年选为贡生，任福建寿宁知县。	创作传奇《双雄记》、《万事足》，将《牡丹亭》改编为《风流梦》	
许自昌（1578—1623）	江苏长洲	屡试不第，遂捐赀谒选，授文华殿中书舍人。	传奇《水浒记》等	
吕天成（1580—1618）	浙江余姚	诸生。	曾著传奇13种，杂剧8种，今仅存杂剧《齐东绝倒》	最著名的著作是戏曲论著《曲品》
沈自晋（1583—1665）	江苏吴江	弱冠补博士弟子员，屡试不中。入清后隐居吴山。	传奇《望湖亭》、《翠屏山》	沈璟族侄
张琦（1586—？）	浙江杭州	自号骚隐生，别署西湖居士等，曾编元明丽情散曲。	传奇《白雪楼五种曲》	
阮大铖（1587—1648）	安徽怀宁	以进士居官后，先依东林党，后依魏忠贤阉党，崇祯朝终以附逆罪罢官为民。明亡后在福王朱由崧的南明朝廷中官至兵部尚书、右副都御史，南京城陷后乞降于清。	传奇今存《春灯谜》、《燕子笺》、《双金榜》和《牟尼合》，合称"石巢四种"	
范文若（1590—1637）	松江（今属上海市）	万历四十七年进士，官至南京兵部主事，南大理寺评事。	传奇《鸳鸯棒》、《花筵赚》、《梦花酣》等	《鸳鸯棒》曾在绍兴演出
袁于令（1592—1674）	江苏吴县	明末贡生，降清功臣。晚年侨居南京，游览于江浙一带。	今存传奇《西楼记》、《鹔鹴裘》	清人认为《鹔鹴裘》是作者真事曲泄
吴炳（1595—1648）	江苏宜兴	万历四十七年进士，官至福州知府。后随明永王流亡桂林，被清兵擒获自缢而死。	传奇《绿牡丹》、《画中人》、《西园记》、《情邮记》、《疗妒羹》，合称《粲花斋五种曲》	《绿牡丹》名列中国十大古典喜剧

续表

姓名及生卒年	籍贯或出生地	生平简介	代表作品	备注
张岱（1597—1679）	浙江山阴（今绍兴）	出身仕宦世家，少为富贵公子，精于茶艺鉴赏，明亡后不仕，入山著书以终。	改编传奇《冰山记》，创作杂剧《乔坐衙》，均已佚。	曾带领家庭戏班演出于杭州、镇江一带
孟称舜（1599—1684）	浙江会稽（今绍兴）	明崇祯年间诸生，清顺治六年贡生。	传奇《娇红记》，杂剧《桃花人面》等	收集、编辑元明杂剧56种
徐士俊（约1636年前后在世）	浙江仁和	不详。	杂剧《春波影》	
来集之（1604—1682）	浙江萧山	崇祯十三年进士，官安庆府推官，迁兵部主事，南明福王时官至太常寺少卿。南明弘光政权覆灭后，隐居倘湖之滨，课耕读以自给。	杂剧《秋风厨三叠》、《挑灯剧》、《碧纱笼》、《女红纱》各一本	
王元寿（与祁彪佳同时）	陕西郃阳	早年中举，但终生不仕，家居郃阳，潜心戏曲创作；中年曾游江南，结识不少文人学士与戏曲家。	所作传奇23种，数量居明代传奇作家之首	《远山堂曲品》列其全部剧作为“能品”

上表中沈龄与沈采疑为同一人①，王玉峰生卒年不详②。

从宏观层面上看，上列60位剧作家南方籍者远远多于北方籍，这与明代文学家地理分布南北严重不平衡的整体状况完全一致③。南方籍作家又主要集中在繁荣富庶、经济发展水平较高的江南地区，特别值得注意的是，形成了以今浙江绍兴、杭州，江苏苏州，上海等城市为中心的几个戏剧家多产地带，其中浙江籍作家28位，江苏籍作家16位，上海籍作家5位。另有豫章（今江西南昌）人魏良辅旅居江苏太仓，经过十多年的努力，与当地戏曲家一起成功地改革了昆山腔，为昆山传奇在戏曲创作领域的权威和示范地位的确立，奠定了不可动摇

① 徐朔方经考证认为《千金记》、《还带记》等作品的创作者当是沈龄，沈采字练川，沈龄自号练塘渔者，“练川”、“练塘”都指家乡嘉定。沈龄是否又名沈采，存疑。详见《晚明曲家年谱》第一卷，浙江古籍出版社1993年版。

② 王玉峰生卒年不详，郭英德将其作为传奇勃兴期的作家，列于孙柚后论析，姑且从之。参见郭英德：《明清传奇史》，江苏古籍出版社1999年版，第265页。

③ 据曾大兴先生统计，明代有籍贯可考的1340位文学家中，南方占了1165人，北方只有175人。详见《中国历代文学家之地理分布》，湖北教育出版社1995年版，第341页。

的基础。这一切充分显示了社会经济发展水平对作家文体选择的直接影响，以及城市文化对四周地区的强大辐射力。笔者在拙作《空间与审美——文化地理视域中的中国古代文学》中具体分析了“大批戏曲作家不可能产生在经济落后的地区”的具体原因[①]，考察中国古典戏曲的发展历史不难分析，戏曲创作中心始终在经济发达的城市，元杂剧创作中心前期在京城大都，后期则南移至杭州，明代前期北京一度聚集了一批戏剧作家，“至明中叶以后，制传奇者，以江浙人居十之七八；而江浙人中，又以江之苏州，浙之绍兴居十之八九”[②]。这种现象的出现具有必然性，而城市经济巨大的推动力量正是导致其必然性产生的重要元素。

从中观与微观的角度考察，但凡生平可考的作家无论功成名就抑或久困场屋，都有或长或短的城市经历，“城市影像”以不同的形式出现在他们的戏曲创作活动之中。

首先，城市成为部分作家进行戏剧活动（包括写戏、观戏、演戏）的空间背景。正德十五年（1520）闰八月，明武宗御驾至镇江，幸大学士杨一清家，沈龄受杨之请创作《四喜记》传奇以献，受到武宗赏识。万历八年（1580）梁辰鱼客居杭州，与沈懋学结伴访问高濂，同观戏曲演出，作有《春夜高瑞南宅赏牡丹，听歌姬，次韵三首》诗。万历十五年（1587），汤显祖在南京太常博士任上，将先前未完成的《紫箫记》改写成《紫钗记》，他在《紫钗记题词》说：“南都多暇，更为删润讫，名《紫钗》。”万历三十年（1602）屠隆做客嘉兴，率家乐于烟雨楼演《昙花记》。万历三十二年（1604），王骥德赴北京，在此创作了杂剧《男王后》。崇祯八年，冯梦龙在寿宁知县任上作《万事足》传奇[③]。张岱曾经带领家庭戏班在杭州、镇江、兖州演出，而阮大铖则在南京创作了《燕子笺》。

其次，城市尤其是两京，作为人文荟萃之地，为戏曲作家的相识与交游提供了广阔的空间平台。例如，汤显祖和梅鼎祚关系亲密，多有交往，二人于万历十四年（1586）重逢于南京时，梅鼎祚出示自己新作《玉合记》中的若干出，汤显祖为之题写《玉合记题词》，比较《紫箫记》与《玉合记》云：“并其沉丽之思，减其秾长之累。”据周朝俊《红梅记》刻本卷首王稚登《叙红梅记》载，王氏曾于万历三十七年（1609）秋，在西湖昭庆寺里得会周朝俊，并阅《红梅记》，这当是

① 详见周晓琳、刘玉平：《空间与审美——文化地理视域中的中国古代文学》，人民出版社2009年版，第285—289页。

② 王国维：《王国维戏曲论文集·录曲余谈》，中国戏剧出版社1984年版。

③ 详见程华平：《明清传奇编年史稿》，齐鲁书社2008年版。

该剧的首次传播。崇祯四年（1631）祁彪佳奉谕旨预考选赴京，与在京官绅同僚、文人墨客广泛交往，据其日记《栖北冗言》载，次年二月十二日“王云莱以《离魂》剧见示，随手复之。”王云莱即王应遴，云莱为其号，是祁彪佳同乡。另据《陶庵梦忆》卷三载，张岱于崇祯十二年（1639）八月十三与著名书画家陈洪绶夜游西湖，后者为他所作杂剧《乔作衙》题辞，《张宗子〈乔作衙〉剧题辞》赞其人“才大气刚，志远学博”，评其剧“得闲而为讥讽当局之语，新辞逸响”。戏曲作家相互之间的交流与切磋，无疑有助于戏曲创作水平的提高，加快戏曲的传播速度。

再次，经济发达地区的城市拥有发达的书刊印刷业，这为作家剧作的刊刻与传播提供了得天独厚的优越条件。胡应麟《少室山房笔丛》谈及全国的书市时说：“今海内书，凡聚之地有四：燕市也，金陵也，阊阖也，临安也。”又评价自己所见当今刻本“苏常为上，金陵次之，杭又次之。近湖刻、歙刻骤精，遂与苏常争价。”① 明代前期和中期，北京是北方戏曲刊刻重镇，明中叶以后，随着南方戏曲的兴盛，戏曲刊刻中心南移，浙江继元二盛，江苏则大有后来居上之势，南京城内书坊林立，多达数十家，其中刻过戏曲图书的计18家②。戏曲创作、演出、欣赏与剧本刊刻之间形成了一种良性互动关系，观众的欣赏需要形成了戏曲图书发行的广阔市场，不少戏曲家的作品问世后很快就经书坊刊刻而以书籍的形式流传开去。明初剧作家刘兑（字东生，约1383年前后在世）所作《金童玉女娇红记》杂剧，于宣德十年（1435）为南京书坊积德堂所刊；万历十八年（1590）许自昌传奇《水浒记》在南京刊行；万历二十六年（1598）屠隆《昙花记》传奇完成，在杭州刊行；万历三十二年（1604）周履靖《锦笺记》传奇在南京刊行；万历三十六年（1608）汪廷讷《三祝记》在南京刊行。富春堂是明代万历年间南京较大的书坊，所刊刻的书籍大多为戏曲。富春堂刊刻的明人戏曲名作有《双忠记》、《浣纱记》、《寻亲记》、《琴心记》、《水浒记》《玉合记》、《红拂记》等。浙江乌程人吴世美《惊鸿记》有万历年间的南京世德堂刻本，世德堂刊刻的明人剧本还有《五伦记》、《香囊记》、《玉簪记》、《紫箫记》、《水浒记》、《玉合记》等。此外，吴炳传奇五种《西园记》、《情邮记》、《绿牡丹》、《画中人》、《疗妒羹》，合称《粲花斋新乐府》，则有崇祯年间南京书坊两衡堂刻本。坊主刊刻剧本看重的是其潜在的商业价值，而商业价值一旦实现，又必然带给剧作家经济与精神的双重收

① （明）胡应麟：《少室山房笔丛正集》卷四，（清）文渊阁《四库全书》子部·杂家类·杂编之属。
② 参见孙崇涛：《古代江浙戏曲刻本述考》，载《浙江师范大学学报》2009年第3期。

获，并成为作家进一步创作的内在动因。

二、城市元素与戏曲文本的文化格调

与自然乡土审美形态以宁静、稳定、和谐为基本特征形成鲜明对比的是，城市审美形态以喧闹、变动、冲突为自身基本特质，任何一个时代的政治风云和文化时尚必然首先、并且集中体现于城市的各种景观之中。随时而变的社会风气，时隐时显的宫廷争斗以及广大市民日益高涨的娱乐消费需求，在不断激发作家创作欲望的同时，也给他们提供了表现城市生活的多样化素材。明初统治者出于稳定局势、统一思想的需要，推崇儒家的伦理纲常，据明代黄溥《闲中今古录》载，朱元璋曾盛赞宣扬"全忠全孝"伦理观的《琵琶记》，声称"《五经》、《四书》如五谷，家家不可缺；高明《琵琶记》如珍馐百味，富贵家岂可缺耶！"统治者的好尚直接影响馆阁文臣的文学创作，身为（清）文渊阁大学士的邱濬闻风而动，在北京写下了标榜"若于伦理不关紧，纵是新奇不足传"的传奇戏本《五伦全备记》[①]。嘉靖八年（1529）进士李开先，官至太常寺少卿，曾上疏抨击时政，自嘉靖二十一年（1542）罢官，优游林下近三十年。他于嘉靖二十六年（1547）创作的《宝剑记》[②]演绎的虽是《水浒传》中林冲的故事，可抒发的却是自己为官京城时所郁积起来的满腔愤懑之情，作品具有浓郁的政治色彩。剧作家借第一出的【鹧鸪天】曲明确表示自己的创作意图："诛谗佞，表忠良，提真托假振纲常"，致仕归乡、远离朝廷的李开先通过忠臣林冲形象的塑造来表达自己对于"天朝"的回望与忠诚，笔底波澜，分明一头系之于京城的政坛风云。

宫廷生活与宫廷斗争是城市文学的表现对象之一，生活于宫廷之中的帝王后妃与出入禁城内外的朝廷大臣，或为京城常住人口，或系京城暂住人口，均属于市民中的上层，其言行始终受到市民阶层其他成员的高度关注。时事剧是明代戏曲的重要分支，这类剧作以当代重大政治题材入戏，直接反映朝廷政治冲

① 方志远认为，"明初贾仲明，《录鬼簿续编》说他是山东人，而其创作活动却在北京；如果《五伦记》等为邱濬所作，那么邱濬以'大老'身份进行创作应是在北京而不是原籍广东琼山"。《明代城市与市民文学》，中华书局2004年版，第260页。

② 关于《宝剑记》的创作，当代学者有不同认识，郭英德认为该剧"与嘉靖以前大部分传奇作品一样，也是一部民间累积型的作品，经过民间艺人的多次改编创作，而李开先不过是其最后的写定者"。（《明清传奇史》，江苏古籍出版社1999年版，第113页）程华平则认为，"《宝剑记》应为李开先独立创作而成的。"（《明清传奇编年史稿》，齐鲁书社2008年版，第41页）

突和忠奸斗争，深受广大市民欢迎，《鸣凤记》（作者不详[①]）被认为是“发轫”之作。这部长达四十一出的剧作产生于明隆庆年间（1567—1572），写的是嘉靖年间奸相严嵩结党营私、残害忠良以及夏言、杨继盛等忠良之士前仆后继进行斗争的故事，全剧最终以严世蕃腰斩、严嵩收禁、妻孥家产抄没作结。剧中人物的行迹虽远涉塞北江南，但矛盾斗争的中心始终在京城，剧作者在严嵩之子严世蕃伏诛（1565）不久，迅速以艺术的形式演绎了这场震动朝野的政治事件，足见其政治胆魄。他一腔正气，满怀激情，将京城上空一度笼罩的政治阴霾、朝堂上忠奸之间的唇枪舌剑以及刑场上回旋的腥风血雨一一再现于舞台之上，尤其“夫妇死节”一出，浓墨重彩地渲染杨继盛临刑时的悲壮气氛，给人以强烈的艺术冲击力。作者不仅关心现实斗争，而且对当年发生在北京城里的悲剧有着全面具体的了解，据《明史・杨继盛传》载，杨继盛“临刑赋诗曰：‘浩气还太虚，丹心照千古。生平未报恩，留作忠魂补。’天下相与涕泣传颂之”。“朝审时，观者塞衢，皆叹息，有泣下者。”这些情形被他直接或间接转化为《鸣凤记》的情节，故“夫妇死节”一出在还原“现场”方面比较成功。

明代后期剧坛上出现的一批时事剧，发扬了《鸣凤记》勇于针砭时弊，迅速反映现实的创作传统。其中秀水（今浙江嘉兴）人范世彦创作的《磨忠记》揭露了太监魏忠贤擅权专营、陷害忠良的罪恶行径，再一次将朝廷忠奸斗争搬上了舞台，与《鸣凤记》构成了前后呼应。此外，陕西合阳人王元寿（生卒年不详，字伯彭）的《中流柱》写耿如杞在魏忠贤势炎赫赫的情况下，竟不拜逆阉生祠，被捕后，登槛车，士民送哭至百里外，慷慨赴义，撼天动地。该剧得到其好友祁彪佳的好评。

明代戏曲作家不仅关心时事政治朝廷风云，而且对普通市民的情感与命运也保持着极高的关注度。汤显祖《牡丹亭》问世后，在市民阶层中引起极大反响，杭州女伶商小玲尤其擅长演该剧，每演至《寻梦》、《闹殇》诸出，真若身其事者，缠绵凄婉。一日复演《寻梦》，唱至“打并香魂一片，阴雨梅天，守得梅根相见”，泪流满面，随声倚地而亡。另有传说中扬州女子冯小青，因《牡丹亭》作感伤诗云：“冷雨敲窗不可听，挑灯闲看《牡丹亭》。人间亦有痴于我，岂独伤心是小青。”商冯二女之事很快被戏曲家写进了剧本，成为当时的热门题材。崇祯十三年进

① 《鸣凤记》的作者有王世贞、王世贞门人、无名氏三说，笔者认为吕天成《曲品》将其列为无名氏之作，较为可信。

士来集之（字元成）因冯小青“挑灯闲看《牡丹亭》”之句而撰《挑灯剧》杂剧，以美人幽怨比之名士之漂流无所遇。晚明另一曲家朱京藩撰《风流院》传奇，其中有一出写忧郁而死的冯小青鬼魂进入风流院中，院主为汤显祖，同院《牡丹亭》中之柳梦梅、杜丽娘，以及因为爱读《牡丹亭》而死的娄江女子俱为院仙。尽管情节颇为荒诞，汤显祖的形象也显得十分粗劣，但在客观上体现出剧作家企图彰显戏曲动人魅力的良苦用心。朱京藩自身所具有的市民审美情趣使他的创作带着一种浓郁的“俗”味，诚如其自序云：“余之于小青也，未知谁氏之室，一读其诗，如形贯影，相契之妙，不在言表，故为之设木主，置之斋几，名香好茶，朝朝暮暮。小青为读《牡丹亭》一病而夭，乃汤若士害之，今特记中有所劳若士以报之。”关注市民的情感体验，编织善恶有报的故事结局，这正是市民文学的显著特征。

自中唐起，书生艳遇就成为城市文学经常表现、市民阶层喜闻乐见的题材，在这类作品中，书生多为赴考士子，京城或省城是他们巧遇某位美丽女子、并产生爱情故事的重要空间场所。明代戏坛上也不断出现以书生城市艳遇为叙事起点的作品，如果说“传奇十部九相思”的话，那么，言情类传奇往往借助城市一角展开其情节。例如：

陆采：《明珠记》讲襄阳书生王仙客与少女刘无双的悲欢离合，故事波折起于仙客赴京应试之后；

郑若愚：《玉玦记》叙落第士子王商淹留临安城结识了妓女李娟奴之后发生的故事；

高濂：《玉簪记》翻写传统题材，叙落第书生潘必正经过金陵女贞观与女道士陈妙常经过茶叙、琴挑、偷诗等一番波折后私自结合的故事；

汤显祖：《紫钗记》以唐传奇《霍小玉传》为蓝本，写陇西才子李益流寓长安与妓女霍小玉之间发生的爱情故事；

梅鼎祚：《玉合记》，一名《章台柳》，叙写天宝年间才子韩翃与长安歌妓柳氏的悲欢离合；

孙柚：《琴心记》翻写传统题材，讴歌司马相如与卓文君的旷世奇情；

王玉峰：《焚香记》改写书生王魁与妓女敫桂英的故事，改“痴情女子负心汉”的悲剧结局为有情人终成眷属；

徐霖：《绣襦记》[1] 翻写传统题材，叙唐朝士子郑元与长安名妓李亚仙之间的

---

① 一说《绣襦记》为武进人薛近衮所作。

爱情故事；

王元寿：《红梨花记》编新词歌颂书生赵汝州与洛阳妓女谢金莲的爱情与姻缘；

周履靖：《锦笺记》叙江北书生梅玉在杭州与少女柳淑娘二人间的私情；

沈嵊：《绾春园》写嘉兴落第秀才杨钰在西子湖畔遭遇的一段艳情；

王异：《弄珠楼》叙书生阮翰赴临安会试泊舟枫桥时的一段艳遇；

阮大铖：《燕子笺》写唐代士子霍都梁与名妓华行云、尚书之女郦飞云三者之间因误会而产生的爱情故事。

偶遇和误会是传奇作家制造矛盾、推动情节展开的常用手法。偶遇的频繁出现在很大程度上是以城市生活的开放性与人际交往的频繁性为前提的，在相对封闭而又分散的乡村生活中，偶遇的概率显然要小得多。在现实生活中，误会则往往与人际交往中“陌生化”的元素存在着因果关系，交往对象的陌生，四周环境的陌生都可能导致误会的产生，而城市居民构成的异质性以及外来人士对城市环境的不熟悉，恰好为误会的发生提供了外部条件。尽管明代戏曲作家并没有明确意识到这一点，但不能否认的是，他们在具体创作中已经较为熟练地将城市文化的特点转化为叙事的有机元素。

此外，普通城市市民形象如妓女、小贩、媒婆、赌徒、和尚、道姑、私塾先生纷纷出现在剧作家笔下，这也是明代戏曲文本城市元素的具体体现。

三、戏曲演出与市民阶层的文化消费

明代戏曲（主要指传奇剧）的繁荣兴盛“既得益于艺术传统共时性的纵向聚合，也受惠于时代文化历时性的横向组合”①，而城市正是传统与现实双重因素的交汇处与纽结点，它为推动戏曲发展的各种力量的聚合与增长提供了无比广阔的空间平台。在明代，戏曲是城市各个阶层的居民喜闻乐见的艺术形式之一，汤显祖《牡丹亭》一出，便“家传户诵，几令《西厢》减价”（沈德符《顾曲杂言》）；袁于令《西楼记》初出，“凡上衮名流。冶儿游女，以至京城戚里，旗亭邮驿之间，往往抄写传诵，演唱多遍”（陈继儒《题西楼记》），这足以反映明代喜好戏曲的社会风气。上至皇帝，下至平民百姓，都将观戏作为一项经常性的娱乐消费活动。明太祖时，宫中“进膳、迎膳等曲，皆用乐府、小令、杂剧为娱戏”（《明史·乐志

① 郭英德：《明清传奇戏曲文体研究》，商务印书馆2004年版，第14页。

一》)。正德十五年(1520)正月,明武宗在南京迎春,演剧作乐。李梦阳曾携诸大臣伏阙上疏,声讨太监马永成等人"造作巧伪,淫荡上心。击球走马,放鹰逐犬,俳优杂剧,错陈于前。至导万乘与外人交易,狎昵媟亵,无复礼体。日游不足,夜以继之,劳耗精神,亏损志德"。(《明史·韩文传》)天启年间,翰林院修撰文震孟上《陈勤政讲学疏》,忤魏忠贤,魏忠贤"乘帝观剧,摘疏中'傀儡登场'语"进行贬毁,结果震孟被廷杖八十贬职调外(《明史·文震孟传》)。至于文人士大夫,写戏、看戏、赏戏更是他们日常生活的重要内容,不少人通过创作观戏诗来表达自己对戏曲演出的浓厚兴趣,并进行艺术鉴赏,例如著名文人祝允明就在《观戏有感》二首中抒发了自己作为一名普通观众在城市里观戏后的独特感受①。其二云:

花烛楼台夜宴深,尊前相对思难禁。每看离合悲欢事,却动功名富贵心。

歌拍慢催三寸象,舞钗斜溜一行金。归来尚喜乘灯市,走马长街月未沉。

末二句点明了观戏的时间和地点。崇祯八年(1635),著名戏曲评论家祁彪佳(1602—1645,字虎子,一字幼文,又字宏吉,号世培,别号远山堂主人,山阴人)从京城辞官回家,南归途中先后在天津、杭州、绍兴等城市里观看了《白梅记》、《秋箫记》、《鹊桥记》等戏剧演出。当时,在经济发达地区的大中城市尤其是南北两京,戏曲的演出与传播已构成一道亮丽的文化景观,曲院、会馆、神庙、官厅、茶肆、酒楼乃至家庭庭院,均可成为戏曲演出的场所。清初文学家余怀在《板桥杂记·序》中回忆明初南京曲院的设置情况:

金陵古称佳丽之地,衣冠文物,盛于江南,文采风流,甲于海内。白下青溪,桃叶团扇,其为艳冶也多矣。洪武初年,建十六楼以处官妓,淡烟、轻粉,重译、来宾,称一时之韵事。自时厥后,或废或存,迨至三百年之久,而古迹寝湮,所存者为南市、珠市及旧院而已。南市者,卑屑妓所居;珠市间有殊色;若旧院,则南曲名姬、上厅行首皆在焉。②

文中提到的十六楼、南市、珠市、旧院均为教坊司所属艺人卖艺之处,同时也是戏曲演出的重要场所。万历二十六年(1598)进士、江宁(今江苏省南京)人顾起元(1565—1628,字太初,一作邻初,号遁园居士)所着《客座赘语》是一部记述明朝南都金陵的地理、历史、典故、人物、典章、制度、风俗、故事传说的史

① 明代文人以观戏为题的诗不少,另如李开先《夜宴观戏》、焦源溥《雨中观戏》、刘忠《观戏》等。

② (清)余怀著,李金堂校注:《板桥杂记》,上海古籍出版社2000年版,第3页。

料笔记，卷七“女肆”云：

> 余犹及闻教坊司中，在万历十年前房屋盛丽，连街接弄，几无隙地。长桥烟水，清泚湾环，碧杨红药，参差映带，最为歌舞胜处。时南院尚有十余家，西院亦有三四家，倚门待客。①

这里描写的是晚明时期南京曲院极盛的情形。由于当时戏曲表演与欣赏呈现着大众化的趋势，与此相对应，演出场所也具有多样化特征②。胡应麟（1551—1602）写有三首观戏诗，题为《湖上酒楼听歌王检讨敬夫、汪司马伯玉二乐府及张伯起传奇戏作》，分别写酒楼上听人演唱王九思、汪道昆、张凤翼三人散曲和戏曲的情况，其中“才闻北里歌《红拂》，又见东园演《窃符》”，指的便是著名戏曲家张凤翼所作传奇戏《红拂记》和《窃符记》。祁彪佳在《祁忠敏公日记》中提到自己曾于崇祯五年（1632）五月二十日，在北京同羊羽源至酒馆里“观半班杂剧”。沈德符《万历野获编》卷二五《词曲·梁伯龙传奇》记载了屠隆请梁辰鱼观戏一事：

> 《浣纱记》初出，梁（辰鱼）游青浦，屠纬真（屠隆字长卿，又字纬真，笔者注）为令，以上客礼之，即命优人演其新剧为寿。③

屠隆请梁辰鱼观戏处当是县府厅堂或者堂下庭院，戏曲理论家何良俊（1506—1573）说苏州知府林廷棉“好客，喜燕乐，每日有戏子一班，在门上侍候应呈，虽无客亦然”。清人钱咏（1759—1844）在《履园丛话》卷一记录“旧闻”时提到明朝“安顿穷人”的一种方法，金阊即苏州“商贾云集，宴会无时，戏馆酒馆凡几十处，每日演剧养活小民不下数万人”，“苏郡五方杂处，如寺院、戏馆、游船、青楼、蟋蟀、鹌鹑等局，皆穷人之大养济院”④，这也反映出苏州戏曲演出的盛况。顾起元《客座赘语》卷九“戏剧”则记载了南京城内贵族、士大夫以及有钱人家在家庭举行演出的情形，“南都万历以前，公侯与缙绅及富家，凡有燕会，小集多用散乐，或三四人，或多人，唱大套北曲”⑤。明代家庭戏班大约在嘉靖、隆庆年间兴起，至万历末年以后则达到极盛⑥。程敏政作有《饮张挥使家观戏》一诗，诗中

---

① （明）顾起元撰，谭棣华、陈稼禾点校：《客座赘语》，中华书局1987年版，第323页。

② 尚学峰等人认为元明时期的娱乐传播具有娱乐场所多样化、娱乐时间频繁化、娱乐需要普泛化等特点。详见《中国古典文学接受史》，山东教育出版社2000年版，第362、363页。

③ （明）沈德符：《万历野获编》，中华书局“历代史料笔记丛刊”，1959年版。

④ （清）钱泳：《履园丛话》卷一，陕西人民出版社1998年版。

⑤ （明）顾起元撰，谭棣华、陈稼禾点校：《客座赘语》，中华书局1987年版，第302页。

⑥ 详见胡忌、刘致中：《昆剧发展史》，中国戏剧出版社1989年版，第188—224页。

提到“锦棚曲奏温州调，银翁相传采石春”，说明当时在张挥使家观看的是南戏。冯梦桢（1548—1595，字开之，秀水人）《快雪堂日记》记载了自己冬日晚上在朋友家中观看《香囊记》的情况。随着戏曲的普及，社会上民间职业戏班也开始大量出现，据张瀚《松窗梦语》卷七载，当时江浙一带“游惰之人，乐为俳优”，“一郡城之内，衣食于此者，不知几千人”。[①] 除了堕民之外，良家子第也不乏从事戏剧演出活动者。晚明时期，“嘉兴之海盐，绍兴之余姚，宁波之慈溪，台州之黄岩，温州之永嘉，皆有习为倡优者，名为戏文子弟，虽良家子不耻为之”[②]。张岱《陶庵梦忆》卷七“及时雨”描写了自己家乡绍兴一带民间戏班的活动情况：从“大索城中”到“之郭、之村、之山僻、之邻府州县”，足见戏曲的影响力已经由城市辐射至乡村，城乡民众对于戏曲的热爱程度，已经达到前所未有的水平。

第六节　都邑赋：再度奏响的城市赞歌

以美颂为主题、雄大典丽的都邑赋在明代又一度呈现出创作繁荣的局面，不仅作品数量较多，而且表现对象的范围有所拓展，苏州、嘉兴、台湾[③] 等也相继进入赋家的文学观照视野，北京赋创作成为一个热点。此外，诸如刘球（1392—1443，字求乐，永乐十九年进士）所作《至日早朝赋》虽不以城市名命名，铺写的却是京城特有的文化景观，可以视为都邑赋的变体。探讨明代都邑赋多出的原因，自然不能忽略明代文学复古思潮兴起的大背景[④]，但考虑到古代作家对于都邑题材处理的两大传统模式（即美都邑与哀荒城）以及明代都邑赋多以美颂为主题的创作现实，就必须探讨时代政治风云对作家创作心态的深刻影响。

明人创作都邑赋的直接动机与原因大体可分为三类：一是为表达对帝王的衷心拥戴而歌功颂德，例如同为仁宗朝翰林院大学士、宠臣的金幼孜、杨荣，都

---

① （明）张瀚：《松窗梦语》卷七（《松窗梦语 · 治世余闻 · 继世纪闻》合本），中华书局 1985 年版，第 139 页。

② （明）陆容：《菽园杂记》卷十，中华书局 1985 年版，第 124 页。

③ 据不完全统计，明代以城市名入标题的大赋超过 40 篇，晚明浙江文人沈光文（1612—1688）所作《台湾赋》（收入《台湾全志本 · 彰化县志》）被认为是首部描写台湾风貌的赋作。详见涂敏华《历代都邑赋研究》，福建师范大学博士学位论文（未刊本），2007 年。

④ 参见许结：《明代“唐无赋”说辨析——兼论明赋创作与复古思潮》，载《文学遗产》1994 年第 4 期。

作有《皇都大一统赋》①，内容与格调基本相同，均高度评价“圣皇嗣大一统”后迁都北京之举，前者盛赞“自古先帝王都邑之盛未有逾于此者”，后者高呼“惟皇万寿福禄无已”。二是歌颂国家繁荣昌盛的大好形势，弥补本朝都邑赋创作的空白。例如宣德四年（1429）进士、苏州人莫旦有感于“自汉至今已千余载，仰惟圣朝混一海宇，而吴为南畿重地改苏州府。其风俗、人才之美，礼乐文物之懿，又非前代所能及焉”的事实而作《苏州赋》，目的在于“嗣太冲之响，以鸣国家盛自有不能已于言也”。尽管莫旦曾作《大明一统赋》“以颂神功圣德之盖世，鸿图大业之齐天”，而此赋则是欲通过改变都邑赋创作中苏州缺席的局面，以鸣国家之盛。又如，吴中才子桑悦（1447—1573，字民怿，常熟人）在京师，“见高丽使臣市本朝《两都赋》，无有，以为耻，遂赋之”。（《明史・文苑传》）所作《北都赋》、《南都赋》分别以明朝两京为铺写对象。三是受前人影响，为学习模拟而作，正德进士、香山（今广东中山）人黄佐（1490—1556，字才伯，号泰泉）作《粤会赋》，便属于此类。黄佐在该赋《序》中交代写作缘由时曰：“佐自幼知读书，十有二而举子业成，乃更学古文辞赋，尝撰《越都赋》以拟左思，稍长厌其枝琐，乃芟整之，更曰《粤会赋》，避僭也。”

考察明代都邑赋多产的原因，不能不关注以北京为歌颂对象的一批大赋。明成祖迁都北京后，先后有金幼孜、杨荣、胡启光写有《皇都大一统赋》，陈敬宗、李时勉、盛时泰、黄佐、余光、钱幹推出《北京赋》，董应举作《皇都赋》，桑悦《北都赋》言“北之为都，宿属于箕，地名幽州”，亦实为北京之赋。诸位作家热情洋溢地讴歌北京的地理形胜、建筑格局、山川风物以及文盛武兴的盛世风貌，除了颂扬帝德之外，歌颂大一统的历史趋势也是其重要内容。北京在元朝称大都，元人黄仲文作《大都赋》称颂“大元之盛”已开北京颂之先河，然而，明代赋家面对大一统国家的最高统治权重新由汉人掌握的新局面，创作心态必然迥异于元代文人。汉族知识分子长期被压抑的民族情感在明王朝建立后获得了尽情释放的时机，迁都后的北京所呈现的一派繁荣昌盛的大好局面，又进一步激发起他们的胜利喜悦，这一切完全可能转化为创作北京颂歌的内在动因②，李时勉创作《北京赋》便是十分典型的一例。

李时勉（1374—1450），名懋，以字行，安福县人。永乐二年（1404）进士，

① 本节所引赋文，若无特别标注，皆出自（清）文渊阁《四库全书》集部《历代赋汇・都邑赋》。

② 马积高详细考察了都邑赋作家的具体生活时期和政治身份，认为他们热衷于作京都赋，并不均为献谀。详见《读〈历代赋汇〉明代都邑赋》，载《中国文学研究》1999 年第 1 期。

选庶吉士，进学（清）文渊阁，参与纂修《太祖实录》。授刑部主事，复参与重修《实录》。书成，改翰林侍读学士。后又参与纂修《成祖实录》、《宣宗实录》。正统六年（1441），擢北京国子监祭酒。据《明史》本传载：时勉为人“性刚鲠，慨然以天下为己任。十九年，三殿灾，诏求直言。条上时务十五事。成祖决计都北京，时方招徕远人。而时勉言营建之非，及远国入贡人不宜使群居辇下，忤帝意”。然而，当他认识到北京重要的战略地位，并且目睹了“帝都之盛概”之后，这位敢于直谏、将个人生死置之度外的诤臣一改初衷，写下充满激昂旋律的北京赞歌，尽管赋文里难免出现诸如“逮我圣上，继明重光，握乾御极，一遵旧章”之类的谀词，但基调却明确定在歌颂国家大好形势即“扬国美于万禩”之上。赋云：

> 顾壮丽其若此，非燕逸而娱情。盖所以强干而弱枝，居重以御轻，展皇仪而朝诸侯，遵先轨而布仁政者也。

通过文学的方式突出京城在国家发展与民族融合过程中的重要作用，当是李时勉作《北京赋》的重要原因之一。因此，他极力渲染皇都所特有的文化景观，例如赞其人才之大备与礼乐之兴盛：

> 其岩廊之上，则有皋、夔、稷、契之伦，元凯、俊乂之辈。相与赓虞廷之歌，谈羲农之际，罄补衮之能，怀忠贞之志。考礼文于大备，赞声乐之尽美。

又如，挥笔歌颂万邦朝贺的大国气象：

> 开九重之深宫，受万邦之朝贺。内侯甸而要荒外，殊方而异俗，胥近悦而远来，纷鼓舞而匍匐。方物溢以充庭，参绚灿而骇属。率蹈舞于阶墀，效华封之三祝。①

李时勉所描绘的京城场景无疑是当时充满蓬勃朝气与向上活力的北京城的艺术写照，同时也是寄寓他人生追求的理想蓝图，“盖欲使人知所本，士之所励，四方万国无一民之失所，穷陬僻壤无一物之不遂。举陶于春风和煦之中，而乐于雍熙泰和之治”。作家的观照视野从京城扩展至天下四海，他将京城所呈现的盛世风貌作为天下大治的起点和标志，表达了对于包括身处穷陬僻壤在内的普通民众的美好祝愿。正是这种充满人文关怀的创作情怀，使李时勉之作在众多的《北京赋》中显得内涵更为丰富和厚重，故赢得诸多选家的青睐②。

明代都邑赋的文学成就主要不在艺术形式上的创新，而是体现于表现对象

① （明）李时勉：《古廉文集》卷一，（清）文渊阁《四库全书》集部·别集类。

② 李时勉的《北京赋》先后入选明人程敏政所编《明文衡》、清人黄宗羲所编《明文海》以及《四库全书》集部《历代赋汇》。

的扩大与表现内容的拓展。就文学成就与艺术魅力而言，莫旦（1429—？字景周，号鲈乡子）的《苏州赋》堪称明代都邑赋中的问鼎之作。该赋沿用主客对话的形式，从历史沿革、当代建置、地理形胜、城市风貌、山川土物、风俗人才各方面，一一进行铺写，洋洋洒洒数千字，展现了“人间天堂”的美好形象，“广博侈丽”① 为其总体特色。在文学艺术表现上，《苏州赋》在两个方面取得了令人称道的成就。其一，虽为赋文却能够营造出一种充满诗情画意的境界。全篇从刻画主人起笔：“鲈乡子端居陋室，沉潜古学，白云掩门，清风动幕，出步空庭，斜日未落。”清幽的环境衬托出主人高洁的人格。最后以客人反应作结：“客闻此豁然大悦。虽未免口刺其夸，而心已服其豪杰。相与一揖而出门，不觉堕林梢之残月。”环境描写前后构成呼应，意境清空雅洁，富有耐人回味的诗意。文中，作家满怀深情地描绘苏州城外的水乡美景：

> 若夫水村山郭，沃壤平原，洲渚相间，阡陌相联，柴门流水，茅店青帘，樵歌牧唱，农舍钓船，云帆浪楫，蟹簖鱼筌，鸟飞屏外，人行画边，渔郎声诮，莲女儿妍，所谓水云之乡，稼渔之区者。

江南水乡景色秀丽，境界澄净，气氛祥和安宁，令人神往。其二，从历史到现实，始终紧扣苏州特色进行描述，语短而意丰。言其历史，则曰：“荆兮曰蛮，吴兮为句国，于有周霸于春秋，郡县于秦汉，军州于隋唐，宋元兮平江，我朝兮苏州。”不足四十字，便勾勒出苏州城市发展的历史轨迹。言其行政建置，则道：“夫属邑之名称兮，则常熟居海隅之形胜，长州带茂苑之繁雄，吴江名著乎松陵，昆山秀钟乎玉峰，嘉定处练川之上，崇明居大海之中，惟吴县为最望兮，依郡治以为雄。”采用俯瞰视角，苏州辖区各城尽收眼底。言其城市景象，则是：

> 至于治雄三寝，城连万雉，列巷通衢，华区锦肆，坊市棋列，桥梁栉比，梵宫莲宇，高门甲第，货财所居，珍异所聚，歌台舞榭，春船夜市，远上巨商，它方流妓，千金一笑，万钱一箸，所谓海内繁华江南佳丽者。
>
> ……
>
> 至于华栋宇丰，庖厨侈昏丧，竞游娱，恃常产奉淫祠，多奢少俭习所染与。②

商业经济发达，市民生活富裕，社会奢华风气弥漫，凡此种种，无一不是苏州的

① 参见范培松、金学智主编：《插图本苏州文学通史》，江苏教育出版社 2004 年版，第 598 页。
② （清）李铭皖、谭均培：《道光苏州府志》卷二“形势·附录唐宋元明旧疆域”。

城市特点，给人留下了比较鲜明的印象。

岭南作家黄佐（1490—1566，字才伯，号泰泉，香山人）所作《粤会赋》对于"百粤之会"广州给予了相当全面而又充分的描写，具备集大成之文学价值。该赋称广州为"泉货之渊薮，夷夏之都会"，定位相当准确。概述其历史发展，"广南之富，传自古昔，苟非上失其道，则无郅于捐瘠，故其民莫不因岁时事娱嬉"，彻底颠覆了广州乃蛮荒之地的历史形象，体现了一位本土作家对于南国的热爱之情。广州商业发达，城市规模不断扩展，对此，黄佐给予了概括性描述："内则闾阎扑地，长衢广陌，关辟七门，沟浚六脉，胪列市廛，坠分贸易，连盖结驷，埃盖相射。"赋中还从一年四季节庆入手，就中原文化对广州地区的影响展开了全面而具体地描写：

春王初吉，直酒交会，璨绚冠服，铿锵剑佩。

元夕冶游，鳌灯绛天，士女如云，宝马瑶骈。

清明簪柳，椒桨酬墓，端午酌蒲，锦标竞渡。

中秋重阳，泛芋题糕，亦既醉止，其乐陶陶。

岭南呈现出与中原完全相同的节日场景，这并非作家的艺术虚构，而是大一统国家形势在文学创作中的折射。整齐的句式，铺排的手法，显示了作家对赋法的娴熟掌握。

此外，值得一提的是，成化五年进士（1469）、江西宁都人董越（1430—1502，字尚矩）曾奉命出使朝鲜，回国后所作《朝鲜赋》是中国文学史上首篇描写"东国朝家"山川形胜、风土人情的大赋。赋中介绍了朝鲜城市建造因地制宜的特色：

凡为城郭皆枕高山，间出岗麓。亦视湾环大者则耸飞飞之雉堞，小者亦雄屹屹之豹关。

描写既简明扼要，又不失形象性。董越指出朝鲜的许多文化现象"皆自箕子而流其风韵，而亦视中国为之则效也"，强调了中朝两国在文化上的紧密联系。

明代也产生了以几篇"哀荒城"为主题的赋作，例如王鏊的《吴子城赋》、袁铿珂的《晋阳吊古赋》，由于其总体成就未能超过前代同类作品，艺术上可圈点之处也不太多，故略而不述。此外，丘浚的《南溟奇甸赋》与无名氏的《蜀都赋》虽均收入《历代赋汇》或《历代赋汇·补遗》"都邑"门下，但二赋内容的主体部分在于铺写一个地区的山川形胜、风土人情及其地域文化特色，不仅对特定城市的观照与具体描写不太突出，而且也无意强调城市对周边地区的文化辐射力。

因而本节也不做具体论析。

第七节　明代城市文学的时代特色及其不足①

城市文学视域中的明代文坛，群星闪烁，百花齐放，创作队伍空前庞大，典范作品不胜枚举，市民文学特色尤其鲜明，城市文学创作进入鼎盛时期。

特点之一，无论城市居民参与文学创作的人数，抑或文学文本对于城市表现的广度和深度，均超越以前任何一个时代。

有明一代，上至王公贵族、高级官吏，下至和尚、妓女、普通商人，属于不同阶层的市民纷纷加入到城市文学的创作队伍之中，人员众多，成分复杂，由此带来城市文学内容的广泛性、丰富性与复杂性。综观明代文坛，描绘城市景观、表现城市生活、书写城市体验、刻画市民形象、宣扬市民观念的文学作品大量涌现。诗词曲赋，小说戏剧，说唱词话，民歌时曲，各种文体样式俱全，令人眼花缭乱，作品风格多元呈现，审美情趣雅俗共赏。其中既有表现上层人物政治文化活动的诗赋戏曲，例如数量众多的早朝诗；又有表现文人士大夫城市闲适生活的散文小品，如前文所论"游园记"；也有描写小人物生活与生产的令曲民歌，如陈铎【北双调·折桂令】《冠帽铺》、《颜料铺》、《香蜡铺》、《茶食铺》、《剪裁铺》、《亭子铺》、《棺材铺》、《生药铺》、《纸马铺》、《裱褙铺》等系列作品；更有《金瓶梅》、"三言"、"二拍"等充分体现城市文化特质的典范作品。明代城市社会关系与社会思潮的变化在叙事文学中体现得相当充分，为满足城市居民的娱乐消费需求，深受市民阶层审美趣味影响的文学艺术家选择大众喜闻乐见的形式，讲述诸如商人发迹、店主经营、士子艳遇、妓女从良、骗子招摇、和尚纵欲、美妇偷情、赌徒败家、清官断案之类为广大市民所津津乐道的故事。他们采用远离宏大叙事的民间话语，通过表现世俗生活张扬被礼教长期压抑的个人情欲，在抨击金钱罪恶的同时，也反映了商品经济对社会发展的推动作用。塑造出一系列具有新质的市民形象，使长期处于文化边缘地位的商人出现在文学舞台的中心，这是明代文学家对中国城市文学的重大贡献。

特点之二，以两京为中心，中国城市文学版图进一步充实和扩大。

---

① 本书之所以在第六、第七两章里探讨明清城市文学创作的不足，是因为中国古代城市文学创作存在的问题在明清时期暴露得最为充分，也最为典型。此处的论析不仅针对特定时代的文学现象，而且带有揭示共性、总结规律的性质。

在城市文学版图上，两京，即北京、南京居于全国创作中心，人文荟萃，文学作品蔚为大观。成为文学原产地以及作为文学观照对象的城市越来越多，历史上由京城、郡城、县城构成的中国城市体系以其自身鲜明的形象出现在文学地图之上。众多历史悠久的文化名城如苏州、杭州、扬州、广州、成都等一如既往地成为文学家描写的重点，同时，一些新建城市也引起他们浓厚的表现兴趣："层城高阁倚苍茫，南客归舟此望洋"（顾清《天津早发》），"古今形胜天津地，晚暮登临春事幽。冠冕八方通禹贡，河山千里控神州"（边贡《登天津拱北楼》），明永乐二年（1404）始建城、位于南北漕运和海运咽喉之地的天津便是其中之一。随着边地城镇建设力度的加大，文人士大夫纷纷将文学观照的目光投向了祖国的四面边陲，"列镇久应烽火息，连屯惟见稻田齐"（薛瑄《送金都宪镇宁夏二首》其二），"民居蕃汉杂，僧语梵唐兼"（王祎《临洮书事》），"昨日崖州有船到，满城争买白槟榔"（汪广洋《岭南杂咏三十首》其三），各具有特色的边城形象纷纷出现在作家笔下。晚明浙江文人沈光文（1612—1688）《台湾赋》的问世，更是具有填补中国城市文学版图空白的重大意义。

特点之三，文学家日趋明显的城市审美意识得到进一步表现。

中国古代作家对于城市审美的观照程度远远不及其山水审美，就整体而言，至明代也尚未具备真正自觉的城市审美意识。然而在漫长的历史发展过程中，审美主体与审美客体经过无数次的相遇和碰撞，二者之间逐渐建立起某种对应关系。换言之，通过长期的反复刺激，日新月异的城市外观与丰富多彩的城市生活作为一种外部信息在作家大脑里留下的印记越来越深刻，成为其审美愉悦情感产生的客观物质基础，而主体经过反复体验之后也一步步确认着客体的审美价值。从唐宋两代文学家的创作实践中，我们已经能够寻觅到审美意识由隐而显的历史轨迹。有明一代，文人士大夫的城市审美活动更加普遍，较之前辈作家，他们的审美意识也略显自觉。储巏的组诗《怀旧何处观灯好》四首与边贡的组诗《观城歌》七首堪以为例。

储巏（1457—1513），字静夫，号柴墟，明直隶泰州人，《明史》有传。储巏为官，遍历两京，对京城美景领略颇多，怀旧之诗以《何处观灯好》[1] 为题，特意提示观赏活动的地理空间背景与"好"之感受二者间的内在关系。其二云："何处观灯好，台城并骑时。酒边看夜戏，花下听春词"，回忆的是南京观灯时的惬

① （明）储巏:《柴墟文集》卷一，明嘉靖四年刻本，山东大学图书馆藏。

意情怀；其四云："何处观灯好，风光帝里多。鲛屏围宝炬，鳌驾滟金荷"，再现的是北京灯会的壮观景象。回忆是指人对储存在大脑中与自我经验相联系的信息的提取过程，储巏的怀旧属于有意记忆，他不仅能够迅速提取两京观灯的相关信息，而且冠之以"好"字，正是基于他对京城元宵时节良辰美景的自觉认同，其创作在一定程度上体现出城市审美的自觉性。

边贡（1476—1532），字庭实，历城（今山东济南市）人。明代著名诗人、文学家。弘治九年（1496）丙辰科进士，官至太常丞[①]。正德五年（1510）春，边贡赴荆州任所，《观城歌》即作于是时，兹录两首如下：

> 朱旗绣斧两昭回，南郡城池亦壮哉。
> 明月楼中堪坐啸，关山何处有尘埃。（其一）
> 城廓周迴十里通，遥从城上见城中。
> 不知多少王孙第，万户楼台一半红。（其四）[②]

从全部七首《观城歌》的内容判断，诗人此次观城并非出于政治或军事目的，纯属观赏性活动，这一点至关重要。南郡城的地理形胜与富丽景观褪去了现实政治功利与道德功利的色彩出现在他的审美视野之中，诗篇抒发的愉悦之情源于作家对于城市之美的有意识发掘与主动感受。

特点之四，充分表现了城市文化冲击下作家心理结构的嬗变。

市民文学的特质不仅表现在作家队伍的构成和文本内容的表达，还体现在创作主体生存环境中城市元素的不可或缺，后者深刻地影响到作家对于城市的价值评判和审美取向。有明一代，对城市生活（包括政治生活与娱乐生活）持积极参与态度的作家明显多于前代，定居于城市并享乐于其中也已成为一种较为普遍的人生态度。尽管杨士奇在《翠筠楼记》[③]一文里抨击了当时弥漫于城市的享乐之风："夫高台广榭，嘉木森布，葩花之烂然，香气之芬馥，管弦歌舞，曰相聚而欢宴淋漓，此豪侈者所尚，而世俗之所趋也，其固自恃以乐矣"，但所言现象的真实性与普遍性不容否定。且不论诸如"把酒问花花解语，春光流转莫停觞"（敖文祯《叔华泌虚楼赏牡丹戏为艳歌》）、"座上风流浑笑语，城中幽胜几池台"（边贡《送客登楼》）、"车马满街无夜禁，笙歌随处起春声"（秦旭《元夕

① 边贡以诗著称于弘治、正德年间，与李梦阳、何景明、徐祯卿并称"弘治四杰"。后来又加上康海、王九思、王廷相，合称为明代文学"前七子"。
② （明）边贡：《华泉集》卷七《诗集》，（清）文渊阁《四库全书》集部·别集类。
③ （明）杨士奇：《东里集》卷一，（清）文渊阁《四库全书》集部·别集类。

应制》)一类诗句直接传递着享受城市生活的相关信息，就连沈周《市隐》一诗所谓“莫言嘉遁独终南，即此城中住亦甘”，书写的也已不纯粹是中国文学“隐于市”的传统主题。滤去被动选择的苦涩，“住亦甘”的态度显示的是一种经过城市元素渗透、改造后的隐逸风范，表达的是与物质追求同在的自然意趣。尽管在明代吟唱“归去来兮”的队伍里，不乏高标风雅、远离城市、超凡脱俗的真隐士，但同时又存在大量既具自然情怀又难以割断与城市联系、出入城乡之间、兼具雅俗之趣的官僚和文士。他们在城中或城郊修建园林别墅，垒石成山，引水为池，逸乐于“城市山林”之中，一方面以泉石鸣高，借山林示雅，另一方面又尽情享受城市发展所提供的物质文明成果，既有超凡之趣，又有入俗之欲。“只为长年耽野趣，旁人都道是山林”(陶宗仪《城市山林为孙子华赋》)，“迹不远城市，志惟在山林”(胡奎《题梁谷才小像》)，“君从城市隐，我向碧山寻”(唐顺之《过清溪庄值主人不在》)，“谁言朝市隐，终让入山深”(王世贞《杂言》)，此类诗句的大量出现表明，作家的文化心理结构已经形成城市与乡村既相抗衡又相联系的格局。正是在这种背景下，产生了大批描写、歌咏市隐的作品(包括描写城市园林的小品文)。读顾起元组诗《市隐园二十二咏为姚允初观察赋》[①]可以更加清楚地认识到明代文人“市隐”的生活特点。顾起元(1565—1628)乃万历二十六年进士，官至吏部左侍郎，兼翰林院侍读学。此人博学通才却不贪恋富贵，官场乞退后筑遁园，号遁园居士，闭门潜心著述，朝廷曾七次诏命为相，均婉辞之。他作诗所咏市隐园二十二景包括山、水、林、泉、楼、台、堂、馆、堤、坪、桥、坊，均为人造景观，市隐园实为人工打造的城市园林，隐于其中，既能实现“数止高轩过”(《萃止居》)的隐居目的，又能够利用城市便利的交通而满足与志同道合者交往的精神需求，即所谓“唯宜嵇阮辈，时为抱琴来”(《中林堂》)，更为重要的是城市居民拥有的物质生活条件，市隐园里完全具备。伫立于柳浪堤畔、玉浮桥上，宛如置身于江南城市之中，赏石品茶，诗琴会友，与朝臣退朝后的生活并无二致，难怪诗人会产生“何用结茅居，离离宿花影”(《秋影坪》)的感慨。

特色之五，对于城市问题的批判在局部有所拓展。

表达对城市喧嚣烦杂的厌恶与疏离，自魏晋时期起便成为中国城市文学的重要内容，明代文学家继续延续着这一创作传统，书写自身“终悲城市里，人事日相侵”(王恭《夏日游灵瑞寺二首》之二)的体验。“远寻君莫讶，城市少知音”

---

① (明)顾起元:《遁园漫稿》巳未，明刻本，北京图书馆藏。

（高启《题携琴访尤图》），“因悲城市里，日日醉车尘”（王偁《岩州江上》），此类表述俯拾皆是，并无创新之处。然有少数作家在进一步认识城市生活及其文化特征的基础上，对于出现在市民生活空间内的一些丑恶现象以及城市文化的负面价值给予了一定的讽刺和批判，为城市批判主题灌注进新的内涵。

有明一代，城市中已出现专为人提供赌钱场所的赌肆，市民参与赌钱的现象比较常见，由此引发出一系列社会问题，对此，晚明顾大韶（1576—？）《续国表序》进行了抨击，文曰：“今之所谓大不祥，其在时钱与时文乎！易曰：‘理财正辞，禁民为非日义。’今入钱肆而赌钱之滥，此以知财之不理也；入书肆而观文之滥，此以知辞之不正也。”① 对于滥赌现象及其危害，明代小说家通过叙事给予了不同程度的揭示与批判。安遇时所编《包公案》第九十六回公案“赌钱论注禄判官”以“包拯守开封府”为背景，讲述东京城内赌钱人丘旺的故事，作者于故事开篇便强调此人年仅二十五，就因赌博而一贫如洗，以至于衣不遮体，食不充口，忍饥受冻。具体显示了赌博对于个人正常生活的破坏。抱瓮老人辑《今古奇观》卷三十一《吕大郎还金完骨肉》② 也刻画了一位有着城市生活背景的赌徒形象，家住“江南常州府无锡东门外”的吕宝，“一味赌钱吃酒不肯学好”，以至于将自己的嫂子（即吕大郎之妻）骗去卖掉，天良丧尽。周清原《西湖二集》③ 卷十三《张采莲隔年冤报》一篇刻画了一个生长于镇江府的赌徒的丑恶嘴脸，张采莲的“叔叔诨名叫做随手空，生平也专好的是赌之一字，先前家事原好，只因好赌，家事尽废。凡有所得，只是走到赌博场中一掷而空，因此人取他个绰号叫做‘随手空’。”“后来无物可赌，竟把两个侄儿女张泰、张采莲卖与人将来作赌钱。把张泰卖到平江府，把张采莲卖到临安府与望仙桥周思江作丫环。后来随手空沿街叫化，冻饿死于坑厕之内，这是好赌的收梢。”小说家通过随手空嗜赌成性、既害自己又害亲人的结局，形象地阐释了“好人不赌钱”④ 的生活信条。

基于对赌博巨大社会危害性的清醒认识，明代产生了一些劝人戒赌的诗文，

① （明）顾大韶：《炳烛斋稿》，清道光二十年钞本。

② 该篇后被冯梦龙收入《警世通言》卷五。

③ （明）周清原：《西湖二集》，清初刻本，北京大学图书馆藏。

④ （明）吕坤传：《好人歌》，《吕新吾先生去伪斋文集》卷八，（清）康熙三十三年吕慎多刻本，北京图书馆藏。

李贽（1527—1602）编《山中一夕话》卷三收录了署名觉迷迂叟的《赌博赋》①，此赋首先给赌徒画像：

无籍之徒，专事赌钱。圆若骰盆，静极而方。方若骰子，动极而圆，红四绚烂，金幺鲜妍。钱财盈诸袖里，筹码堆于案前。习之者如醉如梦，爱之者如痴如癫。引类呼朋，如鸽鹏之唤友；贪前失后，如螳螂之捕蝉。六块臭狗骨头兮，玩之如白璧；一幅破蒲席段兮，临之如绮筵。双目转动兮，如兔如鹘；寸心狠毒兮，如狼如鹯。

描绘不可谓不生动，讽刺不可谓不辛辣。然后从道德与经济两个方面揭露赌博的危害性：

看其行止兮诚不足齿，见其窘迫兮又何足怜。刑律禁之而弗畏，父兄诏之而不悛，廉耻丧之尽矣，礼义曷尝有焉？丑行人人而憎嫉，恶名处处而流传。有子而谁与匹配，无妻而谁结姻缘。卒致一生之贫困，永为百岁之迍邅。不耕而无粟可爨，不织而无衣可穿。篷门挂席，败壁无砖，居食恒遭乎缺乏，性命亦难乎保全。千般苦楚，万种忧煎，问何为而至此，因赌博而使然。

赋文文学性较强，语言流畅而不浅俗，对仗工稳却不晦涩，读之朗朗上口，能够给读者留下深刻的印象。此外，《西湖二集·张采莲隔年冤报》还引出一首《戒赌诗》，诗云：

好赌有赌友，赌友尽皆丑。既非道义交，人心亦何有。
三五装圈套，来饮这杯酒。先以小注诱，佯输诈败走。
骗尔出大注，拿住不放手。一掷一回输，金银不论斗。
家业亦已空，妻孥难保守。请君看此编，可以回心否。

作者通过揭露赌场玄机以警示世人，语言通俗易懂，便于市民接受。

妓女是元明两代散曲家描写的热点人物，其中不乏嘲讽妓女之作。陈铎的【北中吕·朝天子】《嘲人言南京妓女好》亦为嘲妓之曲，却写得不落俗套，避开在妓女的长相与生理缺陷等方面进行调侃戏谑的常见套路，批判锋芒直指其卑劣的人格。曲云：

北京的寡情，南京的有情，南与北同心性。一般都是陷人坑，跌倒的难挣扎。

① （明）李贽编：《山中一夕话》，明刻本，安徽图书馆藏。

以明朝两京为背景展开描写和议论，短短二十九字揭示出中国封建社会普遍存在的一种丑恶现象，遍布城市的妓院是女性堕落的深渊，娼妓制度导致了妓女群体人格的沦丧。

贺节习俗遍及中国城乡，相互吃请乃国人贺节的重要内容，其中饮酒又是不可缺少的环节，城镇由于人口集中，消费水平高于农村，人与人之间功利性交往较多，因而这种现象表现得更为突出。陈铎【北双调・水仙子】截取城中节日的一个场面，对国人的贺节陋习给予了嘲讽：

> 满街泥泞马难骑，草履钉靴拜怎的？这家灌得熏熏醉，那家里依旧吃，不思量还有明日。这一个搀回去，那一个趴不起，不知道有甚便宜。

连续吃喝，饮酒过度，既失礼又伤身，这种不良贺节现象至今仍然存在。早在五百多年前，陈铎就通过艺术描写对此进行了直截了当的批评，确属难能可贵。

同类作品中，景时珍（生平不详）的【北仙吕・点绛唇】《嘲盐商》最具有散曲辛辣嘲讽的“蒜酪”风味。曲作者运用全知视角展开描写，将盐商发迹及其原因叙述得清清楚楚，批判锋芒直指官商勾结的丑恶行径：

> 父亲是尚书舅舅，母亲是少保姨娘。动不动结交长官，来不来送酒牵羊，去不去鸣锣击鼓，行不行号带旗枪。南门李运司张谒舅刘探新王，寻几个歪皂隶立在店门前，觅几个假军牢摆在船头上……

后三句描绘的是设于城中盐行门口的情形。明代是城市商品经济迅猛发展的时期，官商勾结的现象屡见不鲜，效应之一便是大发横财的盐商张扬跋扈，奢侈浪费，“今日杀个猪，明日宰个羊，到晚偎红倚翠在销金帐。抵多少穷汉半年粮”。描写的真实性不容置疑。作家将贫富悬殊的社会现象与官商勾结行为联系起来进行抨击，足以显示其不凡的见识以及干预现实的良苦用心。

在充分肯定明代城市文学创作取得的巨大成就时，必须指出其中所存在的不足与缺陷，最值得注意的倾向便是欲望叙事的扩张在一定程度上妨碍了理想精神的高扬，遮蔽了底层关怀的表达，这一点在明中后期文学中表现得尤其充分。

晚明是中国“消费社会”的形成时期①，经历了长期的渐进发展过程，在社会经济、文化思潮等多重作用下，奢侈消费风气由先前的只限于上层社会少数

---

① 详见巫仁恕：《品味奢华——晚明的消费社会与士大夫》第一章“消费社会的形成”，中华书局2008年版。

人普及到社会中下层，而城市始终引领着消费时尚的潮流。消费社会的一个显著特点是不断撩拨起大众的欲望需求，不断为大众提供超越基本生存需要的奢侈消费品，以至于“消费本身成为幸福生活的现世写照，成为人们相互攀比相互吹嘘的话语平台”①，现代消费社会存在的某些弊病在晚明已露端倪。面对城市中的商业化扩展以及世俗社会横流的物欲，文人士大夫来自历史的传统人生经验呈现出不同程度的“失效”状态，立足乡村反观城市的立场遭遇来自欲望化城市的挑战，不少作家于自觉或不自觉中调整了写作姿态，迎合世俗，关注自我，在物质欲望的满足中去寻求精神享受的倾向，在晚明文学尤其是小说与小品文中表现得比较集中和明显。

我们无意否定明代文学家在反对封建礼教束缚、追求个性解放方面卓有成效的努力，但是也不能忽略其中所存在的矫枉过正的弊端。晚明时期的中国城市展示给文学家两幅图画：政治的黑暗与腐败，物欲的高涨与泛滥，在二者的共同作用下，行走在城市的文学家很容易失落远大的理想，直接后果便是鲜有人表现出在消费社会中批判现实、净化灵魂的努力。文人士大夫在追求肉身安定的同时，存在着忽略灵魂安顿的趋向，过分肯定感性欲望的合理性，在某种程度上也导致了理性精神在城市叙事中的被放逐。因此，不少人津津乐道于城市的繁华富丽，却难以洞悉华美外表之下的丑陋罪恶；他们对世俗生活的方方面面都不乏浓厚兴趣，却鲜有人将关注的目光长久投向生活在城市底层的贫苦百姓，表现出底层关怀的缺失。处于中国古代城市文学发展鼎盛时期的明代，未能产生如汉乐府《妇病行》、唐代白居易《卖花》、宋代张俞《蚕妇》、元代关汉卿《窦娥冤》一类以城市为背景揭露社会问题的经典作品，不能不视为一个很大的遗憾。

① 张建永：《乡土文学中的都市理念和乡土精神》，载《文艺报》2005年7月14日“理论建设”版。

第七章

清代初、中期（1636—1840）①：中国古代城市文学发展的余势期

第一节　清代城市建设与城市文学创作概述

1636年（明崇祯九年，清崇德元年），皇太极称帝，改国号为“大清”。1644年（明崇祯十七年、清顺治元年），李自成的大顺军攻占北京，明朝灭亡。驻守山海关的明将吴三桂降清，清摄政王多尔衮指挥清军入关，打败大顺农民军；同年清顺治帝迁都北京，从此清朝取代明朝成为多民族统一国家新的统治者。清人入关之后，先后灭亡大顺、大西和南明等政权，随即于康熙二十年（1681）平定“三藩”之乱，实现了对云贵、两广、福建地区的有效管辖。词人彭孙遹有感于此，写下《沁园春·和韵答金峤庵》一词，指出“南顾昆明，东瞻闽越，二十年来一战场。到今日，喜丰年多黍，兵气销光”。② 康熙二十二年（1683）清政府招降郑成功部将，随着是年夏“靖海将军臣琅克澎湖岛，秋台湾平，捷书至”③，台湾与大陆重归统一。

清王朝建立和发展了多民族的统一国家，奠定了我国今日疆域的基础。从满族统治者入关定都北京，到1840年第一次鸦片战争爆发止，中国城市基本沿

① 本章论析大体限制在这一时间范围内，但对于那些生活在清中后期的作家（卒年在1840年以后），论析时涉及的年代有可能略微后延。

② （清）彭孙遹：《松桂堂全集》卷四十，（清）文渊阁《四库全书》集部·别集类。

③ （清）朱彝尊：《曝书亭集》卷六十六，（清）文渊阁《四库全书》集部·别集类。

着既定轨迹运行和发展，无论城市的类型与结构，抑或城市的功能与动力，与明代基本情况大致相同[①]。其时代特点主要体现在两个方面：其一为“在全国城市宏观的城市分布上，清代的主要发展是，南方城市远远超过了北方城市”。[②]其二则是边疆地区的中心城市得到进一步发展壮大，例如位于东北地区的原后金都城盛京（今沈阳市）成为清朝陪都后，在皇权的推动下，城市建设比照首都北京体例进行，规模宏大空前。对此，乾隆间官至吏部尚书的汪由敦（1692—1758）在《圣驾东巡，盛京恭谒祖陵大礼庆成雅》一文里有所描写：“巍巍三陵，天设地成，左辽右沈，盛京建焉，九鼎既奠，是为陪都。……若其重轩双阙之丽，三途九市之殷，千庐八屯之周，百廛万雉之密，粲乎隐隐，与京师同制。”[③]再如广州和澳门作为清朝对外贸易的出口海岸，城市里出现了对外贸易的专门机构“十三行”，明末清初岭南著名诗人屈大均的《广州竹枝词》所描述的作家本人1662年由广州航行至澳门途中以及逗留澳门期间沿海城市风貌，实属前所未见[④]。

1840年以后，中国开始了一种外源性的社会变迁和文化转型。由于帝国主义列强的入侵与掠夺，不断输入的外来资本开始影响和控制中国经济和城市的发展，中国逐渐沦为殖民地半殖民地国家，城市也因此进入了由古典向近代转型的历史时期。此时，出现了一批前所未有的城市类型，其中既有上海、天津、武汉等租界城市，也有如大连、青岛、哈尔滨、香港等殖民地型的港口城市，还有如无锡、南通、沙市等近代工业城市。中国原有的城市体系遭到破坏，结构失去平衡，布局很不合理，少数城市，例如上海在外来资本的控制下呈现出畸形繁荣的局面，城市发展中两极分化的现象日益显著。舶来的西方文化经口岸城市向内地其他城市和广大农村地区辐射，呈现出以上海为中心，成浪圈形向四周扩散的时代特点。[⑤]国家形态的被动转换，“西学东渐”对沿海各大城市文化风貌的影响，创作主体生存环境的日趋陌生，文学观照对象的巨大变化，最终导致了古代城市文学史的结束。中国城市文学进入了近代发展时期。

① 具体情况在上一章“明代城市文学概说”中已有介绍，兹不再重复。

② 邹逸麟主编：《中国历史人文地理》，科学出版社2001年版，第346页。

③ （清）汪由敦：《松泉集》卷三，（清）文渊阁《四库全书》集部·别集类。

④ 详见赵立人《论十三行的起源》，《广东社会科学》2010年第2期。

⑤ 参见向德平编著：《城市社会学》，武汉大学出版社2002年版；郑大化、胡峰：《近代中国社会变迁与文化转型的特点》，载《光明日报》2010年12月14日“理论周刊”版。

本章之所以将清代初、中期定位于中国城市文学发展的余势期，是因为从1636年至1840年前后两百余年的历史中，中国城市文学基本保持原有的创作格局，既无明显的低潮出现，亦无重大变革的发生，整体上未见质的根本性突破。清代文学家的贡献主要体现在熟练的运用各类文学体裁和各种常见的艺术手法，继续书写城市文学的各大传统主题。由于文学家观照视野得到进一步拓展，对于城市发展中暴露出来的种种弊端认识得更加清楚和全面，因此，他们在继承传统的同时又体现出对传统的局部超越，笔下的城市景观间或能够带给读者一种新的感受，可圈可点的作品数量不在少数。中国社会存在的城乡二元结构所造成的城乡冲突以及城市内部贫富两极分化等问题，不断有诗人给予文学表现，《儒林外史》对南京的城市风貌和民生百态的描写超过了以前任何一部作品。明清改朝换代之际的腥风血雨，清朝统治者推行的文化专制政策，以及社会经济的继续发展和康乾时期出现的“盛世”风貌，先后在作家的心灵世界里掀起强烈的情感反应，多变的时代风云从不同角度对城市文学创作产生了直接而深刻的影响。

第二节　都市诗歌：遗民的痛苦吟唱与末世的多味体验

由明入清，鼎新革故，烽火四起，江山易主，在剧烈的社会动荡中，清代诗歌以低沉痛苦的吟唱拉开帷幕。面对兵燹过后的残破家园，遗民作家常常悲难自抑。山河变色的亡国之哀，前朝故国的黍离之痛，郁积而为其精神世界中的黑色阴影。经历者怀古伤今，长歌当哭，释放被压抑的悲情；后来者尘封往事，收拾心情，重觅人生乐园。全国众多的城市既经历了天崩地裂般的时代巨变，也迎来了和平发展的康乾时期。出现在清代诗词里的城市意象，无论伤痕累累的废墟，抑或繁华依旧的闹市，作为诗人的心灵镜像，艺术地折射出他们复杂多味的情感体验和起伏变化的心灵历程。

一、冬青树老六陵秋，恸哭遗民总白头[①]——易代之悲与城市怀古

清兵入关的铁骑彻底改变了明朝臣民既定的生活轨迹，天崩地裂般的巨变

① 句出钱谦益《西湖杂感》，全诗为：“冬青树老六陵秋，恸哭遗民总白头。南渡衣冠非故国，西湖烟水是清流。早时朔漠翎弹怨，他日居庸宇唤休。苦恨嬉春铁崖叟，锦兜诗报百年愁。”本节所论诗人中也有非遗民者，但其城市怀古诗与遗民创作或多或少存在相通之处。

将他们抛向了人生的十字路口，被迫重新做出选择。有人参加抗清队伍，以复明为己任；有人遁入山林，以示不予合作的态度；有人曲节迎降，求瓦全以自保。在现实行为的层面上，表现差异之大，不可相提并论。然而在心理的层面上，一个不可否认的事实却是，大多数作家不可避免地陷入了万劫不复的情感深渊，饱受亡国之痛的折磨，于是，表达故国之思、黍离之悲成为清初诗坛的重大主题。而且由于思想传统与文学传统的双重作用，对于这一主题的书写一直延续到清代中期，演变为一种群体性的创作行为。当诗人们以城市为观照视角进入创作领域后，情不自禁地聚焦于战后城市的萧条衰败与历史名城的今昔变迁，或悲叹繁华消歇，或控诉屠城罪行，更常见的行为是借怀古而悼明亡，从而导致怀古诗词大量涌现。①

谈迁（1593—1657），浙江海宁（今浙江海宁西南）人。原名以训，字仲木，号射父。明朝灭亡后改名迁，字孺木，号观若，以寄托亡国之痛，自称“江左遗民”。明末清初史学家、诗人，《清史稿·遗隐传》有载。谈迁虽不以诗词名世，然而其《广陵》诗却堪称佳作，诗云：

南朝旧事一芜城，故国飘零百感生。柳影天涯随去辇，杨花江上变浮萍。

远山依旧横新黛，断岸还看散冷萤。今日广陵思往事，十年前亦号承平。②

清顺治二年四月（1645），南明弘光朝兵部尚书史可法督率扬州军民抗御清军围攻的守卫战失败以后，满清征服军队对扬州城内的人民展开惨无人道的大屠杀，持续十日，史称“扬州十日”。面对惨遭夷陵、冷萤星点的扬州城，诗人百感交集，他借咏古广陵史事，表达对南明王朝的哀悼。作家对于清兵屠城罪行的愤怒声讨通过荒城景象的描绘委婉地表达了出来。

钱谦益（1582—1664），字受之，号牧斋，晚号蒙叟、东涧遗老，常熟（今属江苏省）人。明末清初散文家、诗人，《清史稿》有传。钱谦益的仕途生涯复杂曲折，万历三十八年（1610）进士，授编修，官至礼部侍郎、翰林侍读学士。他参与过东林党的活动，因与温体仁、周延儒争为阁臣，被革职。南明弘光朝，为礼部尚书。清兵南下，率先迎降，以礼部侍郎管秘书院事，充《明史》馆副总裁。顺治三年（1646）辞归。四年，因黄毓祺反清案被捕入狱，后于顺治六年获赦归里，

① 周焕卿指出，“故国之思”是清初遗民词人群体创作的主题倾向之一，“故国之思的情感焦点又集中在大量咏古之作中。中国的历史名城甚多，最能引发故国之思者莫过于金陵、扬州、杭州三地”。详见《清初遗民词人群体研究》，上海古籍出版社2008年版，第228页。

② 引自张秉戍、萧哲庵主编：《清诗鉴赏辞典》，重庆出版社1992年版，第12页。

居家著述至终。按照归庄《历代遗民录序》对“遗民”的界定，“遗民则唯在废兴之际，以为此前朝之所遗也”①，生于前朝而不仕后朝者方可谓遗民。降清沦为贰臣，大节亏损的钱谦益自然不能视为遗民。但他毕竟接受过系统的中华民族传统文化教育，与明王朝存在着一种难以割舍的情感联系，其创作心态呈现出典型的“遗民”特征，加之晚年饱受耻仕新朝的失节之痛的折磨，黍离之悲表现得异常强烈。明亡之后，他写下多首怀古诗，借古伤今，寄托内心巨大的哀恸，“恸哭遗民总白头”正是其自我形象的写照。兹举二首以南京和杭州为观照对象的城市怀古诗：

寂寞枯秤响泬寥，秦淮秋老咽寒潮。白头灯影凉宵里，一局残横见六朝。

——《金陵后观棋绝句》

板荡凄凉忍再闻？烟峦如赭水如焚。白沙堤下唐时草，鄂国坟边宋代云。
树上黄鹂今作友，枝头杜宇昔为君。昆明劫后钟声在，依恋湖山报夕曛。

——《西湖杂感二十首》之一②

金陵、杭州均为“古帝丘”，诗人通过它们形塑出一个亡国的空间形象，秦淮寒潮，西湖烟水，凭借自身独特的地域文化标示而充当起沟通历史、联结古今的时间驿站，不同时代的多幅悲剧图画在此重叠，隐喻历史悲剧的重演。前一首诗以棋局喻国事，金陵既是六朝旧都，也是南明弘光政权所在地，“一局残横见六朝”七字，借残局影射南明与六朝相同的失败结局。在后一首诗里，诗人塑造了一位站在城市废墟上凭吊古今的前朝遗民形象，由于故国之思的介入，文本彻底颠覆了宋明以来文学世界中的“西湖”形象，人间天堂演变成亡国的见证。

吴伟业（1609—1672），号梅村，别署鹿樵生、灌隐主人、大云道人，世居江苏昆山，江苏太仓人，明崇祯四年进士。诗文工丽，蔚为一时之冠，与钱谦益、龚鼎孳并称“江左三大家”。吴伟业“性至孝，生际鼎革，有亲在，不能不依违顾恋，俯仰身世，每自伤也”。（《清史稿》本传）入清之后，这位无奈失去“遗民”身份的文学家，紧扣黍离之痛展开了多方面的文学表现，以故国怆怀和身世荣辱为主题，寓悲情于叙事之中。可备一代诗史的“梅村体”诗歌，描写的人物大都具有城市生活背景，他们亲眼目睹了时代动乱所引起的城市景观的巨变，充

① （清）归庄：《归庄集》，中华书局1962年版，第170页。

② 以上两首诗均引自（清）钱谦益著，钱曾笺注：《钱牧斋全集》，上海古籍出版社1999年版。

当着时代悲剧的见证者。《洛阳行》云“白头宫监锄荆棘，曾在华清内承值。遭乱城头乌夜啼，四十年来事堪忆”，借京城帝王嫔妃的恩宠悲欢，反映改朝换代的沧桑巨变。《听女道士下玉京弹琴歌》通过一位曾经活跃在南京、“家近大功坊底路，小院青楼大道边”的歌伎艺人的叙述，形象再现了南明福王小朝廷衰败覆灭的历史。《临淮老妓行》以汉唐喻明，借临淮将军府上一老妓之口叙说战乱给京城带来的灾难；“忽闻京阙起黄尘，杀气奔腾满陆川”，“熏天贵势倚椒房，不为君王收骨肉”，写出了最令诗人痛心疾首的场面。怀古诗《扬州》，悲叹“十载西风空白骨，廿桥明月自朱楼。南朝枉作迎銮镇，难得雷塘土一丘”，如果联系到诗人《阆州行》里描绘的“扬州花月地，烽火似边头”①，“白骨”意象使人立刻联想到丧生于战乱的无辜亡灵。

梅村词情感哀乐缠绵，语言流利稳贴，自成一家。《风流子·掖门感旧》一词于凭吊兴亡处，感慨悲歌，一唱三叹：

> 咸阳三月火，新宫起、傍锁旧莓墙。见残甓废砖，何王遗构，荒荠衰草，一片斜阳。记当日，文华开讲幄，宝地正焚香。左相按班，百官陪从，执经握卷，奏对明光。至尊微含笑，尚书问大义，共退东厢。忽命紫貂重召，天语琅琅。赐龙团月片，甘瓜脆李。从容宴笑，拜谢君王。十八年来如梦，无限凄凉。

其声悲激，其情危苦，前人称读末二句“几使唾壶欲碎”（见《古今词话·词评下卷》）。

归庄（1613—1673），一名祚明，字尔礼，又字玄恭，号恒轩，又自号归藏、归来乎、悬弓、园公、鏖鳌钜山人、逸群公子等，昆山（今属江苏）人。明代散文家归有光的曾孙，清初著名文学家。归庄为明末诸生，甲申（1644）后，野服终身，往来湖山，谈忠义者以庄为归。顺治二年（1645）在昆山起兵抗清，事败后不得不亡命为僧，满怀悲愤之情写下《悲昆山》一诗，诗云：

> 悲昆山！昆山城中五万户，丁壮不得尽其武。愿同老弱妇女之骸骨，飞作灰尘化作土。悲昆山！昆山有米百万斛，战士不得饱其腹，反资贼虏三日谷。悲昆山！昆山有帛数万匹，银十余万斤。百姓手无精器械，身无完衣裙。乃至倾筐箧，发窦窖，叩头乞命献与犬羊群。呜呼，昆山之祸何其烈！良由气懦而计拙。身居危城爱财力，兵锋未交命已绝。城陴一旦驰铁

① （清）吴伟业：《梅村集》，（清）文渊阁《四库全书》集部·别集类。

骑，街衢十日流膏血。白昼啾啾闻鬼哭，乌鸢蝇蚋食人肉。一二遗黎命如丝，又为伪官迫慑头半秃。悲昆山，昆山诚可悲。……①

昆山城池陷落后，城内四万多人被清兵屠杀，对此，归庄悲愤不已。全诗围绕清兵昆山大屠杀事件展开描写与抒情，一篇之中，四呼“悲昆山”，以反复咏叹的形式表达诗人的回肠荡气。在抨击清兵暴行的同时，诗人还对昆山城中无能的官吏和投敌伪官进行了嘲讽，对贫苦的昆山民众寄予深切的同情。全诗在灭清复明的呼号中结束，体现诗人可贵的民族气节与不屈精神。

顾炎武（1613—1682），本名继坤，改名绛，字忠清；南都败后，改炎武，字宁人，号亭林，自署蒋山佣，学者尊称为亭林先生。南直隶苏州府昆山（今属江苏）人。顾炎武为明末诸生，青年时发奋为经世致用之学，并参加昆山抗清义军，失败后幸而得脱。后漫游南北，屡谒明陵，卒于曲沃。康熙间被举鸿博，坚拒不就。

身为明末清初著名的思想家、史学家、语言学家的顾炎武，在诗歌创作领域内也颇有成就。明清换代之际，其诗内容多与鼎革时局有关，且频频出现城市意象。作于清顺治二年（1645）的著名诗篇《秋山》二首热情讴歌江南人民英勇悲壮的抗清斗争，愤怒地控诉清兵屠杀江南人民的罪行。其一有攻城场面的描写，“已闻右甄溃，复见左拒残。旌旗埋地中，梯冲舞城端”；其二则描绘了战败后城市的惨状，“烈风吹山冈，磷火来城市。天狗下巫门，白虹属军垒。可怜壮哉县，一旦生荆杞”，具体显示了抗清战争的激烈与残酷。其《酬朱监纪四辅》云：“愁看京口三军溃，痛说扬州十日围”；《济南二首》之二云：“水翳墙崩竹树疏，廿年重说陷城初。荒凉王府余山沼，寥落军营识旧墟”；《昌黎》诗云：“欲问婴城事，声吞不敢言”，清兵攻城掠市的惨烈场景已经铸就为诗人心中永远抹不去的黑色记忆。顺治十五年（1658），46 岁的顾炎武创作了五古《京师作》，抒发第一次进京的复杂感受。全诗共 66 句 330 字，诗人首先简要回顾北京的发展历史，继而赞美明朝北京的盛景，所谓“人物并浩穰，风流余慨慷。百货集广馗，九金归府藏。通州船万艘，便门车千两”，随后痛苦地回忆崇祯皇帝缢死煤山的一幕，“悲号煤山缢，泣血思陵葬”，篇末书写自己“不睹旧官仪”的遗民之悲。此外，诗人还写有《金陵杂诗》五首、《杭州》二首、《天津》、《旧沧州》、《宋六陵》等怀古诗。综观顾炎武的诗歌创作，不以文采见长，而以气盛为优。不仅任意挥洒遗民之泪，而且公开表达复明之志，“昔时鄢郢人，犹在城南间”（《秋

① （清）归庄：《归庄集》，中华书局 1962 年版。

山》其一),“谁为斩逆臣,一奋南史笔”(《杭州》其二),“一听纶言同感激,收京遥待翠华还”(《延平使至》),“相对新亭无限泪,几时重得破愁颜”(《京口》二首其二)①,一腔热血化而为诗,悲歌慷慨,英雄情怀得以袒露。

余怀(1617—1696),字澹心,一字无怀,号曼翁、广霞,又号壶山外史、寒铁道人,晚年自号鬘持老人。福建莆田黄石人,侨居南京。清军占领南京后,丧家破产的余怀拒绝投降,遂以道装为掩护流亡他乡,在长期颠沛流离的遗民生涯中,创作了大量抒发亡国之痛和复明之志的诗篇。一路走来,面目凄凉,满怀悲怆,付诸于笔端,内涵丰富的“城市”意象便成为寄托遗民的艺术符号。他先后创作的城市怀古诗词有《水调歌头·吴门怀古》、《望海潮·金陵怀古》、《望海潮·钱塘怀古》、《望海潮·广陵怀古》等,其中金陵《古迹咏怀》组诗堪称代表作。南京是余怀的出生地,他熟悉那里的大街小巷,名胜古迹,南都倾覆不久便写成《咏怀古迹》一卷,选取南京诸多历史名胜进行古今对比,主体的哀伤与悲愤为表现对象涂抹上晦暗的色彩。余怀在诗歌序言中介绍了写作缘由,袒露出遗民的悲愤情怀:

> 金陵,六朝建都之地。山水风流,甲于天下。丧乱以来,多为茂草。予以暇日,寻揽古迹,形诸歌咏,以备采风。然举目河山,伤心第宅;华清如梦,江南可哀。其为悱恻,可胜道哉! ②

《咏怀古迹》共二十九题,所咏包括玄武湖、石头城、乌衣巷、台城、雨花台、白鹭洲在内的二十九个景点,每题由一记一绝组成。小记叙古迹故事,间有考证;七绝借景抒情,时发议论,二者共同建构起一个经由时间隧道而呈现的亡国空间。兹举二题于此:

新　亭

> 吴城西南十五里,晋元帝时,过江诸人,暇日出新亭会饮。周颛中坐叹曰:“风景不殊,举目有山河之异。”相视流涕。丞相王导愀然变色曰:“当戮力中原,共奖王室。何至楚囚对泣耶!”宋孝武入讨元凶劭,柳元景筑垒新景,今石子岗是其处。江南江北总烽烟,泪洒新亭亦惘然。石子岗头一回首,子规叫杀金城柳。

---

① 上引诗歌均出自(清)顾炎武:《顾亭林诗文集》,中华书局1983年版。

② (清)黄裳:《金陵五记·附咏怀古迹》,江苏人民出版社1982年版,第201页。下引余怀《咏怀古迹》诸诗均出自此书。

马 粪 巷

王僧虔世家此巷，人多宽恕。至王志，尤厚重，不录人过。东坡云：“人称马粪诸王为长者，而视胡广赵武如粪土。”簇簇人闻马粪香，江东风俗美诸王。莫言此巷无寻处，处处皆成马粪场。

新亭又逢挥泪客，山河异色的社会悲剧再次上演，令人感伤不已；马粪巷虽不复存在，金陵城却处处是散发着血腥气味的马粪场，又令人扼腕。王士禛高度评价余怀的金陵怀古诗，誉之为“不减刘宾客（禹锡）”；《渔洋诗话》卷下云：“顺治辛丑，属严子餐（沆）寄余广陵，余答诗：‘千载秦淮水，东流绕旧京。江南戎马后，愁绝庾兰成。’‘钟阜蒋侯祠，清溪江令宅。传得石城诗，肠断芜城客。’”① 将其比作写《哀江南赋》的庾信和写《芜城赋》的鲍照。魏允柟（生卒年不详），字交让，明末曾入南京国子监，清初高蹈不出，读书黄山中。作有《金明池·金陵怀古》词，上片描写“狂风骤雨”后“燕子矶边，凤凰山上”的残破景象，下片抒写“紫燕黄莺，一时无主”的惶恐，以及词臣狎客面对“白杨黄土”的伤心情怀。

吴绮（1619—1694），字园次，一字丰南，号绮园，又号听翁，江都（今江苏扬州）人。清顺、康年间，吴绮以骈文著称于世，又工于词，作有《一痕沙·广陵怀古》，词云：

满地西风黄叶，冷却二分明月。可惜好雷塘，任牛羊，飞尽隋堤柳絮，歌吹不知何处？闲煞古扬州，青楼梦。②

吴绮本扬州人，“扬州十日”事件发生时，他已 27 岁，对家乡情况理当有所了解。词中“牛羊”本属于乡村田园意象，这里却用以形容扬州城的荒凉景象，使人不由得联想到不久前发生的屠城事件。词人青楼梦断的感叹似乎无关国计民生，然而，自中唐以还，中国古代文人士大夫的扬州梦只能在国富民安的时代里实现，因此，词末二句看似轻松的表述，实则包含词人内心无限的感伤。史称吴绮文章“秀逸特甚”（《清史稿·文苑传》），本篇对此特色有所体现。

汪琬（1624—1691），字苕文，号钝庵，晚年隐居太湖尧峰山，学者称尧峰先生，长洲（今江苏苏州）人。汪琬以“能为古文”著称，与侯方域、魏禧，合称明末清初散文“三大家”，“公卿志状，皆争得琬文为重”。（《清史稿·文苑传》）亦能诗，以清丽为宗。作有《扬州怀古集诗》四首，首首渲染扬州的衰落与凄凉，“水

① （清）王士禛：《渔洋诗话》卷下，见《清诗话》，上海古籍出版社 1963 年版，第 207 页。
② （清）吴绮：《林蕙堂全集》卷二十三，（清）文渊阁《四库全书》集部·别集类。

调歌残翠黛消，几枝杨柳曳寒潮”（其一），“无人更唱安公子，红蓼青蒲两岸秋”（其三）①，意境凄凉，惆怅之情溢于言表。

屈大均（1630—1696），字翁山、介子，号莱圃，广东番禺人。明末清初著名学者、诗人，与陈恭尹、梁佩兰并称“岭南三大家”。明朝灭亡后，屈大均一直坚持抗清活动，跋涉山川，联络志士，冀求恢复中华，先后至南京、北京，亲眼目睹“八旗人至如雨”（《多丽·春日燕京所见》）的场面，写下《旧京感怀》、《秣陵》、《钟山》、《念奴娇·秣陵怀古》等诗词，释放郁积于胸中的悲愤之情，兹举一诗一词如下：

内桥东去是长干，马上春人拥薄寒。三月风光愁里度，六朝花柳梦中看。江南哀后无词赋，塞北归来有羽翰。形势只余抔土在，钟山何必更龙蟠！

——《旧京感怀》

萧条如此，更何须，苦忆江南佳丽。花柳何曾迷六代，只为春光能醉。玉笛风朝，金笳霜夕，吹得天憔悴。秦淮波浅，忍含如许清泪。　任尔燕子无情，飞归旧国，又怎忘兴替。虎踞龙蟠那得久，莫又苍苍王气。灵谷梅花，蒋山松树，未识何年岁。石人犹在，问君多少能记。

——《念奴娇·秣陵怀古》②

秣陵即今南京市，晋朝称为秣陵，四作均以六朝旧都为感怀对象，哀悼故明王朝灭亡。诗人以天下为己任，心系故国，内心悲情的喷射，使南京城内外的各种景物无不蒙上愁云惨雾。直抒胸臆，感情激越，风格悲慨，低回的悲音中不时扬起愤激的乐调，这当是屈大均怀古诗的共同特点。著名学者毛奇龄对屈大均诗歌称赞有加，他在《岭南屈翁山诗集序》里指出：“翁山诗超然独行，当世罕偶。”③这一评价也适合于屈大均的城市怀古诗。

清代前、中期诗坛上，无论是否为归庄所说的遗民，以城市怀古为题材进行创作的作家十分普遍。相比较而论，非遗民诗人的悲情强烈程度在总体上不及遗民诗人，上述吴绮、汪琬之诗已见端倪，著名作家彭孙遹的相关创作表现得就更为明显。

彭孙遹（1631—1700），字骏孙，号羡门，又号金粟山人，浙江海盐人。素工词章，与王士禛齐名，时号“彭王”。《清史稿》有传。创作的以城市为抒情对

① （清）汪琬：《尧峰文钞》卷四十四，（清）文渊阁《四库全书》集部·别集类。

② （清）屈大均：《屈大均全集》，人民文学出版社 1996 年版。

③ 见钱仲联：《清诗纪事》第二册，江苏古籍出版社 1987 年版。

象的怀古作品主要有《金陵怀古》诗六首、《扬州怀古》诗二首、《平山堂怀古》诗一首以及词《临江仙·姑苏怀古》等，数量不算少。明朝灭亡时，彭孙遹尚是一位十多岁的少年，对于亡国痛苦的体验自然不及前辈真切和深刻。更为主要的是入清后仕途上比较顺利，顺治十六年进士，康熙间举博学鸿词，考列第一，授编修，历吏部侍郎兼翰林掌院学士，为《明史》总裁，颇受皇帝恩宠。史载：康熙十九年"天子新擢孙遹一等一名，授编修"，"年七十，致仕，归御书'松桂堂'额赐之，遂以名其集"。（《清史稿》本传）如此经历，一定程度上削弱或抑制了这位汉族知识分子的前朝故国之思，所作怀古诗词，常常为发思古之幽情，程式化痕迹比较明显，字里行间缺乏撼动人心的悲剧力量。试举一例：

> 惆怅繁华事已非，寒波缥缈夕阳微。雷塘雨过山花碧，瓜步云间木叶稀。
> 自昔参军多慷慨，重来水步惜芳菲。离宫别馆今何处？坐见孤蓬日日飞。
>
> ——《扬州怀古》[1]

景色荒凉，情感低婉，为历代怀古诗词的共同特点，本篇亦不例外，在整体构思上呈现因袭倾向。"雷塘"乃隋炀帝归葬地，隋唐时为著名游览胜地，历代文学家通常通过极力渲染雷塘一带的荒凉景象来寄托今非昔比的历史沧桑之感，彭孙遹采用了相同的手法，并无新意。颔联着一"碧"字，无意中给黯淡的画面增添了些许清新的色彩，稀释了作品的悲剧氛围。颈联用鲍照等人古事，旨在借古喻今，强调再度上演的历史悲剧带给自己的心灵创伤，然而由于"多"、"惜"两字力度略显欠缺，于是，厚重的历史蕴含被转化为一种淡淡的哀愁，全诗传达出的是"哀而不伤"的情韵。

吴历（1632—1718），本名启历，号渔山，桃溪居士。因所居有言子墨井，又号墨井道人，江苏常熟人。吴历不仅擅长绘画，为"清初六家"之一，而且工诗。清兵入关后，战火迅速蔓延到江南，吴历本人有过离家避难的经历，战争的阴影长期笼罩其心灵，这一点直接影响到他的诗歌创作。其诗多描写战争给国家和民生造成的灾难，"南北相逢俱此地，繁华消歇意如何？"（《扬州》）"欲问南阳路，前村未有人。"（《兵过后南阳道中》）"鱼虾空晚市，莲藕失香村。湖鸟间巢屋，江云乱掩门。"（《高邮道中用梅村太史韵三首》之一）他亲眼目睹战乱给扬州、南阳等大中城市以及不知名的小市镇所造成的严重破坏，心绪悲凉。"南中见说收番马，京口犹闻拔汉旗。安得此时争战息，还家黄叶满

---

① （清）彭孙遹：《松桂堂集》卷八，（清）文渊阁《四库全书》集部·别集类。

溪迎”，[①]《避地水乡》一诗更是直接表达了诗人对于战事的关注以及对和平的诉求。

王士禛（1634—1711），字子真、贻上，号阮亭，又号渔洋山人，新城（今山东桓台县）人。博学好古，能鉴别书、画、鼎彝之属，精金石篆刻，诗为一代宗匠，与朱彝尊并称。彭孙遹怀古诗词明显体现出的悲音渐弱的倾向，在他的同类作品里表现得更为明显。王士禛乃多产作家，仅怀古诗就写下了包括《姑苏怀古》三首、《台城怀古》二首、《皖城怀古》四首、《骊山怀古》八首、《秦淮杂诗》十四首、《马嵬怀古》二首、《登天阙山望金陵怀古》、《武功怀古》、《颍川怀古》、《荆州怀古》、《荻港》等在内的数十首，其中多数诗篇存在多吊古而少伤今、举重若轻、现实针对性不强的弊端，其影响极大的名篇《浣溪沙·红桥》颇具代表性，词云：

> 北郭清溪一带流，红桥风物眼中秋。绿杨城郭是扬州。西望雷塘何处是，香魂零落使人愁。澹烟芳草迷旧楼。

关于此篇创作背景，王士禛在《渔洋诗话》中给予了具体说明：“余少时在广陵，每公事暇，辄招宾客泛舟红桥，与袁荆州（于令）诸词人赋诗，有‘绿杨城郭是扬州’之句，江淮间取作画图。”十分明显，词人赋红桥怜香魂，并非出于宣泄满腔悲情的内在心理需要，而是在悠游之际抒发闲愁，故《红桥》词情韵淡远，缺乏厚重的历史内涵与强烈的情感冲击力，便不足为奇。蹈袭传统模式，描绘优美画面，营造凄迷意境，可谓王士禛怀古之作的突出特点，此中既显示了他博采众长的艺术功力，也暴露了意义追问的重大欠缺。不少作品意蕴不够深厚，情感显得平缓，手法娴熟但创新性不够明显，格调哀婉却难以撼动人心。为了进一步说明这一问题，不妨看看《渔洋诗话》的另一段记载：

> 余客金陵，居秦淮邀笛步上，与主人谈秦淮盛时旧事，作绝句二十首，人敬传写。虞山钱宗伯，亦常居此，有《题石崖秋柳小景诗》云：“刻露巉岩石骨愁，两株风柳曳残秋。分明一段荒寒景，今日钟山古石头。”余继和云：“官柳烟含六代愁，丝丝畏见冶城秋。无情画里逢摇落，一夜西风满石头。”袁箨庵（于令）见之，笑曰：“忍俊不禁矣。”[②]

两首通过描绘荒凉景色以抒发怀古悲秋之情的诗歌，引起的却是旁观者“笑”、

---

① （清）吴历撰，章文钦笺注：《吴渔山集笺注》，中华书局2007年版。

② （清）王士禛：《渔洋诗话》卷上，《清诗话》，上海古籍出版社1963年版，第169页。

“忍俊不禁”的情感反应，这种反常现象说明王士禛的部分诗作的确存在“为文而造情”的情况。

研究王士禛的城市怀古诗词创作，必须注意到两个关键问题。其一，诗人的“业余遗民”和“官中之官”的特殊身份①。明朝灭亡时王士禛仅十余岁，对于鼎革之际发生的那场社会大动乱，跟随家人外出避难的王士禛，印象应该不算深刻，虽然王氏家族中罹难者多达三十余人（见《带经堂集》卷六《五烈节家传》）。王士禛为顺治十二年（1655）进士，十六年选为扬州推官，历时五年。其间，他充分利用自己的家世背景、政治地位以及文学才能，积极主动地结交当地的江南遗民，这一行为最明显的效应不是改变自身身份，成为遗民诗人群体的一员，而是“赢得这一群体的舆论支持，从而为日后雄踞文坛盟主的地位奠定了基础”②。当代学者称之为“业余遗民”以示其与遗民诗人的区别；既着眼于王士禛为官新朝的政治身份，亦针对他给别人留下的“扬州的浪漫主义者中的形象”③的印象。进入康熙朝后，王士禛仕途一路升迁，累官至刑部尚书。《清史稿》本传载：“士禛以诗受知圣祖，被眷遇甚隆。”“汉臣自部曹改词臣，自士禛始。上征其诗，录上三百篇，曰《御览集》。”这样的人生经历与创作环境的确很难让他始终保持和真实书写刻骨铭心的故国之思与撕心裂肺的亡国之痛。

其二，王士禛论诗宗“神韵”，“神韵说”的核心或本质特征是追求“意在笔墨之外”的诗歌境界，提倡蕴藉含蓄、恬淡自然的审美好尚④。王士禛曾将“清远”作为“神韵”之标格，而诗人只有通过描绘清幽绝俗的物象，寄托淡远超脱的心境，方能创造出清淡悠远的意境。提倡“神韵说”必然要求创作主体远离现实，消解欲望，控制情感，而那些饱受亡国痛苦折磨的文学家很难做到这一点。王士禛并非对明朝灭亡无动于衷，而是百感交集，愁绪满怀，诚如他在《秋柳四章·序》里所言：“仆本恨人，兴多感慨，寄情杨柳，同《小雅》之仆夫；致托悲秋，望湘皋之远者。”顺治十七年王士禛过淮安（此城为明末宗室福王朱由崧设镇复

---

① 梅尔清认为“在北京王士禛是官中之官，甚或是皇帝的私僚。在扬州他是一个业余‘遗民’”。［美］梅尔清：《清初扬州文化》，朱修春译，复旦大学出版社2000年版，第39页。

② 蒋寅：《王士禛与江南遗民诗人群》，《北京大学学报》（哲学社会科学版）2005年第5期。

③ ［美］梅尔清：《清初扬州文化》，朱修春译，复旦大学出版社2000年版，第40页。

④ 详见王运熙、顾易生主编：《中国文学批评通史·清代卷》，上海古籍出版社1996年版，第308—332页。

国之地)，作《淮安新城　有感二首》，即景抒怀，沉痛感慨明朝亡国之际的事迹，其一云：

泽国阴多暑气微，一城烟霭昼霏霏。春风远岸江蓠长，暮雨空堤燕子飞。

四镇虫沙成底事，五王龙种竟无归。行人泪堕官桥柳，披拂长条已十围。

十分明显，这种直陈时事、风格沉郁悲凉的作品实际上突破了"神韵说"的要求。当"神韵"成为王士禛诗歌创作的自觉追求时，他便有意识与现实生活拉开一定距离，一方面要保持诗歌的现实指向，另一方面又节制情感，将现实放在远离自己的时空中进行观照，与现实保持一种不即不离的状态。于是，其城市怀古诗便显得意蕴温厚、愁情淡远，现实指向不甚明了。试读其《秦淮杂感》三首：

年来肠断秣陵舟，梦绕秦淮水上楼。十日雨丝风片里，浓春烟景似残秋。

（其一）

青溪水木最清华，王谢乌衣六代夸。不奈更寻江总宅，寒烟已失段侯家。

（其六）

傅寿清歌沙嫩箫，红牙紫玉夜相邀。而今明月空如水，不见青溪长板桥。

（其十）

使用传统意象，书写繁华消歇的感慨，读者从这一幅幅似曾相识的画面中可以感受到诗人的愁情，却难以准确把握"愁"的具体内涵，故对这些诗歌赞美者有之，批评者亦有之。① 一个不容否认的事实是，王士禛创作的那些情感含蓄、意境清远、诗句秀雅的神韵诗歌的确赢得了最高统治者的欢心，他本人因此受到格外恩宠。就客观效果而言，"神韵说"的提倡反映了汉族文人为适应现实而进行的心理调整，事实上迎合了统治者的需求。

郑燮（1693—1765），字克柔，号板桥，也称郑板桥，江苏兴化人。清代著名书画家、文学家。郑板桥出生时，明朝灭亡已有半个世纪，他的城市怀古之作影响较大的除了《满江红·金陵怀古》，便是《念奴娇·金陵怀古》十二首。《念奴娇》组词除第十二首《弘光》之外，其他作品分别以南京的名胜古迹石头城、周

① 赞美者称"这些诗含蓄空灵，把鼎革后的失落与迷茫，转向超脱与玄远，追求幽静淡泊之美，强化了诗的审美特征"。袁行霈主编:《中国文学史》第四卷，高等教育出版社 1999 年版，第 269 页。批评者认为，王士禛的"神韵诗具有蹈袭前人意象，缺乏艺术独创性的缺点，其创作心理虽不是无病呻吟，却小心翼翼，故作雍容，以雕章琢句代替深厚的意蕴表达。所以神韵诗中的'神韵'是馆阁心理的一种刻意掩饰"。王传明:《"神韵"背后的秘密——〈从秦淮杂诗〉看王士禛诗歌的台阁体倾向》，载《滨州学院学报》2010 年第 1 期。

瑜宅、桃叶渡、劳劳亭、莫愁湖、长干里、台城、胭脂井、高座寺、孝陵、方景两先生祠为题，以明亡为中心展开抚今追昔的情感体验与艺术描写，一气呵成。郑板桥操守耿介，为官清廉，胸襟坦荡开阔，组词对“金陵怀古”的传统写作模式进行开拓，不拘一格，任意挥洒，既吊古又伤今，既说人亦言己，甚至将景色优美的长干里视为自己的“终老”之所。《方景两先生祠》、《弘光》二词针对明朝人事进行褒贬，直抒胸臆，爱憎分明，词云：

乾坤欹侧，藉豪英几辈，半空撑住。千古龙逢源不死，七窍比干肺腑。竹杖麻衣，朱袍白刃，朴拙为艰苦。信心而出，自家不解何故。

也知稷契皋夔，闳颠散适，岳降维申甫。彼自承平吾破裂，题目原非一路。十族全诛，皮囊万段，魂魄雄而武。世间鼠辈，如何妆得老虎！

——《方景两先生庙》

宏光建国，是金莲玉树，后来狂客。草木山川何限痛，只解征歌选色。燕子衔笺，春灯说谜，夜短嫌天窄。海云分付，五更拦住红日。

更兼马阮当朝，高刘作镇，犬豕包巾帻。卖尽江山犹恨少，只得东南半壁。国事兴亡，人家成败，运数谁逃得？太平隆万，此曹久已生出。

——《宏光》①

前一首赞美方孝孺、于清景忠于明朝的高尚气节，后一首鞭挞弘光君臣误国、卖国，致使明朝灭亡的丑恶行径，充分体现了儒家文化对作家的影响。二词一反古代作家低沉哀吟的怀古姿态，写得慷慨激昂，气势充沛，这也正是郑板桥与众不同的“怪异”之处。

郑板桥之后，以城市为切入点进行怀古诗词创作的文学家不绝如缕，其中查慎行（1650—1727，字悔余，号他山，又号初白，海宁人）作有《金陵杂咏》二十首、《邯郸怀古》三首、《汴梁杂诗》八首等；蒋士铨（1725—1784，字心馀、苕生，号藏园，又号清容居士，晚号定甫，铅山人）作有《金陵杂咏》八首、《燕子矶》二首、《饶州怀古》等，这两位著名作家的诗篇均有值得一读者，兹各举一首如下：

市楼南北酒帘青，市上游人半醉醒。何暇管他亡国事，更将闲泪洒新亭。

——查慎行《重泊秦淮二首》之一②

---

① （清）郑板桥撰，王锡荣注：《郑板桥集详注》，吉林文史出版社1986年版。

② （清）查慎行：《敬业堂诗集》卷十六，（清）文渊阁《四库全书》集部·别集类。

不见红兰长板桥，秋光狼藉欲魂销。斜阳在水愁孤燕，残柳当门怨六朝。

旧院瓦堆僧卖酒，丁家楼毁鬼吹箫。美人黄土灯船散，金粉原来易寂寥。

——蒋士铨《秦淮书酒家壁二首之一》[①]

前一首通过描写眼中之秦淮，感慨世人沉醉于酒楼而忘记亡国之恨，无奈中透露出几分愤懑，与南宋林升《题临安邸》有异曲同工之妙。后一首仍然书写诗人关于历史的黑色记忆，“鬼”、“黄土”等死亡意象的运用，有助于再现一个世纪前南京遭受劫难后的萧条景象。两首诗从不同角度说明，无论政治高压，抑或盛世气象，都无法割断文学家们与传统和历史的精神联系。

然而，时间具有稀释由记忆带来的痛苦的巨大能量，清代中期的文人士大夫群体已经接受了改朝换代、异族统治的社会现实，当前朝遗迹多被雨打风吹去，而蹉跎的岁月又消磨了自身的激烈壮怀，他们对待历史遗迹的态度势必会产生某些变化，赵翼的《金陵过前明故宫城》[②] 诗便反映了这一点：

广衢九轨接城闉，胜国遗规半未湮。流水不澌金粉气，故宫已见采樵人。

百年史册残棋谱，一片江山浩劫尘。老去只贪娱景物，渐无闲泪为沾巾。

赵翼（1727—1814），字云崧，一字耘崧，号瓯北，晚号三半老人，江苏阳湖（今江苏省常州市）人，乾隆二十六年进士。清初著名文学家、史学家。赵翼出生时，明朝灭亡已近百年，他称前朝为“胜国”而非“故国”，赞誉中已见心理的距离与情感的疏远。清代顺治年间清兵南下，明故宫被改为八旗兵驻防城，遭到严重破坏；1684 年，康熙皇帝首次南巡，见到残破不堪的“明时故宫”时不禁大发感慨，为之扼腕叹息[③]。相比之下，赵翼诗中颔联与颈联所抒发情感反倒显得平静得多，这是因为明故宫的存在价值已由凭吊前朝转化为满足今人，消闲功能取代了政治功能，诗中一“闲”字揭示了包括赵翼在内的众多文人士大夫面对历史遗迹所具有的一种去政治化的非功利心态，都市怀古诗应有的打动人心的悲剧力量荡然无存。

① （清）蒋士铨撰，邵海清校，李梦生笺：《忠雅堂集校笺》，上海古籍出版社 1993 年版。

② （清）赵翼撰，李学颖、曹光甫校点：《瓯北集》，上海古籍出版社 1997 年版。

③ （清）文渊阁《四库全书》集部《圣祖仁皇帝御制文集》卷十八载《过金陵论》云：“将登钟山，酹酒明太祖之陵，道出故宫，荆榛满目。昔日凤阙之巍峨，今则颓垣断壁矣，昔者玉河湾环，今则荒沟废岸矣。”

二、复送酒船歌板至，那知中有断肠人①——末世镜像与多味体验

在满清王朝统治中国的历史时期内，末世征兆由隐而显。君主专制主义走向极端，文字狱盛行，国人毫无政治民主而言，长期寄居在社会肌体的各种毒瘤至此已暴露无遗。由于经济、文化体制内缺少根本性变革，古典城市彻底失去跨越式发展的内在动力，加之政治权力的干预以及区域经济发展的不平衡，城市两极分化日益严重。城市内奢侈之风愈演愈烈，市民队伍中贫富悬殊现象已发展到触目惊心的地步。自魏晋南北朝以来，历代文学家所批判的城市文化各种弊端非但未见革除，反呈积重难返之势，对此，感伤者有之、无奈者有之、麻木者亦有之。笼罩着浓郁的“末世”阴影的生存背景，深刻影响到清代诗人的都市体验，即使是都市赞歌，也不见汉唐盛世产生的同类作品所具有的那种蓬勃激情与高度自信。

随着满清政府平定三藩、统一台湾，蔓延在各地的战火逐渐熄灭，中国城市的建设和发展逐渐回到了既有的轨道之上，但由于政治、文化、经济发展的不平衡，两极分化的现象即使在所谓“康乾盛世”时期也表现得十分突出。首都北京始终保持着繁华昌盛的城市风貌，“列第侯王灯市里，九衢士女月明中。玉萧唱遍江南曲，火树能焚塞北风”，施闰章《元夕诗》所描绘的场景人们并不陌生。南京在文人充满感伤的吟唱中悄然拾回“金粉之都”的传统风采，“一带朱楼映紫霞，段师家世教琵琶。碧窗晓腻鸬鹚鸟，红袖春娇蛱蝶花”（吴绮《次韵秦淮》四首之二）便透露出个中信息。硝烟散尽后的扬州，很快又响起了管弦笙歌，康熙、乾隆皇帝多次南巡，各地盐商的大量驻进，深刻地改变了扬州的城市面貌。查慎行《扬州城外观灯船和友人韵》二首之一“所岸灯台开画锦，船船弦索曳歌姝”，作为现实生活的真实写照，已经超越了历史记忆的范畴。然而，与此同时，全国尚有不少城市长期处于萧条不振的状态：“古道横边马，孤城闭水门”（朱彝尊《晓入郡城》），“山川无仿佛，耆旧况凋零”（王士禛《阆中县》二首其一），“十丈黄埃压许昌，高城残缺半斜阳”（蒋士铨《许州》），“野阔青山断，荒城白日扃”（田雯《过郏城》），这一类描写真实地反映了清代城市发展两极中落后的一面。

经过换代之际的清朝文学家对于城市的观照态度所体现出的高度理性精

① 句出姚鼐《见诸君作莫愁湖櫂歌戏拟四首》之一，全诗为：“繁华才过即千春，遗迹荒寒任水滨。复送酒船歌板至，那知中有断肠人。”引自姚鼐著，刘季高标校：《惜抱轩诗文集》，上海古籍出版社1992年版。

神，前所未见。他们渴望和平与安宁，异常惧怕城头再起烽烟，“回头三十年前事，笺恳天公。衰鬓如蓬，莫遣咸阳又举烽”。（陈维崧《采桑子》）随着政治局势的稳定，逐渐以日趋平静的态度接受了异族入主的政治格局。然而其骨子里所秉承的文化优越感以及难以完全愈合的心灵伤痛，又在相当程度上阻隔了他们与最高统治者情感上血肉般的融合，“各为稻粱谋”的实用生存策略抑制或削弱了参与当朝政治的热情，从而导致观照城市的态度和视角发生明显变化。当年骆宾王创作《帝京篇》的时代背景已不复存，因此清朝诗坛上鲜有人满怀激情地采用铺张扬厉的手法去谱写都市颂歌的鸿篇巨制，借以描绘宏大叙事的社会蓝图。就整体而言，人们普遍采用务实的生活态度，根据现实生存的需要调整价值观念。重新审视和认识个体与城市的关系，逃逸城市者有之，留守城市者更有之，后一类人群里，徘徊者、享乐者、失意者皆不乏其人。诗人大都遵循写实的创作原则，真实书写自身的都市体验，既不掩饰享乐于城市的人生快意，也不回避城市之行的坎坷与蹉跎，城市发展中的黑暗与罪恶在他们笔下也多有表现。

陈维崧（1625—1682），字其年，号迦陵，江苏宜兴人。祖父陈于廷官左都御史，东林党人；父陈贞慧，为南京“四公子”之一，复社中坚。他少逢国变，又遭地方侵夺，外出依如皋冒襄，应乡试不中，中年落拓走南北。康熙十八年（1679），举博学鸿词，授翰林院检讨，四年后而卒。陈维崧为清初著名词人，阳羡派词宗，平生所作长短句一千八百余首，数量为古今词人之冠。其词题材广泛，内容丰富，故国之思，身世之叹，民生之苦，亲友之情，山川之秀，一一入词，进一步拓展了词的境界，受到历代研究者好评。主张作词“为存经存史”的陈维崧不仅较为全面地反映了明末清初的社会现实，享有“词史”美誉，而且真实地披露了个人的心路历程。所作《望江南・岁暮杂忆》十首和《望江南・岁暮杂忆宛城五月追次旧游漫成》十首在他的全部创作中具有特殊意义。这两组词多写市民的浅斟低唱，看似远离宏大叙事，实则是他根据自己早年的生活经历，围绕江南诸多历史名城所展开的对于“历史记忆”的书写，兹举六首如下：

江南忆，最忆善和坊。猿臂醉擎刘白堕，莺喉娇唱小秦王。花月去堂堂。

江南忆，少小住长洲。夜火千家红杏幕，春衫十里绿杨楼。头白想重游。

重五节，记得在金陵。绿水没腰连夜雨，锦帆衔尾半河灯。往事思腾腾。

重五节，记得在扬州。歌板千群游法海，酒旗一片写高邮。茉莉打成球。

重五节，记得在吴门。北寺墙头兰叶鬓，桐桥船里墨花裙。那许不销魂。

重五节，记得在西湖。万马钱塘堤上戏，六桥士女镜中趋。仿佛射潮无。[①]

陈维崧性格豪迈，词作多牢落不平之气，骨力遒劲，而上引诸词则语言绮丽，风格柔婉，明显偏离了主流词风。《望江南》词中的江南风景秀美，生活逸乐，诸名城形象经过词人主观情感浸润成为晚明士人理想生存空间的文学呈现，作家看似轻松的笔调抒发的却是强烈的历史悲情。尤其值得注意的是，在遗民文人频繁地描绘“残山剩水”的乱世景象，以此寄托对明亡的哀思时[②]，陈维崧反复地吟唱着“江南好”的温馨小曲，其精神意义不容忽视。他欲为自己漂泊无依的灵魂营建栖息的文化家园，借助文学艺术的方式将一代人对于晚明的记忆永恒化，在心灵世界内确保“江南”的旗帜不倒。

吴兆骞（1631—1684），字汉槎，吴江（今属苏州）人。崇祯十三年（1640）进士，少有文名，与其兄兆宽、兆夏并称“延陵三凤”。顺治十四年（1657）中举人，南闱科场案发，被诬卷入其中。翌年，兆骞赴京接受检查和复试，于复试中愤然交上白卷，因此被革除举人名，家产籍没入官。经顺治皇帝亲自定案，被关押于刑部的吴兆骞与父母兄弟妻子一并流放宁古塔（今黑龙江省宁安县）达二十三年之久。对于押送或处决朝廷罪臣这一中国古代京城早已存在的特殊文化现象，历代文学家绝少以诗歌的形式给予艺术表现，吴兆骞根据自己的亲身经历，创作了《戊戌三月九日自礼部被逮赴刑部口占二律》[③]，形象地再现了那极其残酷恐惧的一幕以及自己“那堪缧绁赴国门”（其二）的心灵悸动，填补了古代京城景观描写中的一个空白。其一云：

仓黄荷索出春宫，扑目风沙掩泪看。自许文章堪报主，那知落网已摧肝。

冤如精卫悲难尽，哀比啼鹃血未干。若道叩心天色变，应教六月见霜寒。

窦娥冤的历史悲剧再一次上演，只不过地点由关汉卿笔下的山阳县城挪移到了京城北京，悲剧的主角由无辜的良家妇女换成了无辜的江南才子。吴兆骞如泣如诉的描写掀开了血腥笼罩下都城的罪恶一角，“荷索出春宫”的画面具体显示了国家首都—政治权力—士人命运三者之间的内在关系。

孔尚任（1648—1718），字聘之，又字季重，号东塘，别号岸堂，自称云亭山人。山东曲阜人，孔子六十四代孙，清初著名戏曲家、诗人。1684 年康熙南巡

---

① （清）陈维崧：《陈迦陵全集》，《四部丛刊》影印本。

② 详见杨念群：《何处是“江南”？——清朝正统观的确立与士林精神的变异》，生活·读书·新知三联书店 2010 年版，第 25 页。

③ （清）吴兆骞撰，麻守中校点：《秋笳集》，上海古籍出版社 1993 年版。

北归，特至曲阜祭孔，三十七岁的孔尚任在御前讲经，颇得康熙赏识，破格授为国子监博士，赴京就任。三十九岁，奉命赴江南治水，历时四载，其间在扬州居留了三年多，创作《清明红桥竹枝词》二十首[①]，对清明时节扬州红桥一带的风土人情给予了细致描绘，“留恋红桥市酒香，归来都到日昏黄”、“桥头拍手人齐笑，妙舞清歌脚底行”、“翠楼高处有红妆，笑数游人坐夕阳”，再次塑造出闹市繁华、歌吹遍地的扬州形象，回应着历史。孔尚任的系列描写表明，虽然离“扬州十日”事件仅四十余年，扬州人以惊人的速度恢复了饮酒寻欢、笙歌曼舞的享乐生活，对此，作家未曾给予直接评论，可是字里行间却流露出无比深沉的感叹，试读其“清明祭扫”一诗：

桥西桥北冢为邻，祭扫何曾泪掩巾。少化纸钱多剩酒，猜拳惊起九泉人。

人们仿佛走出了屠城的阴影，失去亲人的痛苦完全消失在群体的狂欢之中。诗的前三句记实，末句写意，诗人在自由联想中寄托了自己对扬州市民集体“失忆”的失望之情。孔尚任曾经说：“广陵为天下士人之大逆旅，凡怀才报艺者，莫不寓居广陵，盖如百工之居肆也。”（《与李畹佩》）文人士大夫群体与扬州的结缘，造就了清代文坛扬州诗词创作的井喷现象，如果说清初诗词中的“扬州”更多地作为晚明想象物存在的话，那么随着扬州城的重建，想象的扬州开始与现实的扬州在外部形象上重叠。即使如此，人们心灵深处“仍然萦绕着1644、1645年的鬼魂梦魇”[②]，孔尚任以及以后郑板桥的《扬州》二首都揭示了这一点。

中国封建王朝的京城历来是文人们梦中的热土，走进京城，实现人生理想，是他们孜孜不倦的奋斗目标。描绘京城之行的所见所闻，表现个人仕进路上的成败得失，自唐代起便成为中国城市文学的常见内容之一。清朝士人一如既往地将京城见闻与体验作为文学观照的对象，体现出对文学传统的全面继承。与此同时，他们又善于感受新的时代气息，并将其成功地转化为文学资源，从而赋予自己的创作不雷同于前人的新面貌。孔尚任被康熙召至京城后，在国子监坐了十年冷板凳，他在《国子监博士厅》诗里写道：

雀噪新槐吏散衙，十年毡破二毛加。不知门外春深浅，博士厅前老荠花。

抒发了冷宦无聊、岁月蹉跎的苦闷与郁愤。无独有偶，比孔尚任年龄稍长的叶方蔼也有类似描写。

① （清）孔尚任撰，汪蔚林编：《孔尚任诗文集》，中华书局1962年版。
② ［美］梅尔清：《清初扬州文化》，朱修春译，复旦大学出版社2004年版，第30页。

叶方霭（1629—1682），字子吉，号讱庵，江苏苏州昆山人，顺治十六年殿试一甲第三名，探花及第。其《题翰林院壁用东坡清虚堂韵》诗写道："翰林门外风吹沙，翰林先生早放衙。怪君面目太尘土，经年不识长安花。朝咽荠盐暮吟诵，虫鱼琐细罗万家。官舍如水何所有，高槐疏柳啼栖鸦。"① 从表面看，此乃诗人的自我嘲讽，实际上则揭示了因清廷的文化羁縻政策而"入其彀中"的士人群体的尴尬处境与人生悲剧，具有相当的普遍性。

如何认识和表现农民与城市的关系，是考察一个作家阶级立场和思想境界的重要标尺。古代中国虽然是一个农业国家，但长期以来一直存在城乡二元的经济结构和文化结构。城市越发展，城乡冲突也就越明显，其标志便是农民对城市集聚大量财富的现象表现出越来越强烈的不满。李唐以还，一位位具有民本思想的作家通过描写农民进城的见闻和感受揭示城乡贫富悬殊、苦乐不均的社会现状，以表达自己对贫苦农民的同情和关心。直至明朝，诗人李昌祺仍然沿袭着既定的模式，其《田妇》诗曰："谙尽条桑与艺麻，岂知城市有繁华。年年看得蚕桑熟，不入贫家入富家。"② 至清，传统的写法已经被打破，著名作家赵执信的创作让后世人看到了农民入城后的另一番景象。

赵执信（1662—1744），字伸符，号秋谷，晚号饴山老人、知如老人，山东省淄博市博山人，清代著名诗人、诗论家、书法家。赵执信十八岁中进士后曾任右春坊右赞善兼翰林院检讨，二十八岁因国丧期间观看洪升所作《长生殿》戏剧，被劾革职。此后数十年间，漫游南北，写下了许多反映社会现实的优秀诗篇，七言歌行体长诗《甿入城行》是一首具有填补古代城市文学"空白"意义的名篇。该诗作于康熙六十年（1721），按照事件发生的逻辑顺序，分五个层次叙述了当时发生在苏州地区的农民暴动。农民即"村甿"，因不堪官府压迫，结队入城，捣毁衙门，"一呼万应齐挥拳"的壮烈场面，在以往的古典诗词里很难看到。赵执信的描写超越了前代作家表现城乡冲突、官民冲突的传统模式，将农民结队入城、暴力抗恶这一城市的非常态景观给予了正面表现。他对农民入城造反的肯定和歌颂，实为民本思想的胜利。

清初，清廷对汉族知识分子采用高压和利诱并举的政策，汉族士人欲在社会中争得一席之地，只能走科考仕进之路。"顺治以后，随着政策的宽松，士人

① （清）叶方霭：《读书斋偶存稿》卷三，（清）文渊阁《四库全书》集部·别集类。
② （明）李昌祺：《运甓漫稿》卷六，（清）文渊阁《四库全书》集部·别集类。

在社会上的处境有所改善，但大部分人却只能始终汲汲于考试和仕途。"[①]于是，"长安居大不易"的历史悲音又一次回响在清代士子的诗词吟唱中。三次进京赶考的蒋士铨在《齐天乐·壬申下礼部第出京宿良乡》[②]一词里便展现了读者似曾相识的一幕，词上阕云：

来时尽说长安乐，出门西向而笑。半入云霄，半飘尘海，半在秋原残照。欹斜乌貌，对冷月啼蛄，形影相吊。此味辛酸，古人先我尝到。

黯然离京，景象凄凉，作家因我及人，由今而古，感伤的诉说带有总结历史的意味。"古人先我尝到"六字殊堪玩味。蒋士铨二十三岁北上求仕，历经十年才得中进士，此后，又熬过三年的冷宦岁月，才得以授翰林院编修。仕途的蹉跎虽然消磨掉诗人的青云之志，但也赋予他观风俗、察民情、品世相的生活际遇。如果没有沉沦下僚的坎坷经历，很难想象他能够写出《京师乐府词》这样具有强烈的现实性和批判性的作品来。《京师乐府词》作于乾隆二十五年（1760）诗人任翰林院编修时，凡十六首，就事命题，分写城市下层社会的世态风情，艺术地还原京城以及其他城市不同阶层人们的生活状况。例如，《象声》一篇欣赏京城民间艺人高超的表演艺术，具体多样；《兔儿爷》介绍清朝北京中秋的节物，强调人们的喜爱；《唱估衣》歌咏京城街头小贩的叫卖艺术，生动形象；《唱南词》描述士女听唱曲剧南词被打动的情境，只不过点明地点为杭州。笔者认为，诸篇中最具震撼力的当数《鸡毛房》和《戏旦》两首：

冰天雪地风如虎，裸而泣者无栖所。黄昏万语乞三钱，鸡毛房中买一眠。
牛宫豕栅略相似，禾秆黍秸谁与致？鸡毛作茵厚铺地，还用鸡毛织成被。
纵横枕藉鼾齁满，秽气熏天人气暖。安神同梦比闺房，挟纩帷毡过燠馆。
腹背生羽不可翔，向风脱落肌粟高。天明出街寒虫号，自恨不如鸡有毛。
吁嗟乎！今夜三钱乞不得，明日官来布恩德，柳木棺中长寝息！

——《鸡毛房》

朝为俳优暮狎客，行酒灯筵逞颜色。士夫嗜好诚未知，风气妖邪此为极。
古之嬖幸今主宾，风流相尚如情亲。人前狎昵千万状，一客自持众客嗔。
酒闲客散壶签促，笑伴官人花底宿。谁家称贷买珠衫，几处迷留僦金屋。
蜣蜋转丸含异香，燕莺蜂蝶争轻狂。金夫作俑愧形秽，儒雅效尤惭色庄。

① 李润强：《清代进士群体与学术文化》，中国社会科学出版社2007年版，第18页。

② （清）蒋士铨撰，邵海清校，李梦生笺：《忠雅堂集校笺》，上海古籍出版社1993年版。

腼然相对生欢喜，江河日下将奚止？不道衣冠乐贵游，官妓居然是男子。

——《戏旦》

前一首描述无家可归的乞丐夜宿鸡毛店的悲惨情景，表达了作家对处在社会最底层贫民的同情，其中关于鸡毛店恶劣条件的铺写，非亲临其境者不能道出。后一首则描述了官吏狎像姑（即男妓）的丑恶现象，并对其痛加讥讽和抨击，末二句更是直接表达了诗人鄙视和愤怒的态度。蒋士铨将前所未见的城市生活现象以及两类身份、地位截然不同的市民生存状况纳入文学表现的范畴，揭示了中国古代城市日益严重的两极分化现象，标志着古代文学家城市观照视野的拓展和对城市问题认识的深化，同样具有填补“空白”的价值。

经过漫长的历史发展，中国不少城市形成了自身鲜明的文化个性，扬州便是以商业（闹市）与娱乐（歌吹）著称的江南名城，尽管经历了清初的屠城之痛，扬州城市文化的传统非但没有断裂，反而在新的历史条件下以强力反弹的形态延续着：市内商人艺人云集，酒楼茶肆遍布，街头鲜花飘香，百技杂陈，瘦西湖上游船画舫川流不息，城市处处弥漫着扩张的物欲气息。对此，有人逸乐于其中，沉醉于莺歌燕舞，例如王士禛的《冶春诗》就在春色韶光中勾勒红男绿女的身影，抒发自己流连诗酒的人生快意[①]。同时也有人内心充满了不安和焦虑，生活在康熙、乾隆年间的董伟业便是其中的一位。

董伟业（生卒年不详），字耻夫，号爱江，本沈阳人，寄籍扬州。乾隆五年（1740），作《扬州竹枝词》九十九首，希望通过“纪土风”以达到“讽习俗”目的（见《竹枝词序》）[②]。董伟业非常熟悉扬州的风俗民情，在具体创作中拓展了竹枝词的表现范围，把艺术的笔触伸向了城市的各个角落，“照面皮于菱镜，瘦肥杂以妍媸”（李葂《扬州竹枝词跋一》），三教九流，七十二行，一一入诗，芸芸众生相，尽数和盘托出，语言通俗活泼，描写生动形象，讥讽之意时时流露出笔端，颇得古风。例如：

谁家年少好儿郎，岸上青骢水上航。犹恐千金挥不尽，又抬飞轿学盐商。

刻画一位少年，由小见大，形象地表现暴富盐商奢侈消费对整个扬州城风气所产生的负面影响。

夜舞朝歌结病胎，床头金尽色如灰。莫言苦口无良药，明日人参客到来。

---

① 参见李孝悌：《恋恋红尘——中国的城市、欲望和生活》，上海人民出版社 2007 年版，第 144 页。

② （清）董伟业撰，刘永明点校：《扬州竹枝词》，广陵书社 2005 年版，第 1 页。

聚焦一个镜头，毫不留情地讽刺了有钱阶层纵情声色、伤身毁体的生活方式。

章句吾儒转见疏，梨园一曲重播玙。为裁子弟缠头锦，不买儿孙满腹书。

描述一种现象，真实地反映了扬州人重娱乐轻读书的习俗。如果说郑板桥“千家养女先教曲”（《扬州》）之句“是对清代扬州都市民俗特点集中而又生动的概括”①的话，那么董伟业则对扬州民俗悖离儒家传统的价值取向给予了明确的否定，第九十一首所谓“东舍西邻斗歌舞，何曾中有读书声”表达的是同样的评判。当扬州市民普遍沉醉在温柔富贵之乡时，《扬州竹枝词》的问世显然有些不合时宜，对此，董伟业有着非常清楚的认识，他于第九十九首中写道：

镂血呕心苦费思，惹人骂不合时宜。问何家世何名目，自号扬州董竹枝。

既道出了创作的艰辛，亦道出了内心的自信。事实上，《扬州竹枝词》在招致非议的同时，也赢得好评，“竹枝词好凭谁识？绝世风流郑板桥！”（第九十八首）“扬州八怪”之一的郑板桥激赏董词，亲为作序，赞其“挟荆轲之匕首，血濡缕而皆亡；燃温峤之灵犀，怪无微而不烛。遭尤惹谤，割舌奚辞；识曲怜才，焚香恨晚。盖广陵风俗之变，愈出愈奇；而董子调侃之文，如铭如偈也！”此外，又以“六分半书”抄誊《扬州竹枝词》数遍，馈赠友朋，足见其欣赏程度。

清代竹枝词极一时之盛，其中影响最大的除董伟业《扬州竹枝词》之外，还有桐城人杨米人（生卒年及生平均不详）作于乾隆六十年、集中描写京城风土时尚的《都门竹枝词》一百首。关于组词的写作动因以及创作心态，作家在最后一首词里给予了说明：“传来日下旧闻多，市语方言费揣摩。人山人海图画好，挑灯闲写竹枝歌。”“好”字揭示了文本正面描写的基本取向，而“闲”之心态则直接影响到作家的取材范围与表现手法。《都门竹枝词》褪去了京城皇权的神圣光环，将其还原为平民百姓生活的家园，惟妙惟肖地展现出皇城根下的芸芸众生相，例如描写旗人养鸟的习尚与排场：

胡不拉儿架手头，镶鞋薄底发如油。闲来无事茶棚坐，逢着人儿唤“呀丢”。

衣冠楚楚、无所事事的贵族子弟是北京市民阶层中的新成员，杨米人生动形象的描绘丰富了中国古代城市文学的人物画廊。又如讽刺追求时尚的读书人：

车从热闹道中行，斜坐观书不出声。眼镜戴来装近视，学他名士老先生。

于细微处表现人物的可笑，于诙谐中表达善意的讽刺。再如描写民间曲艺的演

① 柯玲：《民俗视野中的清代扬州俗文学》，上海社会科学出版社2006年版，第151页。

出情况：

棚棚手内抱三弦，草纸遮头日照偏。更有一般堪笑处，新闻编出《太平年》。

场地条件简陋，演出水平不高，真实地反映了弹词这一民间艺术在当时的发展现状。《都门竹枝词》广泛地表现了北京地区的风俗民情，极具地域色彩（即京味儿）。例如描写北京人过年特有的风俗："雪亮玻璃窗洞圆，香花爆竹霸王鞭。太平鼓打咚咚响，红线穿成压岁钱。"放爆竹、敲太平鼓、给压岁钱，均是老百姓过春节最常见的行为。最值得一提的是对北京地区名小吃的丰富多样性给予了艺术描写：

三大钱儿买甜花，切糕鬼腿闹喳喳。清晨一碗甜浆粥，才吃茶汤又面茶。

凉果炸糕糖耳朵，吊炉烧饼艾窝窝。叉子火烧刚买得，又听硬面叫饽饽。

烧麦馄饨列满盘，新添挂粉好汤团。爆肚油肝香灌肠，木须黄菜片儿汤。

卖酪人来冷透牙，沿街大块叫西瓜。晚凉一盏冰梅水，胜似卢仝七碗茶。①

诗人对北京市民从早至晚各种喜爱的食物，如油条、面茶、炸糕、烧饼、叉子火烧、烧麦、腐乳、豆腐干、酸梅汤等，一一加以介绍，足见当时小吃之盛。诗中还描写了街头不同时段响起的叫卖声，渲染出浓郁的北京风情。

嘉庆年间海门人李符清跋《都门竹枝词》时云："米人竹枝词，凡京都诸人、诸物、诸事，无不曲肖其状。昔班固、张衡，皆赋都邑，唐李庾也有两都之著，然文似艰深，不若米人以雄奇之笔，写俚俗之事，而不见俗者，其才大也。"《都门竹枝词》与《扬州竹枝词》均具有语言流畅、活泼自然、通俗易懂、集中反映市民生活、富有浓郁的市井气息、格律比较宽松、易读易诵等特点，进一步发展了古代城市文学"以俗为美"的审美特质。

城市的繁荣与喧嚣对于不同的作家显示出不同的意义，际遇与心境直接决定创作主体对于城市的直观感受和艺术处理。春风得意者视其为人生乐园，多从正面进行描写便是情理中事；而穷困潦倒者在收获孤独与失意的同时，更容易感受到城市阴冷和黑暗的一面，乾隆年间的青年才子黄景仁就属于后一类。

黄景仁（1749—1783），字汉镛，一字仲则，号鹿菲子，江苏武进（今常州市）人。四岁而孤，家贫力学，十六岁参加常州府童子试获第一名秀才。然时乖命蹇，落拓平生，穷困潦倒，年仅三十五岁就因贫病交加客死他乡。黄景仁为谋生计，曾四方奔波，自言"几年橐笔走神京"（《直沽舟次寄怀都下诸友人》），怀才不遇

① 引自路工编选：《清代北京竹枝词（十三种）》，北京古籍出版社 1982 年版。

的人生经历赋予他敏感的心灵和敏锐的眼睛，所作不仅多抒发穷愁不遇、寂寞凄怆之情怀，而且显示出对城市极为独特的观照视角。试读其《癸巳除夕偶成》二首之一：

千家笑语漏迟迟，忧患潜从物外知。悄立市桥人不识，一星如月看多时。

诗作于乾隆癸巳年（1774）除夕，背景城市不详。孤独的年轻诗人没有沿袭“一年将尽夜，万里未归人”的除夕诗传统主题，而是侧重书写自己与外部世界的隔膜以及内在的忧患情怀。诗歌意境凄冷，情调低沉，既迥别于主流社会的“盛世”颂歌，也与新年的欢乐祥和气氛格格不入。乾隆四十年（1775）黄景仁到了北京，先后献诗于乾隆帝、应试于顺天府，然皆无遇合，东奔西走，囊中金尽，谋生计拙，前途渺茫，极度苦闷之中，写下《都门秋思四首》①，抒发贫寒之士的酸楚与愤懑，兹举前两首如下：

楼观云开倚碧空，上阳日落半城红。新声北里回车远，爽气西山拄笏通。
闷倚宫墙拈短笛，闲经坊曲避豪骢。帝京欲赋惭才思，自掩萧斋著恼公。
（其一）

四年书剑滞燕京，更值秋来百感并。台上何人延郭隗，市中无处访荆卿。
云浮万里伤心色，风送千秋变徵声。我自欲歌歌不得，好寻驺卒话平生。
（其二）

如果说黄景仁自叹“十有九人堪白眼，百无一用是书生”是对残酷真相的直接揭示的话，那么《都门秋思》便是借悲秋伤怀，形象地演绎无用书生的人生困境。事实上，伫立在北京城楼上的这位形单影只、感慨伤心的才子，吟唱出的正是天下失意文人共同的哀歌。相传阮沅“见《都门秋思诗》，谓值千金，姑先寄五百金，速其西游”。（陆继辂《春芹录》）足见其诗的感人力量。《圈虎行》是黄景仁根据自己北京街头所见的一次驯虎表演而创作的七言古体叙事长诗，既写都市风景，亦抒内心不平。具体描写都市街头百戏的作品，自魏晋南北朝起便不断涌现，《圈虎行》的创新处有两点。其一，描写街头驯虎的惊心动魄场面，“先撩虎须虎犹帖，以棓卓地虎人立。人呼虎吼声如雷，牙爪丛中奋身入。虎口呀开大如牛，人转从容探以手。更脱头颅抵虎口，以头饲虎虎不受”，给人以新奇甚至恐惧之感，这一题材的出现本身就表明城市居民追求感官刺激的程度在不断提高。其二，作家的创作动机并不在于表现都市生活的丰富多彩，而是通过描绘猛兽任

① 所引黄景仁诗均出自黄景仁著，李国章校点《两当轩集》，上海古籍出版社 1983 年版。

人驱使、做出各种貌似威风而实则“媚人”的架式，抒发了在统治力量的威压下人性被扭曲而失去自然天性的沉痛悲哀。“我观此状气消沮，嗟尔斑奴亦何苦！”旁观者的态度再一次表明诗人与这个城市的格格不入。

第三节　小说：古典叙事的绝响

经过明代小说创作的高峰时期之后，清代小说继续保持创作的繁荣局面。文学家对小说创作仍然具有浓厚的兴趣，涌现出的作品数量众多，创作者在叙事内容的取舍、叙事结构的安排以及叙事语言的使用等方面都取得了足以傲视前贤的不凡成就。从城市文学创作的角度审视，清代小说家的城市书写具有较为明显的“总结”倾向，他们大致遵循城市叙事的传统模式，目光多投向文化名城，在多方吸取前代小说的创作经验基础上，结合自己的现实生活感受，形塑独具精神个性的、堪称“最后一批”古典城市的形象。因此，他们的创作事实上已成为古典式城市叙事的绝响。本节拟以创作共性为研究重点，采用中观把握与个案分析相结合的手法，对本期小说的城市叙事进行进一步阐释。

一、长安：汉唐盛世的遥想

自唐传奇始，“长安”便作为古典小说中的重要空间场景频繁出现，清代小说亦不例外。时而它带着明显的当下特征指示着故事发生的地点及其空间范围，例如蒲松龄《聊斋志异》“鼠戏”一则言“一人在长安市上卖鼠戏”，讲的就是长安城中的奇闻。又如署名烟霞主人编述的《幻中游》反映明代史实，刻画了明朝面对魏忠贤专权而刚直不阿的石峨形象，作品反复提及的“长安”即是主人公就职与活动的西安府长安县①，并无特殊寓意。时而它又作为都城的指代，用以象征国家政治文化中心的种种特质，例如纪昀编撰的《阅微草堂笔记》卷十一《槐西杂志一》讲述了乾隆间京师北京人鬼对弈的故事后，引用故事中的人感慨“长安道上，鬼亦诳人”②，以说明京城社会现象的光怪陆离，复杂多幻。

见证过汉唐盛世的长安城，自北宋起便不再是统一国家的都城，在现实政

① 关于西安府长安县，《明史·地理志第十八》载曰：“洪武二年三月改为西安府。领州六，县三十一。”长安为第一大县，洪武三年四月建秦王府。

② 《历代小说笔记选》（清·第三册），广东人民出版社1983年版。下引此书不再注明。

治文化生活的层面上，昔日的辉煌因中心地位失落而不再。宋至明清，西安的规模较之长安时期大为缩小，虽仍是西北重镇，但城市风貌已难与唐代相比①。然而，长安城曾经拥有的宏大气象、尊贵气质和豪华风采并没有随着时间的推移而销声匿迹，而是带着强烈的心灵震撼力永远定格于中华民族的记忆之中，并作为文化符号出现在古代文学家想象的空间世界里。

与唐传奇相比，清代小说文本中的“长安”具有比较明显的虚位化特征，唐传奇那种直接点明长安街坊位置的还原式写法并不多见，更多的时候长安只是一个抽象的地名符号。《隋唐演义》由于题材的规定性，半数以上的回目都提到长安，不过始终缺乏具有城市特征的空间标志，作家无心塑造城市的性格和形象，仅仅将其作为叙事中的地点要素。《镜花缘》里多次出现在人物谈话中的“长安”，通常表示人物的一段人生经历，如“唐敖于宏道年间，曾在长安同徐敬业、骆宾王、魏思温、薛仲璋等，结拜异姓弟兄”。（第七回）“当日伯伯长安赴试，常同父亲相聚，那时侄儿不及十岁，曾在家中见过。”（第二十四回）长安形象显得模糊不清。导致这一现象产生的根本原因在于时代的距离使作家缺少长安生活的直接经验，加之“唐代长安典型的棋盘城市性格不适合小说表现常民生活，明清西安的风采又已不再，也无怪古都在小说中虚位化了”。②

不过，虚位化不等于虚无化，有学者认为清代白话小说中没有什么作品对“历史上的长安的文化富有具有深度的文学表现”③，事实上，这一结论并不适用于全部小说文本，清代小说家遥想汉唐盛世的创作姿态及其意义无意间被忽略了。刊行于清初、题为荻岸山人编次、由天花藏主人作序的《平山冷燕》④，是一部影响较大的才子佳人小说，该书的空间设置值得我们关注。作家在第一回“太平世才星降瑞　圣明朝白燕呈祥”里交代了故事发生的时间和地点：

> 话说先朝隆盛之时，天子有道，四海升平，文武忠良，万民乐业。是时，建都幽燕，雄踞九边，控临天下，时和年丰，百物咸有。长安城中，九门百逵，六街三市，有三十六条花柳巷、七十二座管弦楼，衣冠辐辏，车马喧阗，人

---

① 详见朱世光、吴宏岐主编：《古都西安：西安的历史变迁与发展》，西安出版社2003年版。

② 胡晓真：《夜行长安——明清叙事文学中的长安城》，载陈平原等编著：《西安：都市想象与文化记忆》，北京大学出版社2009年版，第186页。

③ 胡晓真：《夜行长安——明清叙事文学中的长安城》，载陈平原等编著：《西安：都市想象与文化记忆》，北京大学出版社2009年版，第188页。

④ （清）荻岸山人编次、李致中校点：《平山冷燕》，春风文艺出版社1982年版。

人击壤而歌，处处笙箫而乐，真个有雍熙之化、于变之风！

根据回目提示以及下文的一段赞语“此时天下果然多才：文章名公，有王、唐、瞿、薛四大家之名；词赋钜卿，有前七才子、后七才子之号”不难判断，故事发生的时间所谓“先朝”即明朝，而地点则是位于幽燕地区的都城北京。问题在于，小说家一方面不断透露有关明朝都城的相关信息，除明确指出“建都幽燕”之外，还在第二回“贤相女献有道琼章　圣天子赐量才玉尺”中写道：“此时，长安城中都知道山阁老家十岁女儿做得好《白燕诗》，皇帝欢喜，钦召今日午时入朝，一个个都挨挤在西华门两旁争看，真个是人山人海，十分热闹。”“山显仁忙领女儿转过五凤楼，一径直到文华殿前。”“西华门”、“五凤楼”、“文华殿”均为明朝京城建筑，与正史记载十分吻合[①]。另一方面又反复将京都称之为“长安城”，并不时点出一些汉代皇宫建筑，打破时空界限，造成明朝的北京与汉唐的长安形象部分重叠。如此处理可谓用心良苦，其一，它可以使作家避免遭受文字狱的迫害。《平山冷燕》序署“顺治戊戌”即顺治十五年（1658），小说至迟创作于是年，作者当为明清之际人氏[②]。此时满清统治者已经兴起了文字狱，现代学者研究成果表明，清代的文字狱“始于顺治四年（1647）的‘函可案’，终于光绪二十九年（1903）的章太炎邹容‘苏报案’”[③]，大大小小的文字狱严重禁锢了文人的思想，对文学家的创作自由形成强大的剥脱之势。《平山冷燕》的作者既要书写对于前朝的追思，又要力避文网加身，最佳方式或许就是移植和借用“以汉代唐”的传统手法，追求一种似是而非的表现效果，以便达到歌颂前朝的创作目的。其二，通过遥想的姿态，表达作家对于太平盛世的向往。小说第一回有一大段文字描写天子驾临端门，宴饮群臣的盛大场景：

春满建章，百啭流莺聒耳；晴薰赤羽，九重春色醉人。食出上方，有的

① 据《明史·舆服志》：“十八年建北京，凡宫殿、门阙规制，悉如南京，壮丽过之。”“左顺门之东曰文华殿。右顺门之西曰武英殿。文华殿东南曰东华门，武英殿西南曰西华门。坤宁宫后曰坤宁门，门之后曰玄武门。其他宫殿，名号繁多，不能尽列，所谓千门万户也。”另据《明史·五行志》载：“十六年正月丁酉，大风，五凤楼前门闩风断三截，建极殿榱桷俱折。”

② 《平山冷燕》的作者，乾隆二十一年举人盛百二《柚堂续笔谈》说：“张博山先生劭，号悔庵，嘉兴人，与查声山宫詹，僚婿也。幼聪敏，十四五时，私撰小说未毕，父师见之，加以夏楚。其父执某，为之解纷曰：‘此子有异才，但书未毕，其心终不死，我为适成之。’即今所谓《平山冷燕》也。”然鲁迅则推断其“文意陈腐，殊不类童子所为”，“盖早慧，故世人并以此书附著于彼。”（《中国小说史略》）当代学者向楷认为“据《天花藏合刻第七才子书》的序，可以推知也出于天花藏主人之手”。（《世情小说史》，浙江古籍出版社1998年版，第202页）

③ 李润强：《清代进士群体与学术文化》，中国社会科学出版社2007年版，第115页。

是龙之肝、凤之髓、豹之胎、猩之唇、驼之峰、熊之掌、鸮之炙、鲤之尾、山之珍、海之错，说不尽八珍滋味；乐供内院，奏的是黄帝之《咸池》、颛顼之《六茎》、帝喾《五英》，尧之《大章》、舜之《萧韶》、禹之《大夏》、殷之《大濩》、周之《大武》，听不穷九奏声音……

这里展示的画面既不可能是清初西安府城的艺术写照，因为当时西安正面临城市发展史上的一次倒退[①]，更不可能出现在清初北京的朝堂之上，因为当时天下战火尚未完全熄灭。建章实为汉朝著名宫殿，唐代诗人常借“建章”指代本朝皇宫，贾至《早朝大明宫，呈两省僚友》所谓“千条弱柳垂青琐，百啭流莺满建章”堪称范例。小说开头，作家并不急于推进故事情节向前发展，而是采用铺排夸张的赋法，浓墨重彩地渲染盛世祥瑞、繁华、富贵的景象，形象地再现了想象世界中的汉唐风采，在自己营造的艺术空间里进行历史回溯，以凸显“长安盛景”对于鼎革之际文人士大夫群体的“精神大餐”作用。

生活于清代中后期的魏秀仁（1819—1874，字子安，今福州人）创作的《花月痕》[②] 以另一种方式表达着对汉唐的遥想。此书是清朝继《红楼梦》之后的又一部长篇言情小说，写的是韦痴珠、刘秋痕和韩荷生、杜采秋这两对才子妓女之间的爱情故事。魏秀仁的创作深受唐传奇的影响。在唐代，妓院、酒楼与民间文艺场所是文人的游乐区，唐传奇与文人游妓的关系可从《李娃传》、《霍小玉传》等作品的描写中领略一二[③]。《花月痕》情节框架乃名士与名妓的结合，题材上体现了对唐传奇的继承；文本将才子采花的地点定为长安，而不是北京，再一次呈现唐传奇曾经描绘过的文化场景，更能唤起当下读者对于名士风流的历史记忆；作家描写男主人公初次造访宝髻坊荔香仙院时的情形，手法酷似唐传奇，这里不妨作一简单对比：

（荥阳生）自毗陵发，月余抵长安，居于布政里。尝游东市还，自平康东门入，将访友于西南。至鸣珂曲，见一宅，门庭不甚广，而室宇严邃，阖一扉。有娃方凭一双鬟青衣立，妖姿要妙，绝代未有。

——白行简《李娃传》

痴珠初进巷口，便遥闻一阵笙歌之声。又走了半箭多路，到了一家前

① 详见朱士光：《古都西安的发展变迁及其历史文化嬗变之关系》，载陈平原等编著：《西安：都市想象与文化记忆》，北京大学出版社 2009 年版，第 332 页。

② （清）魏子安：《花月痕》，人民文学出版社 1982 年整理本。

③ 参见梅新林：《中国文学地理形态与演变》，复旦大学出版社 2006 年版，第 422 页。

面，车便站住了。四人一齐下车，只见门前一株残柳，跟班先去打门。痴珠细看，两扇油漆黑溜溜的大门，门上朱红帖子，是“终南雪霁，渭北春来”八个大字。早有人开了门，在门边伺候。痴珠四人，相让了一回，跨进来，便是一条砖砌甬道，院中卸着一辆雕轮绣幰的轿车；甬道尽处，便是一个小小的二门。进去，门左右三间厢房，厢房内人已出来，开着穿堂中间碧油屏门。痴珠留心看那屏门上匾额，隶书“荔香仙院”四个大字，门中洒蓝草书板联一对，是“呼龙耕烟种瑶草，踏天磨刀割紫云”集句，痴珠赞声“好”！跨进屏门，便是三面游廊，中间摆着大理石屏风，面面碧油亚字栏杆，地下俱是花砖砌成，鸟笼花架，布满廊庑上下。四人缓步上厅，便有丫环掀起大红夹毡软帘，早有一股花香扑鼻。方才要坐下，早闻屏后一阵环珮之声，走出一丽人，髻云高拥，鬟凤低垂，袅袅婷婷，含笑迎将出来。

——《花月痕》第三回“忆旧人倦访长安花　开饯筵招游荔香院”

在细节上铺陈经营空间的做法，二者如出一辙，只不过前者简略而后者详细。大门上的红帖营造的是“长安”的氛围，屏门上的板联分别出自中唐诗人李贺《天上谣》与《杨生青花紫石砚歌》的集句则传递出唐代的文化气息。《花月痕》以明朝为时代背景，小说中的长安即当时的西安府，而明朝的西安府城虽较之前代有所扩建和增修，即如小说人物所言：“如今长安名花多着呢！”“这几年秦王开藩此地，幕中宾客，都是些名士，北里风光，自然比向时强多了。”但是其城市规模和繁华程度远未达到唐朝的水平，因此，明代的西安/地方重镇完全无法与历史上的长安/京都相提并论。然而小说中的人物一律将西安城称之为长安，这种习惯性称呼既关联着人们对于这座文化名城的遥远记忆，同时也表达了作家一种当下性的心理期待，因为历史上的长安不仅是帝王居，而且也是名士才子的人生乐土。在唐代发展到顶峰的长安文化对于后人的意义与价值无疑是多元化的，它既适用于后世作家叙写属于国家和民族的宏大史诗，亦可以成为他们借以表达个人“一日看尽长安花”风流梦想的文化符号，《花月痕》关于长安的叙事让我们更多地体味到后者。

二、北京：日下风情的写真

作为清代都城，北京的宫殿一如既往地宣喻着皇权统治固有的威严与气派，皇城根下的大街小巷也依然是五方杂处的市井瓦舍，只是由于旗人的入主以及洋人洋货的不断涌入，这座城市增添了种种异族文化元素。如果说清代小说家关于长安的书写主要表现一代人对汉唐盛世集体记忆的话，那么他们北京的叙事则如一幅工笔写真图，通过对北京市民生活形态与文化品位的琐细描写，如实地表现自己对这座城市的“观看”与“阅读”。

欲增加城市描写的现场感，一个有效的路径便是于细微处多加经营，清代文学家继承和光大了唐传奇的传统，非常重视街道名或建筑名在叙事中的地理标志作用，将人物活动的空间范围具化为一个个特指的北京生活场景，服务于人物形象的塑造与小说主旨的表达。《幻中游》第一回“老宿儒七贴方登第”，写男主人公石峻峰进京之初的活动，“店里静坐无事，除同人拜往外，日逐带着来喜在街上游玩。玉泉山、白塔寺、药王庙、菜市口，俱各走到。一日，饭后出的门来。走到一个胡同里，看见一个说《西游》的，外边听的层层围着。”这一段描写绝非闲笔，而是人物形象塑造的有机组成部分，因为石峨的游玩行为、出游地点与其外地士子的“客人”身份及其平民的社会地位十分吻合。文言志怪小说《阅微草堂笔记》在北京地名使用上则体现出另一作用，卷七“如是我闻一”记载了一则发生在北京的鬼怪故事：

> 裘文达公言：官詹事时，遇值日，五鼓赴圆明园。中途见路旁高柳下，灯火围绕，似有他故。至则一护军缢于树，众解而救之。良久得苏，自言过此暂憩，见路旁小室中有灯光，一少妇坐圆窗中招我。逾窗入，甫一俯首，项已被挂矣，盖缢鬼变形求代也。此事所在多有，此鬼乃能幻屋宇，设绳索，为可异耳。又先农坛西北，文昌阁之南（文昌阁俗曰高庙），汇有积水，亦往往有溺鬼诱人。余十三四岁时，见一人无故入水，已没半身。

在描述他人与自己的奇异见闻时特意点出“圆明园”、“先农坛”两大著名景点，其目的旨在突出故事的真实可靠性，其效果则是营造出身临其境的氛围。

地名和建筑名作为城市文化的表征毕竟有着自身的局限性，要真正展现一个城市的文化全貌，角度必须多样化，成书于清顺治年间、署名西周生的著名长篇小说《醒世姻缘传》① 便体现出如是特点。该小说以明代前期（正统至成化年间）为时间背景，讲述一个两世姻缘、轮回报应的荒诞故事，故事的始发地为“山东武城县”明水镇，该地浪荡子晁源射杀狐精，老学究两番托梦指示其前往北京躲避复仇的灾祸，若干年后晁源转世的狄希陈为摆脱妻子薛素姐的折磨借口离家进京，于是，出于宣扬因果报应思想和描写现实社会世态人情的双重需要，北

① （清）西周生：《醒世姻缘传》，三秦出版社 2006 年版。

京被作为小说人物活动的另一个重要空间背景出现在叙事之中，山东人狄希陈进京的重要情节使"外地人看北京"构成了作家描写北京的基本视角。西周生是一位对济南府和北京城都十分熟悉的作家，他围绕狄希陈的北京之行，从不同角度描绘了北京的城市风貌，从"北京东江米巷那些卖褐子毡条的陕西人"，到"北京西瓦厂墙底下的妓者"，从"京城里一两一石米，八分一斤肉，钱半银子一只鸡"的物价，到市场上"四川出的蜜唧，福建的蝌蚪汤，平阴的全蝎，湖广的蕲蛇，霍山的竹狸，苏州的河豚，大同的黄鼠，固始的鹅，莱阳的鸡，天津的螃蟹，高邮的鸭蛋，云南的象鼻子，交趾的狮子腿，宝鸡县的凤肉，登州的孩儿鱼"等各类商品，从前门关老爷庙到东江米巷销金铺，各种北京文化元素被他一一转化为小说的细节，成为构建北京场景不可或缺的材料。小说第七十五回写狄希陈一行进京后寻找童七的经过，耐人回味：

> 一直进了沙锅门国子监东路北童七的旧居。其门景房舍，宛然如旧，门上贴着国子监的封条，壁上悬着禁止喧哗的条示。狄周下了头口，问那把门的人，说是国子监助教王爷的私宅，赁的是邓公家的房。问童七的去向，那把门人说才搬来不多两月，不认得有甚童七。问了几家古老街坊，才知童七乌银铺倒了灶，报了草商被累，自缢身死；小虎哥做了户部司官的长班；寄姐还不曾许聘与人；家事只可过日；见在翰林院门口西去第五六家路南居住，门口有个卖枣儿火烧的，便是他家。
>
> ……走到那西边第六门卖火烧的铺子，正待要问，只见一个妇人，身穿旧罗褂子，下穿旧白罗裙，高底砂绿潞绸鞋儿，年可四十光景，站在门口商量着买豆腐干儿。

描写中涉及北京的地段标志、具体街道、文化机构以及京城著名小吃，作家对于国子监的描写，对于童寄姐住处的介绍以及对童太形象的描绘无不体现出从细处着眼的表现特征。而细节的真实有助于营造出典型的北京文化氛围。环境描写只有服务于人物形象塑造，方具有文学价值。《醒世姻缘传》紧扣外地人的眼光和心理来展开对北京人和北京事的描写，环境与人结合得非常紧密。小说家善于抓住北京的城市特点去传达外地人进京后的多味体验，其中"海阔京城，人山人海"、"八十条大街，七千多胡同"的阔大场面以及各种"稀奇齐整的景致"给外来人造成强烈的感官与心理刺激，是小说家刻意表现的内容之一。第六回他借珍哥之口描述外地人眼中的北京："你见甚么来！北京城里大似狗的猫，小似猫的狗，不知多少哩！"夸耀的话语初步显示了山东人对于北京印象的基调。

至第七十八回则通过进京寻夫的薛素姐跟着定府徐太太合恭顺侯吴太太游北京西郊皇姑寺的情节，以场景还原的方式将外地人的北京印象具体化。文本随着掺杂在丫鬟仆妇队伍里的薛素姐的观察顺序，依次描写和极力渲染两位贵族夫人出行时的气派、着装的华美和皇姑寺的繁华景象：

只见徐太太合吴太太两顶福建骨花大轿，重福绢金边轿围，敞着轿帘。二位太太俱穿着天蓝实地纱通袖宫袍，雪白的雕花玉带；前边开着棕棍。后边抗着大红柄金掌扇；跟着丫头家人媳妇并虞候管家小厮拐子头，共有七八十个，都骑马跟随。

朱红一派雕墙，回绕青松掩映，翠绿千层华屋，周遭紫气氤氲。狮子石镇玄门，兽面金铺绣户。禁宫阉尹，轮出司阍；光禄重臣，迭来掌膳。香烟细细，丝丝透越珠帘；花影重重，朵朵飞扬画槛……

小说家在写实基础上采用铺排夸张的艺术手法，淋漓尽致地书写北京凭借其尊贵气质和富丽景象对一位外来妇女的征服，从侧面烘托出薛素姐对北京的仰视以及小家主妇对贵族太太生活的羡慕。其中关于徐太太头戴“大西洋珠”的细节，准确地对应着女性观察女性、女性崇尚时髦的性别眼光。最后，作家特意强调薛素姐“心满意足，喜不自胜”的心理反应，也非常符合人物的身份与当下处境。

狄希陈是体现作家创作意图的焦点人物，小说文本关于他的叙事更多地表现了“使了许多银子，受了无数狨气，也便晓得这北京城里，不是容易住的地方”（第八十回）的苦涩体验。狄希陈一直对自己的北京之行感到底气不足，“我山东的规矩与北京不同，我不晓得该怎么样着”。（第七十五回）“俺明水人还嫌我刁钻古怪，来到北京城，显的我是傻子了。”（第八十一回）他卑微的人格被北京女人无比强大的气场衬托得更加猥琐渺小，他在北京继娶计氏转生的童寄姐后，受尽残酷虐待，甚至惨遭政治陷害，被办案官员敲诈去许多银两，最后只能被迫选择逃离北京，这正是北京城“不容易住”的形象阐释。在第八十四回开头，作家用一段四言韵文概括外地人入京后普遍遭遇的尴尬处境：

笑彼乡生，目不识丁。援例坐监，乍到北京，诸事不解，一味村行。若非丈母，心地聪明。指与正路，说透人情。几乎躁死，极吊眼睛。幕宾重客，不肯躬迎。呼来就见，如待编氓。这般村汉，玷辱冠缨。缴还纱帽，依旧深耕。

该段议论已经超越了因果报应的故事框架，反映的是北京存在的一种具有普遍性的社会现象。联系小说的相关描写，读者不难感受到，森严的社会等级，烦琐的衙门规矩，浓郁地方色彩的生活习俗，高水平的日常消费以及城里人对“乡生”、“村汉”的偏见歧视，无不构成外地人融入北京文化圈的高墙深壁。小说家的本来意图是要讽刺狄希陈的愚昧无知、软弱无力，可是文本的描述却显示出另一种意义，客观上揭示出一个多为当代研究者所忽略的问题——北京在其历史发展过程中开始出现自大、排外的不良文化倾向。《醒世姻缘传》的作者被认为是生活在山东济南府地区的一位文人[①]，这不但不妨碍、反而有助于他更直观的感受北京人在外地人面前所显示的文化优越心理，第七十七回他通过描写薛再冬随薛素姐进京寻找狄希陈四处碰壁的情景，具体显示了北京人对外地人的不同态度，写得相当精彩：

> 京中是人不叫爷不说话的所在，山东人虽是粗浊，这明水更是粗浊之乡，再冬听素姐在里边错了头脑，也便知道在外边察访。但是向了人低声下气，称呼他“爷”，然后问他，他自然有人和你说知所以。是不是穿了一领明青布大袖夹袄，缀了条粉糨白绢护领，一双长脸深跟明青布鞋，沙绿绢线锁了云头琴面，哭丧着个猴脸，走到人跟前，劈头子就是呃的一声：“这里有个狄监生在那里住？”那京师的人听见这个声嗓，诧异的就极了。有那忠厚的，还答应他一声：“不知道！”有那不忠厚的，瞪起眼来看他两眼，说：“那里来的这村杭子！只怕是个骚子，缉事的不该拿他厂卫里去么！”

对于北京人“不叫爷不说话”的做派以及对外地人不忠厚的言行，作家给予的是否定性描写，正是这一类描写使《醒世姻缘传》的北京叙事具有了批判现实的文化价值。

文学巨著《红楼梦》[②]也充满北京叙事的情调，与《醒世姻缘传》不同之处在于，曹雪芹（1715—1763）更多地采用了“北京人看北京”的视角来表现贾府的等级与派头，赋予文本浓郁的北京韵味。曹家先世原为汉人，明末加入满洲籍，属正白旗，曹雪芹本人生长于南京，但在北京生活的时间更长，算得上半个北京人。汉满两族的文化，南北二京的风俗对他的审美趣味与艺术构思都产生了深刻影响，体现在《红楼梦》的北京叙事里，便是成功地将关于北京旗人的生活习惯以及北京地区的风俗人情具化为一个个细节，自然而然地贯穿于全部情节之中。

① 参见袁行霈主编：《中国文学史》第四卷，高等教育出版社 1999 年版，第 299 页。

② （清）曹雪芹、高鹗：《红楼梦》，人民文学出版社 1980 年版。

第九回“恋风流情友入家塾　起嫌疑顽童闹学堂”有这样一段描写：

贾政因问：“跟宝玉的是谁?”只听外面答应了两声，早进来三四个大汉，打千儿请安。

“打千儿”是清代居住在北京内城的旗人所保持的一种下对上的满族见面礼节，打千者曲右膝，右手沿膝下垂，以示对主人、上司的尊重。“打千儿”在《红楼梦》里多次出现，反映出贾府对于尊卑礼节的讲究。八旗旧家最重礼法，尊卑上下，秩然整肃，据载，其子弟被要求“朝夕问安诸长上之室，皆侍立。命之坐，不敢坐。所命耸听，不敢怠。不命之退，不敢退”。① 诸多讲究在贾妃省亲一回里得到相当充分的展现，贾府上下莫不尊礼行事，贾元春“至贾母正室，欲行家礼，贾母等俱跪止不迭”，可谓长幼有别，尊卑有礼。对于元妃，“东西两府掌家执事人丁在厅外行礼”，薛姨妈、黛玉、宝钗等人必须得到她的同意后方可进见，且“欲行国礼”，贾政见女儿只能“至帘外问安”，贾宝玉因“无谕，外男不敢擅入”之规定，迟迟未能出场。对于礼法的遵从已内化为全府成员一种自觉的行为。

《红楼梦》的故事大部分发生在“天上人间诸景备”的大观园，这一特定的环境与活动于其中人物的特定身份决定了曹雪芹必然以“雅”作为北京叙事的基调，而高雅正是京城多元文化系统中的重要组成部分。通过表现贵族排场的讲究，生活品位的高雅，文化活动的丰富，曹雪芹笔下的大观园呈现出既吸纳京华烟云、又过滤市井风尘、弥漫着贵族雅趣的文化风貌，品味红楼饮食描写，可以感受到作家对于人物“雅味”的关注。第四十一回“栊翠庵茶品梅花雪　怡红院劫遇母蝗虫”写贾母等人吃点心一节十分传神：

丫环便去抬了两张几来，又端了两个小捧盒。揭开看时，每个盒内两样：这盒内一样是藕粉桂糖糕，一样是松穰鹅油卷，那盒内一样是一寸来大的小饺儿，……贾母因问什么馅儿，婆子们忙回是螃蟹的。贾母听了，皱眉说：“这油腻腻的，谁吃这个!”那一样是奶油炸的各色小面果，也不喜欢。因让薛姨妈吃，薛姨妈只拣了一块糕，贾母拣了一个卷子，只尝了一尝，剩的半个递与丫环了。刘姥姥因见那小面果子都玲珑剔透，便拣了一朵牡丹花样的笑道：“我们那里最巧的姐儿们，也不能铰出这么个纸的来。我又爱吃，又舍不得吃，包些家去给他们做花样子去倒好。”

---

① 参见吴建雍：《清代京师旗人生活》，载陈平原、王德威编：《北京：都市想像与文化记忆》，北京大学出版社 2005 年版，第 45 页。

饺子和面果均是北京人喜爱的常见食品，然贾府的做法显得特别精致讲究，京城街头巷尾大排档的同类食物根本无法与之相提并论。面对色香味俱全的小面果，贾母和刘姥姥截然不同的反应，构成了对高贵与平常两种身份、养尊处优与操劳奔波两种生活态度的形象诠释。松穰鹅油卷简称“松子瓤”，是用奶油和面、加上松子为瓤的果馅所烘烤而制成的酥饼，可谓比较典型的旗人传统点心，先后三次出现在叙事中。曹雪芹大量描写贾府饮食，并非逞才，而是服从于叙事的整体需要。他充分利用自己的生活经验以及渊博的学识，通过“吃”这一重要环节具体显示贾府主子的奢侈浪费，不加节制的享乐。在意义表达与价值阐释的层面上，那些看似琐细的生活场景的铺展与封建大家族步步走向衰落的过程，实质上达成了同步关系。

如果对比众多《红楼梦》续书的同类描写，有助于进一步把握曹雪芹重雅取向的文学意义：

说着，丰儿等三四个小丫头进来放小炕桌。凤姐只吃燕窝粥，两碟子精致小菜，每日分例菜已暂减去。

——《红楼梦》第五十五回

“辱亲女愚妾争闲气　欺幼主刁奴蓄险心”

咱们大奶奶也不管闲事，打早上起来坐在炕上，同着相公、姑娘们就是一路烧饼、麻花子、甜浆粥，吃完了这才下炕，也不管这个也不管那个，各自各儿梳着光光的头儿，擦着一脸粉儿，点上厚厚的胭脂，换上一件衣服，穿着双木头底儿的青布鞋，拿着枝长烟袋站在门口望个街儿，引得那些过往的爷们走过来走过去的瞧。

——《红楼复梦》第二十六回

“听佳音私心窃喜　吞小影独解相思”

说着，只见柳家的果遣了人送了一个盒子来。小燕接着揭开，里面是一碗虾丸鸡皮汤，又是一碗酒酿清蒸鸭子，一碟腌的胭脂鹅脯，还有一碟四个奶油松瓤卷酥，并一大碗热腾腾碧莹莹蒸的绿畦香稻粳米饭。

——《红楼梦》第六十二回

“憨湘云醉眠芍药裀　呆香菱情解石榴裙”

贾琏道：“这是他的一点敬意，求太太赏个脸。”王夫人点头，吩咐收下。周家的接着掀开盒盖，一盒子是樱桃同桑椹儿，一盒子大白叭哒杏配着南荸荠，一盒炸馓子同年糕，一盒是艾窝窝同蒸枣糕。王夫人笑道：“屯里东西倒有个趣儿。”

——《红楼复梦》第七回

“老庵主自言隐事　小郎君代说衷情”

《红楼复梦》的作者陈少海刻意模仿曹雪芹的叙事风格，也非常注意于叙事中增添北京的文化元素，但他的描写非常失败。烧饼、麻花、甜浆粥、年糕、艾窝窝、蒸枣糕等小吃，在杨米人的《都门竹枝词》里也有描写，均属于北京市民所喜爱的大众化家常食物，如果用以描绘北京普通市民的日常生活状况，的确能够渲染出浓郁的地方风味，但是出现在鼎盛时期的贾府，显然有失贵族大家族的风范。陈少海应当是一位熟悉北京市井风情的文人，但由于缺少对贵族家庭日常生活的基本了解，其艺术想象力受到很大局限，以至于人物形象塑造完全走样，老太太介寿堂值宿房里的老妈口中的大奶奶犹如妓院老鸨一般俗不可耐（第二十六回），王夫人居然对市场上常见的各种糕点十分感兴趣，同样令人难以置信。相比而论，曹雪芹的描写无疑十分得当，因为他总是着眼于环境与人物之间的关系，使细节服务于典型环境的营造。

学术界一般认为《红楼梦》是用北方话写成的①，其中又以北京话为主，一个显著标志便是儿话音的大量使用。称呼人有“凤姐儿”、“巧姐儿”、“芸哥儿”、“柳嫂儿”，说时间有“今儿”、“明儿”、“昨儿”、“前儿”、“早晚儿”，说地点有“胡同儿”、“屋门口儿”；至于名词后缀“儿”字的现象十分常见，几乎每一回都可找出若干，如“话儿”、“味儿”、“趣儿”、“包儿”、“笔儿”、“碟儿”、“嘴儿”、“脸儿”、“眼儿”、“样儿”、“坎儿”、“袄儿”、“痰盒儿”、“法儿”、“景儿”、“花儿”、“缘分儿”等，比比皆是，不胜枚举。这些带着浓郁“京味儿”的语言，为《红楼梦》的叙事平添几多地域色彩。

三、南京：“现代”气息的传递

南京乃明朝陪都，经济文化十分发达，明末又成为南明王朝的首都，再度被涂抹上浓重的政治色彩。清王朝统治下的南京为江南重镇，政治地位的明显下降，并不妨碍它仍然是商业和手工业经济最为发达的城市之一。承载着历代文人对于帝王洲的想象与记忆的南京城，在清代小说家的创作视野中成为了表达当下诉求的叙事空间。他们笔下的“南京”由众多充满生命活力的文化场景组

① 参见周振鹤、游汝杰：《方言与中国文化》，上海人民出版社 2006 年版，第 168 页。

成，在延续历史传统的同时又弥漫着浓郁的“现代”气息，与普通百姓日常生活的联系度超越了以前任何一个时代的小说。

蒲松龄创作《聊斋志异》①的聚焦点并非城市生活，但对发生于城市的奇闻奇事抱有浓厚兴趣，金陵作为现实生活场景，数次出现于叙事之中。《侠女》中的男主人公金陵人顾生以卖书画和收取房租维持生计，传奇故事就发生在他与租房侠女之间；《金陵女子》围绕沂水男邂逅金陵女展开叙事，金陵药肆重逢一段写得极具细节的真实性；《雷曹》写去读而贾的乐云鹤因在金陵客舍救助一陌生人，最终获得好报，肯定了商人的行善之举。“金陵”的每一次出现均因充满市井气息而区别于六朝古都形象。

我们还注意到一个极具时代特征的创作现象，频繁出现在小说家笔下的南京产丝织产品，赋予小说文本一种明显的当下特征。清朝南京织造手工业十分发达，最盛时全城工匠多达五万人，织机三万架②。为加强对锦缎生产的管理，朝廷还专门设立了江宁织造府，清朝南京的绸缎可谓名满天下，最终成为小说家设计故事情节或细节时的特殊“道具”。《醒世姻缘传》虽以宣扬因果报应为主旨，但在描写世态人情、揭露社会丑恶方面也颇有成就，文本中多次写到人们为打通关节、收买人心而送礼，礼品中往往少不了南京出产的“一树梅缎子”（第十四回），南京新兴的“顾绣”（第六十三回），“南京绉纱”（第八十四回），南京的“绣衾锦帐”（第八十七回）等。李海观（1707—1790，字孔堂，号绿园，亦号碧圃老人）所著长篇小说《歧路灯》第二十八回中有人说“得一个人向南京置买几套衣服，咱本城里这些绸缎，人家都见俗了”。《五美缘》（不题撰者，创作于道光二年以前）也不断提及南京的丝绸，第二十五回写花文芳为陷害魏临川，用三千假银子打发他“上南京买缎子”，第五十七回又写金陵总制之子汤彪发现一具无名尸，在包裹尸体的绸缎上发现“金陵王在科造”六字。这些细节足见小说家已经充分注意到南京绸缎在广大市民心目中的良好声誉，有意识通过它来增加叙事的真实性。

清代小说对于南京形象塑造得最为成功的是吴敬梓的《儒林外史》③。吴敬梓（1701—1754），字敏轩，一字文木，号粒民，安徽全椒人。在他一生五十四年的岁月中，在家乡全椒度过十三年，十四岁从父宦客居赣榆十年，三十三岁移家

① （清）蒲松龄撰，张式铭标点：《聊斋志异》，齐鲁书社1988年版。
② 参见陈代光：《中国历史地理》，广东高等教育出版社2004年版，第416页。
③ （清）吴敬梓：《儒林外史》，作家出版社1957年版。

金陵，寓居南京二十余年，《儒林外史》当创作完成于这一时期。约四十万字的长篇现实主义小说《儒林外史》在批判科举制度腐朽的本质，刻画被科考毒害的封建士人群像方面所取得的伟大成就，已经得到当代研究者的充分阐释，并获得高度评价，笔者不再赘述。本节重点阐述吴敬梓在揭示南京城市文化性格、塑造陪都形象方面所做出的杰出贡献。

吴敬梓采用托明写清的手法，把故事发生的时间定于明朝，因此，南京必然被定位于陪都，即如第二十四回所言："这南京，乃是太祖皇帝建都的所在。"陪都南京/金陵的城市风貌和文化性格直接影响了吴敬梓的叙事以及《儒林外史》的历史价值。吴敬梓按照陪都的基调，对南京城繁华的市容、发达的商业、市民富庶的生活以及丰富多彩的文化景观展开了全面的描绘。在第二十四回里，他展开了一幅全景式的图画：

> 里城门十三，外城门十八，穿城四十里，沿城一转足有一百二十多里。城里几十条大街，几百条小巷，都是人烟凑集，金粉楼台。城里一道河，东水关到西水关，足有十里，便是秦淮河。水满的时候，画船箫鼓，昼夜不绝。城里城外，琳宫梵宇，碧瓦朱甍。在六朝时，是四百八十寺，到如今，何止四千八百寺！大街小巷，合共起来，大小酒楼有六七百座，茶社有一千余处。不论你走到一个僻巷里面，总有一个地方悬着灯笼卖茶，插着时鲜花朵，烹着上好的雨水。茶社里，坐满了吃茶的人。到晚来，两边酒楼上明角灯，每条街上足有数千盏，照耀如同白日，走路人并不带灯笼。那秦淮到了有月色的时候，越是夜色已深，更有那细吹细唱的船来，凄清委婉，动人心魄。两边河房里住家的女郎，穿了轻纱衣服，头上簪了茉莉花，一齐卷起湘帘，凭栏静听。所以，灯船鼓掌一响，两边帘卷窗开，河房里焚的龙涎、沉、速，香雾一齐喷出来，和河里的月色烟光合成一片，望如阆苑仙人，瑶宫仙女。还有那十六楼官妓，新妆袨服，招接四方游客。真乃"朝朝寒食，夜夜元宵"！

《儒林外史》中的南京绝不是一个抽象的背景或空洞的符号，几十上百条大街小巷、数百上千座酒楼茶社、熙熙攘攘的人群、耀如白日的街灯、秦淮河上的画船、甚至浓妆艳抹的妓女均是这座城市繁华、富足与香艳的具体表征。吴敬梓并不满足于上述概括性的介绍，他将艺术的笔触延伸到南京城的方方面面，以富有感性的画面阐释着城市的文化个性。

作为文化积淀的城市建筑是城市的一张名片，它凝聚城市的文化精神，反映城市的社会生态。从吴敬梓的描写中我们不难了解到，显示城市形态、确定城市肌理的南京城建筑群由历史遗存与新建楼房两大部分构成，其中历史遗存包括鸡鸣寺、台城、雨花台、报恩寺以及明洪武二至八年（1369—1375）在南京建康府城南门的基础上扩建而成的都城正南门“聚宝门”（后改为中华门），在它们的背后隐现着众多历史人物的身影，内涵着城市人文历史的脉络。尽管南京城内不断矗立起更适合人们当下生活方式、更能产生经济效益的亭台楼阁，它们却能够凭借自身的历史影响与文化魅力，成为城市的地标。对此，吴敬梓这样描述道：“这鲍文卿住在水西门，水西门与聚宝门相近。这聚宝门，当年说每日进来有百牛千猪万担粮，到这时候何止一千个牛，一万个猪，粮食更无其数。”（第二十四回）“要僻地方，只有南门外报恩寺里好，又不吵闹，房子又宽，房钱又不十分贵。”（第二十八回）“这（玄武）湖是极宽阔的地方，和西湖也差不多大。左边台城望见鸡鸣寺。那湖中菱、藕、莲、芡每年出几千石。湖内七十二只打鱼船，南京满城每早卖的，都是这湖鱼。”（第三十五回）在吴敬梓平实、琐细的叙述中，历史与现实巧妙无痕地融合在了一起。

《儒林外史》中的南京凝聚着作家的历史记忆和现实感受，吴敬梓通过描写秦淮河上川流不息的画舫与十二楼前“匀脂抹粉”的妓女，打造了一个现实版的“金粉南朝”，同时又在故事情节的讲述中介绍了南京市民的日常生活行为以及当地的风俗习惯，向读者呈现了一个既时尚又世俗、既传统又“现代”的市民世界。街上的店铺五花八门，除了明代小说已经涉及的典当铺、人参铺、绒线铺、杂货行、丝行、茶馆、酒馆、米店、钱店、妓院之外，图书店的出现成为城市发展时代的新标志，反映了清代南京图书刊印业十分发达的现状。在形形色色的市民队伍里出现了乐器修补匠、家庭教师、戏子行头经纪等新一类行业的从事者。人们口中提及的各种南京地方菜，对话中出现的各种南京方言，新媳妇进门必须做鱼求吉利的地方风俗以及租房须先付一月押金的习惯，作为小说叙事的有机组成部分，从不同角度彰显着城市独特的地域风貌。

吴敬梓的南京叙事并未游离在全书批判科举制度的主线之外，南京在明朝属南直隶省，既是陪都又为省会，其所属应天府乡试便在此举行，加之朱元璋在应天府创办的国子监（早期称为国子学）规模庞大，因此，该城市必然具有浓厚的科考氛围，并且形成了为科考服务的产业链。根据《儒林外史》第四十二回“公子妓院说科场　家人苗疆报信息”的描写，当时淮清桥一带的河房之内住满了“各处的秀才，在那里哼哼唧唧地念文章”，各种商贩为他们提供参加考试所需要的一切商品，从备考时模拟的范文，到参考时需用的考篮、钢铫、号顶、门帘、火炉、烛台、烛剪、卷袋等，再到考试期间的食品如月饼、蜜橙糕、莲米、圆眼肉、人参、炒米、酱瓜、生姜、板鸭等，一应俱全。吴敬梓刻意描写了两位公子考前在贡院等候点名的一幕：

> 到初八早上，把这两顶旧头巾叫两个小子戴在头上，抱着篮子到贡院前伺候。一路打从淮清桥过，那赶抢摊的摆着红红绿绿的封面，都是萧金铉、诸葛天申、季恬逸、匡超人、马纯上、蘧駪夫选的时文。一直等到晚，仪征学的秀才点完了，才点他们。进了头门，那两个小厮到底不得进去。大爷、二爷自己抱着篮子，背着行李，看见两边芦柴堆火光一直亮到天上。大爷、二爷坐在地下，解怀脱脚。听见里面高声喊道："仔细搜检！"大爷、二爷跟了这些人进去，到二门口接卷，进龙门归号。

他用嘈杂、混乱、滑稽、粗俗等多种元素绘制出一幅不和谐的画面，彻底解构了国家考试的神圣性与庄严性，嘲讽之意溢于言表。烦琐的考试程序，漫长的入场等待直接导致考生身心的疲惫，粗暴的考前检查更是对广大参考者人格尊严的剥夺，在吴敬梓眼中，这或许就是南京城最为丑陋的文化景观。

南京的城市文化性格具有多元化特征，虽为陪都却远离王权中心，故其政治氛围远不及北京浓厚；历史积淀深厚，而迅速膨胀的市民意识又为城市风貌涂抹上艳丽的世俗色彩；商业发达，文化环境相对宽松，为追求自由、反对礼教束缚的人文思想奠定了赖以产生的基础，也为《儒林外史》以南京为背景刻画新人形象提供了充足的现实依据。杜少卿、庄绍光是作家充分肯定和赞扬的两位正面人物，前者敢于偕妻子之手出现在南京清凉山上，并"日日携着乃眷，上酒馆吃酒"，公开挑战传统礼教，假言生病拒绝入京做官，对妻子称南京是个好玩的所在，"留着我在家，春天秋天同你出去看花吃酒，好不快活！"（第三十四回）后者才名满天下却无意仕进，在天子赏赐的玄武湖中过着隐士般的生活，自称"却喜卜居秦淮，为三山二水生色"。（第三十四回）二人不约而同地拒绝北京，毫不掩饰自己对南京的留恋和赞美，以一种蔑视功名利禄、超越现实欲望的生活态度诠释着诗意生存的人生境界，而追求诗意栖息正是南京文化乃至整个江南文化的内涵之一。

南京城市文化性格最能激发文人士大夫情感活动的当是其感伤的精神内涵，六朝以来人们基于这座城市兴亡盛衰之变而产生的历史沧桑之感，经过历代文学家的书写吟唱，凝聚为南京城市文学乃至中国古代文学的重大主题——

怀古伤今。江山形胜与人事变迁共同构成了南京独具魅力的文化场，它们分别象征的永恒与短暂之间所形成的巨大张力，促使文人士大夫透过眼前的景物去反思历史，去感悟人生，去表达自己对社会的认识。在曹雪芹所创作的《红楼梦》里，“金陵”就带着浓郁的感伤色彩，成为作家书写人生哀歌，进行具有历史深度的社会批判的艺术符号。

曹雪芹的曾祖曹玺、祖父曹寅、伯父曹颙、父亲曹頫三代四人任江宁织造，长达六十余年，曹家的发达在南京达到鼎盛，又从南京开始走向衰落。曹雪芹在南京度过了十三年“烈火烹油，鲜花着锦”的富贵荣华生活，也亲历了抄家风波，见证了家道的败落。“金陵”的见闻与感受，作为童年经历的主要组成部分，深刻地影响到成年曹雪芹观察和评价世界与人生的角度，并被转化为《红楼梦》重要的叙事元素，在不同层面上发挥着不可忽视的作用。金陵是宁国府、荣国府所在地，贾家不仅在此置下众多房产（鸳鸯的父母就留在南京专门看房子），而且建立起庞大坚固的人际关系网络，与其“一损皆损，一荣皆荣，扶持遮饰，俱有照应”的史、王、薛三家均来自金陵，这一点至关重要。小说第二回“贾夫人仙逝扬州城　冷子兴演说荣国府”中写了两个次要人物的一段对话，以预叙的方式表达了作家的批判主旨：

> 雨村道：“去岁我到金陵地界，因欲游览六朝遗迹，那日进了石头城，从他老宅门前经过。街东是宁国府，街西是荣国府，二宅相连，竟将大半条街占了。大门前虽冷落无人，隔着围墙一望，里面厅殿楼阁，也还都峥嵘轩峻；就是后一带花园子里面树木山石，也还都有蓊蔚洇润之气，那里像个衰败之家?”冷子兴笑道：“亏你是进士出身，原来不通！古人有云：‘百足之虫，死而不僵。’如今虽说不及先年那样兴盛，较之平常仕宦之家，到底气象不同。如今生齿日繁，事务日盛，主仆上下，安富尊荣者尽多，运筹谋画者无一；其日用排场费用，又不能将就省俭，如今外面的架子虽未甚倒，内囊却也尽上来了。这还是小事。更有一件大事：谁知这样钟鸣鼎食之家，翰墨诗书之族，如今的儿孙，竟一代不如一代了！”

已不再是陪都的清朝南京，仍然呈现着富贵繁华的“帝王居”气象，与前人不同的是，曹雪芹没有将审视的目光投向曾经在这块土地上叱咤风云、指点江山的历史人物，而是带着强烈的现实情怀关注着王公贵族后代的生存状况，通过“一代不如一代”的感叹翻唱“金陵王气黯然收”的历史悲歌。曹雪芹对金陵贾家衰败过程的描写传递着一种来自历史深处的沉重感伤，他延续了中国感伤文学的传统，同时又表现出鲜明的现实指向性。

乡关何处？这是传统中国每一个文人都需要关注和回答的问题，因为作为集具象与抽象于一体的文化符号，对个体而言，“家乡”或“故乡”具有血缘之根与文化之根的双重意义，曹雪芹也不例外。曹雪芹一生中有三个地方常被提及，辽阳——祖籍所在地，南京——少年居住地，北京——生命的终结地。然而，缺乏具体感知的辽阳只是一个标示家族历史的地名符号，无法为他提供故乡场景不可或缺的、可以感知的空间特征；北京只是人生的驿站，穷困潦倒的境遇难以满足其寻找情感归宿的心灵渴求；只有“金陵”才能够唤起他内心的一种伴随着亲切感的鲜活记忆，承担“家乡”的文化功能。《红楼梦》第三十三回贾母得知宝玉挨打之后，赌气地说道“我和你太太、宝玉立刻回南京去！”一“回”字足以使人感受到曹雪芹心灵深处“家”的地理指向。宣称“敷演出一段故事来，亦可使闺阁昭传”的曹雪芹将自己的作品定名为《金陵十二钗》，无疑表明塑造金陵群像是其创作目的之一。小说第五回写有警幻仙子与贾宝玉的一段对话：

> 宝玉问道：“何为‘金陵十二钗正册’？”
>
> 警幻道：“即贵省中十二冠首女子之册，故为‘正册’。”
>
> 宝玉道：“常听人说，金陵极大，怎么只十二个女子？如今单我家里，上上下下，就有几百女孩子呢。”
>
> 警幻微笑道：“一省女子固多，不过择其紧要者录之。下边二橱则又次之。余者庸常之辈，则无册可录矣。”

“一省”和“我家”拥有同一个地名标示即金陵，显得意味深长。如果从出生的地理分布来看，正副十二钗并非全部来自南京，诚如第八十七回史湘云所言：“有本来是北边的；也有根子是南边，生长在北边的；也有生长在南边，到这北边的。”可是曹雪芹却以“金陵”统摄之，并围绕“金陵十二钗”这一特殊群体展开了一系列重要描写，其中蕴含的信息不言而喻，他将天下最美丽、聪明、纯洁的女性皆归于此地，是对金陵 / 江南地域文化的认同。痛斥男性为“浊物”、痛惜贵族子孙“竟无可以继业”者的曹雪芹，却毫不吝惜地使用诸如“风流灵巧”、“温柔和顺”、“似桂如兰”、“才自精明志自高”、“金玉质”、“气质美如兰，才华阜比仙”等赞美性词语去形容那些薄命的金陵女子，并为之一掬同情之泪，曲折地表达了自己文化寻根的努力。

南京地处江南，曹雪芹从小受到江南文化的熏陶，具有深厚的金陵 / 江南情结，“江南可采莲”的美丽图画被他转化为小说中一位位如莲花般秀美、雅洁、富有诗性气质的女子。小说一开头便出场的那位自幼被拐卖、身世极为不幸却极为聪明善良的姑苏女子名叫英莲/香菱（第一回）；作家在叹息金陵名宦之女李纨“竟如槁木死灰一般”的生活状态的同时，并没有忽略她“如冰水好”的本质（第五回）；死后被送回金陵安葬的鸳鸯在为宝玉所绣的白绫红里的兜肚上，专心地“扎着鸳鸯戏莲的花样，红莲绿叶，五色鸳鸯”（第三十六回）；贾宝玉为晴雯所作《芙蓉女儿诔》，中有“捉迷屏后，莲瓣无声”、“释莲心之味苦”之句形容晴雯的纯洁与不幸（第七十八回）；来自金陵的薛宝琴所作怀古诗有《钟山怀古》、《桃叶渡怀古》，直接展现了江南才女的创作水平。最受小说家欣赏的奇女子林黛玉在小说中被形容成“亭亭玉树临风立，冉冉香莲带露开”（第八十九回）①。尤其值得一提的是第八十回中香菱对荷莲清香的深情赞美：“不独菱角花，就连荷叶莲蓬，都是有一股清香的。但他那原不是花香可比，若静日静夜或清早半夜细领略了去，那一股香比花儿都好闻呢。就连菱角，鸡头，苇叶，芦根得了风露，那一股清香，就令人心神爽快的。”这又何尝不是对秉天地灵秀之气而生的江南女子的崇高赞誉呢！

此外，小说写贾琏为大观园造了四只采莲船（第十七回），贾宝玉称“也倒不想吃什么，倒是那一回做的那小荷叶儿小莲蓬儿的汤还好些”（第三十五回）。小说叙事语言于北方话中夹杂着南京、扬州一带下江官话②。凡此种种，均可视为曹雪芹心灵深处“江南情结”的艺术折射。

四、海外奇城：雅俗共赏的心灵幻象

清代众多小说中，李汝珍（约1763—约1830，字松石）的《镜花缘》在城市叙事方面独具一格。李汝珍原籍直隶大兴（今属北京），十九岁随兄李汝璜前往板浦（今江苏省连云港市板浦镇）定居，其后除两次去河南做官外，一直生活于此。他博览群书，兼备文学、音韵、围棋等多方面知识与才能，传统文化与世俗

① 这一比喻虽然出现在第八十九回，但完全符合曹雪芹对林黛玉的文化定位。高鹗在后四十回中也十分注意在叙事中引入“金陵”元素，如第九十七回写“薛宝钗出闺成大礼”，“坐床撒帐等事，俱是按金陵旧例”；第一一四回具体展现了“王熙凤历幻返金陵”的结局；第一百二十回：“说贾政扶贾母灵柩，贾蓉送了秦氏凤姐鸳鸯的棺木，到了金陵，先安了葬”，此类描写与曹雪芹的叙事特征保持了一致性。

② 参见王世化：《〈红楼梦〉语言的地方色彩》，《红楼梦学刊》1984年第2期。

生活的双重化育，赋予他观察世界的多变视角以及不守成规的创作思想。

《镜花缘》① 花费了李汝珍十年心血，原拟写二百回，最终只完成了一半。该小说内容庞杂，涉猎的知识面相当广阔，最有特色的城市描写集中出现在前五十回秀才唐敖和商人林之洋、多九公三人出海游历经商的故事之中。唐敖与林之洋二人的身份与文化教养差异甚大，路经几十个国家，对沿途奇风异俗、奇人异事反应不尽相同，他们在海外各国都城的见闻和经历构成了作家文学观照与表现的特殊视角。《镜花缘》海外诸城的奇异形象作为李汝珍艺术想象的产物，本植根于深厚的现实土壤之中，属于现实生活的艺术变形。例如，小说主人公智佳国看到的中秋佳节景象，“进了城，只听炮竹声喧，市中摆列许多花灯，作买作卖，人声喧哗，极真热闹”（第三十一回），分明移植了中国元宵佳节的场景，换言之，只是将中秋改为了上元。又如，出现在女儿国大街上的小脚，他们并不陌生，“天朝”国里到处可见，只是裹脚者的性别被置换。李汝珍雅俗共赏的城市审美情趣以及对美好社会的构想和对现实丑恶的讽刺，通过唐、林等人的眼睛一一投射在充满奇幻色彩的描述之中。

小说第十一回“观雅化闲游君子邦　慕仁风误入良臣府”写唐敖一行来到君子国，进入了“人烟辏集，作买作卖，接连不断”的闹市，这里衣冠言谈都与中原一样，唯独民风迥然不同。他们通过观看当地市民的几起交易，真切感受到该国民众“唯善为宝”、“好让不争”的君子风范，“如此看来，这几个交易光景，岂非‘好让不争’一幅行乐图么？我们还打听甚么！且到前面再去畅游。如此美地，领略领略风景，广广识见，也是好的。”李汝珍借唐敖之口高度评价了“好让不争”的君子仁风，曲折隐含着对“中原”社会风气的不满。

第二十一回“逢恶兽唐生被难　施神枪魏女解围”描写唐敖一行在白民国的见闻，李汝珍不惜笔墨，用了三百六十余字描绘该国都城繁荣的商业景象：

> 进了玉城，步过银桥，四处房舍店面接连不断，俱是粉壁高墙；人来人往，作买作卖，热闹非凡。那些国人，无老无少，个个面白如玉，唇似涂朱，再映着两道弯眉，一双俊目，莫不美貌异常。而且俱是白衣白帽，一概绫罗打扮极其素净；腕上都戴着金镯，手中拿着香珠；身上挂着玳瑁小刀、戳纱荷包、打子儿的扇套、双飞燕的汗巾，还有许多翡翠玛瑙玩器。所穿衣服，大约都用异香熏过，远远就觉芳馨扑鼻。唐敖此时如入山阴道上，目不暇

① （清）李汝珍：《镜花缘》，人民文学出版社 1977 年版。

> 给一面看着，一面赞不绝口道："如此美貌，再配这些穿戴，真是风流盖世！海外各国人物，大约以此为最了。"再看两边店面，接接连连，都是酒肆、饭馆、香店、银局。绸缎绫罗，堆积如山；衣冠鞋袜，摆列无数。其余羊牛猪犬，鸡鸭鱼虾，诸般海菜，各种点心，不一而足。真是：吃的，喝的，穿的，戴的，无一不精，无一不备。满街满巷，那股酒肉之香，竟可上彻霄汉。

面对异国景象，令唐敖赞不绝口的是人物的美貌与穿戴，而让林之洋满面欢容的却是"卖了许多货物，利息也好"，一雅一俗，两人的不同反应均得到小说家正面性描写，读者由此不难了解到李汝珍对白民国整体肯定和欣赏的态度。

小说第二十三回"说酸话酒保咬文　讲迂谈腐儒嚼字"，写唐敖等人在淑士国的遭遇，李汝珍采用先抑后扬的表现手法表现了自己对传统教育弊端的讽刺。文本首先渲染该国浓郁的读书风气，从城外至城内，由远而近：

> 三人来到大街，看那国人都是头戴儒巾，身穿青衫，也有穿着蓝衫的，那些做买卖的，也是儒家打扮，斯斯文文，并无商旅习气。所卖之物，除家常日用外，大约卖青梅、齑菜的居多，其余不过纸墨笔砚，眼镜牙杖，书坊酒肆而已。

接下来，作家并未从正面展现淑士国重视教育的良好社会效应，而是转写该国国人的穷酸迂腐，具体显示传统教育对于受教育者人格的伤害。他先是让不学无术的商人林之洋用错误的对子以及所谓老子后裔所作的《少子》将当地的生童戏弄一番，然后塑造了一位满口"之乎者也"、让唐敖等"浑身发麻，暗暗笑个不了"的酒保形象，以辛辣的笔调，讽刺了那些只知咬文嚼字、迂腐无能的书生，这无疑具有影射和批判中国传统教育弊病的意义。

李汝珍生活在清朝中叶，尽管他并没有彻底摆脱男女有别传统观念的影响，但是已经具有了较为进步的女性观，他十分同情女性的不幸遭遇，大胆欣赏和肯定女性的文学艺术才华，这一点也贯穿在《镜花缘》的城市叙事之中。小说最为人称道的情节之一是林之洋在女儿国都城的遭遇，身为男性却被当成女性选入宫中强行缠足，他痛不欲生的感受构成了对中国封建社会摧残女性肉体野蛮习俗的有力鞭挞。小说对才女的描写与赞扬比比皆是，第十六回写唐敖一行在黑齿国都城大街小巷的见闻，大街上男女分别左右行走，互不交言，目不斜视，礼节分明，甚得唐敖赞赏。小巷里进入一"女学塾"，两位面貌甚黑的女子滔滔不绝地谈论音韵学和经学的专业知识，言辞锋利，说得多九公浑身冒汗，"脸上青一阵，黄一阵。身如针刺，无计可施。唐敖在旁，甚觉无趣"。这一情节内涵作家的价值评判，传达的当是须眉不如巾帼的文化信息。

富有创作才华的李汝珍通过《镜花缘》将个人丰富的艺术想象力表现得淋漓尽致，然受制于生活环境与文化观念，他未能从根本上突破城市描写的传统模式，塑造出新的城市形象。尽管海外诸国人民的外貌有高矮之分，黑白之别，风俗民情各不相同，但多为君主统治。形形色色的社会现象，总能在现实中国寻找到生活“原型”或思想“源头”，从这一意义上讲，《镜花缘》的城市叙事仍然属于古典式。

第四节　散文与辞赋：传统曲调中的新声

城市文学视域中的清代散文与辞赋创作，未能取得如小说、诗歌、戏曲那样引人注目、甚至是辉煌的成就，这集中体现在能够从思想高度和艺术创新两个方面全面超越前人创作、堪称经典的传世名作尚不多见。不过，那些遵循文学创作基本规律的清代文学家，还是能够通过时代脉搏的跳动激活艺术灵感，为自己的创作注入源头活水，从而捕捉到一个个反映新时代背景下中国城市命运、蕴含个体丰富城市体验的珍贵镜头。因此，清代仍然有部分散文与辞赋作品可以凭借种种随时而变的内涵特征而进入城市文学史的撰写范围。

一、散文：多视角观照中的城市侧影

清代作家运用散文体裁表现他们对城市的观照和感受，较少从正面给予全景式描写，比较普遍的情况是结合自己的人生经历从不同角度拍摄下城市某一方面的场景。其时，由于城市在国家政治、经济、军事领域发挥的作用越来越大，城市数量越来越多，城市文化元素已经从各个不同的角度渗透进文人士大夫的生活之中，即使山林隐士也难以完全割断与城市之间千丝万缕的联系，故他们抒情言志、抨击社会弊端往往于不经意间便涉及人与城市的各种关系，切入角度因人而异，城市场景各具特色。

清初文坛，明末小品文遗风依然可见，作品内容与风格却悄然发生着变化，遗民作家归庄的《太仓顾氏宅记》就是一篇有着传统小品文形式、思想内涵则有别于明代同类文章的佳作。《太仓顾氏宅记》作于农历辛巳年（1641），即明崇祯十四年，清顺治五年，此时清兵尚未入关，而明朝已见颓势，然而江南地区依旧是歌舞升平，四处弥漫着物欲享乐的气息。在城市建园造林作为时尚的背景

下，文人记园也成风气，佳篇甚多（我们在明代散文一节里已有论析）。归庄此文从标题到形式均具有明代一般园记的特点，不过所记宅院的特点以及文本表现的思想情趣却迥异于常人。他没有将欣赏流连的目光投向苏州城内的座座名园，而是对自己寓居的“无楼阁亭榭美丽之观，有地十余亩，不植花木，止勤课隶人种菜蔬”的顾氏宅园怀有浓厚兴趣。作家针对当时文人士大夫在城中占地修建园林，而“吴兴往岁稔，民犹不给”的社会现实发表议论，批判矛头直指由园林建造中折射出的吴地奢侈享乐之风：

今日吴风汰侈已甚，数里之城，园圃相望，膏腴之壤，变为丘壑，绣户雕甍，丛花茂树，恣一时游观之乐，不恤其他。呜呼！废有用为无用，作无益害有益。①

晚明士人在追求生活艺术化和技巧化的道路上越走越远，普遍沉溺于感官性享乐之中，不少人的精神世界完全被物质对象所遮蔽，其审美视域呈现出由拓展到狭窄的蜕变，对审美内涵丰富性的观照被单一的物质美、技术美欣赏所取代，提倡个性解放、追求人身自由的社会思潮中出现了浊流。归庄此文提倡回归现实，呼吁关注民生，反对浪费土地资源，无疑具有矫正时弊的思想价值。如果做进一步审视又可以发现，《太仓顾氏宅记》已经涉及如何处理城市生活的美化与广大民众基本利益关系的问题，归庄的倡导对于中国城市发展和建设的意义在几百年后方显示出来。

在城市文学创作领域内，明确反映明清之际文风转变的是文学史家所言清初三家之一的汪琬的创作。四库馆臣称“琬性狷急，动见人过，交游罕善其终者”（《尧峰文钞提要》）。其实笃好古学、重经世之用的汪琬对于当世人物除了多有指瑕之外，也不吝褒扬赞美之辞，而人物与城市的关系构成他观察对象的重要视角。《彭贻令先生墓志铭》通过偶尔出现于闹市街头的小景生动形象地展示了墓主甘于淡泊、不慕荣利的品质，“间出游城市，布袍褛屦，以一老苍头自随，绝不盛轩舆傔从相衒鬻也。”② 寥寥数语，一个不染俗尘的隐者形象便跃然纸上，城市背景反衬出对象拒绝城市诱惑的文化品质。《与王处士书》更是别开生面，以繁荣的市场与行旅者的贫富之间的关系为喻，赞美对方笃志勤学，自谦学识匮乏：

---

① （清）归庄：《归庄集》卷六“记”，上海古籍出版社1962年版。

② 本节所引汪琬文均见（清）文渊阁《四库全书》集部·别集类《尧峰文钞》。

今夫通邑大都莫不有万家之衢，百物之肆，上自珠玉绮绣，下讫器用服食之类，煌然集然，取之具足。于是，行旅之人挟金而求货者，毂相交，趾相错，衽袂相联，各得厌其所欲而去，可谓繁且庶矣。然使游闲无资者过之，虽旁徨叹羡于其间，犹无益也。

文章以百物之肆比喻经史宝藏，以挟金者比喻王处士一类贤能者，而自喻游闲无资者“徒劳旁徨叹羡于衢市之间耳”。作家之所以采用这种较为新奇的比喻，当源于市井常见生活现象的启示。

在中国历史上，每逢烽火四起之际，城市之于国家政权存亡以及民生安危的重要性便得以凸显，社会成员的国家意识与民族意识不可避免地要从他们对于城市的态度中折射从来，对此，汪琬所作《诰赠文华殿大学士兼吏部尚书宋公墓志铭》这一墓志铭中的奇文给予了充分表现。该文之奇在于不按通行格式从墓主康熙朝文华殿大学士宋德宜的生平行迹落笔，而是不惜笔墨，于开篇用大段文字追忆其父明崇祯四年进士、巡按御史宋学朱（《明史·忠义》有传）之感人事迹。文章较为详细地记载了崇祯十一年冬清兵围攻济南城，宋学朱等人率城中士兵五百人、莱州援兵七百人拼死守城的历史事件，作者抓住整个事件的几个关键环节，井然有序地展开叙述，以突出人物誓与济南城共存亡的英雄气概。首先，渲染守城形势之严峻危急：

来兵但集环营，三面筑长围，困之城中，饷绝。

相距九昼夜，守城者面目皆生疮，援兵竟不至。

接着，简述宋公就死之英勇壮烈：

（城陷后）大兵肉薄以登，公犹跃马率亲兵数十人循城而西，持白梧格斗，力屈死之，其地在城西南谯楼下。①

随后通过宋公三个儿子辨认父亲遗体而不得的场面再现战斗之惨烈，并介绍死者身后受到的不公正待遇。文章言简意赅，语短情长，富有感染力。汪琬身为大清之臣，却毫不掩饰自己对抗清志士的敬仰之情，在为本朝官员所作墓志铭中，公开为前朝忠臣唱赞歌，鸣不平。在这里我们感受到的除了儒家忠义观对传统知识分子思想的深刻影响，还有作家心灵深处难以消解的故国情结。

表现人与城市的关系是中国古代城市文学的重要内容。中国古代城市具有

① 据《明史·忠义传三》载，当时与宋学朱同时战死济南诸公皆被朝廷追赠太常寺卿、光禄卿及光禄少卿等，并建特祠，然“学朱死，不得尸，疑未实，独格不予，福王时，赠大理卿”。

多重功能，除了政治统治、经济调控、文化辐射之外，军事防御也是其长期承担的重要任务。城防建设和城市保卫关乎社稷安危和百姓生计，故历朝历代封建统治者对此都高度重视，尤其是社会发生剧烈动荡或外敌入侵时期，城市保卫更是成为上自朝廷、下至守城军民的头等大事。一旦敌人兵临城下，守城将士乃至城内百姓对于城市的态度直接反映出他们对国家、朝廷的忠诚度以及对儒家道义的信仰程度，甚至决定城市以及城中居民的命运。正是在这一意义上，汪琬这篇歌颂因守城而献出生命的忠臣的墓志铭，应当在中国城市文学史上占有一席之地。

和战争一样，足以给城市造成毁灭性破坏的还有重大的自然灾害，人类于灾后从事的各种城市重建活动，同样是文学观照和表现的对象，清初宋琬（1614—1674）的《重修秦州城垣记》便是以文学的形式反映灾后城市重建的一篇佳作。宋琬，字玉叔，号荔裳，莱阳（今属山东）人，顺治四年（1647）进士，清初著名文学家，《清史稿・文苑》有传。宋琬在清初诗坛影响甚大，王士禛《池北偶谈》称："康熙以来诗人，无出南施北宋之右，宣城施闰章愚山，莱阳宋琬荔裳是也。"事实上，他在散文创作领域也独树一帜，颇有成就，时人常与唐代韩愈相提并论[①]。顺治十一年（1654）春，宋琬出为陇西道，起程赴秦州（今甘肃天水），六月下旬到达目的地时，秦州刚刚发生了有历史记载以来的最大一次地震[②]。他作《重修秦州城垣记》一文，以亲历者的视角，从历史与现实两个不同层面反映西北边疆城市发展和建设的状况，真实地记录了自己进行的异常艰苦的救灾活动，艺术地展现了秦州城受灾前后和重建前后三个不同的城市形象。

"陇以西为州者五，唯秦为巨"，经过数百年持续不断的建设发展，秦州雄踞于西北边陲，成为政治、军事重镇，地震前一派繁荣景象：

> 南通巴僰，北控朝那，东则关山之险，此为上游，轮蹄络绎，冠盖接武。西则康居、大夏、敦煌、张掖，述职修贡，织皮琛玉之使，岁无虚日。故其规

---

① 例如清人赵昕《安雅堂文集序》赞曰："先生才如潮，文卓卓有树立，天下知为古文，前韩后宋。"尤侗《安雅堂集序》亦称："集今天子开三馆以修一代之史，昌黎复起，舍先生奚适矣。"载宋琬著，马祖熙标校：《安雅堂全集》，上海古籍出版社2007年版，第820、823页。

② 对于此次地震，方志有具体记载："顺治十一年六月，秦州地大震，年余不止。凡城垣官舍崩圮殆尽，震死男妇七千四百六十四名。摇倒房屋三千六百七十二间。震塌窑砦不可胜计。"（康熙二十六年赵世德修《秦州志・灾祥》）

模壮阔，丽谯雉橹之雄，非他郡所敢校。

这是作家所描绘的第一个秦州城形象，今非昔比，它显然已经无法与人们的历史记忆构成重叠。然而，顺治甲午年的大地震给这座边城造成了毁灭性破坏，作者心情沉重地描绘了灾后令人震惊的可怕场景：

载震载崩，丘夷渊实。氓居荡圮，覆压万计。屹屹坚墉，坏为平壤。

作者"躬率吏民，素服郊哭，遍祷群望，旁行原隰"，"疆城是忧，夙夜彷徨，当餐废箸"。为了迎接秦州城的重生，宋琬不仅自出家财以恤其灾，而且与同僚一起"筚路蓝缕，呼号于荆榛瓦砾之场"，艰苦努力直至"飞鸿爰集，百堵斯作"，秦州城以崭新面貌出现在人们面前：

今秦之为秦，其城郭峙如也，其楼观翚如也，其馆癖翼如也，其坛壝亭嶂为巍如也。烟火万家，鸣吠之声相闻也。皇华之使，揽辔而止，几以为未始有灾焉。

对此景象，作者难抑满怀喜悦之情，他用"秦之人实耳目焉"七字作为自己全部付出的肯定与回报，这无疑是勤政为民政绩观的具体表现，仅此一点便足以作为政坛楷模而带给后人诸多启示。宋琬此文结构严谨，风格峥嵘峻峭，遣词用语多受《诗经》影响，古朴凝练，与秦州文化的地域风格高度契合，不失为一篇思想性、艺术性俱佳的优秀散文。

《板桥杂记》是明末清初著名文学家余怀创作于康熙三十二年（1693）的一部笔记，立足现实，反观历史，构成了作家城市观照的视角。全书上中下三卷，分别题为"雅游"、"丽品"、"轶事"，记述了明朝末年南京十里秦淮南岸的长板桥一带旧院诸名妓的情况及有关各方面的见闻。故事性强，可读性高。长期以来，《板桥杂记》的价值主要被定位在史学、民俗学的范畴之内，其文学价值未能得到研究者的高度重视。就整体而言，《板桥杂记》具有写景讲究营造意境，写人注重传达神韵，叙事追求言简意赅的艺术特色，余怀所作《序》更是一篇集思想性与艺术性于一体的优秀散文，文章运用主客对话的形式，具体阐述本书的写作动机与目的：

或问余曰："《板桥杂记》何为而作也？"余应之曰："有为而作也。"

或者又曰："一代之兴衰，千秋之感慨，其可歌可录者何限，而子唯狭邪之是述，艳冶之是传，不已荒乎？"

余乃听然而笑曰："此即一代之兴衰，千秋之感慨所系，而非徒狭邪之是述，艳冶之是传也。金陵古称佳丽之地，衣冠文物，盛于江南，文采风流，甲于海内。白下青溪，桃叶团扇，其为艳冶也多矣。洪武初年，建十六楼以处官妓，淡烟、轻粉，重译、来宾，称一时之韵事。自时厥后，或废或存，迨至三百年之久，而古迹寖湮，所存者为南市、珠市及旧院而已。南市者，卑屑妓所居；珠市间有殊色；若旧院，则南曲名姬、上厅行首皆在焉。余生也晚，不及见南部之烟花、宜春之弟子，而犹幸少长承平之世，偶为北里之游。长板桥边，一吟一咏，顾盼自雄。所作歌诗，传诵诸姬之口，楚、润相看，态、娟互引，余亦自诩为平安杜书记也。鼎革以来，时移物换，十年旧梦，依约扬州，一片欢场，鞠为茂草，红牙碧串，妙舞清歌，不可得而闻也；洞房绮疏，湘帘绣幕，不可得而见也；名花瑶草，锦瑟犀毗，不可得而赏也。间亦过之，蒿藜满眼，楼馆劫灰，美人尘土，盛衰感慨，岂复有过此者乎！郁志未伸，俄逢丧乱，静思陈事，追念无因。聊记见闻，用编汗简，效《东京梦华》之录，标崖公蚬斗之名。岂徒狭邪之是述，艳冶之是传也哉。"

客跃然而起，曰："如此，则不可以不记。"于是《板桥杂记》作。①

身逢乱世的余怀，追念往事，有感三"不可得"而效仿《东京梦华录》，其描写并非出于个人对旧日裙屐笙歌、繁华往事的缠绵追忆，而是还原一代人记忆中的晚明盛景，因此它超越了"狭邪之是述，艳冶之是传"的一类作品，成为永世流传的杰作。序文语言寓整齐于长短参差之中，对眼前荒凉景色的描写中穿插关于昔日的想象，一空多时，虚实结合，沉痛的情感凝聚为凄美景象的灵魂，感染了无数读者，赢得四库馆"文章凄缛，足以导欲增悲"（《四库全书总目提要。卷一四四》）的赞誉。

清代文学家多角度地观照和表现城市，同样体现在王士禛创作于扬州的《红桥游记》中。红桥位于平山堂西侧，为扬州名胜，乃文人墨客游览胜地。康熙元年（1662）六月十五日，时任扬州推官的王士禛与袁于令、杜浚、丘象随、蒋阶、朱克生、张养重、刘梁嵩、陈允衡、陈维崧等名士泛舟红桥，首唱《浣溪沙》两阕，诸公和之，王士禛随即再和一首②。事后作《红桥游记》一文，书写冶游之乐：

出镇淮门，循小秦淮折而北，陂岸起伏多态，竹木蓊郁，清流映带，人家多因水为园，亭榭溪塘，幽窈而明瑟，颇尽四时之美。拏小艇循河西北行，

① （清）余怀：《板桥杂记》（外一种）李金堂校注，上海古籍出版社2000年版。

② 关于红桥唱和中王士禛首唱三首还是两首，他本人的记载就存在不一致处，今从《红桥游记》所载。

林木尽处有桥，宛然如垂虹下饮于涧，又如丽人靓妆袨服流照明镜中，所谓红桥也。

游人登平山堂，率至法海寺，舍舟而陆径，必出虹桥下。桥四面皆人家荷塘，六七月间，菡萏作花，香闻数里。青帘白舫，络绎如织，良谓胜游矣。予数往来北郭，必过红桥，顾而乐之。

登桥四望，忽复徘徊感叹，当哀乐之交乘于中，往往不能自喻其故，王、谢冶城之语，景、晏牛山之悲，今之视昔，亦有然耶！壬寅季夏之望，与箨庵、茶村、伯玑诸子偶然漾舟，酒阑兴极，援笔成小词二章。诸子倚歌而和之。箨庵继成章，予亦属和。

嗟乎！丝竹陶写，何必中年；山水清音，自成佳话。予与诸子聚散不恒，良会未易遘，而红桥之名，或反因诸子而得传于后世，增怀古凭吊者之徘徊感叹，如予今日，未可知也。为之记云。

王士禛以红桥为中心的诗词唱和活动对于清代词坛的巨大影响，已有学者给予了具体和深入的阐释，兹不再赘述①。从城市审美的角度来看，王士禛等人的游乐活动及其文学创作极大地提高了红桥的知名度，建筑实体——红桥，四周环境——“竹木蓊郁，清流映带”，游乐生活——“青帘白舫，络绎如织”以及文学文本——红桥词，红桥游记，四位一体共同构成了富有特征性的扬州一景。红桥一带的优美景色，文人士大夫诗酒唱和的游乐雅趣经过王士禛等人的艺术渲染获得了广阔的想象空间，在地文本（即实地景观）与在版文本（即红桥词与游记）同时进入传播领域，景象的叠加与意义的增值，对时人以及后人产生了一种难以抗拒的吸引力。《词苑丛谈》卷九所谓“王贻上司理扬州，日与诸名士游燕，间小有唱酬，江南北颇流传之，于是过广陵者皆问红桥矣”，便足以证明其轰动效应。在中国文化版图上，扬州本是一座既回荡历史悲音又追逐当下时尚、既高雅又世俗的城市，具有使人产生一种“位于喜悦和悲伤之间的模棱两可的情绪”②的文化氛围，《红桥游记》所抒发的情感便兼具喜悦与悲伤这两种矛盾的内涵，即“哀乐之交乘”，只是它并非模棱两可，而是喜中有悲，浓郁的喜悦满足之情包裹着淡淡的伤感。采用“以我观物”写作姿态的王士禛将自己观赏的目光聚焦于现实场景，“丝竹陶写，何必中年；山水清音，自成佳话”是他少年意气

① 参见张宏生：《王士禛扬州词事与清初词坛风会》，载《文学遗产》2005年第5期。

② ［美］梅尔清：《清初扬州文化》，朱修春译，复旦大学出版社2004年版，第68页。

的真实写照，也是他作游记所要强调的人生态度，对于历史的感伤主要在于反衬今人出游之得意，故笔下景象多为“乐景”。

王士禛诗歌创作推崇“不着一字，尽得风流”的淡远境界，受这一美学情趣的支配，《红桥游记》借助清丽幽美的画面表现扬州的繁华和作家赏胜之“乐”，在情感含蓄、意境清远、文句秀雅方面自与神韵诗有相通之处。

清代中前期，北京的城市园林（皇家园林）发展十分迅速，其兴建规模之大，数量之多，为宋代以来之所未见。至乾隆中期，“北京的西北郊已经形成一个庞大的皇家园林集群”，号称“三山五园”的圆明园、畅春园、香山静宜园、玉泉山静明园和万寿山清漪园等五座园林堪称“中国古典园林造景手法之集大成者”①。清代著名文臣张廷玉（1672—1755，字衡臣，号研斋，安徽桐城人），采用“记”文形式描绘了畅春、圆明两园的修建特点与优美景色：

畅春园记

都城西直门外十二里曰海淀，淀有南有北，自万泉庄平地涌泉，奔腾㶁㶁，汇于丹陵。沜沜之大，以百顷，沃野平畴，澄波远岫，绮合绣错，盖神皋之胜区也……

前朝戚畹武清侯李伟因兹形胜构为别墅，当时韦曲之壮丽，历历可考。圮废之余，遗址周环十里，虽岁远零落，故迹堪寻。瞰飞楼之郁律，循水槛之逶迤，古树苍藤，往往而在。爰诏内司，少加规度，依高为阜，即卑成池，相体势之自然……重峦极浦，朝烟夕霏，芳萼发于四序，珍禽喧于百族，禾稼丰稔，满野铺芬，寓景无方，会心斯远。

圆明园记

圆明园在畅春园之北，朕藩邸所居赐园也。在昔皇考圣祖仁皇帝听政余暇，游憩于丹陵沜之涘，饮泉水而甘，爰就明戚废墅，节缩其址，筑畅春园，熙春盛暑时临幸焉。朕以扈跸，拜赐一区，林皋清淑，陂淀渟泓，因高就深，傍山依水，相度地宜，构结亭榭，取天然之趣，省工役之烦，槛花堤树，不灌溉而滋荣，巢鸟池鱼，乐飞潜而自集，盖以其地形爽垲，土壤丰嘉，百汇易以蕃昌，宅居于兹安吉也。

秋至若凭栏观稼，临陌占云，望好雨之知时，冀良苗之应候，则农夫勤瘁，稼事艰难，其景象又恍然在苑囿间也。若乃林光晴霁，池影澄清，净练

① 周维权：《园林·风景·建筑》，百花文艺出版社2006年版，第97页。

不波，遥峰入镜，朝晖夕月，映碧含虚，道妙自生，天怀顿朗。①

张廷玉历三朝元老，居官五十年，《清史稿》本传称其“周敏勤慎，尤为上所倚”，上引两篇园记是他代世宗雍正皇帝所作的“御制文”，故行文通篇采用“朕”之口吻。畅春园、圆明园均为水景园，人工造就多因水而成趣，张廷玉用笔老到，行文简练，绘图写景，要言不烦，形象鲜明。“平地涌泉，奔流瀰瀰，汇于丹陵。泋泋之大，以百顷，沃野平畴，澄波远岫，绮合绣错”数语，渲染出皇家园林的独特气派，而“林皋清淑，陂淀渟泓，因高就深，傍山依水，相度地宜，构结亭榭”几句，准确揭示出圆明园因地制宜、外师造化、中得心源的建构原则，而“凭栏观稼”一段又将写人与写景巧妙地结合在一起。由于“中国古典园林是中国的封建农业经济，封建集权政治的产物”②，张廷玉代撰“御制文”，同样是封建集权政治的产物，赫然在场的“朕”之威严直接影响到他的艺术构思，削弱了文章的审美感染力，这不能不视为极大的遗憾。

桐城古文派属于清代文坛最大的散文流派，戴名世被认为是桐城派奠基人；方苞、刘大櫆、姚鼐被尊为“桐城三祖”，其中，方苞为桐城派创始人。桐城派的产生和壮大与清代科举制度有密切关系，其理论体系由“义法”这一核心概念统摄，包括对文章主旨、论断、褒贬和文章布局、章法、文辞两个方面的要求。桐城派主要代表人物的散文创作很少能够纳入城市文学的研究范围，唯刘大櫆（1698—1779，字才甫，一字耕南，号海峰）的《游万柳堂记》尚值一论。文云：

……

临朐相国冯公，其在廷时无可訾，亦无可称。而有园在都城之东南隅。其广三十亩，无杂树，随地势之高下，尽植以柳，而榜其堂曰“万柳之堂”。短墙之外，骑行者可望而见其中。径曲而深，因其洼以为池，而累其土以成山；池旁皆兼葭，云水萧疏可爱。

雍正之初，予始至京师，则好游者咸为予言此地之胜。一至，犹稍有亭榭。再至，则向之飞梁架于水上者，今欹卧于水中矣。三至，则凡其所植柳，斩焉无一株之存。

人世富贵之光荣，其与时升降，盖略与此园等。然则士苟有以自得，宜其不外慕乎富贵。彼身在富贵之中者，方殷忧之不暇，又何必朘民之膏以

① （清）张廷玉：《皇清文颖》卷首二、卷首八，（清）文渊阁《四库全书》本。

② 周维权：《园林·风景·建筑》，百花文艺出版社 2006 年版，第 93 页。

为苑囿也哉！①

万柳堂是康熙年间（1662—1722）刑部尚书、文华殿大学士冯溥的园林别墅，本来属于私人活动空间，但因其“尽植以柳”的鲜明特色，而导致京城人士纷纷前往观赏。明清时期，北京以及江南地区皇家园林、寺庙园林和城市私家园林大量涌现，市民游园赏园成为时代风气，因此，不少私家园林主欢迎亲朋好友或著名文士前来观赏，明代不少游园记便是在这种背景下问世的。刘大櫆之前，朱彝尊写有《万柳堂记》，其时冯溥尚健在，刘大櫆作《万柳堂记》时，冯溥已故，万柳堂已成为京城一著名景观，故才先有“好游者咸为予言此地之胜”，后有作者三游其园之事。

文章写万柳堂之景用语不多，却富有想象空间，仅“向之飞梁架于水上者，今欹卧于水中”一句，便足以引发读者有关今昔对比的丰富联想。刘大櫆借景言志，借万柳堂的兴衰，叹富贵之不可恃，具有强烈的现实针对性。抨击富贵者“朘民之膏以为苑囿”当属于桐城派所主张的“义”之范畴，据“义”而观都市园林，正是本文的独到之处。

如果说私家园林转变为城市公众乐园是刘大櫆创作《游万柳堂记》的前提条件的话，那么，袁枚（1716—1797，字子才，号简斋，晚年自号仓山居士、随园主人、随园老人，钱塘人）创作于乾隆十四年（1749）的《随园记》则反映了公众乐园向私家园林的回归。根据《随园记》的介绍，袁枚之所以用三百两银子买下位于南京近郊小仓山下随园，主要是因为小仓山得登临览胜之便：

> 凡称金陵之胜者，南曰雨花台，西南曰莫愁湖，北曰钟山，东曰冶城，东北曰孝陵，曰鸡鸣寺。登小仓山，诸景隆然上浮，凡江湖之大，云烟之变，非山之所有者，皆山之所有也。

既远离城市的喧嚣，又能将城市名胜尽收眼底，与城市保持不即不离的关系，这种地理环境非常符合明清文人士大夫的择居要求。正因如此，随园由盛而衰的变化才会引发袁枚的悲情以及后来的收购行为：

> 康熙时，织造隋公当山之北巅构堂皇，缭垣牖，树之荻千章、桂千畦，都人游者翕然盛一时，号曰隋园，因其姓也。后三十年，余宰江宁，园倾且颓弛，其室为酒肆，舆台嚾呶，禽鸟厌之，不肯妪伏，百卉芜谢，春风不能花。余恻然而悲，问其值，曰三百金。购以月俸。茨墙剪阖，易檐改涂。随其高

① 引自王筱云等主编：《中国古典名著分类集成》“散文卷”，百花文艺出版社 1994 年版。

为置江楼，随其下为置溪亭，随其夹涧为之桥，随其湍流为之舟。随其地之隆中而欹侧也，为缀峰岫；随其蓊郁而旷也，为设宦窔。或扶而起之，或挤而止之，皆随其丰杀繁瘠，就势取景，而莫之夭阏者，故仍名曰随园，同其音，易其义。

袁枚写此文，旨在表达乐在其中的人生旨趣，而我们读此文，却领略到别样意义。袁枚关于随园命运的述说实际上揭示出中国古代园林建设中存在的一个非常突出的历史问题，园宅之盛衰通常决定于园主的生与死，浮与沉，隋公去矣，随园便颓弛荒芜；袁公入主，随园便获新生，个人因素起着举足轻重的作用。中国封建社会中后期，私人在城中或城郊修筑园林的现象相当普遍，从城市建设的角度来看，这对城市环境的美化以及城市文化品位的提升，具有无可置疑的正面效应，但是其中的弊端也十分明显。其一，如刘大櫆《游万柳堂记》所抨击的那样，权贵们可以凭借自己占有的政治资源搜刮民脂民膏，大兴土木，造成城市景观贫富两极（即别墅区与贫民窟）的对峙。其二，即如袁枚此文所反映的问题，过分依赖个人的力量发展城市园林建筑，其中存在的随意性、不规范性与无序性，必然影响园林建筑业的可持续发展性，公权管理缺位，私家园林一旦荒芜，必然造成大量物质资源的闲置与浪费，随园在遇到袁枚之前便是如此。这一类问题同样对今人有警示作用，它们应当避免出现在中国城市现代化发展的进程之中，正因如此，这篇入选沪教版高中语文教材的《随园记》，拥有了现代文化价值。

二、辞赋："在场者"铺写中的新城形象

有清一朝，受国家政治、经济、文化多方面因素的影响，辞赋创作十分兴盛，据统计，两百多年里共产生辞赋作家 4810 人，辞赋作品 19499 篇[①]，蔚为大观。清王朝确立了大一统的国家版图，为广大社会成员人生游历范围的进一步扩大提供了客观条件，同时也有助于拓展文人士大夫文学观照的视野，其时，都邑赋创作中出现的一批新城市形象，大都为作家"在场"书写的成果。在 1841 年以前问世的都邑赋中，最负盛名者当数乾隆皇帝（爱新觉罗・弘历）于 1743 年赴盛京（沈阳）拜祭祖陵时所作的《盛京赋》[②]，这是中国城市文学史上第一篇以沈

① 参见马积高：《〈历代辞赋总汇〉前言》，《中国文学研究》2002 年第 1 期。

② 二百多年来，《盛京赋》出过篆书手抄本、刺绣、刻印、影印等多种版本，2010 年沈阳出版社出版了《盛京赋》繁体字本和简化字本。

阳为描写对象的大赋，开篇以“谓沈阳为王气所聚，乃建盛京而俯关西”领起，使全赋笼罩在磅礴大气之中。弘历的民族背景和帝王身份决定了此赋歌颂的基调，他亲临沈阳，在实地感受的基础上驰骋想象，将先世创业之武功、家乡物产之丰富、沈阳故宫之雄伟辉煌、陪都人才之鼎盛以及自己政治理想之美好，一一铺写开来。尽管《盛京赋》描写的范围并不局限于今沈阳市，其中还提及长白山、鸭绿江、铁岭、盖县（今盖州市）等地的风土人情，但描绘宫殿建筑一段集中再现了陪都沈阳的王者气派：

规天距地，向明授时。增八门之诛荡，胁九逵之迺迤。翼翼俾倪，岧岧堞雉。起圜丘于郊南，单埢垣之洁祕。

符帝车之太乙，正王宫于未央。重三殿之实枚，表双阙于阊阖。阙名维何，文德武功。殿名维何，崇政建中。高楼望氛，厥题凤皇。后宫紫极，交泰清宁，关雎麟趾，化洽家邦。维朴而安，乃巩而臧。

从宫殿的起名、定位到赋文的遣词造句，均体现了满族统治者对于汉文化的接受。乾隆不仅讴歌帝王功业，而且不忘表达对国计民生的关注，赋云：“皇矣陪都，实惟帝乡。民安郡县，旗乐屯庄。春秋耕敛，我仓我箱。”亦属难能可贵。

康熙二十三年（1684），清政府平定台湾，设立台湾府，府治在今台南市，三年后，福建长乐人林谦光（生卒年不详，康熙十一年壬子科副贡，曾任延平府学教授）前往台岛任台湾府儒学教授。任职期间，林谦光进一步加深了对台湾的全面了解，除编撰地理著作《台湾纪略》一卷（是编分为十三，篇末附澎湖之志）① 之外，还创作了一篇《台湾赋》。赋文仍然袭用汉大赋主客对话的形式，虚构廓宇先生专向汉漫公子展“皇帝之舆图”，“颂台湾之盛轨”。文章主体部分采用避熟就生的写法，不写“甲第之连云”、“弦歌之盈耳”、“阛阓谊杂，举踵则触乎轮辕；都市纷华，摩肩则炫乎罗绮”这些常见的都市景象，集中笔力铺陈台湾距离大陆的遥远，地方别样的物产、气候与风土人情，其中所谓“木冈、凹底，形若联翩；阿里、鸡笼，势相犄角”，已经超出了在场者的亲历范围，更多地体现出关于台湾的地理想象 ②。当然，作者关于台湾教育的描写虽带有夸张色彩，但应该建立在亲历的基础之上：

又有蓬跣方除，胶庠初隶；载酒问奇，负经请谛。吟诵半杂于博劳，衣

① 详见（清）文渊阁《四库全书》总目提要卷七十四。

② 参见游适宏：《地理想像与台湾认同——清代三篇〈台湾赋〉的考察》第 41—66 页，载《台湾文学学报》2000 年第 1 期。

冠尚存其椎髻。拱手于都讲之庭，侧身于敷教之地。斯时也，名邦上客，暂停辎轩；广布文德，弘宣湛恩。

因为这种现象在当时只可能出现在台湾的都市之内，它又与作者在台湾主管的具体事务有直接关联。林谦光的写作主旨本在于弘扬王化、崇儒重道，然客观上则认同了大陆与台湾在文化教育方面的一致性。

由于台湾岛内的自然景观和人文景观具有迥异于齐鲁、吴越等大陆景观的独特魅力，当大陆广大读者已经开始对阛阓諠杂、都市繁华一类老生常谈式的描写产生审美疲劳时，林谦光的描写犹如一阵清风，带给读者一种清新奇异的审美享受，由是，《台湾赋》在中国城市审美史上具有了不可忽视的价值。

稍后，又有高拱乾（生卒年不详）作骚体《台湾赋》①。高拱乾，字临九，陕西榆林人，为荫生出身，就任广德知州。康熙二十九年（1690），升任福建泉州知府，三十一年，晋升台广兵备道，兼理学政。康熙三十一年（1692）主持纂修《台湾府志》，三十四年（1695）告竣，全书共10卷，约18万言。他还为台湾八景定名，并首作题咏。八景名为：安平晚渡、沙鲲渔火、鹿耳春潮、鸡笼积雪、东溟晓日、西屿落霞、澄台观海、斐亭听涛。高拱乾在《台湾赋》追述台湾历史，从远古蛮荒时期到荷兰入侵肆虐，从郑成功抗敌成功到"王赫斯怒"，"果一战而纳土"，"于焉扩四千载之洪蒙，建亿万年之都邑"，充分肯定了清王朝在台湾岛上进行的城市建设。与林赋相比，高赋的优长在于对台海奇异风景的描绘，不足处则是对于台湾的文化认同感较弱。

在清朝众多的辞赋作品中，王修玉（1634—1694，康熙年间拔贡生）所作《登城赋》②作为一位"在场者"的创作则显得有些与众不同。自曹丕作《登城赋》始，历朝历代不乏登城作赋者，然此赋的写作背景十分特殊。作家所登为杭州城，由于清初镇抚大臣严城禁，"杭民不登兹城四十一年矣"（《序》），后当局重修城楼，"宥登城之禁，纵民游观一月"，作家才得以登上杭州城。赋文采用今昔对比的写作手法，先写登城远眺之景色：

层楼屹而瑰玮兮，飞甍翼而崔巍。聆市隧之喧嚣，瞻阁闾之璀璨……

大道交兮狭斜，百廛通兮林苑。车马阗阗兮红尘扬，弦管嘈嘈兮白日晚。

① （清）高拱乾：《台湾赋》，（清）文渊阁《四库全书》史部·地理类·都会郡县之属《福建通志》卷七十五。

② 王筱云等主编：《中国古典名著分类集成》"散文卷"，百花文艺出版社1994年版。

此为重建之后的杭州城市景象，它既是作者眼中之景的文学再现，也是其心中理想之景的艺术升华。接着，作者回忆了清兵南下时杭州城内外的战乱景象：

当王师之南下，丁胜国之流露，驼马屯于郊野，旌旗植于江湄……

当是时也，重城昼闭，道罕人行，或登陴而愕眙，或夜缒而亡奔。婴儿弃于草莽，闾里废于荆榛。

王玉修为浙江仁和（今属杭州）人，作为鼎革之际兵燹之灾的亲历者，刚刚翻过去的一页仍在目前，因此，他的描写充满发自内心的悲情。受时代的局限，王修玉《登城赋》也免不了歌颂皇朝功德辉煌，生民乐康，但今昔的强烈对比实际上又构成了对清王朝统治者入关之初所作所为的控诉，这是其他都邑赋所不具有的意义内涵。

清乾隆年间，常州人褚邦庆（生卒年不详）以自己家乡为表现对象，创作了体例独特的都邑大赋《常州赋》，清光绪七年（1881）重刊本（今上海图书馆藏）对该赋的写作缘由及内容做了具体介绍，并给予高度评价：

邦庆字人荣，号容船，常州人。善为辞赋，壮出游既久，编历名山大川，凡可为考据之助者，大都寄之笔墨。是篇为清高宗皇帝南巡，召士子献赋。邦庆述乡邦典故，仿周紫芝《宣城赋》、葛沣《钱塘赋》例，作《常州赋》，时共号宏篇。其赋例，于建置沿革，疆域形胜。户口赋税，及兴衰大略，冠之卷端，其余山川、关梁、祠庙、陵墓、古迹，各以其类分汇各邑，累如贯珠。至于仕宦、人物、流寓，则合成一郡之冠冕，各邑不复分疆画界。及方外、列女、物产，莫不皆然析之，则棋布星罗，总之则珠联璧合。又其文中各有起伏，有提挈，有感慨，有论断。既殊稗史之弇鄙，复异类书之琐碎，一归于俪则，而不失乎赋体。邦庆又自为之注，尤得悉其要也。卷前有庐陵王其淦序称："获睹斯赋，如游异境，幸得导师。"

褚邦庆采用地方志体例创作文学作品，传递的信息不言而喻，他要遵循纪实的写作原则，如实还原常州的历史与现实的种种场景。在清代众多都邑大赋中，《常州赋》的文学性与纪实性最强，词句骈丽华美却不失真，优美的画面往往能够在现实中找到对应的景观。例如，赋云："削竹成篦，朝京门内比户皆为"，这是形容城内居民制作梳篦的盛况。常州梳篦始自晋代，延续上千年，至清，"文亨穿月，篦梁灯火"已成为常州著名八景之一。又如褚邦庆描绘常州城果市的繁荣有"入千果之巷，桃梅杏李色色俱陈"之句，千果巷后衍名青果巷，是常州古老街巷之一。明万历前，这里位于运河岸边，船舶云集，为南北果品集散地，沿岸开设各类果品店铺，故称“千果巷”，后运河改道，果品不再，而巷名仍保留至今。再如，赋中有“过杨柳之巷，迎风碧柳垂檐”之句，描绘的是杨柳巷的美景，此巷缘于明末常州望族庄氏在此建造的宅园，巷内遍植杨柳，巷因以成名，并成为常州城的一道著名景观。直至今日，常州人仍然喜欢引用褚邦庆的文句来描述常州名胜的历史渊源，这说明《常州赋》在运用文学手法进行现场还原方面十分成功。

就整体而言，清初、中期的辞赋作家对于边疆都邑的表现进一步填补了中国古代城市文学的版图，在创作观念或艺术技巧方面更多地显示出前人的继承与学习，鲜见超越处①。

第五节　戏曲：四大名城与剧坛气象

清初戏曲创作延续着明末的繁荣景象，其时，出现了以李玉、李渔为代表的一批以创作和演出为生的专业文人戏曲作家，他们拥有充裕的时间进行剧本创作，熟悉舞台表演的特点，这有助于提高剧本质量。李渔的《闲情偶记》明确提出“立主脑”、“密针线”、“减头绪”等重要创作主张，并围绕剧本结构、语言风格等问题展开了一系列论述，对于当下和后人的戏曲创作具有积极的指导意义。康熙年间，南洪北孔誉满文坛，洪昇《长生殿》和孔尚任《桃花扇》“把中国戏曲的结构、音乐、表演和史剧创作等发挥至登峰造极的境界”②。当清中叶文人传奇由盛转衰时，民间戏曲则如雨后春笋般地迅速发展起来，民间戏班演唱的声腔花杂、风格多样、种类不一的各地方剧种被统称为“乱弹”，即如著名戏曲家李斗《扬州画舫录》卷五所云：“两淮盐务例蓄花、雅两部以备大戏。雅部即昆山腔；花部为京腔、秦腔、弋阳腔、梆子腔、罗罗腔、二簧调，统谓之乱弹。”③经过广大民间戏曲作家的不断摸索与大胆创新，花部、乱弹最终取代雅部占据了戏坛的主导地位。

中国古典戏曲自诞生之日起就与城市结下不解之缘，清代戏曲的繁荣与发展同样离不开城市文化的滋养，城市居民的娱乐消费从来都是推动城市文学发

① 清代纪昀所作《乌鲁木齐赋》，虽以城市命名，但主要内容为讴歌新疆地区的大好河山，并未对乌鲁木齐城市本身进行描写，故本节未做具体论述。

② 李修生、赵义山主编：《中国分体文学史》“戏曲卷”，上海古籍出版社2001年版，第249页。

③ （清）李斗撰，王军评注：《扬州画舫录》，中华书局2008年版，第65页。

展的强大动力，他们对戏曲的喜爱通过娱乐消费的方式激发作家的创作欲望，激活城市表演市场，推动戏曲文本的传播。城市，不仅给戏曲艺术家提供了广阔的表演舞台，而且成为剧作家再现时代风云的艺术空间，都市里的政治风波、经济形势以及广大市民的精神需求，直接影响了剧坛气象。本节选取苏州、南京、北京、扬州这四大名城作为聚焦点，围绕城市与清代戏曲创作和传播的关系，从不同的角度展开讨论。

一、苏州风云：姑苏任侠，吴市英豪

《清忠谱》是明末清初著名戏曲作家李玉（1610—1671？字玄玉，后因避康熙名讳改作元玉）晚年的作品，这部传奇名著在中国古代城市文学史上具有多方面的重要意义。其一，它以苏州这一历史文化名城为空间背景，以明天启六年（1626）东林党人和苏州市民共同反抗阉党魏忠贤黑暗统治的斗争为题材，首次将城市市民的政治暴动直接搬上舞台，这在中国戏曲史上实属空前。其二，李玉本人为江苏吴县（今苏州）人，该剧清初刻本题“李玉元玉甫著”，“同里毕魏万后、叶时章雉斐、朱皠素臣仝编”[①]，毕、叶、朱等人与李玉是同乡，说明《清忠谱》是由苏州剧作家群共同完成的，剧本尾声“绿窗共把宫商辨，古调新词字句研”两句也透露出集体创作的信息。这种由地域联结而成的创作共同体在戏曲发展上也属前所未有。“苏州派”剧作家大多出身低微，他们既了解下层市民生活，又谙熟音律和演出规律，故其作品大多能够达到音律与文采的“双美”。其三，剧中以颜佩韦为首的五人义既无王侯将相身份，亦无才子书生气质。他们或不喜读书，好挥老拳；或少年无赖，出入赌场；或于城中开着一个小店，以经商为业，身上均表现出下层普遍市民豪爽义气、快意恩仇、不守成规、不拘小节的性格特征。剧作家创作视点下移，将其作为一个群体置于舞台中央，给予正面刻画，对市民的表现力度和肯定高度超过以往任何一部戏曲作品。其四，该剧始终高奏黄钟雷鸣般的慷慨浩歌，在内容与形式的有机统一中凸显了苏州城市文化长期以来被人忽略的另一种风格。

《清忠谱》全剧一共二十五出，几乎每一出都要出现“苏州”（或“姑苏”、“吴门”、“阊门”）这一地名，人物上场的自我介绍，一般都会提到与苏州的关系，例如第十三折“捕义”〔外扮公差上〕云：“自家苏州府堂快手是也。”又如第十六

① 《古本戏曲丛刊》第三集有《清忠谱》清初刻本的影印本。

折“血奏”写周顺昌之子上朝为父击鼓鸣冤，当被问及“何人击鼓”时，〔小生跪介〕“南直隶苏州府吴县儒学生员周茂兰，谨奏圣上”。如第十八折“戮义”刽子手持刀上场便云：“自家苏州府吴县刽子的便是，祖传行业，官役行刑。”此类情况俯拾皆是。由于《清忠谱》所叙述的乃明代历史的真实事件，剧作家欲将其写成“词场正史”（《谱概》），赋予剧本“信史”的面貌，就必须在时间、地点、人物三方面达到高度的真实性，他们不厌其烦地点出主要事件的发生地，目的之一便是要增强故事的写实性和现场感。

《清忠谱》中的“苏州”并非空洞的地理符号，而是一个真实的空间存在，创作者非常熟悉苏州的地理环境和城市布局，叙事中不时点出与苏州城紧密关联的各类地理标示，大至周边城市，小到市内某一建筑和街巷，诸如“行过施茶亭，就是李王庙”（第二出），“阊门开了，急急飞奔。不管低高，普安桥走过又是上津桥，林家巷转湾跑，地方家内忙来到”（第十三出），“出了阊门，已是钓桥了”（第二十二出），这一类表述均以物化的地标显示苏州城真实的地理存在。在一种触手可及的苏州场景中，剧作家展开了对苏州英雄群像的塑造。

《清忠谱》在塑造英雄形象时，由少至多，大致遵循从周顺昌到颜佩韦等“五人义”、再到成千上万苏州市民这一顺序，每一个环节都不忘提示人物的“苏州”身份。描写周顺昌，便有“下官周顺昌，字景文，别号蓼洲，苏郡人也”。（第一出）“闻得苏州有个周顺昌，不是好惹的主顾”（第五出），“东林一案，早堂俱已审结，只有苏州打死官旗的周顺昌，未曾勘问。”（第十五出）写到五人义便有“自家姑苏城外有名的周老男周文元便是”。（第二出）“可晓得苏州第一个好汉颜佩韦么”（第十一出），“那杨念如在前街开店”（第十三出），“俺五人本姑苏任侠，吴市英豪，落拓不羁，轻生好义。”（第二十出）在渲染万民起义的壮观场面以及巨大影响时，仍然反复强调“他若放了周乡宦罢了；若弗肯放，我们苏州人，一窝蜂，待我们几个领了头，做出一件轰轰烈烈、惊天动地的事来。众兄弟不可缩头缩脑，大家并力同心便好”。（第十出）“我们苏州百姓，只因魏太监这千刀万剐的，要谋王夺位，害了许多忠臣，拽死了周吏部，又屈杀了颜佩韦、杨念如等五人。人人切齿，个个咬牙。”（第二十二出）周顺昌作为全剧的焦点人物，剧作家尽情讴歌他丹心耿介、忠心报国、正气凛然的英雄气概，重点突出其“忠心”，连所做讨奸贼之梦都被名之曰“忠梦”，他与魏忠贤之间的斗争既是全剧矛盾冲突的中心，也是基点。周顺昌被害，仅仅是戏曲冲突的开端。“阊门外义民颜佩韦、杨念如等五人，公愤不平，同着阖城百姓，保留周老爷，打死校尉。被毛一鹭出疏，将五人斩首”（第二十三出），这是戏曲冲突的发展阶段。对于颜佩韦五人，作家极力渲染的是“义气”，赞美其侠肝义胆，义无反顾，第十出“义愤”、第十三出“捕义”、第十八出“戮义”是他们的重头戏。颜佩韦等五人义的被害点燃了苏州广大市民的反抗怒火，他们“千万共成群”，“似行兵摆阵，好似天将天神，下临苏郡”。① 打进官府牢门，拆毁并烧掉魏忠贤祠堂，在附近农民的支持下，掀起一场声势浩大的暴动，全剧矛盾冲突于此达到高潮，苏州人民众志成城，瞬间爆发出来的那种摧枯拉朽般的反抗力量被剧作家表现得淋漓尽致。

唐宋以还，古代文学艺术家对苏州的描写让人联想到的往往是绿水小舟、亭院楼台、荷塘莲色、吴侬软语，以至于在当代作家的文化视野里，苏州人被认为具有“女性化”② 倾向。其实，任何一个地方的文化性格绝非单一的特质，苏州亦不例外，刚烈的吴地汉子自古不乏其人。《汉书 · 地理志》所谓“吴、粤之君皆好勇，故其民至今好用剑，轻死易发”，揭示的便是苏州地域文化赋予其民的另一种风貌。李玉等人准确地把握住了明代苏州民众反抗行为与地域文化传统一脉相承的内在关系，第十出“义愤”中颜佩韦一上场就在自我介绍中明确表示对苏州地区历史上出现的两位市井英雄专诸和要离的仰慕，苏州的文化传统为其钢筋铁骨、侠肝义胆的铸就提供了来自时间和空间的双重依据。中国历史上，当文人士大夫频频吟唱“江南好”的小调时，选择的是偏离国家伦理规范的人生轨迹，书写的是“不关风化体”的个人体验，与此相一致，文本风格通常属于优美阴柔的范畴。《清忠谱》则不然，一群来自江南的剧作家颠覆了苏州叙事的传统模式，通过塑造苏州市民英雄群像，谱写了一曲苏州大地的好汉赞歌。《清忠谱》的问世表明，江南地区的文化土壤不仅适合采莲小曲的传唱，而且能够培育出叙事宏大、风格悲壮的戏曲精品。

最后值得一提的是，李玉是位戏曲多产作家，一生创作传奇三十余部，其中以苏州市民的反抗活动为题材的还有《万民安》传奇。该剧讲述了苏杭织造太监孙隆横征暴敛，最后酿成了万历二十九年（1601）苏州民变的历史事件，成功地刻画了以纺织工人葛贤为领袖的苏州市民精英的形象群，忠实地反映了这场气势磅礴的市民运动。可惜《万民安》未能流传至今，我们只能根据《曲海总目

---

① （清）李玉：《清忠谱》，载王季思主编《中国十大古典悲剧集》下册，上海文艺出版社 1982 年版。下引《桃花扇》戏文亦出自此书，不再注明。

② 参见陆文夫：《被女性化的苏州人》，载《光明日报》2003 年 3 月 26 日。

提要》了解其粗略的剧情。

二、南京印象：桃花扇底送南朝①

《桃花扇》是清朝著名戏曲家孔尚任历经十余年苦心创作、三易其稿写出的一部传奇剧本，它通过讲述男女主人公侯方域（朝宗）和李香君的爱情故事，反映明末南明王朝灭亡的历史悲剧，“借离合之情，写兴亡之感，实事实人，有凭有据”（《桃花扇》试第一出“先声”），历史兴亡系之于桃花扇底，是剧作家构思与立意最突出的特点。由于故事的女主人公李香君乃秦淮名妓，南明王朝的所在地亦处于秦淮河畔，故南京/金陵在孔尚任的全部叙事中占据着不可忽视的重要地位，它既是剧中各位重要人物活动的空间纽结点，也成为透视作家心灵世界的情感镜像。

杨文龙点染李香君鲜血画成的桃花扇作为全剧最为重要的道具，出现在一个新的历史拐点之上，既映带出六朝古都的文化遗风，又植根于明朝陪都的现实土壤。自从南朝谢朓吟出“江南佳丽地，金陵帝王州”（《入朝曲》）的传世名句以后，历代文人对于南京/金陵的文化定位，表现出高度一致的认同性。尽管六朝旧事如流水般逝去，但古都金粉始终未曾真正消歇，至明末甚至表现得空前耀眼，名士与名妓的交往与结合已成为一种社会时尚，他们“共同演绎着南京陪都的文坛盛世和风月佳话”②，即如《桃花扇》男主人公侯方域于开场之初所言：“金粉未消亡，闻得六朝香”（第五出“访翠”），正是南京城炽热不衰的香艳之风成就了他与李香君的相识和相爱。

然而，侯、李的爱情毕竟产生在江山易主、风云变色的动乱时期，他们面对的仅仅是明王朝的残山剩水，欲寻求像宋、齐、梁陈那样尚能占据半壁江山的偏安朝廷的庇护，也只是一种奢望，因而其爱情注定会以悲剧告终。崇祯皇帝自缢于北京煤山之后，由马士英、史可法等拥戴明福王朱由崧建立的弘光政权驻扎于南京，王气几度消散的石头城上空，又重新笼罩着政治斗争的阴霾。才子佳人的悲欢离合与弘光政权的兴亡成败，本是两条不同的叙事线索，由于它们拥有一个共同的发生和发展空间——南京城，于是获得了交汇为一的充分条件，南京城内南明小王朝的存续和发展状态，直接影响和决定男女主人公的

---

① 语出《桃花扇》第四十出“入道”。

② 梅新林：《中国文学地理形态与演变》，复旦大学出版社2006年版，第326页。

命运。《桃花扇》的故事始于南京，终于南京，主要人物的主要活动也发生在南京。当秦淮河畔粉香依旧弥漫，笙箫尚未断绝之时，李香君以身相许复社文人侯方域，断然拒绝阉党文人阮大铖的拉拢，此为戏曲冲突的产生；当左良玉移兵南京之时，怀恨报复的阮大铖陷害侯方域私通左军，逼他离开南京前往扬州投奔史可法，相爱之人被迫分开，这是戏曲冲突的发展；在奸臣马士英等在南京迎立福王，建立南明朝廷后，马、阮等人逼迫香君嫁给新任曹抚田仰，香君宁死不从，以头撞地，上演了血染定情扇的悲壮一幕，矛盾冲突达到高潮；最后，重返南京的侯方域被阮大铖逮捕入狱，直至清兵南下，昏君奸臣出逃，才得以出狱，与香君相遇于栖霞山白云庵。当张法师在道观撕裂桃花扇、并掷之于地时，弘光小王朝已经覆灭，他们的爱情也走到尽头。既然君国不在，情根难以续存，二人双双入道，全剧在浓郁的悲剧氛围中落下帷幕。有学者认为，"《桃花扇》是在一本剧作中，同时记叙了一个朝代、一座城市、一条河流及浮沉其中的人物的历史"①，概括相当精到。

《桃花扇》以艺术的方式反映了孔尚任对于明朝灭亡的痛苦反思，除了抨击奸臣当道、昏君误国的腐败政治，揭示弘光政权短命覆亡的原因之外，抒发历史兴亡之感，也是剧本的重要内容。"兴亡"二字在全剧先后出现十余次，从试一出"先声"开宗明义表明创作意图"借离合之情，写兴亡之感"，到续四十出"余韵"柳敬亭饱经沧桑地唱道：俺"就在这龙潭江畔，捕鱼三载，把些兴亡旧事，付之风月闲谈"，兴亡之感成为贯穿全剧的主要情感线索，而南京/金陵恰好是最适合抒发历史兴亡之感的空间载体。

金陵是中国古代诗歌常见的感伤意象之一，隋唐以还，历代诗人在反复使用"金陵"这一地理名词时一以贯之地附着上某些具有民族文化特征的情韵，主客体之间逐渐形成相对固定的对应关系，其中因金陵而怀古、因怀古而感伤是最为普遍的心理现象与创作现象。在中国六大古都之中，金陵之所以特别容易引发诗人的历史兴亡之感，是因为它那段悲恨相续的历史留下了太多令后人伤感和反思的东西。作为六朝都城，金陵曾经是中国政治文化的中心，富庶的江南经济使它拥有笙歌彻夜、金粉遍地、繁华竞逐的昨天，然而，随着隋唐以及明清政治中心的转移，这里便逐渐萧条冷落下来，"六朝旧事随流水，但寒烟衰草凝绿"（王安石《桂枝香·登临送目》），金陵城以及城内外的山水花鸟草树遂具

① 李孝悌：《恋恋红尘——中国的城市、欲望和生活》，上海人民出版社2007年版，第12页。

有了历史见证物的文化内涵，它今日的荒凉景象最能引起人们对昔日繁华场面的追忆①。明清鼎革之际，在明代十分繁华的南京城由于战乱的破坏，一度又重现了萧条衰败的景象（本章第二节对此有所论析），明末清初“孤臣孽子”，面对这些“剩水残山”，满含眼泪创作了大量的金陵怀古诗词，悲叹金陵繁华不再是此类作品普遍呈现的表层语义，而其内在蕴含则为痛悼明王朝的灭亡。孔尚任紧扣南明王朝的覆亡历史，续写历久不衰的金陵怀古悲歌，他采用分总结合的表现策略，先将兴亡之感的抒发穿插在各出的叙事之中，例如：

城连晓雨枯陵树，江带春潮坏殿基。……王气金陵渐凋伤，鼙鼓旌旗何处忙？

——第一出

宫车出，庙社倾，破碎中原费整。养文臣帷幄无谋，豢武夫疆场不猛；到今日山残水剩，对大江月明浪明，满楼头呼声哭声。

——第十二出

乌啼荒冢树，槐落废宫墙。

——第二十出

梧桐院，砧杵村，青苔虫语不堪闻。闲携杖，漫出门，宫槐满路叶纷纷。

——加二十一出

宫槐古树阅沧田，挂寒烟，倚颓垣。

——第三十三出

如泣如诉的吟唱出现于剧情发展的各个阶段，经过层层铺垫，反复渲染，步步蓄势，低昂起伏的时代哀音于剧终奏出了最为悲怆的旋律。在续四十出“余韵”里，孔尚任让剧中人物苏昆生在目睹南京“皇城墙倒宫塌，满地蒿莱”，“长桥已无片板，旧院剩了一堆瓦砾”的残破景象之后，放声悲歌一套北曲《哀江南》：

【沉醉东风】横白玉八根柱倒，堕红泥半堵墙高，碎琉璃瓦片多，烂翡翠窗棂少，舞丹墀燕雀常朝，直入宫门一路蒿，住几个乞儿饿殍。

【折桂令】问秦淮旧日窗寮，破纸迎风，坏槛当潮，目断魂消。当年粉黛，何处笙箫。罢灯船端阳不闹，收酒旗重九无聊。白鸟飘飘，绿水滔滔，嫩黄花有些蝶飞，新红叶无个人瞧……

① 详见拙作《空间与审美——文化地理视域中的中国古代文学》，人民出版社 2009 年版，第 192 页。

【太平令】行到那旧院门，何用轻敲，也不怕小犬哰哰。无非是枯井颓巢，不过些砖苔砌草。手种的花条柳梢，尽意儿采樵；这黑灰是谁家厨灶？

【离亭宴带歇指煞】俺曾见金陵玉殿莺啼晓，秦淮水榭花开早，谁知道容易冰消。眼看他起朱楼，眼看他宴宾客，眼看他楼塌了。这青苔碧瓦堆，俺曾睡风流觉，将五十年兴亡看饱。那乌衣巷不姓王，莫愁湖鬼夜哭，凤凰台栖枭鸟。残山梦最真，旧境丢难掉，不信这舆图换稿。诌一套哀江南，放悲声唱到老。

长歌当哭，孔尚任压抑已久的历史悲情如火山一样喷发，无法抑制。这一套《哀江南》堪称金陵怀古集大成之作，作家取景远近结合，虚实结合，寓情于景，寄托其感伤情怀的“剩水残山”意象系列，既有被历代文人反复使用的乌衣巷、莫愁湖、凤凰台、枯井、颓垣、秋水、落照等传统子意象，体现了怀古诗词的一般特点①，同时也创造性地使用了窗寮、院门、小犬、厨灶等具有生活气息的新鲜子意象，与剧本前几出所描绘的人物活动环境前后形成具体而又鲜明的对比，现实针对性和历史批判性更为强烈。尤其值得注意的是在孔尚任的怀古视域里出现了“乞儿饿殍”，作为一种“反衬”性的抒情意象，其中蕴含着作家体察民情的良苦用心。联系其《燕九竹枝词》里“金桥玉洞隔玉尘，藏得乞儿疥癞身。绝粒三旬无处诉，被人指作丘长春”的描写，我们必须承认，关注下层市民的生存状况是孔尚任一以贯之的社会姿态，中国知识分子普遍具有的济世情怀和历史责任感又一次体现出来。作家通过“直入宫门一路蒿，住几个乞儿饿殍”的艺术画面揭示了一个无可否认的事实，明朝灭亡的受害者，除了朱明皇室贵戚，更有贫民乞丐，由一座城市观一代君臣的共同命运，《哀江南》抒发的怀古悲情因此拥有了更为丰富的意义内涵。

三、京城舞台：南腔北调，备四方之乐②

清代戏曲传播有两条主渠道。一是通过传抄或印刷纸质文本、以供读者案头阅读的形式进行传播，例如孔尚任《桃花扇》问世后，“王公荐绅，莫不借

① 杨念群指出：遗民诗人“喜以季节如‘秋色’等喻示自己对晚明的哀思，对旧朝居地倾颓的吟叹也时常表现在诗中”。《何处是江南？明清正统观念的确立与士林精神世界的变异》，生活·读书·新知三联书店 2010 年版，第 30 页。

② 语出（清）赵翼：《檐曝杂记》卷一“庆典”条，载赵翼、姚元之著，李解民点校：《檐曝杂记　竹叶亭杂记》，中华书局 1982 年版。

抄，时有纸贵之誉”（《桃花扇本末》），而且很快“四方之购是书者众，刷染无虚日”①。二是以舞台演出、供观众在场欣赏的方式进行传播，诗人赵翼《观剧即事》云：“明识悲欢是戏场，不堪唱到可怜伤。假啼翻为流真泪，人笑痴翁太热肠”，便以自己亲身体验说明舞台表演的感人效果。中国古代城市的经济功能在清朝已经完备，并全方位发挥作用，城市经济的影响力辐射到城市居民日常生活的各个方面，包括他们的娱乐活动与休闲行为，日趋成熟的戏曲产业和君臣上下对于戏曲的喜好，造就上述两条渠道并保证其畅通，其标志是城市书坊印刷业发达，城市戏曲表演市场红火。北京因其首都的特殊地位，更是迎来戏曲创作与演出的繁荣局面，成为全国戏曲创作与传播的中心。最为典型的事例是清廷于乾隆十六年为皇太后举行六十寿辰大庆，北京自西华门到西直门外之高粱桥，十余里在“每数十步间一戏台，南腔北调，备四方之乐；侲童妙伎，歌扇舞衫。后部未歇，前部已迎”。京城大大小小的舞台可谓群英荟萃，百花争艳。

清代北京的戏曲爱好者按照其社会身份，大致可以划分为三个群体。第一大类是居住在京城的满洲旗人，上自皇室成员，下至一般旗人，普遍热爱戏曲表演。清廷内府养有戏班，配备的“袍笏甲胄及诸装具皆世所未有”，“中秋前二日为万寿圣节，是以月之六日即演大戏，至十五日止。所演戏，率用《西厢记》、《封神记》等……”②据孔尚任《桃花扇本末》记载：“己卯秋夕，内侍索《桃花扇》甚急，予之缮本莫知流传何所，乃于张平州中丞家，觅得一本，午夜进之直邸，遂入内府。”索阅者当是康熙，此帝南巡时，常以观戏为乐。乾隆及其后宫均爱看大戏，故宫、颐和园、承德避暑山庄的三个戏台便是他与内廷眷属和达官宠臣们看戏之处。上有好者，下必甚焉，八旗子弟爱好戏曲者众多，据《清高宗实录》卷七载，当时有“入班唱戏者，亦有不入班，自行演唱者”。统治集团的好尚推动了戏曲演出市场的繁荣。

第二类是具有一定文学艺术修养的文人士大夫。作为剧本写作的主力军，他们对于戏曲表演艺术表现出极大的热情和兴趣，看戏赏曲成风，其时“京师公私会集，恒有戏，谓之堂会”（《情稗类钞·戏剧类》）。建造于明代的长椿寺（现位于北京长椿街）经常有京城士大夫出入，他们不仅在此斋戒，而且从事游赏宴饮活动，甚至将其变成诗酒酬唱、观看戏曲表演的场所，毛奇龄作有《陪益都夫

① （清）金埴著，王湜华点校：《不下带编 巾箱说》，中华书局 1982 年版，第 39 页。

② 见（清）赵翼：《檐曝杂记》卷一“大戏”条。朱家溍：《清代内廷演戏情况杂谈》（载《故宫博物院院刊》1999 年第 2 期）对此有较为详细的介绍。

子长椿寺观剧奉和原韵》三首[①]，描写了观剧感受，“当轩一曲开元曲，满院如闻上苑莺”（其一），“慈恩原有金钱会，错认新声奏太常。”（其三）不少人还粉墨登场，吹拉弹唱，样样精通，钱泳《履园丛话》卷十二“艺能”条云：“近士大夫皆能唱昆曲，即三弦、笙、笛、鼓、板，亦娴熟异常。余在京师时，见盛甫山舍人之三弦，程香谷礼部之鼓板，席子远、陈石士两编修能唱大小喉咙，俱妙。”[②]由此可见当时之风气。

第三类为庞大的普通市民阶层，他们的娱乐消费需求不仅构成了支撑京城戏曲演出市场长盛不衰的重要经济支柱，而且造就了剧坛雅俗共赏的多元化格局，杨米人在《都门竹枝词》里描写普通市民观戏的情形时云：“林丑矮张逗笑嚬，贴来满座抖精神。亮台新戏今朝准，‘寡妇征西’十二人。”台上演员的扮相以及表演，正是为了迎合与满足平民消费者的审美趣味和娱乐需求。

广大市民的观戏热情一旦转化为显著而持久的经济效益，城市里戏曲演出场所的建设自然会受到重视。一所所戏园，一座座戏台，不断出现在北京城中，京城当时著名的戏园有太平园、四宜园、查家楼等，孔尚任在《桃花扇》试一出“先声”里让剧中人自称“昨在太平园中，看一本新出传奇”，该剧院的名气由此可见一斑。戏园的兴盛使戏曲演出场所能够得到保障，从而为北京职业戏班的大力发展提供了坚实的物质条件。乾隆年间吴长元撰写《燕南小谱》，讲述乾隆以前北京梨园名伶历史，他在卷四中提到自己在北京见到的昆剧旦角演员就分属宜庆部、保和部、集庆部、太和部、永庆部、吉祥部、端瑞部、庆春部、永祥部、萃庆部等十个戏班，足见当时演员之多，戏班之盛。吴长元认为自己的著述乃“一时创建，然非京邑繁华，不能如此”[③]，我们换一角度审视，如果没有京城的繁华，同样也不可能出现《燕南小谱》中所描绘的民间戏班如雨后春笋般涌现的发展形势。

清代前期和中期北京上演的剧目品种繁多，最能引起轰动效应的当数“南洪北孔”创作的《长生殿》与《桃花扇》。金埴《不下带编》卷二云：“今勾栏部以《桃花扇》与《长生殿》并行，罕有不习洪、孔两家传奇者，三十余年矣”[④]，北京作为两部传奇名著的传播中心，对于其传播盛况的形成产生了不可低估的巨大

---

① （清）毛奇龄：《西河集》卷一百四十五，（清）文渊阁《四库全书》集部·别集类。

② （清）钱泳著，张伟点校：《履园丛话》，中华书局2006年版，第331页。

③ 台湾周骏富编辑：《清代传记丛刊》，台北明文书局1985年版，第87册，第5页。

④ （清）金埴著，王湜华点校：《不下带编　巾箱说》，中华书局1982年版，第39页。

影响力。

洪昇历经十余年，三易其稿，终于康熙二十七年完成《长生殿》，此剧一出，立即风靡京城，北京成为《长生殿》舞台传播的起始地。徐麟《长生殿序》说："一时朱门绮席，酒社歌楼，非此曲不奏，缠头为之增价。"[①]《长生殿》在北京传播过程中所显示的轰动效应以及由此引发的灾难，陈康祺的《郎潜纪闻初笔》卷十"《长生殿》传奇"条，对此事有较详的记叙[②]。当时京城有人就此事发出了"秋谷才华向绝俦，少年科第尽风流，可怜一曲长生殿，断送功名到白头"的感叹，虽直接针对赵执信而言，但也是洪昇命运悲剧的形象写照。一个令人深思的现象是，写戏人与观戏人均以戏而获罪，可《长生殿》却并未被禁，而是愈演愈烈，从王府到市井，家传户诵，长盛不衰，洪昇个人的艺术声誉亦与日俱增。《长生殿》凭借自身思想的深刻性与艺术的完美性征服了广大戏曲爱好者，创造了中国古典文学传播史上的一个奇迹。《长生殿》的传播以北京为中心，迅速向江南地区扩展再到边远地区，随即向四面八方辐射到全国各地[③]，直至晚清，故清代著名曲论家梁廷柟《曲话》有"百余年来，歌场舞榭，流播如新"之说。

《桃花扇》的传播则经历了从无人问津到洛阳纸贵的变化过程，正是京城的舞台让这部脱稿之前在北京一度受到冷遇的剧本声名鹊起，迅速成为家喻户晓的一代名剧[④]。据金埴《不下带编》记载：《桃花扇》脱稿不久，就有"总宪李公柟买优扮演，班名'金斗'，乃合肥相君家名部。一时翰部台垣群公咸集，让东塘独居上座，诸伶更番进觞，座客啧啧指顾，大有凌云之气"。此后，《桃花扇》与《长生殿》一样，也成为京城最热门的演出剧目，孔尚任在《桃花扇本末》中介绍了当时北京演出自己剧作的情景：

> 长安之演《桃花扇》者，岁无虚日，独寄园一席，最为繁盛。名公巨卿，

---

① 徐麟：《长生殿序》，见徐朔方校注《长生殿》附录，人民文学出版社 1997 年版。

② （清）陈康祺：《郎潜纪闻初笔》，中华书局 1984 年版。

③ 据康熙《钱塘县志》卷二十一记载：洪昇家乡钱塘"旗亭画壁间，时闻双鬟讴诵之，以故儿童妇女莫不知有洪先生者"。金埴《不下带编》记述了《长生殿》传播过程中的又一段佳话："甲申春杪，昉思应云间提帅张侯云翼之聘，依依别予去。侯延为上客，开长筵，盛集文宾将士，观昉思所谱长生殿戏剧以为娱。时织部曹公子清寅闻而艳之，亦即迎致白门，南北名流悉预，为大胜会。公置剧本于昉思席，又自置一本于席，每优人扮演一折，公与昉思讐对其本，以合节奏，凡三昼夜才毕。两公并极尽其兴赏之豪，互相引重，致厚币赆其行，长安传为盛事。迨返櫂过乌戍，昉思遽醉而失足，为汨罗之投。"

④ 参见颜健：《论〈桃花扇〉在康熙朝的传播》，载《济宁学院学报》2008 年第 1 期。

墨客骚人，骈集者座不容膝。张施则锦天绣地，胪列则珠海珍山。选优两部，秀者以充正色，蠢者以供杂脚。凡砌抹诸物，莫不应手裕如。优人感其厚赐，亦极力描写，声情俱妙。盖主人乃高阳相公之文孙，诗酒风流，今时王谢也。故不惜物力，为此豪举。然笙歌靡丽之中，或有掩袂独坐者，则故臣遗老也；灯炮酒阑，唏嘘而散。

即使是徽班进京，花部乱弹在京城发展壮大，形成对昆曲的压倒之势之后，《桃花扇》仍然占据着京城舞台的一席之地，道光年间文士杨懋建《梦华琐簿》云："《都门竹枝词》'新排一曲《桃花扇》，到处共传四喜班。'此嘉庆朝事。"① 四喜班是四大徽班中得名最先者，排演《桃花扇》的目的之一是凭借《桃花扇》持续不减的巨大影响力，扩大自己在京城的知名度。

四、扬州风俗：乱弹戏班看人多②

商业经济的繁荣昌盛与世俗传统的娱乐精神共同打造出清代北京之外的另一个戏曲活动中心——扬州。

浪漫而又现实，张扬而又深沉，高雅而又世俗，扬州的城市文化性格就是这样一个由多重矛盾组合而成的有机统一体。历代文人在刻画扬州城市形象时总是习惯于从不同的角度去表现其诗人般的浪漫气质与大众世俗的娱乐精神，从中唐杜牧"谁知竹西路，歌吹是扬州"（《题扬州禅智寺》）的吟唱，到清乾隆年间卢见曾序金兆燕《旗亭记》所谓"扬州繁华甲天下，竹西歌吹之盛，自唐以至于今，梨园之多名部，宜矣"之评判，"歌吹"作为扬州文化的标示反复出现于文人墨客笔下。的确，"歌吹"二字"容易使人联想到市井、歌女，甚至秦楼楚馆；歌吹之音常常回响于勾栏瓦舍，配合着俚语歌谣"。③ 不过，唐宋时期的扬州歌吹当如杜牧《扬州三首》其一所云"谁家唱水调，明月满扬州"，歌诗为扬州歌女传唱的重要内容，而明清时期扬州出现了"千家有女先教曲"（郑板桥《扬州》）的社会习俗，此时扬州女所唱之曲更多地包含戏曲唱词的内容。清代扬州与戏曲之关系，集中折射出这座历史文化名城现实、张扬和世俗的一面，扬州良好的戏曲活动环境的形成离不开该地区长期存在的以世俗娱乐精神为核心的歌吹传统。

① 张次溪编辑：《清代燕都梨园史料正续编》，中国戏剧出版社 1988 年版，第 352 页。
② 语出董伟业《扬州竹枝词》第七十一首。
③ 柯玲：《民俗视野中的清代扬州俗文学》，上海社会科学出版社 2006 年版，第 140 页。

扬州于乾隆年间成为南方戏曲活动的中心，其戏曲大盛的标志之一是拥有众多的戏班和高水平的演员，李斗《扬州画舫录》① 卷五“新城北录下”对此有比较详细的记载，兹举若干：

> 昆腔之胜，始于商人徐尚志征苏州名优为老徐班；而黄元德、张大安、汪启源、程谦德各有班。洪充实为大洪班，江广达为德音班，复征花部为春台班；自是德音为内江班，春台为外江班。今内江班归洪箴远，外江班隶于罗荣泰。此皆谓之“内班”，所以备演大戏也。
>
> 大面周德敷，小名黑定，以红黑面笑叫跳擅场。笑如《宵光剑》铁勒奴，叫如《千金记》楚霸王，跳如《西川图》张将军诸出。同时刘君美、马美臣并胜。马文观，字务功，为白面，兼工副净，以《河套参相》、《游殿议剑》诸出擅场。白面之难，声音气局，必极其胜，沉雄之气寓于嬉笑怒骂者，均于粉光中透出。

“内班”本指官府所办戏班，然上述戏班均为盐商所办，因类似官办，故称。扬州盐商蓄养戏班成风，上文提到的老徐班、老黄班、老张班、老汪班、老程班以及大洪班均属于“扬州七大内班”，声名远扬，外地江湖艺人纷纷前来投奔，清代中叶，扬州聚集了全国最优秀的昆剧演员。卷九“小秦淮录”还具体地介绍了扬州女子戏班的情况：

> 顾阿夷，吴门人，征女子为昆腔，名双清班，延师教之。初居小秦淮客寓，后迁芍药巷。班中喜官《寻梦》一出，即金德辉唱口。玉官为小生，有男相。巧官眉目疏秀，博涉书籍，为纱帽小生，自制宫靴，落落大方。小玉为喜官之妹，喜作崔莺莺，小玉辄为红娘，喜作杜丽娘，小玉辄为春香，互相评赏。金官凭人傲物，班中谓之“斗虫”，而以之演《相约相骂》，如出鬼斧神工。徐狗儿清拔文雅，羸瘦玉削，饮食甚微，坐戏房如深闺，一出歌台，便居然千金闺秀……是部女十有八人，场面五人，掌班教师二人，男正旦一人，衣《杂把金锣》四人，为一班。赵云崧《瓯北集》中有诗云：“一夕绿尊重作会，百年红粉递当场”谓此。

该女子戏班人才济济，表演各有千秋，赢得诗人赵翼高度评价。女性专业演员的出现得益于扬州全民参与的戏曲活动实践。

清代扬州戏曲大盛的标志之二是本地戏曲扬州乱弹的出现，李斗《扬州画

① （清）李斗著，王军评注：《扬州画舫录》，中华书局 2007 年版。

舫录》卷五称："郡城花部，皆系土人，谓之本地乱弹，此土班也。至城外邵伯、宜陵、马家桥、僧道桥、月来集、陈家集人，自集成班，戏文亦间用元人百种，而音节服饰极俚，谓之草台戏，此又土班之甚者也。"扬州乱弹作为地方戏曲使用扬州地方语言进行演唱，具有自身独立和完整的声腔系统，深受扬州市民的欢迎，董伟业《扬州竹枝词》描绘了扬州乱弹的演出情况：

小老妈怀抱小官，小朝奉大小爷欢。
扬州时道当群小，戏子灯笼小乱弹。
丰乐朝元又永元，乱弹戏班看人多。
就中花面孙呆子，一出传神《借老婆》。①

丰乐、朝元、永元是扬州的三个乱弹班，清中叶的扬州，观看戏曲演出已经成为广大民众日常生活重要的组成部分，以扬州城为中心，整个扬州地区俨然是一个戏曲表演的大舞台。文士雅集，观戏赏戏为风流表征；民间赛神，必请戏班到场演出；富商大贾，自蓄家庭戏班以供享乐；普通市民，饭后茶余观戏消遣。林苏门（1748？—1809，字步登，又字啸云，号兰痴，扬州人）所作《邗江三百吟》里有七律五首，均以《戏馆》为题，概括性赞美扬州戏馆"富贵天开锦绣春，名园雅集半游民"（其一），"呼朋逐队观如堵，细雨斜风座稳身"（其二），"满座喧哗云集盛，可知歌吹竹西淳"（其四）的兴盛景象。如果说林苏门诗中的戏迷主要为文人雅士，那么董伟业则具体描绘了一位属于下层市民的戏迷等候看戏的有趣场景：

求条签去修双脚，嗅袋烟来剃个头。等戏开台先坐凳，看汪班内老名优。

扬州乱弹正是适应当地广大民众的娱乐需求而产生的，扬州发达的商业经济和歌吹不断的地方文艺传统为它的形成与发展提供了优越的条件。

扬州不仅是戏曲演出的中心，戏曲创作局面也很繁荣，戏曲创作队伍主要由三种人组成：一是扬州籍作家，如顺治、康熙年间江都徐石麟著以《拈花笑》为代表的多种杂剧和以《九奇峰》为代表的四部传奇。二是寓扬外籍作家，如曹寅官居扬州时著《北琵琶传奇》②。三是众多活跃于扬州的民间艺人，他们从下

① （清）董伟业：《扬州竹枝词》，（清）林苏门撰：《邗江三百吟》，《扬州地方文献丛书》，广陵书社 2005 年版。

② 以上两种情况，详见卢前：《卢前曲学四种 · 明清戏曲史》，中华书局 2006 年版；张庚、郭汉城：《中国戏曲通史》，中国戏剧出版社 1992 年版；《扬州文化志》，江苏文艺出版社 1996 年版。

层民众的生活中吸取营养，编撰迎合广大市民审美趣味的故事供民间戏班上演，上文董伟业《扬州竹枝词》中提到的《借老婆》或出自其手。可惜他们没有留下姓名，大量的演出剧本亦未能流传于后世。

清代扬州城的戏曲活动早已引起当代戏曲研究者和当代文化研究者的高度关注，其成就也得到了较为全面的肯定①。不过，学界对于其中存在的不足认识尚不够充分。在浓郁的戏曲文化氛围之中，在深厚的娱乐表演传统的背景之下，扬州百花齐放的剧坛上却没有产生出如《长生殿》、《桃花扇》那样的艺术奇葩。演出剧目众多，可本土出产的精品基本处于“缺席”的状态，这种现象的出现不得不令人深思。我们认为，在清代扬州的戏曲活动中存在世俗压倒崇高、现实消解理想的文化倾向，扬州的“歌吹之场”为那些饱经忧患的文人士大夫提供了一个心灵的避难之所，扬州的历史遗迹可以引发他们的历史兴亡之叹，扬州的小曲却无法唤起他们对于社会的担当责任以及对理想执着追求的精神。如果一座城市的世俗力量过于强大，很容易为剧作家的“媚俗”提供种种“正当”理由。当媚俗赏俗成为时尚，崇高自然很难获取赢得心灵共鸣的场所，清代扬州本土戏曲创作在通俗化过程中暴露的不足与弊端，对于今日当代城市文化建设和城市文学创作无疑具有借鉴意义。

第六节　清代城市文学的时代特色及其不足

在中国城市文学发展余势期阶段，世代累积而成的城市文学创作传统在清代文学家手中发扬光大。本期城市文学各种文体齐备，题材广泛，表现内容具有时代感，风格继续保持雅俗共赏的特色，文学家熟练地运用各种表现手法，继续书写城市文学的各种重要主题，文学文本中的城市形象个性比较鲜明，总体上表现出以继承为主的创作趋势。

较之明代文学，清代城市文学在以下三个方面值得关注和肯定：

其一，城市对于女作家的培育卓有成效。

中国古代城市尤其是大都市从来是文学创作的热土，城市文化能够为文学家的产生与成才提供丰厚的养料，尤其是经济实力雄厚、文化高度繁荣的城市最有可能成为区域乃至全国文学创作的中心。据统计，清代出现著名文学家的

① 详见梅新林：《中国文学地理形态与演变》，复旦大学出版社2006年版，第161页。

府州达164个，其中居于前五名的依次是苏州、杭州、常州、嘉兴、扬州①，在总体发展趋势与基本格局和明代大体保持一致的情况下，清代更为引人注目的现象还在于越来越多从事文学创作的名媛闺秀的身影频频出现在城市之中。形成、活动于顺治、康熙年间的著名蕉园诗社是清代著名的女子诗社之一，主要活跃在杭州特别是西溪一带，参与的才女多为杭州人，例如顾之琼（字玉蕊，翰林钱绳庵之妻，进士钱元修、钱肇修之母）为杭州人，为诗社创始人之一。另一创立者柴静仪（季娴）与顾之琼为同乡，著有《凝香室诗钞》。又如林以宁（字亚清，进士林纶之女，监察御史钱肇修之妻）亦为杭州人，工诗文，善画梅竹，著有传奇《芙蓉峡》。《杭郡诗辑》记载了蕉园七子诗社的活动：

> 是时，武林（今杭州，笔者注）风俗繁侈。值春和景明，画船绣幕，交映湖漘，争饰明珰、翠羽、珠髾、蝉縠，以相夸炫。季娴（柴静仪，笔者注）独漾小艇，偕冯又令、钱云仪、林亚清、顾启姬诸大家，练裙椎髻，授管分笺。邻舟游女望见，辄俯首徘徊，自愧弗及。②

女诗人的公开活动构成了西湖上一道引人注目的文化风景，为杭州城增添了新的魅力。无独有偶，乾隆年间袁枚与女弟子两次大会杭州湖楼，绘图志盛，也为一时佳话。更为值得称道的是，杭州籍女作家陈端生先后在北京、杭州等城市进行弹词小说经典《再生缘》的创作，填补了中国女性作家在小说创作史上的空白，有学者认为，“陈端生选择弹词形式创作《再生缘》小说，很可能与她在杭州的经验有关”③，因为声音在杭州城市形象的形成过程中扮演着重要的角色。

其二，作家对于城市的批判，角度更显多样化。

中国古典城市发展至清代，城市丑恶现象暴露得更为充分，为文学家批判城市文化提供了新的现实材料。综观清代文学家围绕城市展开的口诛笔伐，不再局限于书写传统的城乡冲突主题，角度更显多样化，或通过渲染笼罩于京城的血腥恐怖以抨击封建专制统治，或揭露城市居民苦乐不均的社会现象以呈现市井的真实面貌，或描绘下层民众贫苦的生活状态以表达同情之心，较之明代，无论表现城市生活抑或批判城市文化弊端，广度均有所扩展，尤其是在表达下层关怀方面，体现出对明代城市文学的超越。

其三，塑造出多个富有文化个性的城市形象，对北京城的描写尤为生动

---

① 曾大兴：《中国历代文学家之地理分布》，湖北教育出版社1995年版，第436页。

② 转引自施淑仪：《清代闺阁诗人徵略》，上海书店1987年版，第129页。

③ 胡晓真：《声色西湖——“声音”与杭州文学景味的创造》，载《中国文化》2007年第2期。

鲜活。

清代文学家在表现城市生活，展示城市风貌，刻画市民形象时，既借鉴历史经验，也忠实自己的真实感受，即使前人反复描写过的城市如苏州、南京、扬州、北京等，在他们的笔下也或多或少地传递着新的时代气息。最具典型意义的是诗人和小说家对于北京城的描绘，诗歌和小说文本中出现的诸如拖着辫子的旗人，操着京腔的市民以及贵族人家频繁使用的洋货等等，足以使读者感受到清代皇城与明代都城的显著区别，与元明两代文学相比，北京城立体多元的文化性格和地域特点得到了更为清晰和生动的文学表现。

中国古代城市文学发展至清代，暴露出最大的问题便是创新性严重不足，文学家言说城市的套路，书写城市感怀的手段，表达价值评判的标准，与前人相比，并无实质性突破，善于继承也罢，局部集大成也罢，都掩盖不了整体风貌较为陈旧的缺陷。

我们显然不能仅仅从文学家的创作才能上去寻找创新性不足的原因，因为清代不乏杰出的文学家，例如孔尚任、洪昇、曹雪芹等，其艺术才华和创作成就早已得到公认，问题的关键在于中国古代社会的文化结构以及相应的文化观念没有给文学家提供进一步开拓与创新的主客观条件。就客观对象而言，从秦汉至明清，中国古代城市的数量、种类由少至多，规模由小变大，布局由点到面，功能由单一转为复合，不断向前发展，然城市外貌日新月异的变化并不意味着城市文化性质、文化功能的转变。作为全社会权力、财富和信息聚焦点的城市，始终不是整个社会的搭建中心，乡村不仅是封建国家根本的政治力量和经济力量之所在，而且是培育中国文明之花的土壤以及古代中国人全部精神活动的出发点与依据。就创作主体而言，清代文学家如同他们的前辈一样，即使经过城市文明的洗礼，不断遭受到城市文化的撞击，然心灵深处却始终坚守农业文化的土壤，城市可以暂时改变他们的生活方式与行为方式，但无法从根本上改变他们对乡土的守望立场。由此出发，他们对于城市的感受方式、想象图景以及表现路径，也不可能发生根本性转变。在价值观念尚未更新、精神准备缺乏的情况下，清代文学家显然不可能突破传统创作模式，去实现城市文学创作领域的重大变革。

余论　中国城市文学古典性的消退与近代性的开启

1840年第一次鸦片战争爆发，西方帝国主义列强的坚船利炮撞开了中国国门，中国城市的发展偏离既定轨道，在强大外力的作用下，以一种畸形的方式和前所未有的速度开始了近代化的历史演进①。帝国主义的霸权削弱甚至剥夺了封建政府中央朝廷对于某些沿海重要城市的控制权，香港被割让，广州、厦门、福州、宁波、上海五大城市被迫向外开放通商口岸，沦为侵略者掠夺中国人民物质财富的重要基地，其功能发生了异质性改变，“厦门在1845年以后成为著名的走私口岸，广州关税在四十年代后，逐年减少。宁波在1850年，进口货至少有一半是走私的”。② 洋货与外资的大量涌入不仅给中国传统的农业、手工业带来巨大冲击力，而且导致被侵略城市产业结构与城市面貌的相应变化。中国原有的城市格局被打破，在外力作用下呈现出两极分化的严重不平衡状态。

鸦片战争惨败的结局促使那些关心国家命运、具有民族危机感的中国人开始反思失败的原因和寻找自保的对策，在“师夷之长以制夷”观念的指导思想下，以“自强”为宗旨的洋务运动在中国兴起。先行的兵器制造业以及随之兴起的配套产业如采矿业、钢铁业、交通运输业，尽管取得的现实效应十分有限，但其历史意义却不容忽视，因为它标志着中国近代工业化的开启，成为中国民族资本主义工业诞生的契机，有力推动了中国近代第一次城市化浪潮的出现。其时，“城市更多地由以政治统治为中心的各自独立、缺少联系的传统模型向以经济贸易为主的网络联结的近代模型嬗变，城市生活方式也更多地由单一、封闭、慢节奏的农业社会形态向多元、开放、快节奏的工业社会形态转变”。③

鸦片战争的爆发极大地改变了中国知识分子的生存环境，进而赋予他们异于往常的历史使命。与古典时期由乡村走向城市的时代背景完全不同的是，近

① 尽管与资本主义国家相比，近代中国城市化水平仍然十分低下，但“城市的发展速度超过了以往任何时期”。参见许学强等编著：《城市地理学》，高等教育出版社1997年版，第87—88页。

② 翦伯赞主编：《中国史纲要》第四册，人民出版社1964年版。

③ 刘玉才编著：《传承与新变：明中叶至辛亥革命的物质文明》，北京大学出版社2009年版，第138页。

代知识分子面临着城市由古典向近代转型的全新形势，开埠港口进进出出的外国货轮，首都北京东交民巷内的外国使馆以及众多的洋房洋行①，商品交易之中出现的“洋钱”②，十里洋场上海的赌场舞厅③，南京城里的大小洋货店④，各种光怪陆离的社会现象以及弥漫于城市中的媚外、趋利之风，使历史上曾经长期存在的城市“陌生化”问题再一次凸显，并深深地困扰着文人作家群体，他们对于城市新的认知直接影响到城市叙事，由是，中国古代城市文学的创作传统于多方面显示着中断的趋势。

具体言之，面对无能的朝廷，大乱的天下，黑暗的现实，充满民族生存危机感的文学家不得不中断由汉代都邑赋所开启的、延续了上千年的“美都邑”传统，不再高奏京都赞歌，取而代之的是抒发城市巨变的深沉感慨、描绘都市群丑图像。他们对城市的描写和否定不再立足于城市对于农村的剥削，以及城市文化秩序对人自由天性的束缚等传统出发点，而是基于国运的衰败以及前所未见的各种城市社会病。黄遵宪的诗歌与晚清四大谴责小说分别集中体现了这一点。

晚清著名政治家、外交家黄遵宪（1848—1905，字公度，别号人境庐主人，广东省梅州人）始终立足于以反帝卫国、变法图强的政治立场，展开对新形势下中国城市命运的艺术描写，忧国之心一以贯之。《七月二十一日外国联军入犯京师》形象真实地记录下了首都北京城市发展史前所未见的屈辱一幕：

压城云黑饿鸱鸣，齐作吹唇沸地声。莫问空拳殴市战，余闻扈跸六军惊。
波臣守辙还无恙，日驭挥戈岂有名。闻道重臣方受节，料应城下再寻盟。

置身于国家民族危亡之际，面对惨遭帝国主义列强蹂躏的京城大地，愤怒而又焦虑的诗人除了吟唱京城哀歌之外，别无选择。被割让的香港同样成为黄遵宪伤心的城市，试读其《香港感怀》两首：

弹指楼台现，飞来何处峰？为谁刈藜藿，遍地出芙蓉。
方丈三神地，诸侯百里封。居然成重镇，高垒矗狼烽。

——《香港感怀十首》之一

珠崖岂欲弃，其如城下盟。帆樯通万国，壁垒逼三城。

① （清）曾朴：《孽海花》（人民文学出版社 2006 年版）对此有所描写。
② （清）李伯元：《官场现形记》第四十六回、第三十回，人民文学出版社 1979 年版。
③ （清）曾朴：《孽海花》（人民文学出版社 2006 年版）对此有所描写。
④ （清）李伯元：《官场现形记》第四十六回、第三十回，人民文学出版社 1979 年版。

虎穴人雄踞，鸿沟界未明。传闻哀痛诏，犹洒泪纵横。

——《香港感怀十首》之二①

虽然香港被割让之后获得了有利的经济发展条件，但毕竟沦为他国的属地，从而导致在自己国家的领地上发生海界之争的怪事，深以为耻的诗人不由得“洒泪纵横”。在他所作《哀旅顺》、《哭威海》、《台湾行》系列诗中，处处充满对国家命运的忧虑以及对侵略者的控诉。此外，黄遵宪还先后写下了《悲平壤》、《过安南西贡有感》、《伦敦大雾行》等反映外国城市的政治风云与城市独特景观的诗篇，如此开阔的国际视野根本不可能出现在古代城市文学史上。

晚清谴责小说高扬城市批判大旗，其中，号称“冒险家乐园”的上海成为小说家集中批判的对象：

上海地方，为商贾麇集之区，中外杂处，人烟稠密，轮舶往来，百货输转。加以苏扬各地之烟花，亦都图上海富商大贾之多，一时买棹而来，环聚于四马路一带，高张艳帜，炫异争奇。那上等的，自有那一班王孙公子去问津；那下等的，也有那些逐臭之夫，垂涎着要尝鼎一脔。于是乎把六十年前的一片芦苇滩头，变做了中国第一个热闹的所在。唉！繁华到极，便容易沦于虚浮。久而久之，凡在上海来来往往的人，开口便讲应酬，闭口也讲应酬。人生世上，这“应酬”两个字，本来是免不了的；争奈这些人所讲的应酬，与平常的应酬不同。所讲的不是嫖经，便是赌局，花天酒地，闹个不休，车水马龙，日无暇晷。还有那些本是手头空乏的，虽是空着心儿，也要充作大老官模样，去逐队嬉游，好象除了征逐之外，别无正事似的。所以那“空心大老官”，居然成为上海的土产物。这还是小事。还有许多骗局、拐局、赌局，一切希奇古怪，梦想不到的事，都在上海出现——于是乎又把六十年前民风淳朴的地方，变了个轻浮险诈的逋逃薮。

——《二十年目睹之怪现状》② 第一回“楔子”

这里上海专有一班人靠赌行骗的，或租了房子冒称公馆，或冒称什么洋货字号，排场阔得很，专门引诱那些过路行客或者年轻子弟。起初是吃酒、打茶围，慢慢的就小赌起来，从此由小而大，上了当的人，不到输干净不止的。

——《二十年目睹之怪现状》第二十一回

① （清）黄遵宪著，钱仲联笺注：《人境庐诗草笺注》，上海古籍出版社 1981 年版。

② （清）吴趼人：《二十年之目睹怪现象》，人民文学出版社 2000 年版。

原来这孽海和奴乐岛，却是接着中国地面，在瀚海之南，黄海之西，青海之东，支那海之北。此事一经发现，那中国第一通商码头的上海，地球各国人，都聚集在此地。都道希罕，天天讨论的讨论，调查的调查，秃着几打笔头，费着几磅纸墨，说着此事。内中有个爱自由者闻信，特地赶到上海来，要想侦探侦探奴乐岛的实在消息，却不知从何处问起。那日走出去，看看人来人往，无非是那班肥头胖耳的洋行买办，偷天换日的新政委员，短发西装的假革命党，胡说乱话的新闻社员，都好像没事的一般，依然叉麻雀，打野鸡，安垲第喝茶，天乐窝听唱，马龙车水，酒地花天，好一派升平景象！

——《孽海花》第一回

曾朴笔下的“奴乐岛”实为影射上海。毋庸讳言，元朝至元二十七年（1291）才由镇设县的上海，在中国近代获得了飞速发展的历史契机，开埠通商，外资入沪，华洋杂处，五方混居，客观上促进了上海经济和文化的发展与繁荣。然而，这一切均是以清朝政府签定丧权辱国的“南京条约”为前提的，换言之，崛起的上海见证着中华民族的屈辱与痛苦。帝国主义侵略势力的大举进攻，使上海原有的政治秩序、经济秩序以及市民的生活秩序遭到严重破坏，古典时期“城市生活由帝国官僚严格控制”① 的局面一去不复返，中外商人、洋行买办、各形形色色的投机者在城市舞台上扮演着重要角色。传统的道德伦常在很大程度上失范，社会沉渣泛起，烟馆、赌场、妓院成为藏污纳垢之所，上海在迈向国际性大都市行列的同时，也沦为罪恶和腐败的滋生地。对此，文学家队伍里痛心疾首者大有人在，他们自觉通过文学创作的方式对处于城市发展尖端、极具代表性的上海展开了一系列否定性的描写②。

至晚清，中国小说出现了繁荣局面，究其原因，除了印刷业发达、知识分子进一步认识到小说创作的社会意义之外，还在于“清室屡挫于外敌，政治又极腐败，大家知道不足与有为，遂写作小说，以事抨击，并提倡维新与革命”③。相继问世的以《二十年之目睹怪现象》、《官场现形记》、《老残游记》、《孽海花》为代表的晚清谴责小说，大至题材、主题，小到细节都显示出与古典小说的分殊。一个明显的标志是，大都市的新兴建筑与新兴行业从来都是古代作家讴歌的对象，直至吴敬梓亦如此，然至晚清小说却鲜见对于出现在各大城市里洋房洋行的欣

① 阿英：《晚清小说史》，人民文学出版社 1980 年版，第 1 页。

② ［美］乔尔·科特金：《全球城市史》，王旭等译，社会科学文献出版社 2006 年版，第 84 页。

③ 晚清小说对其他城市例如北京、南京、香港等也不乏批判性描写。

赏性文字，相反倒出现了负面描写。试看曾朴笔下的北京东交民巷的景况：

那馆房屋的建筑法是一座中西合璧的五幢两层楼，楼下中间一大间，大小纵横，排许多食桌，桌上硝瓶琉盏，银匙钢叉，摆得异常整齐。东西两间，连着厢房，与中间只隔一层软壁，对面开着风门，门上嵌着一块一尺见方的玻璃。东边一间，铺设得尤为华丽，地盖红毹，窗围锦幪，画屏重叠，花气氤氲，靠后壁朝南，设着一张短栏矮脚的双眼大铁床，烟罗汽褥，备极妖艳。最奇怪的，这铁床背后却开着一扇秘密便门，一出门来就是一条曲折的小弄，由这弄中直通大街，原为那些狎客淫娃做个意外遁避之所。

——《孽海花》卷十一

北京东交民巷在当时是外国使馆区，“中西合璧”的建筑物实为中国进入近代的产物，尽管它的设置华丽且传递着异国情调，但由于是外国人的淫乐场所，故曾朴毫不掩饰自己的厌恶之意。对于西式建筑之一的教堂，晚清小说家同样持一种排斥态度：

此刻外国人灭人的国，还是这样吗？此时还没有瓜分，他已经遍地的设立教堂，传起教来，他倒想先把他的教传遍了中国呢；那么瓜分以后的情形，你就可想了。

——《二十年目睹之怪现状》第二十二回

怀着强烈忧国之心的小说家自然不可能为城市发展中出现的此类异质性现象大唱赞歌。吴趼人《恨海》第七回甚至出现了义和团在北京烧教堂、烧使馆的情节，“美都邑”的古代城市文学主题已经被批判城市异质化的主题所取代。

审视中国近代文坛，被中断的还有延续了上千年、抒发文人士大夫“京城情结”（即前文所言“长安情结”）的创作传统。

在中国古代，京城从来是文人士大夫向往的神圣之地，一代又一代读书人满怀实现人生理想的热血走上了通往京城的道路。“长安情结”具体表现为进入京城是他们孜孜以求的理想目标，个人在京城的遭遇是人生是否成功的衡量标准，即使被迫离开也难免梦绕魂牵①。然而这种现象也逐渐消失在中国近代文坛上，且不论自光绪三十二年（1906）在中国延续了一千三百多年的科举制度宣

① 详见拙作《空间与审美——文化地理视域中的中国古代文学》，人民出版社 2009 年版，第 183 页。

告结束①,“长安情结”完全失去了赖以产生与存在的政治文化基础,即使在科举制度正式废除之前,由于封建皇权的极度衰落,“海外失地失藩,频年相属”,而“朝中歌舞升平”,“还要铺张扬厉,摆出天朝空架子”(《孽海花》第八回),皇帝不再一言九鼎,京城也早已失去昔日神圣的光环,相继发生的戊戌政变与八国联军入侵,更是使北京城充满血腥杀戮,黑云笼罩,风雨晦暗。“天子以秋狝巡幸热河,洋兵纵火燔圆明园”,近代著名外交家、散文家薛福成(1838—1894)在《书科尔沁忠亲王大沽之败》②一文真实地记录下北京城的屈辱。本来铁路的修建大大缩短了外地人进京的时间,然动荡的时局却使人们通往北京的道路变得比以前任何时代都要艰难,《恨海》第一回就说道进京的班车停开,“因为怕洋兵进京,已经把铁路折断了”。③在这样的时代背景下,进出其间的士子创作的诗歌基调发生了巨大变化,试读黄遵宪《述闻》一诗:

皇京一片变烟埃,二百年来第一回。荆棘铜驼心上泪,觚棱金爵劫余灰。

螟蛉果赢终谁抚,猿鹤沙虫总可哀。只望木兰仍出狩,凿与无恙贼中来。

今日的北京城根本不可能激发起诗人的向往之心。如果说诗人悲京城遭劫,忧君王命运,末世哀音似曾相识,那么康有为所作《出都留别诸公五首》抒写的则是一种前所未有的情怀,其一云④:

沧海惊波百怪横,唐衢痛哭万人惊。高峰突出诸山妒,上帝无言百鬼狞。

岂有汉廷思贾谊,拼教江夏杀祢衡。陆沉预为中原叹,他日应思鲁二生。

康有为(1858—1927,广东南海人),清光绪年间进士,中国近代著名政治家、思想家、社会改革家。前诗作于1889年8月,诗人进京本是参加科考,然题下自注云:“吾以诸生上书请变法,开国未有,群疑交集。乃行。”组诗的关键词不再是“及第”或“下第”,取而代之的是“变法”,此时的康有为完全将个人得失置之度外,激愤与痛苦均系之于国家命运、世界风云。尽管他采用了旧体诗的形式,且善于用典,但借古旨在讽今,其诗无论选材抑或立意都脱离了古典式的抒情模式,体现出鲜明的近代特色。

此外,在晚清文学家刻画的城市市民群像中出现了不少新面孔,例如革命

① 此年清廷以光绪皇帝的名义颁下谕旨,停止所有的乡试和会试,传统士人的命运面临重大转折。

② (清)薛福成:《庸庵文编》“海外文编”卷四,上海图书馆藏。

③ (清)吴趼人:《恨海》,团结出版社2007年版。

④ 张秉戍、萧哲庵主编:《清诗鉴赏辞典》,重庆出版社1992年版。

党人、洋行买办、小报记者、租界巡捕、私家侦探、汽车司机以及街头的垃圾装卸工，甚至还有赌场管事和烟馆的点烟手，可谓五花八门、形形色色，他们的存在以及各自职业行为也为各大都市的城市面貌增添了不少异于传统的文化内涵。

综上所述，晚清作家的城市书写因其“告别传统”的种种新质而获得鲜明的近代特色，故本书未将其纳入中国古代城市文学史的写作框架之中。

主要参考文献

一、历史文献

经部

朱熹集注:《诗集传》,上海古籍出版社 1980 年新一版。

高亨:《诗经今译》,上海古籍出版社 1980 年版。

朱熹:《四书章句集注》,中华书局 1983 年版。

(清)阮元校刻:《十三经注疏》,中华书局 1980 年影印本。

史部

(汉)刘向集录:《战国策》,上海古籍出版社 1983 年版。

(汉)司马迁:《史记》,中华书局 1959 年版。

(汉)班固:《汉书》,中华书局 1962 年版。

(刘宋)范晔:《后汉书》,中华书局 1965 年版。

(梁)沈约:《宋书》,中华书局 1974 年版。

(北齐)魏收:《魏书》,中华书局 1974 年版。

(北魏)郦道元著,段仲熙点校,陈桥驿整理:《水经注疏》,江苏古籍出版社 1989 年版。

(北魏)杨衒之著,周振甫译注:《洛阳伽蓝记译注》,江苏教育出版社 2006 年版。

(唐)房玄龄等:《晋书》,中华书局 1974 年版。

(唐)李延寿:《北史》,中华书局 1974 年版。

(唐)魏征等:《隋书》,中华书局 1973 年版。

(唐)李吉甫撰,贺次君点校:《元和郡县图志》,中华书局 1983 年版。

(后晋)刘昫:《旧唐书》,中华书局 1975 年版。

(宋)欧阳修等:《新唐书》,中华书局 1975 年版。

(宋)司马光编:《资治通鉴》,中华书局 1956 年版。

（宋）祝穆撰，祝洙增订，施和金点校：《方舆胜览》，中华书局2003年版。

（宋）孟元老撰，伊永文笺注：《东京梦华笺注》，中华书局2006年版。

（元）脱脱等：《宋史》，中华书局1976年版。

（元）辛文房著，孙映逵校注：《唐才子传校注》，中国社会科学出版社1991年版。

（明）宋濂等：《元史》，中华书局1976年版。

（明）田汝成辑撰：《西湖游览志》，上海古籍出版社1958年版。

（明）刘侗、于奕正著，孙小力校注：《帝京景物略》，上海古籍出版社2001年版。

（明）蒋一葵：《长安客话》卷四，北京古籍出版社1982年版。

（明）张岱：《西湖梦寻》，上海古籍出版社2001年版。

（清）顾炎武：《历代宅京记》，中华书局1984年版。

（清）张廷玉等：《明史》，中华书局1974年版。

（清）李斗著，王军评注：《扬州画舫录》，中华书局2008年版。

赵尔巽等：《清史稿》，中华书局1976年版。

（清）文渊阁：《四库全书》史部·地理类·都会郡县之属，台湾商务印书馆1986年版。

子部

（清）孙诒让：《墨子间诂》（新编诸子集成本），中华书局1986年版。

（清）郭庆藩：《庄子集释》，中华书局1961年版。

陈秉才译注：《韩非子》，中华书局2007年版。

杨坚点校：《吕氏春秋·淮南子》，岳麓书社2006年版。

李时人编校，何满子审定：《全唐五代小说》，陕西人民出版社1998年版。

（宋）洪迈著，孔凡礼点校：《容斋随笔》，中华书局2005年版。

上海师范大学古籍所整理：《全宋笔记》，大象出版社2003年版。

（明）罗贯中：《三国演义》，人民文学出版社1979年版。

（明）施耐庵：《水浒传》，上海人民出版社1975年版。

（明）兰陵笑笑生：《真本金瓶梅》，台湾智扬出版社1988年版。

（明）张瀚：《松窗梦语》（《松窗梦语·治世余闻·继世纪闻》合本），中华书局1985年版。

（明）张岱：《陶庵梦忆》，夏咸淳、程维荣校注，上海古籍出版社2001年版。

（清）余怀：《板桥杂记》（外一种）李金堂校注，上海古籍出版社2000年版。

（清）吴敬梓：《儒林外史》，作家出版社1954年版。

(清)曹雪芹、高鹗:《红楼梦》,人民文学出版社 1957 年版。

(清)李汝珍:《镜花缘》,人民文学出版社 1973 年版。

集部

(宋)朱熹:《楚辞集注》,上海古籍出版社 1979 年版。

俞绍初辑校:《建安七子集》,中华书局 2005 年新 1 版。

(魏)曹植著,赵幼文校注:《曹植集校注》,人民文学出版社 1984 年版。

(晋)陆机著,金声涛点校:《陆机集》,中华书局 1982 年版。

(梁)萧统编,(唐)李善注:《文选》,中华书局 1977 年版。

(唐)欧阳询等编:《艺文类聚》,上海古籍出版社 1965 年版。

(唐)卢照邻著,徐明霞点校:《卢照邻集》,中华书局 1980 年版。

(唐)李白著,瞿蜕园、朱金城校注:《李白集校注》,上海古籍出版社 1980 年版。

(唐)孟浩然著,佟培基笺注:《孟浩然诗集笺注》,上海古籍出版社 2000 年版。

(唐)杜甫著,(清)杨伦笺注:《杜诗镜铨》,上海古籍出版社 1980 年版。

(唐)白居易著,顾学颉校点:《白居易集》,中华书局 1979 年版。

(宋)郭茂倩编:《乐府诗集》,中华书局 1979 年版。

(宋)欧阳修著,李逸安点校:《欧阳修全集》,中华书局 2001 年版。

(宋)司马光:《司马光集》,四川大学出版社 2010 年版。

(宋)苏轼著,孔凡礼点校:《苏轼文集》,中华书局 1986 年版。

(宋)苏轼著,(清)王文诰辑注,孔凡礼点校:《苏轼诗集》,中华书局 1982 年版。

(宋)朱敦儒著,邓子勉校注:《樵歌》,上海古籍出版社 1998 年版。

(宋)陆游:《入蜀记》,台北文海出版社 1981 年版。

(宋)汪元量著,孔凡礼辑校:《增订湖山类稿》,中华书局 1984 年版。

(元)关汉卿著,吴国钦校注:《关汉卿全集》,广东高等教育出版社 1988 年版。

(明)杨基著,杨世明、杨隽点校:《眉庵集》,巴蜀书社 2005 年版。

(明)袁宏道著,钱伯城笺校:《袁宏道集笺校》,上海古籍出版社 1981 年版。

(明)袁中道著,钱伯城点校:《珂雪斋集》,上海古籍出版社 1989 年版。

(明)冯梦龙著,魏同贤主编:《冯梦龙全集》,上海古籍出版社 1993 年版。

(明)归庄著:《归庄文集》,中华书局 1962 年版。

(清)钱谦益著,钱曾笺注:《钱牧斋全集》,上海古籍出版社 1999 年版。

(清)吴伟业著:《梅村集》,(清)文渊阁《四库全书》集部·别集类。

（清）顾炎武著：《顾亭林诗文集》，中华书局1983年版。
（清）余怀著，李金堂校注：《板桥杂记》，上海古籍出版社2000年版。
（清）黄裳：《金陵五记·附咏怀古迹》，江苏人民出版社1982年版。
（清）吴绮：《林蕙堂全集》，（清）文渊阁《四库全书》集部·别集类。
（清）汪琬：《尧峰文钞》，（清）文渊阁《四库全书》集部·别集类。
（清）屈大均：《屈大均全集》，人民文学出版社1996年版。
钱仲联：《清诗纪事》第二册，江苏古籍出版社1987年版。
（清）彭孙遹：《松桂堂集》，（清）文渊阁《四库全书》集部·别集类。
（清）吴历著，章文钦笺注：《吴渔山集笺注》，中华书局2007年版。
（清）孔尚任著，汪蔚林编：《孔尚任诗文集》，中华书局1962年版。
（清）蒋士铨著，邵海清校，李梦生笺注：《忠雅堂集校笺》，上海古籍出版社1993年版。
（清）赵翼著，李学颖、曹光甫校点：《瓯北集》，上海古籍出版社1997年版。
（清）董伟业：《扬州竹枝词》，（清）林苏门：《邗江三百吟》，合刻，广陵书社2005年版。
路工编选：《清代北京竹枝词（十三种）》，北京古籍出版社1982年版。
（清）何文焕辑：《历代诗话》，中华书局1981年版。
丁福保辑：《历代诗话续编》，中华书局1983年版。
逯钦立辑校：《先秦汉魏晋南北朝诗》，中华书局1983年版。
龚克昌等评注：《全汉赋评注》，花山文艺出版社2003年版。
（清）康熙敕编：《全唐诗》，上海古籍出版社1986年版。
（清）董诰等奉敕编：《全唐文》，上海古籍出版社2007年版。
唐圭璋辑：《全宋词》，商务印书馆1940年印行，中华书局1965年增订排印本。
北京大学古文献研究所编纂：《全宋诗》，北京大学出版社1999年版。
隋树森编：《全元散曲》，中华书局1964年版。
顾肇仓选注：《元人杂剧选》，人民文学出版社1978年版。
谢伯阳编：《全明散曲》，齐鲁书社1994年版。
王季思主编：《中国十大古典喜剧集》，上海文艺出版社1982年版。
王季思主编：《中国十大古典悲剧集》，上海文艺出版社1982年版。
陈伯海主编：《唐诗汇评》，浙江教育出版社1995年版。
吴熊和主编：《唐宋词汇评》，浙江教育出版社2004年版。

近现代学者论著

一、文学史类

陆侃如:《中古文学系年》,人民文学出版社 1985 年版。

谭家健、郑君华:《先秦散文纲要》,山西人民出版社 1987 年版。

程千帆、吴新雷:《两宋文学史》,上海古籍出版社 1991 年版。

章培恒、骆玉明主编:《中国文学史》,复旦大学出版社 1996 年版。

杨世明:《唐诗史》,重庆出版社 1996 年版。

许总:《宋诗史》,重庆出版社 1997 年版。

马积高:《赋史》,上海古籍出版社 1998 年版。

苗壮:《笔记小说史》,浙江古籍出版社 1998 年版。

向楷:《世情小说史》,浙江古籍出版社 1998 年版。

袁行霈主编:《中国文学史》,高等教育出版社 1999 年版。

徐公持编著:《魏晋文学史》,人民文学出版社 1999 年版。

郭英德:《明清传奇史》,江苏古籍出版社 1999 年版。

刘师培:《中国中古文学史讲义》,上海古籍出版社 2000 年版。

李修生、赵义山主编:《中国分体文学史》,上海古籍出版社 2001 年版。

程灿章:《魏晋南北朝赋史 · 先唐赋辑补》,江苏古籍出版社 2001 年版。

于景祥:《中国骈文通史》,吉林人民出版社 2002 年版。

郑宾春:《中国笔记文史》,湖南大学出版社 2004 年版。

程华平:《明清传奇编年史稿》,齐鲁书社 2008 年版。

二、地理及地理经济学类

叶骁军:《中国都城发展史》,陕西人民出版社 1988 年版。

顾朝林:《中国城镇体系——历史 · 现状 · 展望》,商务印书馆 1992 年版。

戴均良主编:《中国城市发展史》,黑龙江人民出版社 1992 年版。

许学强等编著:《城市地理学》,高等教育出版社 1997 年版。

史念海:《中国古都和文化》,中华书局 1998 年版。

王恩涌等编著:《人文地理学》,高等教育出版社 2000 年版。

邹逸麟主编:《中国历史人文地理》,科学出版社 2001 年版。

周长山:《汉代城市研究》,人民出版社 2001 年版。

安作璋主编:《中国运河文化史》,山东教育出版社 2001 年版。

龙登高:《江南市场史——十一至十九世纪的变迁》,清华大学出版社 2003 年版。

周一星撰:《城市地理学》,商务印书馆 2003 年版。

张剑光:《唐五代江南工商业布局研究》,江苏古籍出版社 2003 年版。

朱世光、吴宏岐主编:《古都西安:西安的历史变迁与发展》,西安出版社 2003 年版。

陈代光:《中国历史地理》,广东高等教育出版社 2004 年版。

傅礼铭:《山水城市研究》,湖北科学技术出版社 2004 年版。

[日]中村圭尔、辛德勇编:《中日古代城市研究》,中国社会科学出版社 2004 年版。

[美]乔尔·科特金:《全球城市史》,王旭等译,社会科学文献出版社 2006 年版。

三、美学类

宗白华:《艺境》,北京大学出版社 1999 年版。

朱立元主编:《美学》,高等教育出版社 2001 年版。

[美]阿诺德·伯林特:《环境美学》,张敏、周雨译,湖南科学技术出版社 2006 年版。

刘天华:《画境文心——中国古典园林之美》,生活·读书·新知三联书店 2008 年版。

四、文学及文化研究类

程千帆:《唐代进士行卷与文学》,上海古籍出版社 1980 年版。

庄一拂:《古典戏曲存目汇考》,上海古籍出版社 1982 年版。

王国维:《王国维戏曲论文集·录曲余谈》,中国戏剧出版社 1984 年版。

王世画:《〈红楼梦〉语言的地方色彩》,《红楼梦学刊》1984 年第 2 期。

傅璇琮:《唐代科举与文学》,陕西人民出版社 1986 年版。

曹道衡:《汉魏六朝辞赋》,上海古籍出版社 1989 年版。

曾大兴:《中国历代文学家之地理分布》,湖北教育出版社 1995 年版。

王运熙、顾易生主编:《中国文学批评通史·清代卷》,上海古籍出版社 1996 年版。

谢贵安:《中国谶谣文化研究》,海南出版社 1998 年版。

杨义:《杨义文存》第六卷《中国古典小说史论》,人民出版社 1998 年版。

徐朔方:《金元杂剧的再认识》,载《中华文史论丛》第 46 辑,上海古籍出版社 1990 年版。

于浴贤:《六朝赋述论》,河北大学出版社 1999 年版。

尚学峰等:《中国古典文学接受史》,山东教育出版社 2000 年版。

游适宏:《地理想象与台湾认同——清代三篇〈台湾赋〉的考察》,载《台湾文学学报》2000 年第 1 期。

郑杰文:《先秦文学与上古文化》,吉林人民出版社 2001 年版。

许结:《体物浏亮——赋的形成拓展和研究》,辽海出版社 2001 年版。

陈庆元:《赋:时代投影与体制演变》,广西师范大学出版社 2001 年版。

刘勇强:《西湖小说:城市个性与西湖场景》,载《文学遗产》2001 年第 5 期。

王勋成:《唐代铨选与文学》,中华书局 2001 年版。

程国斌:《唐五代小说的文化阐释》,人民文学出版社 2002 年版。

薛瑞生:《周邦彦两入长安考》,载《文学遗产》2002 年第 3 期。

向德平编著:《城市社会学》,武汉大学出版社 2002 年版。

王昕:《话本小说的历史与叙事》,中华书局 2002 年版。

龚克昌等:《全汉赋评注》,花山文艺出版社 2003 年版。

蒋述卓等:《城市的想象与呈现》,中国社会科学出版社 2003 年版。

陆文夫:《被女性化的苏州人》,载《光明日报》2003 年 3 月 26 日。

俞钢:《唐代文言小说与科举制度》,上海古籍出版社 2004 年版。

方远志:《明代城市与市民文学》,中华书局 2004 年版。

葛永海:《古代小说与城市文化研究》,复旦大学出版社 2004 年版。

郭英德:《明清传奇戏曲文体研究》,商务印书馆 2004 年版。

陈飞主编:《中国古代散文研究》,福建人民出版社 2005 年版。

伊永文:《行走在宋代的城市》,中华书局 2005 年版。

蒋寅:《王士禛与江南遗民诗人群》,《北京大学学报》(哲学社会科学版)2005 年第 5 期。

张宏生:《王士禛扬州词事与清初词坛风会》,载《文学遗产》2005 年第 5 期。

梅新林:《中国文学地理形态与演变》,复旦大学出版社 2006 年版。

郑杰文:《中国墨学通史》,人民出版社 2006 年版。

吕肖奂:《中国古代民谣研究》,巴蜀书社 2006 年版。

戴伟华:《地域文化与唐代诗歌》,中华书局 2006 年版。

耿波:《金陵怀古诗中都市空间的产生》,载《江苏社会科学》2006 年第 1 期。

张大新:《宋金都城的繁荣与古典戏曲的成熟》,载《文学评论》2006 年第 3 期。

柯玲:《民俗视野中的清代扬州文学》,上海社会科学出版社 2006 年版。

《马可·波罗游记》，梁生智译，中国文史出版社 2006 年版。

黄杰：《宋词与民俗》，商务印书馆 2007 年版。

孙逊、刘方：《中国古代小说中的城市书写及现代阐释》，《中国社会科学》2007 年第 5 期。

王筱芸：《“变旧声作新声”——柳永歌词的都市叙述与北宋中叶的都市文化建构》，载《文学评论》2007 年第 3 期。

李孝悌：《恋恋红尘——中国的城市、欲望和生活》，上海人民出版社 2007 年版。

李润强：《清代进士群体与学术文化》，中国社会科学出版社 2007 年版。

祝尚书：《宋代科举与文学》，中华书局 2008 年版。

程国斌：《明代书坊与小说研究》，中华书局 2008 年版。

巫仁恕：《品味奢华——晚明的消费社会与士大夫》，中华书局 2008 年版。

周焕卿：《清初遗民词人群体研究》，上海古籍出版社 2008 年版。

［美］梅尔清：《清初扬州文化》，朱修春译，复旦大学出版社 2008 年版。

张文利：《宋词中的双城叙事》，载《文学评论》2009 年第 1 期。

孙崇涛：《古代江浙戏曲刻本述考》，载《浙江师范大学学报》2009 年第 3 期。

陈平原等编著：《西安：都市想象与文化记忆》，北京大学出版社 2009 年版。

杨念群：《何处是“江南”？——清朝正统观的确立与士林精神的变异》，生活·读书·新知三联书店 2010 年版。

五、文学创作类

《光明日报》“百城赋”。

后　　记

时光如白驹过隙，六年倏忽而逝，恍若"弹指一挥间"，只有鬓角新添的白发和眉间增加的皱纹见证着其中的艰辛。六年心血凝结而成的《中国古代城市文学史》即将付梓，我们有一份如释重负的欣悦，也有几多"言不逮意"的遗憾，而这一切都只能"定格"于眼前的书稿之中，我们能够做的，是又将开始永远没有终点的学术跋涉。

过去六年里，我们沿着《空间与审美——文化地理视域中的中国古代文学》一书所确立的研究思路，基于文化空间的基本视角，将学术注意力聚焦于中国古代"城市"这一特殊的文化空间以及依托于城市而形成的"城市文学"，尝试撰写中国古代城市文学史。我们深知，已经问世的众多中国文学史（包括各种通史、断代史、分体史、地方史、专题史如旅游文学史、山水文学史等），无不凝聚着作者的辛勤劳动和史家识见，同时也各有优长、各具特色。我们力图另撰一部中国古代城市文学史，首要的问题是充分确证其必要性，给自己一个理由，方可确立全部研究的意义支点。经过认真思考和反复讨论，我们坚定地认为，打破中国古代文学史撰写的传统模式，着眼于特定文化空间对于文学产生和发展的重要意义，将有助于进一步发现和还原许多长期被忽略的文学史实及其历史场景，尤其是大批远离宏大叙事、旨在表达个人体验与肉身欲望的都市吟唱，在这一新的视角下有可能获得文学史价值。我们并不奢望根本扭转过去文学史写作中所存在的挂一漏万的现象，但却期待通过转换研究视角，拓展文学地图，补充、丰富和力所能及地完善不应该被文学史所遗忘的研究内容，进而使中国古代文学史的展现形态也更具多样化色彩。与此同时，由于城乡文化的对比研究，还将深化对中国古代乡土文学特质的认识，进而更准确地把握中国古代文学的地域性和民族性。基于上述认识，我们以"中国古代城市文学史研究"为题申报了国家社科基金资助项目，并获准立项，学界专家与同行的认可无疑进一步坚定了我们的研究信心。

在全部写作过程中，最大的困难来自对文学史料的甄别、选取、组织及其阐释。当我们从“城市文学”的自定义为逻辑起点去搜集相关材料搭建史的框架时，“重起炉灶”的不易迅速凸显出来。一方面，先秦时期可以利用的现成资料甚少，欲完成这一历史阶段城市文学的描述，需要对众多的经典文献进行重新梳理，发掘其中内含的城市文学因子，此时，空间视角的确立显得至关重要。另一方面，唐宋以还，典型的城市文学文本不断涌现，至明，更是数量激增，呈井喷之状。一位年轻的同事曾笑言：仅明代部分就够你们费心了。的确，先前因材料太少而犯愁的状态很快变为因材料太多而踟蹰。我们根据内容的延续与意义的衍生两个基本原则，对纷繁复杂的各类材料剔抉爬梳，遴选出那些既能体现城市文学本质特征、又能反映城市文学地图随时而变的作品作为研究对象，借以勾勒中国古代城市文学的发展历程，进而揭示其发展规律。

以城市为原点，以历史为经，以文体为纬，构建中国古代城市文学史的基本坐标，是本书不同于其他文学史结构的特点所在。曾蒙朋友垂问：你们对入选材料按文体分类，想突出的究竟是文体的发展？还是城市文学的发展？对此，我们的答案无疑是后者。所谓“文学史”，实际上是指文学发展的历史过程，这种过程从来不是空泛的存在，它既可以是一个由无数个体作家的生命及其创作所构成的时间流程，也可以体现于各种文学体裁的产生与演变（包括作家对文体的选择和使用），前者是文学史的常见写法，而后者正是我们所想要尝试的。从学术研究的角度看，按文体分类演绎城市文学发展流程，其优长有三：

第一，中国文学史上多种文体的产生本来就与城市文化的发展有着千丝万缕的内在关系，汉代都邑赋、唐传奇、宋词、金元戏曲、明清市井小说等更是城市文化土壤里绽开的艺术之花。就城市文学发展而言，每新增一种文体就意味着观照对象的拓展、表现内容的深化以及艺术手法的创新，也就意味着对前代文学的发展和超越。我们在史的勾勒中，特别注意通过强调文体的拓展，去揭示城市文化对于中国文学发展的推动作用，进而突出城市文学表现形态与时俱增的多样性、丰富性。

第二，中国古代作家在对城市进行文学观照时表现出一种习惯性文体选择，并由此形成相应的创作传统。美都邑为散体大赋的传统主题，因与国家伦理原则高度一致而可纳入宏大叙事的范畴；个体多样化的城市经历以及独特复杂的城市体验在诗歌（包括诗词曲各体）中得到更为集中的书写，这类作品对于个人伦理立场的肯定同样具有传承性。此外，系列城市怀古也多出现在诗歌一体中；小说戏曲则凭借文体优势在刻画市民形象、揭示其矛盾冲突方面取得卓越成就，在集中表现城市文化异质性特征方面明显优于其他文体。正是基于这种文体与内容及其主题的对应关系，我们对入选文本按文体分类后加以阐释，形成纵向比较的意义链条，通过对同类文体不同作家创作的异同进行前后比对，既关注题材内容上的延续与拓展，也探讨价值取向的传承与嬗变，在突出空间意义的同时，令“史”的发展线索更加清晰。例如，产生于汉代的“两都”大赋之所以在唐代成为绝唱，乃是时代变迁、朝代更迭之所致，文学随时而变的发展规律由此可见一斑。又如都市诗歌创作，自汉便奏响的城市合奏曲一直激荡着明快向上的时代主旋律，至清却被遗民的痛苦吟唱与末世的多味体验所取代，与此同时，城市批判的矛头指向了新的社会弊端，“文变染乎世情，兴废系乎时序”的规律再次体现出来。

第三，中国古代作家创作城市文学，在文体运用上长期存在着不平衡，而这一点恰好彰显出与其他文学史的分殊。具体而言，文学家使用诗歌和辞赋的频率极高，取得的成就也非常突出，小说戏曲内涵的城市文化元素最为丰富，成果十分典范，相比之下，散文则一直是创作的薄弱环节。由于散文写作者采用艺术广角对城市进行观照，文章内容自然极其丰富，但城市形象却难以集中和鲜明，因此，堪称城市文学的典范之作并不多见，这种情况几乎不可能出现在其他文学通史写作中。别裁文体，分类讨论，事实上凸显了城市文学史自身的特殊性，同时，亦可从散文的具体写作中发现城市文学发展的阶段性特征。明代游记散文以优美的文笔描绘可居可游的都市生活，极富审美情趣和文学价值，弥补了前期散文创作中的明显不足，我们将明代城市文学定性为“中国古代城市文学的鼎盛期”，当与此有关。

为了避免分文体叙述而导致整体印象支离破碎的弊端，我们于每章开篇概述该时期城市文学创作的主要成就，揭示各种文本产生的共同背景，又于结尾处对该历史阶段城市文学创作具有规律性的特点进行归纳总结，既肯定成就，也分析不足。由此形成总——分——总的单章结构特点，其作用之一也在于强化整体印象。

本书为国家社科基金结题项目，在写作和出版过程中，得到来自多方面的关心与帮助。山东大学郑杰文先生，亦师亦友，学术上给予的支持始终如一；素未谋面的陈汉萍老师通读全部书稿，提出诸多建设性意见，深受启发；“第二次握手”的杨美艳老师先后多次电话、电邮联系，为本书在人民出版社顺利出版付出了辛勤劳动；年轻的同事蒋玉斌教授针对本书元明清部分也提出了宝贵意见；西华师范大学的出版资助，犹如雪中送炭。在此，我们一并致谢，同时也感谢所有关爱和帮助过我们的朋友与亲人！

作　者

2013 年 5 月于西华师范大学琴瑟轩

责任编辑：杨美艳
封面设计：吴燕妮
版式设计：周方亚

图书在版编目（CIP）数据

中国古代城市文学史 / 周晓琳，刘玉平 著．－北京：人民出版社，2013.12
ISBN 978－7－01－013014－9

I. ①中…　II. ①周…　②刘…　III. ①古代文学史－中国　IV. ① I209.2

中国版本图书馆 CIP 数据核字（2013）第 314528 号

中国古代城市文学史
ZHONGGUO GUDAI CHENGSHI WENXUESHI

周晓琳　刘玉平　著

人民出版社 出版发行
（100706　北京市东城区隆福寺街 99 号）

北京中科印刷有限公司印刷　新华书店经销

2013 年 12 月第 1 版　2013 年 12 月北京第 1 次印刷
开本：710 毫米 ×1000 毫米 1/16　印张：35.5
字数：596 千字

ISBN 978－7－01－013014－9　定价：79.00 元

邮购地址 100706　北京市东城区隆福寺街 99 号
人民东方图书销售中心　电话（010）65250042　65289539